“十三五”國家重點圖書出版規劃項目

2011—2020年國家古籍整理出版規劃項目

2020年度國家出版基金資助項目

國家社會科學基金重大項目“國家圖書館藏未刊稿整理與研究”（13&ZD107）

國家圖書館藏未刊稿叢書

·

日記編

主編

劉玉才 陳紅彦

笘誃日記

（清）江標 著

樊長遠 整理

鳳凰出版社

圖書在版編目（CIP）數據

笞誃日記 / (清) 江標著 ; 樊長遠整理. -- 南京 : 鳳凰出版社, 2020.12
（國家圖書館藏未刊稿叢書 / 劉玉才, 陳紅彦主編. 日記編）
ISBN 978-7-5506-3357-5

Ⅰ. ①笘… Ⅱ. ①江… ②樊… Ⅲ. ①日記－作品集－中國－清代 Ⅳ. ①I265

中國版本圖書館CIP數據核字(2020)第227226號

書　　名	笘誃日記
著　　者	(清)江　標 著　樊長遠 整理
責任編輯	王　劍
裝幀設計	姜　嵩
出版發行	鳳凰出版社(原江蘇古籍出版社) 發行部電話025-83223462
出版社地址	江苏省南京市中央路165號,郵編:210009
出版社網址	http://www.fhcbs.com
照　　排	南京凱建文化發展有限公司
印　　刷	金壇古籍印刷廠有限公司 江蘇省金壇市晨風路186號,郵編:213200
開　　本	718毫米×1005毫米　1/16
印　　張	42.5
字　　數	637千字
版　　次	2020年12月第1版
印　　次	2020年12月第1次印刷
標準書號	ISBN 978-7-5506-3357-5
定　　價	198.00圓
	(本書凡印裝錯誤可向承印廠調換,電話:0519-82338389)

[illegible]

垂釣圖是仇府畫，六字爲宋徽宗題。倪雲林

斷橋臥柳幅紙白如新（皆藏萬氏藤花盦）。米元章海

岳庵圖卷（藏顧氏庵家）。皆爲無上真品，餘皆世間

所有，不必留記也。宋本書最精者通鑑詳節

（藏甘露華氏）、鬼遺方（藏長洲蔣生家），字畫如寫，紙色如

玉。鬼遺方尤精，惟此等書初刻因佳無疑，然

甲庫之書（眉山[illegible]），眼福淺薄，余始未見也。

讀阮文達年譜，十五歲出應試，二十一歲入學。

標適同德洪北江年譜，早歲孤露，寄食

外家，標適与同德黄仲則年譜，二十四歲入

《笘誃日記》第一册（一）

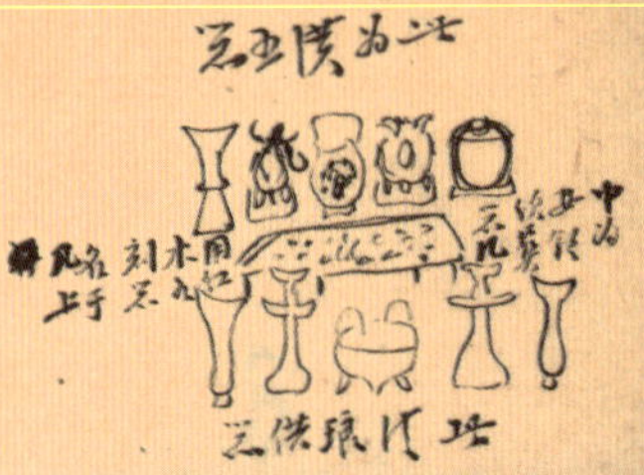

6

再進為大成门登殿观欽賜法琅供器五雍正二年又
漢陶太尊一座東犧尊稍進中為雷尊西為象尊
座西為山尊皆工巧無比雷尊（犧尊三）有字在口陽文係皆
未見至聖蹟殿中為萬世師表石刻四大字内掛
至聖蹟圖二百二十石及聖象各石出至大成门观聖
植檜僅存新枝以石闌護之奎文閣在廟门外
未登詩禮堂孫二堂亦未到擬明日再游
飯亭有集易林對句曰甘露醴泉潤洽為德金
城鐵郭堅固相親鸞鳳遊行福祚之聚驕
寡悅喜仁智以興功德大隆崔巍北嶽貴壽

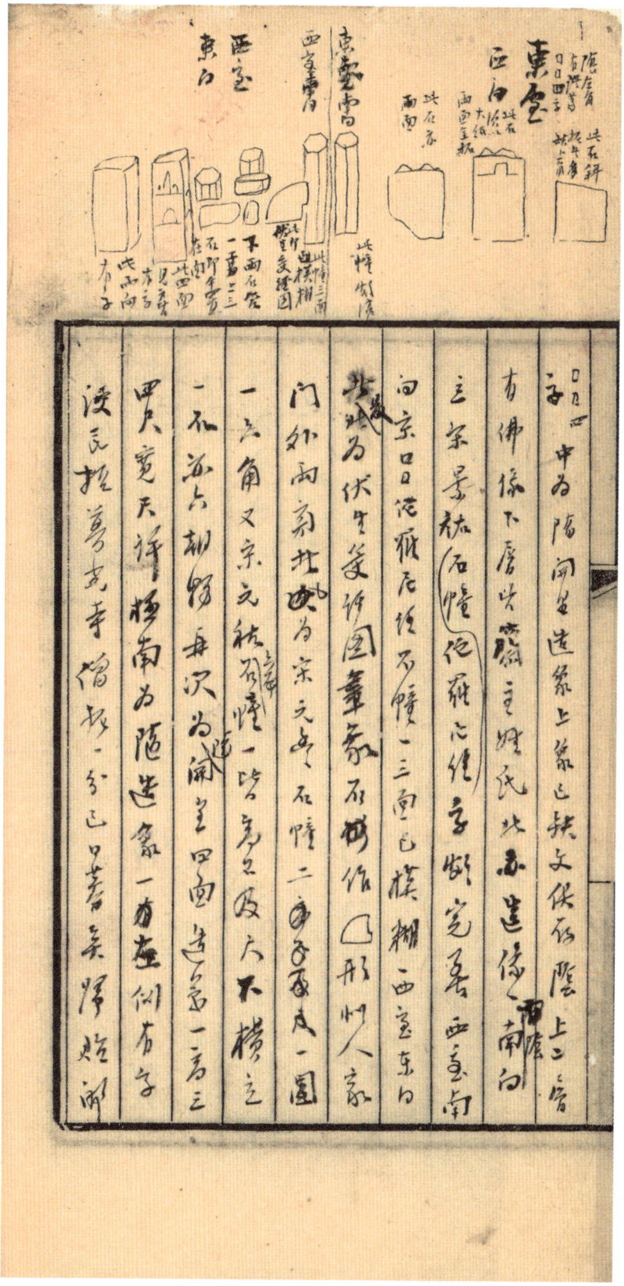

《笘誃日記》第一册（三）

晨起出門賀歲，至砂皮巷訪蓮士家，午後
及乘暮歸，共至二十餘家
葉鞠常師手貽孟鼎拓本，用墨甚
精湛，為傑人摘出鄭盦寶及
書賈不肯，因擬傳本於人，問希生藏
草元亭
晨起大雨，不能出門，鞠常師以所印五命訪
書目一本，訪自三部　初十日

元和江氏笘誃寫本

《笘誃日記》第五冊（一）

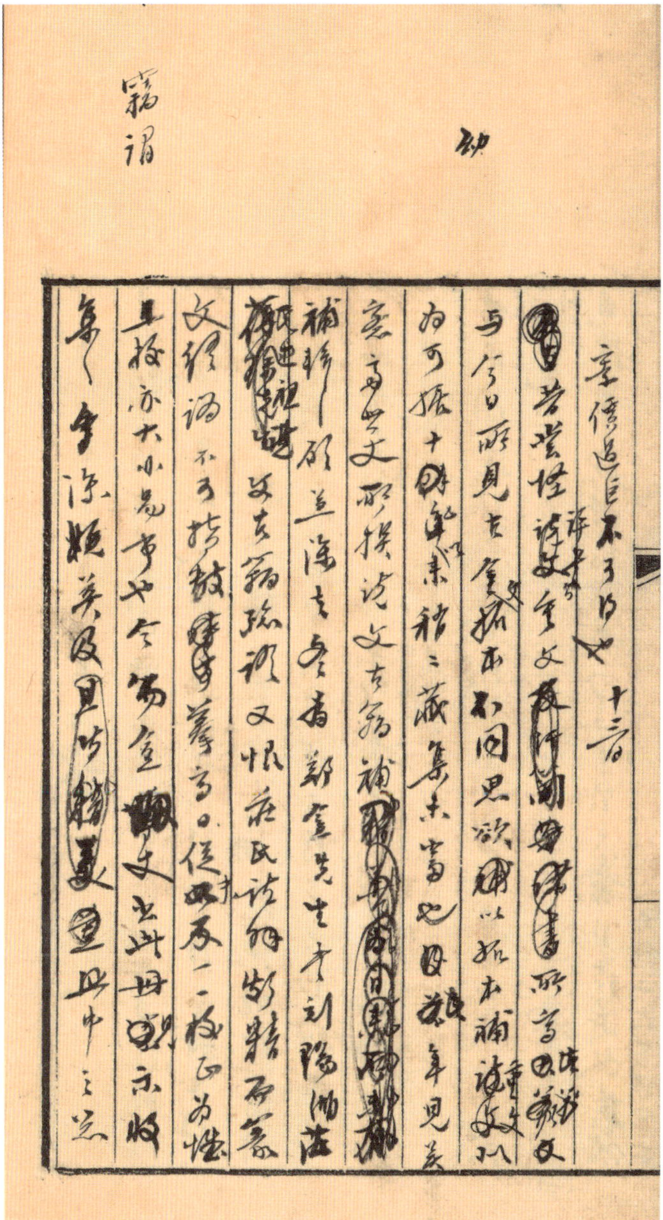

《笘誃日記》第五册（二）

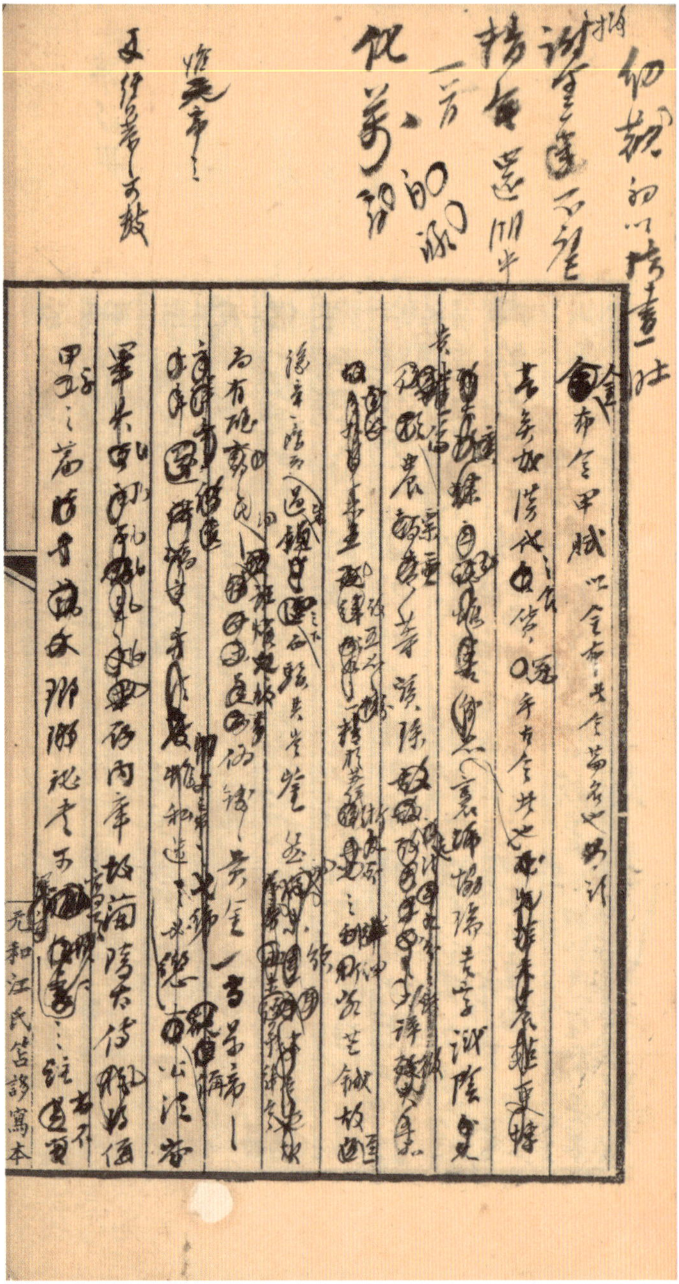

《笘誃日記》第十四册

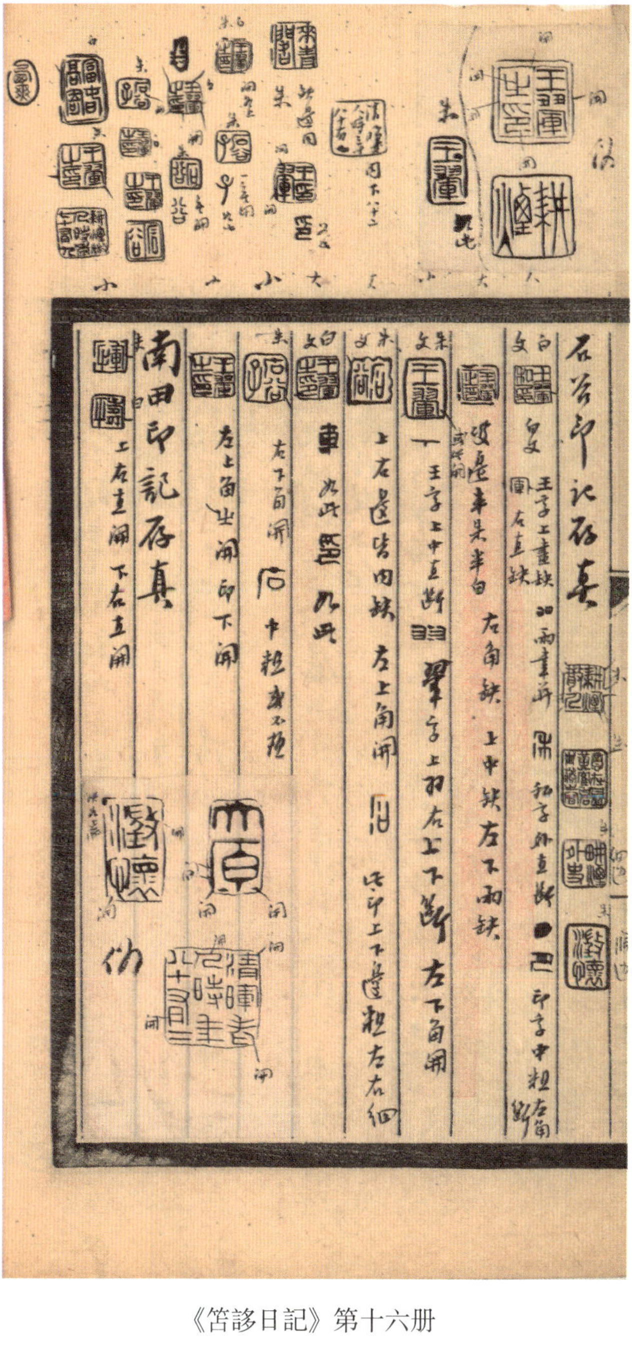

《笞諺日記》第十六册

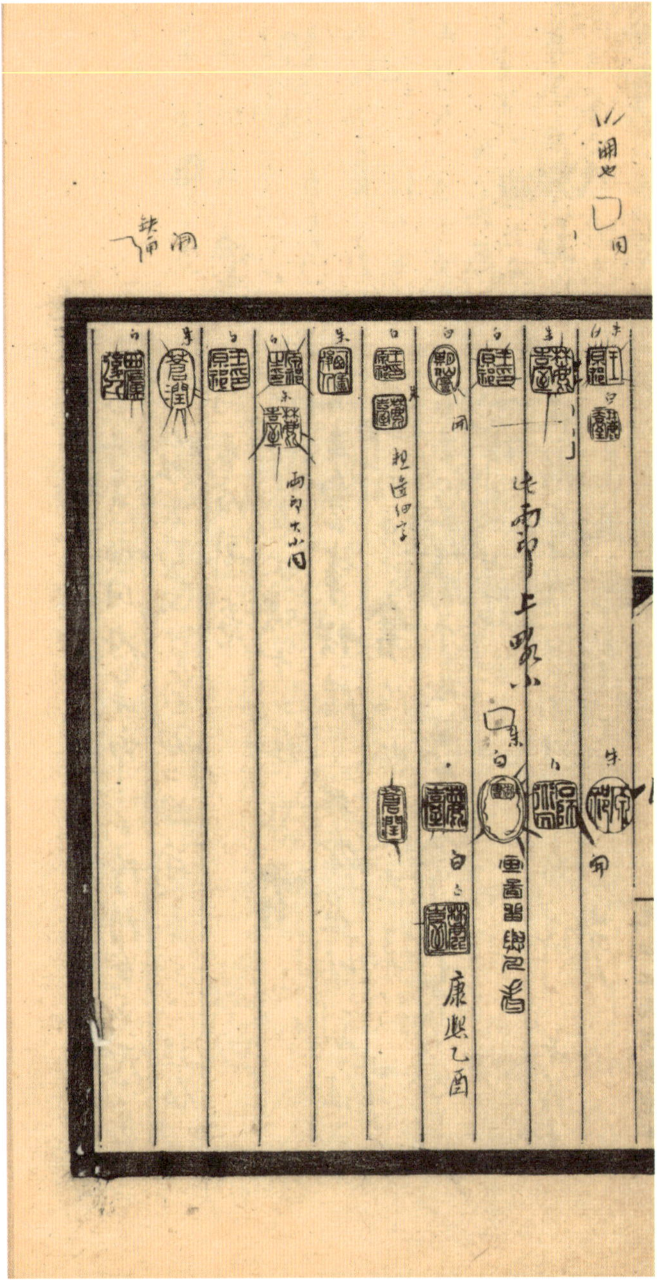

《笘誃日記》第十七册

《國家圖書館藏未刊稿叢書》編委會

主　編

劉玉才　陳紅彦

分主編

樊長遠　陳紅彦(日記編)

董馥榮　謝冬榮(書札編)

盧芳玉(金石題跋編)

田曉春(題贊手卷編)

孫　俊　林世田(中法漢學研究所編)

張學謙　王宣標(著作編)

委　員(以姓氏筆畫爲序)

王　劍　王宣標　卞惠興　田曉春　白謙慎

林世田　姜小青　陳紅彦　孫　俊　張學謙

董馥榮　樊長遠　劉玉才　薛龍春　盧芳玉

謝冬榮

序

中國國家圖書館以庋藏中國古籍善本宏富著稱，其中宋元舊槧、珍稀印本，向爲學界推重，頗獲利用。相較之下，約佔館藏善本總量三分之一的寫本類文獻，利用還遠遠不够，堪稱有待發掘的文獻寶藏。國圖藏寫本文獻以著作稿抄本爲主，兼及日記、書札、題跋、校語、文書檔案等類文字形式，因多爲唯一傳本，故有别於刊印文獻，具有獨特的文物、藝術和文獻價值。根據館方專家調查，[①]館藏宋元抄本即有十五部，明抄本則多達一千二百四十六部，其中一百七十餘部爲内府所抄。如宋仁宗親撰《洪範政鑒》，僅此一部内府抄本秘藏宫内，從無刊刻傳抄，彌足珍貴。明嘉靖間《永樂大典》抄本，世存殘卷亦以國圖收藏最夥。許多早期抄本與原本成書年代接近，而原本或有亡佚殘缺情形，抄本遂具有無可替代的校勘與輯佚價值。國圖所藏明清抄本中，著名學者、藏家抄本佔有相當比例，許多是影抄宋元舊本和珍稀本，僅毛晋汲古閣影抄本即有近八十部。在清抄本五千餘部中，還包括有盧文弨、鮑廷博、吴騫、翁方綱、陳鱣、黄丕烈、焦循、管庭芬、楊守敬、王國維等名家手稿本。著作類稿抄本之外，國家圖書館還藏有明清以至民國一百五十餘家日記稿抄本，三四百種書札文獻，數千款金石題跋，以及數量不菲的圖卷題詠、批校文字、文書檔案等類寫本文獻。上述寫本文獻，除部分著作抄本之外，大多未經刊行，均可歸爲未刊稿之列。

寫本文獻存量稀罕，往往具有孤本性質，加之多數未經整理，字迹辨識不易，閲覽亦不方便，這都成爲限制其發掘利用的重要原因。有鑒於此，我們組織國家圖書館古籍館與北京大學中文系合作的學術團隊，在對館藏寫本文獻全面調查的基礎上，首先選擇具有重要

① 陳紅彦《國家圖書館藏抄本述略》，《國家圖書館學刊》，2016年第4期。

學術價值、讀者利用不便的未刊文獻,予以整理刊布。並在國家社科基金申請設立“國家圖書館藏未刊稿整理研究”重大課題,以保證整理研究工作的實施。經過課題組同人的共同努力,陸續完成部分階段性成果,今擬分作日記、書札、金石題跋、題贊手卷、中法漢學研究所、著作諸編,依次予以刊布。

《日记编》整理收録顔懋价、葉鈞、張廷濟、何紹基、趙宗建、黄彭年、江標七位清人未刊稿本日記。其中如黄彭年、江標,不僅參與過重大政治活動,在學術領域亦有較高成就,屬於政學兼通的重要歷史人物。黄彭年《黄陶樓先生日記》、江標《笘誃日記》,所載均長達數十年,可稱一生行迹的詳盡記録,涉及朝章典故、交遊見聞、日常讀書生活等諸多内容,極其豐富。張廷濟《張叔未日記》、顔懋价《顔脩來日記》、葉鈞《壺中日記》、何紹基《東洲草堂日記》,雖然記述時間不長,但是内容各有所長,據之不僅可以考察日記主人的生平交遊,還可豐富清代學術史的場景。晚清藏書家趙宗建的《舊山樓日記》《非昔居士日記》《庚子非昔日記》,内容跨越清同治元年(1862)至光緒二十一年(1895)共三十多年的時間,記録了趙氏的日常生活、藏書收購及與衆多友人交遊情形,還有對圍剿太平軍的見聞記述,頗能反映江南地方士人的生活與眼界。

《書札編》從館藏各類書札文獻中選取黄彭年、趙宗建、張蔭桓、袁昶、王懿榮、吴重憙、繆荃孫、葉德輝等十餘家往還書札,予以整理刊布。因所涉人物都是晚清、民國間重要官員和學術文化界名流,書札内容豐富,且未經前人揭示,具有無可替代的文獻價值。如《黄子壽先生遺札》收録清光緒年間黄彭年在江蘇布政使任内與按察使朱之榛之間往來信件六十七通,涉及漕運與海運之流弊、來蘇流民之安置、正誼書院並藏書樓之籌建等諸多政務。黄彭年著述宏富,但大多未經刊布,本課題同時整理其日記、書札,預期將會推動學界對黄氏的深入研究。《趙宗建友朋書札》收録趙宗建光緒年間所撰詩歌、隨筆、抄經、墓志銘、祝壽帖及其友人李芝綬、季錫疇的書札共一百四十餘件,不僅内容豐富,還可與《日記編》所收趙氏三種日記互相參照,促進學界對這位重要藏書家的全面研究。《袁昶友朋書札》收録劉履芬、丁丙、馮煦、孫詒讓、楊守敬、沈曾植、戴望、張謇、李文田、孫衣言、張鳴珂、張之洞、陸潤庠、王頌蔚、王懿榮、翁同龢等人信札二百餘通,袁昶親自整理粘貼爲十二巨册,涉及歷史人物衆多,堪稱是晚清學者的群體資料。《王懿榮往還書札》收録王懿榮與師友、親屬往還書札數百通,基本可以反映其後半生的主要經歷與交遊關係。王懿榮光緒年間授翰林院編修,三任國子監祭酒,博覽書史,精於鑒藏,與當世金石學者來往密切。書札所涉人物包括潘祖蔭、陳介祺、繆荃孫、吴大澂、盛昱、汪鳴鑾、孫汝梅、黄紹箕、吴重憙諸名流,以及女兒女婿等家人。書札内容多爲討論金石碑拓釋讀、古籍收藏、科舉學問,以及時務政治、爲人處世、家務瑣事,據之可以考察同光時期精英士大夫鑒藏金石之風尚,以及業餘生活趣味的豐富細節。《藝風堂同人尺牘》是晚清著名學者繆荃孫的友朋書札稿本集,收録惲祖翼、繆朝荃、劉炳照、吴慶坻、陳慶年等人致繆荃孫書札一百餘通。書札的撰寫時間多在光緒時期,内容比較廣泛,除家常瑣事之外,還涉及刻書、詩詞交往、方志編纂等方面,是研究繆荃孫學術交遊、晚清政治與文化教育的重要資料。葉德輝致松崎鶴雄書札(《郎園手札》)是著名學者葉德輝1910年至1920年間致日本學者松崎鶴雄的書信,涉及研治經學、小學等多方面内容,可稱現代中日學術交流史的重要文獻。

《書札編》收録書札出自名家之手,書法用箋考究,文獻價值之外,兼具有藝術觀賞價值,故採取録文整理與選擇影印結合的方式予以刊布。此外,我們還特邀白謙慎先生、薛龍春先生精選館藏十餘種名家尺牘,製作法書字帖,集爲《國家圖書館藏清代名家尺牘法書選刊》,以饗書法愛好者。

國圖收藏金石拓本豐富,題跋數量衆多。如宋元合璧拓本《廣政石經》即有名家題跋、批校百餘款,宋拓《嘉祐石經》亦有吴昌碩、丁晏、葉昌熾、沈曾植、羅振玉、陳寶琛、楊守敬、曹元忠、繆荃孫、柯劭忞等多人題跋和批校。《金石題跋編》甄選館藏金石題跋七十餘種,以拓本爲單位,撰寫提要,著録題名、拓本、裝幀、行款、書體、責任者、遞藏源流等項信息,並對題跋文字進行輯録整理,可爲金石證史、拓本源流研究、金石學者交遊研究提供全新的資料。

《題贊手卷編》率先刊布長達十六餘米的《明渤海孫氏積善堂題贊手卷》,該手卷是河北滄州孫楷第家族世守之寶,彙集明代前期朝廷重臣、翰苑侍從、書法名家四十三人的題贊墨迹,爲明代文化史、文學史、書法史研究的重要實物與文獻。諸家題贊,書法風格各異,可稱難得的藝術珍品。其中如明代第一大和尚姚廣孝的題贊,可能是其唯一的傳世手迹;而明初賢相"三楊"(楊士奇、楊榮、楊溥)和書法大家"二沈"(沈粲、沈度)的墨迹傳世甚罕,手卷所存可謂吉光片羽,彌足珍貴。此次刊布改卷裝爲經折裝,採用原版影印與題贊釋文相結合的整理方式,前半部分展示手卷原貌,後半部分爲題贊釋文、印章釋讀及題贊者小傳,既能滿足學術界對此珍貴文獻的研究需求,又可據之勾勒明初京師文化圈的面貌。

中法漢學研究所是法國中法教育基金委員會1941年在北京資助成立的漢學研究機構,設有民俗學組、語言歷史組、通檢組、圖書館、法文研究班等部門,開展文獻搜集整理和研究、翻譯工作。該研究所1953年撤離中國時,部分申請出關的圖書資料被中國政府徵購或没收,輾轉存藏於國家圖書館。《中法漢學研究所編》對其中曾毅公《五十年來之甲骨學》、陸翔《敦煌學著述考》、傅惜華《漢代畫像全集》三編、徐宗元《古今本竹書紀年合校》、柯昌泗《漢晋石刻略録》、羅常培《蒙古字韻跋》、魏建功《完全本王仁昫刊謬補缺切韻初次的討論》等未刊論著稿本以及神禡相關資料,進行整理研究,以求揭示這批珍貴稿本資料的學術價值,豐富敦煌學、甲骨學、民俗學等專題學術史,爲深入瞭解中法漢學研究所的學術活動,探究現代漢學研究史,提供文獻幫助。

著作稿抄本在國圖館藏寫本文獻中數量居多,近年頗有影印出版,加之閱覽方便,已漸爲學界所關注,因此未列爲本課題重點對象。不過考慮到有些著作稿抄本學術價值很高,甚至關涉重要學術論争,有必要予以刊布揭示,更便利學界研究,我們選擇方邁、王鳴盛、周廣業、孔廣栻、吴騫、王念孫、王引之、姚文田、李鋭、李文田等清代學者稿抄本予以影印,并分别撰寫研究解題。其中如李鋭《周易注疏校勘記》殘稿,是阮元主持纂修《十三經注疏校勘記》的重要文獻見證,有助於釐清當年校勘工作的緣起與修訂過程。《經義述聞》,涉及王念孫、王引之父子著作權的争議,是清學研究界關注的熱門問題。爲便於展開深入研究,我們將國圖館藏《經義述聞》初刻、二刻、三刻所據稿本及《校書録》稿本合併影印。其餘諸家稿抄本,亦精彩紛呈,各有可觀。

以上未刊文獻,雖然形式有别,但是日記、書札、題跋及著作稿抄本内容多有關聯,甚至可以相互印證,子課題實際都是總課題的有機組成部分。我們希望通過對這批未刊文獻的發掘整理,爲學界提供第一手的資料,以推動明清以至近現代學術史研究的深入。在整理過程中,根據文獻樣式的不同,我們分别採取釋讀、點校、輯録、影印、解題、小傳等整理研究形式,以期最大限度地發揮未刊文獻的功用。因爲未刊文獻的隨意書寫特性,文字辨識、内容整理難度很高,整理成果想必仍有不少訛誤,期待學界同人不吝指正。此項整理研究工作得到國家圖書館古籍館、北京大學中文系的大力支持,浙江大學文化遺産研究院白謙慎先生、薛龍春教授在文字釋讀方面給予無私的幫助,鳳凰出版社慨允出版,謹表衷心感謝。

北京大學中文系、中國古文獻研究中心　劉玉才

二〇一八年五月

目　録

整理説明

江標(1860—1899),字建霞,號師鄦、萱圃,又號靈鶼閣主,别署笘誃。江蘇元和(今蘇州)人。早年從葉昌熾遊,習金石文字、碑版之學。光緒九年(1882)始,經陶方琦推薦,在湖北學政高釗中處作幕僚,九月至山東,就幕於内兄山東學政汪鳴鑾處。光緒十五年中進士,選庶起士,授翰林院編修,二十年出爲湖南學政。在湘期間,協助巡撫陳寶箴推行湖南新政,與譚嗣同、黄遵憲在長沙辦時務學堂並設校經學會,創辦《湘學報》,介紹西學,提倡變法維新。戊戌變法期間,受命以四品京堂在總理各國事務衙門章京上行走,未赴任而政變作,被革職。二十五年病卒。精於金石、篆刻、版本目録之學,工書畫、鑒别,詩古文詞亦負時譽。著有《宋元本行格表》二卷、《黄蕘圃年譜》一卷、《紅蕉詞》一卷,編有《沅湘通藝録》八卷,並編譯《咸同以來中俄交涉記》一卷,輯刊有《靈鶼閣叢書》五十六種、《江刻書目三種》等,世稱精本。生平見葉昌熾《江標建郲事實》、胡思敬《江標傳》(俱載《碑傳集補》卷九)及祝秉綱《清江建霞京卿事實》(載王欣夫《蛾術軒篋存善本書録·辛壬稿一》)。

國家圖書館藏江標《笘誃日記》,起自光緒十年甲申四月二十二日,迄於光緒二十二年丙申十一月初二日,是研究江標生平、學術、交遊的原始資料。《日記》共二十册,書寫於江氏自用稿紙上,半葉十行,左右雙邊,單魚尾,版心下有"元和江氏笘誃寫本"八字。據光緒十九年四月十三日日記載:"余自甲申四月起至今日日記已有十七册,内闕而未存者祇庚寅七八册兩月,其餘皆逐日録記,自謂十年來未能專志讀書,於箸撰無有成帙,惟此十餘册尚有録存者,他年增益如何,終本此舊記例也。"可知國圖所藏《日記》保存完整。光緒二十二年之後有無日記則不可知。

此次將《笘誃日記》予以整理標點,大致體例如下:

一、原稿人名等字用異體字或同音字者，如"費屺懷"作"費屺裒"，"王廉生"作"王蓮生"，依原文録入，不予統一。

二、原稿空缺待補之字用"□"表示，無法辨識或漫漶不清之字用"■"表示。

三、原稿確定爲誤字者，用圓括號"( )"括出誤字，後繼以方括號"[ ]"括出改字；原稿有脱字者，所補字亦用方括號"[ ]"括出。

四、天頭地脚文字移入脚注。

五、原稿有雙行小字夾注，今在正文之後用圓括號"( )"括出。

六、原稿中有個别夾葉，録於正文相應位置。

《笘誃日記》所記内容跨越十二年時間，各時期字跡工整程度不一，《日記》中保留的詩文、書牘文稿尤其潦草，辨字愈難。整理《笘誃日記》是劉玉才師主持的國家社會科學基金重大項目"國家圖書館藏未刊稿整理與研究"任務之一。項目進行期間，曾組織幾次以認字爲主題的討論會，向白謙慎、薛龍春等先生及其他課題組成員請教個别疑難，謹致謝忱。本次參校論，參考了黄政先生的《江標日記》。整理者水平有限，誤認及標點錯誤必仍有不少，祈請方家指正。

第一册　光緒十年甲申(1884)四月

扉頁題記：

二十八年四月，後學寶山滕固謹通讀一過，並籀其讀書交游出處爲年繫云。時與小鶼同客昆垣。

戊寅十一月，後學嘉定潘文安旅滇盥讀一過。

廿七年三月，陳小蝶敬觀，時與小鶼兄同客於昆明東寺街平安第。

丁丑三月，同邑世侄陳子清、吴湖颿借讀一過。

吴興後學蔣祖詒拜讀於海上。(白文方印："穀孫")

扉二：

甲申四月二十二日始，七月二十五日止。

白文方印："句吴王大綸校藏圖書碑版印"

光緒十年四月

前三日讀《曾文正日記類鈔》，如獲奇寶，盡半宵力畢之，頗有所法。①

兩日來無事，取《倉頡篇》舊稿略加疏録，頗知上卷引書之謬，可見爲學之功隨日增深耳。

郎亭屬書摺扇，拉取隨軺聞見之事成《雜事詩》十六截句，郎亭爲之點定。今日又屬另録一分寄顧緝庭觀察於吉林。

余生平所見宋元名迹甚多，最上者爲關仝《春谿垂釣圖》，是紈扇面，六字爲宋徽宗題。倪雲林《斷橋卧柳》幅，紙白如新(皆藏舅氏藤花盦)。米元章《海岳庵圖卷》(藏顧艮庵家)，皆爲無上真品，餘皆世間所有，不必留記也。宋本書最精者《通鑑詳節》(藏甘露華氏)、《鬼遺方》(藏長洲蔣薌生家)，字畫如寫，紙色如玉，《鬼遺方》尤精。惟此等書刓刻固佳，總以

---

① 本頁鈐印：白文方印"知我者希"、朱文方印"病禪曾讀"。

甲庫之書爲上，然眼福淺薄，余均未見也。[①]

讀《阮文達年譜》，十五歲出應試，二十一歲入學，標適與同；讀《洪北江年譜》，早歲孤露，寄食外家，標適與同；讀《黄仲則年譜》，二十四歲入安徽學使笥河先生幕，標去年應湖北學使高勉之(釗中)編修聘，事亦略同。自惟愚材，何敢印希先哲，然自幼即與諸先生頗所私淑，故記之以自勖。

今日夢夢，未成一事，殊可愧也。四月二十二日燈下書。

昨日上午閲考拔頭場經解，殊無精博之卷。午後爲郎亭書信六函，皆連撰稿，又篆書摺扇二柄。晚上成上曲園師書並《雜事詩》十六首。得王薇閣函，力勸歸里，已二次矣，遲遲未復，因其中有難言之隱耳。

今日晨起，書俞信正稿畢。閲新進覆試卷，得三十六人，中幼童一人：趙汶(定陶人)。飯後始畢。

薇閣爲王文勤公五子，文勤開府八閩，極榮極盛，而薇閣無一豪紈絝氣。去歲以蔭主事到部，分職農曹，不携眷屬，年僅弱冠，好詞章之學，豪於飲，爲吕庭芷(耀斗)太史婿。

晚飯後校考拔第二場卷，策題“兩漢經學師承”，殊少詳核之卷。時僅子初，已昏昏欲睡矣。數日來盼家書未得，殊念。(二十四日書于曹州使院之擷芳齋東室。)

昨日得家書，殊喜。外封已被驛中拆開矣。即日覆函。有上筱兄書，封畢，已十二點鐘矣。終日匆匆，未成一事，可愧。酉初出門，得《漢張遷碑》《隋曹子建碑》。

今日上午檢拾行李，下午出門。無所得，購《梅花易數》二册，學占得例。二十六日晚。

二十七日巳刻，自曹州起程，車行六十里至沙土集宿。

二十八日辰刻，馬行三十里至龍堌集，飯尖，爲鉅野地。午後，車行五十里至鉅野城，游麟州書院(側門書麟川書院，不(至)[知]其故)。側門内東有唐開元廿六年《陀羅尼經》石柱，字尚完好。書院之南臨河，有

---

① 眉批：甘露華氏爲綸親串，其後人詵卿受業余門，客冬以謀雙親窀穸，覓此書售主，索資百二十元。余亦乏資，不能得，乃與介紹，售予湖州陸存齋觀察處。是書舊有鈔配，《愛日廬藏書目》已詳誌之矣。

塔一，土封其門，不能上，見卧碑，知塔名永豐。

二十九日辰刻，馬行三十餘里，馬忽驚逸，幾爲之墜。五十九里至紙房集，飯尖畢，走六里至武梁祠石室，觀漢畫象。室五楹，原爲黄小松創建，屋將頹，光緒六年嘉祥令長興丁敬書重修。分石刻四處，置諸前後左右，中間正壁爲黄小松捐錢刻石，東西離壁尺許環列八石，一爲武班碑，在中間之東。石室屋蓋背作瓦式者大小五石，東西作△式者二，當爲室之兩旁。室中門内左右有二石，高二尺許，作曲尺形，上平擺二尺餘正方畫象二石，爲東武軒轅氏新搜得者。西室地一石，作長方形，亦係新搜得者，兩面有畫，已卧于地，郎亭命護勇起之。東室二石柱，長三四尺，闊尺，卧于地。祠門外三丈餘有雙闕，南北對峙(以此定南北，上所記之東西當易爲南北，室門東向)，作方形，四面有畫字。闕南有石七，俱埋于土，或全出，或露一角，皆有畫。闕西有石如階，上有出土尖角一石，有畫。進二尺餘有石，出土一角，紋理細密，大約有字。再進丈餘，有尖角石二，有畫。進丈餘有石一，約六尺，正方有畫。祠之正南有卧碑一，作圭式，有孔，與武班、武榮縱横尺寸如一，無字，一面有一正書“武”字。此碑當爲武梁、武開明二碑，以字已蝕，不能指定，然此皆黄小松、李鐵橋之所未見者也。閲百年重見如此之多，甚爲快事。走五十三里至濟甯宿。

三十日辰刻，隨郎亭至濟甯州學觀漢碑。列于戟門之内者爲景君、鄭固、魯峻三石，東壁西向。景君在外，作圭形，有孔，石滑如玉；中立者爲鄭固，石作▯形，以二石柱夾之，有翁覃溪等題名；魯峻在内，圭形。范式、鄭季宣、武榮三石，西壁東向。范式在外，作⊡形；鄭季宣在中，武榮在内，皆作圭形。大成殿之後爲明倫堂(額朱子書)。東壁南向爲鄭固殘石，最東朱君長在其下膠東王君殘碑。偏西孔子見老子畫象。又偏西，東壁西向，新建五年刻石，以石作凹形，置漢石于中。偏南有石高二尺許，上刻“寶元二年六月”六字，據云徐樹人從他處移置者。出學，至南門市中，得漢鏡一，見一銅印曰“劉熹私印”，以賈貴未得。至太白樓，樓憑南城門偏東，北眺鐵塔，南則一望無際。有元楊桓篆書石，作正方形，刻于四面，在樓之後。六十里至兖州宿，寓左即顔子陋巷，有額(曲阜顔子祠旁亦有額，不知孰是)。

光緒十年五月

今日爲五月朔。辰刻，車行三十里至曲阜。午後翦帖《張遷碑》，一時許即畢。酉正無事，記此五日之遊，亦一快事也。子初一刻三分書畢。

午後爲郎亭占《易》數，得《坤》二爻變爲《師》之九二，曰："九二，在師中，吉，无咎。王三錫命。"《象》曰："在師中，吉，承天寵也。王三錫命，懷萬邦也。"郎亭大奇，蓋未與余言占其官階，而適合其數也。爲汶民占得《離》之九三，曰："日昃之離，不鼓缶而歌，則大耋之嗟，凶。"蓋汶民占其婚姻。汶民已兩斷弦矣。晚飯後，作寄乙生、倚琴二書，坿履新函中，並寄《雜事詩》二紙。子正睡。二日。

晨起，注《倉頡篇》，以《一切經音義》校其卷次。孫氏原本有絶可笑者，如字體云云，皆玄應説，而孫則爲書于《倉頡》，此類甚多，擬删之。午飯後睡，至申正始醒。日來懶惰可見，急宜痛戒。酉初，閲生、童詩、古卷九十餘本，至亥正畢，薦八卷。三日。

讀王貫山《説文釋例序》，謂桂氏《説文義證》徵引雖富，脈絡貫通，前説未盡則以後説補苴之，前説有誤則以後説辨正之。凡所偁引皆有次第，取足達許説而止，故專臚古籍，不下己意也。讀者乃視爲類書，不已眯乎？惟是引據之典時代失于限斷，且泛及藻績之詞，而又未盡加校改，不皆如其初恉，則其蔽也。標年十六即得此書，讀已九年矣。全書體例略知一二。大約此書以所校異文、逸文爲最精，嚴氏《校議》所不可及。惟嚴氏引書多志卷數，桂多失志，是差于嚴也。偁引故書，例寫故書本文，桂則一概改易，不知原稿如此，抑後人校刊時易寫？此亦一蔽。引書太雜，議桂之通説也。標曾藏有汪孟慈（喜荀）與陳碩夫（奐）書，言當時靈石楊氏初刻其書之時，孟慈欲删其注，爲許印林（瀚）所阻。蓋許爲漁山書院山長，孟慈等皆在校勘之列，後以此事齟齬，校勘者皆中道而去，則此書引證之失無容辯別也。王氏所説，或當時聞桂氏之論如此，若謂其書真有次第，吾未敢信。四日午後。

四日午後，閲曲阜生卷百卅本，薦十四人。子初即睡。

五日，卯刻起身，閲隔宿生卷六十本，巳正畢。午後注《倉頡篇》，知孫本於《一切經音義》脱引甚多。孫氏于此書最講求，《倉頡篇》亦因此而成，猶有脱落，殊不可解矣。酉正，郎亭招飲，至亥初畢。連飲四觥未醉，殊不可解，豈日來於此事真有進境乎？五日亥初記。

郎亭屬訪北宋本《説文》。此書藏于蔡氏(金匱人),不知已售去否,當詢之于若溪。

《漢書・藝文志》小學類,録出以備遺忘:

《史籀》十五篇(周宣王太史作《大篆》十五篇,建武時亡六篇矣。師古曰:籀音胄)。《八體六技》(韋昭曰:八體,一曰大篆,二曰小篆,三曰刻符,四曰蟲書,五曰摹印,六曰署書,七曰殳書,八曰隸書)。《蒼頡》一篇(上七章,秦丞相李斯作;《爰歷》六章,車府令趙高作;《博學》七章,太史令胡母敬作)。《凡將》一篇(司馬相如作)。《急就》一篇(成帝時黄門令史游作)。《元尚》一篇(成帝時匠作大將李長作)。《訓纂》一篇(揚雄作)。《别字》十三篇。《蒼頡傳》一篇。揚雄《倉頡訓纂》一篇。杜林《蒼頡訓纂》一篇。杜林《蒼頡故》一篇。凡小學十家,四十五篇(入揚雄、杜林二家(二)[三]篇)。

武梁石室,日來嘉祥縣南關張漢文齋拓售者,爲武梁祠三楮,前石室十四楮,後石室拾楮,左石室十楮,新出土石二楮,《祥瑞圖》二楮,東四闕二楮,武班碑二楮,翁覃溪、陳畫卿等題字八楮,大約皆有字者。無字畫石尚多,俱未拓入。

今日無事,酉初閲滕縣、泗水童卷,至子初一刻畢。計二百四十卷,薦十八卷。六日記。

利令知昏,驕致性易,惰則廢事,佚能蕩志。四者皆切于己,而不能痛改,危哉。

利非求利也,以應有之利,日謀其多少,則知已昏。驕,非妄驕也,確有才勝于人,而僅偏于不如吾者,以較其短長,則性已易。惰,非一事不爲也,一日不爲一有益事,則事已廢。佚,非蕩佚也,起居無節,言語無度,則志已蕩。

九歲時在外家,六月中,外王母及母、兩兄乘涼于庭,外王母以"螢火"命題,先成一詩,母及兩兄皆相繼成一絶,余僅知四聲,亦成七言詩二句,此爲生平詩學之始。外家值于兵火之後,書籍零落,聚殘缺者一簏于橱頂,余架几椅而上,竊窺之,得《唐詩别裁》不全本、明安氏擺板《百家唐詩》八册,狂喜,潛取之,朝夕誦讀,肆加圈志,字爲之没。十一歲時,于惜字簍中得外從曾祖秋蘋先生昆仲所選六朝、唐賦刊本,始學爲賦,輒呈諸于兩兄及若溪表兄閲之。十二歲,從徐研春(之幹)師讀(金匱歲貢生)。

師能畫，工鐵筆。師出，潛取其刀刓印，手碎如麋，不苦也。孫遜先（亮祖）世兄（無錫貢生）爲研星師長子（紹洙，諸生，精小學），見余所刻印，謂余曰："字宜從《説文》爲是。"余是時不知《説文》爲何書、《説文》爲何人作也，惟有《六書通》一部，見第一字下輒曰《説文》，以意爲之，當是古書，于是于書肆中及人家見有《説文》之名，必翻閲之。十六歲時，過察院場書肆，見有新刻桂未谷《説文義證》一書，索賈甚昂，無錢得之，舊有陳祥道《禮書》一部，取與相易，得携之以歸，大喜，如獲至寶焉，此爲得《説文》之始。後漸推漸廣，至今日而《説文》之本幾備之矣，皆孫世兄一語之力也，以志不忘。十五時，從吴菡青師（恩照，長洲恩貢生）三日，師以"春水緑波"命題課賦，余賦中有"柳照水而風梳，鳧浮波而雨浴"二句，先生頗愛之，謂韶秀天成。以上皆憶少時事記之。念自識字至今日，已二十年矣，僅博一衿，毫無成就，竊所自愧。

今日辰正即起，未讀一卷書，未成一事，已半日矣。朽木難雕，雞鳴同舞，安得有良師友勖之。

時有鬱鬱不得志之色，大約總不脱上所言"利、驕、惰、佚"四字，急宜自戒。

日來諸事皆作退一步想，頗得淡静之意，惟于名心未死。自爲諸事皆可後人，獨學問一事，人欲争吾前者，必力制之。嗚呼！不入于驕，即流于惰，宜日不忘此二字以自改。

少時喜閲格言書，嘗憶有一人性甚褊急，有勸以一錢，上寫百"忍"字，後其人竟改其性。余生平于"忍"字頗所師法，然至今未能盡忍也。可見萬事放則易，收則難。

余生二十四歲，未嘗一日離母側。自去歲正月至鄂，六月歸里，已覺甚遠。九月至山左，至今已九月矣，未嘗一日忘也。饑驅寒迫，骨肉能離，痛哉。

才短者語多，學疏者文多。世間犯此二病者多矣，余亦不免焉。戒之哉。七日子初三刻記。

武定試畢，出遊至試院前半里一道院内（憶似城隍廟），後進殿中間，有元至順五年鐵缸，正書數行，字甚清。

母手諭曰："慎起居，節飲食，亦衛身之要，不獨忠於其事爲不誤公已也。"（二月初五日諭）"起居飲食，格外慎細。公事一切總以詳慎謙和爲貴。”(十二月廿三諭)“同幕須和衷共濟,待人宜謙和爲貴,總之格外謹慎,一秉至公,不可怠忽。”(十二月二十四諭)“謹慎小心,與同幕諸人亦要留心和氣,不可受騙,不可結冤。吾不欺人,人自不能欺吾。”(十二月八日諭)

酉初,閱四氏學童卷二百七十本,至丑初畢。薦二十一卷。八日丑初七分記。

有小得意而即形于面者,有大失意而不形于色者,此中有君子小人之分也。

人之善譽吾者,即善毁吾者也。人之忌吾者,其才必遜于吾者也。

九流謂道、儒、墨、名、法、陰陽、農、雜、縱横(《後漢》四十上《班固傳》注)。

《班固傳》曰:“惟性寬和容衆,不以才能高人。”讀此以自警。

《太公陰謀》曰:“《武王衣之銘》曰:‘桑蠶苦,女工難,得新捐故後必寒。’《鏡銘》曰:‘以鏡自照者見形容,以人自照者見吉凶。’《觴銘》曰:‘樂極則悲,沉湎致非,社稷爲危。’”(《後漢》四十三《朱穆傳》)此古格言也。

今日無事,辰初起床,祇讀《一切經音義》三卷,已酉正矣。

日來懶于用心,即欲作翰牘,亦不肯動筆,然意中所欲言者則不知凡幾也。

乾嘉先輩少孤而能成立者,獨心折北江先生,其文、行皆所服膺者也。容夫先生文固高矣,然爲人嫌其似禰正平,雖不致殺身,然坎坷一生,亦足以報之矣。仲則,詞人也,不自量其力,奔走以死,雖爲饑驅,然亦不養其身,以致中年而殞,皆非爲人子之道也,況爲孤子乎? 九日。

今日祇讀《一切經音義》半卷。得龐端卿信,允于漢口分運書箱到滬,即作答書。十日亥初三刻書。

今日爲郎亭篆書二扇。作寄查柤亭書、何二三兩先生書。至子正睡,終日未爲一有用事,可愧。十一日子正記。

晨起,閱新進覆試卷,得二十七人,四氏一學,得孔姓十四人,顔三人,孟二人,曾氏無。午後寄湖北查柤亭書(並《紀游詩》十六截句),寄燕臺何信、上海龐信。命張僕(金鄉人,曾讀五經,年尚弱冠)録曾襲侯與李中堂書,辭氣激烈,令人欽仰。觀《申報》議中外事,憤懣髮指,殊抱杞憂也。晚飯後閱報部曲阜生卷四册。十二日記。

晨起，爲祁子樅（肇麟，丙子舉人，元和人）作山水畫扇。午後出門，謁文廟。進東角門，翠柏參天，不可以數計。至同文門，觀漢魏六朝石刻，分内外左右。至杏壇，亭前有白石香爐一，工巧無極，云爲金大定間物。再進爲大成門，登殿，觀欽賜法琅供器五（雍正二年），又漢陶太尊一，極東犧尊，稍進中爲雷尊，西爲象尊，極西爲山尊，皆工巧無比。雷、犧、象三尊有字在口，陽文，餘皆未見。至聖蹟殿中，爲"萬世師表"石刻四大字，内排立《聖蹟圖》二百二十石及聖象各石。出至大成門，觀手植檜，僅存新枝，以石闌護之。奎文閣在門外，未登。詩禮、金絲二堂亦未到，擬明日再游。

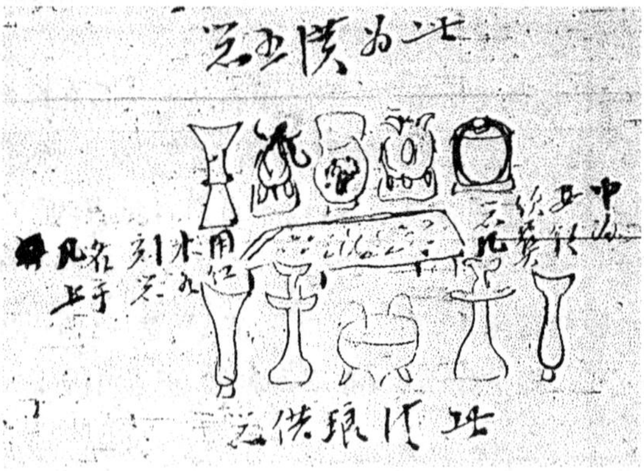

郋亭有集《易林》對句曰：甘露醴泉潤洽爲德，金城鐵郭堅固相親。鴛鳳遊行福祚之聚，騶虞悦喜仁哲以興。功德大隆崔巍北嶽，貴壽無極遊戲南山。砥德礪材金玉爲寶，增榮益譽鎡基逢時。處和履中篤心自守，獲譽受福積善有徵。禮樂所豐恭謙自衛，德義洵美文武以昌。麟遊鳳翔輝光照國，鵲唤鳩舞福善在門。居華山顛條風制氣，爲王室輔膏澤應時。幽人利貞復歸故里，康伯愷悌長生樂鄉。高原峻山雷雲集聚，深堂邃宇鸞鳳翱翔。綏德安家千秋起舞，應聘輔國四序允釐。貞良温柔嘉我潔德，歡喜堅固宜其美才。和璧隋珠所求必得，金梁鐵柱相輔爲彊。明德上登徵詣北闕，長生無極遊戲南山。宫商既和歌謡送喜，日月相照光明見祥。宜時布和爲國藩輔，蒙慶受福舉家歡欣。家室相安百條共母，官爵並至一日九遷。拜位逢時光榮於世，執義秉德貞廉之師。茹芝餌黄其人所在，握金懷玉君子有光。東上泰山南至嘉國，春多膏澤夏長條枝。喜至慶來出和入明迎福開户，伯歌叔季舞長樂行觴。柏桂棟梁大夫執政，桃李華實季女宜家。握德寧臣四門鳌肅，嘉樂君子五福久長。道德神仙壽算無極，聖賢配耦。福履齊長崧高岱宗德音孔博，春城夏國和氣所居。砥德礪材爲國藩輔，布政施惠生我福仁。握斗運樞四時順節，銷鋒鑄耜千里蒙恩。握金懷玉隆我福祉，茹芝餌黄使君延年。居之寵昌宜家富壽，得其歡樂與君笑言。明允篤誠所行造德，平康正直以道立宗。克身潔己賴其忠德，節用綏民奏爲膚功。萬悦千歡貴壽無極，五福四利嘉慶大來。和璧隋珠輝光照國，醴泉甘露膏澤應時。道德神仙增榮益譽，忻喜奭懌\福禄歡喜常樂允康。舉家歡忻宜昌娶婦，使君壽考受福多孫。典册法言德音孔博，五範四軌動作有光。麟麐鳳雛多受福祉，鵲唤鳩舞先知吉祥[①]。南山多福東鄰慕義，秋蘭芬馥春艸萌生。善政得祥遨遊仁宇，頌聲大作徽諧王庭。華鐙百枝明月照夜，鳴鸞四牡春日載陽。達性任情民悦以喜，含和建德政仁且温。朝陽梧桐德音孔博，南山松柏福履齊長。含謨吐忠行爲士表，種德收福世有令名。海闊天空鳶飛魚躍，山高月小虎嘯龍吟。海納百川有容乃大，壁立千仞無慾則剛。(右二聯似不出《易林》，俟查)。

得四月十一第十一次母諭曰："汝一切須謹慎，嫌疑之處尤宜格外小心。人之多言，亦可畏也。惟慎之于先，庶無物議耳。"又得華筠如書，知尚未卸事。十三日了正記。

今日辰刻起身，即至孔廟(廟即在使院西鄰)。隨郎亭至大殿，見世稱吴道子畫《杏壇象》者一軸，闊尺餘，高二尺餘，絹心。旁款"枝隱吴彬敬寫"六字，行書，在左角。實非道子也。東至詩禮堂，見唐槐，老枝横架已枯，孫枝直立，已高數丈。堂後觀孔子故井及故壁。西至金絲堂，觀諸樂器，皆乾隆年造。出詩禮堂，至奎文閣小坐，重至同文門，觀諸刻，又于奎文閣後西碑亭内訪得唐修孔子廟碑，爲李庭珪八分書陰額。讀元至正元年顔〇〇等打碑題名墨蹟(見《小滄浪筆談》)，下一字皆爲後拓者墨污，僅存形似。出門至賣碑所，得孔廟漢碑全拓四分、竹葉碑二分、琅邪太守朱博頌德殘碑一分(藏尹彭壽家)、天保元年張龍伯造象一分、方端石硯一。午後至顔廟，觀陋巷井。遍訪竹葉碑，不得(據《山左[金]石志》

① 眉批：典册德言。深堂邃宇，居仁寵昌。

云藏顔廟),詢諸博士,亦茫然,不知又移何所矣(或云在顔氏家中)。

秦刻《九成宫醴泉銘》末句"吉"字一行下末格有石泐如米點,點及末行"奉"字中柱作屈曲形者爲真。

今日衍聖公來答拜郎亭,年僅十三,氣宇軒昂,坐緑呢金頂大轎,轎至二堂庭中而止。十四日子初記。

辰初起身,至孔子林,進萬古長春坊,兩旁柏列成行,皆數百年物,怪奇諸態畢具。又進觀樓,未得一登爲憾。觀輦路碑。車西行百步,至洙水橋東下車。步過橋,橋有三,中爲洙水,東西不知名。再進爲墓門,甬道中立石獸四[①]、石人二、華表二,考係宣和間物,云極工細,實則未必也。東行有亭,爲楷亭。亭前石臺高五尺許,即圍子貢所植楷,植立已枯。稍北爲高宗駐蹕亭,又北爲聖祖駐蹕亭,再北爲宋真宗駐蹕亭,亭皆以黄琉璃覆之。亭西即子思子墓,墓前有石人二,如甬道制(左笏右劍)。進北爲至聖墓,墓碑皆明正統間篆書。聖墓之東爲伯魚墓,墓前訪韓敕所立壇石,猶存。聖墓西即子貢廬墓處,有一碑,屋三楹。聖墓偏西,明立碑及壇石皆不居中,不知何故,殆所爲馬鬣歟? 陵上樹不一種,皆大幾圍,有新出雜樹頗多,蓍草滿地皆是。孔氏歷代孫皆祔葬兩旁,不可以數計。出門東行,仍過觀樓,里許,至周公廟。廟址不甚寬,圍以牆,内皆圮倒。有東野氏五經博士引觀各處,皆無足觀。又東行三里至少昊陵,頭門已圮,殿爲道光七年山東巡撫琦善重修。有一碑,八分書,在東室,仿漢制,列諸吏名及刻石人姓氏。林高如山,以白石方圍層砌頂,有室,中塑少昊象,年甚輕。兩旁柏亦不如孔林之大。小坐,出門,進東城關歸。

午後同洨民至同文門,拓《居攝》《墳壇》二刻,以軟絮佳墨精拓二紙,點畫盡顯,去市中售者遠甚。又拓五鳳刻石一(前人多有譌作磚者,此僅見拓本故也。石高尺餘,廣如之,長二尺餘。金德裔題字在右),字字清明,可知並未模糊也。又以寸許闊條拓《禮器》《史晨》《百名卒史》,一石一紙,精拓存之,以較素稱爲佳拓者,皆不如也。此法郎亭爲余言。擬拓全石,以日晡而歸,頗爲惜之。題名于隋大業碑陰側及百名卒史陰。十五日。

今日大雨,車不能行。再同洨民至同文門,余拓《禮器碑》,洨民拓《史晨》前後。招拓碑人來,親觀其拓《禮器》,以紙乾不肯用氊椎,拓出後

---

① 眉批:獸在外者爲文豹,在内者角端。

雖較尋常爲精，然不如余條拓之佳，還之。至日晡而歸。郎亭貽孔廟欽頒彝器款識拓本六紙，又建康洗一紙，亦孔府物。同鄉彭菊人（莪孫）來拜，以匆匆未答爲歉。十六日。

辰初起身，車行卅里至兖州試院，緊帖北城，在曠野之中。余住簽押房後進東室。十七日。

晨起封寄家書，坿郎亭函中。

君子喜人善，小人喜人過。君子不自知其善而求人之善，小人不自知其過而求人之過。

午後手裝自拓《禮器碑》。十八。

午後閱生、童古卷一百四十本，薦生九本、童五本。十九日。

午後閱生正場卷六十本即睡。晨起刻小華山景于硯蓋。二十日。

辰初起身，閱生卷百四十本，至酉初始畢。寄第十八號家書（二十一）。得王薇閣書，即覆，未寄。

上午閱濼源書院卷。下午閱童正場卷二百六十。子正睡。二十二日。

辰正起身，讀《金石圖》，爲滋陽牛運震撰説，郜陽褚峻摹刻，極精，中圖竹葉碑磨滅之字，較余所得拓本反少，豈當時未得精拓邪？余拓本下層第八行爲"太史曹文陽馬琮"七字，牛圖缺下二字。洨民謂文陽馬琮名見《史晨後碑》，以此定爲漢物，確不可易，不必觀其碑形隸法，足知其爲漢也。或此碑立即孔廟中物，然無所據矣。二十三日。

晨起，臨《史晨後碑》一通，午後閱童卷二百五十册。近數日未成一事，終日無片刻閒，自亦不知其何事也。若溪書來，謂在南菁書院亦做不出工課來。其病失之繁、失之亂，終不能有優柔饜飫之致。余近日亦犒中此二病，甚哉爲學之難也。

余生二十五年，南游荆楚，北歷魯齊，所接文學之士雖不爲廣，然較諸伏處一室者已勝矣，而惟若溪一人爲余之畏友。天地雖大，豈才有限乎，抑所見不廣乎？且待十年。① 二十四日丑初一刻記。

辰正起床，閱濼源書院卷。午後臨《史晨碑》三紙、《醴泉銘》二紙，蛇神牛鬼，對之自慚。近日思欲定一常行功課而未能，蓋心不静、志不專，其病乃失諸惰。

① 眉批：此語已入於驕，急宜痛戒。

晚飯後書寄若溪，言金石拓本得四紙。

近日來胸中所欲言而無人可與言者，必書此册中，以驗已學力之進退、心地之邪正，亦稍暢胸中悶悶之氣。古人雖曰“事無不可對人言”，然余此册不願與人閲之，以漁語樵，以冶語弓，冰炭不投，何必欲人知哉。二十五日。

今日晨起，閲濼源卷。午後閲滋陽童卷二百五十卷，至丑初二刻畢，薦十三人。閲邸抄，知有保舉真才之諭。

憶曾文正忮求詩人，苟能熟讀之，則一切聲色貨利皆不能奪其志矣。二十六日。

閲書院卷。至午後畢事。知今日提覆濟甯、滋陽童，有濟甯幼童，詩文爲通場之冠，舉趾穩端，語言合體，尤爲山左通省考試士子所不及。姓李名本立(字)道源。

乞子樅畫班定遠象于扇，自題一詩曰：

生入玉門關，死到酒泉郡。立功何必藉文字，賦才史筆等餘燼。陰山雪花大如掌，臂鷹韝脱馬蹄響。晚來罷獵虎帳開，虞姬低舞胡兒吭。何必困臨邛，何必羞跨下。投筆從來事偶然，姓名一様麟編寫。侯兮侯兮在何處，一千年後誰心許。我亦天家最少年，寶刀錦袴從侯去。

題《時妝仕女圖》云：

春風吹透羅襟薄，俏立雲屏尚宛弱。江南江北離情多，自看新妝知約略。玉環容易金釵小，十五雛姬過秀削。我問卿愁惜太深，真真紙上應輕諾。二十七日。

今日得家書(第十二次)。得左兄、梅汀、芝汀各函。晚飯後閲拔貢頭場卷，經解中引鄭本作△。

梅汀來書云，代付衣料洋一元，五錢三分未繳。

王茀卿農部(頌蔚)與郎亭云，新得《大藏音義》(此書一百卷，余聞諸于陶子縝編修曾有是書，曲園師亦云日本已刊)、《采齡音義》(此書未知)，珍爲奇祕。聞余《倉頡篇》曾從《大藏音義》輯得一本，渠欲不輯，實則余竝未見及此書，不知何人謡傳。余蓋從《史記》《漢書》《文選》《列子音義》《一切經音義》采補數十條，曾託查相亭代索陶子縝輯本録一副，尚未有復。二十八。

濟甯拓工郭映暉來送定拓漢石全套，精妙絶倫。郎亭贈余至精者一分、次者二分，其次者猶較尋常拓者遠甚，爲之狂喜。山左此行真不負矣。

作家書並與二哥及若溪、芝汀書，漏已三下矣。二十九日。

光緒十年閏五月

滋陽新進幼童陳德謙出余房，文頗清順，書法亦可。

爲學之道在乎博覽群籍，始可以言學，然非鑰不足以啓其户也，則莫如通《七略》。僅知目録如老書賈，則亦非學也。其先明乎六書乎。六書之學至今日已四通八達，形、聲、義三者皆不可偏廢也。然今之講六書者皆僅知其形而已，欲求其知乎聲、義者，鮮矣。而于聲則更茫然。推其源，不知其聲者即不知其形也。蓋今之所謂知其形者，徒知其飾彣而已，于古人造字之義未求也；僅知其小篆而已，于大篆未習也。然于大篆僅明乎甲乙祖父以奇字爲上，蓋大篆湝、叚、合、反之文即可明小篆隸、正、艸各體之源，學者識字始可通文。《尉律》曰："諷九千字始得爲史。"今人識一二千字即可以博功名矣。然即求識一二千字者，使之逐字解之則十不得一，始知爲文者皆不識字之人也。昌黎以作詩而通小學，今之讀韓詩者不知也（實則唐人皆通小學，昌黎尤顯焉者）。即此至小之事，已爲今人所難學，烏可以言學哉！

燈下閲二場拔貢卷，得濟甯蔣祖仁卷，頗有功侯。策題：問西漢微言大義與東漢名物訓詁流别奚若，士先器識論。

僕人笨若牛，懶如貓，真不可以言格者，尋一物、檢一箱，必親爲之，此皆在家時素未講及此等事者。細思之，同儕中不如吾者多矣，則又息心静氣，不敢作妄想矣。閏月朔一日。

今日晨李生道源進見，飯後去。午後出門，得白駒谷題字《青州齊碑》、《任城孫夫人碑》、琅琊石刻、曲阜漢碑全套、六朝孔廟諸碑全套，又漢碑額五分，又魯恭王墓二石人題字諸拓本，大而荒。遊畢即反。東城有一塔，制極奇，如式，未登，云在書院内。朔二日。

三日午正起身，走三十里至曲阜，再至孔廟，題名于孔褒碑側，並手拓汝南府君及孔宙、百石卒史、史晨各碑上下向來未拓之字。觀汶民屬拓工拓魯相謁孔廟殘碑陰側，此從來金石家皆未著録。[①] 其陰帖木栅，拓者不能施紙墨，其側爲楷書，多模糊不可辨。屬郭映暉拓漢石全分。三日記。

晨起，同汶民至曲阜學觀二石人。至明倫堂，不得適副學，出門詢之，遂由明倫堂後東進一小門，有荒地畝許，圍以牆，二石人在東牆，西向立，南者爲府門之卒，背有阮文達題字，北者横卧草中，下截已斷，面仍西向。拓者横拓之，即廣亭長也。二石人相去二尺餘，其地即古矍相圃，有碑在南牆外，滿地蒿萊。余與汶民披而入，草没其膝，旁觀笑之，不顧也。車行二十五里至陶洛，爲曲阜地。再走三十五里至泗水，宿書院中。同程履翁出東門，謁仲子祠。半已圮廢，神象猶存。祠傍即泗水，水清見底，石子作五色，徘徊刻許進南門歸。履翁得一石，甚奇。四日。

卯正起身，馬行五十里至泉林，爲泗水縣地。泉林有聖祖行宫。有水曲折從石罅出，相傳即"子在川上處"。水中多赭石，細檢之，未得佳者。有仁廟、純廟御製諸碑並聖祖《泉林記》，"子在川上處"五字爲純廟書。南有石橋，旁小碑，一書"甘露泉"，一書"甘露新泉"，不知何人書。又有純廟書"泗水之源"四字，石已斷。泉南有元僧石塔三，制甚古。余與汶民訪得之，惜未拓得也。午後車行四十里至平邑集宿，爲費縣地守。端午。

卯正起身，馬行六十里至地方集，山路犖確，車行無道，顛簸異常。微雨密雲，天尚涼快耳。午後行三十五里至費縣宿。六日。

寅正二刻起身，馬行五十里，車行廿里，路稍平易，至義堂午飯（蘭山地）。午初，車行三十里至沂州試院，在城■，[②]屋不甚敞，居簽押房後進西室。七日。

得曲園師書，屬訪鏢局搭客之事，並知階青世兄冠郡曹，可望入泮。八日。

覆曲園師書。

《東瀛詩記》卷二曰："東國産銅之山，大者有三：豫之别子也，粤之南

---

① 眉批：《山左金石志》已收入矣。十日記。其側爲唐貞元諸官題名，可識也。以《石志》細較新拓，新拓者多幾字，可知阮氏所得本亦未甚精也。

② "■"字爲墨污去。

部也，羽之秋田也，而别子山實爲之甲。有任友氏業别子開礦之法二百餘年。”午後閲生、童古卷百四十本，得莒州童生管象晋卷爲最，聞年僅十一，美才也。燈下書寄曲園師書。九日。

晨起已巳正，懶惰之性真不可收拾矣。夢中得句云：“多情多忍即成仙。”醒後不解其作何語也。寄俞師函。時已午正，已放頭排，蓋今日爲生員正場也。

午後閲府學生卷百二十本，至酉初畢。戌正即睡。十日。

卯正起身，閲蒙陰生卷七十本，至巳正畢。

生古第一秦志屏，第二段鴻恩；童古第一管象晋(廷俊子)，第二管象頤(廷獻子)，皆出余房。余至山左，歷閲九屬，得生、童第一俱出余房者，已三次矣，然終不若此次之盛也，頗爲私喜。

今日午後睡至酉初始醒，一事未爲，韶光虚擲，又犯一“惰”字矣。

盛柚堂《尚書釋天》手稿今在鞠裳師處。許印林手校桂《説文》今存濟南府城尚志書院。孫淵如《尚書今古文注疏》其初稿即書于自輯《尚書馬鄭注》上下方，今藏武進費杞裒主事(念慈)求古精舍。段楙堂手校《集韻》今藏新昜趙静涵表兄家(元益)。沈俠侯《絳雲樓書目注》原稿今藏郎亭籀書庢中。《方輿紀要補》手稿今藏聊城楊氏。李雲門《緝古算經考注》手稿僅存二、三兩册，已失其半，藏余師許室中，又焦理堂手校《大戴禮記》亦藏余家。《説文義證瑑文》爲丁少山(艮善)布衣書。十一。

辰初二刻起床，瑑書《易林》聯句六紙，至午初畢。

午後閲郯城、日照童卷共二百六十本，酉正畢。

汪氏中曰：“往者人之立言，其始欲摧我以求勝，其卒歸乎毁方以媚於世，是適足以發吾之激昂耳。”

又曰：“大抵爲寡婦者必壽，其子苟成也，則家必昌，雖貧也必孝，此天道之可知者。然當始孤之日，蒙穉無知，其親血氣堅壯，疾疢不作，而飢寒愁痛斲削萬端，使不得一日遂其性。洎其子成人授室，門户再造之日，方思從容頤養，以娱暮年，而精力奄亡，薾然槁木，葠苓(梁)[粱]肉無補于既敝之身。是憂患之日則其親既當之而以傷其生，安樂之日則妻子僕妾皆得與享之，而親轉不能堅其命，豈非生人之至痛哉！是雖日用三牲之養，曾不若及其壯而日一再食之爲美也。”(以上二則見《述學·别録》)

國朝小説家以蒲留仙之《聊齋志異》、曹雪芹之《紅樓夢》爲伯仲，儘有佳文，不能鼎足矣。少時每閑看此二書，《聊齋》一過，不欲再閲，惟《紅樓夢》一書反覆觀玩，至今已十五年矣，行篋中猶有此物。嘗見前人評此書，以爲聰明人不宜觀，實則真聰明人始可以觀此書也。世之因觀此書而受病，皆鈍根人誤會此書之本義耳。此書寫一"情"字，爲自有文字以來開天闢地之作。蓋自有天地以來即有一"情"字，"淫邪"二字不得爲之情，今人皆誤會此意，於是遂謂《紅樓夢》爲淫書矣。嗚呼冤哉！十二日。

擬託子樅買書數種，姑記于此：《壬午癸卯諭旨二卷》、《經籍籑詁》（石印，價二元）一部、《西醫五種》（掃葉山房可購，價一元二錢）、《曾侯日記》《航海述奇》各一種、《滬上紀遊圖》一册、《申報》各圖若干册。

王薇閣住宣武門外爛麪胡同刑部湯宅轉同居。

午後爲洨民篆書一楹帖，語曰："東上泰山，西至汃國，北涉汶泗，南游江淮。"蓋集句紀其游蹤也。又書彖四幅與陳祐。筆墨頗覺順手也。

作家書，言十月之事，别無他信也。即日封。十三日。

松竹齋有刮刀全付，墨燉全盒，搢差進京可帶也。

今日午後我庾二伯及韓芝生先生到東。得十三次家書及鞠師書竝清泉孫表叔書。十四。

洨民以黄學使檄取優行之舉，即欲歸里。余亦擬歸小住二三月。未知郎亭許吾否邪。

晚間與郎亭言歸里之意，堅不許行，此亦數也。十五。

今日作與稼秋書，竝貽曲阜漢碑全拓。又與玉峰、善甫二書竝鞠師書，託購《滂憙齋》，其款擬于碑帖上劃砯（坿家書中）。又與若溪言近事，竝與芝汀、南軒各一書（坿程履翁書）。

託孫得翁買孫《説文》《經籍籑詁》，託祁子翁買《諭旨》、《曾侯日記》、《航海述奇》、《正俗》、《紅樓夢圖詠》、《西醫五種》、楊詠春字册。爲子樅書楹聯一，瑑字。①

三代以下無人不好名，昨日之不能同里者皆爲名累也。自知生平利

① 眉批：《酒令叢鈔》（二十）。芝香玫瑰香（月中桂）。香串（戴春林）。《揮毫自在二集》。

不足以動我，勢不足以壓我，氣不足以奪我，惟名足以籠我，是亦本性之使然。

嘗謂酒色財氣無人不犯一二端，古人之所言此四字，當爲過分者言之也。不飲過分之酒，不好過分之色，不謀過分之財，不動過分之氣，斯可矣。如爲人不宜絲毫犯之，此人與木石何異？我想古人必非此義也。十六日亥正三刻九分。

午後作與筠如書，與叔朋書。酉刻寄二十次家書及筠書，驛中專遞。閲選拔頭場卷，經解以□□莊余珍爲首。十七。

爲郎亭瑑書扇二十柄。晚閲總覆童卷三十二册。十八日。

書家信並叔朋、稼秋(還石人題字、漢碑)、端卿各書。午後閲二場拔貢卷，以日照丁惟禔爲首。丁，精於小學者也。

衍聖公府大門一聯云："與國共休安富尊榮公府第，同天竝老文章道德聖人家。"不知何人所撰也。

公府有玉虹樓帖，尚可拓。

公府後門畫象見《山左金石志》，今移在聖廟同文門外，大門西間四石無字畫，極奇古，惟不敢定爲真漢石耳。十九。

晨起爲郎亭篆書扇二，中堂三幅畢，略檢拾行李，午後出門，得洋刀一、指南鍼 、《牛馬經》 函(此書專爲醫牛馬而設，中具相馬法頗是，故得之)。琅玡石刻四紙，沂水縣鳳凰石刻一，又晋劉韜墓石拓本 。

午飯後無事，閲《紅樓夢》第七十三回至七十五回，其中爲賈氏極盛始衰之徵，其描想衰象幾至艸木皆兵，真化工矣。余于此書獨心折探春一人，眼明手辣，于鳳姐尚有賢奸之别，其他可知也。二十。

晨起出門東行，未得一物，即歸。汶民從西城歸，云訪得六朝造象多種，午後同出門觀之。先至一廢寺中(名普光禪寺，不知是否即普照)，庭中有大小石造象七，皆無字，然刻劃極精，唐以前物也。出寺門南行數武有破垣，内亦嵌一造象，再南行即琅玡書院，以名片拜山長，並述拓碑之意。遂啓西室，引觀室三楹，中供右軍象，此即右軍故宅，西有池，即養鵝處也。右室立三碑，西向，南爲《造橋記》，年月已缺，玩其字形，亦六朝物(陰有"諸葛□□"四字)。中爲隋開皇造象，上象已缺，文俱存，陰上二層有佛像，下層皆齋主姓氏，北亦造像一。西陰南向立宋景祐《陀羅尼經》石幢，字頗完善。西室南向宋□□《陀羅尼經》石幢一，三面已模糊。西室東向者最北爲《伏生受經圖》畫象石，作⌂形，似人家門外兩旁者。次爲宋元豐石幢二，一圓，一六角。又宋元祐六角石幢一，皆高不及尺。下橫立一石，亦六朝物。再次爲隋開皇四面造象一，高三四尺，寬尺許。極南爲隋造象一，左側有字。洨民招普光寺僧拓一分，已日暮矣。歸貽郎亭，以補《續山左金石志》。二十一日。

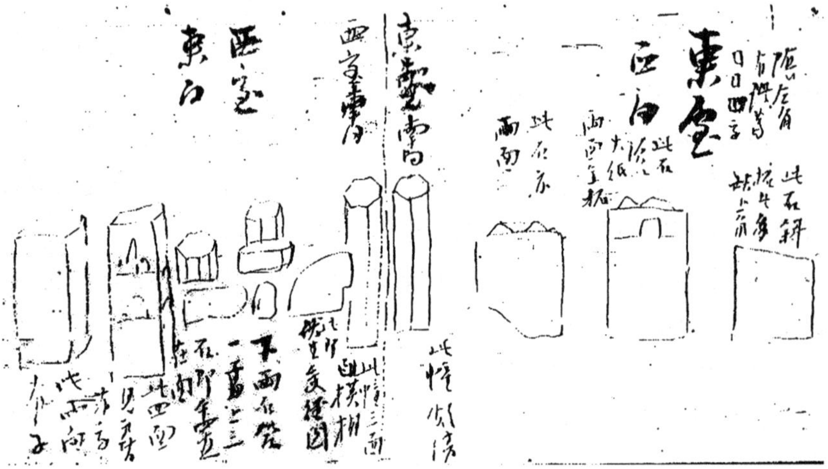

巳正出門，車行十五里至南曲坊，又十里鵝莊，又廿里伴城，地皆平坦。二十二日。

車馬四十五里至青駝寺，有白完北門，和汪如海□青■陽題壁原韻云：

榮枯自古數難更，枉作長沙太息聲。青眼幾人邀特賞，白眉空自負虛名。蓬山有路終能到，滄海多遺太不情。願與諸君爭努力，垂天依舊奮鵬程。

飯後車行廿里爲雙堠莊，又十二里孩子莊，又十三里至垛莊，自雙堠莊起多大嶺，然已爲任筱沅中丞新開。題壁詩甚多，有江都史蓮叔用許令芬《廿史詩》云：

耿耿疏星夜色寒，征車初上思何堪。年來始信征塵苦，宦味如紗悟劍南。

休言鸚鵡在前頭，自是盧家有莫愁。一曲琵琶許心事，舞衫歌扇憶揚州。

又辛巳清明後一日實甫題（後誌疑此爲清河楊孝廉詩，陳伯屏題■

謂此常熟楊實甫也)：①

我行淮徐間，田野無寸碧。聞自去年夏，不雨到春末。千求罕一應，官吏面常赤。高原行將龜，何處種二麥。豈獨小農哀，水枯魚亦泣。中宵婦歎聲，逕達帝閽側。是日過沂州，雲陰忽如墨。風沙從空來，欲走萬嶺石。天以信慈惠，土膏稍潤澤。曩者天降祲，大旱遍東北。飢民念皇仁，皆不忍爲逆。此邦民氣勁，豪傑之所出。一旦使流離，求生恐負國。蒼生久窮蹙，屢屢罹浩劫。所恃惟一天，更賴朝廷德。牧令本越秦，相視若無責。心力殫上官，皇暇舉其側。願更施甘霖，潛補撫字拙。明朝萬緑生，春氣起蓬勃。拜謝雲中君，詩成客衣濕。(《沂州道中喜雨》)

又《癸未新正京江畔許氏旅夜即事詩》云：

窗色皓欲曙，起爲道路忙。開門瞻陰晴，满地明月光。四處寂無語，鐙暗夜未央。僮僕魘不醒，睡味濃且長。我來當頭喝，夢魂驚满牀。童起癡相向，呼爲速治裝。僕夫整鞍馬，奚奴佩古囊。長揖謝主人，及早欣成行。振策出門去，我馬爰騰驤。一鞭摇指處，安居期帝鄉。

又《若耶漁人庚辰元宵感賦》云：

年來走筆遍天涯，策馬他鄉閱歲華。客裏光陰驚爆竹，夢中心事上梅花。封侯未必龍韜熟，作賦愁難狗監誇。薄醉旂亭增太息，會逢今節便思家。

又《小嚴丁丑二月二十七日由伴城至此題壁》云：

聞道青駝不易行，蕭蕭古寺喜重經。煙横樹杪嵐留影，石觸輪蹄鐵有聲。歷盡崎嶇心自坦，洗除塵垢雨初晴。世途陰陰尤堪畏，莫到登山歎不平。

晚飯後自題一截于東壁云：

遊子天涯興太孤，江南回首路崎嶇。寶刀駿馬知誰似，一幅五陵俠少圖。

---

① 眉批：實甫毛姓，名慶蕃，豐城人，見日觀峰題壁始知之也。(十年九月朔記)日觀峰題壁者乃毛實君也，此當爲易實甫。

又題句云：

鄉思難憑壯志收，蕭山不隔一重愁。世途嶮仄渾如夢，客路光陰又近秋。絶域功名思燕飲，廿年心事看吴鈎。長途不盡低徊費，爲補新詩破壁留。

履新和詩云：

東岱從游興不孤，蕪叢歷盡路崎嶇。他年華管尋鴻跡，須把今宵記入圖。

又和云：

策馬長征志不收，淒涼旅舍更添愁。豪情欲遣誰同醉，鄉思縈懷不待秋。五夜新涼侵枕簟，半庭殘月上簾鈎。家山絶似蓬山遠，聊寫新詩到處留。二十三日。

寅正起身，車行十三里至界牌，五里至柳山莊，五里至清泉橋，八里至桃墟集，十五里至公家城，五里至保德店，①十里至蒙陰城外，午飯。二十里至西住佛，十三里至常路，十二里至敖陽宿。途中山石犖確，越嶺度溪，甚爲辛苦。此處本有九嶺十八河之名。店壁有某題四律，極佳，匆匆未及一録爲恨。二十四日。

寅正起身，二十里至新泰縣，山嶺高下如昨日。于城外鹽店午飯，僅辰正也。飯畢，走二十五里至翟家莊，十五里至浮邱，二十里至羊流店。道旁有羊太傅三世墓碑。題壁詩絶無佳者，惟平江余琹樵句云：

遊子思歸切，倉皇破曉行。斷橋分柳色，亂石碎車聲。世路多艱險，吾心自坦平。自憐還自笑，竟日數征程。

嚴師用余昨日原韻題羊流店壁韻云：

齊魯青山一望渡，崎嶇歷盡敢言愁。纖雲未起日添酷，急雨初過氣逼秋。隨手書宜排悶録，遣情酒是釣詩鈎。前宵快讀諸君句，聊和一篇壁上留。二十五日。

寅初起身，車行十五里至官橋嶺，二十里至花馬灣，十里至池家莊，十三里至崔家莊。午飯畢，十五里至祝家莊，五里至邱家莊，十五里至十里河，十里至泰安府。午後車中看泰山，適值雷雨，傾刻間全山已失。至

---

① 眉批：桃墟集、保德店之間有明義橋，橋南有六朝造象一區，石高四尺，廣二尺，上層作三佛，下爲文，頗完善。

酉初後姓，遂同嚴師、程履翁至岱廟。廟在城北，規模宏麗。進頭門，西有方石碑一，皆明人題名。有嘉慶間孫淵如等題字，篆仿李斯，頗精。進二門，觀没字碑，如經幢，下座三層皆刻花，有牡丹紋，絶似近時窗槅上所刻者。碑作八角形，上有一石九盤柱，亦不與碑石相連，製甚奇也。大殿階下兩旁有宋時巨鐵桶二，皆糾資鑄成者，惟觀其文，似宋時各廟多有此物，不知近日何獨存此二具也。殿西進門南屋即環詠亭，室三間，宋元以來諸家題字，壁之前後左右皆滿。宋元以來觀李斯石刻題名，一石在西壁，東向，一石在東南壁，北向。[①] 秦石即在室中東北壁，西向。翻二十九字對嵌于西壁。餘爲御題各詩，石皆嵌置壁間。亭北三間即藏經堂，藏皆殘缺，僅存二書橱，皆明刻本。觀乾隆御賜温良玉圭，長三尺餘，廣不及尺。下截温，上截涼。蓋上截係玉，下截已爲玉根，色近黑，故温也。又景泰窑花插二，法琅罏一，流金罏沈香獅子二，高七八寸。又陶尊一，云係新出土，土人供置廟中者，必唐以前物也。購李斯石刻及漢魏六朝各拓本。子初睡。二十六日。

今日寅初二刻起身，再同郎亭及我庚、芝生二先生至岱廟一遊，即出。馬行三十里至辛莊，易車，走二十里至塾臺。午飯後，馬行十里至長城，十里至萬德店，十里至靳家莊。細石犖確，山水陡漲，頗不易行。易車，走十五里至青楊樹，十五里至張夏，壁間有壬午夏日方山子題詩云：

男兒立志當殉國，上馬縱横殺盜賊。君父深恩報答難，此心夜半常惻惻。昔我讀書濟南城，愧未扶摇朝帝京。荆鄭諸公奮袂起，皆能一一成功名。錦城雖云還家好，擁妻抱子可娱老。人生歡樂無幾時，歲月蹉跎何足道。我將慷慨學朱雲，執笏叩閽求見君。我將涕淚學陳東，伏闕上書丹墀中。不然掛冠若梅福，飄然而去東海宿。又聞晋時有陶潛，歸去來兮人中仙。嗟我所願皆未能，勞勞車馬奔風塵。越山泛海二十載，夜闌秉燭空傷神。今來此道忽顛簸(所修道路皆爲雨水衝壞)，怪石如人立道左。客子抱頭爲鼠竄，道旁婦孺争笑我。半生鬱鬱不稱意，故鄉邱墓久相棄。料得墓門百草生，披衣南望長垂淚。二十七。

---

① 眉批：有宋以來諸名人觀款，二石爲會真觀詩題名也。

寅正起身，車行五十里至黄山館。午飯畢，走三十里至省署，僅午正也。略檢行李，仍居四照樓之西軒，即阮文達所謂“老槐書屋”也。二十八日。

今日辰正起身，數日來少睡，頗覺神倦，今日始暢也。檢書簏、衣箱。午後偕芝生、我庾二先生及程履翁、嚴師、卞季賢（常州人，教讀）同泛大明湖，至戌初始歸。

數十日來未讀一卷書，終日碌碌，殊自愧也。二十九日。

光緒十年六月

晨起已巳初矣。賀郎亭壽。午後至後宰門一遊即反，無所得也。六月初一日。

昨晚，郎亭以甬上董覺軒明府（沛）五古見讀，極合古意，聞古文爲能手。

今晨，郎亭示以王菉友先生未刻書數種，爲先生孫（名彦佶，舉人）送來。一《弊訟録》，爲先生之父駕千先生（馭超）令皖時判牘。一爲《菉友肊説》，祗十餘頁，古今體詩有其半，餘皆如小説，當爲偶存之本。一爲《菉友雜著》，多考據學（引古書而考證之），如《困學紀聞》《日知録》之類，紙約五十餘番。一爲《徐溝筆記》，首册僅五頁，皆條引諸子，似未成之本，次册十餘頁，皆記群書引經異文，如《荀子》《説苑》《大戴禮》《白虎通》《獨斷》《孝傳》《越絶書》《吴越春秋》《孔叢子》《新語》《新書》《新序》《鹽鐵論》《申鑒》《論衡》《潛夫論》《風俗通》《人物志》《新論》《荆楚歲時記》《三輔黄圖》《竹譜》《孟子趙注》等書，間雜以按語。一爲《史記校》，乃以《漢書》校《史記》異文也，首有胡竹邨（培翬）一序（《史記》爲張齊賢本，《漢書》爲汲古閣本）。一爲《説文韻譜校》，爲道光十三年所成，後誌一行云："既校之後，覆閱原書，則其謬誤尚多，遂手寫一册，故'考異'目中惟有所引據者存之，其餘一切删除。乙未五日朔記。"則似閲三年後又有定本也。蓋此書分爲捝文、羨文、重文、錯見、考異五類。此書非手寫之本，故不僅"考異"有説也。能求得手寫本刻之，善矣。一爲《檢説文難字》，字論筆畫，余已命張僕録存矣。

《易林・比之萃》曰："團團白日，爲月所食。"此正合近日所言地球影之説，菉友先生爲未得之載籍，蓋未見疇人家書也。（原説見《菉友

肊説》)

阮文達《小滄浪筆談》謂泰山石經峪《金剛經》僅存二百九十六字，前過泰安，見賣碑老人，云尚存八百多字，大相徑庭，俟親考之。

午後郎亭招談，並貽白金二十兩爲銷夏之費。自愧非孫、洪之亞，而實遇畢、阮諸公矣。初二日。

晨起未做一有用事，惰甚矣。午後出門，得《萬氏經學五書》、秀埜草堂本《韓詩》《昌谷集》殘本、《放翁詩集》及《脱影奇觀》一書。此書專爲照相而作，曾託人訪諸于京師，未得，一旦得之，亦緣也。得査相亭書，知書箱可成，欲屬購《玉函山房叢書》一種，當謀之也。[①] 初三日。

今日起床已巳正矣。午後爲郎亭寫報考摺草，餘未爲一事也，可愧。初四日。

上午作答査相亭書。下午惕翁招觀劇，有女伶年十六七，色藝俱佳，可知天地間無處無良材也。歸途遊歷下亭、小滄浪，夕陽在山，蕩槳而返。葦蘆遍緑，荷風吹香，頗似南中也。初五日。

上午觀《脱影奇觀》，頗知其法。飯後至明湖居觀劇，酉初返院。東道主人爲嚴師也。初六日。

今日僅爲郎亭書疏草三，餘一事未做也。初七日。

上午書副奏一。午後與郎亭借讀《曾文正公家訓》二册、《家書》十册，盡半日之力讀《家訓》一過，書中與劼剛先生書言其舉止太輕、言語太速，屢以説話遲鈍、行路厚重爲戒。此亦塙中余病，書以自警(此書于光緒己卯年刊于傳忠書局，藏板黎家坡遐齡菴中，聞不刷印送人)。初八日。

曾文正以"有恒"二字、以"早起"二字屢戒其子，此卻實犯余病，正宜痛自改悔也。

道光二十一年，曾文正與沅甫爵帥同住都中，文正已得編修，携眷賃居，沅甫尚未授室，蓋從兄讀書也。忽一日不讀書，急欲言歸，文正屢勸不從，而于兄嫂之間則敬禮如常。文正示以書一函，有二千餘字，詩一首，乃止不行。其詩曰：

　　松柏翳危岩，葛藟相鈎帶。兄弟匪他人，患難亦相賴。行酒烹

---

① 眉批：復書託買《曾文正家書》《家訓》。

肥羊，嘉賓填門外。喪亂一以聞，寂寞何人會。維鳥有鶺鴒，維獸有狼狽。兄弟審無猜，外侮將予柰。願爲同岑石，無爲水下瀨。水急不可磯，石堅猶可磕。誰謂百年長，倉皇已老大。我邁而斯征，辛勤共矗糲。來世安可期，今生勿玩愒。（見《家書》卷一）

文正《與弟書》曰：“子思朱子言，爲學譬如熬肉，先須用猛火煮，然後用慢火温。予生平工夫，全未用猛火煮過，雖略有見識，乃是从悟境得来。偶用功，亦不过優游玩索已耳。如未沸之湯，遽用慢火温之，将愈煮愈不熟矣。”

文正與諸弟課程，有“寫日記”一條，曰：“須端楷。凡日間過惡——身過、心過、口過皆記出，終身不間斷。”又“日知其所亡”一條曰：“每日記茶餘偶談一則（此名當文正自定），分德行、學問、經濟、藝術四門。”又“謹言”曰：“刻刻留心。”

燈下讀文正古文九篇並加圈識，擬日讀數篇，終以畢此一書，再及他書。此文正之所謂“有恒”也，兹即以文正書始之。初九日。

昨晚丑正始睡，大雨屋漏，几篋牀席皆濕，至寅正即起，易牀于屋之西，僅有此一片乾净土也。讀《家書》二册。午後讀文正古文十一篇，每篇讀二遍，一圈識之，一覆讀之，補其誤，然句讀誤者恐尚多也。郎亭曾于此書亦圈點一過，待余畢事後即假讀一校，必有是正處也。

文正勸其弟平心和氣以治軍事，謂：語之激，固不可，不語而色形于面者，亦必招怨。至哉言乎。

又以一“傲”字、一“多言”二字戒其弟，吾適犯此二病。大哥書來，以“矜而不争，群而不黨”爲吾座右銘，其亦即“傲”與“多言”三字之意乎。

今日酉初即起，以郎亭招看封摺也，至午正畢事。午後讀曾文五篇，讀《家書》九、十兩卷。

文正與沅弟曰：“養生之法有五事，一曰眠食有恒，二曰懲忿，三曰節慾，四曰每夜臨睡洗脚，五曰每日兩飯後各行三千步。”

文正述其祖星岡先生家訓曰：“書、蔬、魚、豬、考、早、掃、寶。”

文正與澄弟書曰：“戒傲以不大聲駡僕從爲首，戒惰以不晏起爲首，戒。[1]”

---

[1] 下缺。

文正勖兒輩曰:“一看生書宜求速,不多閲則太陋。一温舊書宜求熟,不背誦則易忘。一習字宜有恒,不善寫則如身之無衣,山之無木。一作文宜苦思,不善作則如人之啞不能言,馬之跛不能行。”(以上四則見文正《家書》卷十)

陳祐借《於越先賢傳贊》一、筆船一。

午後寄查相亭書并書箱面刊篆字樣,及託渠抄陶輯《倉頡篇》。

今日從《列子釋文》(燕禧堂本)中抄得《倉頡篇》三條、《三蒼》一條。

《字林考逸》一書始輯于興化任氏,或曰係丁小疋所輯,任氏假名也。近日會稽章碩卿刻一本,係得丁小山、戴東原等各校補本,章君又益以段茂堂所注《説文》中有關于《字林》者補入,頗爲詳備。又刊《過庭録》《尚書譜》等書,板存都中。

套料煙壺佳者值百金,余曾見之。其地有名曰藕粉地者,色通明,中有白星;有名爲粉皮地者,則雪白而通明,無白星。其套各色,以五色爲上,全紅次之,有淡紅、深紅二色;套花以斬絶能以指甲攝之使起者爲上。有馨加皮者,蓋嘉道時有旗人姓馨者所製也。壺口有套色作圈者爲貴。十一日。

近數日來一事未爲,即日記亦不能日記,惰甚矣,可畏。十二日。

午後出門,與芝生、我庾二先生及嚴師三人至後宰門,遍觀古玩鋪,皆無所得。末至一家,見有舊書多種。賈人先以趙文敏手抄《杜工部集》二十卷示余,楠匣綾函,頗極精雅。觀函裏有王志融一跋,始知此書本爲東昌守常州周翼庭所藏,蓋此跋爲孫汶民過東昌時借觀,手録出者也。趙氏無題款,僅有數印,而有挖痕,一望而知爲僞作,然鈔本頗雅潔可愛,索值八十金,余不能得,亦不欲得之也。後又出《李太白詩集》,一見驚喜,蓋爲南宋麻沙本《李翰林歌詩》二十六卷全部,急詢其價,索京錢十二千(即合制錢六千),益喜極,以京錢九千得之,此爲生平一快事。按《李翰林歌詩》傳本極少,士禮居藏北宋蜀刊本,行款與之同,即繆本之祖,然爲三十卷而有文者也,今在皕宋樓,稱爲《李太白文集》是也。又有咸淳刊本,亦藏皕宋,亦三十卷,爲二十行二十字,有目連屬正文,則與此本不同矣,陸氏題爲《李翰林集》是也。余既以新得之本與此皆不同,遂檢《思適齋集》,顧澗蘋則曰:“《翰林集》廿卷,今未見。”顧氏所云即此本乎?抑陸氏之本?不可得而知也。余本後叙中“互有得失”作“牙有得失”,“太真妃”作“大真妃”，與各精本不同，是余之勝也。各本有文，此獨無文，故衹二十六卷，亦不知誰人所删。書中字皆不缺筆，紙係元紙元印，此遜于他本也。余疑此本爲元坊間重槧之本，故有缺失處。如目録中應少二頁，而頁口次序不譌，可疑一也；十〇卷末一詩未完而至末行下去二格刻“卷終”二字陰文，此可疑二也；三卷末有曾子固序，缺上半篇，應有一頁，而頁口次序不缺，此可決爲俗手翻刻，不知缺失，妄爲之也。然有極精處，爲近日翻宋所不及者頗多，則亦可珍已。① 擬查《絳雲》《述古》各家書目，不知有二十六卷之本否。此書爲東昌楊氏海源閣藏本，有圖記，而查楊氏《宋存書室書目》無此書，不知何故也。十三日。

今日至後宰門，得觀我生室本《割圜密率捷法》一書。十四。

元宗文堂本《藝文類聚》卷一後有“至順庚午宗文堂刊”木記，每葉二十八行，每行二十八字。十萬卷樓有藏本，余亦有之，缺頭末二册。

晨起，讀《皕宋樓藏書志》。午後書估來，得舊本《石笥山房集》。晚飯後同郋亭、我庾、嚴師、惕生、履新泛大明湖。至小滄浪，坐庭中，明月時吐雲間，大雨初歇，池水平岸，清風入襟，萬籟幾寂，微聞絲竹聲，則游舫過歷下亭者也。返棹至歷下亭，明月如晝，葦洞一舫，鐙紅酒緑，鶯語間關，循亭而過，雖爲雅興，恐不如我輩之樂。歸途入門，已子初二刻。復閲濼源書院卷三十餘册，至丑初二刻覺心蕩，如人擊之，精力不强，其怔忡之先聲乎。頗以自危。十五日。

晨起，閲卷。午後出門，至芙蓉街回拜卞君。② 後至最雅園小飲，有女録事婕仙者，一見即指爲在明湖居曾見面。蓋前十餘日明湖居觀劇，渠曾在湖舫中相識也。同人皆服其眼力之碻，記性之佳，實則此等事無他奇妙，司空見慣，余不爲動，同人則又服余之堅定矣。亥初，得十五次家書，竝若溪、翼甫、鞠師三書。

亥初二刻，郋亭招泛大明湖，過歷下亭，絲竹管弦之聲不絶。至小滄浪，倏無一人，蓋地近城北，遊人罕至，提椅坐水木明瑟庭中，皓月當天，地如潑水。循廊至小滄浪亭（扁爲覺羅崇恩所書，蘇字極佳），有三人坐暗中，微吟低詠，皆絶妙小詩，始知清游之樂，猶有同心。郋亭有句云：

---

① 眉批：此書余決爲元時坊間翻宋本。

② 眉批：名勳立，字伯文，武定錢穀。

“一夜月明游未了,曉風又過小滄浪。”又句云:“隱隱笙歌雲外落,月明多處更無人。”皆精句也。丑正歸棹,過歷下匯泉,僅有三四舫。聽一伎撥阮咸,歌秦聲,淒哀欲絶;又一舫,抱琵琶作齊謳者,頗不耐聽。打槳而返,遂紀此游。十六。

辰初二刻起牀,校書院卷畢,同芝生、我庚二先生至趵突泉,日午始返。得《隨園詩集》原刻本、吕子《交泰韻》《四禮翼》《四禮疑》《痘疹》四書。午後郎亭招飲,爲立秋之讌。上鐙後,再泛大明湖。先至鵲華橋,喧闐如市,一步即返。至小滄浪,適有歌者四人奏曲于亭中,坐水木明瑟堂階下聽之,遊人過者不知吾輩爲誰,飲者仍飲,歌者自歌,至亥正始散。月忽大明,笑談至子初二刻始歸。過歷下亭,絲竹酒肉依然未散。南中反無此雅興,亦不可解矣。十七日。

得《李義山文集》四册一函。午後出拜吴子文(恩蕃)、徐柏如(廷棟)、施□□(鑑),在吴處小談。至有容堂小坐。復訪莊生,不得一見,悵然而返。同芝生、我庚、履新共泛明湖,詩料滿胸,未成一詩,可愧也。十八日。

午後再訪莊生,適有泛湖之約,未見。十九日。

午後約芝生、我庚、惕身、履新、嚴師同往湖山茶園觀劇,日暮始返。爲惕身招飲,至亥初始散。一日之中,僅晨起讀曾文正文四篇而已,光陰虚擲,竊所自危。得閏月廿三十四次家書,知若溪已得選拔,爲之喜甚,作賀外祖母喜稟。二十日。

晨起未爲一事。午後出門,至吴子文家一譚。同至西門大街,環遊而返。覺眼酸頭重,喉痛身熱,兼以泄瀉,坐不能支,晚飯後自擬一方服之,至子正睡。二十一。

今日晨起,覺喉痛已愈,微患頭眩,服午時茶。書《説文》部目三紙,意懶神倦,惟昏昏思睡耳。體質薄弱,偶感風寒,即已如此,頗自媿也。

若溪書來,允以其次女婚聰兒,爲之一喜。

索祝子菴姻伯診脈,開一方。

晚飯後作與洨民、鞠師二書。二十二日。

《書目答問》書名之下詳注某本者,乃從秦敦夫先生《石研齋書目》例也。《書目》余未得見,顧澗薲先生《思適齋集》卷十二有序,始知之也。

元刻小字本《朱文正校昌黎先生文集》四十卷《外集》十卷坿《集傳》

《遺文》《遺詩》十二册二函，此東昌楊氏所藏之本也，余未見及。郎亭亦收得一本，無《外集》《坿集》，目録係影抄補入，每頁□□行，行□□字。

又元《廣音注唐許丁卯集》二卷《續集》一卷，五册一函，亦東昌楊氏物，郎亭所得本無《續集》耳，係明刊明印。二十三日。

夢中遊虎邱，訪王薇閣，曾有句云："最是晚來天不定，雨絲飄處夕昜多。"

上午閱書院卷，下午至湖邊茶肆一遊即返。晚得乙生、叔朋二書。燈下寫《説文》建首，擬貽李生道源也。二十四日。

數日來一事未爲，殊不能自對，飲酒游湖，如是而已。

過匯泉寺，觀後唐同光石幢，高僅尺餘，字尚清切，命拓工拓之。二十五、六、七、八、九日。

今日已三十日。午後郎亭招飲。首座爲宗室謹善，字性畬，甲子舉人，爲榮方伯甥，人極謹飭，豪無世家子弟習氣。次坐爲蔣祖仁，字以泉，濟甯人，即今歲拔貢也。三十日亥刻記。

光緒十年七月

晨起，閱書院卷。午後郎亭招飲，至上鐙始散。初一日。

晨起，閱書院卷。午後睡，至申初起身。燈下作家書并外祖母、若溪、鞠師諸書畢，已鐘十二響矣。初二日。

晨起，閱卷。午後，知祝子庵姻伯已得清平縣署缺。晚飯後郎亭爲余言，已代索一乾館，曾面允矣。燈下作寄乙生書，即同封家書中。初三日。

晨起，(買)[賣]碑帖人來，得《龍門造象》一百種，《延光殘碑》《朱博頌》《嵩高靈廟碑》拓本。午後閱卷。酉初同李道源、程履翁至湖邊啜茗。燈下復閱卷，畢已三鼓矣。爲郎亭書李雨蒼(雲麟，伊犁將軍)詩序。初四日。

海甯陳訏，字揚言，號宋齋，少游黄黎洲之門，並傳勾股之術，由歲貢生官温州教授，著有《勾股引蒙》二卷(見陳善味三《怡雲仙館書目》)。

晨起，至祝子菴家賀任喜。午後約莊希堂、李道源、嚴師觀劇，晡歸。見《海甯陳氏書目》八巨册，郎亭示余，云："陳氏在山左書猶有存者，擬售去也。"祝子菴丈處借《儀顧堂集》及《省城坊巷圖》，欲伐書其小字也。

(陳善字味三,即藏書之人,爲簡莊徵君子。)初五日。

上午送魏吉卿(丹書,曹州鉅野生員,年十一歲)、李錫五(兆福,鉅野坿生,即丹書師)歸鉅野。下午,郎亭出示元刊書七種:一《辛稼軒詞》,士禮居藏本,闊行,字如松雪,裝潢皆黄氏舊物;一《東坡樂府》,亦蕘父物;一《儀禮圖》,一《三家詩考》,一《許丁卯集坿續集》,一《復古編》,一狹行《宋季三朝政要》。中以《辛詞》爲甲,《許集》次之,三則《樂府》也(此書似明印)。各書皆海源閣舊物,東昌同知周翼亭(名○○,常州人)從楊氏得之,轉以示郎亭也。初六日。寄二十四號家書,内有若溪、葉師、乙生、外祖母各書。

吕叔簡曰(九兒入學,面語戒之):"怠惰荒甯、放僻邪侈,此八字者望汝深戒。"初七日。

晨得羊師書,自江右來,即日覆(信面書"江蘇即補府左堂")。午後得十六次家書並洨民書。初八日。

晨起,作復洨民書四紙,説頗詳。擬續《蕘圃題跋》,先以《皕宋樓藏書志》摘録出之。[①] 初九日。

見元本《尔疋》(海源閣物,郎亭借閲),半葉十一行,行大字二十字,小字行二十一字不等,序首有"雪窗書院校正新刊"墨印一條。[②]

宋本宋印,以羅紋闊簾而横印者爲真。初十日。

"樸學齋""歸來艸堂"圖記皆葉石君物。

"叢書堂"爲吴匏庵鈔書處。

"方山吴岫""馮巳蒼"皆明鈔舊本書家。

"露凝書屋"爲吴春生藏書處。

吾郡城東五聖閣顧氏亦藏書家,名自修,字輝山。

開萬樓爲汪某藏書處,大約是吴人,蕘圃所藏舊鈔《劉夢得文集》即渠家物也。

周香巖住城外馬鋪橋,名芳椒書屋是也。

悬橋巷李明古(鑑)多藏唐人小集,後歸百宋一廛,有藏書圖記。

毛子晋有"晋"字小圓印,印于書中。

---

① 眉批:《皕宋樓志》已收入矣。

② 眉批:此書首頁有"怡府圖書"四字大印。

《水東日記》云："宋時所刻書，其匡廓中摺行上下不留黑牌，首則刻工私記本板字數，次書名，次卷第數目，其末刻工姓名及總字數。"余所見當時印本如此。浦宗源家有《司馬公傳家集》，行款皆然。又潔白厚紙所印，乃知古書籍不惟雕鐫不苟，雖摹印亦不苟也。（蕘圃藏校宋本《姚少監文集》，陸西屏手寫此條坿後。）

周香巖又有"水月亭"圖記。

華陽橋顧聽玉家亦藏宋元本書。

桐鄉金譻巖家亦藏古書，宋本《唐求詩集》即他家物（蕘圃藏本）。

明趙清常道人（天啓間人），藏書最著名者，《脈望館書目》即其家所藏物也。

王蓮涇家《孝慈堂書目》即記所藏古書。

"試飲堂"圖記即錢磬室家（此本有印記）。

吴尺鳧（焯）藏書處名繡谷亭，有圖記。

希堂招觀劇，日哺始返。燈下作葉子戲。十一日。

張訒菴（紹仁）藏書極精，與蕘圃同時。蕘圃有《所見古書録》，待訪。

王西莊僑居閶門外龐家衖。十一日。

今日晨起，未作一事。郎亭招談，知武梁祠新室可建，蓋濟甯守爲郎亭許任其事也。

以毛板《李太白詩集》命工製一木椊，精美極矣，喜甚。下午作竹林游，燈下繼之。率作《新建武梁祠條規》。得薇閣書，知前所寄書未到，知已遷居前孫公園錫金會館中。十二日。

晨起未爲一事。下午出門，得馮魚山中幅一、《直齋書録解題》一、阮刻《郝山海經》一、郭小華墨水仙扇頭一、《戴氏遺書》殘本一。又見舊墨五笏：一羅小華合歡墨，圍徑寸許，字在中心；一宋煙，輕如紙，圍寸徑，僅重四錢；一油煙，長三寸，上有"國香"二字，下有長舌一印，不知誰製也。又見舊鈔宋人注《禮》三書，擬購之，未定也。十三日。

宋人三《禮》書當爲《通志》殘鈔本，非佳品也。擬還之。十四。

午前送子庵行，并拜錢耕雲。午後遊大明湖，至三更始返。是日湖中遊船更盛于平日也。湖中以李小湘（慶翺）開府自製船爲最精，其聯云："秋風不獨如張翰，河内獨聞借寇恂。"扁云："且住爲佳。"十五。

今日爲郎亭招至濼口，同觀王卿雲（開運）大令自制挖河機器船。同行者爲韓芝翁、陳冠生(冕)殿撰、許子喬(祺才,即子原兄)大令。先至藥山,觀陳冠生所造流民廠,廠如號舍然,排列比次,共二百餘間,費千三百金,每間約制七千餘文(此法可仿爲之,故特記其詳),可謂廣廈矣。自藥山至濼口皆走大堤,堤爲新築,遠望一片汪洋,中有老樹,尚露其頂。轎夫指即濼口大街也。新堤近河排列木樁,亦不甚密,以秫秸闌之,内築以土,三年之後,秫稭爛去,堤又潰矣,危哉。濼口鎮之堤則以石,較堅也。王大令設局于河邊。午後登船,船三層,形長方,中横一大輪,上有鐵齒,兩旁立兩鐵輪,上下各八人推其機具,則大輪旋展。船兩頭有兩閘板,如將閘板起去,則不用人力,水激輪,輪即自轉,至大溜尤速,尚爲靈動,然于挖河恐無用也。暢觀至日哺始歸。十六日。

今日外間哄傳小欽使已至省中,密查歷城令差幹役,至各客店細訪。實則係余與芝翁二人進城時皆坐轎而下簾,因雨道泥濘,濼口參將特差四親兵護送進城,故人皆誤會也。下午,郎亭以《黄河决口圖》屬臨二本。晚飯後作葉子戲,三更始睡。十七。

晨起畫圖,至午後僅成其一。游後宰門,見銅鏡一(爲六朝物)、湯雨生畫一、趙仲穆畫一。晚飯後作葉子戲,大負。十八。

晨起畫圖。郎亭招觀北宋小字本《説文》,爲東昌楊氏物,有毛、季兩家圖印,又阮文達、顧千里等印,道光間爲汪孟慈物,後歸楊至堂河帥。裝潢頗精,後有山陽丁晏一跋。然此書雖爲至寶,而印本頗有模糊,其紙係用高麗紙,余疑爲元翻本。蓋此書惟王述庵司寇家藏爲真宋本,今歸平湖陸存齋觀察(心源)皕宋樓,有阮文達跋,云毛晋刻《説文》即據此本,則此書必有毛氏圖書矣,[①]然按《竹汀先生日記鈔》云,王本行二十字,分注字疏密不匀,大約每行三十字。今陸氏《藏書志》云,每行大十八字,大小二十五字,則行款已有參差矣。陸氏所藏果真宋本邪?[②] 黄蕘圃亦有一本,行款皆同,惟有鈔補,千里曾收入《百宋一廛賦》中,誇爲希有,實則即元翻。《竹汀日記》中所云黄蕘圃出示宋小字本《説文》,與述庵家無異,唯卷末多一行,有"十一月江浙等處儒學"字。黄本今不知歸誰氏。

---

① 眉批:毛氏藏宋元刊本之精者,則以"宋本""元本"橢圓式印别之,又以"甲"字印鈐於首,今皆無之。

② 眉批:兩書行款,一據首頁,一據卷末,故各有參差,非兩本也。二十日又記。

今見之本卷末一行有挖補痕，印本亦不似宋板，精采豪無，余直言其爲元刻明印本。"汲古閣收藏"一印，余曾藏有他書亦有此印，今《説文》之印似係仿刻。即碻真是毛氏故物，亦宜有也，安見毛氏不收元刻乎？余又聞有金匱蔡氏亦有一本，未知即蕘圃物否，俟訪得之。大約宋本《説文》惟有此三部，然兩部已見其僞，述庵之本吾亦不能信矣。十九日。

晨起畫圖，午後始畢事。陳冠生來辭行。二十。

日來未爲一實用事，即友人乞書畫各件亦懶于動手，惟終日笑譚，此最害之事，爲古人所痛戒，然自知之而不能改之，殊不可解也。王卿雲來答拜。徐柏如、吴子文來小譚即去。同芝生、我庾二先生至貢院，號舍鱗次，不甚大，門作圓形，遠望之若洋房然。聚魁堂之兩旁即主司外室。近因新簡二欽使到東查辦事件，故布置極精也。燈下作葉子戲。二十一日。

今日晨起書扇。下午與芝翁往後宰門，得五銖錢百枚，煙壺壺一、料一。至燈下，作上葉師書，云日録金石之學。作葉子戲，大負。二十二日。作與心淵書，言小學。

晨起得薇閣書。午後爲郎亭書移曹州府文。燈下作葉子戲，小負。二十三日。

元刊本《韻會舉要》有"二年八月江浙等處儒學提舉余謙補修"一行。

午後書對二付、屏四幅。日哺，同笠春至後宰門，一步即歸。燈下作葉子戲，小勝。二十四日。①

上午閲觀風卷。下午同諸友出門，見書攤有舊書一包，中有《斜川集》四册十卷，首頁有"秀埜草堂"藏書印，並"顧嗣立""俠君"二小方印，知爲希有之物。索價京錢六千，適囊中無錢，同幕陸君愛余所用之煙壺，即以售之，爰往言價，以三千五百文得之。歸檢各家書目，維陸存齋《皕宋樓藏書志》有此書，僅八卷，係鮑以文手鈔本，有太初吴長元一跋，云："原集二十卷，世罕傳本，即有售者，皆以劉過《龍州道人集》僞代之。桐鄉酟山錢氏爲竹垞之甥，有一藏本，首頁即用賈秋壑半間堂事，其僞可知。此本乃從《永樂大典》中輯出，得詩文若干，編爲六卷，又從《東坡題跋》《漁隱叢話》《書畫考》《詞宗》《詞荃》《賦彙》《播芳大全》補輯若干首"

---

① 眉批：寄二十五次家書，有葉師、心淵及大、二哥書。

云云，則此本爲世罕有。《直齋書録解題》載《斜川集》十卷，《四庫存目》同。王弇州題跋言以劉集充《斜川》自元季已然，不自近始(王弇州云云亦吴跋中語)。余今所得之本亦疑爲劉集僞爲者，惜無《龍州集》一校之耳，然以牛易馬，不失所入也。二十五日。

第二册　光緒十年甲申(1884)七月

(書衣題)笞誃日記　七月二十六日始,記于濟南使院(篆書)

貳册　甲申七月二十六日始,十二月二十九日止。

光緒十年七月

昨得之《斜川集》塙以劉集僞爲,然劉集十四卷,祇有明本,亦稱希有,今得之,亦聊以解嘲耳。①

今日午後,爲徐、吴二公招觀劇于明湖居,復小飲于同福樓,歸來已二鼓矣。同坐者,海甯許守之、蔭之昆季,爲子邁先生子,杉林先生孫也。

囊已告匱,而所見佳籍又不忍釋手,結習使然,自爲一笑。

昨日爲人題《照鏡士女圖》,詩曰:

試把青鸞卜故歡,元宵消息得應難。分明一片相思影,莫當秦臺照膽看。

欲向唐宫徵故事,當眉人去笑聲無。菱花誰主秋遍早,試擬開元避暑圖。

蓋全用"鏡"字故典也。二十五日亥正一刻。

上午祝庾翁、芝翁壽。下午,同鄉吴縣俞蓮甫縣尉(啓元)來拜。② 郋亭招觀汪竹坪(恭壽)畫扇面册。竹坪爲郋亭族祖,與王夢樓同時,書法絶似之。又觀精刊圖畫各書,至晡乃止。啓筵歡坐,酒酣興闌,一枕遊仙,不覺東方已白矣。二十六日。

今日郋亭示一《秦漢歷朝碑目》,雖爲估人以此作售拓本之部録,然于新出土各石詳加年月地名,是亦好古者所必需,録存一本。二十七、八日。

晨起未爲一事。午後訪徐、吴二公,同至湖邊。晚公祝芝、庾二先生

---

① 本頁鈐印:"曾藏王氏次徵玉笙樓"。

② 眉批:又趙曾毅來拜,大約是常州同鄉。

壽,筵散已二鼓矣。燈下録經義數條。(二十九日。是日大明湖遊船絡繹,簫鼓震天,蓋爲盂蘭會也。)

光緒十年八月

晨起録經義,至午未畢。午後寫摺一。復録經義二條,始畢事。天雨不能出門,又懶于讀書,愧甚。八月初一日。

亥正,得七月十一日第十七次家書,並洨民書。

洨民云叔朋勇于刻書,《説文疑疑》已將刊成矣。又云新出沈西雍《説文古本考》頗精善,鈕匪石《説文考異》書局中已付刊矣。新得錢梅溪手書詩稿數册。

萬古齋主人云有新出土商槃一,約于明日辰刻往觀。初二。得十七次家書並洨民書。

晨起,至後宰門觀銅器,定爲周時物,然係僞物,一笑去之。訪祏老小譚並貽團墨一。招柏老同來午飯。畢,往六郎寓小譚,至申初始歸。辰刻復二十五次家書並孫洨民書。初三日。

估書人送來一書目,中有十卷本《韓文考異》、小字本《唐人萬首絶句》、明本《山堂肆考》、元本《金佗粹編》,皆佳籍也,擬得之。初四日。

晨起招銅匠釘木桧,極精。略收拾書籍。

宋刊宋印本《增廣注釋音辨唐柳先生集》,每葉二十六行,每行二十三字,小字雙行。皕宋樓所藏爲述古堂物。又有明郭雲鵬刊本。①

《中吴紀聞》六卷,皕宋樓藏何義門校宋本,有淳熙九年龔明之序,後有正德九年龔吉宏跋。②

元刊本《金佗粹編》二十六卷《續編》三十卷,其《前編》後序"凡公議之所予"句下缺六字,後有會稽戴洙序。

《李長吉歌詩》四卷《外集》一卷,宋西泉吴正子箋注,明刊本。又有影宋本,爲蕘圃藏本。又金刻本(每葉二十行,行二十字)。③

《昌黎先生集》北宋刊本,半葉十一行,行二十字。又《朱文公校昌黎

---

① 眉批:查《書目答問》。
② 眉批:有明刊、毛刊二本。
③ 眉批:金本爲碣石趙衍刻。

先生文集》四十卷《外集》十卷《集傳》一卷《遺文》一卷，宋麻沙刊本，有寶慶三年王伯大後跋。每葉十六行，行二十三字，大黑口。此書明覆本甚多，行款皆同，不可不辨。明東雅堂本《昌黎先生集》四十卷《外集》一卷《遺文》一卷《集傳》一卷，又明正統本，卷同。又明成化本，卷同。又明萬曆朱吾弼本，卷同，據秀水王元啓《讀[韓]記疑》云是本脱譌甚多。又宋方崧卿撰《韓集舉正》四卷，祗見抄本。

明重刊《嘉祐集》十六卷，後有嘉靖壬辰張鏜跋。

明刊《萬首唐人絶句》四十卷《目録》二卷，後有萬曆丁未申時行序，萬曆丙午趙宧光序，又黄習遠序。

宋刊殘本《五百家注音辨唐柳先生文集》十一卷，今藏聊城楊氏。

燈下檢《皕宋樓藏書志》及《蕘圃題跋》，雜録數條如左。因近有人以書目見售，先檢各家祕本，或有所遇也。俟明日書來證之。初五日。

元刊大字本《白虎通德論》十卷，每葉十八行，行十七字，小黑口。

元泰定刊《困學紀聞》二十卷，每葉二十行，行十八字，大黑口，卷末有孫厚孫甯孫校正，慶元路儒學正胡禾監刊。

明正德刊本《齊東埜語》二十卷，後有至元辛卯戴表元序，正德十年胡文璧跋，正德乙[亥]盛杲跋（又一本，即商氏《稗海》刊本）。

《北堂書鈔》一名《大唐類要》，常熟陳禹謨删補，盡失其舊，其增加各條幸皆注明“補”字，猶有蹟可求，惟其所删、所改遂竟不可考。原本分甲乙十干爲十册，卷一百卅九車總載篇、卷一百五十六至一百六十六泥沙石四篇，俱係大字無注，與全書異，陳氏改從一例，立題分注，遂使原本面目不復可識。《四庫全書總目》云有嘉禾舊本，不可得見（原本每頁二十六行，行大字二十，小字二十五六不等。此書江浙間僅有《書鈔》原本，王鐵橋有校本）。

明刊《初學記》，一安國本，一陳大科本。

北宋本《白氏六帖類聚》三十卷，每葉二十六行，行二十六、七字不等，小字雙行。歐書極精。每卷有目連屬正文。“匡”“敬”“恒”皆缺筆，“貞”字不缺，蓋宋仁宗時刊本也。版心分十二册。此書本爲華九如表兄（鶴年）所藏，今歸陸存齋。又南宋刊本題曰《新雕白氏六帖事類添注出經》。又南宋合刊《白孔六帖》殘本三十八卷，每葉二十行，每行十九字，小字雙行。又明刊本有陵陽韓駒子蒼序。

北宋刊《太平御覽》，每葉□□行，行□□字。又明刊本後有慶元五年蒲叔獻重刊跋、李廷允跋（書中“胤”“慎”“殷”“恒”“貞”皆缺筆，“桓”字不缺）。

北宋本《册府元龜》，每葉二十六行，行二十四字。

南宋本《事物紀（元）［原］》後有慶元丁巳建安余氏跋（又明成化刊本）。

南宋《百川學海》，每葉十四行，行二十八字，板心有“百川學海”四字。分二十卷。“廓”字注“甯宗廟諱”。又明刊本，每葉二十四行，行二十字，以十干分十集，板心無“百川學海”四（事）［字］。《聖門事業圖》居卷首，以《洞天福地》居末，宋本亦以《事業圖》居首，以《竹譜》居末。國初刊本乃郭説所改，删削過半，不足觀也。

晨起檢《皕宋樓藏書志》，録數條如右。

午後爲郎亭書屏。估書人送書來，檢得十餘種，如《嘉祐集》《堯峰文鈔》《精華録訓纂》各書，皆爲可留之物，然約計其貲，極少須十金，又將誰出乎？爲之悵悵。初六日。

目録之書，粤雅堂刻有數本，又三長物齋有《皇朝經籍志》一書。初七日。

數日來略檢行李。竝寫屏幅，爲郎亭命書之件。燈下又懶于記日記，可愧。初八日至十一日。

十二日晨起，馬行三十里至黄山店，四十里至張夏宿，頗覺力乏。十二日。

卯初起身，馬行四十里至□□，四十里至辛莊宿。日來于騎頗得法，能押馬小走，不致大跑，然覺腰疼腿酸。十三日。

卯正起身，馬行三十里至泰安，節署在城東北，與岱廟並列，中院爲“七柏一松軒”，趙鹿泉學使所題，嵌石置壁。署中内外皆柏，甬道頗闊，規模亦大也。泰山正在署北，可望而見也。燈下閲觀風卷十本即睡。

今日爲中秋之日，惜無月色，終日醉飽。燈下作二十七次家書，並與稼秋函。望。

宋麻沙本蓋宋時麻沙鎮水南劉仲吉宅所刊之本，大約在乾道之時。

午後閲生童古卷一百十二本，至子正三刻始畢，薦生五卷、童二卷，皆無佳者。時風起雨下，天甚涼，已穿錦袍矣。十六日。寄二十七次家書。

《唐音戊籤》八百十七卷，義門先生評本，舊藏拜經樓吴氏。

《趙孟奎分類唐歌詩》百卷，世無傳本，惟明唐宇昭字孔明家有之，毛斧季輾轉借之未得也。拜經樓僅得影宋鈔本四册。

下午閱生正場卷，爲萊蕪、東阿二縣，未畢事，至十二點鐘即睡。十七日。

晨起閱卷，至亥正畢事。至希堂處笑譚一刻，中題詩十二截于唱酬詩册首頁，頗有狂趣。十八日。

詩云：

此卷長留翰墨香，幾回開誦幾平章。若將一字一珠算，我欲從頭取斛量。（一題）

一斛真珠求本易，百篇詩卷得偏難。晚鐙題句匆匆寫，聊當僧寮掛食單。（二題）

再從空處補新詩，搜索枯腸力不支。睡眼朦朧鐙半黑，欲從東海寄相思。（指書中小華事）

東海遥遥夢不通，相思寄在有無中。會當寫遍桃花紙，化作爐煙託晚風。

簾鉤不動晚風微，香盡金猊夢亦稀。殘燭半紅人已倦，好將魂逐彩雲飛。（三題）

五首新詩成太速，漏聲已過子初時。主人亦是工吟者，何不從頭一和之。（四題）

主人不和客將去，家有新詩自補圈。甘苦問誰能細味，主人當許吾争先。（五題）

主人詩好不加圈，吾代圈之亦是緣。吾若再圈圈不了，兩人同把好詩傳。（六題）

詩不能傳偏好詠，主人笑吾太無聊。明當送與諸公看，句句須知是白描。（七題）

白描本是畫家言，借作詩評故事翻。吾有强詞能奪理，詩中有畫是來原。（八題）

九首詩成數獨單，再成一首好團欒。主人大有思歸意，讀我新

詩去亦難。(十題)

前題我已错多題,十二詩成數始齊。莫是黄鶯初出谷,欲思求友幾同啼。(十一題)

常熟藏書與張月霄同時有陳子準。

又蘇州顧步嚴(名階升)藏書最精富,爲南雅先生之祖。

顧澗蘋曰:“世有漢學、宋學、俗學之分。漢學者,正心誠意而讀書者是也;宋學者,正心誠意而往往不讀書者是也;俗學者,不正心誠意而尚讀書者是也。”十九日。

晨起閲覆古卷。午後閲童正場卷三百三十餘册,至三點鐘始睡。自閲山左卷以來爲至多至遲矣。二十日。

晨起已過午矣。午後作與得之書及侯駝子書,爲謀《然脂集》事,又與趙静涵表兄書,爲謀局刻書單,至戌刻發。

讀《思適齋集》,知嘉靖所刻《嘉祐集》尚爲真本,後有邵仁泓所刻之本,則真面全失矣。余近收得之本即嘉靖本也。

余嘗思以乾嘉時專講目録之學者如黄蕘圃、顧千里等合一年譜,大約以某年得某書、校某本、跋某刻、刻某籍,不及他事,先成條例如此。二十一日。

午後閲萊蕪童卷三百本,至丑正始畢事。二十二日。

晨起已午正。午後閲覆生卷,至申正畢。

《昭明太子事實》二卷,《直齋書録解題》收入卷七傳記類,並云:“知池州趙彦博富文編。昭明廟食於池,頗著靈響。元祐始賜額曰‘文孝’。”

《匡謬正俗》,宋避“匡”字作“糾繆正俗”,見《書録解題》。

《陸宣公奏議》又名《牓子集》,見《書録解題》。

燈下閲觀風卷五十册。二十三日。

晨起閲觀風卷。

宋本《釋名》,臨安陳道人書棚本,每頁二十行,行二十字。序後有“右釋名八卷”云云六十字。嘉靖吕柟野刊本從此出。

游明字大昇,正統九年舉人,見《江西通志》。其所刊《史記》係《集解》《索隱》合本,每頁二十八行,行二十五字,乃從中統刊本翻雕者。世謂元槧,實則明初本耳,蓋明成化以前刊本皆與元本款式相同。有大昇本《宋史全文》,亦即游刊也。

元板《新唐書》二百二十五卷，每頁二十行，行十九字，首行大題在下，前有嘉祐五年曾公亮進書表，末列刊修、編修、提舉、校勘各官銜名。

《五代會要》自宋迄今凡三刊。文潞公始刊於蜀，施元之復刊於徽，至本朝乾隆中而始有活字本。元明之際無刊本也。陸存齋藏有影宋抄本。

元本《名臣事略》，每頁二十六行，行二十四字，目後有"元統乙亥余志安刊於勤有書堂"十三字。

顧澗蘋先生少孤，見李申耆《顧君墓志銘》；蔣生沐先生亦少孤，見《拜經樓藏書題跋後跋》。二公皆好校勘之學者也。然好書而少孤者不僅此二人，擬集出之。

顧澗蘋曰："北宋刊經，必經注自經注，疏自疏，南宋初始有注疏，又其後始有附釋音注疏。"見《百宋一廛賦注》。

蕘圃每得一祕書，必畫一圖，曰《得書圖》。

午後閱泰安童卷二百七十餘册，至子初畢。二十四日。

吾郡明初之藏書者有吴朱赤榮，字西崦。

周香巖名錫瓚。

屬我翁求顧氏所藏袁隨園手札。

《士禮居題跋》六《文苑英華纂要跋》有云，七寸板《嘉祐集》十四卷爲明刊善本。按，余今新得之《嘉祐集》爲嘉靖本，作十五卷，黄氏當譌。蓋明時善本祇有此一種，無他本也。"七寸"之名甚奇，不知有(所)[何]據(此則余據顧氏説而言當譌)。

按《拜經樓題跋記》有十四卷本，跋云："紙墨頗舊，惟無序及刊刻歲月，未能定爲何本。"據此則蕘圃所説不譌。澗蘋未知有十四卷本，吴兔床有此本而不知何時所刊。蕘圃能知其爲明刊且有七寸板之稱，三人同好古書而同時，所見已有廣狹之别，然則目録之學終推士禮。①

《書録解題》隨齋批注考見《曝書雜記》中卷十頁。

作寄葉師書。

午後讀《士禮居題跋》一過，以海(原)[源]閣中所藏者即以朱記于目

---

① 眉批：按，十四卷本見《天禄琳琅》《延令季氏》二目，係仿宋巾箱本式而字體較大。東昌楊氏海源閣曾有一本，見《楹書隅録》。

録之上。

元大德本《後漢書》"徵""竟""敬""慎"等字皆缺筆，據此則楊氏所藏北宋本小字《説(本)[文]》決爲元板無疑矣。

燈下校選拔卷，專閲經解，題曰："宅西曰昧谷。"諸卷無一佳者。二十六日。

晨起閲未盡之卷。午後爲郎亭書象聯。

《惠氏百歲堂藏書目》見《蕘圃題跋》卷二，十頁，當有存本。二十七日。又《聚樂堂藝文志》(見《東記》五十頁)。

黄炳如(升然)，婺源人，住常州靖江縣西門外黄義和染坊轉交。

寄菊師、序賓、若溪、庭芝、篴舅、稼秋(有扇四)各書，均託我庾二伯帶往。

閲拔科二場卷，得吕紹曾(科試正場首列，亦余定萊蕪)、房燕臣(東阿)。二十八日。

午後出門，至岱廟一游即返。

《東湖叢記》古書目：

《禮樂書序》

《九域志》

《明文衡》

《六藝之一録》

元本《四書總要》

元鈔《詩經講集説》

《續復古編》

《金史》板刻説

《群史姓纂韻譜》

《元遺山集》

《張右史集》

《朱文公大同集》

《續經義考》

《補經義考》

《類編長安志》坿《得書紀録》(《鐵網珊瑚》《周益公集》)

《胡天岫詩集》，一名《寓廬集》

《西溪叢語》

《山志》

《吴漁山集》

《悦生近語》

《元文選》

《敬業堂文集》

《小學盦遺稿》

《分類補注李太白詩》

《也是園書目》

坿《陸梅谷藏書記》

《西遊記》

坿《温虞恭公碑釋文》,有二千餘字。

坿嚴修能購書(《春秋集傳》)

宋刊《資治通鑑》

高麗本《草堂詩箋》

顧校《荀子》

《享金簿》(國朝孔尚任撰,曲阜人,專記金石古玩)

《孟蜀書範》

《滏水集》

《歸田類稿》

盧氏《補金藝文志説》

《先憂集》

《敬日草》坿《馬二槎藏書記》

《文公家禮》

《寶祐四年會天歷》

《兩漢菁華》

《朱淑真詩集》

《誠齋集》一百三十三卷本

《本草衍義》

《蘇學士集》

《萬卷堂藝文目》

宋本《後漢書志牒文》
元本《後漢書》
《韻會舉要》
《酉陽雜俎》
元本《李善注文選》跋
元本《春秋左傳句讀直解》跋
《春秋内外傳考證》
《黄太史精華録》
《酉陽雜俎續集》
通津草堂本《論衡》
《東萊書説》
《金石契言》
元本《春秋透天關》
《一角編》
《宋季三朝政要》
《玩□齋集》
《禮部韻略》
《集韻》段校本
《益齋亂稿》
《書城偶輯》
《再續名醫類案》
《漁洋山人佚詩》
《丁隱君佚詩》
《蘇(仲平)[平仲]集》
《黄鶴注杜詩》
《春秋比事》
《續墨客揮犀》
《藏書印記》
《十二先生詩宗集韻》
《勿軒集》。二十九日。

光緒十年九月

三十日，晨起至岱廟，一遊即返，無所得也。午後偕郎亭、我庾、嚴師、程履翁上泰山。轎無底，下絡以繩，前後以皮條，兩人負于肩，行走頗速。行里許，即横肩之，兩人如挑物然，其行頗遲。其形如蟹之直上也。行至陡絶處更遲矣。初出此門，路漸高。至紅門，蓋有門如城闕，所堊皆紅也。再行三里許，爲斗母宫，女道士主之，結辮拖鞋，絶似男飾，頗有佳麗，蓋以清净地作風月場也。再上五里即迴馬嶺，因策馬至此而不能上也。至是而險矣。斗母宫之後爲石經峪，平石大數畝，刻經于上，存九百五十餘字。阮文達《山左[金]石志》作二百餘字，蓋未拓其全也。有泉如雪，前人題字曰“水簾”。有三大字曰“暴經石”，不知何人所題。上即試劍石，題名累累，皆重疊刻之。前人題字稍模糊者，後人覆刻之，不可以數計，故唐宋題名絶少，皆爲所没也。上迴馬嶺即十二連盤，過此即快活山，路平如常地也。再上即御帳屏，瀑布千丈直落，全山以此爲最。再上即五大夫松，有松三枝，蔭覆畝許，樹頂若蒲團，皆可入畫。稍上即獨立大夫松，松已不存。上有對松亭。亭東向東山。山高千仞，虬松皆滿，無一不可入畫。佳境觀止矣。再上即十八盤，路逾險，石逾奇。稍上，兩旁皆以鐵索，以便人攀之而上，實則自有石級以來，無需此物矣。兩旁石壁如削，路轉峰迴，即南天門矣。過此皆平坦，已至顛也。是夕宿玉皇頂下。自迴馬嶺起至南天門，題壁不可以數計，然一半爲山靈所笑耳。戌刻即睡，至寅正二刻即起，上玉皇頂浴日亭觀日出。室三間，正東。初至時彌滿不見一物，忽有紅鐙二，緩緩而行。吴惟初大令（士愷）曰：“此神鐙也。”須臾無矣，稍停又見，如是者三四次。漸見東方作白色，稍停，作淡紅，繼而深紅，啓明星猶燦然也。漸紅漸大，作黄金色，至是而人皆見鬢眉，紅色亦漸退，忽于黑雲中露金色一綫，人皆曰：“日出矣。”于是漸黄，即見上半，頃刻而全見矣，光如金色而不耀目。忽見黑氣一縷横亘日中，郎亭急以遠鏡窺之，見上又有二畫，繼而有一柱直貫，竟作“王”字，于是衆人皆稱奇觀，須臾而隱矣。坐話片時，即同出門，觀玉皇頂。殿之中庭有石如几者羅列于中，即極頂也。門外有漢武帝無字碑，高二丈餘，厚五尺，廣六尺，石作青色，質甚粗。旁立一碑，有萬曆時人名張銓者題句云：“莽蕩天風萬里吹，玉函金檢至今疑。袖携五色如椽筆，來補秦王没字碑。”蓋沿舊俗之譌也。稍下即《紀太山銘》，深刻摩崖，高矗天際，拓者施架而用氈蠟。至碧霞宫午飯,即下山。至使院,已未正矣。九月初一日。

辰刻起身,馬行七十里至萬店。午飯後,行五十里至張夏宿。初二日。得十八次家書並湛伯、季猷各書。

辰刻起身,馬行五十里至黄山店。午飯畢,車行二十里至省。是日上午馬行至花馬灣,適值大雨,無可避之所,飛走三里,衣襟盡濕,得以避于破屋中。初三日。

上午得祁、孫二公所寄書籍,由東海關來也。又得稼秋書並滬報、畫報等件,知羅少畊太守託買阿膠。

燈下作家書,至十二點鐘。聞郎亭長女凶耗,悲慘之聲,令人酸鼻。至二點鐘和衣而睡。天微明,即至上房見郎亭,悲痛無極,略爲解勸,亦無從爲辭也。午後寄二十八次家書,並覆湛伯書。又答拜沈雲莊(廷翰),並託渠帶湛伯致籽庵丈書。初四。

《齊東野語》八十八頁"嘲覓薦舉"條爲陳直齋事,當爲《曝書雜記》中所無。

"松風書屋"爲葉石君校書處。

"續古草廬"爲毛子晋校書處。

"通津山房"爲周香巖校書處。[①] 初五日。

爲希堂畫《禮佛圖》並題一詞。爲秉文篆扇頭。終日笑譚,未爲一事也。初六日。

晨起擬至曲水亭、趵突泉,適以郎亭招譚,故未及成。午後至後宰門,得汲古本《易林》、豐山陸鐘手抄《宋元人詞》六册,頗古雅,惟不知其爵里耳。

以《皕宋樓藏書志》各目校以《士禮居題跋》,如黄跋有者,以硃抹出之。

鮑録飲又名通介叟。

姚古香名瑚,錢塘人,藏書多祕册,與鮑以文友善,卒年僅三十餘,見陸氏《藏書志》九十三,十七頁《古逸民集跋》(九十八卷十一頁《陳剛中集跋》"瑚"作"鎙")。

---

① 眉批:明人又有通津草堂,刻書頗精。

秋井、秋堂，勞羿卿校書處（又玉参差閣卧室，又漚喜亭）。

趙懷玉一字收庵叟。

翁栻又張，洞庭山人，康熙間多收藏舊本。[①]

周榮起硯農，江陰老儒，書學鍾太傅，稍雜八分，多鈔藏祕書，康熙間人。

王聞遠孝慈（孝）[堂]藏書，康熙時人。

海鹽張皜亭藏書處曰涉園，一字甌舫。[②]

《文心雕龍》各本皆無《隱秀》篇全文，維宋刻有之。

松影堂爲陸敕先校書處。初七日。

晨起，同希堂至曲水亭觀古書，無所得。即至尚志堂，以希堂招其同鄉丁申甫也。堂即金泉精舍，中有金綫泉，泉水清碧，花木頗佳。小坐即至趵突泉啜茗，至過午歸。

于舊書攤得元刊明修《六經天文編》《周易鄭注》二書，蓋即坿刊《玉海》後之本也。每頁二十行，行二十字。中嘉靖補刊十餘頁，正德補刊一葉，板雖模糊，尚爲真元刊。此書元刊元印本惟陸氏皕宋樓有之，餘皆未見也。

得筠如、得之、芝汀三書。

復筠如書。初八日。

晨起觀書院卷。午後爲郎亭書賞對二十幅。燈下復閱卷。終日夢夢，如是而已，學術之荒，何可言成？可愧。重易也。

晨起刻"建露寄貽"四字印，仿鉩文，蓋陽文粗邊細篆者也。

午後歷城附生金邦孚來，字清如，並携譚天舊稿名《茵陳根》五大册。金公年已六十餘，自言于此道已講求三十餘年，實則于西法未甚精密，故推步終嫌其隔膜。精于陰陽家言，此事余素未講求，不敢妄斷也。初九日。

日照優貢生（癸酉科）丁申甫（汝莒）手貽少山先生新刊《説文》一部，蓋依北宋本刊行，異于孫刊之妄改。然其書面云"據汲古閣藏本"，當即

① 眉批：今歲七月見《江月秋風集》即翁君抄本，有蕘翁跋，金匱蔡氏藏。丁亥十二月十日記。

② 眉批：甌舫，朱竹垞亦有其字。《皕宋樓藏書志》卷六十二有《澠水燕談録》，中有一跋云"癸丑季春雨窗李北苑題於京邸之甌舫"，則又一"甌舫"也。

聊城楊氏之物，則非真宋刊，乃元人翻本也。[1] 初十日。

晨起檢拾行李。午後同希道出門，至同心園小飲，酉正始歸。得匋器三十一件，得半兩錢土範一件。十一。

晨起，車行三十五里至韓倉，午飯。行三十五里至龍山鎮宿。十二日。

晨起天雨，車行四十里至章邱，泥擁輪軸，不能行，即宿。十三日。

晨起，車行六十里至鄒平宿，日過午也。城外有陳仲子墓。十四日。

晨起，馬行三十里至長山午飯，馬行四十里至張店宿。十五日。

晨起，馬行四十里至金嶺鎮午飯。道旁有售淄川硯者，即《硯志》所云"淄川金雀山石"也，非良材，無所用之。午後車行二十里、馬行二十里至淄河塾，河不没踝，闊僅二三丈。申正即宿。十六日。

晨起，馬行四十里至益都，使院在城南。城有八旗城一座，行者進北門，出南門，至府城。城外二里許有馮益都相國墓、齊禮公墓。午後略檢行李，手拓匋器三十一紙，有絶精者。十七日。

寄二十九次家書，並與得之書。

酉初得得之書、查翼甫書，屬購郝《遺書》。再覆得之書，寄匋器拓本。十八日。

莪匪樓，錢遵王藏書處。

《十禮居題跋》二《陸游南唐》第一跋有言校本《老學庵筆記》事。

午後手録《士禮居題跋》年月。上午覆查柤亭書並寄匋器拓本。十八日。

上午拓匋器，裝成一册。自刻一印曰"缶穴"。午後閲生童古卷二百八十本，至三點鐘睡。十九日。

上午閲未盡古卷。午後閲壽光、諸城、高苑生卷，共三百八十册，至二點鐘睡。二十日。

晨起，閲未盡生卷終日，至子正始睡，猶未畢事，擬明日續閲矣。二十一日。

匡恒貞桓構慎徵樹敦廓朗徹炅鏡竟敬(皆宋刊本缺筆)。[2]

---

① 眉批：書中(僞)[譌]字頗多，不如孫本之善。

② 原稿每個字都缺最後一筆。

胤殷項讓貓完賗[1]

辰正即起，閱生卷，至午畢事。午後作與若溪書。酉初閱童卷（集安）三百四十二册，至子正始畢。丑初二刻睡。二十二日。

晨起，以新購之錶用卦占之，得《履》之六三，曰："眇能視，跛能履。履，虎尾咥人，凶。武人爲于大君。"《象》曰："'眇能視'，不足以有明也；'跛能履'，不足以與行也；'咥人之凶'，位不當也；'武人为[于]大君'，志剛也。"此數甚塙。蓋余錶能走而不能及時，非"眇而能視、跛而能履"乎？《本義》又曰："必見傷害，如剛武之人得志而肆暴之象，如秦政、項籍，豈能久乎？"然則此錶必早壞矣。卦以重金，或以修之而壞，或爲金器所傷。占在秋末，其氣尚旺。離爲體卦，則壞于冬矣。（此卦已塙應。乙酉十一月初十日志。）

安邱臧笏臣（廛生）工篆，寫卷格中，絶似秦權，筆力尤佳，且深厚。二十三日。

宋本書皆白口或細黑口，惟《中興館閣録續録》有咸淳時補板，爲闊墨口。宋本《新定續志》亦板口闊而黑。

陳簡莊子名元籌。

蕘圃又號"秋清逸士"。

江鄭堂僑居壽縣之緑水橋，見蕘圃跋《桂林風土記》。

晨起讀《蕘圃題跋》。午後閱臨淄童卷三百五十本，至子正二刻畢。二十四日。

晨起閱生古卷。午後未爲一事，未讀一書，可媿。二十五。

昨晚燈下作家書，並與得之、葉師、若溪各書，至丑正睡。今日晨起已午初矣。午後篆書二紙，即閱博山、昌樂童卷三百六十二本，至丑正畢。書《文心雕龍》四頁，續午中所未完者，筆墨俱不順手，殊覺惡俗。可知天下之事，處順境易，處逆境難也。

"古之學爲己，今之學爲人"，至哉言乎。

日來頗思歸里，而勢所不能，然未能釋然也。此未能自制其心，病在不養氣乎？不讀書乎？在於不讀書。二十六日。

---

① 眉批：南宋本醫書"丸"皆改避作"圓"，避欽宗名也。

蕘圃《所見古書録》以所藏者[①]爲正編，所見而未藏者爲坿編，悉載諸家藏書源流。見舊鈔本《珩璜新論跋》，抄本現藏平湖陸氏。

晨起已午正矣，即飯。午後書篆五紙。燈下作與梅汀、泉孫、龐端卿、得之(又我庾)四信，同三十次家書並發。又與葉師、若溪、叔朋、稼秋、夢畹五信，未發，時已子正矣。

製造局(上海)總辦鍾啓祥。

臺灣每年税銀三百五十萬。

斐禮，法外省大臣，其言曰："西貢已得統轄，真臘已稱藩屬，越南爲之保護，東京漸可蕆事，暹羅籌一良法駐兵京中，瓊州攻取甚易，基龍儘可挖煤。"大言不慚如此如此，外省統兵一萬五千，法國内兵六千。

九月初十日塞吴淞口，留二十五丈口門。二十七日。

午前閱生覆試卷。午後爲希堂篆書屏四幅，筆墨頗不順手。酉初閱旗學、壽光二屬童卷三百六十四本，至丑初二刻畢。二十八日。

日來豪無心得，惟於篆學似略有進境。郎亭嫌其不沈著，爲運筆太速之故，其言甚是。(又)

晨起已午初矣。爲希堂篆書《説文序》十一紙，至酉初始畢。終日未爲一他事也。

今之書篆運臂略遲，用筆亦厚，惟終覺婢學夫人，但存形似。欲獨創一格，雖不必突過前人，然亦不必爲前人所拘束，以此書十年，或能成家也。

《關尹子》曰："善今者可以行古，善末者可以立本。"

宋鄧肅之言曰："外夷之巧在文書簡，簡故速；中國之患在文書煩，煩故遲。"

呼虎敺狼，教猱升木。

法教名天主(主之者名神父)，英教名耶穌(主(者)[之]者名牧師)，俄教名希臘(主之者名教長)。

(理各雅)[理雅各]，泰西名儒，嘗來中國，謁孔林而歸，主阿斯福書院講席，廣譯五經四子之書授其國人。

英相格蘭斯頓著書力詆天主教。

---

① "者"下原衍一"者"字。

斯巴爾克輪船被劫於珠江，英商門地請索償於中國，外部德爾祕力斥之。

弱而不振則忽而虐侮之，强而有事則又畏懼而調停之。

光緒元年，意大利於昔昔里島植茶，日本、印度、南洋群島皆務植茶蠶桑之利，數十年後，外洋絲茶足以自給，中國必將坐困。

國初通書日本、通使俄羅斯，皆不列其國於朝貢之班，深得蕭望之所曰“讓而不臣”之意。

火輪船，乾隆六十年塞明頓創造，嘉慶十年富拉登造成。火輪車（嘉慶五年德微的創造），道光七年斯提反笥父子造成。

俄人鐵路自彼德羅堡（俄都）東北越多木斯科、疴木斯科至恰克圖，復規畫黑龍江、伊犁等處。

英人鐵路漸至印度、緬甸，達雲南、兩藏之外。

法人經營安南、暹羅，亦有開輪路達粵西之議。

各國文字不同，如俄羅斯、波蘭、賴丁、哀斯脱、希白來、德意智、奧斯瑪加、義大利、法蘭西各有文字，而大略相近，惟英字爲宗，以二十六字母分攝諸音，合數音而成字（法字只二十四母）。英法之書大抵實義居前，而以虛字綴其後。中國以字隸音，諧聲居六書之一；外國以音隸字，音變則字從之而變。

法人于十餘年前侵佔安南之嘉定省，英人亦侵佔緬甸之朗谷，各設分埠。

同治季年，法人開蘇爾士新河至亞勒散得，光緒初爲英所購，專歸英轄。由倫敦（英都）至天津，輪舟行四十日可到。

葡萄牙踞香港（即濠境），西班牙踞吕宋，荷蘭踞西里百摩、鹿加、婆羅州、噶留巴、大亞齊諸島，而巴布里荒島亦墾而闢之。

臺灣明時爲荷蘭所踞，後爲鄭成功所奪。

漢元壽二年，耶穌生於羅馬，既長，遂傳天主教。歷數百年有保羅者，别立希臘教。有路易者，别立耶穌教。三教鼎峙，互相攻擊，而皆宗天主。今俄羅斯、額里士行希臘，英吉利、瑞典、那威、大尼荷蘭行耶穌，法蘭西、奧斯瑪加、意大里亞、比利時、西班牙、葡萄牙行天主。惟天主教有教王，各國尊禮之。

嘉慶中，法王拏破侖第一滅荷蘭，廢西班牙，取葡萄牙，兼併意大里亞、瑞士、日爾曼，割普魯士之半，奪奥地利亞藩屬，圍嗹都，燒俄舊都。

嘉慶十六年，法人攻俄，兵潰於墨斯科，諸國合兵攻之。二十一年，法王爲英所俘，流之荒島，道光元年死。

嘉慶二十年，各國大會於維也納，各反侵地，修好息民。

英議員烈奢得曰："一千八百十四年，英、美定约於干特，以争財致衅。至三十三年，各遣使公議，其事遂息。三十五年，法、土失和，就正於德國而解。六十三年，英與巴西不睦，而比國解之。六十八年，土、希争屬地，而德國解之。皆不煩一兵，得使臣會議，片言而釋。"

漢詔求使絶國之才，至與將相並重。

英道光十七年國主威廉第四卒，兄女維多利亞年十八，嗣位，即今之女主，贅日耳曼列侯之子阿里巴一作博雅那爲壻，早卒。

法地方二千餘里，建八十六郡。近年爲普魯士所敗，割蔑士城以西七城以講。火器之利冠泰西。嘉慶時，拏破倫第一善戰而亡。同治中，拏破倫第三與普戰，爲普所虜，同治十二年殁於英之雷塞思德爾。其大臣爸亞等與普和，改用米利堅之俗，不立君，以首領統治國事。同治十年，踢矮士(即爸亞)任首領。十二年，麥馬韓代之。光緒元年，拏破倫第三之子魯夷拏破倫與法前主波旁之庶子尚伴爾皆謀復立國。

同治十二年，法大帥安將軍至安南，爲安南將劉永福所禽，旋復求成於法。光緒元年，法已駐兵順化(越南都城)，扼富良江，復營埔於暹羅矣。

耶穌爲洋教，即天主教。路得爲西教，即耶穌教。保羅爲希臘教。

晚近士大夫重利輕義，骨肉親戚之間，一粟一帛，較算必精，耨耡德色，箕箒誶誶。而偶有贏餘，則好爲博施振窮之善舉，往往釀數萬千百金之資以贍素不相識之鰥寡孤獨，而其親族故舊有不免於飢寒者。厚所薄而薄所厚，顯背聖經，自蹈堯舜猶病之誚，舉世方且奓然稱之，以爲好善樂施。嗚呼傷哉！

光緒初年，翻譯中國書籍《詩》、《易》、《四子》諸經，英、法、德、瑞士各國兒童多能誦習。

《淮南子》"頓牟拾芥"，"頓牟"即琥珀。

燈下閲《瀛海論》集雜説如右。

法王拏破[倫]第三謂中國乃通商之國，非用兵之國。二十九日。

晨起爲希堂書篆屏，係送丁亦康者（惟禔），至午後始畢，似較昨沈著矣。酉初閲益都童卷三百二十三册，至子初畢。復爲希堂閲博興童卷四十册。三十日。

光緒十年十月

宋拓《華嶽廟碑》關中本，明時在陜西東雲駒肇商、雲雛蔭商兄弟所藏，後歸武平郭允伯宗昌，允伯復貽華陰王山史宏撰。康熙初年，入淮安張力臣弨家，甲申以後又在揚州周確齋儀處，展轉至歙，爲上海黄星槎廣文文蓮所得，癸巳即以贈朱竹君學使。道光丙申，梁芷林中丞章鉅入京得之（當時有人以此事排其豪侈，登于彈章）。同治中，中丞公子敬叔太守（恭辰）質諸於上元宗湘文太守（源瀚），今仍在宗處未歸也。此本較長垣本爲瘦。

長垣本祗剥泐十字，爲最初拓之本，在明爲王文蓀鵬沖所藏，國初歸商邱宋牧仲，繼歸同邑陳氏。嘉慶丁巳，入成親王府，後爲諸城劉燕亭方伯所有。今不知仍在劉氏否，當詢諸於諸城尹竹岩（彭壽）。

四明本明時出范氏天一閣，至本朝歸阮文達。剥泐百餘字，與關中本同，較長垣本爲瘦，惟係整裝，勝於二本，蓋長垣、關中皆翦本也。今不知歸何所。

《楊叔恭殘碑》，南宋洪文惠諸家所未收，祗見于《水經注》中。嘉慶二十一年，爲魚臺馬孝廉（邦玉）得於鉅野昌邑聚，歸其家，今以六十金售於海豐吴仲飴大令。

陽羨薛友琴善刻，阮文達福壽亭中器半爲此老手筆，見《二千石公侯壽貴磚陰》，亦其所刻也。

方小東藏有麻牋米書《聖主得賢臣頌卷》墨蹟。

晨起，閲方小東《枕經堂金石題跋》。午後閒譚。取《李太白詩集》《六經天文編》翻閲一過，二本皆元刻也。復取《蕘圃題跋》校數頁。燈下爲希堂寫賞扇，不録陳語，皆以意爲之，其語在《莊》《列》之間，至亥正畢，共書二十柄。十月朔。

蕘圃又名復見心翁。

蕘圃之居又有名曰學耕堂。

余所得之《李翰林集》，每頁二十二行，行二十字，與皕宋樓所藏北宋蜀刊本正同。書中“朗”字、“恒”字缺筆,當爲元人翻蜀本無疑。(葉師書來,云二十六卷本見《天禄琳琅》,元人坊板也。可見余所言之不謬。十一月初九日記。)

衎齋爲馬寒中藏書處。

錢湘靈(陸燦)多手校書,每押以“明經别駕書經解元臨濟三十四彭祖九十七世”一印,又曰“陸終彭祖後人”,又自名曰“圓沙老書生”。

宋蔚如(賓王)多鈔本書(起家市井,乾隆時人)。

錢遵王一號“貫花道人”。

顧亭[林]曰:“讀書自考文始,考文自知音始。”

天發神讖碑嘉慶十年乙丑毁於火。

元建安余氏勤有堂刊本《分類補注李太白詩》二十五卷(見臨海洪筠軒(頤煊)《讀書叢録》,與《藏書續志》同)。

平湖陸梅谷(烜)藏書甚富,刊有《奇晋齋叢書》。其侍兒虹屏工書,所藏宋元本書跋語皆其書,印以“梅谷掌書畫史沈采虹屏印記”。有《晏公類要後跋》,末誌曰:“乾隆辛丑四月十二立夏日,是歲閏五月,春事未闌,海棠、繡球、木華、紫荆、薔薇花尚繁盛。新妝初畢,御砑綾夾衣,晏坐花南水北亭,啜鏡溪新茗書。”

張叔未藏有蜀槧《韓文範》,反刻十六字,四字一行。

墨板始於唐末。板本《文選》益州始有。

朱竹垞藏書處曰“潛采堂”。

馬二槎上舍(瀛)有《吟香仙館書目》,藏有天籟閣舊藏宋本《漢書》《晋書》,故又名“漢晋齋”。

元板《纂圖集注文公家禮》。

紅藥山房,竹垞藏書處。

《楊誠齋集》一百三十三卷。

甌亭吴城多藏書(乾隆時人)。

繡谷吴焯(尺鳧)所居爲瓶花齋(康熙時人),多書。

《本草衍義》二十卷,宋刊本每半頁十一行,行二十一字,卷首有劄文。

明朱睦㮮一號東陂居士,有《聚樂堂藝文志》(《萬卷堂藝文目》疑即此書)。管湘芝、蔣生沐均有抄本《萬卷堂藝文目》八卷。

《古今韻會舉要》三十卷。

道古樓，海昌馬氏藏書處。

元本《李注文選》每葉二十行，行二十一字，每卷首題“奉政大夫同知池州路總管府事張伯顔助率重刊”。明萬曆金臺汪諒翻本同。

元本《春秋左傳句讀直解》七十卷，每葉二十行，行二十一字。

宋任淵選《黄太史精華録》，宏治中有仿宋本，即《山谷詩》也，非漁洋始有此名。

《論衡》通行本以通津艸堂本爲勝，程榮本次之。然《累害篇》“污爲江河”下脱四百字，惟元刻十五卷本有之，《東湖叢記》六・一頁有録文。

《宋季三朝政要》照曠閣就鈔本付梓，多脱譌。守山閣本從趙晋齋（魏）校元刻本補“鄭清之”條下千餘字，惟第五卷前與元本有譌脱二十字。

宋高宗御書《禮部韻寶》六册，刊于湖州，見《菉竹堂書目》，係行書。乾嘉時，吴江陳氏有此書，今不知猶有傳本否。

汲古閣藏宋元精本，則以橢圓式印别之，又以“甲”字方印鈐於首。澹生堂藏書有四十二字印。千頃堂藏書則有“晋江黄氏父子藏書”一印。陳簡莊孝廉有“得此書費辛苦後之人其鑒我”，又刻“仲魚圖象”鈐于上。王弇州藏書每以“貞元”二字印鈐之，又别以“伯雅”“仲雅”“季雅”三印。

《勿軒先生文集》蕘圃有跋，見《東湖叢記》六・三十一頁。

晨起未爲一事。午後讀《東湖叢記》六卷，至亥正畢，録雜語如右。

祁子樅孝廉自南中來，與余對室居。初二日。

祁君述小華已歸瀛島。弱水三千，從今遠隔，他年重過滬江，不禁有劉阮重來之歎矣。

晨起，閱拔貢頭場經解七十七卷，至酉初畢。燈下閲石印王云階《毓秀堂畫傳》，頗精。

見《申報》，知上海新北門外法租界馬路東首還讀樓《郡齋讀書志》三元，仿宋《毛詩要義》四元，《中州金石記》一元。

燈下作與洨民書，託購《郡齋讀書志》，並託帶《廿二史札記》。

今日郎亭手貽《竹邑侯張壽碑》一通，係新拓者，然尚清晰，以氊臘頗精也。初三日。

晨起擬對策。午後略檢行李，即爲郎亭書賞對扇二柄、對二十餘付，似較初寫時稍有步位。燈下覆閱青州觀風卷。初四日。

子樅又示《茜商小品》石印畫册，極精，價二元；《紅樓夢圖詠》四大册，雖係翻本，頗有神采也。子樅擬贈余，未敢應。

閱選拔二場卷十六册。初五日。

晨起檢行李。午後出門，略置皮衣等件。至子初睡。初六。

晨起，尹生彭壽同馮文毅八世孫臨宜來拜郎亭，出馮文毅《萬柳堂行樂圖》索題，上有盧南石、杜石樵、阮芸臺、劉瞻岩四題。郎亭書一觀款並書余與尹君同觀姓名，亦一快事也。

午飯後，車走四十里，至譚家坊宿。初七日。

晨起，車行三十里至昌樂，午飯，行五十里至濰縣宿。北門外此五十里微有山路，進城小游，富强甲山左，房屋之精爲他郡所無，並題一詩一詞於壁。初八日。

晨起，行三十里至寒亭，午飯，走五十里，昌邑宿。初九日。

晨起，車行五十里至新河，午飯，行五十里至沙河宿。起四絶于壁並畫背面侍兒二，詩曰：

十萬貔貅令自嚴，笳聲吹静出天山。書生第一平生願，直斬樓蘭唱凱還。

銅柱留名千古慕，紫光有像四夷知。相公朝罷歸來日，袍笏盈牀鬢未絲。

坐濕黄鶯啼未了，雙鉤闌外看鈔書。牙籤十萬紅粧護，陸倩香修恐不如。

朔風吹透鷫鸘寒，十載軺車興未闌。此願自然能畫得，不妨先寫箇儂看。

沙河房屋甚精美，頗似南中，又同夷埠也。十日。

卯初起身，車行六十里至萊州，午飯在試院中，又行六十里至米橋宿。十一日。

卯初，車行六十里至黄山館，午飯，又行六十里至黄縣，宿於西城内鳳鳴書院。黄縣爲煙臺海埠出入貨物要道，地極富饒。内母舅何珊枝先生(亨九)曾宰是邑，時在壬戌、癸亥間，時妻父避難航海而北，亦寓署中，今署猶如故也。十二日。

辰初起身，車行二十里過河，至諸由觀。以山路犖確，易騎，行四十里至青州，皆山道也。學院在城東，構造極佳，余居東院。十三日。

晨起，已日將午矣。午後觀牟、劉二先生已未刊遺著。燈下爲郎亭篆扇頭二，並寄沙河題壁四絶句與叔鵬。十四日。

元本書有避宋諱者，旁加圈識之，如《論語注疏》本是也。

晨起，爲郎亭書扇二。午後郎亭示鈔本郝户部《説文廣詁》十四卷，蓋始東終甲，從《韻譜》次也。其引證大約皆以不合解字本義，故曰“廣”，於通假尤詳，惟引書及《正字通》，引佚書不注引見某書，殊爲疏忽。

燈下閲生、童經、古一百册，未及半而睡。十五日。

晨起閲古卷，至晚始畢。此次試經解者有四十餘册，裓學十餘册，可見風氣之轉移矣。惟無一佳者。十六日。

余生平雖喜諧謔，然偶有事謀及於余者，必力爲謀之，然往往不能見信於人，大約喜諧謔之報耳。

世有一等人，初見於余，則多方以籠絡之，余知其詐也，漫應以謷之；籠絡不可，則多方以恐懼之，余知其詐也，漫應以謷之；恐懼不可，則多方以傾陷之，余知其詐也，漫應而謷之。三者不可，則無所策矣。爰盛氣以侵之，陰嗾以詬之，余知其詐也，漫應以謷之。嗚呼！天下人皆如吾，則吾亦非吾矣。吾故誦古人之言曰“閲歷”。

午後閲蓬萊、甯海生卷二百二十本，及半即睡。十七。

晨起閲卷，至戌刻始畢。有人以《秋閨夜怨圖》索題，即書六截句，名士傾城，本多一例也。詩曰：

獨背銀釭怨若何，總緣嬌小寵偏多。蛾眉一例多謡該，莫太含愁損翠螺。

長門一入晝沈沈，瓊姊蘭姨久絶音。閒倚錦屏思往事，不知秋色爲誰深。

繡函雙護冷鴛鴦，壓綫年年夜轉長。梅子含酸蓮子苦，兩般滋味卻親嘗。

十里青溪黯落暉，西風簾捲袷羅衣。晚來自把青鸞照，莫是黄花比我肥。

衣篝香潤人初倦，畫閣涼深夢不驚。欲織迴文翻舊錦，銀荷鐙小不勝明。

博山鑪煖玉釵寒，約略柔情記亦難。吾本三生狂杜牧，不妨先展畫圖看。十八日。

劉燕庭藏書見《竹汀日記》評語中。

舊鈔本《鉅鹿東觀集》十卷。

鈔本柳開《河東先生集》十五卷《附録》一卷。

鈔本李存《俟庵集》三十卷。

鈔本李士瞻《經濟文集》四卷。(以上二種皆係大興朱氏舊藏)

百衲《史記》。

鈔本徐賁《釣磯文集》十卷。

明刊本《葉文莊公奏草》三十卷(六世孫九淵刊板)。

元板《遼史》全本(道光乙巳得)。

宋刊小字本《玉臺新詠》(舊藏葉石君家)。

鈔本《宋大詔令》二百四十卷(《四庫》未經著録。汪小米鈔本)。

明天順中平湖沈琮刊本《宋方蛟峰集》。

鈔天一閣本《大全集》一百九十六卷。

朱述之鈔宋本《玉峰志》三卷。

元板《困學紀聞》(有鈔補,道光丙戌得)。

宋淳祐槧《本朝諸臣奏議》(咸豐元年得,缺卷與愛日精廬同)。

文瀾閣傳鈔本《九國志》。

朱述之鈔本《重修琴川志》。

日本本《合類節用集大全》三卷(朱氏茮花唫舫舊藏)。

明正德重刻本張淏《會稽續志》八卷(道光戊申得)。

鈔本《賓退録》十卷(係影宋睦親坊陳宅經籍鋪印本)。

蔣蜀瞻名繼軾,號西圃,江南江都人,康熙癸巳進士,官編修。

吴全晋名泰來,江蘇太倉州人,官内閣中書,其藏書處曰"璜川書屋"。(以上二則亦見燕庭評語)

晨起觀《竹汀日記》,摘語如右。午後閲萊昜、榮成童卷二百九十卷,至子正畢。作與薇閣書(並昨詩),道源、徐吴二公合信,三函畢,已丑正矣。十九日。

今日忽欲寫楷書,索希堂白摺,燈下寫之,得七百餘字。希堂謂余未匀,一一指其謬處,蓋余素矜爲得意之筆也。噫嘻危矣。二十日。

晨起寫白摺,較昨稍匀。午後閲招遠童卷二百八十册,至子初畢。

再寫白摺一頁，睡已丑正三刻矣。二十一日。

晨起寫白摺一開半，已過午矣。

燈下作三十一次家書，甚長。並寄若溪、叔鵬二書，託郎亭。

徐氏《含經堂書目》見《士禮居題跋》三卷三十頁。

明人藏書家有曰"學圃堂"，不知誰家，俟考。（見《士跋》，同前）

蕘圃又號長梧子，又號知非子，又名求古居主人，又曰復見心翁。

《圖繪寶鑑》以五卷本坿一卷名六卷本爲最佳。

燈下讀《蕘圃題跋》三卷畢。

陸其清《嘉趣堂書目》見《士跋》四・二頁。

《淮南子》，一爲二十一卷，出宋本；一爲二十八卷，出《道藏》本；至二十卷本，俗本也。二十二。

晨起，閱生覆卷，午後接閱甯海童卷二百玖十本。酉刻得家書，知龐彤士已於九月初七日身故，爲之潸然。彤士年僅弱冠，人極誠實，偶有事煩之，無不竭力設法，大非不壽之徵，惟好譚風月，未免以此而傷耳。回憶去年九月十八日，余由滬坿輪舶至東，猶親送至船，握手而别，孰知竟成長别，豈不痛哉？娶婦三年，未得一子女，父母年均半百，單此一綫，更不知傷痛若何也。余訂譜十人，自壬午五月丁菊生故後，僅存九人，於去年又與蘇稼秋定交，十數始全。今又折其一，定數止夫九乎？亦奇事也。二十三。作三十二次家書。

晨起已午正矣，即飯。午後閱覆生卷畢。書白摺兩頁半，終覺未能勻凈。二十四日。

晨起，寫白摺兩開。午後閱棲霞童卷二百五十本，至亥初即畢。

郎亭出示棲霞劉立夫先生（曰義，嘉慶時人）未刊算稿：曰《面體算術》，曰《算學舉隅》，蓋從東原氏用策算法，即取《九章》舊題演之。曰《九章算式》，亦用舊題，於布艸後略加論語。曰《元史日景算》，蓋讀《元史・驗氣篇》求郭太史作法之意，鈔寫原文，考其訛字，復細行列式，綴以淺語，期于易知而難忘也。後坿論曰："《篇》内言刻而不言分秒，蓋删盈補朒以就成數，猶經一圍三則芟盈，圍三經一則補朒，無妨其爲古人之瀖也。若計其分秒，則不無參差同異。蓋其故有二：一因日天有高卑，股高則句短，股卑則句長也；一因日行無同率，其所取之一率與三率非同理之比例也，此亦古疏今密之一端也。"曰《讀漢書律歷志算草》二卷，專推天子生年月日。上卷用三統術，下卷用四分術。後坿《書漢書律歷志後》一篇，曰："班氏謂劉歆究微眇，推法密要，其誤甚矣。彼所云吉凶災祥百六易九之説，乃巫覡之習，此不足言也。[①]《太初歷》經絡下閎鄧平等雜候以驗之、布算以推之三十六歲，而是非堅定，成一代之制矣。歆乃强引《易》與《春秋經傳》以神其説。平之法二十九日八十一分日之四十三爲一月，通分得二千三百九十二，此不煩言而解者。歆乃曰：'元始有象一也，《春秋》二也，三統三也，四時四也，合而爲十，成五體，以五乘十，大衍之數也，而道據其一，其餘四十九所當用也。故蓍(四十九)以爲數，以象兩兩之(九十八)，又以象三三之(二百九十四)，又以象四四之(一千一百七十八)，又歸奇象閏十九及所據一加之(共一千一百九十六)，因以再扐兩之(二千三百九十二)，是爲月法之實。'任意迂遠以坿會之，奚取乎哉。十九歲七閏，已然之跡也，乃云合天地終數爲十九，《易》窮則變，故爲閏法；一歲十二中氣，至顯之數也，乃云三統乘四時，何貴乎如斯之經義哉。《孟子》曰：'所惡於智者，爲其鑿也。'歆之説則鑿而已矣。班氏蓋震於經術之名，爲其所欺，述之以欺後世，可乎哉？"曰《小雅辛卯朔考》五卷，蓋因《詩》"十月之交，朔日辛卯"，毛氏以爲幽王時，鄭氏以爲厲王時，王基以爲在共和前，孔氏兼存焉。其首卷用周歷推之曰："按厲、宣、幽、平一百五十九年間，辛卯朔三十，在十月者二(一宣王五年，一平王五年)，在十二月爲夏正十月者一(平王四十一年)。"二卷依史志算周幽王六年十月朔日干支，一三統術(辛卯爲六月朔，與周歷同(己丑爲十月朔))，二四分(辛卯爲四月朔，戊子爲十月朔)，三乾象(辛卯爲十月朔)，四景初(辛卯爲十月朔)，五三紀(己卯爲十月朔)，六元嘉(辛卯爲八月朔)，七大明(癸未爲十月朔)，八張賓(戊辰爲十月朔)，九張胄元(辛卯爲十月朔)，十劉焯(辛卯爲十月朔)，十一傅仁均(辛卯爲十月朔)，十二李淳風(辛卯爲十月朔)，共計十月爲辛卯朔者六。其僧一行以下未算。三卷遵《御製歷象考成》，推周幽王六年十月之交朔日辛卯日有食之，京師食一分四十一秒，陝西不食。四卷算周桓王年間辛卯年辛酉朔在十月者，俱不入食限。五卷遵《御製數理精藴》，考周幽王六年十月之交朔日辛卯得天正冬至，

---

① 眉批：歆之術統母之生多傅合《易》卦、鐘律，《疇人傳》已論其昧其本原矣。二十六日補誌。

辛巳後第五辛卯日，日躔八宫四度，月離七宫二十八度，北緯一十四分距交二度五十分，當入食限。曰《步日月算草》五卷，皆用《御製用表》推嘉慶十年、十一年、十二年日月食，自注："山中不知漏刻，不睹儀器，約略言之，故稍有不符。"曰《開方法》，曰《句股圖》，曰《開方無法論》，皆立夫殁後，其友人同邑牟陌人（廷相，阮文達門人，亦知算）定之。其總序曰："笠夫每作算，排列四率，瞭如指畫，易知而難忘。解剥數字，繪圖數筆而使人洞明其故。舉凡市儈歌訣之淺俗與泰西甲乙之繁雜，一掃空之，粹然儒者之藝。"

牟陌人序劉氏遺（者）[著]中有曰："郝蘭皋精於經學而不知算，嘗願學焉。試以兩籌學乘除，踰月不能而罷。"

郎亭又示牟陌人《句股重差圖》稿本，亦未經刊刻者。首頁有自述[①]曰："劉徽序《九章算術》有云：'徽尋九數有重差之名，凡望極高、測絶深而兼知其遠者，必用重差。輒造重差，並爲注解，以究古人之意，綴於句股之下。度高者重表，測深者累矩，孤離者三望，離而又旁求者四望。'據此則徽之書原自有注解，而《隋書・經籍志》有劉徽《重差圖》一卷，則其書亦原自有圖也，今皆不可得，獨有李淳風注，又不詳。庭驤故據術爲之圖，因参互以考其變，皆爲之解，要得其三率比例之故焉。"

郎亭又示寫本濰劉執經《三角鉤沈》六卷，亦未刊者。其自序曰："《九章》句股求直三角，後人衍之爲旁要重差法，綦備矣。然三角之形復有鋭有鈍，非句股所能盡。泰西三角法全用角度，所設八綫不能馭和，較雜糅。蓋所立爲測圜之術，非求方之術也。暇日究心斯理，参稽諸家，發明三角之説，詳輯是術，補《九章》之所未備，以濟句股之窮。其藉以入算者，專以天元爲本，而後出入於借根代數之法得矣。"光緒元年春二月所序也。子汝僑埘生、汝俊□□亦精袮。"二十五日。

陳仲遵藏書處曰西畇草堂。

《合經堂書目》四卷，[②]徐立齋著。（《士跋》四卷中）

執經堂，張訒庵藏書處。

紅椒山館，黄蕘圃藏書處。

---

① 眉批：又有自序一篇，甚精，擬録出之。

② 眉批："含"譌"合"，《士跋》亦譌。

皇山人姚舜咨又名茶夢道人，明萬曆時人，善鈔書，見《士禮居跋》（明人有柳大中、貢大章，皆愛鈔書家，柳前於貢）。

《群書綴拾》（萃元明以來著述爲目録之學，以續貴與《經籍考》，吴門周謝庵（〇〇）著。謝庵，香巖子也。不知有存本否。書目見《士跋》四卷）。

顧五癡即南雅先生。

晨起午正，即飯。午後書白摺數開。燈下校《士禮居題跋》數十頁。二十六。

宋本書臨安府陳家刻書外，又有“臨安府太廟前尹家書籍鋪刊行本”書。

晨起午正，即飯。午後作楷書。燈下校《蕘圃題跋》四卷訖。二十七日。

晨起午初，閱拔貢頭場經解卷九十五册，至酉正畢。燈下寫白摺兩開。晚飯後閱覆童卷四十一册。知孫汶民、錢南泉均已航海至燕臺，明日可到登郡矣。二十八日。

郎亭篆楹聯一，余乞得之。

杳相亭代做書箱十六只，架四只。箱每只一千四百文，架每只六百文，過江費四百文，刻字　千　百廿文，共結錢二十六千二百二十文。

《錢警石年譜》第三十八頁有《修州志條例》，頗可采效之。

晨起，略檢行李。午後書禮扇十五柄。燈下閱二場選拔貢卷二十册。爲希堂草信稿二，已三更矣。二十九日。

光緒十年十一月

晨起已午飯矣。午後寫白摺一開。拔貢放榜，郝蘭皋先生曾孫名國忠者得拔。酉初孫汶民、錢南泉二先生自南來，知途中風雪，屢困于泥中，可見行路之難。

出門，得明本初印《狀元圖考》，即贈郎亭。又得明本《陸士衡集》、高校本《絶妙好詞》、徐靈胎注《道德陰符經》。又《虞山小史》七册，皆有明一代上至公卿下至釋道小傳類。初不知爲誰何著述，携歸，燈下閱之，見《程松圓小傳》，始知爲牧翁稿，不禁狂喜。蓋牧翁遺書如《有學》《初學》等集尚不易覓，況此爲素所未見之書邪。十一月初一日。（鞠裳師言爲即《列(傳)[朝]詩集小傳》。)

晨起檢行李。午後出門,得《西醫五種》,又灰麗■統一。爲郎亭以六金得《秦詔版》一。有《西清古鑑》一部,索價二百金,可謂貴矣。又明嘉靖時袁氏《仿宋六臣注文選》一部,索價三十四金。初二日。

晨起,馬行七十里,至黄縣宿。途中冰積雪凝,頗難馳驅也。初三日。

辰正起身,行六十里,至黄山館宿,僅過午也。初四日。

辰正起身,車行六十里,至朱橋宿,室極小。初五日。

寅正起身,車行六十里至萊州,與南泉先生同宿一室。初六日。

洨民來,携至各書,篴舅(有文集二部)、若溪、叔鵬、葉師、芝汀(送箋二匣,信封一匣),並我庾先生貽茶葉二瓶,又上海蘇夢盦、鄒翰飛二函。

作三十三次家書並大哥書,由驛專遞。燈下寫白摺半頁。初七日。

晨起已午正矣。午後校《蕘圃跋》數頁,寫白摺半開。酉初,閲生、童古卷百三十五册,至二點鐘畢。初八日。

《韓文考異音釋》(朱子考異,王伯大音釋)四十卷,半頁十三行,行二十七字,明初刊本(或曰宋本),今藏海甯查氏。

毛汲古孫名綏萬。

蕘圃所處又名求古居。

晨起寫白摺一頁。午後校《士禮居題跋》,至晚十一點鐘畢,未及一卷之半也。初九日。

五柳居主人字琅軒(見皕宋樓藏《止齋文集》周香岩校本跋中。又有字藴輝者,見《士跋》五・五十八頁,不知即一人否)。

晨起已午正矣。午後閲平度、靈山生卷,至二點鐘睡,未畢也。寫白摺半頁。初十日。

晨起九點鐘,續校生卷。平度得白永修卷爲首,白生老名士也,子白鳳取童古,亦出余房。燈下跋元板《李太白集》。寫白摺一頁。十一日。

松江程氏《清綺堂書目》(見《士跋》五・六十九頁)。

《蕘圃題跋》五卷校畢,已四鼓矣。十一日。

王聞遠名聲弘,字蓮涇。

明本書往往有以箋翰簡帖印者,如《皇明詩選》《僑吴集》皆如此,見《士禮居題跋》六。

宋元本書裝潢有名旋風葉法，虞山也是翁創之。蕘圃元本《丁鶴年集》即用此法裝潢也。

午後閱昌邑、藿山童卷一百九十餘本，至十點鐘畢。校《士禮居題跋》六卷三之一。十二日。得何魯生自青州來書。

晨起，閱覆古卷六册。算學劉汝僑、田智良皆去年所取者。午後復何魯生書。寫白摺半頁。十三。

嘉慶己未時，閶門書業堂新翻汲古閣《十三經》，每部需錢十四兩（按一兩七百也），見士禮居宋本《聖宋文選跋》（《題跋》卷六）。

嘉慶十三年戊辰，孫淵如觀察欲取家藏宋刻書盡加塗抹，見士禮居《聖宋文選跋》，不知何故也。

西崦朱赤英多藏書，吴人。

試飲堂爲錢磬室藏書處。

惠香閣，柳如是所居，見士禮居元本《易春白雪跋》。

校《士禮居題跋》畢。《蕘圃先生年譜》從此得其大凡矣，自喜無量。

《文子》徐靈府注，明《道藏》本名《通元真經注》，十二卷，見《未收書目》。

午後閱平度童正場卷一百册，申起酉畢，爲看卷最速最快之日矣。燈下録《士禮居》，校訛二紙。讀《荔雨軒文》一過，係爲箋秋舅氏新刊者。舅氏名翼綸，道光甲辰科舉人，大挑知縣，知江西永新縣事，今年已七十三，精神奕奕，行步如飛。近新刊其自著古文八卷，去年秋命余篆書面，今文集篆首是也。近知余喜習騎，來書言習騎之事云："前在軍中曾得長白巴君祕訣，謂人一身是氣，氣偏左則左，偏右則右，上馬時氣升於頂則上易，坐時氣運於兩腰，則永無傾跌之患。"此論甚碻，故記于此。十四日。

晨起已午正矣。書白摺半頁。午後閱即墨童卷二百册，戌正畢事。知郎亭已得正詹，爲之欣賀。十五日。

大哥書來，言箋舅論習騎運氣之説甚塙，且戒余毋恃其氣。蓋余行事皆喜任氣爲之也。誌之以佩不忘。

得上海趙静涵表兄書並《製造局書目》二册，係從輪船文報局轉遞，僅十六日也。

晨起閱生覆卷，至酉正畢。燈下寫白摺兩頁。作報葉師、若兄二書畢,已二點半鐘矣。十六日。

晨起午初,寫白摺兩頁。午後閲濰、膠二縣童卷二百十四册,戌正畢。十七日。

張船山先生自萊州罷官,喬居蘇州閶門外斟酌橋,嘗言虎邱以珠翠眩目勝,秦淮以絲竹沸耳勝,平山堂以園林池館稱心勝,洪北江以爲知言。(見李蘇鄰鴻裔《怡園詞序》)①

黎蒪齋在東瀛刻中國古書十餘種,名《古佚叢書》,請旨將刻板存江蘇書局刷售,允可。

馬貴與《經籍考》七十六卷單行本,明宏治中盱江何喬刊行,見《天一閣書目》。

晨起午正,寫白摺二頁,午飯。午後閲掖縣童卷二百十册,亥初畢。寫白摺一頁。

明徐興公紅雨樓爲藏書之處。又有名汗竹巢者,見圖記。②

袁壽階爲貝簡香(墉)之外舅。十八日。

晨起午初,寫白摺二頁。午後校翟文泉(云升,掖人)《説文辨異》五册(共十册,與汶民分校,係未刊本),正譌字於上方。僕人張升寫《皕宋樓書目》成,共計百餘頁,頗工整,手校譌字不多,而有譌者亦極通,如校本作抄本,手校作家藏等,雖塙係譌字,然非無知而妄作者。昔嘗聞黄復翁有一門僕能影抄宋元本書,見《士禮居題跋》中,余今所爲無乃類是?晚鐙後,至後院室中長譚,至二點鐘始出,皆言書籍事,亦可謂興之佳矣。十九日。

晨起午正,即飯。爲郎亭寫摺稿四頁,已上鐙矣。晚飯後,以《皕宋樓藏書志》中叙明宋元本書行款用硃筆録于所抄本上方,盡三册,已子初矣。二十日。閲頭場選拔卷。

作答湛伯書並三十四次家書。午後看希堂寫摺子。燈下爲郎亭録摺稿,並閲童覆卷十四册,睡。二十一日。

晨一點鐘起身,看包摺,至午正畢。午後略檢行李。燈下閲二場選

---

① 朱筆批:按此説見《北江詩話》卷二,非船山説,李公不知何據。

② 眉批:汗竹巢爲明初唐丹崖藏書處,見《丹崖集》卷五《汗竹巢記》。○按丹崖,會稽人,唐姓,肅名,處敬其字也。

拔卷,無一佳者。又寫白摺一頁,字稍小,不甚匀。二十二日。

上午收拾行李。下午未爲一事。以小事而大斥僕人,直蹈"傲"字之弊,然一時氣憤不可止。事後思之,終覺多事。此日來不讀書之故也,志以自警。二十三日。

晨起出門,無所得。購萊易石筐四枝,直五百餘。又見郎亭得永平○年小造象一,高不及尺,字在龕背,五行,字體如李仲璇《孔子廟碑》,誠佳品也。又見原本《新疆賦》,有"曾渡勝山"四字一印,蓋即徐星伯自印也。又見翟文泉《漢隸字樣》稿本十大册,朱墨爛然,索價一百二十金。又汲古閣原本《前後漢書》,索直六十千。皆太貴。又見上海製造局刻各書(製造局書上皆有"榮泉藏書"一印,觀其題簽,爲咸同間人也),内有大家兄所譯《算式集要》一書,中有夾簽,卷首云:"此書於卷首原缺體例,如'一=×()厂二丄丅'、甲上加丿或加=,皆無明文。"(案此皆見代數術,故不載。)又第一卷第三頁十行上帖有夾簽云:"三較如何連乘式中不明依法,下亦無較連乘之式。"又見程孟陽畫册,頗精,索值十金。皆以價貴未得,僅以二千五百錢得初印本《談天》一書。又見初印本《積古齋鐘鼎款識》,極精妙,郎亭以五金得之。二十四日。

晨起束裝,巳正即飯。車行六十里,至沙河宿。見題壁詩尚存。燈下讀《文選·樂府雜詩》二卷。二十五日。

晨起,行五十里至新河,午飯。又五十里至昌邑,宿于鳳鳴書院。院南有城隍廟,頗大。東南有池塘,冰堅可行人。憶去年至此,冰尚不厚,以瓦片投之極遠,清脆有聲,忽忽已一載矣。今日至此,不知又幾何時重經舊地也。二十六日。

晨起,車行五十里,至寒亭,即寒浞故里。居人以畫幅爲生,如吾鄉之虎邱,比屋皆是也。午飯後行三十里至濰縣,宿於北關外。時僅申初,即進城至西門,再至南門,見一攤上有藏鏡一枚,索價八百錢,以未携錢,不能購歸。復至東門,見一售骨董者,出示汲古閣原本《説文》一部、李竹朋《古錢匯》一部、《大清通禮》一部,皆以值貴未得。見破鏡及破戈數事,以千錢得之。又至縣前十字街,見明刊本《五言韻譜》六册(值千五百,洨民得之);明本《白孔六帖》四函,裝潢極精,索價二十五千;初印未剜本汲古閣《説文》一函,索價八千;《洪武正韻》,索價七千;劉燕庭《金石苑》(即《三巴舂古志》)五册,索價十五千;浙刻《聚珍板》十函,索價三十千;通志堂本《三禮圖》，索價六千；初墨園《吉金所見録》，索價八千。皆以價貴未得。見銅小造像三區：一大齊武平二年鄧壽昌造，最精；一彌勒像，字已模黏；一鏤金藏佛。共索值百千。漢印六，又一爲"董賢私印"，極精，有子印，銹不可出。漢鏡一，有"〇氏作竟"云云，索值二十金。一唐鏡，有銘(郎亭以二金得之)。見匋器數件，皆非真品；齊刀，亦無多字者。皆以值貴或僞未得。歸，有人送來銅器各件，余得一小漢鏡，極精。郎亭得漢鏡及貨泉、泉範、銅盤等。洨民手拓齊造象一紙贈余。二十七日。

晨起，郎亭招觀銅器。有銅魚符極精者，已爲郎亭所得。余得一古印，文作臬，不可識，製極精。見董邦達泥金畫扇，爲大内物；劉文清行書扇，係贈侄婿者，一面有畫，爲任時軒(承霈)手筆，即以贈文清者，共裝一枱。郎亭許十金，未售也。《懷素帖》手卷，僞迹；文衡山《南苑十詠卷》，真跡也，價貴。崔青蚓《仕女曉妝圖軸》，李復堂中堂《藍田叔小象》，皆未得也。(得)[有]王菉友《説文句讀》一部，價二千餘，未能得。陳壽卿子厚滋貽郎亭劉文清墨跡小楷册十二頁，爲南昌萬淵北所藏，精美無比。午飯後，行五十里至昌樂，已上鐙矣。宿客店中，在城外。濰郭子嘉布衣(麐)貽郎亭齊字磚及井甃、漢石、周戈各拓本，郎亭貽板橋所書《文昌宫記》拓本一紙。二十八日亥刻。

晨起，車行六十里至懶柳樹，午飯。地隔青州府城十餘里。又行四十里至淄河店宿。二十九日。

晨起，行四十里至金嶺鎮，午飯。又行四十里至張店宿。圍子西門有隸書王文簡公墓道碑，爲翁覃溪題，阮文達書，兩碑背列文皆如一，其墓不知在何所，所立者乃王氏之宅基也。三十日。

光緒十年十二月

晨起，行四十里至長山，午飯，三十里至鄒平宿。十二月初一日。

晨起，行六十里至章邱，午飯，四十里至龍山宿。圍子西門内有一破廟，在道旁有四楞石幢卧于地，爲野老憩息之物。觀之，三面已蝕，無字，餘皆清朗，爲皇慶二年住持〇〇所立。又南行，有太平禪寺(今譌題爲平禪寺，余考康熙年間碑始定)，中有鐘樓，已塌。庭中有六角造象一，高不及二尺，字尚清楚，惟不知年月，然非唐以後物也。初二日。

晨起，車行三十五里至韓倉，又二十五里至省署。略檢行裝，始得息此征程焉。作家書一紙，已亥正矣，即睡。初三日。

晨起閲觀風卷。午後閒譚，未爲一事。燈下，郎亭手貽初印《積古齋鐘鼎款識》，價五金，於萊州新得；吴窓齋《説文古籀補》二册，乃新刊者，其中引字皆據真拓本摹刻，鼎彝之外，兼及古匋器、古鉨文，此爲自來金石家所未知者，精美無比。又《陳子惠先生時文》二册，郎亭自云學時文得力於此，其意蓋有所期余並有所警余也，以志不忘。余百日而孤，先待詔公執友所識者，郎亭先生外，惟南泉先生，今皆得聚一堂，朝夕侍坐，並極承摯愛，期許深殷，先待詔公在天之靈當亦欣孤兒之得所矣。初四日。

晨起閲觀風卷。午後出門，得壽山圖書三方、張雪鴻畫貓長卷，又無款明人畫卷，爲極精之本，是純從宋人粉本鉤摹者，實爲不可多得之品。燈下閲卷，兩日僅畢十餘卷，可爲懶矣。初五日。（陳冠生來，投一簡而去。沈子恩世銓亦投一刺。又袁福海（瀛仙）爲隨園侄孫，香亭孫。）

晨起同南泉、汶民至趵突泉啜茗，至午而返。午後閲觀風卷。燈下爲郎亭書年信。初六日。

晨起寫年信，終日僅得七封，大半笑譚所誤也。初七日。寫喜聯一，贈吴子文。祝子安書來，並貽修三十五金，即答。

晨起寫信。午後出門，答沈雲莊，並賀吴子文喜，醉飽而返。燈下作年信畢，以二十金還郎亭，蓋即去年所假之款也。初七日。

晨起寫年信。午後閒譚。初八日。

晨起寫年信。午後出門，取張雪鴻卷。燈下與道源閒譚至三鼓，即與和衣同睡余榻。初九日。

天明即起，送松年櫃出城外三元殿（南門外）。畢，答拜丁壽臣（乃清），爲經笙觀察五世兄，在吴曾相識。其弟菊生茂才（乃嘉，湖州籍）曾訂同譜，已於壬午五月故矣。又拜張蘭九並其文郎，同門芝翰，暢譚而返，已午飯矣。午後閒譚，未出門。於丁壽臣處見潘彬卿二世兄，號仲卓者。初十日。

晨起寫年信，至午後四點鐘始畢，共十六函，不及二千字也。出門至北渚樓小飲，爲祁子樅主人，在坐者張蘭九、陸惕身、孫汶民、莊秉文、嚴師及祁與余七人。過後宰門書攤，以五百錢得明嘉靖刻殘本《古今説海》，頗精，共九册，尚有三十餘種也。

寄三十四號家書，由驛專遞，並坿上湛伯書。十二月十一日亥刻。

晨起，略檢書籍。午後同嚴師、祁子翁出門。先至南門，見海緑軒本《文選》，索值京錢五千，未得。嚴師以三千錢得明編《蘇文忠集》，係活體刻本，極精，惜已蝕甚。明萬曆本《十三經注疏》，尚佳，惜已缺一册。又見初印本《博古圖》並《考古》《古玉圖考》，非十金不售。至後宰門，得《洪武正韻》(值京錢一千一百文)、桃核杯、唐海馬蒲桃鑑(共三千六百文)、《博古圖》並《考古》《古玉圖考》值十千，又得一東瀛仕女照片，極佳。至上鐙始歸。得希堂所貽半兩錢百枚。此錢爲希堂家中園丁開地所得，共有數千，中間有雜宋時錢者，皆北宋年號，可知此錢爲北宋時人所瘞。又得一大半兩、一三銖，爲不可多得之品。十二日。

終日寫年信，未爲一事也。十三日。

晨起寫年信。午後檢舊篋，並觀石刻各種。貽汶民造象一種。寄薇閣書，託購煙壺、墨盒等件。十四。

《文選六臣注》南宋本，每葉十六行，行十五字，分注每行二十字，每卷第二行起皆列各人姓名，每卷末列校對、校勘、覆校姓名，見《竹汀日記鈔》。

午後出門，得原本海緑軒《文選》(直二千五百)，見茶陵本《文選》，僅存廿四卷，未得，即歸。十五日。

晨起閲觀風卷。午後爲莊希堂招飲北渚樓，同人均在坐中，至戌正始歸。閲觀風卷數十册。讀《東都賦》一過。十六日。

晨起閲觀風卷，終日猶未畢事。燈下寫復書二函即睡。十七日。

晨起即至曲水亭，得瑪瑙煙壺一、玉子三塊、圖書一方，殘本《古今説海》五册，適足補前購之闕，然仍未全也。午後又出門，至後宰門，逕西門大街而返，得東洋照相片三，頗精。十八日。

《古歡堂經籍略》二卷，長洲吴翌鳳撰，見《蘇州府志·藝文類五》。

晨起寫白摺，餘未爲一事。十九日。

見劉文清墨蹟册，索值百金。二十日。

終日未爲一事。午後郎亭招飲。二十一日。

晨起爲希堂寄日照信。午後出門，見舊拓《史晨前後碑》(直二千五百)，得之。又初印《津逮秘書》二十函(直六十金)，紅格鈔本《東都事略》六函，有申耆先生圖書記(直十金)，舊拓《汝帖》六册(三十千)，皆以賈貴未得，即歸。二十二日。

日前觀王雲卿挖河機船之法，疑必有所本而成。今晚讀苕生先生《鷗陂漁話》，卷六載有暹羅浚船之説，式與王製盡同，惟王製轉輪以人之手力，舊制則以數人脚踏若水車，爲稍異耳。苕翁並云："此製爲鄞人謝寄梅占壬得其法于外洋，思爲圖式，獻之當事，以浚黄河之淤沙，既而不果。孰知數十年後，竟得奏之于朝。惜未能真有所用耳。"

晨起未爲一事。午後檢舊藏書籍。燈下讀《脱影奇觀》《苕生先生遺書》二種。

今日見棗木刻本《説文》一種，共十五册，爲吴山子先生(育，吴江人)篆，應皖中汪君之屬也。祁子樅云："此物尚存于徽謝梅孫孝廉所。"言謝山子先生之甥也。

苕生先生《吹網録》卷五附"胡心耘讀書校語"條有吴曉鉦釗森按語曰："《千頃堂書目》題撰人多坿會，不足盡信。"不知所據，俟考。二十三日。

晨起，丁壽臣來拜，稍談即去。午後出門，至芙蓉街，得洋刀一柄，小遊即歸。見宋拓《潁井蘭亭》及《思古齋蘭亭》(《黄庭經》)同裝一枱，有元明各題，皆僞，文休承一跋真，覃溪一跋未碻，爲胡小琢舊藏，索值四百金。碧犀壽珠一掛，珠係黄，佛頭係紅，索值千七百金。黄石齋手書《沈君墓誌銘》並撰文，有二千餘言；蔡夫人手書小楷《孝經》，合裝一卷，夫人字玉卿，題首係六舟僧仿《大發神讖》，有何子貞、韓履卿各跋，索值百二十金，不貴也。

燈下讀《水經注》，擬録一引書目出，先以朱筆抹出，再行謄寫。燈下讀三卷，已三鼓矣，即睡。二十四日。

見《駐節聽謌圖卷》，爲錢罄室畫，乃貽無錫華從龍者。華君名雲，爲嘉靖時人，避嚴分宜而歸隱者。後題如文三橋、倪正〇、周公瑕等十餘人，末後一跋爲錢梅溪。前後有"錢泳曾觀"圖書，乃海(原)[源]閣藏物，索值四十金。又一卷乃冷金箋劉文清臨宋明人各書，墨翠飛騰，有"希之珍玩"一印，索值五十金。又宋拓《玄秘塔碑》，極精，索百二十金。舊拓《皇甫君碑》二十金。

歲暮之時，在家時雖無債臺高築之憂，然亦有俗事紛紜之苦。余出門二載矣，此等事皆可蠲免，轉得以餘潤略求所愛。以六金得《白孔六帖》，以一金餘得《史晨前後碑》，皆此數日内之事也。室人交謫千里而遥，尚幸必無凍餒之憂，惟三月無家書，縈諸夢寐耳。

晨起未爲一事。午後出門還碑值，過屠門而大嚼，空覺垂涎，自笑又自惜也。二十五日。

“阿井煮膠”，見《水經注》卷五《河水》。

“范蠡既雪會稽之恥，變姓名，寓于陶，爲朱公，富致巨萬，故言富者皆曰陶朱公。”見《水經注》卷七。

“趵突泉即《春秋》桓公十八年‘公會齊侯于濼’之地，俗謂之娥姜水。”見《水經注》八。

晨起，以新得《史晨》校近拓本，多千餘字，狂喜。蓋不意真舊拓也。午後出門，見吴讓之聯，直五百，得之。將晚而歸。又購東洋山水片二十頁。燈下讀《水經注》四卷，見中引京相璠《春秋土地名》甚多，可輯一書也（查《玉函山房》已有輯本）。二十六日。

晨起至午未爲一事。午後出門，至後宰門，取吴讓之楹帖。至西門大街，觀舊拓《聖教序》（七佛本），至晚而歸。燈下爲郎亭刻“萬有熹”印。郎亭極賞吴聯爲真，並及《史晨》之佳拓，謂余近日所得惟此二物愜心耳。與道源、希堂譚處世之道、讀書之要，極暢快，至三鼓而別。配墨梒，寫白摺半開，墨色甚淡也。郎亭貽年敬銀六兩。二十七日。

竹林七賢事見《水經注·清水篇》。

比干墓銘見《水經注》卷八《清水篇》。

晨起未爲一事，可愧。蓋到省得閒，反不若出棚之能坐定也。午後同希堂出門，爲希堂購吴山子寫本《説文》（直十四金），晚歸。郎亭手貽十金爲度歲之資，屢承格外，實所不安，然足見培植之深也，不可不誌。燈下讀《水經注》一卷。二十八日。

《白孔六帖》一百卷，見《提要》，《簡明目録》譌作一百六卷，《書目答問》《皕宋樓藏書志》皆與《簡明目録》同數，譌也。[①] 或《簡明》並其目録上下二卷而言，然亦祇一百二卷，可知尋常所見之書皆一譌再譌，無人指出，其他可知矣。

宋乾道、淳熙間本，其書遇“構”字小書“太上御名”，“慎”字小書“御名”，若先代諱但缺筆，《陸宣公集》即如此。（《養新録》卷十四）

---

① 眉批：查《提要》作百卷，是各書之譌也。

自癸未年九月至山左,訖甲申除夕,共收銀一百四十兩〇二錢九分,錢二百二十七千四百四十文,共用銀七十一兩四錢四分,錢三百二十三千百五十五文。

晨起,檢《養新録》“士禮年譜”一條。午後出門,無所得。燈下算至山左後用計簿,餘未爲一事。一年又虚度矣。二十九日。得十一月十三、二十二次家書並庭老信一函。

晨起,略檢拾書籍。午後寫春聯。借郎亭過臨潘鄭盦尚書校《積古齋鐘鼎款識》,手録於校本格上,盡二卷。燈下與諸日人閒譚。以七百文得鏡一面,有一小影,頗佳。

大除夕。

鄙人自讀《曾文正日記》後,遂發憤斆,此數月之中未間一日,今日適盡此第二册。讀《老子》“爲學日益”、《荀子》“爲人戒有暇日”之語,不禁自愧。

第三册　光緒十一年乙酉(1885)正月

(書衣題)笞誃日記　乙酉正月初一日始記於濟南(篆書。印:"缶穴")

叄册　乙酉正月一日始,六月廿九日止

查此案前據范縣梁令深稱,武生王廷獻咆哮公堂,詳請斥革;嗣據該學申稱,王廷獻在縣署冒犯堂規,被責小板,各等情;又疊據武生王廷選、廩生張子楨等以收書毆衿、典史擅責、該縣濫刑等情,呈控到院。當於四月廿四日將縣文、學文各一件及原呈四件飭發該府,提集全案人證,秉公究辦。兹據該府訊擬具詳,本院俾加查核,未盡允洽者約有十端。本院飭查此案,以收書毆衿、典史擅責、該縣濫刑爲案中緊要關鍵。今該府詳文所録刑書李鳳岡供結,雖稱並未索詐毆打,而採落王廷獻髮辮是實。原控所稱房規京錢一百千和息禮廿千,及高廷海在毓和祥錢鋪揭錢六十千等情,均未逐个訊供,而於該典史及該縣擅責濫刑等情,並無語及之,明係不欲深究,一也。王廷選等前在本院衙門控稱,何典史在該院大堂將王廷獻重責一百小板,梁令復重責二百小板,今王廷選、王廷獻各供,何以未述前因?而王廷選供中有哥子被革責押等語,此責情刑亦未分晰,殊屬含混。如該縣等實無擅責濫刑等情,即當坐王廷選等誣告官長之罪,二也。王廷獻、王廷選等所控供中有何捕官撞遇彈壓並没敢聞等語,該府詳文亦稱適值典史何炳麟撞遇彈壓,王廷獻未經聽聞。既曰撞遇,則與該縣原詳典史飭役彈壓又有未符。典史身穿便衣,未戴頂帽,亦屬不盡無因,三也。前據該學詳稱,三月十三日,據縣移,武生王廷獻於十一日冒犯堂規,又據王廷獻之叔武生王廷之城及廩生張子楨等具禀,王廷獻於十一日被縣官痛打小板等情,如該縣並無濫刑,該學近在同城,豈有未悉原委,冒昧具詳?若果誤聽人言,袒庇武生,則該學既不能約束於前,輒復敢混朦於後,如此庸闇不職,該府亦應據實揭詳,四也。若果如該學所詳,則十一日既經笞責,十三日甫行移學,證之該縣原詳所稱,當經移學查取入學中公示革懲等語，亦有未符。該縣申詳本院文册係三月廿二日，距所稱移學之日所發已逾十日之久，且又遲至四月十一日始行到院。其如有心延宕意作彌縫，可以概見，五也。王廷選所控李鳳岡喝令耿全智等用木器毆傷王廷獻，有陳化文、劉燦章聞知趕勸可證；王廷獻被責嚴押後，又被吕星海詐去店錢八十五千，有岳邦財説合、宋金玉過付可證；又詐去下鋳禮二十千，有説合、過付，岳邦財可證。今僅據吕星海供稱，並没索詐王廷選，又稱飯錢八千五百，誤聞八十五千，語多游移，而説合、過付之陳化文、劉燦章、岳邦財、宋金玉均未提訊，豈能遂爲確據？六也。該令一縣之主，出坐堂皇兩旁□二十差役，原案所稱飭差看管，該武生即在地滚身使潑，迨示革責懲，始服管押。如何責處，亦未明言。王廷獻一武生耳，並非巨猾大盜，鷙猛過人，何至縣署壯役幹差不能近身制服？顯係故甚其辭，以避濫刑之咎，七也。該縣既稱管押，又稱監禁擬辦，一稟之中語多歧異，即此陳均甚確鑿，核其情節，該武生亦無應行監禁之條。該縣任性妄爲，即此可見，八也。文武生員即有應詳罷名，地方官照例先行叙詳，呈請咨革，非書後人等可以自出革條，即行曉示。前據王廷選控稱，該縣于未經移學之前，擅貼革條，本院方以爲言之過甚，理所必無。今據該縣原令[1]稟，有"示革責懲"等語，則王廷選此控非虚，可證，九也。該縣稟中所稱本年二月二十五日扃門考試，三月十一日正在閲卷，未及查禁，即由何典史將該武生提至當堂訓斥云。從縣開考之期及試竣之日，均未詳報本院衙門，無從查核，事關書役與生監鬬毆，該縣並不立時訊問，輒令典史申理。[2] 雖在考試之時，究有不合，十也。凡此十端，均屬不能無疑。該府僅以王廷獻咆哮公堂請照違制律杖一百，業已革去武生，請免發落。又以李鳳岡採落王廷獻髮辮，合依"拔髮方寸以上笞五十"律笞五十，折責發落，免其革役。於王廷獻既詰非直入衙門挾制辱駡官長，並知其尚非事不干已而濫刑一層始終未與剖晰。於李鳳岡既供稱採落髮辮是實，即可免其革役。揆之事理，尚待推求，本院未能遽行照准。查例載，生員有情符違禁、豪横不法、犯應除革者，地方官申詳督撫學政批革，審訊定擬。又生員遇有過愆應戒飭者，地方官會

① 眉批："令"字被圈出。令字敬避。

② "輒"下衍一"輒"字。

同教官在明倫堂撲責。如有任意呵斥，擅自責處，降二級留任。私罪至咆哮公堂，蓋謂緣事到案之人不服問官訓誡開導，逞刁狡展，肆口謾駡官長而言也。若與書役互相口角揪扭，地方官不問曲直，濫予嚴刑，以鳴冤呼謈之聲，輒指爲頂撞咆哮之據，欲加之罪，何患無辭。雖在齊民，尚難誣服，國家文武並重，武生亦列膠庠，若如所控，既被群毆，復遭官責，而謂能甘心順受，噤不發聲乎？倘查明該武生憑空遽肆咆哮，事後指使其弟以濫刑等詞誣訐官長，如此囂凌傾險，誠屬法所難寬，自應於本罪之上加等重懲，以儆刁健而申法紀。豈能以業經詳革，量予奉減？如其無辜被辱，疊受非刑，即疾痛迫切之時，即語言稍有未檢，亦當略其小節，白此深冤。又豈能以業經詳革，不爲昭雪。該縣與該典史如果有違例擅責濫刑等情，具有專條，亦豈能以業經他事離任，遂可置之不問？況該縣禀中所稱亦革責懲，已屬顯有實據耶。總之，刁劣生監固當嚴懲，貪酷官吏豈容曲恕。理必中於一是，法未可以兩歧。該府尚宜虛衷訪查，研求確實，提集全案人證，再行審訊明晰，詳候核奪。①

光緒十一年正月

十一月十三日，母寄諭曰："無炫己之長以没人之能，無自恃精明而與人駁辨，反是皆取怨之道。汝近年始知涉世之艱，此即閱歷有得處。平日多讀書，學也；出門交有功，養也。學以裕其才，養以平其氣，二者不偏廢而汝進矣。尚其善持之。"此諭於小除夕始至，謹録於册首，用以自警。②

晨起，至四照樓團拜，共十人。出門，至都城隍廟小遊即歸。午後又至廟中觀劇，未畢即歸。過臨鄭菴校本阮《鐘鼎款識》，至上鐙適畢，亦快事也。一月之中惟此事爲有益耳。

莊秉文季廉出示家藏宋拓《瘞鶴銘》，字雖不多而精神炯炯，遠出余所見各舊本上。又神龍本《蘭亭》，舊爲明肅藩藏物，有高竹商二題，極珍愛。又《黄庭經》，似即思古齋本，而無首題，墨色黯然，國朝無此拓本。皆不可多見之品也。乙酉正月初一日。

---

① 此公文爲夾頁。
② 本頁鈐印："笘誃""缶穴""爲人戒有暇日""病禪曾讀"。

晨起已午初矣，稍譚即飯。午後，祁子翁邀觀劇於南城外天齊廟，至晚而歸。和程履新《除夕》《元旦》二律。讀《水經注》九、十兩卷，已二鼓矣。初二日。

磨笄事見《水經注》十三《㶟水》篇。

晨起寫白摺半開，午後書大字三紙。郎亭出示蔣生沐重刻《英光》《群玉》二帖，有鄭盦尚書跋，言吴荷屋中丞有《帖鏡》十卷，爲講求墨拓者不可不讀之書，聞無刻本，尚俟訪求也。燈下讀《水經注》十二、十三兩卷。初三日。

王氏筠曰："同母者(三十六字)謂之雙聲，同部者(一東二冬之類)謂之疊韻。"

王氏鄂宰四種：《夏小正正義》二卷(集各本而篹之)、《弟子職正音》(每韻用△)、《毛詩重言》(皆取《詩》中雙字)、《毛詩雙聲疊韻説》(分人物各類録出)。

郎亭嘗言，袁隨園夜中讀書，必盡一燭乃止，日日如此也。今讀《小倉山房詩集》卷三十二《對書歎》一首云："我年十二三，愛書如愛命。每過書肆中，兩脚先立定。苦無買書錢，夢中猶買歸。至今所摘記，多半兒時爲。宦成恣所欲，廣購書盈屋。老矣夜猶看，例秉一條燭。兩兒似我年，見書殊漠然。此事非庭訓，前生須夙緣。名將不兩代，文人無世家。可憐袁伯業，對書空嘆嗟。"

晨起，知莊希堂有歸省之事，爲之惘惘者經日。貽以石印《天下輿圖》、石印《紅樓夢圖詠》及茶葉、食物，竭力勸其早來，似尚允可。午後書白摺半頁。燈下作三十四次家書，言日來思家之切，蓋已不願出門已二日矣。初四日。

丈夫立身，當使我用天下人，不可使天下人用我。

晨起，送莊希堂歸省後，即出拜客。見王開運(字卿雲)，即講求機船進呈現奉奏留山左者，其餘皆未見。至午歸。午後至嶽廟啜茗。見陳冠生小譚。與祁子翁緩緩而歸。得薇閣歲暮所寄書，燈下即復，極言捐外官之不宜，未識能允從否。兩日未讀書，終不脱一"惰"字而已。初五日。

晨起爲郎亭寫信。午後讀《水經注》十四一卷。燈下又寫信一函。讀《脱影奇觀》一册，此書專言泰西照相之法，明乎其事，似不甚難，維傾哥羅田于玻片須手法練熟方好，甚非易事也。午前王卿雲答拜，譚半時始去。初六日。

晨起未爲一事，即午飯。飯後至南門觀劇，日晡始歸。於城南舊書畫攤遇海州孫星華明府（儀祖），作宰山左已卅年，收藏書畫頗多，途中譚頗相得，即邀至渠寓，出示孫文靖書《汲黯傳》，極精，即明府族祖也。明府爲何子貞先生弟子，書法鍾、王，兼工篆、隸，見△△跋文靖卷。余與明府本不相識，在途一遇，竟似舊識，亦一重翰墨緣也，特誌之。初七日。

晨起爲郎亭作書，午後始畢。申刻，祝秄菴姻丈來拜，稍譚即去。酉刻，得十一月廿八廿三次家書並大哥、岐臣（姓秦，名寶瓚，無錫廩生，爲莔風先生子，工畫能書，兼講金石之學）二書。秦書燈下即復，至子正始畢。初八日。

“官私蝦蟆”事見《水經注·穀水》篇。

晨起已午正，即飯。午後答拜祝秄菴丈，即同祁子翁至嶽廟啜茗，即返。至小布政使街，復至後宰門而歸。燈下讀《水經注》二卷，未畢而火已燼，即睡。孫星華貽翦裱《王偃墓志》一册、食物一包。初九日。

晨起，觀汶民所拓金類小器，乞其衛字空首幣拓本，成《説文古籀補續補遺》，有十餘字，一即衛幣，餘皆古匋器文也。讀孤竹李雲麟同安《曠游偶筆》二卷，皆紀游五岳事，極奇闢，固聞所未聞也。

燈下讀《水經注》十五、十六、十七三卷畢，已子正矣。初十日。

晨起寫信。午後畫紈扇，作《對鏡仕女圖》，半日始畢。燈下寫扇，作大篆，並題一詞於畫右。寫寄希堂書，託購泰山刻石拓本。十一日。

晨起，孫星華來拜，譚久始去。午後出門，至法國教堂一觀。公請祝秄庵於北渚樓。燈下讀《水經注》三卷，方盡其半也。十二日。知希堂已丁外艱，爲之愴然。

晨起，抄福建羅稷臣（豐禄）上李爵相書《請設譯書章程》，極精備，日晡始畢。酉正，郎亭招飲。燈下讀羅稿一過，並上李爵相言請設海部衙門整頓水師事，實爲不刊之論，讀畢已三鼓矣。十三日。

晨起已午正矣，即飯。午後寫摺扇一。即出門，至明湖居觀劇，至晡始歸。晚飯後復出門觀鐙。至西門大街，擁擠不能行，即歸。至後宰門書肆，見《何大復集》，索值四千五百京蚨，許以三千，不售。見管夫人墨竹，僞品。香光堂幅，極精，索值三十金。回署，書紈扇一柄。讀《水經注》一卷，已三鼓矣。

余自去年七月懺綺，至今已六月餘矣，兩日來復破戒，然亦貌合神離，固不足以動鄙人一顧也。十四日。

晨起寫白摺一頁，已午飯矣。午後至芙蓉居觀劇。畢，至西門大街觀陳冠生隱語，與冠生小譚即返。晚飯後再至大街觀鐙，人頗擁擠，至二鼓始返。爲郎亭寫信一函。知鎮南關失守，法兵已入内地，爲之駭然。十五日。讀《水經注》一卷。

晨起已午初，薙頭。曹淵慕來小譚（名倜，陽湖諸生）。午後爲郎亭作書。申正，張蕘蓀招飲（有容堂主人），至戌初始畢。同子樅復至西門大街觀鐙，步月而歸，已亥初矣。燈下讀《西青散記》，嘗聞此書亦爲勸善而設，然其命意運典毫不著跡，慧心人觀之，當能體會也。隨園謂梧岡深於禪理，信然。

讀錢南泉先生《字埘》三稿，誠可謂定本矣。此書取許書象形、指事之字編成四言，其意蓋便於初學，乃今之《蒼頡》、《急就》也，擬從容郎亭刻之，以詒後學，使天下人皆識字也（今之稱爲文人，皆不識字之人也，讀此方知造字之意。余嘗有此論，見《日記》第二册）。十六日子正。

修園先生夫人曰："奴婢賤者多拙，愚者善忤，宜徐徐諭之。被嚴威，益憒亂矣。"（《西青散記》卷四·十一頁。）

趙闇叔曰："知所遠而知所近矣。薄所厚者、不喜道人善每言人短者、銜小怨者，多言而猜人言動者、不知是非甘苦妄言肆論者、信讒者、羞稱貧賤孤寒飾聲價者、外恭内傲者、不能受規諫者、家茹藜藿食糟糠而嫌人飲饌不知稼穡艱難者、忌諱多者，皆所當遠也。"（又卷四·七頁。）

柯山曰："聰明人可惜者三：妄譏議謂之薄，自炫獎謂之驕，懷憤激謂之躁。"（又卷七·十三頁。）

晨起寫信。午後檢書簏。燈下題李聽雨先生蘆雁卷，爲乙生先生所徵，詩曰："三十年來珍重守，豈緣畫稿得知音。無端一幅零星墨，總是詞人寄意深。""瑟瑟秋風滿紙寒，江皋蘆荻未摧殘。須知直北黄河岸，剩有平沙宿更難。"十七日三鼓。

晨起未爲一事。午後作家書（三十五、三十六、三十七三次同），並與岐臣、篴舅、若溪、葉師（經幢、校士禮居文）、我翁、芝翁等書，皆託乙生先生帶回。至二鼓即睡。十八日。

晨起寫信。午後，匹馬獨遊千佛山。山在省城之南，出圍子門行三里，馬不能上，舍馬登千佛殿，以遠鏡窺城市，如霧如煙，豈即所云下界紅塵與？訪六朝造像，不得其門而入。見未谷《歷山銘》，石已中斷。山半有元僧緣絶塔四五座，皆有記文。加鞭歸署，已上鐙矣。十九日。魏吉卿（丹書，鉅野邢家海人）來，乃郎亭所拔之幼童也。

晨起，送乙生先生南歸後，即檢箱簏。午後，倪文淵大令（觀瀾，癸酉、甲戌連捷歸班）來拜，小譚即去。同祁、孫、莊出門，至北渚樓。更約丁壽臣、吴子文、徐相如小酌，至戌刻始畢。復至蜨仙寓小譚，歸時已三鼓矣。二十日。

晨起檢行李，至午後始畢。尹明經竹年（彭壽）來，暢譚。郎亭招與晚飯，出舊藏匋器示之，云多真品，惟一“書”字係僞造，塙論也。見匋器拓本，定“[illegible]”字爲“琴”字，“[illegible]”字即“魯”字，皆有所見，並云“魯”字者不易得。晚飯後，丁壽臣來譚，至十點鐘始去。二十一日。

晨起，行四十里，至齊河渡黄。齊河城薄黄岸，水稍大即可及城根，危哉。午後行二十五里，至晏城宿。西圍子門外有一枯廟（三官廟），中有經幢二：一制甚古，當爲元以前物；一乃國朝物也。二十二日。

晨起行四十五里，至禹城飯，午後馬行三十五里，至梯子宋家茶尖，易車行三十五里至臨邑，已夕昜在山矣。二十三日。

晨起行三十五里，至毛家寺午飯，午後行四十五里，至商河，宿城西黌宫西。隔半里即縣署，署西爲城隍廟，大殿西階上有後周顯德二年經幢，字甚完好，惜未具氊蠟，不能拓之也。此亦爲《山左金石志》所未收，蓋阮氏撰《金石志》僅據所見者録之，所缺猶多，不僅新出土者爲所未收也。二十四日。

晨起行五十五里，沙河，午飯，再行五十五里，至武定使院，宿於汲修堂東廡，即去年所居者，忽忽已一年矣。自檢行李即睡。二十五日。

晨起已午正矣，即飯。午後未爲一事，寫白摺半頁而已。燈下略檢時藝讀之，終覺格不相入。忽憶《紫昜三刻》中秦佩鶴文極佳，歸里擬購閲之。二十六日。

擬《釋筭算》一題，惜無人能爲之，暇擬自成之，姑記其目。

晨起寫白摺。午閲生童古卷，未畢。戌刻即睡。二十七日。

晨起閲古卷，至午後始畢。寫白摺兩頁。讀《水經注》兩卷，已酉正矣。燈下讀《學算筆談》，手自布祘，于乘除之法稍有會悟，已覺心煩意亂。此事余恐不能入門矣。二十八日。

策重治河、海防二條(《經世文編》《瀛寰志略》《玉海》《瀛海論》)。[①]

晨起寫白摺二開。午後閱濱州生正場卷一百二十册,至子初畢。讀《水經注》一卷,已三鼓矣。二十九日。

晨起,閱利津生卷六十餘册,至午後始畢。寫白摺一頁。燈下讀《水經注》一卷。復擬爲他事,而心煩意亂,皆不如志。作一函牘,亦覺恍惚支離,殊所不解。擬刊《儀禮釋例》,須泉一萬,又不願付手民矣。三十日。

光緒十一年二月

晨起,戲擬鐙虎三:一王字(《四書》二句,參乎"吾道一以貫之");一一如一,二如一,二如一,一六如六,一四如四(韻目十二文);一百十一字(韻目十二震)。午後寫白摺一頁。校樂陵、蒲臺童卷二百册,至亥刻畢。讀《脱影奇觀》半册。校《宋存書目》一卷。二月朔日。

《水經注》卷二丨八《沔水》篇:蔡瑁冢前刻石爲大鹿狀,甚大,頭高九尺,製作甚工。案與琴亭夫人墓石刻鹿事同,蓋漢制也。

晨起閱覆古卷。午後寫白摺二頁。餘未爲一事。二日。

晨起寫白摺二頁。午後校覆生卷十六册。校陽信童卷百八十册。讀《水經注》三卷、《脱影奇觀》一卷。校劉氏執經《三角鉤沈》七頁,此書共六卷,命張僕影鈔而自校之。作與履新書,託寄白摺。三日。

晨起寫白摺一頁,又爲郎亭寫信一函。午後讀《學算筆談》,布除法,草數四而總未得其門逕。讀《水經注》一卷。燈下寫白摺一頁,寫大卷一頁。

---

① 眉批:頭場携陳仲魚對策及他策。
陳冕策
《漢魏音》
《書録解題》
《謚法考》,或摘上卷
龔定盦,姚惜抱
李養一,陳仲魚
錢竹汀(又《答問》)
《史目表》《傳經表》
《石經考》《兩漢書》
《漢學師承記》

郎亭出示海豐生員張樹杰(字仲弨)《古今體詩》兩册,佳句頗多,[1]書法學顔平原,間作六朝體,古拙可喜。爲吴仲飴表弟。初四日。

晨起寫白摺。午後閲海豐、濱州童卷。初五日。寄三十八次家書。託洨民與大、二兄書並字。

晨起寫大卷、白摺各一。午後揭童案,知昨所薦卷中有一奇文,即爲吴庾生侍御(峋)世兄,名保鐸,字□□。又一卷爲吴仲飴太守(重憙)世兄,名豳,字稼生。蓋一爲子苾先生孫,一爲曾孫也。家學相承,固非尋常可比也。(□□卷批曰:文無俗氣,字净。蓋首題爲"其揆一也",後比于"揆一"二字皆用訓詁。次題"一人匋則可乎,曰不可",則博引匋字古語,皆爲場中絶無僅有之作,故特拔之也。字寫六朝。)燈下讀曹寅谷先生文,頗有會心,手圈十五藝畢,已四鼓矣。初六日。寄希堂慰書。

《水經注》卷三十五《江水》篇:"昔孫權裝大船,名之曰長安。"即近日沙船、輪船必取名之濫觴也。

《水經·漣水》篇注:"石魚山下多玄石,山高八十餘丈,廣十里,石黑而理若雲母,開發一重輒有魚形,鱗鰭首尾,宛若刻畫,長數寸,魚形備足,燒之作魚膏腥,因以名之。"標按,今山東萊州萊昜縣山平出魚兒石,悉如酈所云,惟未燒之耳。

"餅銀"二字見《水經注·溱水》篇。

《水經·來水》篇注:"蔡洲西即蔡倫故宅,傍有蔡子池。倫,漢黄門,順帝之世擣故魚網爲紙,用代簡素,自其始也。"

呼龜曰"元緒",見《水經注·浙江水注》引劉敬叔《異苑》。

晨起寫白摺、大卷各半頁。午後讀《水經注》十卷,始畢事。蓋自去冬月二十讀始,四十餘日始斁此四十卷,可爲惰矣。讀《老子》"爲學日益"、《荀子》"爲人戒有暇日"二語,竊所自慚。

余寄王溆經冠服小影,戲以朱色著頂,王寄詩云:"披圖敢笑名心重,到眼先驚素願狂。争得功名成唾手,定教八座慰萱堂。"又以《魯遊雜事詩》寄之,王答詩云:"成竹在胸詩筆老,傳抄十六魯遊詞。譚經吾未窺崕岸,慚愧人間百不知。"初七日。

晨起寫大卷,午後寫摺二頁。燈下讀姚惜抱、吴梅邨詩。初八日。

---

[1] 眉批:憶有《山行》二句云:"乾緑牆懸菜,團黄瓜掛門。"

晨起,閲選拔頭場經解卷三十六册,無一知家法者。午後爲郎亭作書二函。燈下録《水經注》引水目,盡四卷。初九日。

晨起寫白摺半頁。午後讀《水經注》一卷。燈下校選拔第二場卷十二册。讀《漢魏音》前後叙説五篇。

夏月歸里,擬專以經史子語集作策首,分門而列,較倉卒剿習者當有所異已。初十日。

晨起檢拾行李。午後寫白摺半頁。即出門,得《爨龍顔墓志名》,《弔比干文》,廣園造象,魯彦昌造像,天保二年、天統三年二造象,《舍利塔下銘》,翻《皇甫君碑》《白石神君碑》《舍利碑》等造象。又翻小歐碑四種。見翻《九成宫名》,似秦而非,頗佳,索直十五金。至城隍廟觀元至順三年鑄缸,其"濟南路總管"蓋武定口,元時稱濟南路也。十一日。

晨起檢行李。午後出門,至試院北文昌閣,下有一義塾,塾師爲李容軒,係惠民貢生,年已望六,謙抑有禮,弟子亦彬彬如也。小談,適天雨,冒雨而歸。得《敬使君碑》並陰拓本。又郎亭貽《曹真碑》拓本,爲新拔門生張士杰所進者,云碑係新出土物,[1]在陝西〇〇縣,吴窓齋曾欲購之,以石巨不能携歸。又知《楊叔恭碑》爲吴仲飴以六十金購去,本爲魚臺馬氏物也。十二日。(《楊叔恭碑》有陰有側,余所得拓本無陰,郎亭所得者有陰而無側。)

晨起,行五十里,至沙河宿,小雨初過,微塵不起,車如行軟沙絮中,真不減煙波一棹也。十三日。

晨起,車行四十里,至商河午飯。見拓本唐石幢。商河,唐時作滴河,甚奇。午後車行七十里至臨邑,宿城外客店。有劉家,乃商邑紳士,堂舍甚精,爲學使行轅,主人爲廩生〇〇。堂中有屏十二,畫《紅樓夢》"元妃歸省圖",精極,爲道光時人墨筆也。十四日。

晨起,行四十里,至流辛莊午飯。午後行四十里,至禹城橋宿。十五日。

劉省三爵帥初不知書,忽作輓友聯云:"天地不容才,嗚呼大哭一聲吾來奠酒;書生多薄命,嗟乎高朋滿座君已先遊。"後遂工吟詠。將軍儒雅,自古希有。

---

① 眉批:檢《東湖叢記》,知係道光時出土,魏時物也。

晨起，馬行四十里，至房家寺午飯，再行五十里至高唐，宿於城内鳴山書院。十六日。

晨起，行四十里，至新集午飯，爲清平界。見祝籽庵姻丈。午後馬行六十里，至臨清試院，在城外。余宿於文昌堂東室。十七日。

晨起略檢行李。寫白摺半頁。郎亭貽新拓商河顯德經幢。

汪孟慈子名延熙，見《楹書隅録》。

宋本《山谷刀筆》，每半頁十二行，行十九字。

朱笥河子名錫庚，字少河，好藏書。

瞿木夫《宋本漢書附録札記序》曰（見《楹書隅録》史部）："昔予友陽湖臧在東庸堂據殿本采蕭氏《音義》爲上中下三卷，刻於粵東。今就此殘宋本八卷中有殿本所無及不全者多出三十餘條，皆其書所遺，惜在東久作古人，不及據以補入改正耳。"案臧本余僅見抄本於羊辛楣師家。

何義門校《水經注》跋（見《楹書隅録》）云："洪景伯《隸釋》集善長所載漢魏諸碑爲一卷。"

郎亭出示聊城楊彦合（紹和）《楹書隅録》四大册，分經史子集，專記家藏宋元校鈔各本，或專載前人跋語，或加自誌，並記行款、印記、册數。鳳阿孝廉（保彝）擬付梓，索郎亭爲之序。

讀《水經注》三卷。十八日。

瞿木夫（中溶）著有《奕載堂集》。

岳倦翁曰（《九經三傳沿革例》）："開元所書《五經》往往以俗字易舊文，五季而後，鏤板傳印，經籍之傳雖廣，而點畫義訓訛舛自若。"余嘗校《一切經音義》，見所引《倉頡篇》多俗字，蓋亦爲唐人轉易之文也。

朱赤英名良育，又字西崦，正德時人。

聊城楊侍郎得宋板《詩經》、《尚書》、《春秋》、《儀禮》、《史記》、兩《漢書》、《三國志》，顔其室曰"四經四史之齋"（説見《冷廬雜誌》）。楊紹和曰："先公所藏'四經'乃《毛詩》、三《禮》，爲其皆鄭氏箋注。《尚書》《春秋》雖有宋槧，因别儲之。陸君誤也。"

宋本《毛詩舉要》二十卷，見查慎行跋，錢遵王作《毛詩鄭氏箋》廿卷，咸豐辛酉藏楊氏華跗莊陶南山館，爲寇毁，僅存十八至末三卷一册，每半頁十三行，行二十四字。

宋本《周禮》十二卷，六册一函，舊藏汪容甫家，今在楊氏。每半頁十三行，行大二十五字，小三十五字，爲婺州本，見卷三後、卷四、卷十二後。

宋本《禮記》二十卷，六册一函，每半頁十行，行大十六字，小二十四五字不等，爲撫州本，有顧千里跋，舊藏傳是樓。

宋本《史記》一百三十卷，三十册六函，爲蔡夢弼本，每半頁十二行，行大字二十一字，小二十八字。《三皇本紀》後有"建谿蔡夢弼傅卿親校刻梓於東塾時歲乾道七月春王正上日書"兩行，有鈔配。楊至堂河帥於辛亥歲以二百八十金得於吴門。

又一本百三十卷，二十四册四函，乃淳熙丙申廣漢張杅守桐川時用蜀小字本重雕，河帥以三百金得於吴門，爲"四經四史齋"之宋槧《史記》第二。每半頁十二行，行二十三字。舊藏毛、季、徐諸家。

又元本百三十卷，三十二册四函，即中統本。每半頁十四行，行二十五字。①

宋本《漢書》一百二十卷，六十册六函，建安蔡琪純父刻梓於家塾。每半頁八行，行大十六字，小二十一字。目録前有木記。丁未以五百金得於河南，蓋商邱宋氏物也。②

宋本《漢書》一百二十卷，三十册，每半頁十三行，行二十三四字不等。目録後木記云："本家今將前後《漢書》精加校證，並寫作大字鋟版刊行，的無差錯，收書英傑，伏望炳察。錢唐王叔遠謹咨。"

宋本《後漢書》百二十卷，四十册四函，行款與《前漢》同。

又三十册，大約與昭文張氏大德、元統補本同，而稍前印耳。每頁二十行，行十九字，注二十五字。蓋不入"四經四史齋"中。

又元本一百二十卷，百册十函，行款與前本同。《景祐校正〈後漢書〉狀》後有大德木記，爲書賈裁去，蓋欲充宋本也。

宋本《三國志》六十五卷，三十二册四函。每半頁十行，行大十六字，小二十三字。道光己酉至堂河帥以重值得之。

按以上四經四史，查《宋存書目》及《楹書隅録》，惟《儀禮》無宋槧，抑已失邪？抑即影宋鈔本《儀禮要義》五十卷十册本，因有顧以單疏本單

---

① 眉批：據原跋，宋槧有三本，今目中僅有二本，玩元本跋，詞意似即與宋本爲三者。

② 眉批：此即何小山所云"建甯書鋪惡本"也。(《甘泉稿》十四)

勘，即充其數邪？俟至東昌詢於主人。[①]

海源閣所藏元本《漢書》一百二十卷，三十册一函，每半頁十行，行二十二字，有“蘭陵蕭江氏藏書記”。○標按此書爲我家物無疑，惜無力得之。

朱氏錫庚曰(宋本《通鑑紀事本末跋》)：“宋元刻書皆在書院，以山長主之。”

楊至堂於四經四史外，又得陶(北宋本陶集、南宋湯注陶集)、韋(宋書棚本集)、王(北宋蜀本)、孟(南宋初本)四家集，皆至精者。

南宋初刻唐人集，每半頁十二行、行二十一字之本，凡數十種，與北宋蜀本每半頁十一行、行二十字唐人諸集並稱，最爲精善。

老泉《嘉祐集》在宋時凡四本，曾南豐撰《墓志》稱二十卷，公武、直齋所載皆十五卷，徐氏傳是樓藏紹興十七年婺州刊本作十六卷坿録二卷，康熙間邵仁泓翻雕宋本亦十六卷，其十四卷者惟《天禄琳瑯書目》《延令季氏書目》著録。○按十四卷本，其版仿宋巾箱本式而字體較大，但稱《老泉集》，明初翻刊則稱《蘇老泉嘉祐集》。十五卷本明翻則稱《重刻嘉祐集》。

宋本《山谷刀筆》，海源閣所藏者乃道光庚戌日照許印林瀚爲至堂先生購于吴門，去歲郎亭得一部，係明印者，亦爲孫洨民代購于吴門，何前後如一輒邪？

彭文勤公《知聖道齋讀書跋尾》極講求版本之學。

錢功夫爲磬室先生子。

“吾家業儒，辛勤置書，以遺子孫，其志何如。後人不讀，將至于鬻，頹其家聲，不如禽犢。苟歸他室，當念斯言，取非其有，毋寧舍旃”一印，乃毛氏汲古閣印也。“筆研精良”一印同。

何義門子名煌，字仲子，又曰小山。[②]

晨起，讀《楹書隅録》。午後校古學卷五十册。十九日。

晨起寫信。午後讀《脱影奇觀》。燈下讀《楹書隅録》。作道源、笠

---

① 眉批：按一經即《大戴禮記》。

② 眉批：小山爲義門弟，見《汲古閣説文訂》注。四月初三日下午自記於石芝書屋。

春、竹年書。二十日。

晨起,裱《虞恭公墓志》,及半。午後閲生正場卷,邱縣四十餘册,武城二十餘册。二十一日。

晨起已午飯矣。午後裱帖,至晡始畢。燈下讀時藝數十篇,點《論語》四卷、《孟子》二卷。二十二日。

晨起未爲一事。午後寫大卷半頁。閲夏津童卷百册。得二十四次家書並我庚書,燈下即復。寄三十九次書,託郞亭。二十三日。得笠春書。

晨起已(卧)[午]飯矣。午後寫大卷一頁,讀六朝造象數通,餘未爲一事。燈下閲生覆試卷十册。讀《楹書隅録》,摘蕘圃舊藏有跋者共百種:宋十二,元四,校宋本二十二,校鈔本五十,舊刻十二,毛舊藏宋十、元一、鈔三。又黄無跋宋六(僅見《楹書隅録》者,餘尚未見)。作四十次家書,言遷迻收拾書籍事,即遞。二十四日。

晨起,寫白摺二頁,午後始畢。校邱縣、臨清童卷百册。得薇閣都中書並與祁瑞符書,託轉寄者。二十五日。(薇閣已允不捐外任,尚幸余一紙書可用也。)

泰西大炮彈重四百五十磅,即中四百〇三斤,能打二十里之遠。火藥入於槍炮箭中,每方寸有一萬五千斤之力。

彈丸與槍炮膛徑適合爲貴,如微有空隙,斯漏火泄氣而力消矣。近有用尖頭鉛丸者,蓋欲供火藥熱力爆開,使其丸漲滿槍口,無漏泄之弊也。

有來福綫爲炮管,無來福綫爲炮膛。凡厚二三寸之鐵甲須廿四磅(即中二百四十九兩六錢)彈鋼炮破之,厚七八寸之鐵甲,須以新製廿四磅彈鋼炮裝十八磅薄餅破之。

後門快槍,精練之技,目力能及一里。

後膛鋼炮有開花彈,有鋼鐵炸彈,用藥多寡不同,起表高下不同。〇藥力不足,子路不一。

哈乞開斯後門步槍、呍啫士得立滅得後門馬槍、克鹿卜後膛陸路輕炮、克鹿卜後膛過山炮,金陵機器局製兩磅後膛鋼炮。

普法之戰,法以槍勝,普以炮勝。

《西俗雜志》,洋一角。(上海新北門内穿心街文藝齋)

格致書室專售各處所著各種格致書籍圖畫、器具材料,有書單及器料價目送人,在上海三馬路《申報》館西首。

《各省課藝匯海》,福瀛書局有銅版本。《群書治要》,八元。

晨起寫白摺一頁。午後未爲一事。燈下閱《申報》。

《張李傳贊》曰:"言九州山川,《尚書》近之矣。至《禹本紀》《山經》所有,放哉!"

"下帷發憤,潛心大業。"(《董仲舒傳贊》)

"揚雄以爲靡麗之賦,勸百而風一。"(《司馬相如傳贊》)

"鴻漸之翼,困於並爵。"(《公孫弘傳贊》)

"通達國體。○使時見用,功化必盛。"(《賈誼傳贊》)

"秦漢以來,山東出相,山西出將。"(《趙充國傳贊》)

"山林之士,往而不能反;朝廷之士,入而不能出。"(《王吉》等傳贊)

"學者蕃滋。○禮文缺微,古今異制。"(《韋賢傳贊》"彪曰")

"黜陟有序,衆職修理。"(《魏相傳贊》)

"緣飾儒雅。○被輕嫡之名。(顏注謂走馬、駙馬及畫眉。)○譎詭不經,好爲大言。"(《趙廣漢》等傳贊)

"直而不挺,曲而不詘。"(《蓋寬饒傳》)

"薰以香自燒,膏以明自銷。"(《龔勝龔舍傳》)

"勢陵於君,權隆於主。"(《梅福傳》)

"盡平生之愚慮亡益。"(又)

"天下想聞其風采。"(《霍光傳》)

"當斷不斷,反受其亂。"(又)二十六日。

晨起已午正矣。郎亭示以選拔頭場卷,次題"來百工則財用足",二段命以時事化入,先成一藝。竭半日之力枯思力索得之,終覺生澁,蓋不爲時文已二載餘矣。求嚴師改之。

郎亭得某書,知陶子縝學使方琦以瘵亡,趙撝叔明府之謙亦卒。二公皆有奇才,余先知趙而後知陶。陶於去年即薦余於高勉之幕中,余曾于鄂中見,僅數面,曾貽余所輯《淮南許注異同詁》刻本,即子縝先生自輯者,於小學極深。收求吉金拓本,擬補《説文古籀》之缺,恐未能成稿也。[1]

---

① 眉批:《大藏音義》者,中土向無此書,阮文達僅知其名而已。陶公首得於日本。數年來得者頗多,蓋今佚古書可采輯者不知凡幾。陶公曾輯有《倉頡篇》,聞已刊入湖北書局,餘尚有數種,則未知其名。

趙則未見，其所撰《寰宇訪碑録補》已刊行，有《續漢學師承記》一書，余曾求辛楣師代索其稿本而未許也，不識後人能刊之否。陶爲人極懇摯，與余初見即視若子弟，規畫一切，頗極周密。趙則余未知之也。二十七日。

夏津新進郭嵐州，文字頗佳，正場好名之人，作三段文。批頗有筆氣，覆文亦好。此人必貴，特記其名。

晨起已午正矣，即飯。午後寫單條一，題《梅花仕女悵眉四絶句》，句云：

> 約略清姿畫本難，要將瘦骨比珊珊。何人寫出湘妃影，一幅鮫綃捲薄寒。
>
> 雪太飄零玉太麤，素娥例向月中孤。曉來殘夢惺忪起，可有清音唤翠奴。
>
> 宵殘夢醒意如何，心事無端上翠螺。記得故鄉銅井路，探花定有玉人過。
>
> 新妝儘有如花侣，舊事何從問玉鉤。知否唐宫南内女，明珠難慰十年愁。
>
> 燈下寫白摺半頁。校頭場選拔卷二十餘册，解經無一通者。二十八日。
>
> 晨起略檢行李。午後寫白摺二頁。燈下閱二場選拔卷。二十九日。

光緒十一年三月

晨起檢行李。午後出門，買珠皮馬褂統四、珠皮外套統一、羊皮掛統一、次等羊皮女褂統一、女嵌肩一、玄狐皮領一、獺袖一，共大錢十七千。又地毯一，大錢三千九百二十文。(■尺大錢八十，此係七尺闊見方，共四十九尺。)漢魏六朝碑共六百文。得承元〇年造象四紙，云石在青州府城垣上，爲《山左石志》所未收者。遊大寧寺，於大殿上破書攤得抄本《韻法横圖》二册，蓋爲初、二稿，實爲講音學入門之書，不知爲何人所撰。三月初一日。

晨起出門，至汶河邊，過清源關，即臨清關。河水如溝，正在挑挖。午後又至鰲頭磯觀運河，則已龜坼，人行如平地矣。欲進城一遊，因路遠而止。初二日。寫白摺三行。

晨起，車行十五里，至姚家灣，一大鎮也。又行十五里至魏家灣，宿清平廒外屋。邑令即祝子庵姻丈，飲饌極精。地沿運河皆乾如平地。據云十月中水涸，至五六月始有水，蓋借黄以助其流，年年如是也。有分司一人。初三日。

晨起，馬行三十五里，至梁家淺午飯，爲堂邑地。午後行四十里，至東昌。試院在南城，光岳樓在北城。由省至東昌必進北門，大堂後進爲冰雪齋，屋五楹，即學使所居。齋後屋五楹，即幕中校藝之地也。初四日。

晨起未爲一事。午後看《申報》。燈下寫白摺半頁。如是而已。爲人至此，其惰何如？因隔宿坐騎，尚覺腰痛無力，人生未壯之年，而已覺精神過短，其自愛惜當何如邪？初五日。

《曹貞碑》爲道光癸卯西安南門外農民耕田所得，徐星伯太守辨爲魏刻。石碑陰下列十八行文字，乃挖平而重刻，如《孔宙碑》陰興字。(《東湖叢記》四，又朱述之《金石記》。)

宋刻米書，《紹興》《群玉》《英光》三本外，又有《松桂堂帖》，爲海岳曾孫巨容所刊。

《蘭亭》褚筆有《神龍》、《渤海》、《欝岡》、《快雪》、《知止》、(皆摹蘇太簡家本。)《戲鴻》、《餘清》、《秋碧》、(皆摹張金界奴本。)各摹本明時所出。《潁上》與各本同出一家筆而最爲精妙，原闕"在癸丑""稽山陰之蘭亭""修長""此""林修竹又有清流激""之""類之""因""向之""痛""夫""文"二十九字，近日所見拓本中"類之"二字不闕，蓋後人所補也。潁本《黄庭》横畫起處仰勒平收，有如大字，自"三關之間"至"絳宫紫華"凡三十六行，比前後獨加腴澤。潁本至乾嘉間殘石猶存，一面《黄庭》二十二行，一面《蘭亭》十五行。《黄庭》存者，二十二行"懷玉"字起，四十二行"伏天門"字止，而四十三行、四十四行正少三句二十一字。又有名鎮海本者，即翻潁本也。一行落"門"字，真本旁注，翻本同；四行落"固"字，真本亦旁注，翻本亦同；四十行落"中"字，四十二行落"天"字，四十三、四十四行共少三句二十一字；四十五行落"轉"字；五十三行"三"訛爲"王"。真本共五十八行。真本十六行"使"字磔作八分。

仁和周晚菘(二學)輯其所得書畫碑帖之目曰《一角編》。

黄蕘圃曰："《後漢書》宋刻佳者，淳化不可得見，景祐本殘者有之。

此外如建安劉原起刊于家塾敬室本，又有一大字本，皆名爲宋而實則不及元明刊本。”(以上皆見《東湖叢記》)

《釋名》:“獄死曰考竟，考得其情，竟其命於獄也。”

晨起寫白摺二頁。午後閲生、童古卷，未畢，至酉正即睡。初六日。

晨起，閲昨未完卷。午後寫信三百字。寫白摺半頁。初七日。

晨起寫白摺。午後閲生正場卷百四十册，未畢即睡。初八日。

晨起校閲生卷，至午後畢。寫白摺二頁。燈下取《漢書》中雋句雜録於一册。初九日。

晨起寫白摺、大卷各二頁。午後閲童正場卷二百册，至亥初畢。寫與薇閣信，並嚴師附寄沈公信。初十日。

仙人好樓居，見《郊祀志》下。

晨起寫大卷二頁。午後讀《漢書》各志。燈下又寫大卷二頁，寫白摺半頁。閲生覆卷六册。十一日。

晨起寫白摺、大卷各二頁。午後校書院卷，未畢。校博平童卷二百册畢，已三鼓矣。作與南泉先生書。十二日。

鄭氏二老閣藏書亦在四明，見《曝書雜記》卷中。按:“二老”之名又見《天一閣書目》。

《爾雅》單注本，顧澗薲刊吴元恭本，陳雪峰刊馬京兆本，臧鏞堂刊雪窗本，又陳與郊本、元平水曹氏本皆未經重刊者。陳、吴、馬三本爲明刊，雪窗、平水皆元刊也。(朱氏《讀書志》卷一)

朱述之嘗兼采諸説成《尔疋集釋》一書，先列臧鏞堂《爾雅漢注》，次以郭注、陸氏《釋文》、邵、郝、嚴三家，坿以己説。〇按:嚴本即歸安嚴久能(元照)《爾雅匡名》二十卷，專以《説文》正體糾《爾疋》流傳之俗字，仁和勞涇原刊之。[1] 此書余未見，朱本亦未見，想係未刊，恐已佚失。(《讀書志》一)

上午閲書院觀風卷，至午後始畢。檢各家藏書目録，知海源閣有宋本《咸淳臨安志》百卷全帙，當可謂希世之珍矣。聞豐潤丁氏藏有宋本《説文繫傳》全帙，可與此匹敵矣。

《正誼堂叢書》子目見《方小東文集》，《談瀛徵實目》亦見《文集》中。

---

① 眉批:嚴本於光緒十一年刊於吴興陸氏，頗精核。朱本未見。

《暴書雜記》卷中十八頁《西漢總類》條有讀《漢書》法。

嘉慶戊戌五月，浙江學使桐城姚公試四明畢，從范氏天一閣、鄭氏二老閣抄書甚多。（《暴書雜記》卷中・十二頁。）

《明文授讀》六十二卷乃從《明文海》選輯者。十三日。

晨起檢拾箱籠。午後得二月十三日二十五次家書，並芝汀、黄炳如二書。閲童卷二百册，戌正畢。作復黄君書並與朱廣文書，睡已四鼓矣。十四。

晨起寫白摺二頁。到東昌，僅書翁宜泉《古泉詩》二百韻，今日始畢，爲汶民攫去。午後略檢書籍，復寫白摺二頁，係録《影梅盦憶語》，燈下又書一頁。寄薇閣書、黄君書，代任與齡孝廉（景周，河南祥符人，丙子科，爲郎亭門生）作寄祥符李星若（象辰）主事（兵部）書，索王廉所書《祥符會館碑文》《馮氏程夫人墓志》拓本。李公亦郎亭門下。十五日。

陸存齋（心源）《儀顧堂文集》有《賈生從祀議》一篇。按賈生唐開元中從祀兩廡，明人黜之，使祀於鄉。

“博學於文，行己有恥。”（顧亭林《與人論學書》言即經學、理學者，可書作楹帖。○《儀顧堂集》卷三）

明成化以前刊本與元本款式相仿。（《儀顧堂文集》卷九《書〈史記〉游明本後》）

常熟瞿氏藏書處名恬裕齋，主人字濬之，係茂才。

海鹽馬氏藏書處名漢唐齋。

《北堂書鈔》自來無刊本，明人陳禹謨所刊羼改删削，名存實非，流傳者僅有抄本。

宋本《六臣注文選》：一紹興八年盧欽明州本，見張月霄《藏書志》；又咸淳甲戌北門裴宅廣都本，見《天禄琳瑯》；一贛州本，無年月，有贛州校刊各人姓名，見《皕宋樓藏書志》，卷首題“梁昭明太子撰”，次行“唐李善注”，次二行“唐臣吕延濟、劉良、張銑、吕向、李周翰注”，每頁十八行，行十五字，分注每行二十字，版心有刊工姓名，宋諱殷、敦、竟、徵、恒皆缺筆，每卷末列校對、校刊、覆對諸人姓名，卷各不同。（所言行款皆贛州本，見《儀顧堂集》十二。）

晨起寫白摺一頁。午讀《儀顧堂集》十二卷。得道源、笠春、象明三書。燈下即作與希堂函。十六日。

晨起發希堂函。午後寫白摺。餘未爲一事也。閱選拔頭場卷及童覆卷共七十餘册。十七日。

晨起寫白卷一頁。午後未爲一事。燈下得竹年函。題孫星華所藏張小蓬《九秋圖》二律,句云:“波起南湖柳罥絲,秋光蕭瑟滿天涯。已隨秦女抛吴葛,又見劉郎和楚詞。寫意丹青宜畫閣,賞心紅紫勝瓊枝。披圖何限低迴感,一樣東風總不識。”“玉屏風冷護新寒,寫到輕綃次第看。瘦影未宜空飽眼,嬌姿只合當飢餐。錦詞東國人疑集,粉本南朝跡爲乾。莫歎勝情消未得,從來陶令亦居官。”十八日。

晨起寫白摺。擬抄《爾雅》一部,爲今日發卷之始。餘未爲一事也。十九日。

晨起出門,得舊抄《西魏書》。按此書爲南康謝氏啓昆所撰,有刻本,未見。《書目答問》作二十四卷,今得抄本作二十卷,不缺,似當爲謝本之外另一撰本,容得刻本校之。又洪武、永樂《寶訓》,《永樂》五卷全,《洪武》存四、五、六三卷。初印本高厚《蒙求》。餘無所見也。二十日。

晨起檢拾行笈。午後至楊海源閣觀書,主人爲鳳阿中書(保彝,庚午孝廉)。見宋元本書數十種,有蕘圃跋者皆精,他如淳熙本《漢書》《咸淳臨安志》《周易本義》等名爲宋刊,實皆元明翻本也。惟校本七八十種皆蕘翁手跡,實爲天下至寶。見毛抄者,書格右上角有“毛氏正本”楷書墨印。又明人紅格抄本僅以朱界一匡,粗細皆匀。琳瑯滿目,不及睇示,僅翻首末頁一過而已。在坐又有齊語璿(字小洲),係新拔貢生,年僅二十,素面畫衣,如見衛叔堂。傅昉安(字岱峰),年十八,廪生。齊爲清平人,傅爲聊城人。

見元本《梅花百詠》,有至正楊鐵夫序、于文傳序、韋珪自序,每頁十八行,行十六字,字大半寸許,前後有蕘翁跋,見《士禮居題跋記》,兹不録。前後無一印記。册頁裝,外袷用香柟,猶黄氏舊物也。

又宋刻《唐求詩集》,有“季振宜字詵兮號滄葦”一印(方寸許,粗邊)、“危氏太樸”一印、“季振宜藏書”(即常用小印)、“陶廬”椭圓一印、“顧湄之印”,後有蕘翁跋,見《士禮居題跋》,不録。又“廣圻審定”一印,汪閬源各印。卷末有“泰興季振宜滄葦氏珍藏”十字,猶墨跡也。半葉十行,行十八字。

又周硯農手抄《衍極》,字扁而多雜隸意,有黄蕘翁校語,上下方皆滿，跋見《士禮居題跋》。印有“祕本”、“楊灝之印”、“選梁”、“蕘圃手校”、“蕘翁”、“蕘翁手校”（半陰半陽）、“吴翌鳳家藏文苑”（以上在卷首）、“獨樹老人家”、“蕘圃手校”、“枚庵流覽所及”、“太平草木”、“以俟知者”、“丕烈”、“蕘翁”、“學圃蕘夫”各印。半頁十二行，行二十四字。

又舊抄《汪水雲詩》，有“眅章散管之年”“不寐道人收藏”“博陵”“思多”“朗仙”“春草閑房手定”“迺昭印信”“樂飢”“俊明之印”“牧翁蒙叟”“錢印謙益”“此君別館”各印。前後有蕘翁跋，見《士禮居題跋》。半頁九行，行二十一字。

又舊抄《湖山類稿》，有蕘翁跋，無一印記。

又舊抄《汪水雲詩抄》，有“季姝氏”橢圓印、“葉萬”隸書印、“石君”、“樸學齋”、“李琳”、“李鑑之印”、“明古”各印。有葉石君跋，題“洞庭東山穀道人”。

見宋拓《九成宫》，有成邸二跋，餘跋甚多，似非真宋拓，當爲元明時拓本。

又宋拓顔《争座位帖》，翁覃溪有大小二十餘跋，爲平生未見之佳本。

見宋拓《十三行》，有柳公權跋，“嬉”字作“嬉”，“淵”字作“渊”，“棄”字作“弃”。跋語衆多。

又宋拓《大觀》殘帖，存六、七、八三卷，用闊簾蟬翼拓，有祁文端跋並題籤。

見舊抄宋本《石林居士建康集》，有陳仲遵西畇草堂圖記及胡心耘琳琅祕室圖記，幕中陸惕身以賤價得於東昌書肆，即贈郎亭。二十一日。

晨起，行六十里至茌平，宿南門外小雙客店。爲題壁一律，句云：“門巷東風瘦緑楊，薄寒輕暖細評量。自搴珠箔窺明月，羞抱銀箏上畫堂。西葛衫輕痕有暈，兜羅綿軟握留香。何當爲定鴛鴦牒，細寫南宫十二章。”二十二日。

晨起，行四十里至潘家店，午飯，長清界。午後馬行二十里、車行二十里，至焦家廟宿，齊河界。二十三日。

晨起，行四十里至齊河，午飯，在城中書院，極大。午後渡黄，風急，水流較正月中水已大漲。行五十里，驚沙撲面，寒冷殊甚。至未正到省署。二十四日。

葉石君名萬，又名樹蓮，見《建康集跋》。

見沈學子批校東雅堂《韓集》,朱墨爛然,每卷後記校讀時日,可見先輩之勤。[①] 先生名大成,金山人,號沃田,學子其字也,貢生,有《學福齋集》。《蒲褐山房詩話》偁其晚年偕惠徵君寓官梅亭,以學業相砥礪,《三禮注疏》、杜氏《通典》皆手自校勘,丹黄皆滿。

見顧校本《國語》。

見惠校《楚詞》。

又戈小蓮校本《陶淵明集》,用宋本、毛刻本合校。

又明嘉靖時謝雍手抄《祝枝山集》,蓋壽衡山先生者。首有何義門題語。〇以上二書皆郎亭藏本。

又毛抄《吕和叔集》,黑格,字體如周硯農。

又舊校抄《吕衡州集》,共見四本。

晨起檢舊藏各書。午後未爲一事。燈下寫白摺半頁。光陰虚度,可媿可媿!

日來有人引吾以邪僻,苟不自檢,必致墮入道中。既自痛爲人所輕視,又駭世事之離奇,危乎險哉! 欲不結怨於人,又不欲自污其品,委曲安置,頗費心思。不識者旁而笑余之弱,"其然,豈其然乎?"二十五日。

龔自珍曰:"目録之學,始劉子政氏,嗣是而降有三支:一曰朝廷官簿,荀勗《中經》、宋《崇文總目》《館閣書目》、明《國史經籍志》是也;一曰私家著録,晁公武《郡齋讀書志》、陳振孫《書録解題》以下是也;一曰史家著録,則《漢藝文志》、《隋經籍志》以下皆是也。三者其例不同,頗相資爲用,不能以偏廢。三者之中其例又二,或惟載卷數,或兼條最書旨,近世好事者則又臚注某抄本、某槧本、某家藏本。"(《定盦文集》卷三)

《阮尚書年譜》第一序,龔自珍撰,用駢文,如撰壽文等事,頗可仿爲之。見卷三。

陳瑑字恬生,見《定盦續集》三《叙嘉定七生》。(又字小蓮,見《一鐙精舍甲部稿·祁奚字黄羊解》。)

晨起寫白摺半頁。午後校《説文》。初以印校宋本,臨於丁刻本上,又以海源閣所藏元刻本校之,元本謬譌實多,姑存之以見其真。燈下閲生童古卷二百册畢,已三鼓矣。二十六日。

---

① 眉批:用世綵堂本所校。

尤文簡原刻《文選》有《李善五臣同異》一卷,凡四十一葉,不著作者名氏,坿于後。胡刻、顧校皆未見此書,葉茗生曾見真本影抄一部。見《吹網録》卷五。

尤、袁既刻《文選》,又各刊《昭明集》,然皆編輯而成,非原書也。原集宋已失傳。勞平甫云。(《吹網録》五)

晨起寫白摺半頁,已覺臂痛,遂止而不書。午後爲郎亭刻二印,一曰"函雅堂",一曰"于蕘軒"。餘未爲一事。光陰虚度,自媿。得廿六、七次家書並南泉先生書。二十七日。

晨起寫白摺半頁。午後刻一印曰"敏求",取好古之意也。閲新城生卷可十五册,又章邱生卷三十册,已三鼓矣。二十九。

《水經注碑目》既有洪氏輯本,而明楊慎又有一本,見《四庫存目》。

説十行本注疏源流,見《經籍跋文·禮記注疏跋》。

錢聽默名景開。

閩本注疏九行。

光緒十一年四月

晨起閲隔宿未完生卷,至午始畢。午後寫白摺半頁。四月初一。

晨起寫白摺半頁。餘未爲一事。午後閲禹城生卷七十五册,德平生卷六十三册畢,已三鼓矣。初二日。

晨起作與祝籽庵書,並作上篴舅言《荔雨軒文》訛字書、與查檵亭言代刊《陶子縝遺書》書、上葉師言新得經幢及觀海源閣各書書、與季友慰悼亡書,並四十二次家書同寄。午後,以段懋堂《汲古閣説文訂》所據王蘭泉、周漪堂二家藏宋本及葉石君抄宋本過臨於丁刻本上,不見真宋本,亦聊以解嘲耳。《説文訂》係鄂中重刊,譌字頗多,段郎亭所藏原刻本校之,並校鄂本譌字。初三日。貽郎亭戴氏書。

《説文》小篆與籀文重出者,如宋小字本"孌",既曰籀文,嫡下又出孌篆云"慕也",如此者甚多,蓋古篆與小篆同字而異義,是之謂古今字。漢人注經多云古今字,張揖作《古今字詁》,皆别之於義,非别之於形也。(《汲古閣説文訂》"孌"篆)

涿州初拓《樂毅論》"濟弱之仁","弱"字左傍作三點,翻本無。(《甘泉鄉人稿》)

晨起閱《汲古閣説文訂》畢，跋之。又取元本《説文》校三、四兩卷。校平原童卷二百餘册畢，已三鼓。初四日。

《甘泉鄉人稿》十四卷有記《兩漢書》校本事。

錢氏泰吉《藏書述》曰："聚吾書而粥諸市，不足充數年之糧；從容玩味，厭飫其大義，則道德之腴可以飽數世。"(《甘泉鄉人稿》十七卷)

魏丹書字吉卿，郎亭所拔幼童也。父潤身，字德滋，住鉅野城南三十五里邢家海(信義堂)。丹書師李錫五，名兆福，諸生，住鉅野城南四十五里王家樓。

王氏鳴盛曰："今日余蕭客輯漢人經注之亡者爲《鉤沈》，有本係後人語妄摭入者，有本是漢注反割棄者。書不可亂談，必有識方可以有學，無識者觀書雖多，仍不足以言學。"(《蛾術編》卷二，頁二十六)

福建漳州府龍谿縣人霏雲居張燮協和氏彙刻七十二家，至六朝止，中有《昭明太子集》十二卷。又新安汪氏彙編漢魏六朝二十二家，金閶世裕堂梓行，當亦有《昭明集》。

迮氏鶴壽曰："别俗異言，古雅殊語，必轉注乃可知。"(《蛾術編》十五，頁十八)

王西莊好詆顧亭林、戴東原，往往屢見於《蛾術編》，然其説《水經注》則全襲戴氏之説而不偁其名，爲迮青崖(鶴壽)所指出。其佗爲迮氏所駁者甚多。蓋西莊乃西河之流，當時以錢、王並偁，實則竹汀勝於西莊多矣。《蛾術編》卷二詆余蕭客之語，後人視之，實夫子自道也。

晨起讀龔定盦《雜詩》一卷，用朱筆圈識並題一跋、一絶句(存原書，不録)。午後讀王西莊《蛾術編》十二卷。初五日。

迮氏之語亦有極陋處，應删之；西莊之語亦有極陋處，應注之。

跋《宋存書室書目》後，於士禮校本頗能言其流派，擬呈郎亭跋之。

顔黄門曰(《家訓》卷七)："巧者勞而智者憂，常爲人所役使，更覺爲累。"

《高貞碑》有"卡"字，考據家皆不能識，妄相測擬其謬。按《顔氏家訓》卷七《雜藝篇》曰："北朝喪亂之餘，書跡鄙陋，加以專輒，造字猥拙，甚於江南，乃以'百念'爲'憂'，'言反'爲'變'，'不用'爲'罷'，'追來'爲'歸'，'更生'爲'蘇'，'先人'爲'老'，如此非一，遍滿經傳。"據此則《高貞》之字當即"上下爲○"之意也，惟不能定其究爲何字耳。("卡"錢竹汀定爲“年”,畢以田定爲“弄”,似皆不合。)

晨起閲一等覆卷,未畢。讀《定盦集》。午後閲長清、齊河童卷二百餘册,至三鼓畢。初六日。

宋本《管子》後載張嵲巨山《讀管子》云:“凡《漢書》語之雅馴者,多本《管子》。《管子》,天下奇文也。”(宋氏《過庭録》卷十四《管子誌誤》)

各叢書所刻藝文各目:

《元史藝文志》四卷(《潛孯堂叢書》本)

《讀書敏求記》(文選樓本、海山仙館本)

《汲古閣珍藏秘本書目》(士禮居本)

《季滄葦藏書目》(同上)

《藏書紀要》(同上)

《皇朝經籍志》六卷(三長物齋本)

《補後漢藝文志》四卷(侯康撰,《嶺南遺書》本)

《補三國藝文志》四卷(同)

《國史經籍志》(粤雅堂本)

《絳雲樓書目》(同上)

《述古堂書目》(同上)

《崇文總目》(同上。汗筠齋本)

《菉竹堂書目》(同上)

《通志堂經解目録》(同上)

《子略》四卷目録一卷(《學津》本。《百川》本)

《文淵閣書目》二卷(楊士奇,《讀畫齋》本)

《文瑞樓書目》十二卷(同上)

宋衢州本《郡齋讀書志》二十卷(汪士鍾校刻)

袁州本《讀書志》(海寧陳氏刻)

《千頃堂書目》

《遂初堂書目》

《世善堂書目》

《傳是樓書目》

《浙江採進遺書》

《愛日精廬藏書志》

《漢書藝文志》

《隋書經籍志》

《經典釋文叙録》

舊、新二《唐書》經籍藝文志

《宋》、《明史》藝文志

《文獻通考・經籍考》

阮孝緒《七録序目》(《廣弘明集》内)

《文選注引書目》(《文選埋學權輿》卷二)

《太平御覽引用書目》

《三國志注引書目》(趙翼《廿二史劄記》)

《水西書屋藏書目録》《藉書園書目》(周永年,《濟南府志》卷六十四《經籍門》)

晨起校生覆卷,至午後始畢。刻一印,曰"江某經眼",尚精。燈下得莊希堂書(並𩋆)。檢各書目録,目録及香一類書目。初七日。

《封龍子》曰:"孔子至于阿谷之隧,有處子佩瑱而浣。孔子曰:'彼婦人其可與言矣。'使子貢以觴、以琴、以絺綌三挑之。"是古之偁婦人不盡據已嫁者而言之也。

晨起未爲一事。午後閲長山、齊東童卷二百餘册。初八日。

晨起,取章刻《字林考逸》校《倉頡篇》,補注若干條,至午後始畢。得莊希堂書並蝦米(李信),即覆。寄還楹帖、《文房肆考》一書。初九日。

晨起檢書籍。午後得冠英書。道源貽《諸子詹詹録》,以朱圈别之。初十日。

晨起,檢舊藏各碑刻,每讀一種,疏其通叚異文及志銘之例,題曰《四照讀碑記》。午後閲陵縣、德平、章邱童卷二百餘册,三鼓畢。十一日。

洪北江《東晋疆域志》《十六國疆域志》,"疆域"初名曰"區宇",見《晋書地理志新補正序》。

晨起讀碑數通,餘終日未爲一事。燈下讀《志銘廣例》《金石例補》二書,讀《訓子隨筆抄》一書,見去秋所批所圈,皆若非己出,何善忘之若是,爲之自媿。十二日。

宫僚雅集杯,白金作沓,杯如梅花形,重二十八兩有奇。外圍各畫以烏漆嵌之,内鐫諸公姓氏、名號、爵里于底,亦嵌漆,故名之曰"烏銀梅花杯”。以量之大小分屬焉。[1] 每杯外有“宫僚雅集”四字。首湯潛庵（斌），河南睢州人；次沈繹堂（荃），江南華亭人；次□□圃（六才），直隸清苑人；次王昊廬（澤安），湖北黄岡人；次耿逸庵（□□），河南登封人；次田子湄（喜霄），山西代州人；次張敦復（英），安徽桐城人；次李山公（録子），順天大興人；次朱即山（阜），浙江山陰人；次王阮亭（士禛），山東新城人。共計十事。[2] 今藏楊鳳阿家。據云曾以二十八金對易于山西人家。此日首座爲郎亭，得湯杯；次孫洨民，得李；次余，得王阮亭。王杯最小，余素不飲，適得之，喜甚。

晨起畫仕女扇一。午後讀碑數通。校歷城、濟南童卷二百餘册，二鼓畢。十三日。

孫淵如嘗撰《尔疋正俗字考》，又注《釋詁》以下諸篇，依叔言及舍人之例，字以本義爲釋。（孫星衍《釋地補注後序》。○《湖海文傳》二十一）

庶出之子謂其母曰所生母，繼妻所生子謂其母曰生母。（見《會典·驗封司·封贈篇》注。）

周永年藏書數千卷，成《水西書屋藏書目録》，僅二十五歲，示沈起元序之，沈序極言藏書不貴多而貴精，周於是專收經部。余謂沈公之説非通論也。沈公叙云昌黎之學細大不捐，然自言學之二十餘年始辨古書之正僞，白黑分矣，務去之乃有得焉。此蓋由博返約之證，昌黎所以爲大儒也。若專守一門而不旁及他類，自爲足以勝人矣，實則不值通人一笑也。余嘗謂一類必需萬類而相輔，即子而至於小説家，集而至於詞曲，若僅讀此類之書而不旁及，決不能成一家言也。後之真讀書者，當不以鄙人之言爲河漢。[3]

伶酒賀詩，死亡莫變。

霜前斫膾，人效其方，雨後墊巾，世傳其法。（洪北江《與崔瘦生書》）

《顔氏家訓》卷一《序致》曰：“二十已後，大過稀焉。每常心共口敵，性與情競，夜覺曉非，今悔昨失，自憐無教，以至於斯。”○按此數語皆與余墒合，故記之以自警。

---

① 眉批：大杯似即鎸雅集圖，小者則花卉、山水俱有。

② 眉批：弟三郭棻。耿逸庵先生名介。

③ 眉批：不刊之論。

晨起讀碑數通，餘未爲一事。燈下讀《湖海文傳》數卷而已。爲學之道，可媿可媿！十四日。

凌氏廷堪曰："空疏者流，聞道已遲，向學無及，遂乃反脣集矢，謂工文章者不在讀書，瀹性靈者無須考證。此與卧翳桑而侈言屏膏粱、下蠶室而倡論薄女色者何異。不知容有拙於藻績之儒林，必無昧於古今之文苑也。"(《答孫符如書》，○《湖海文傳》四十三)

袁氏枚曰："韓昌黎于十二郎，從子也，其祭文獨不用韻。蓋雖期功之喪，亦有不忍文之之意焉。"(《與某刺史書》)

戴氏震曰："信古而愚愈於不知而作。"(《與王編修鳳喈書》)

洪氏亮吉曰："錢獻之注《爾雅》而必書'雅'爲'疋'，遂致西安書手驟爲'亦匹'之呼；李生甫字許齋，而必書'許'爲'鄦'，乃令近時齒録分鐫'無邑'之字，好古似微(古)[過]也。"(《復錢少詹書》)

孫氏星衍曰："少讀《水經注》，稱許氏字説專釋於篆而[不]本古文，怪酈道元讀書鹵莽，並《説文叙》中所云'今叙篆文合以古籀'之言都未寓目。"(《與段若膺書》，○《湖海文傳》四十一)

又曰："六甲五龍，六甲即六十甲子，五龍即五行。《墨子》稱北方黑龍，是五方之龍五色也。或即人六府五藏。二説者不知有一當否。"(同上)

質氣粗浮，學力淺薄。

江氏藩曰："毛乾乾作試蓺，文體奇古，學使不能句讀，題其卷末云：'生乎今之世，反古之道。'乾乾見而笑曰：'羽陵書生但知錢在紙裹中耳。'"(《毛乾乾傳》)

晨起至晚僅校童覆卷三十册，餘未讀一卷書，未寫一行字也。燈下讀《湖海文傳》數卷，至三鼓睡。十五日。

萬氏光泰曰："周大瓠作《南華連珠》百首成，自比晬盤晬兒，隨手所得，無不厭心。"(《説文凝錦録自序》)

《古今書刻》(此書未見，大約載南北監本書籍存亡，見《皕宋樓志》十一卷十八頁。)

郎亭出示舊抄《竹崦庵金石目録》，爲趙魏撰。

晨起未爲一事。午後，郎亭出示朱修伯宗丞(學勤)《結一廬書目》，中分宋板、元板、舊刻、抄本、通行本五門，手録其宋元各目。又萬柘坡(光泰)《説文凝錦録》抄本，云已刻過，乃以説解作對，分天、地、人、物、動、植、宫室、器、衣、食、形體、氣象、事言十三類。又舊抄《淳化閣帖釋文》，爲思無邪室舊藏，乃顧南雅先生家藏本也。十六日。

晨起刻圖章一。午後校童覆卷二十三册。叚郎亭《金石粹編》讀之。十七日。

朱竹垞手跋《崇文總目》云："馬氏《經籍考》載《崇文總目》皆有評論，今本無之，皆紹興間去之也。擬從《通考》中所采别抄一本。"未知成否。(《皕宋樓藏書志》三十七卷載原書原跋)

近日常熟木刻雙鉤《碣石頌》，金石家多疑其僞造。讀《龔定盦集補續録·泰山刻石跋尾》云，於王侍郎(紹蘭)齋中見北宋拓碣石秦刻文，與《史記》絶異。據此，此則此本人間尚有，雙鉤之刻非僞造可知矣。

晨起，爲道源畫聚頭扇。得折枝九種，半不知其名也。午後未爲一事。燈下校二場選拔卷二十册。讀《一切經音義》，見《蒼頡》《三蒼》《埤蒼》《廣蒼》《聲類》《音隱》，皆以朱抹出之，畢七卷。又讀定公詩一過，再題一跋一詩。(見原書，兹不録出。)十八日。

晨起閲報部卷十一册，午後始畢。發册後，至湖邊匯源茶室小坐，同至後宰門，見吴琯校《水經注》，大題單題"水經"二字，中綫亦然，明人讀書，即此一端可見其不通。[①] 有王弇州、黄省曾二序。印本頗佳，索值五金。又汲古本《隋書》，索直四金。燈下讀《一切經音義》六卷。十九日。

晨起未爲一事。午後出門，至小布政使街，得元板《禮記集説》。按各家書録：《四庫》收十卷之本無論矣；《經籍跋尾》所收元刻本乃十六卷而二十二行本，卷同矣而行款不合；《宋元本書經眼録》收明翻本，半頁九行而三十卷，行款同矣而卷數不合，且二家皆不云巾箱本。余以紙墨驗之，定爲元板元印，惜缺第五卷之半及第十六卷，爲稍瑕耳。又得明華麟祥本《事類賦》，即貽郎亭。又大字本《歐陽文忠公外集》。又起鵬公《近思録補》。又《易義别録》《易緯略例》二種。共三千文。二十日。

晨起未爲一事。午後出門，至小布政司街，得殘本《盛明百家》。後再至西門大街，以四千文得張氏澤存堂刻書三種，歡喜無量。至後宰門，得白磁暖花鼻煙瓶一，直五千。酉刻，郎亭招飲四照樓，同坐者爲陶君葦

---

① 眉批：此事細考之，亦無以難之也。假如《漢書》必録顔注，何以單題"漢書"，不題"漢書注"？單曰"水經"未始不可也。

農(□□,吴縣人)、袁君瀛仙(福海,錢塘人,香亭先生曾孫)、彭君伯衡(虞孫)、栽之(培保)昆季,餘皆同幕諸友。晨得王漱經都中書。二十一日。

晨起不作一事。午後,日照丁亦康(惟禔)、象明(惟晋)昆季來,小譚,初次識面,皆郎亭新拔選貢門生也。二十二日。

晨起作與薇閣書。午後爲郎亭校摺並閲封摺,至晚始畢。二十三日。

晨起已午初矣。午後出門拜客,見沈雲莊,適有客,爲華怡園明府(景禧),無錫人。後至丁亦康寓,並見德臣(惟普),出示許印林先生手校《六書音韻表》,又過臨校本孫《説文》,假之而歸。至芙蓉居觀劇,後至蜨仙寓小飲,主人爲陸惕身也。至二鼓歸。二十四日。

晨起未爲一事。午後出門,至蜨仙寓小譚。復至後宰門一觀,無所得即歸。二十五日。

午後至蜨仙寓小譚,後至芙蓉居觀劇,畢即歸。二十六日。

晨起沈雲莊來,小譚。午後畫扇一柄,並袖珍《經義述聞》,貽丁亦康,得復書,並貽道咸諸名賢與許印林先生札,有數十通,又明刻《陶集》一册,爲印林舊藏,亦佳品也。

郎亭出示抄本《王著作集》、《倚松老人集》、朱述之輯校《蔡中郎集》(王弢卿部郎云比丁本爲佳)、《方言疏證》,又王惕甫手批《公是集》、吴枚庵過臨陳少章批《絳雲樓書目》、明人手批《高青邱集》,皆佳品也。二十七日。

晨起寫扇一柄。午後丁壽臣來,即同出門,至蜨仙寓小坐,再至曉蘋寓,後至芙蓉居觀劇,未畢即出。至後宰門,再往蜨仙寓,暢譚而歸。丁亦康送示許校桂氏《説文》原本。二十八日。

晨起,至四照樓,爲郎亭檢石刻拓本,竟日未畢。燈下未爲一事。二十九日。

晨起,續檢録石拓,至午始畢。郎亭手貽《琅琊》《泰山》二刻石並楊詠春先生篆《夏小正》拓本。午後,莊秉翁約至芙蓉居觀劇,小坐,即(坐)[往]蜨仙寓,略譚而歸。

郎亭出示益都孫模山孝廉(文楷)匋器原搨一册,多字者四十一種,單字者二十九種,泥封者三種,大字者四種。又周鑄子叔黑頤鼎拓本一分，周鑄子叔黑頤簠蓋器完者一分，周邿𦟀遺圜鼎拓本一分。又《保鑄齋印存》一册，三代鈢十七種，秦官私印九種，漢官私印九十一種。《古泉鑑》五册，印用朱泥，泉以墨拓，皆有按語。《印存》一種，有陳簠齋誌語。

《古泉鑑》中有臨菑四朱泉，作正方形，甚奇，如上圖(圖 1)。又一種如兩面印，中有穿孔，面陰文“四銖”二字，如次圖(圖 2)。又五銖泥範拓本一種，甚精。有“容黼得來”印。又小泉甎範，有“小泉直一”四字。

圖 1： 圖 2： 圖 3：(文在下口處)

燈下寫扇四柄，得張叔鵬書。(三月廿九日書)

光緒十一年五月

晨起畫扇一柄，並題三絶句。午後出門，至蓮囍堂觀劇，未畢即歸。

芝生先生出示宋匋尊一器，如上圖(圖 3)，文曰：

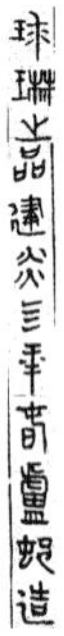

光澤如銕，係人家求售者，索值百金。五月初一日。

晨起畫扇六柄。午後丁壽臣來，同至螧仙寓晚酌，至二鼓歸。

郎亭出示福山王蓮生編修刊《天壤閣叢書》，首《夏小正正義》《尓疋直音》《弟子職箋釋》《急就篇直音》爲一函，次《説文逸字》《説文聲讀表》《再續疑年録》，尚有數種，記憶不真。又示康熙御賜緑端研，長三寸，寬半寸，厚半寸，背刻“康熙四十年正月二十八日睿賜翰林院編修臣查昇”。初二日。

晨丁亦康昆季來，適睡未起，及醒已去矣。午後至螧仙寓小譚，即赴興樂園沈雲莊之招，在坐皆署中諸人，客惟金清如一人而已。飲畢，復至螧仙寓，小坐即歸。初三日。

晨起覺頭重,攬鏡視之,面發紅疹,身亦覺熱。午後郎亭招飲,在坐爲陶蔚農(重錦,蘇州人)、張蘭九(熙鴻)、周之渭(文齋,聊城人,新拔貢生)三人,餘皆署中各友。又李體仁(心海,鄆城人,新拔貢生,丁憂)未來。燈下索蘭九診之,云温邪,以清涼表劑發之,即睡。初四日。

晨起覺頭熱未退,身又發疹,即如南中所謂風痧,終日未敢出門。初五日。

晨起未爲一事。午後出門。約徐柏如、丁壽臣及在署諸友芙蓉居觀劇,畢,再至蜨仙寓小坐。燈下得王薇閣復書。初六日。

晨起畫扇。午後閒譚。初七日。丁亦康昆季來。

晨起金清如來,小譚即去。午後至大明湖,小遊即歸。初八日。

晨起略檢行李。丁壽臣來,至午後始去。出門至曲水亭啜茗,由後宰門而歸。初九日。

晨起檢行李。祁瑞荇縣令來,暢譚。孫星華後至。午後出門,至小布政司街,後至大布政司街,再至將軍廟街,後至娘娘廟後衖,歸已上鐙矣。初十日。

晨起略檢行李。午後,知堰頭鎮北民埝沖坍,被災甚重,郎亭屬匹馬往視。離城二十餘里,一時始至。被災難民均坐埝上。詢諸土人,據云一鎮共三百餘家,俱成水國,有力者早已築室山上,無力者尚不得安處。口門寬至十餘丈,一時不能垛塞。歸僅半時,已酉初矣。即赴徐柏如之招,暢飲,至二鼓歸。十一日。

晨起檢拾行李,已去其半。午後赴彭栽之(培保)席,招蜨仙侑觴,至二鼓歸。十二日。

晨起,即赴日照丁氏昆季之招。在坐者王澤山拔貢(咸昌,費縣人)、丁申甫優貢(汝莔,日照人)、茅容黼廪生(雍熙,歷城人),復招蜨仙侑觴。午後,同容黼至蜨仙寓,見桂仙,暢譚而歸。復應郎亭餞席,飲至初更畢。十三日。

晨起至蜨仙寓,見伯和暢譚,午間小飲。飯後至明湖居觀劇。酉初,韓芝翁、陸惕翁同餞於匯泉寺,暢飲至二鼓。泛舟至鵲華橋,步至蓮囍堂。遇雨,即行繞道,復至蜨仙寓,適已醉睡,小坐即歸。得匋器四十品,天保八年小造像一種,《玉函山房叢書》一部,皆伯和所貽也。十四日。

晨起檢拾行李。午後出門,至後宰門、芙蓉街、小布政司街,涂遇丁申甫，小譚即別。歸，適郎亭招飲，暢談至初更。十五日。郎亭貽書一函。

晨起檢拾行李。午後上車，至濼口上船。同行者爲孫汶民、程履新二君。十六日。濼口離省城祇十二里平路。

晨起因東南風大，船尚未解纜，見岸傍有小火輪一艘，即飭承差薛殿奎往詢，云係撫院所置。隨即作函與郎亭與中丞商借。午後風稍轉北，船走十餘里即宿。十七日。

晨起，舟行七里過李家岸，適值開口，水勢異常汛急，船不能上，見河隄有策騎而呼者，乃郎亭使送復書人也。見書，知中丞已允，並託姚觀察招致一切。惟聞管駕之人已去，新者恐未能習慣，尚需試之，能用與否未定也。即作復書云可不用。午飯後行十餘里至齊河，又行七八里宿。十八日。寄四十四次家書。

丁氏昆季貽原本桂氏《説文義證》一部、許印林手校《六書音韻表》一部。

晨起，輪船管駕機器人來，言黄水泥多，不能作汽水，行十餘里，輪即膠黏，即辭以不用。風逆水大，舟不能上。一日行二十餘里即宿。十九日。燈下讀《一切經音義》三卷。

晨起雨，舟行更遲。午飯風轉北，駕颿而行，至晚宿。離濼已百里矣。午後讀《一切經音義》三卷。二十日。

晨起西北風大順。快駛至傅家岸，午飯。午後再行至虞山宿。計日行百十里，可爲速矣。二十一日。

辰初船再開行，走四十里，誤駛淺沙，竭力扛縴始得啓行，已過一時矣。走十八里，至十里堡（俗名鋪）。探知漕艘正抵運口，連檣二十餘里。因運水高於黄水，恐卸盡船滯，故未啓閘。運口用石如吴中之大橋，寬僅數丈，艘須銜尾而出，他舟亦不能入也。燈下作與郎亭書。二十二日。（託運河送陸。）

晨起，知漕船已出口，每幫五十號，定例日出兩幫。水深時尚多，過午始盡一幫也。船悉如江船，至淺處則裝米入袋，另運駁船，至深處重裝，頗費事也。午後，壽張縣知縣文荃持片來拜。二十三日。

龔氏自珍曰："商器文但象形、指事而已，周器文乃備六書。"（《定盦續集·商周彝器文録叙》）"凡古文可以補今許慎書之闕，其韻可以

補雅頌之隙，其事可以補《春秋》之隙，其禮可以補逸禮，其官位氏族可以補《世本》之隙，其言可以補七十子大義之隙。”(同上)

晨起，見漕艘出口，累墜異常，兩岸須用縴夫五六十人方可移動。至日暮，探知已過七幫。二十四日。

晨起，知漕艘已盡過，遂起椗進口，尚不致擱淺。行六十里宿。二十五日。

晨起開船，行四十里至分水龍王廟。午後行三十里，至北柳林閘宿。二十六日。

晨起閘啓版，水流洶急，船皆順流而下，迅速過快馬。五里至南旺，五里至南柳林閘(即南旺上閘)，六里至孫邨，三里至小店，三里至寺前閘(爲曾子故里，有碑)，八里至大長溝，四里至小長溝，八里至白嘴鋪(有晋陽山，傳爲張果老煉丹處)，十里至通濟閘，五里至草經橋(即曹井橋)，五里至耐老坡，五里至安居鎮，十里至十里亭(即十里鋪)，三里[至]五里營，三里至草閘(無閘版)，二里至濟陽橋，一里至天井閘(即大閘口)，二里至在城閘宿，即小閘口。作家書並與我庾書，即託運道轉遞。二十七日。

晨起，即至南門大街古玩鋪，無所見，得《孝義隽修羅碑》拓本並陰。午後，途遇蔣心泉(祖仁，濟甯人，乙酉拔貢，住城隍廟街)，即同至船中小談，並約至李家觀書。二十八日。

晨起，寄郎亭書並劉益堂《三角鉤沈》一部，又陸、韓、任、莊四君書。心泉來，即同至鐵橋寺，訪本善和尚小談。又至松竹園午飯，在坐劉世經廷璋(海甯廩生)。飯畢同至李家，主人名毓恒，字冬涵，濟甯人(住鐵橋寺東財神閣)，内部員外，博通目録之學，藏書三代，富有萬卷。書室九楹皆滿，皆庋之以厨，分四部，而集尤多，且專嗜國朝人，餘皆尋常刊本(《九通》一部，尚佳)，不喜宋元舊刊及抄校各書。所見雖遠遜東昌楊氏，然已不可多得。三子，長已入學，名□□，字□□，次、三尚幼。見沈小宛手校《元遺山集》、汲古閣抄本《太白陰經》、明抄本《測圜海鏡》，欲購得之，託心泉轉達，李君即慨然持贈，喜極携歸，即復一書，並貽以舊刻《陶淵明集》，即丁君所貽者，又石印縮本《篆字九經》，共兩種，即得復函。李貽庭來，出書單一紙，即李家物，爲李欲購求者。二十九日。

光緒十一年六月

晨起作書與心泉，言需李單所開書，共擇二十八種，即送去，照原值五扣。午後心泉來，云非八扣不可。作一書與冬涵並送銀二兩，奉易舊抄《東軒筆録》一種、元刻《静修先生遺集》一種。按書目多作三十卷及二十四卷，此獨六卷，當爲元刻無疑。① 冬涵又貽家刻《樂志書屋文集》三部，即分貽程、孫二公。六月初一日。

晨起，因閘水未漲，不能起行。午後至南門大街一行，得李鋏人橋隸書楹帖一付，值七百五十。餘無所見。初二日。

晨起，船仍不能行。午後同孫、程二君至南門大街一行，無所得。燈下爲李貽庭（直隸人，開寶森堂書坊，在琉璃廠）作書與蔣心泉，爲李家書事。初三日。

晨起，啓在城閘板（在本作任，今誤在），二里至南馬頭，四里趙郕閘，五里石佛閘（有閘官署），九里花家淺，九里新店閘宿。初四日。

晨起，行九里至新閘，八里仲家淺（有閘官署，管新、仲、師三閘），八里師家莊閘（自天、在、趙、石、店、新、仲、師，爲上八閘），六[里]魯橋墩（有長沙大寺），六里棗林閘，七里魚臺濟甯界碑，五里南陽閘宿。初五日。

晨起，行四里趙家莊，四里利建閘，六里邢莊閘（即橋頭閘），六里石家口（自石至趙皆行湖，即獨山，然兩面皆菰），八里至馬家口，十八里至徐家營房，十里珠梅閘（即宋家樓，今稱宋家閘）宿。② 初六日。

晨起，行十里至鮑魚涎（即鲇魚泉），六里陶陽寺，六里大王廟，十里楊莊閘（即楊家樓），六里夏鎮閘，宿。夏鎮西岸屬山東□□□，東岸屬江蘇徐州府沛縣界。初七日。

晨起，七里至劉昌莊（即劉全莊，多小人），五里至西灣，四里至十字河，四里至彭口閘（即滕沛閘，有閘官）。向聞十字河水最淺，今過甚暢，蓋下彭口、夏鎮二閘蓄水所致，然須有力者方可爲之，民船不能也。③

---

① 眉批：此書即永樂刻三十卷中之一種，惟書中語涉元帝皆跳行，未知果元刻否，抑明翻也。

② 眉批：棗、南、利、邢、珠、楊、夏、彭爲中八閘。

③ 眉批：彭、得、石、萬、丁、頓、侯、臺爲下八閘。今行皆由彭口，而自郗山入運，益以張阿、韓莊新閘、張莊爲十一閘。

甲戌冬孟校舊抄《五代史補》。①

甲戌十一月二十九日，從坊間借傳是樓黑格抄本《五代春秋》校新刊本。

壬申四月朔，校《周益公大全集》畢，以舊抄單行《思陵録》即饍於周集所校本上並跋。（三條俱見《皕宋樓藏書志》卷二十四原跋）

丁卯夏，借陳簡莊藏吴枚庵手抄本《三楚新録》傳録並校其誤。（同上，二十八卷）

午後，十里至蔣家集，十里至郗山，十里至張阿閘。

晨起，十里至朱姬莊，八里吴家橋，十里至韓莊閘宿。初八。

晨起，八里至八里溝，八里至三條灣（即得勝莊），八里至得勝閘（即新閘），六里至六口新閘，六里張莊閘（即鋸梁橋），六里萬年閘（閘官即管河廳）宿。初八日。

晨起，六里至花石淺，六里丁廟閘（東岸内三里即馬連屯，陸路要道），八里頓莊閘，四里大泛口（爲三淺處），四里侯建閘，四里高廟（廟在東岸），八里臺兒莊閘宿。（山東、江南交界。初九日）

晨起，十里至界牌，二里至黄莊，十里至黄道人橋，三里河清閘，十里伽溝，十里河定閘（即天王廟），十里灘兒上，宿（大鎮）。初十日。

晨起，十里至河成閘（即新河，又名浮塘口），十里二郎廟（有三汊河，可通黄河），十里至貓兒窩，宿（大鎮）。十一日。

晨起，十里至滙澤閘（即馬莊集，有查河巡檢），五里至魚頭集，五里至萬家莊，五里至劉家口，五里至窑灣，宿（大鎮）。十二日。

自臺莊至貓兒窩，河多圓石如雞卵，兩岸亦然；自貓兒窩至窑灣多沙灘，水只尺許，船屢擱淺；窑灣至清口亦多沙灘，船須曲折而行。

晨起，五里至牛頭三灣，十里至馬河店（即新店），五里至利運閘（即皂河閘溜，有閘官），十里至温家口，十里皂河口，十里支河口，十里董家溝，十里駱馬湖口，十里五花橋（即行龍垻溜），十里至宿遷關（關在縣東門大馬頭西岸，縣署在西北二里許，進東南二門均可）宿，已上鐙矣。十三日。

晨起，命僕持帖至關上，片時即有二人到船壁帖索掛號、查艙錢，給

① 眉批：黄蕘圃跋校本。

以百五十文而去。關額大書“宿遷東關”四字。監督在淮安對岸，即仰化集，爲進京大道。八里至亨濟閘，十里至小河口，五里至孫家塘，五里至六家墩壩，五里至濴流閘（即三聖廟），五里至白洋河（有税務），五里沙姜嘴，五里馬篷溜（即桃源縣古城驛），十里九龍崗（即卜家渡），十里崔鎮，十里俞家鋪（即曹家嘴），宿。有馬隊露營。

今日午後讀曾文正文十餘篇，丹筆句讀之。晚間上岸觀月色，佳甚。天氣涼爽，可禦單袷。十四日。

晨起，七里至半路溜，七里至上河頭（即浦家灣），七里至衆興集（有釐卡），七里至七里溝，五里至張思仲，五里至黄家嘴，十里至三義壩，午飯。

三義壩臨河有人家五六所，堤内尤多。沿堤緑柳三株，茶棚數築，居民皆清美，無北方塵土氣。有蔡姓者，子女三人（另一駕駛之童，丁姓），操小舟爲業。在窑灣唤其舟駁運書箱，即三義人也，其居即臨河。

午後十里至三岔，十里至豆板集，八里至雙金壩，十里至許家渡，五里至楊家莊宿。十五日。

晨起，行十八里至天飛閘，離閘二里名草壩口，宿。十六日。午後讀定公詩一過。

兩年小寄明湖畔，正趁荷香歸去。（蓬）[篷]飽東風，心隨北雁，底是不留人住。含愁如許。恨聽水聽風、未携鴛侣。欲寫迴腸，香銷鐙炧不成譜。苦聽畫橋官鼓。喜無端見汝，添情千縷。《辮拖鴉》

一笑誰分賓主，問卿何處。看瓠齒微顰，依然無語。他日重過，恐成斷腸句。調寄《臺城路》。乙酉季夏中旬，舟過桃源道中，爲填此闋，即龔定公所謂“影事詞”也。

晨起，船行二里至閘口，水高二石半(即二尺五寸，蓋以一石爲一尺也)，洶湧若噴雪。船至此須抬閘夫兩三人(賞錢七八百文)，蓋一把柁、一持船頭，劈浪木刀，須本地人爲之較穩也。聞水至險之時相懸五石，則至險矣。上水則兩岸用盤車，每邊約十車，則用夫頗多矣。離半里許則又一閘，水較平。再行半里又一閘，則較中閘强、頭閘弱。過此三閘，行十五里至清江大閘，水勢與中閘等，即泊閘口。午後吴仲山、徐松如來拜，二公皆係何氏外甥，與季友爲中表兄弟，皆從吴門來，適相值也。知馥林先生兇耗。客去即答拜之。舟泊東門，在大閘之外也。十七日。

晨起，以千文得哈吧狗一。船行十五里至淮關。關臨河，規模頗佳，六十年前爲一大關，係近則洋船往來于海，此處蕭條若僧寺矣。有監督關係查艙，檢無應税違禁物，索掛號查艙錢，給以百文，不允，倍之始去。又行十五里至淮安府，雉堞可見。城門有額曰“慶成門”。有一亭，外額曰“釣魚臺”，當即淮陰故跡也。城内一塔，五層，不知何時所建。又行里許，宿。十八日。

晨起，行四里至頭涵洞(山易界)，風巨不可縴，即泊。堤有減水垻，因水勢大漲，補築培埝，暫將涵洞下板二日，正在動功也。十九日。

晨起，行六十里，至寶應宿。寶應城臨河修築，頗佳。城外街衕頗熱鬧。舟泊南門外，臨河高堤若黄河之大堤然。堤内街皆設石級，有至二十餘級者。二十日。

晨起，行廿里至汜水，再行至界首，再行至六滿閘，宿。爲一鎮，有七百餘家。二十一日。剃頭。

在汜水界水運河道中望高郵湖，渺無邊岸，運道僅中隔一蘆墟耳。

晨起船行，至晚宿高郵城外，頗形熱鬧。二十二日。

晨起開行，至邵伯，僅巳初，即過湖(邵伯湖頗大，所行僅過一角)，北風大順，快駛過飛馬。午正至揚州，泊鈔關門外，正值大水，街道盡没。走後街進城。至轅門橋，訪醉經堂書肆。見舊籍百餘種，有元刻《分類補注李太白詩》，半頁十二行，行二十字；《音辯注柳柳州集》，據云宋板，似元刻元印耳；又明刻小字本《韓柳合集》；元刻《禮、樂書》全部，書賈云宋本，索值三百元；影元抄《新定金陵志》；天一閣抄本《意林》；抄本《肇域志》，僅應天一府。皆不能得。以百錢得湖海樓本《列子釋文》而歸。二十三日。

晨起進城，過轅門橋，至左衛街，見有山堂書肆，有舊籍百餘種。《列朝詩集》，索值五十元（狹行細字）。見龍精舍本《文選》、通津艸堂本《論衡》諸本，尚佳。又宋本《家語》一種，實僅明刻本也。至文運堂書肆，主人湯姓，兄弟二人，長字柏和，次字容泉，皆精舊籍。乃弟僅二十許，尤精。見舊刻數百種，得焦里堂《學算記》手稿，計《釋輪》《釋弧》《釋橢》三種，皆初二兩稿，《天元一術》僅清稿，首有李尚之序，猶手跡也。又勘倭本《鄭注孝經議》並影寫《孝經》合一卷，亦里堂先生手墨也。又得元刻《輔教編》，經毛子晋藏，有圖記，爲釋家類，而歷來藏書家所未見，恐天下僅見矣。績溪胡氏五石瓠齋手抄《嵇中散集》、《姜白石詩》，經人批校，有"八甎吟館""文選樓"二圖記。東雅堂《韓集》《經進書目》，集部、原本《積古齋鐘鼎款識》《説文發疑》，共書十一種，以舊抄《太白陰經》《東軒筆録》《劉静修集》《經學五書》《拜經樓藏書題跋記》五種易之。

主人贈《木部説文》一、《宋元本書經眼録》一。又見《攀古小廬文集》一種並《補遺》，爲許印林撰，商城楊鐸刊于揚州，皆講求經、小學者，聞板已毀。又李穆齋新刊《孫氏祠堂書目》二册，頗佳，《曾子注釋》爲阮文達單刊本（非《文選樓叢書》中本），寬大尤非尋常可比。又初印《江氏韻書》三種（七元），舊鈔朱性甫《鐵網珊瑚》一種，[①]初印《十駕齋養新録》一種。

左衛街古玩鋪名寶晋齋，主人陳綏伯。

薄暮至小教場啜茗，兩岸徧列，即至天寶茶莊，小坐即歸。二十四日。

晨起開行，二十里至三汊河（卡），二十里至瓜州口（卡），泊。二十五日。

晨起過江，江闊僅數里，霎時即到鎮江口，小泊。江行三十里，進丹徒口，泊大橋旁，船眠大桅，檢理各件，至申正始開行，走十餘里至新豐鎮泊。二十六日。

在文運堂見明刻劉補注《淮南子》，尚題許慎記，上即《百宋一廛賦

---

① 眉批：朱性甫手書《鐵網珊瑚》舊藏毛氏子晋，先生得此書時，遍徵題詠，傳爲盛事。宋牧仲、高江村等以善價求之，卒不可得，其子甫季病中需購人葠，遂付質庫，得銀二十四兩，未及十之一也。丁亥七夕綸記。（印："育僊"）

注》中所云惠松崖極稱之，蕘圃以爲原出《道藏》不盡可據者也。嫌其缺十餘頁，不欲得之，後思之，《淮南》本佳者絶少，以不得爲憾事矣。

晨起開行，至常州泊。二十七日。

晨起開行，至無錫宿。二十八日。

晨起開行，過午僅至望亭，因風斷，不能上水，即雇小舟，行二十餘里至山塘，再行三十餘里至閶門，已三鼓矣。城門已畢，即親往討之，即開。至家大儒巷，始知已遷居衛道觀前，即至衛道觀，已四鼓矣。二十九日。

《香奩潤色》一卷（《醫經萃録》《太素脈軒轅祕法》，《古本東垣十書》本）

《馬記》（明郭子章。《藝圃搜奇續集》）

《香譜》二卷（洪芻。《百川》本，《唐宋叢書》本，《藝圃搜奇》原闕補本，《説郛》本，《學津》本）

《黄熟香考》（萬泰。《檀几》本）

《宣爐歌注》（冒襄。《昭代》本）

《蕉窗九録》（内香一録。項元汴。《學海類編》本）

《香國》（毛晋。《山居小玩》本）

《非煙香法》（國朝吴興董説。《豐草巷雜志》）

《名香譜》（葉廷珪。《説郛》本）

《漢宫香方》《香嚴三味》（闕。《説郛》本）

《鐵網珊瑚》，拾四元。

《輔教編》，弎元。

焦里堂各抄本，四十、十元。

《十駕齋》，三元。

《嘯堂集古録》，四元。

東雅堂《韓集》，二元。

《痘疹奇書》，三元。

《曾子注釋》，三元。

書目三本，二元。

《姜白石詞》，二元。

《説文發疑》，一元。

《攀古小廬文集》。

左衛街

第四册　光緒十一年乙酉(1885)七月

(書衣題)光緒十一年七月初一日始　笘誃日記(篆書)

乙酉七月初一日始,十二月除夕止。

光緒十一年七月

初一日起至今日已二十三日矣,未能逐日條記,疏懶無恒,於此可見。略補數則,不能按時日也。①

自朔日起至初六日,在家略檢書簏,未出門,未見客。

初七日,同大、二兄、金康伯(曾烜,吴江縣廪生)、吴如珪(笏慶,吴邑附生)五人至閶門下船,赴試金陵。十一日至鎮江,徵歌選色,極兩日之樂。十四日抵金陵,泊水西門,進城,廣文德橋南塊攀桂軒對門謝宅。

得明刻《文子》、惠半農《易説》(吴刻本);擺板《河朔訪古記》、《洛陽伽藍記》、《兼明書》三種,亦吴氏原本;《漢學師承記》、《大學古義》、舊鈔焦氏《經籍志》,皆從東牌樓市肆所得者也。

見姚子莨(文枏,上海人,壬午優貢)小譚,詢徐母江(保大,上海人)已游泮,因得咯血症,未赴試。徐年僅弱冠,小學之精,據子莨云爲上海第一人,殊以不得一見爲憾。

見蘇冶生、礪生昆季(紹良、紹基,俱上海諸生)。冶生精於算學,兼及化學,爲吴清卿欽使調赴吉林製造局。二君皆稼秋堂兄也。

康伯、若溪招游秦淮水閣,無可意者。二十一日。

見張聞遠(錫恭,松江婁人,乙酉拔貢),據若溪云精三禮之學。二十二日。

見姚子樑(文棟,上海人,諸生),云自日本歸,携有慧琳《音義》求售。又汪季航(錫曾,上海人,乙酉拔貢)。

《經籍訪古志》者,日本人所撰,皆記彼國所藏中刻舊籍,乃擺印之

---

① 本頁鈐印:"曾藏王氏吹徹玉笙樓""病禪曾讀"。

書，福瀛書局有售者，賈二元。二十三日。

阮文達曰："沙門釋道惠爲《一切經音義》，《宋高僧傳》云唐釋慧琳爲《大藏音義》一百卷，二書今皆不傳。"案慧琳《音義》即今從日本所得之《一切經音義》也，尚有希齡《續音義》十卷，即坿慧書之後。姚子櫟云，見高麗古寺藏舊刻《一切經音義》，字大逾寸，卷帙甚繁，惜祇一本，能用石印照出甚佳。查翼甫云，烏程汪曰楨有筆記一種，中記有《道藏音義》一書，能蒐出之，當有古佚書在焉。

見查翼甫所藏元明刻本《玉篇》《廣韻》共六種，云以六百元得之於楊新吾。楊君從日本蒐得者也。

又見元坊刻廿六卷本《李翰林集》，與余所收同出一刻，惟渠多一序、少一年譜耳，擬互鈔之。

見曹叔彦（元弼，蘇州吴縣人，乙酉拔貢），譚經窸守高密，進擬從事於《小戴記》。曹君年未弱冠，專力治經，學極精博。

晨起，得《曾文正公家書》《家訓》刻本。午後蘇冶生來，以扇索書畫。二十四日。

晨起補考，題爲"知所先後"，經題"乃亦有秋"，詩題"驚蟬也解求高樹"得高字。未初即出場，至若溪寓小譚即歸。晚飯畢，與康伯游，至三鼓歸。二十五日。

晨起未出門。午後出門，至坊口大街觀古玩鋪，無佳物。得《二十一家易注》一部。

見宋寶祐本《通鑑紀事本末》，有抄補一本，係明印，索值百元。又《江少微通鑑節要》四十册，書賈指爲元本，實東洋本也。寶祐本半頁十一行，行十九字。東洋本半頁十行，行十七字。

見乾隆拓本《石鼓文》，有汪孟慈跋，然不如今拓之精。

午後至若溪寓，見孫虎峰，出新得宋摧場翻本《九成宫醴泉銘》，有王虚舟跋，云係宋拓，光字亦有外□。二十六日。

晨起未爲一事。午後至若溪寓，爲寫楹帖、堂幅各一，申初歸。曹叔彦來，暢譚爲學之道，獲益頗多，假以《漢學師承記》《胡汪二先生與陳碩甫札》抄本而去。二十七日。

晨起，爲叔彦寫摺扇一，並畫。午後出門，至叔彦寓暢譚，手貽金蓮溪（縠元，鹽城人，乙酉拔貢）《説經書》一册，劉我山（奉璋，寶應人，乙酉拔貢，爲端臨先生曾孫)貽端臨先生遺書兩册。

至稼秋寓，見稼秋暢譚，蓋不見已二載矣。二十八日。

晨起畫扇頭。午後至稼秋寓，同至近淮園啜茗，至晚歸。晚飯後至揚州書坊醉經堂，見儀徵吴次瀟(丙湘)，於目録之學極精，喜刊書，已刊有數種(内有《傳是樓宋元書目》)，雖素未見面，而暢話頗洽。出示新得羅茗香《音緯》稿本上中下三卷。二十九日。

晨起未爲一事。午後至稼秋寓，同至陳公祠啜茗。稼秋復招游秦淮，打槳聽歌，盡歡極醉，至二鼓而歸。同坐者爲徐詠梅([頌曾]，上海人，毋江之叔)、孫燕秋(詒，上海人)、王穉禪(□□，上海人)及蘇氏三昆季。三十日。

光緒十一年八月

晨起作扇頭。午後，蘇冶秋邀遊秦淮，小飲，至二鼓歸。八月初一日。

晨起，孫燕秋(詒，上海諸生，住大東門内太平街)邀遊玄武湖，聯騎出太平門，至湖神廟，午飯，歸已午後矣。初二日。

晨起出門答友，即歸。午後至若溪寓，見孫虎峰(祖烈，無錫人，諸生，住石塘灣)，索篆楹帖並題搨本《九成宫》簽，又索題跋。燈下書楹帖並簽。初三日。

晨起，假若溪洋蚨三圓。至稼秋寓，爲刻一圖章，"燕秋"款也。午後邀稼秋、燕秋、冶生、侶生、穉禪、徐詠梅([頌曾]，上海人，諸生，毋江叔)同飲問柳，上鐙歸。初四日。

讀蘇冶生《小滄浪亭雜著》，皆譚時事，大約合中西之法通行於天下，其言利弊頗塙。内有《治吉林六策》，最精。又《小滄浪亭讀書記》，以《考工記》語用近日之西學疏之，皆塙合，亦傑作也。

晨起出門，買考具各件。午後至稼秋寓。初五日。

晨起，若溪來小譚，稼秋、燕秋同來，即至陳公祠啜茗，觀主試入闈。下午同舟游秦淮，即歸。初六日。

晨起，檢拾考具粗畢，終日未出門。初七日。

晨起，知號鐙已掛第六起，即飯。見第七次旗起，即進場。由中路直入，尚寬，東路則擁擠不堪矣。接卷，坐東文場雲字號。略檢考具即睡。

初八日。

三鼓即傳唤,題紙已下。先於號首帖一紙於牆,爲監臨新政也。至天明,首藝已畢,即謄。至午,次藝畢。薄暮,三藝全畢,即作詩並補稿。至三鼓全完,收拾書籍,略睡。四鼓即起,待開號門,卯正始出場,即睡。午後略换書籍,豫備明日入場。初九、初十日。

晨起午飯,即進場。仍由中路而進,待於東路儀門後。接卷,坐西文場餘字八十三號,因近號底,移至第七號,莫又有人來,再移第十六號始定。略定即睡。十一日。

三鼓見題,天明畢首藝,午畢次、三兩藝,至上鐙時盡畢,唯剩末篇草稿。與同號閒譚,見揚州甘泉王子堅明經(希善),暢譚極合。王君出自刻時藝、詩賦四册見貽,始知爲甘泉名士。三鼓即睡。十二日。

晨起即出場,至若溪寓小譚。張聞遠索刻一圖章,曰"張氏夬齋箸録",石甚巨,無利刀,不能刻也。午後同稼秋、侶笙、西然、冶生至問渡品泉。歸,往拜王子堅,小話即歸。子堅同來,乃行荅拜之禮也。十三日。

晨起午飯,入場。天甚熱。接卷知坐姚家巷北增字號,爲極遠之號矣,適與儀徵吴次瀟同號,暢譚頗洽。次瀟爲錢掄仙先生壻。稼秋、詠梅同來,小坐即去。十四日。

夜半題紙下,知大半皆所携之書有之。解經一問全見《經義述聞》,尤見孤陋,其他《補漢兵志》,志訛作制,尤甚焉者也。[①] 天明首問正稿已完,至午二、三問畢,申刻具畢,即檢書籠,至酉正出場。十五日。

晨起天雨,至稼秋、若溪寓小譚。午後又至稼秋寓,爲篆一扇。歸,若溪招飲,即去。至戌正歸。十六日。

晨起,拜吴次嘯,未見,歸。冶生來,同至稼秋寓送行。午後與康伯出門,得《漢書引經異文録證》、滂憙齋刻叢書零種歸。同陳挹之(桂芬,溧陽人)、如珪、康伯策騎,出南門,游雨花臺品泉,上鐙歸。燈下書篆一幅,讀潘尚書癸酉、壬申銷夏詩。十七日。又假若溪洋一圓。

晨起,王子堅來,約至得月樓啜茗。畢,至狀元境,得《百緣語業》一種。歸,即至歙縣試館赴程履翁之招,同坐者宋研畬(□□)、王頌熙(銘恩,歙人,住長春巷),醉歸。拜吴次瀟(丙湘,諸生,爲文節公三子,住揚

① 眉批:"制"字之誤,《通考》已如此,見《四庫提要》,"制"字非譌文。

州徐凝門内大街朝東大門),次瀟貽所刻《傳研齋叢書》及《輿地隅説》,頗精。

葉師寄貽《鐵華館叢書》六册,係影宋精刻《文子》《列子》《新序》《佩觿》《字鑑》《群經音辨》等書。

管申季先生(禮耕)貽新印秦刻《三唐人集》。十八日。

晨起檢拾行李。午後出門,至三餘堂書鋪,得《求闕齋文集》、翻木瀆周本《毛鄭詩》、抱經堂本《賈誼新書》三種。十九日。

王子堅來,以所印《德鄰軒雜著》託售,計五十部一箱,即寄存星三處十部,餘携歸。午後出城,同康伯遊莫愁湖,歸至舟次。二十日。

晨起,由水西門解纜,至暮抵鎮江,宿。二十一日。

晨解維,至丹陽泊。二十二日。

晨解維,至午過常州,晚泊洛社橋鎮。二十三日。

晨起,知已抵無錫,船泊惠山之麓。上岸品泉,訪黄公澗,因天不雨,無水。至漪瀾堂,見蘇冶生、汪季航、夏蕉飲(曰琖,嘉定人,乙酉拔貢)昆季。午初返舟,即開,至望亭宿。二十四日。又金西林(□□,嘉定諸生)。

晨起解維,午初抵閶門,步行進城,至家已午後矣。二十五日。

晨起收拾書籍。午後,曹叔彦來,暢譚,假《説文釋例》而去。二十六日。

寄稼秋書並拓本、阿膠、帽沿、刮刀等,又與冶生書並拓本,言謁銅井先生事,又寄拓本、阿膠與羅少畊、徐母江。

以阿膠、拓本貽張叔鵬。

晨起檢書籍。蘇侶生來,同至玉樓春茶室,再至一陽樓午飯,畢,至護龍街游怡園。細雨濕衣,倏無他人,兩人相對品泉,觀鶴頂漸紅,孔雀初羽方盛,衰柳殘荷,景漸荒率。蓋不游此地者已二載矣。未刻歸,侶生别去。二十七日。

李氏申耆曰(《莊珍藝傳》,《養一集》十三):“珍藝爲《連山》亡而尚存《夏小正》,《歸藏》亡而尚有《倉頡古文》,略可稽求義類,著《古文甲乙篇》,就許氏偏旁條例,以干支别爲序次,凡許書所存及見於金石文字者,分别部居,各就條理。然今稿係未成書。”

《養一文集》卷十四有《汪心農傳》。

《修鳳臺志條例》見《養一集》。

《養一文[集]》卷十九有《石經刻數辨》一首，又《樂律考》，又《策問》。

晨起檢書籍。得葉師入都留别書一函並胡新吾(之銘)書，言管申季邀譚事。午後即至管處，知爲《古文甲乙篇》篆首事，約於明日送書來。

燈下復葉師書。

見胡綬之(玉縉，元和諸生，頗講實學)，出示江甯柳氏《穀梁大義述》。二十八日。

晨起，申季送《説文古籀疏證》首卷底樣來，即依樣書之，日晡始畢一卷。

申季又示李尚之《觀妙齋日記》二大册，大約專記友朋往來，無它語，不足取也。

與若溪書並《三角鉤沈》，託撰序文。二十九日。

光緒十一年九月

晨起出門，至濂溪坊晤汪鳳修(鳴□内兄)，爲房屋事。午後得申季書並《古籀疏證》卷四底樣，即篆之，未半，下樓檢書籍。叔鵬使人來，爲取嚴師箱簏事。燈下篆《古籀》四卷畢。九月初一日。

晨起未爲一事。至大成坊巷書鋪，見初印《漢書》(汲古本)，甚精。得佳刻《禮部則例》二册。午後見康伯，同至二兄處，再至任蔣橋潘太姑母處。歸至菉家巷查翼甫家，見蔣肖鰭(望曾，海甯諸生，寅昉先生子，生沐先生胞侄)。查公出示秦刻瘦本《九成宫》、翻本《化度寺碑》、明拓《麓山寺碑》(爲張叔未臧物)。

肖鰭言家藏鐘鼎拓本數百件，或有題款，或無。有精拓《散槃》，又有徐紫珊印。

明洪武初有翻張伯賢本《文選》(蔣君語)。

汪文盛本《漢書》板後爲人購去，挖去汪名，改易他姓氏。

《李善注文選》十行本云係宋本。

宋本《説苑》近有人出售，索值二百金，即拜經樓物。

乾嘉時，温州孫希旦撰《禮記集解》一書，卷帙甚富，先鄭注，後及宋儒説止。莫偲老署檢。見於查氏。

與查、蔣二君暢譚，即於查處晚餐，至二鼓歸。初二日。

晨起收拾書室。午後出門，訪蔣肖鰭，不值。初三日。

秦刻《九成宫》有二本，一肥一瘦，瘦者秦氏自存之本，肥者乃刻工竊於燈下鉤之，所謂“夜鉤本”也。(查翼甫語)余見蕩口華氏恒河沙館藏本乃肥本，今查氏所藏乃瘦本，皆用舊紙佳墨精拓，係當日贋宋拓者。窓齋丈又謂秦本用泥刻而後燒成者。

晨起未出門。午後晤孫洨民，知祁子樅自青浦來，即往拜之，適出門，未見。見華紉齋。初四日。

晨起未出門。午後查翼甫來小譚，即同至濂溪坊觀汪鳳修屋。初五日。薄暮謁葉菊裳師，小譚即歸。

晨起未出門。午後至蕭家巷，見華虚齋、紉齋昆季。復往拜蔣漱雲、張叔鵬、王菊生，均未見，即歸。

從叔鵬處取到葉師所貽《功順堂叢書》一部十二册。

午後篆《古籀》第二卷畢。初六日。

晨起寄王薇閣書。祝謙之携侄及侄孫四人來，小譚即去。午後祝心淵來暢譚，同出門至護龍街，得《張文昌集》八卷本，明刻。復至清嘉坊。薄暮始歸。得蘇冶生書並貽《裴岑記功碑》《劉平國碑》拓本，二石皆在嘉峪關外，不易得者。蘇公係從彼處來，故相貽也。並附致顧緝庭書。初七日。

晨起書《古籀》第五卷畢。午後未爲一事。薄暮至護龍街小游即歸。得鄒瘦鶴書，爲謀山左學幕事。初八日。

晨起出門，至菉葭巷候查檵亭，不值。至花橋巷見葉師暢譚，午飯後始歸。至大柳貞巷候蔣肖鰭，不值。薄暮至觀前，過大成坊巷，復至玄妙觀西雅叙茶室，見查、蔣二公小譚。由大街歸。

葉師出示新得《京本音注柳先生集》，半頁十行，行二十四字，雙綫邊。余定其爲元刊元印。云以四元得之。

《文選》黑口皆翻張伯顔本，即唐藩本也。

見沈小宛注《范石湖集》，用秀埜草堂本，云原本在許鶴巢處，過本乃顧緝庭手臨。初九日。

晨起，寫《説文古籀疏證》三卷畢。午後，張叔鵬、祝心淵來，同出門至玄妙觀茶室暢譚。至觀西緑潤堂書鋪，見舊抄本《衍極》，爲翁覃溪手校本；舊抄《宣和北苑貢茶録》；舊抄陸游《南唐書》，即汲古本，有韓履卿先生藏印。三書以二元餘得之。與叔鵬、心淵别，即歸。蔣肖鰭來拜，適出門，未見。初十日。

讀《觀妙齋日記》，嘉慶十四年己巳，尚之先生年四十二歲，二月十一日記云："《日法彊弱考》一卷成，求戴金谿作序。"三月初一日記云："鄞縣茂才包本慈名祖馮，執摯來問筭學。"四月初七日記云："纂《五代史司天考補注》二卷畢。"又嘉慶十年乙丑日記六月初三記云："汪孝嬰自徽州來談，見所著《簡平儀》。"又十七日記云："見宋板《啓劄會元》五十二卷。"閏七月初七："校録《開方補記》畢。"初八、初九記："校宋本《孫子筭經》畢。"二十二日："見宋本《韓非子》廿卷。"丙寅九月十六："寫《句股筭術細草》成。"

晨起，蔣肖鰭來譚。午後答之，同至觀前，取昨見各書歸。

見明初拓《多寶塔》，與余所藏埒，有錢警石先生諸家題語。見《蘭亭詩》，乃柳字，云宋拓本，有"徐渤""興公"二圖記，王良常諸家跋，皆塙。宋拓《戲魚堂帖》殘本，涿拓《快雪堂帖》別坿未裱本《樂毅論》，"强弱"之"弱"右"弓"内尚作三點，字形頗細。見厭勝錢拓本六册，有翁氏父子、梁山舟、郭頻伽、錢梅溪、張叔未、趙晋齋諸公題語，皆極精。元板《朱子綱目》，與余所見揚州本同。嘉靖汪諒翻(宋)[元]張伯顔本《文選》，十一行，行二十四字。又過臨邵位西校《四庫全書簡明目録》。皆蔣氏物。

借肖鰭散槃精拓本、曶鼎精拓本，又張月霄《藏書志》十二册。

趙清常名琦美(月霄《藏書志》卷二十三・八頁)。

錢叔寶穀，子功甫(名允治，又卷三十六・頁一)。

顧緝庭先生來拜，適出門，未見(肇熙，前吉林分巡道，博覽群書，無物不刊)。即去年郎亭爲寄《魯遊雜事詩》十六首與之者。

晨起謁顧緝庭先生，小譚片刻。至泰伯廟橋下塘，晤曹叔彦，見所藏書，有汲古本《吴郡志》，爲惠定宇先生舊藏，有紅豆齋藏書印記。再至西街見曹智涵，數語即别。至混堂巷謁何珊枝先生，未見，即歸。午後智涵來，爲視母病即去。薄暮出門，至查翼甫家小譚，見有《玉篇直音》一書兩册，爲明人撰本，頗不易見之書也。

骨董鋪送來《吉金齋古銅印譜》六册，有程氏瑶田序，言古鉩字，可爲最先之説矣(此序擬抄出)。《南邨帖考》四册，爲楓涇程文榮撰，有楊龍石題語，猶遺墨也。

又鋪送視《岳麓》、《雲麾》各一，拓本尚舊，《雲麾》"魏國夫人實字"六字尚清。

午後刻二印，一曰"顧肇熙印"，一曰"銅井"，即呈緝庭先生，並匋器拓本六十餘種。先生報書貽吴愙齋先生大篆《孝經》一册，精美絶倫，係同文石印本也。

假曹叔彦《研六室文抄》四册、《黄學使札各學示》二册。

安麓郁名岐，見宋搨《蘭亭詩》(聞係明珠僕)。

紅蕙山房爲袁壽階藏書處，有《紅蕙山房詩集》《漁隱録》《金石覽書畫所見記》三種[1]，皆袁撰也。

王石臞先生爲《廣雅疏證》，日課疏三字，罔問寒暑，積十餘稔乃成。説見胡竹邨《研六室文抄》卷六《王石臞先生八十壽序》。

顧氏之《音學五書》分十部，江氏之《古韻標準》分十三部，段氏之《六書音韻表》分十七部，以考古音。

《讀儀禮私記》爲江氏筠撰(字震滄，長洲人，乾隆壬午舉人。艮庭先生兄。《研六室文抄》六有序)。

陳辛伯名兆熊。(見同上卷八)

夏朗齋先生鑾，字德音，當塗人，爲徽州府訓導，首次慎修先生著述、行事詳之上官，請祀鄉賢祠(《研六室文抄》卷十先生《墓志(名)[銘]》)。

竹邨先生《儀禮正義》大約有四例：一曰補注，二曰申注，三曰附注，四曰訂注。十二日。

晨起，至花橋巷，本家同上船，出齊門，至山塘祭孝子湘侯公祠。午後還家，知南闈已揭曉，長洲李□□(秉章)、吴縣曹叔彦(元弼)、沈蘭臺(維驄)，元和無人，北闈則王申之(同愈)、張峥角(一麐)二人，共計五人，爲近科最少之數。

寄郎亭山左書。

燈下讀《爾雅》，手自句讀，爲今日始。十三日。

淡生堂藏書不百年而散，後人有詩曰："宣綾包角藏經箋，不抵當年裝訂錢。"見張月霄《藏書志》三十四卷淡生堂抄本《聞過齋集》餘姚馬瑗跋語。

晨起未爲一事。午後曹智涵來診母病，即去。十四日。

晨起寫《古籀》數頁。午後至懸橋祝氏，即歸。蔣肖鰭來譚。十五日。

---

① "書畫所見"原作"所見書畫"，今乙正。

晨起寫《古籀》。肖鰭贈筆一枝，並書來，言查檵亭已中七十三名孝廉。午後往賀檵亭，未晤。至葉菊裳師處並携新得元本、舊抄校各書，葉師留置案頭。至上鐙歸。十六日。

晨起，葉師來，暢譚。午時出門，至吉由巷看屋。午後未爲一事。出門候康伯，同至二兄處，略坐即出，至觀前靈芬閣，見《浙江採進遺書目》，舊爲陳仲魚藏，中有"仲魚過眼""仲魚圖象""得此書費辛苦後之人其鑑我"三印，擬得之。①

假菊師莫偲老注《簡明目》二册，至史部止。

見明本《太平御覽》。

見元板明配本《玉海》。十七。

晨起，祝心淵來譚，至午後始去。出門至大成坊巷書鋪，得《孤兒編》一册，此書爲汪孟慈撰，印本甚希見也。

得王薇閣書，即復，並與稼秋書。

假肖鰭邵位西注《簡明目録》。十八。

晨起，梅汀來譚，即去。張輔之來，午飯後同出門，即别。見錢南泉。至觀前靈芬閣，見舊扇面百幅，大半皆明人書畫，頗有佳者。見軸數十幅，有王雅宜書金粟牋立幅、錢舜居《東坡小像》、王麓臺立幅山水，皆佳。見祁子翁，同至玄妙觀雅叙茶室，在坐者吴如珪、金康伯、孫洨民，共五人。子樅先行，與金、吴、孫同歸，小譚始去。

《説文古籀譜》第六卷篆畢。十九。

晨起，張叔朋來譚，午後始去。往候祝謙之小譚。候謝序賓，未見即歸。

見《東坡小像》立幅四幅，一臨本，三石拓，合昨日所見共五圖矣，何巧之若是也，擬盡得之。余與東坡學問、氣節皆不敢仰企，惟先生出門必携字書，則與余同癖，此又衆人之奉先生者皆念不到此者也。

---

① 眉批：鄉從錫山楊氏叚得邵《爾疋》二十卷，係海甯陳仲魚先生手校本，仲魚戴笠小象及"得此書"十二字印外，又有"鱣讀""海甯陳鱣觀""陳仲魚讀書記"三印，惟上方注字處有"士佩"印，未知何人。此書亦爲葉調生先生所藏，有"吴郡葉廷琯鑒臧經籍金石書畫秘笈印""二十五匱臧書記"。另紙一頁，調生有跋，決爲仲魚手(畢)[筆]。上方雜采竹汀、未谷諸家説，塙係精本，今猶夢寐係之。丙戌夏日大綸坿志。(印："育仙")

查欃亭、何珊枝、孫得之三人來，均未晤。

見《大藏音義》一百卷，即輯出《蒼頡》《聲類》二書，數日擬畢事也。二十日。

晨起輯《音義》。午後出門，至混堂巷拜珊枝先生，久譚，上鐙始歸。接輯《音義》，已畢四十四卷矣。（叔鵬借去書十餘種，有帳。）

見珊枝先生藏宋板《近思録》，似有元補板，當元印也。二十一日。

屠蘇《小草盦詩鈔·梅影軒圖爲黄飲魚表兄作》句云："憔悴青衫直到今，梅花林下少知音。飛來太白樓頭月，照著平生感舊情。"（自注：太白樓，令祖蕘圃先生舊藏書處也。）

釋金文以多見爲第一，考經爲第二，證許爲第三。有據者斷之，無據者則桂氏《説文義證》案而不斷之例爲至是。不可徒博，愈引愈遠而愈無當也。薈萃而不能斷，袛益蕪雜恍惚，亦奚以爲？此陳簠齋説也，見滂憙齋刻書中。

金器舊者，手摸即可知僞者，必不佯欺。僞者斑下無字，斑中更不能見字。

陝西張二銘工僞銅器古文，大至鼎鐘，小極寸許銅造象，無字者皆能補鎸。又有蘇、薛二人，則不知其名。其始於劉燕庭先生宦秦之時，一時好尚，人遂爲此奇伎云。（説[見]鮑臆園康與潘伯寅尚書札，已刊《滂憙齋叢書》。）

鮑臆園又曰："阮刻《款識》及《金石粹編》弊在貪多，不能不假手於人，遂留罅隙，然開山之功甚大，吾輩節取其長可耳。余見莫偲老《宋元舊本書經眼録》中云：'朱竹石藏有朱建卿《釋鐘鼎款識》四大册，阮文達朱筆改。每逢朱某按處即改爲元案，可見阮氏之書竟非己作也。'"

劉燕庭《古錢苑》一百一卷，底稿在陳簠齋處，有圖無説，且金銀洋錢多至數卷。（同上）

劉燕庭又有《詠泉絶句》二百首，已刊，即毁。

陳簠齋《印舉》一書共約六千方，藏印至四千餘，益以借印者竝兩面印、子母印合計之。

古泉之學至嘉道時始有塙識，前人著録皆不足信。

晨起謁曲園師，適已至杭，未見。拜曹叔彦、管申季，皆譚，至午正歸。午後輯録《蒼頡》《聲類》。薄暮，楊實甫來，携麓臺畫一幅而去。叔朋來。智涵來診母病即去。燈下讀《滂憙齋叢書》數種。

假叔彦《滂憙叢書》七册。叔朋携去《大藏音義》七册。二十二日。

晨起侯念椿來，小譚即去。侯，老書賈也，乃錢聽默、陶五柳之流，道咸諸老尚多見及，於古書轉輾之源流頗悉，宋元本裝潢、修補之法尚有傳授。其云荷葉裝一法，乃宋元本之極敝者，每頁用紙直帖，如裱册頁，漿糊乃於大鍋中撓之使匀薄，然後宿三四旬取出，以刀劃之如腐，方用之。此等法近時舊書鋪中後起皆不知之矣。午後出門，至西花橋巷見葉師，適出門，未見。至祥符寺巷王菊初家，同出門，由大街歸。二十三日。

與潘碩庭書，並貽土範、拓本《史晨》二册，並索題語。

孫星衍曰："著録金石之書有二，或就所得打本爲之考證，或因前人所録而存其目，以俟搜訪。觀陳思《寶刻叢編》各條下引元書，則亦未見其碑。黄叔琳用其例以撰《中州金石考》。"〇按先生《京畿金石考》亦即此例。

稽瑞樓所藏書目目：

《四庫全書簡明目録》十册

《四庫全書存目》六册

《四庫遺書目録》一册（抄）

《隋書經籍志考證》二册（抄）

《國史經籍志》五册（抄）

《天禄琳琅書目》五册（抄）

《浙江採集遺書目録》八册

《道藏目録詳注》二册（抄）

《釋藏目録》一册

《醫藏目録》一册（抄）

《徵刻書目》一册

《彙刻書目》十册

《百川書志》三册（抄）

《菉竹堂書目》一册（舊抄本）

《萬卷堂書目》一册（抄）

《世善堂書目》一册（舊抄本）

《天一閣書目》十册

《述古堂書目》一册(吴枚庵閱本,抄)

《也是園書目》一册(抄)

《汲古閣書目》一册(抄)

《季滄葦書目》一册

《傳是樓書目》六册(舊抄本)

《含經堂書目》二册(抄)

《培林堂書目》一册(抄)

《孝慈堂書目》五册(抄)

《孫氏祠堂書目》一册

《古今書刻》二册(抄)

《藏書紀要》一册

《校讎通議》一册

《讀書敏求記》二册(士禮居校本)

《百宋一廛賦》一册

《崇文總目》五卷,六册

《紹興續編四庫闕書目》二卷,抄一册

《遂初堂書目》一卷,舊抄,别本坿一册,又一册

《郡齋讀書志》二十卷,八册

《讀書志附志》五卷,又《後志附》四册

《子略》四卷,一册

《直齋書録解題》二十二卷,十二册

《漢書藝文志》十卷,舊刻,二册

《文淵閣書目》二卷,舊抄,二册

《宋史藝文志補》一卷,抄,一册

《補元史藝文志》四卷,一册

《出三藏記集》十七卷,六册

《古今譯經圖記》四卷,一册

《大典内典録》十卷,三册

《元大藏法寶標目》十卷,三册

晨起祝心淵來,爰檢石拓各種,同爲檢理。至午後,同出門,至臨頓路經文堂書坊,得陳雲伯《碧城仙館詩集》一册八卷,即歸。燈下書《說文

古籀疏證目》。二十四日。

錢舜居《東坡笠屐圖》有“李氏珍藏”及“元塏珍賞”各印。考元塏字湘芷，屢見《碧城仙館詩》中。

晨起蔣漱雲來，同至曹胡徐巷程處，小譚即歸。午後出門，候潘碩庭，不值。葉師，不值，即歸。薄暮出門，還世經堂書價一元。購鞋。逢蔣芝祥，同至玉樓春啜茗，小譚即别。燈下作與伯和書。二十六日。

晨起寫《古籀》目半。祝心淵來，同出門，至白塔子巷，即歸。午後候蔣芝祥，同至白塔子橋□觀單屋，尚佳，而價已巨矣。得稼秋書並徐詠梅書。孫燕秋(詒)[貽]東洋玳瑁印色匣並牙章，甚精。燈下即復稼秋書，並與冶生函。二十七日。

碩庭還索題《史晨》二册並貽秦權拓本，甚精。又養豹軍銅牌拓本一紙。

晨起汶民來，康伯、鑄臣繼至。午飯畢，與康伯同至玉樓春啜茗，逢如珪韓毓泉(章銘)，小譚即歸。燈下寫《古籀》五頁。二十八日。

晨起南泉來譚，星三繼至。午後寫《古籀》三頁。檠右寫《説文古籀目》畢。

蓮士送還《經解》百二十册，以《德鄰軒集》四部與梅汀。寄稼秋函。

《説文古籀疏證》條例大約分正字、闕文、演篆、辨誤、復古五事。葆琛先生曰：“此書以鐘鼎校《説文》，非以《説文》校《説文》。然必以鐘鼎校《説文》，始能以《説文》校《説文》耳。”此論甚塙。[二十九日]

晨起未爲一事。午後祝心淵來，爲檢《經解》卷次，至上鐙始畢。胡綏之來譚，片時即去。三十日。

光緒十一年十月

晨起紉齋來，同至胡相思巷候蔣芝祥，不值。午後出門，至世經堂、賞奇齋小坐即歸。燈下作與容黼書、與吴次瀟書並《留漚詞抄》《蕙櫋筆記》。十月朔日。

晨起潘太姑母來。午後出門，候蔣芝祥，同至大柳貞巷觀屋，再至玉樓春茗話，逢康伯、大哥，小坐歸，已上鐙矣。燈下作與芝祥書，餘未爲一事。初二日。晤祝心淵。

晨起至混堂巷看屋。午後至珊枝先生處長譚，至上鐙歸。遇趙椵亭,湖州人。燈下得薇閣、瘳龕書。初三日。

晨起心淵來。同大、二哥、心淵至柳貞巷觀屋,同至康伯處小譚歸。午後康伯來譚。燈下擬《滬報論》一首。初四日。

晨起續著《滬論》。燈下又著一《論》並手録稿,至三鼓未畢。初五日。

晨,大哥房中侍婢失火,延及帳褥,急起視之,手爲掩熄。驚定思痛,方知毛髮盡焦,十指如灼,急取石灰水調油敷治,痛即立止,然起大泡。著衣吃飯,在在需人。雖已負痛,尚爲大幸,故亦不知其苦也。初六日。

祝心淵代謄《論説》並寫信,即寄稼秋。初七日。

晨起,手如故,脚泡忽破,漸出血水,至跛不能行。午後王薇閣來,即設榻留之暢譚。薇閣貽煙壺一、墨匣一。初八日。

黄静伯、朱儷山同來,並稼秋書、洋十圓,即送至孫得之處,回收王氏《説文》三種。

晨起,蔣漱雲、曹叔彦同來,暢譚竟日而去。初九日。

晨起,脚腐不能下樓,終日静坐,亦未爲一事。初十日。

晨起未爲一事。午後下樓,見洨民、珊枝先生、菊初三君。得稼秋書,即復。燈下作《論》一首。郎亭寄貽《説文統系圖》拓本。十一日。

晨起得碩庭書,即復,並貽半兩範一、《説文統系圖》拓本一紙。十二日。

連日手漸平復,足忽潰腫,諸事皆懶動。十五寄吴次瀟一函,十六寄稼秋一函並《論》二首,匯英洋二元。

得曹叔彦書,即復。

連日與薇閣清譚,薇閣足生小瘡,亦不能步履,且腿又腫疼,乃平日服温藥之故。十三日至十七日止。

假叔彦《四庫提要》。

晨起與薇閣譚,並作小畫八,題詩十六絶。午後得稼秋書並日記一册,又扇面各種,皆乞書畫社作者。燈下寫《説文古籀疏證目》畢。十八日。

晨起未爲一事。午後心淵來譚。十九日。

晨起未爲一事。午後作《論》一首。得稼秋書。燈下録清稿二首並寄稼秋函。(許送篆文《心經》)

得叔彦書並還《漢學師承記》等書，言日來讀《詩》《禮》頗有心得，《繫傳》已看至第十卷。

晨起，得申季書並示新裝金文拓本二册，一爲盂鼎拓本，頗不精，然神采尚佳，一頌鼎拓，佳，然審視第八行“”字下據《積古》本及敦文皆作“女”，今篆作“”，不似“女”字之缺蝕，字體亦軟弱，殊覺可疑。次敦文二首，拓惡俗，文多繆訛。若第二行“旦”字，大篆皆作“”，下象地，故大篆“才”亦作“”，今敦文作“”，破壞六書，僞器無疑。次拓稍佳，然與《積古》摹本不合，恐亦翻本。即作書復之，並還二册。

燈下續《論》一首，畢，已三鼓矣，即睡。

胡綏之來譚（玉縉，元和諸生，同出嚴子萬先生門），精於讀書，能得其要領，惜家藏書不多，不能暢觀耳。

吕孟文來候薇閣，小譚即去。吕爲庭芷先生長子。二十一日。

晨起二哥來譚。午後與薇閣譚。申季復書，言“旦”字甚塙。《吹網録》中云亦有頌敦文，云已與阮刻不合。燈下作《論》一首。作與稼秋、燕秋、詠梅三書。二十二日。

從珊枝先生借得《近思録》八册，云是宋刻，恐尚元刻元印耳。

張香濤云：“元本書有一種黄色者，名之曰草苗紙，蓋上有草筋未盡故。大約總狹簾。”

晨起，寄稼秋書並《論》二首。二十三、四日。

晨，脚指潰痛，不能下床，坐卧終日，悶甚。二十五日。

晨，脚指仍痛，不能行。午後因事怒起，血破映襪不顧也。與薇閣譚片時。得静涵先生書，言海軍定後，譯書當其起，覺與鄙見正同。二十六日。

即復静涵書，言《蒼頡》、譯事（寄《論》）、兒茶各事。

寄吴次瀟、王子堅二書。

《水經注》引《竹書》七十六條，皆以晋國紀年，與今《竹書》不同。（《提要》卷四十七・三頁）

“抽替匣”三字見《癸辛雜(注)[識]》。

叔彦書來，詢足疾愈否，即答。

今日足潰依然，仍不能起床，稍以藥末糁之，偶乾又濕。室暗，床上午後已不能看書矣，悶甚。

汪孟慈《孤兒編》卷三《文字原跋》云:"快士先生自序云,古之學者先識字,然後讀書,今之學者善讀書方能識字。蓋自天寶以後楷字稱便,北宋之初剞劂盛行,經史子集俱有刊書,俱是楷字,人但知其爲楷也,而不能知楷之中有先秦以上之楷俱有篆也,六義備焉。又有由楷以來因時制宜之楷,有諧聲、義理而無篆也。楷者模楷也,此二種謂之正書。復有一種似楷非楷,全無義理之俗書,人皆爲其所惑而莫之辨,即辨之而亦莫能去。蓋沿習既久,今古之學不同也。"

又曰:"《説文》而上,雖有其書,亦如《八索》、《九邱》,實無書傳。《説文》而下,繼之者紛然雜出,亂而無緒,莫知所綜。"按快士先生當順治、康熙年間,已所言之如是。

欲把名花寄使君,百繡久黯砑羅裙。何當緑酒紅鐙里,卻借新詞祝壽文。

阿兄自笑酸寒甚,愧乏華筵壽使君。欲借新詩■■■,近來詞句太無文。

薇閣生日,作此壽之。

縣志之書出自官撰者,自唐《元和郡縣志》始。(《提要》六十八卷·十二頁)

寄郎亭書。

足漸平復,然尚未下床。廿八日。

著書夾注之中又有夾注者,自姚宏《補注戰國策》有此例,范成大《吴郡志》則繼之。(《提要》卷六十八·十八頁)

志書之特立"經籍"一門者,始於施[宿]《會稽志》、袁桷《四明志》。(同上六十一頁)

郝玉麟所輯《廣東通志》獨有"外番"一門,爲他《志》所無,乃本《通典》述邊防而兼及海外諸國之例也。(同上六十五頁)

趙清常名開美。(《提要》七十八卷·十九頁)

宋人官私書目存於今者四家,晁、陳二目有解題,尤袤《遂初堂書目》、《崇文總目》則無解題。○按《崇目》本有之,鄭樵作《通志》始謂其文繁無用,紹興中遂從而去其序釋,故晁、陳二目僅云一卷。(《提要》八十五卷·四頁)

凡書目,一書而兩刻皆工,則並存之,始於《遂初堂書目》。(《提要》

八十五卷・十七頁）

凡書目，一版而兩印皆精，則並存之，猶漢祕書有副例也。（同上）

《明書經籍志》（傅維鱗）、《明史藝文志稿》（尤侗）二書名見《提要》卷八十五・頁二十。

古今金石之書其備載全文者，在宋惟洪适之《隸釋》、《隸續》，在明惟陶宗儀之《古刻叢鈔》、朱珪之《名蹟録》、都穆之《金薤琳琊》，在國朝惟顧炎武之《求古録》、陳奕禧之《金石遺文録》、葉萬之《續金石録》、葉封之《嵩陽名刻集記》。（《提要》八十六卷・四十六頁）

終日不能行走，移步至小廂，較暢也。

昨晨管申季來，並借存《測圓海鏡》一部，欲借《刁遵墓志》等四分，即送去。

俞葆初來（元善），不能見，即去。

鞠裳師書來，示徐興公《紅雨樓書目》，係舊抄本，首有"注韓居鄭氏"一印；陸其清《佳趣堂書目》，係其清手抄本，頁首題"其清手抄書目"六字，蔣香生云係義門筆，有蕘夫題字云"得於朱文游家"。二書皆蔣香生所藏，擬抄其副也。

光緒十一年十一月

晨起足漸痊，移步至樓下，與薇閣譚。午後得稼秋書，知《經籍訪古志》已代購得，喜甚。十一月初一日。

晨起下樓，與薇閣譚。午後叔彦來譚，言讀《儀禮・士冠禮》，正義有可疑處，頗塙，至上鐙去。

吕庭芷先生木瀆來，小譚即去。言《古籀疏證》稿本即渠携示潘尚書者，云此書與原目頗不合。蓋葆琛先生子存與先生重定之本，稿本又爲陸君重抄，恐多謬譌也。先生陽湖人，自云能知其淵源，他日當詳詢之。

祝心淵來，示場作，頗佳。初二日。

晨起未爲一事，終日與薇閣譚。初三日。

晨起足又潰，不能下床，悶坐竟日。初四日。

晨起已午正矣。足尚潰。午後下樓。

錢南泉先生來，言將有山左之行。

韓芝生先生來，蓋從山左歸，携有郎亭所貽《金石圖》四册、任與齡孝廉書一函並《馮墓志》。

得吴次瀟邗上書，言所寄《蕙櫋筆記》已付手寫樣矣。

燈下爲《山左治河議》一首。

薇閣貽《日本紀游詩》及《和日本雜事詩》，皆丹徒莊擷雲(介禕)所撰。莊，富家子，曾遊歷日本，故有是作也。

吴窓齋跋自書《大篆孝經》曰："自漢儒以隸書寫經而孔壁經文不可得而見，僅散見於許氏書中。許書所引經文，如'居'字作'尻'、'傢'字作'悠'，皆許所引《孝經》本文，即孔壁書，知許書正文不盡小篆也。"標謂許氏當日雖在東漢時，然已通行隸書，小篆之存恐不能全，故據山川鼎彝而補其未備。古籀之文散見於正文者正不知凡幾，故今日古金之文往往合於《説文》者甚多。近儒以爲《説文》之不收古籀，皆因同於小篆者而删去之，不知古籀之散見於正文正以小篆所未備而存之也，即據引經之證而知之焉。此説或不謬，暇當質諸通人。

朱文游(奂)藏書處名滋蘭堂，侄秋崖(邦衡)藏書處名静怡小築，同居白蓮里，乾隆時人。(《述古堂書目跋》)

讀抄本《蘇臺竹枝詞》，皆記咸豐中年極盛之時，不知何人所撰，尚是稿本，祇題"潛庵蘇臺竹枝詞百首"，有"樹臣"一印。當詢諸故老。書爲叔朋藏。

吴兔床子字蘇閣。(《士跋》二・八頁)

楓江草堂宋氏，長興人。(同上)

張青芝子字充之(同上十六頁)，青芝名位(四十七頁)，充子與枝庵友。(同上)

《惠氏百歲堂藏書目》。

吴方山(岫)、姑餘山人沈與文皆明嘉靖時吾郡藏書家。(同上十六頁)

茱萸山人席鑑。

瞿莨生(中溶)。

空居閣多抄本，不知何家。(同上二十七頁)

馮巳蒼(舒)。(同上二十八頁)

穴硯齋。(同上)

壽松堂孫氏，蘇州人。(同上三十六頁)

瓶花齋，吴尺鳧（焯）藏書處。（三十八）

顧雨時喜藏異書。孫聽玉住華陽橋。（四十六）

江鄭堂僑居閶門外之渌水橋，與枚庵爲藏書友。（四十八頁）

沈小宛有撰《王荆公文集注》（四十九頁）。胡綏之云：游光福許鶴巢先生（賡颺）家（胡先生婿），見沈小宛校注書甚多，有《王荆公集注》，當時並未云詩與文也。鞠裳師言《王荆公詩注》今藏李香岩家，則此必《文集》矣。李已於今歲中秋歸道山，遺書莫可借問。師擬刊入潘尚書《功順[堂]叢書》中，李許而未與者也，方惋惜之。今若能取《文集注》刊行，定亦美事，容與葉師言之。

顧銅井，藏書家，住郡中東城，不知即華陽橋顧氏否。（五十頁）顧大有亦吴中藏書家。

焦里堂作“習禮格”，繪宫室如弈棋，而人物爲棋。（《東塾讀書記》卷八・四頁）

陳蘭浦先生欲取《儀禮》經文依吴中林《章句》分節寫之，每一節後寫張皋文之圖，又以凌次仲《釋例》分寫於經文各句下，名曰《儀禮三書合抄》，有説而未成。見《東塾讀書記》卷八・二頁。

以漢儒經學之盛而注《儀禮》者，自後蒼《曲臺記》之後惟鄭君一人，蓋群儒無能爲此者。馬季長亦注《喪服》而已。至元時敖善作《集説》，其自序言鄭注多不合於經，此真不知量也。（同上）

晨起未爲一事。午後與薇閣譚。初六日。

晨起即午飯。午後與薇閣譚。祝心淵來，託作《孝經》《性理》二論，倉卒答之。初七日。

《韻石齋筆譚》有記明代藏書家姓氏，頗詳。

得稼秋書，《經籍訪古志》已送來，此書爲日本澀江全善、森立之復撰，共六卷，坿以《醫類》一卷，共七卷八册，大致仿《天禄琳琅》《愛日精廬藏書志》例，向無刻本，爲六合徐星使（承祖）屬姚子梁（文棟）擺印者。所記有卷子本，皆七八百年前物，爲中土書目中未見者也，餘皆同。

與葉師書。初八日。

晨起足稍痊，可下樓矣。與薇閣譚。初九日。

晨起送薇閣歸木瀆。薇閣交賬一紙，白金五兩八錢，託代購各物者。

王阮亭曰：“今予池北書庫所藏雖不敢望四部、《七録》之萬一，然亦

可以娱吾之老而忘吾之貧。”(《蠶尾集》卷九《跋〈世説〉〈侯鯖録〉》)

敬,宋翼祖諱;匡、胤,太祖諱;恒,真宗諱;竟,翼祖嫌名;炫,太祖嫌名(太祖舊名玄朗);通係章獻明肅皇太后家諱(太后劉氏,天聖元年臨朝稱制,令天下皆避父諱。明道二年太后崩,復舊)。説見《經籍訪古志》卷二・十三頁。

午後緑潤堂書鋪友來,付以裝書洋一洋五百。

得稼秋書並寄還日記一册。

陳蘭浦曰:“西漢經學存於今者惟《毛詩》(《尚書大傳》《春秋繁露》皆非完書),段懋堂爲《毛詩故訓傳定本》,其[題]辭云‘讀毛而後可以讀鄭’,是也。”(《東塾讀書記》六卷四頁)段氏又有《毛詩故訓傳微》,見阮文[達]《周禮漢讀考序》。(同上)

又曰:“《毛傳》連以一字訓一字者,惟於最後一訓用‘也’字。其上雖累至數十字,皆不用‘也’字,此傳例也。然有不盡然者。今考‘也’字不合傳例之處,其下皆有鄭箋。此由昔人因箋綴傳下,傳無‘也’字則文勢不斷,故增‘也’字以隔絶之。惟《何彼襛矣》傳‘肅敬雝和,平正也’,‘和’字下有箋而無‘也’字,此昔人增加之未盡者。《顔氏家訓・書證》篇云:‘俗學聞經傳中時須有“也”字,輒以意加之,每不得所,益成可笑。’然則毛傳‘也’字爲俗學所加無疑也。”(同上)

古金之文,陰者爲款,陽者爲識。初十日。

晨起以大篆書《酒誥》一篇,竟日未成。十一日。

晨起續昨書《酒誥》文,至酉刻始畢。

與叔彦書,言大篆、《儀禮》之學頗詳。十二日。

嚴先生元照,字久能,又字脩能,别號悔庵,浙江歸安人也。以納粟作上全生。好讀書,所居名芳椒堂,聚書數萬卷,多宋元舊槧。(《暴書雜記》卷七)與錢竹汀、鮑以文、顧千里、黄蕘圃等友善,逸事具見於諸家集中。工詞,齋名畫扇齋(見金匱楊夔生《真松閣詞注》)。齋以畫扇名者,先生娶於錫山嵇氏,嵇有媵婢張秋月,先生愛之,乃謀諸中閨而牉合焉。且援《十六觀經》“戒香薰修”之句,字之曰香修。華秋槎司馬、屠琴塢孝廉爲寫《秋江載月圖》團扇貽之。(無錫顧翰《拜石山房詞注》作《西泠載月圖》,未知孰是。)因以畫扇名齋,且遍乞題句爲《簪花集》。《拜石詞注》云:“君姬人香修有《簪花圖》,題者甚衆。”陳雲伯爲賦《香脩詠》九絶句,見《碧城山館詩録》卷六。[1] 尤精小學，著《爾雅匡名》二十卷，專以《説文》正體糾《爾雅》流傳之俗字。仁和勞涇元(《暴書雜記》"涇"作"經")爲鋟之版。事見上元朱述之《讀書志》卷一。又著有《娱親雅言》，錢竹汀宫詹爲之序(《暴書雜記》下)。又《蕙櫋筆記》一卷，原稿存荻港章學柏明經家、葉茗生先生(廷琯)手録其副，並删去十餘條(見葉茗生先生原跋)。新陽趙顔涵先生元益於章氏亦抄一本，則全稿也(趙先生説)。先生又工詞，人皆稱之曰嚴九，詞集名《畫扇齋○○》(見《拜石山房詞集》卷三)。先生每見舊刻精抄，必印以"香修"小印。[2] (見《東湖叢記》録先生《鐵網珊瑚跋》。)舅氏篴秋老人曰：先生爲鐵橋先生族子，貧病口愁，終年小住常在婿鄉，專與楊、顧諸老輩提倡風雅，詞稿甚富，■流落錫山，曾假讀之，今已不知所往矣。舅氏與先生子粟夫友善，故知其詳云。

晨起得郎亭書。十三日。

晨起稼秋來，小譚即去。

費屺懷(念慈，武進人)自都中歸，來譚，小坐即去。屺懷工書，善讀書，爲洪北江、孔㢸軒一流。

燈下撰《嚴悔弇先生事略》，因吴次瀟欲刊《蕙櫋筆記》，索其事實也。十四日。

晨起録所輯《嚴先生事略》。午後未爲一事。燈下復叔彦言許書不盡大篆書。十五日。

復薇閣書。

葉茗生《感遊集》卷一《迻崍山館詩鈔(寶山李雲棟楣生撰)跋》曰："《漢巴郡太守樊敏碑》世久失傳，君於蘆山訪得之，拓數紙携歸。"

晨起出門，至員嶠祝氏觀屋。午後復薇閣書。

書商徐敏甫携來明□□單刻《國語》，首韋昭序，次宋庠序，坿音訓數頁、《撰注諸家姓氏》一頁，目後有閩中王鎣跋，蓋記□□君屬其校勘之事。書中字多改作古體。每頁二十行，行二十字。又《文選删注》一種，首列五臣、李善二序，卷首有明人結銜二條，上列高頭則坿舊注，下列音訓，亦另空格。當爲明中葉刻本，各家書目皆未收。十六日。

---

① 眉批：不料張憶孃後復有此韻事。吴穀人祭酒有《畫扇齋題詞序》。

② 眉批：宋槧《陸鑑》亦有"香修"小印，今歸存齋處矣。

晨起得管申季書，貽江艮庭《恒星説》一卷(篆文)、《艮庭小慧》一卷，則時文也。余嘗聞艮庭生平不作楷書，今《小慧》一卷係先生自書，正楷書也。

託吴次瀟訪《天禄琳琊書目》。十七日。

晨起與管申季書。午後撰《滬論》一首。十八日。

晨起續撰《滬論》，至午畢。午後吴如圭來譚，即去。出門答何貽孫(承祐，一山先生曾孫)，晚飯後歸。

見貽生所藏拓本，惟秦刻《九成宫醴泉銘》爲佳，係瘦本，與查翼甫藏本同。

以十一英餅屬申季代購《古(佚)[逸]叢書》一部，典衣節食而爲之。書之佳妙固不待言。燈下檢閲一過，見卷子本《玉篇》所引《蒼頡》《聲類》頗多，《玉燭寶典》引許注《淮南》，皆自來無人徵引者，爲之欣快。《尚書音》亦引《聲類》。

與筠如書，託貽孫致。十九日。

晨起拜曲園師，暢譚至午後。拜叔彦，譚至申初歸。便道答屺褱，未見，歸。得稼秋書。二十日。

晨起未爲一事。午後出門，訪查檵亭，知已遷至吉田巷，力弱腿酸，不能再往，即歸。燈下録《蕘翁年譜》。二十一日。

晨起未爲一事。午後雜覽各書。燈下作墨盒畢，録《蕘翁年譜》頁。二十二日。

晨起未爲一事。午後出門，至甫橋西街試院前一游。蓋正值府試之期，書肆雲集，遍觀無所得，即歸。二十二日。

元刻《通志》每葉十八行，行二十一字。(《拜經題跋》卷三)

元刻《管子注》二十四卷，半頁九行，行二十字。(明劉績本行款亦同)

又《管子》無注本半葉十行，行二十一字，邵亭云似元明間刻。

晨起未爲一事。午後書《蕘翁年譜》二紙。燈下以月霄《藏書志》校《藝芸精舍宋元本書目》，略加注語於下。二十四日。

晨起已午初，稍候即午飯。午後出門，至試院西街觀書肆，見明刻本《硯史》、《易説》、《詩説》、元刻本《輟耕録》(二十一至二十五卷)、明刻《禮記大全》(此明刻書，無用)，取《曝書亭集》。

得《愛日精廬藏書志》一册，係子、集二部，係擺板，與十二卷本目同而少解題，且於每書下注得書何從。本雖不全，卻少見之册。

得薇閣書，即復。

見蔣賓日（佐堯），爲肖鰭兄，利叔先生婿也。二十五日。

叔彦懸扁，以《禹貢古今注通釋》《碣石頌》《六藝綱目》《鄂宰四種》賀之。

晨起未爲一事。午後作《滬論》。二十六日。

晨起無所事。午後出門，至吉田巷拜查翼夫，未晤。同叔鵬至試院前，携《曝書亭集》《硯譜》（明嘉靖本）歸。廿七日。

晨起未爲一事。午後出門，拜葉師，未見。由大成坊巷逕觀前至緑潤堂書肆，見抄本《馬氏經籍考》頗精、《杜詩外集》抄本，携歸。燈下覆薇閣、稼秋二書。廿八日。

試卷領歸，係出第十房，批曰"語少中肯"四字而已。

晨起未爲一事。午後出門，至觀前世經堂書鋪，同至嘉魚坊觀屋。出門至叔鵬家，小坐即歸。

見延享四年銅器，形如扁盒，中空，半開口，若今之木魚而甚扁，一面中有花邊，左刻年月，右刻官銜。按延享爲日本櫻町院年號，爲乾隆初年立，是器塙爲東瀛之物，亦不易多見也。

見宋揭《閣帖》殘本，索值四番，許以千錢，未售也。

於叔朋家見嘉靖翻本《證類本草》，缺六卷。

叔朋見示所輯《歷代史論萃編》三十大册，搜採頗備。廿九日。

晨起二哥來譚。午後以二番餅得《後漢書》一部。卅日。

光緒十一年十二月

晨起未爲一事。午後出門，至試院前，見正統本《韻府群玉》，卷書"新增説文韻府群玉"。書賈欲充元刻，將卷末木記挖去。此本僅見《經籍訪古志》，蓋東瀛有此一本也。索值十六番，還以五番，未允。十二月初一日。

見韓毓泉、蔣漱雲，同至觀前玉樓春啜茗，至上鐙始歸。

晨起叔彦來，小譚即去。至懸橋巷見祝心淵，午飯後同至試院前一看即歸。初二日。

稼秋書來,還日記一册並修洋四元。

晨起,約俞葆初同至祝氏定屋事,即在祝處午飯。午後檢拾書箱。燈下略理《申報》,擬作《論》也。

懾人以威,不若動人以情,蓋威僅制一人,情則能感天下也。余嘗試之。偶事以威服者,僅即刻免從,過此則忘之矣。或恐我知而背爲之矣。事以情感者,終身不忘,觸處皆見,且能推廣諸事。即我未見,而亦不致改其故轍。天下之事大都如此。余故特記之。初三。

晨起觀收拾房屋。燈下作《論》二首,並與稼秋書。初四日。

晨起至員嶠觀收拾房屋。午後至觀前,同冠雲候黄静伯,不值。後至萬象春茶室,同叔朋等啜茗即歸。初五日。

數日收拾遷居各事,碌碌殊甚,亦無暇記事也。初六至初八日。

晨起進屋,屋爲祝氏産,賃十二舍,較舊居稍暢。

葉師來譚,並還元本《輔教編》,跋語甚詳,極稱爲佳籍。初九日。

晨起檢拾書籍。午後出門。初十日。

晨起未爲一事。午後出門,得陸刻本《四聲切韻表》《歐陽文忠全集》(缺六卷)。十一日。

晨起未爲一事。午後客來甚多,皆作無益之譚也。

叔彦處送來王學使《中山疆域圖》二册。

燈下與漱經書。十二日

晨起,何貽孫招赴街道觀手談,至亥初歸。十三日。

晨起未爲一事。午後出門。燈下作《論》二首。十四日。

晨起,招心淵代録《論》二首。午後蔣覺石來,同出門,候王叔貽(紹任,歸安人,諸生,工山水,爲戴蘇門弟子),不晤。至貢院前,又往觀前茗談即歸。

得稼秋書,知徐母江已赴玉樓,爲之愴然。母江聞名已三載矣,不得一見,何才人之多厄也。

得薇閣書。十五日

晨起未爲一事。午後出門,候叔彦,小譚即歸。過味緑齋裱畫店,携初印《篴漁小稿》等書而歸。燈下作與郎亭書。十六日。

晨起出門,候蔣漱雲,即在蔣家午飯。午後同至九曲里武銀珠家小坐。武家即戚氏舊居,五年前曾同吴澹庵一問桃源也。今澹庵已瘵死,戚氏已無家，不勝零落山邱之感。世間事大抵如此也。

燈下作復漱經書。十七日。

兩日未爲一事，即日記亦未書一字，亦可愧也。十八、九日。

晨起略檢書籍。午後成《論》一首。燈下續《論》，未畢。連日雨雪，陰寒殊甚。二十日。

壽松堂蔣氏即鄧巷蔣氏，詳見《經眼録》卷一頁七。

晨起序賓、如珪來譚。午後續《論》畢。二十一日。

晨起未爲一事。午後查翼甫來，暢譚，出圖章三枚索刻。下午出門，至觀前，並至仁孝巷見芝生先生，言郎亭得薇波榭抄本書六十九册，費值二百餘金，可爲公價矣。又知得宋刻《荀子》一種，不知何本也。二十二日。

自二十三日起瑣事猥集，終日不讀一頁書也。日惟以貨利錢刀爲玩具，手無一泉而揮霍如故，自痛又自悲也。一日中未記一行一事。人而無恒，一至於此。

見元明間刻本《道園學古録》五十卷，有鈔補。

候潘碩庭，出示古金拓本兩大册，皆精美之品。滂憙、恒軒所藏之器居多。他如兩櫑、養閒諸家亦間有之。屬題語於上，爲考謬數事。

得《東坡小像》四軸。

得《恒軒所見所藏吉金録》刻本一册，精美至極，遠出自來刊本之上。

第五册　光緒十二年丙戌(1886)正月

(書衣題)光緒十二年正月一日始(篆書)

笘誃日記　丙戌正月朔日始,五月晦日止。

光緒十二年正月

晨起出門賀歲。至砂皮巷顧蓮士家午飯,及垂暮歸,共至三十餘家。①

葉鞠常師手貽盂鼎拓本,用墨不甚精湛,蓋僕人偷拓者。鄭盦寶若膚理,不肯傳本,故人間稀有藏者。元旦。

晨起大雨,不能出門。鞠常師以石印五命刻,盡日之力刻得三印。初二日。

晨起續刻二印。午後謁葉師,坐譚至晚鐙歸。

見國初藏書家王迺昭手抄《石田集》,有蕘圃跋語;又曹彬侯校《新序》,舊爲戴子高藏書;又抄本《丁雨生所藏書目》,極富。初二日。

晨起,錢琯雲招飲,即至西小橋,同坐五人。至午後同琯雲昆季至玄妙觀,擁擠殊甚,啜茗至晡歸。初四日。

借琯雲藏舊抄天順本《唐丹崖集》八卷一册。(爲)[至]玄妙觀啜茗,上鐙歸。初五日。

爲錢琯瀛題舊拓雁足鐙卷子,楊龍石、徐紫珊皆有詩,余題曰:

蝸扁摩挲一卷餘,滄桑换後幾欷歔。浦江秋冷銅仙淚,不照徐陵讀《漢書》。(龔定公《題雁足鐙拓本》詩云:“金鐙出土苔花碧,又照徐陵讀《漢書》。”)

考訂乾嘉儘足憑,書生結習更搜徵。此鐙有足分明在,説解何從問李登。(慧琳《一切經音義》屢引《聲類》“有足曰錠,無足曰鐙”,此器之製適與相反,殊不可解。)

---

① 本頁鈐印:“建霞”。

晨起查檵亭招飲，即至吉由巷，同坐一郭姓、一萬姓。觀檵亭新收得玉剛印一，長寸許，廣五分許，四觚俱有字，共三十二字。余拓一本而歸。案頭適有新得殘元本《輟耕録》廿一至廿五卷，檢第廿四卷有“剛印”一條，考證甚詳。今日所見之剛印即南邨所云，並真楷書，皆似近代製作也。嘉定錢師徵撰有《漢玉剛印考》一卷，未見。六日。

晨起未爲一事。午後出門，至觀前啜茗即歸。七日。得薇閣二次書。

晨起，約葉鞠裳師、管申季、查翼甫、潘碩庭、曹叔彦、張叔鵬、錢冠英小飲。管、潘、錢未至，飲共四人，暢譚至上鐙始去。八日。

晨起寫篆屏。午後出門，訪張叔鵬，暢觀所藏書。歸逢胡鋭之，小步回舍。

叔鵬借其邵批《簡明目》、莫氏《目録》、《曝書雜記》及日記首册，還《秋雨庵隨筆》《金石萃編》。①

王漱經自木瀆來。九日。

晨起，招叔鵬、漱書、左兄、心淵、薇閣午飯。畢，出門至玄妙觀啜茗即歸。十日。

晨起同心淵、薇閣出門，至玄妙觀前，午正歸。

叔彦來譚，半日始去。

鞠常師貽滎陽所贈白金十兩，即謝復，並送舊書數種屬題語。十一日。

晨起出門，與薇閣偕。午後未爲一事。姚子讓來拜。

於經文堂書鋪見舊抄《唐先生集》殘本，自十至二十終。標題“唐先生文集卷第△”；次行低二格，題“文類”等字；三行低三格，録題。半頁十一行，行二十字。第十卷首有“秀水朱氏潛采堂圖書”“衎齋”葫蘆印、“衎齋師友傳遺之物”、“永以爲好”等印。卷十一首有“馬印思贊”“寒中”二印。按《四庫》本作二十四卷，各家書目藏抄本皆作三十卷，維《直齋書録解題》作二十卷。此本當從影宋本出，雖爲殘帙，然猶存二十卷本面目，可珍也，擬購得之。又按，《述古堂書目》有七卷本。十二日。

晨起出門，拜曲園師，未見。拜吕庭芷先生，暢譚。復至元和學署，

---

① 眉批：《通甫類藁》、《漢學師承記》、王《説文》二册、《曾文正集》、《曝書亭文集》八册、《養一齋文集》。

謁唐佑愷師,小譚即歸。午後出門,至元和縣署,拜姚子萇(文栫)孝廉,暢譚。適叔彦來共譚,余即先行歸。後復至玄妙觀,過懷德堂書肆,得《滂憙齋叢書》一部、平津原刻《説文》一部,共價洋四元五角。

爲張聞遠刻一印,曰"張氏夬齋著録",石巨而柔,不易奏刀也。

見徐華嶽《詩故考異》一書,中引古書、引《詩》異文甚備,索價過巨,不可得也。十三日。

昔嘗怪許書分重文,所寫大篆與今日所見古金文拓本不同,思欲以拓本補重文,似爲可據。十年以來稍稍藏集,未富也。前年見吴愙齋世丈所撰《説文古籀補》,補輯之願益深。去冬爲鄭盦先生書刻陽湖莊氏述祖《説文古籀疏證》,又恨莊氏説解頗精而篆文繆譌不可指數,摹寫日促,未及一一校正爲憾,且校亦大非易事也。今笏盦世丈出此册見示,收集之多,深媿莫及。此中之器,大半皆鄭盦、愙齋二先生所藏,絶無僞雜,姻丈審考尤塙。它日補輯私願如成,擬再乞此爲鴻寶。姻丈其許我乎?

此笏盦姻丈集古金拓本第二册,恒軒、兩櫑之藏居其大半。竊嘗謂畢、阮諸家收集金石,僅椎輪大輅之功,故《山左金石志》以元記作虎節,《積古款識》取宋造爲周文。近日此學益精,由北而南,得塙證于二千年之後,豈非奇事?前年游山左,見陳壽祺先生,觀其收庋,■爲此學之冠。南方土薄,金器不多見。吴愙齋世丈收藏考證號■■,獨能開南學之漸,吾知他日必有代興者。姻丈此藏亦足爲南學之宗矣。

四日未記,懶惰極矣。兹姑約略書之。

爲笏盦題古金拓本。

成《滬論》一首。十七日。

晨起寫對二(福)[幅],作《滬論》一首。午後同薇閣、心淵出門,至怡園,上鐙歸。

還碩庭吉金拓本二册。

俞曲園師來,未見。十八日。

十九、二十兩日未爲一事。

晨起赴曲園席,同坐爲王君夢薇(原名光熊,廷鼎)及薇閣三人而已。曲園師出示新爲王君撰《月令動植小箋叙》,此書即王君新著者。午後歸。二十一日。

晨起送薇閣歸木瀆。午後書篆屏。二十二日。

晨起書篆屏畢，即與叔彦，並託寄若溪書（有圖章）、郎亭信。二十三日。

晨起作《論》一首。午後出門，得《爾雅匡名》一部，係湖州陸氏翻刻本也。燈下寄稼秋書並扇、石善夫信、薇閣信（坿圖章）。二十四日。

晨起，至臨頓橋下船，赴蕩口謁外祖母。酉刻到蕩。二十五日。

晨起，謁篴秋從舅，三年不見，喜懷可知。出示新得惲南田摹古八幀，册巨而無損傷，絹素如雪，真希世寶也。又石谷設色山水二軸，一仿黄鶴山樵，一仿大癡。仿癡翁幅，推其月日，先生之亡止隔二十餘日，而猶沈雄若此，可偁絶筆矣。又翁覃谿、姚伯昂隸書楹帖二（福）[幅]，翁聯紀乾隆甲午，當蘇齋四十歲時筆也。

午後讀《荔雨軒詩稿》十二卷，寫定未刊。

又見黄侍郎《江左校士録》，佳文頗多。

燈下作與趙静涵表兄書，聞近日刻一叢書，已得一十三種。二十六日。

晨起未爲一事。出門見魯星、雅同、幼楳三表兄。午後至荔雨軒小譚。出示一古印，方廣二寸許，高寸餘，紐刻一水族，不可識。文鳥篆八，若秦璽文而非，其字無一可識者也。

燈下作葉子戲。二十七日。

晨起魯星、應榴二表兄來譚。午飯後芝汀來譚，貽董、仇合璧幅二，出石章三屬刻，即奏刀應之。二十八日。

晨起未爲一事。午後畫扇三。

晚鐙，婢輩戲請紫姑仙，以飯籮覆之，邊插一骨簪，籮底環一兜，插通艸花二，桌前設香一、燭二，案鋪香灰，人各以一指扶籮邊，籮動，簪畫灰作圈無數。一老嫗問以年歲，籮即扣五十六，適符其歲。余甚異之，遂問以余年，亦扣二十七。復問以所生之月，則作三扣，歷歷不爽，亦奇事也。扣畢復畫圈無數。余不信，疑婢輩自動，遂自扶之，其畫圈如故，忽大忽小，真非人力所能者。物理之不可解如是，豈真有鬼憑乎？故特記之，以待博物之君子解其理。蓋余生平於扶笘等事極口詆之，以爲人力之所主，今觀此，亦可信不盡人力矣。二十九日。

晨起，至新宅謁三舅母、四舅母即歸。畫扇四。午後應榴招啜茗，同坐五人。

晚鐙，王竹林携來前人札五通，裝潢頗精，以六百文得之。三十日。

光緒十二年二月

晨起，舟子辭以霧重不能行，再停一日。抄昨作二《論》畢。寄浦江畫扇一、書扇二。初一日。

晨起上船，風逆不可上，至戌正始至家。初二日。

此日未爲一事。初三日。

晨送曲園師行，約一腿兩茶而已。初四日。

至試院前一游，以學使將至也。初五日。

午後至試院前，宿小寓。初六日。

晨起進古學場，考詩、古經解二卷。賦題金布令甲賦(以金布者令篇名也爲韻)。經解五題，僅成一題，爲“日月爲易也”。初七日。觀風案出，列闈屬第三。

晨起未爲一事。午後至試院前，宿小寓。適古學案出，列闈屬第七。經賦並取，元和則第一也。初八日。

三鼓起身入場，文題“不得其醬不食，肉雖多，不可勝食氣”，經題“稍樵”薄暮出場。初九。

晨起至葉師家小譚。午後至試院前，住小寓。初十日。

天明入場，題爲“司馬君實獨樂園賦”(以題爲韻)。經解五題，僅成“鳥鼠同穴考”“夢帝與我九齡解”二題而已。出場已上鐙矣。

見正場古卷批：“體皃充然，具徵腹笥。詩有切句，以後宜斂材就範爲望。”經解批：“塙宗六書，具見心得，小篆佳。”

正場出案，列第一名。十一日。

晨起至花橋巷，葉師適出門，未見。午後至試院前，住寓。十二日。

晨起入場，題爲“父子主恩、君臣主敬”二句，午時覆古案發，降第九，批：“龍文百斛鼎，筆力能獨扛，解亦佳。”酉刻交卷出場。十三日。

得静涵師上海來書。

得舊抄《歷代沿革圖》，圖共五十餘，較李申耆本爲詳，亦不易見之品也。

得陳昌治一篆一行本《説文》，又馮書《篆韻譜》。十四日。

晨起，屬陶升甫刻字店刻《許君年表》。午後案發，仍列第一，即寄蕩口書。十五日。

晨起未爲一事。午後謁葉師，適出門，未見。十六日。

晨起校《許君年表》寫樣。午後同心淵出門，至干將坊，觀李錦鴻家所拓銅器。有錦鴻之嬸墨香女史手拓各器，尤精，若兩櫑等器皆出渠手拓，他人莫及也。得其小種八件而歸。十七日。

晨起校《許君年表》。

標於癸未正月應湖北學使高勉之太史之招，始見陶漢邈先生於《湖北通志》局，先生即以所撰《許注淮南異同詁》爲貽。時標方專力於《蒼頡篇》，先生謂近日日本所出慧琳《一切經音義》百卷可補輯甚多也。二月初，先生返會稽，標亦於五月中歸吴門，適爲汪郎亭先生招游山左，南北遠隔，書牘莫通。忽於去歲四月間聞先生以瘵疾卒於都門，愴痛無已。獨念先生著述於《淮南異同詁》外，尚有《淮南参正》二十餘卷、《淮南許注存疑》、《鄭氏易疏》、《魯詩故訓纂》、《尔疋漢志述》、《説文古讀考》各種若干卷。是否已付鍥，人均未得悉。惟此《年表》一帙，海甯查檵亭丈猶藏有副本，爰借刻之，以傳先生學。嗟乎，先生學力在鄉先輩當出章逢之、實齋二先生之上，不意中年遽夭，又如張皋文、董方立諸君。標以少孤之失學，雖不能如洪北江、黄仲則，然所見諸先生往往如朱笥河、畢秋颿，抑何幸歟！標少憙輯録之學，又好古金拓本，與先生同志，嘗輯有《蒼頡篇》《聲類》二書，搜采似較乾嘉諸老爲備，皆出於先生所云慧琳之《音義》；復輯《水經注書目》，擬補洪容齋、楊用修之缺，而效汪韓門之所爲；更欲集金文古籀之字以正補《説文》之重文，皆本先生之所學者也。惜以先生大去，請質無從，又不■■，欷歔不能已者也。時光緒十二年丙戌正月，元和私淑江標謹識。

午後作《年表序》。出門至玉樓春茶社小坐，即至花橋巷謁葉師，譚許久始歸。十八日。

晨起校《許君年表》。午後謁唐佑惺師。見觀風卷原批云："賦於目録、版本、校勘之學豁然貫通，借題發揮，傾吐而出，氣驅風雲，力負海岳，斯爲鴻識大文。"出門至富郎中巷外姑家，久坐始歸。得薇閣書。十九日。

"粱，好粟。"(《史記索隱》引《三蒼》)

晨起未爲一事。午後葉師來，同出門，至試院西街見管申季，同至望月茶社品茗,至晚鐙歸,約廿五日遊虎邱。二十日。

午後接考。二十一日。

[午後接考。]二十二日。

晨知心淵已提覆。菊初來,午後至試院前觀案,以遲即歸。二十三日。

晨起未爲一事。二十四日。

黎明即起,擬踐虎邱之約。適天雨,不能行。午時葉師書來,招觀新見古金拓本一册,大約與余所得者同,有異者皆漢以後物也。即在葉師處午飯。午後至菊初家小譚。至觀前啜茗即歸。二十五日。

晨起天雨,適李平書(鐘玨,乙酉優貢,上海人)來,即約住余家。午後至觀前啜茗。二十六日。

晨起赴學院,重謄正場卷畢,獎賞,歸已午後矣。知學憲札飭本學,令調入南菁肄業。時同調者府學潘笏南(誦威)、元和申信甫(護元)及余、吴縣曹葵一(元忠)四人。

平書來主余家。二十七日。

晨起至試院,同潘笏南進見學憲,坐譚未久即出,並呈《讀書輯述》及《許君年表》四册。二十八日。

晨起未爲一事。二十九日。午後,薇閣來主余家。

光緒十二年三月

晨起未爲一事。午後同心淵、平書、薇閣至劉園,再至西院,再至虎邱一遊,歸已二鼓矣。三月初一日。

晨起,復同昨遊四人出閶門,至虎邱。是日爲清明節,遊船如螘,傾城士女出觀。歸時擁擠殊甚,遂舍舟步歸。薇閣則停棹山塘,擬作錫山之行也。初二日。

晨起遊程公祠。午後同平書至聚福觀劇,晚鐙歸。初三日。

晨起未爲一事。午後招叔鵬、康伯、二兄、心淵開飲於小齋,至二鼓畢。初四日。

晨起,叔鵬招觀劇。午後與平書同行,擁擠殊甚。時有名優周鳳齡在班,故觀者殊多也。晚鐙飲於叔鵬家,同坐蔣蘭堦、江元伯、胡侶生、平書數人。至二鼓歸。初五日。

晨起，同心淵、平書、薇閣至玉樓春啜茗。初六日。

晨起已晚。午後同平書出門，至胡相思巷問綢莊船，沈三官雇定，價洋四元，共三人，不搭客。後至怡園，同心淵約重小坐。少間，至叔鵬家，小譚即出。余至西花橋巷葉師處，至上鐙歸。晨，薇閣歸木瀆，行至閶門復返。

見舊鈔《天禄琳瑯》，爲周季貺批本，係葉師從蔣氏借來者。初七日。

晨起天雨，檢拾行李，作滬上之游。同行者平書、叔鵬二人。晚鐙上船，大雨，衣履皆濕。是晚宿婁門。初八日。

晨起開行，晚泊趙屯港。初九日。

晨起開行，晚至新閘，即上岸，看定泰興客棧（三馬路），即命船户及棧司同至船上取行李（三馬路至新閘，每擔錢六十文）。與叔鵬同居。

是晚，平書招稼秋同余等四人至聚樂園小飲，畢，至書館聽彈詞，未畢即返寓。初十日。

晨起，至稼秋家，見稼秋郎，甚清秀。並出其長女所臨《曹全碑》，運腕秀腴，必能成家。同稼老出門，晤徐詠梅（頌曾，上海廩生），住三牌樓，小坐即出。至孫燕秋家，晤燕秋兄少芙及夏蕉飲、華孟秋，留午餐，以平書之約，遂辭出。至龍門書院，見平書、侶生、陳季凡（世垣，元和附生）等，即飯。畢，同平書至也是園一游（即蕊珠書院）。出，至黄泥牆觀桃花，即水蜜桃種。後出西門，至華衆會，燕秋招游静安寺，遂坐馬車而去。衣香鬢影，紛滿庭樓。茗飲畢即歸。至華衆會，復至鴻運樓小酌，同坐爲平書、叔鵬、蘇玉昆，主人則稼秋也，大醉而歸。十一日。

晨起，稼秋來小譚，同出門，至傳寶齋古玩鋪（郭姓所開，本銀二十萬）。見沈西雍《河朔訪碑圖》，題詞甚多，皆一時名士，以八番得之。後至樂善堂書鋪，無所得，即歸。午飯後至格致書室，購得《内科闡微》《衛生要旨》二書，並至順記，見蘇玉昆，小談即歸。又至滬報館，見平書、詠梅、子紱、石香（黄姓，名觀保，□□□）、稼秋等。先出，至聚豐園應燕秋之招，同坐十六人，半皆不知名姓。見李淡平（名燮，精目録之學），暢飲至亥初。出門，至皆宜樓聽彈詞，稼秋在坐。至子初歸寓。十二日。

晨起，平書來，約作龍華之游。平書更招金免癡（名繼，蘇州人，工墨蘭，工書），坐東洋車至西門，易二把手車，直至龍華鎮，道中男女絡繹。進龍華禪院，有塔七級，不甚高。遍游各堂。出門至飯店。午飯畢，至方丈啜茗。寺僧引觀藏經樓。經庋以大櫥,中列小柗,柗面刻字,即《藏》中所云"宇宙日月"等號《經》,與《道藏》同。上下以枏板夾之,頗精也。游畢出門,至河畔,適有一雛娃操小舟,遂蕩槳至製造局登岸。至畫圖房,見式如表兄。後至翻譯樓,見静涵師,小譚。見《鄭桐庵文集》手稿、蕘翁手抄《松崖筆記》等書,小坐即出。坐東洋車至寓中,招稼秋、平書至廣東館(杏花邨)晚膳。畢,至海市蜃樓茶室,見免癡,暢譚而返,已二鼓矣。寄家書。十三日。

平書貽《東語簡要》。

十里夭桃千尺塔,驚沙何事撲人衣。來參佛果聽晨講,偏見名花艷夕暉。如水雙輪來捷燕,劃波孤槳去如飛。雅游不減長干路,如此風光世亦稀。此今日游龍華歸之作也。

晨起,稼秋來譚即去,屬作《論》一首,至午後畢。至滬報館小坐。出至新北門,進城,至太平街孫燕秋家,見詠梅、少芙、梅鎮藩(名昶)、浦季韶(名文球,嘉定諸生,通小學)。同詠、燕、正三人出小南門至教場,坐騎至羅家灣。天雨歸,至西門,同正帆至鶴鳴樓茗飲。畢,坐車至新開何順記行,見玉崑。再出門至三茅閣橋,至洋貨店,以六番購洋椅六、藤椅二。再至順記,見蘇夢漁(名鮫,稼秋兄,工書)、平書、叔鵬等,即入席。暢飲將畢,稼秋來,又飲片時始畢,小坐即歸。十四日。

晨起,畫扇四。畢,至滬報館見子紱,小譚即出。適式如表兄、平書來,坐譚片時,同出門,至中和園酒館(在四馬路天津館),應静涵表兄之招,同坐爲宣琴山(名敬熙,無錫人,上海縣廣文乙亥舉人)、蕭敬孚(名穆,桐城人,爲古文家,多藏書)、孫筱槎(名□□,無錫諸生)暨平書、叔鵬諸君。菜極佳(值五元)。暢譚至申初始畢。出門,至抱芳閣書坊,見程(□□,黟縣人,云多藏書)。復至寶文堂書坊,皆無所得。與平書等至大馬路一洞天啜茗,至晚歸。

知敬孚有宋本《家語》,即蜀大字本,爲汲古閣所藏,見《汲古閣秘本書目》(云首卷有抄配)。

見《揚子法言》,當爲元末明初刻本,首頁題漢某撰,聖宋某校。又明本《古文苑》,單綫邊。

晚飯後,叔鵬約看劇,不去,偕平書而去。稼秋同石香來,遂出門。先至棋盤街洋貨鋪,復至海市蜃樓茶室,喧顛不可坐。出門,石香欲飲阿夫容，遂同[至]四馬路煙室，沈悶苦人，此爲生平未到之處也。石香畢，復至華衆會啜茗，至子正歸。十五日。

晨起輔之來，叔雍繼至，遂同出門，至盆湯衖春霖樓茶室，問蘇州綢莊船，名俞，大約十八日開行至蘇。復進新北門，至城隍廟十二樓扇鋪。約稼秋來，小譚未■，同出門，至順記送玉昆行，即於行中午飯。畢，坐車至製造局見式如、敬孚、静涵，於各人室中小坐，同式如歷觀各廠。畢，偕至棧中小坐。復至寶善街晚膳（無錫菜館）。畢，式如辭歸。余至滬報館，偕稼秋再至順記，知玉昆今晚不上船，稼秋遂招玉昆及余至東棋盤街裕豐棧衖吴蘭卿家，有沈□□者，稼秋前十年曾相識，秋娘已老而酬應周至，爲近來所希有。竭力以蘭卿媒余，免應之，譚次及雯卿事甚悉，悵觸舊懷，不禁有杜牧揚州之感也。

見顧千里校本《逸雅》。又明初小字本《宋學士文粹補》，絶似元刻元印。又蕘圃家抄本《雞窗叢話》，有百宋跋。又周香巖《琴清閣書目》原抄本，首有“周曰漣猗唐印”小章。又過臨蕘翁批注《讀書敏求記》，頗精。又明仿宋刻《嵇康集》（有“健庵”橢圓印）。〇以上爲静涵師藏。

見明嘉靖小字本《藝文類聚》。明刻《通鑑》，有王西莊印。新刻《天禄琳瑯》《郡齋讀書志》（長沙王氏本）。莫刻《張忠定公集》（即《乖崖集》，用張青芝抄本校）。黄刻《習學記言》。〇以上爲敬孚藏。

敬孚勸王學使刻《元史》。蓋魏默深稿本猶存，毛嶽生草録尚在，可合而校刻之。又《國朝名人碑傳集》，其稿本猶存警石先生子子岷處，書即警石集成者也。

平書貽温州孫氏希旦《禮記集解》。十六日。摺扇一。

曹啓淵號崑泉，南菁書院董事，與敬孚相習。

晨起叔雍來，即去。作册頁二紙，爲詠梅之屬。午時稼秋來譚。午後攤飯，適敬孚來，即起。平書、静涵繼至，暢譚至薄暮。出門，至法馬路醉六堂書坊，暢觀各書，復至棋盤街徽館晚膳。叔朋招觀劇，至天仙戲館，子正歸。十七日。

見元板《宗鏡録》，爲蔡巽峰所藏，舊在藝芸書舍。元板《韓昌黎集》、抄本《菉竹堂書目》、抄校《書齋夜話》、抄《萬卷堂書目》、抄周芚芬《爾疋補注》、抄《止輔觀行録》、抄程琰《説文引經考》。（俱見醉六堂書肆）

孫琴西子詒讓字仲容，丁卯舉人，精目録之學，與敬孚習。

晨起,至新北門進城,往稼秋家,暢譚。至午出門,至詠梅家,午飯畢,同少芙、正驪、稼秋出西門,在三茅閣橋恒大洋貨店小坐。至華衆會即出,坐馬車往静安寺,見徐小莊(名□□,蘇州人),譚頗習。歸車至味莼園(張叔和所闢,游例一人一角),園中陳設皆西洋各器,有一西洋女妓,能説京話。園中一池頗大,有一小舟可登,遂同正驪、稼秋蕩槳而行。及抵岸,西女招一中妓亦同蕩槳,岸上觀者大笑,蓋不善操舟也。時已申初,遂歸。至華衆會啜茗,適夢漁、譚吟秋(名□□,嘉興籍,住上海石駁岸)、王芝生(名□□)、王睦生(名□□,工算學)、王畦孫(□□)小坐。稼秋招至杏花春晚飲,同坐即王氏昆季、譚、蘇諸君也。暢飲至戌初出門,同夢漁、吟秋、稼秋散步歸。十八日。

晨起午初,即午飯。畢,出門至滬報館小坐,即至醉六堂書肆觀各書。叔鵬來,同至文玉山房觀書。余先歸,篆扇二。畢,至滬報館,適少芙在坐,即同出門,稼秋亦同行。先至三茅閣橋洋貨鋪,復至東棋盤街,少芙招晚膳,余與稼秋三人。畢,少芙先歸,余同稼秋至華衆會啜茗,至子正歸。

《宗鏡録節要》二卷,見《藝芸書舍書目》宋板類,實則元印而元刻者也。蓋此書小黑口,三燕尾,首叙影寫,確爲元本無疑。

見影宋抄《東山詞》,爲勞巽卿藏本。

見《萬卷堂書目》抄本,不甚精。

見海昌唐仁壽端甫手校《管子》,以宋本校其宋本。吴申甫云(醉六主人)在常熟瞿氏。十九日。

晨起進城,先至稼秋處,未見。至少芙家小坐,見浦季韶,適吴楚翰來,即午飯。午後鎮蕃來,同作竹林游,至晚畢,出城。鎮蕃招飲聚豐園,同坐有李蘭墅(名□□,辛未進士,現任廬陵縣)、稼秋、楚翰、燕秋、詠梅、問羹(鎮蕃弟,上海附生)諸君,飲畢已亥初矣。出門,同稼秋至林湘君家,適出門,未見,遂緩緩歸,已子正矣。二十日。

晨起寫楹帖二,一應王芝生,一應鄒賦泉(蘇州人)。至滬報館,見稼秋、子茀、石香,即午飯。與稼秋暢譚。借稼秋《曾文正公日記》四册。上鐙歸,適平書來寓,同晚餐。畢,至華衆會茶室,見鎮蕃、淡平同坐,平書先歸,余同叔鵬觀鎮、平二公打彈子。打彈子者,西人之戲也。長方卓一,四匡加高二寸許,中帖以呢,置象牙子四,大如鵝卵,打者二人,各持一竿，單擊一子，子擊二子，如是者三四爲勝，不相擊爲負，非精熟者不能也。觀未畢，與叔鵬先歸。二十一日。

少芙貽皮盒一、鼻煙一瓶。

晨起，同叔鵬出門，至寶善街書肆，略觀書籍，即歸。適鄒翰飛來（名弢，又字瘦鶴，金匱附生，能詩詞、駢儷之作），小譚即午飯。畢，稼秋、少芙同來，余偕少芙、叔鵬至鈴木照相館照相。畢，同至華衆會，見平書、西躔，稼秋、燕秋、夔石（少芙弟）、鎮蕃繼至，瘦鶴後來。余與平書見對門彈詞室中有名吴慧珍者，前日於戲院中見之，爲平書所賞，遂同至聽彈詞。小坐，復至華衆會，瘦鶴先歸，少芙、稼秋等招飲青蓮室，至日落始畢，出門各散。平書招至王玉雯家小坐，復至陸昭容家，小譚即出，至聚樂園晚膳。出門見叔鵬、胡敦甫，復擬聽吴慧珍彈詞，同至書館，適慧珍不到。詞畢，平書歸，余亦同叔鵬回寓。二十二日。

見瘦鶴著《三借廬贅譚》新刻本，有記余述事二則。

余於前六七年曾見手卷一，爲潘蓮巢畫一立美人，王夢樓題首曰"惜花小影"，跋語中有曰："七十老翁坿名其上，可云僥倖，亦可爲好事矣。"更題一詩曰："萬緑成蔭蓋小樓，有人樓上正含愁。不緣一片多情月，誰護花心到九秋。"卷後有韻香尼寫小楷一序，甚工。願以貴物易之，不許，悵悵頻年，然不知爲誰氏小影也。昨讀《芳畹樓憶語》（陳裴之撰）有云"蓮因居士爲芳畹背寫惜花小影"，則知此圖芳畹而作也。芳畹爲陳公子簉室，雜藝皆精，早卒，公子效冒巢民作《憶語》，抄本僅存也。二十三日。

蔡子紱（爾康）：湖海樓空玉笥亡，誰從駢儷識驪黄。正宗吾■■城蔡，難得■定似晚唐。

黄石香

王西躔：瀛壖吾識多年少，惟有先生最長年。杯酒興豪銀燭低，雄譚想見卅年前。

蘇稼秋

金免癡（繼）：螺痕香影鬬孤妍，寫遍淞江十樣箋。吾欲商量尊雅譽，不稱畫聖即詩仙。

孫少芙（夔石）、燕秋（詒）：孫家昆季非相識，雅意拳拳世所難。豪擲金錢三十■，要將狂俠繼王昙。

吴楚翰：■■吴郎博■■，《千金方》次《鬼遺》虚。近來《素問》添■

注,好讀航頭未見書。

徐詠梅(頌曾):徐陵我識三年久,解字還知小阮精。可惜重來遲一面,遺文揮淚付鯫生。

蘇侶笙

(一門風雅。夫婦能詩。)

葛子源(士濬):滚滚詞源倒峽回,講齋一夕契岑苔。欲移往日譚經手,正藉長沙政體才。(聞近輯《續皇朝經世文編》)

李淡平(慶):市隱誰從識李侯,焰焰才調冠千秋。勘書重見金文瑞,爲我微歌幾上樓。

梅鎮蕃:穆生設醴情何重,■■■■■■■。從此新愁添一段,晚秋風雨憶鄱陽。(聞將有江右之行)

李平書(鐘珏):家衖何緣見李郎,平原十日快開觴。酒酣縱説七洲事,天許重生魏邵陽。[1]

蕭敬孚(穆):先生十載聞名久,杯酒相逢願如消。此是桐城真嫡乳,文章天許續方姚。

趙静涵(元益):藝芸百宋■■■,天許先生兩美收。知否師承■弟子,蟫魚堆裏亦千秋。

華式如(備珏):天元代數太紛紜,測表窺儀埋亦棼。何似槼椝分點綫,七洲圖■■螺紋。

鄒翰飛(弢):瘦鶴三年不相見,見時相對卻無言。袖中出有新詩卷,猶似當年把臂談。

黄式權:鶯喧蜨鬧起河間,舞扇歌衫興亦頑。吾識蒲西黄夢婉,要將絲竹比東山。

蘇夢漁、稼秋:大蘇豪爽小蘇雅,墨妙雙推寶晋齋。

蘇玉峰:人■文字即酸寒,天與奇才不在■。慣從■海網珊瑚,文字交■到老夫。貨殖傳無班志■。若從意氣論交結,何必文章始一源。我識人間蘇玉■,不將金布傲子孫。

浦季韻(文秋):李斯已死伯喈去,篆隸何從識正宗。我見練川■■

---

① 眉批:平原十日快開觴,家衖何緣駐李郎。酣飲縱譚天下事,人間又見魏邵陽。

■，■■四體盡■工。

晨起，同叔鵬至西門進城，至龍門書院，見平書，小譚。適葛子源（士濬，上海諸生）來，言近擬續輯《經世文編》，并述南匯于醴尊（鬯）頗精小學，上海李梯榮（邦黻）亦有同好者也。午飯畢，平書招觀龍門、求忠兩書院藏書。有抄本數種，皆吴兔床拜經樓藏本。有《霏雪録》兩册，猶爲拜經校本，有“兔牀手跋”印記。觀畢，同平書出大南門清心書院，購《小孩月報》，未得。叔鵬欲至眠雲閣吸煙，遂同至一坐，悶熱殊甚，即與平書先出，至麗水堂啜茗。許久，叔鵬始來，同走東棋盤街，過蘭卿門，適見及，邀進小坐即出。平書至復新園，余與叔鵬歸寓。晚飯畢，叔鵬偕往華衆會，淡平、夢畹後至，暢譚片時，平書適扶醉來，遂偕至寓中止宿焉。二十三日。

晨起進城，見孫少芙昆季，即午飯。午後出城回寓，畫扇二。出門答祝子静姻丈。至傳寶齋古玩鋪觀各物，無所得。至華衆會，見少芙、平書、季韶諸君，少芙邀游味蒓園，暢觀房屋之富、陳設之精，爲自來所未有。至薄暮歸。在青蓮閣小飲，適淡平同坐，云新翻刊郝《山海經》。飲畢，再至杏花樓晚膳，畢，出門，少芙約至蘭卿寓中，小坐即歸。二十四日。

吴門瘦蝫詞人范楨。

晨起未出門，檢行李，擬作歸計。午後出門，至老北門見善夫姊丈及文溯姊。三年不見，憙悦可知。即約文姊歸吴。出門至四馬路，見平書、孫氏昆季，平書招聽彈詞。畢，晚膳。約平書、淡平、免癡、式權同至青蓮閣夜飲。畢，淡平、式權同至寓譚，三更始去。廿五。

晨起未出門。飯後至還讀樓訪淡平，不直。歸，與平書聽吴慧珍彈詞。復步行至味蒓園，暢觀歸。淡平招至一家春番菜館小坐，同坐爲平書、燕秋、式權及余五人，各有侑觴嬲，余亦招一人，遂招山田美代來，三年不見，相逢猶識，亦一重緣也。畢，偕淡平、平書暢遊各處，已三鼓矣。平書歸，淡平同至寓中，譚至天明始去。廿六日。

晨起已過午，出門，至北門即出。午後至四馬路華衆會茗飲，至晚歸。晚膳畢，出門，見朱慎卿。再至華衆會茗飲，畢，出門訪小華，至美滿壽。廿七。

午初歸寓，寫對二，皆應淡平之屬。句曰“皎如白雪，翩若驚鴻”，又曰“湖上藕花樓上月，詩家才子酒家仙”，又曰“風月相知，神仙眷屬”，集句渾成，爲曲院中所希有。午後余成之、秦健亭來，余則前五年曾相識(名一鰲，無錫人)，健亭則未之知也。約至萬華樓茗飲。少停出門，至萬華樓，與成之小譚，即進城。途遇平書，同至城隍廟湖心亭啜茗，與孫幹庭丈同坐(少芙叔)。薄暮出城，至順記詢玉峰，尚未到滬，復偕同平書回寓。適淡平在坐，即出門，至中和園小飲。平書招吴慧珍，淡平招朱蟾香侑觴。畢，至書館聽彈詞，適有王秀蘭者，即慧珍一家女僕，來索點，應之。聽畢，同至秀蘭家小坐而歸。廿八日。

晨起不出門。午後至還讀樓見淡平、叔鵬，平書後至，共訂蘭譜。畢，至華衆會見少芙、燕秋諸君，少芙招飲聚豐園。畢，少芙約至東棋盤街，小坐即出。少芙歸，余至華衆會訪平書、淡平，不得，至尚仁里朱月仙家，見淡平，知平書已入城矣。淡平醉，不可坐，余亦小坐即歸。燈下書楹聯一、屏四，睡。廿九日。

晨起，同平書進城，至少芙家午飯。畢，燕秋招，坐馬車至静安寺，適值西人跑馬之期，夾道閧觀，至晚歸。燕秋招至同慶里王蘭香家晚飲，同坐爲吴楚侯、蔡玉季、平書、淡平、叔鵬諸君。余招小花侑觴，闔室擁觀，蓋奇不常見也。飲畢出門，至小花寓，再至吴慧珍家，又至朱月仙家，小坐始歸。平書宿余寓中。三十日。

光緒十二年四月

晨起玉峰來，蓋新從福建汀州安定縣來姑蘇，三年不見，暢譚始去。静涵師來，携《東湖叢記》三册去。免癡索篆楹帖，即應之。少芙來，携余新拍照相片，即去。午後平書、淡平同來，招觀跑馬，遂至跑馬場，見九馬齊驅，衣紅者首。約至張園、申園小坐，即歸。應玉峰之招，暢飲，至戌正歸。偕平書至吴慧珍家小坐，又至朱月仙家暢譚而歸，已丑正矣。四月初一日。

晨起，同平書、叔鵬至還讀樓見淡平，招至徽館午飯，適燕秋過樓下，遂招上，一語即去。飯畢至華衆會，少芙先去，約余等至跑馬場，遂同平書冒雨坐車而去。至跑馬廳，少芙適不在，爰出門小憩。雨益甚，少芙始來，約買票登樓。票每人洋一元，許入觀。樓一楹，中設棹椅可坐，人語嘈雜，無一中國人，所有僅余等四五人而已。中設一大輪，輪畫十二數，上設一鍼,以輪轉之,停鍼指何數,即爲買此數者所得。買此數者蓋人出一元,不得數則負去,得則一博十也。至申初,雨益甚,遂歸。至華衆會,少芙入城,余同平書至山田家,小坐即别。至寓晚飯,飯後平書、淡平招觀劇,至天仙戲園,丑正歸。平書仍宿寓中。初二日。

晨起檢行李,即上船。平書送至碼頭(在珊記碼頭)。大姊自城中來。下船即開,至黄渡泊。初三日。

是日泊崑山。初四日。

晨起風順,午初到家。初五日。

晨起,覺頭痛身熱,晚即睡。初六日。

是日大熱,卧牀不能起。初七日。

是日稍痊,叔鵬來,即去。初八日。

得愛日精廬閣抄本《大金德運圖》一册、《陳塙盦文稿》一册,專代牧齋諸君。陳名瑚,太倉人,明代名人也,此猶其手稿。

得舊翻本《虞恭公碑》拓本,尚佳。

初九日起十四日止未記。

晨起寫壽屏畢(共八條,珊瑚箋,篆書)。午後如珪來,同出門,至玉樓春啜茗,晚歸。得平書信,知十八、九日即須束裝。

爲阿聰上學,聘祝心淵(名秉綱,元和附生),擬先以王菉友《文字蒙求》教之。爰以高麗紙裁作長方形,上書楷字,下書篆字,使渠知造字之本義也。心淵沈潛信果,堪爲吾師也。

得少芙書,約至滬上住渠家。

平書屬製小銀豆蔻盒,面鏨五字曰“比玉貽慧珍”,余仿漢魚洗文書之。十五。

晨起,我庾先生來,小譚即去。少停,送來川資銀票壹紙,計三十兩(雲字第七十五號,永豐)。

冠雲來,言濟甯李道源已去世,爲之愴然。道源年未冠,好學多能,爲郎亭所拔取士也。

叔雍來(汪姓,名國照,工書),貽董武鐘拓本一紙,爲許珊林所藏器,上有珊林考云:“得於蘭儀銅瓦箱,蓋咸豐五年決口時所出之物,與王復齋、阮積古本不合。”許云王、阮俱係翻本,不識是否。叔雍爲閬源先生曾孫。

午後阿聰上學。十六日。

見浙江鍾越生敬,善刻印,書畫亦佳。因叔雍而得識之,求刻印數方,此余生平以潤筆刻印者此第一次也。又見沈秉之(善照影)、吴念椿(知西國語言文字)。

見伶人吴蘭仙(名子芹)畫花卉,頗佳,適渠託越生來求書,遂出紈扇屬渠畫。越日送來《緑芙蕖》,設色頗可。

上海梅鎮蕃來訪,同出觀劇。翌日游皖山别墅。

拜屺褱,暢譚,翌日來答拜,譚片時去。

借沈秉之照相藥水,自試之,終不得法,係於化學、光學之理未精也。

自去年七月歸後,坐食里門,起居窘迫,今又將出門,而宿逋未了,■■爲轉假百番,■■爲轉假四十佛,①皆不辭勞苦而爲之,真難得也。不知將何以報之。

近年來漸知世味之苦,忙時欲昏,閑時欲死,忽又轉一念,爲世上不如我者多矣,則又安然清卧矣。明日思之,更急於昨日也。蓋自解者虚情,所愁者實事。漢人語曰:"積善在身,猶長日加益而人不知也。"余亦謂積逋在身猶長日加益而自不知也,而今而後,將何以處之!

舅氏篴秋老人語曰,學問莫大乎倫常,倫常不足觀,已不可爲完人。然倫常最難無憾,人自有生以來,聯異體爲同氣,即合同氣爲同室,其同室之人豈能盡如吾意。若使人盡聖賢,則修身之外何必更言齊家。所謂齊者,因其不齊而欲齊之也。能於不齊者而齊之,推此而國、而天下,無難矣。

見外舅日記,皆在任七浦巡檢時所記,瑣屑不遺,於治事、交接二端甚詳,處世、處己皆盡矣,可見老輩正不可及。外舅汪氏原籍歙縣,商籍錢唐,寄籍蘇州,納貲爲巡檢,屢任宜興、劉河、七浦典使,分司治事,以慎刑爲首,雖極嚴處亦不多用杖。七浦民皆稱之曰"汪一百",蓋杖至一百不再下也。以食蟹而傷,終於七浦任,年四十。號萱卿,炳勳其諱也。子一:季友,名鳴梧,亦以貲得江蘇巡檢。女五:長嫁元和張蓮士茂才(傳祺),次即爲余室,三、四皆字吴城富民潘氏。外姑何爲前四川學政一山先生(桂馨)四女。

---

① 四■均被塗去。

光緒十二年五月

自十七日起至五月初三日止，未記，約略存之，亦可爲無恒矣。

晨起，同母親至蕩口外家，戌初到。初四日。

晨起，爲外祖母一家照影。午後出門。

以新裝古金拓本索舅氏篴秋老人題之，蓋一秦權爲舅氏舊藏，今拓之，求記其得失之原委也。初五日。

無錫秦畹卿（鐘玨）偕其子侄蓀生、馥孫同來。畹卿爲若溪内兄，乃沈秋庚先生婿。知秋庚先生尚有未刻詞稿及《憶舊録》二卷，擬續刻之，蓋秋庚先生《留漚唫館詞》即余爲之付刊者也。

晚飯後，偕三秦聽彈詞，未畢即出。初六日。

篴秋舅氏出示《荔雨軒續集》稿本，有《鏡觚》一卷、《説觚》一卷，皆言世情事理，其意爲鏡於物無遁形，文何獨不然，故作此書。

于華氏義莊破厨中檢得元張伯顔本《文選》九册，卷一至九爲汪閬園舊藏，遂携歸之。蓋物爲刻書者王雲泉臧，可以值得之也。初七日。

晨起未爲一事。午後書扇頭一，久不作小楷，竭力爲之，覺筆墨不精，實手生荆棘也。初八日。

晨起，擬照相而無發影水，遂以肆中皂礬試之，劇佳，喜甚，遂照四影，較前日似精也。

午後作與若溪書。

張步瀛字廉舟，金匱安鎮人，嘗病畢氏《釋名疏證》疏略，因作《重箋》，又爲《釋名求音》，未竟而卒。（殷如珠刊《時文所知集》小傳。）

借篴舅周鄭叔鬲手拓之。

數日來未爲一事，夢夢已十日矣。日記亦懶寫之。人而無恒，一至於此。可嘆。初八至十七日。

一、盂鼎　頌　毛公　周窸　肇　史喜　太祝禽　杞伯敏父　亞形母癸　師𡍮父　公違　鯱惠　庯夜君　召伯　召王　陳侯　公中　敔　䡅㺇　曾　文考　趠　諆田　㫚　簷　乙亥方〇[illegible]〇公違　鄭𨘥父　遲伯　大　師器父　[illegible]　伯矩　甚諆　旂　伯晨　叔夜　文父丁　[illegible]肇　李射　且子　父癸　戎都　唯叔鬲　史喜　㭘　趩亥　鄭同媿鼎　平安君　匽侯　彭女　邵王[illegible]　匽侯　侯生　應公　大梁　鯱[illegible]　周公孫子　中斿　木王　師趛　䵼　杞伯　尚　且辛　父庚　褢

史獸　師湯父　季忿　孟淏　鄭饔原父　邾□　魚父癸　犀伯魚父　匽侯旨　孔作父癸　揚　子孫作婦姑亞形母癸

師遽方尊　旁　吴　格仲　趩　趞　亞形○逆作父丁　御　方○□陳旁肇　應公　弘　郘季　穗　魚作父己　師田父　伯□　魚父己　母□諸婦方尊　亞形妣

虢叔鐘　戲狄鐘　宗周　邾公　者㴒　子璋　郘　僕兒　沇兒　兮仲　己伯　魯遼　諸㴒　邾公望　虘　丼人　鄭邢叔　叔氏寶棽　楚公　虢叔編

曾伯霥簠　𢓊中　叔家父　齊陳曼　鄀公　許子妝　魯士　□父　虢叔　虢叔作叔殷穀　鄀公緘　旅虎　尹氏　史克　邾太宰　留君　鄭伯大司工　季良父

彔伯戎敦　䏊　師遽　陳侯因資　頌　白簪　庬姑　師龢父　□　非　遲　己侯　師寰　静　小子師　函皇父　呂伯孫　史頌　君夫　師酉　召伯虎　召王　禴祀　師虎　公娟　□侯　追　太保　遽伯還　三家　遣小子　城虢　仲𠭯父　□白達　師澭　析子孫逋　叔向父　叔向　吴　周㝥　辛子　格伯　卯　伯要　尹叔　畢仲　師舍　䢼父　癸　叔皮父　杞伯敏父　西宫　齊侯　貞　辛子　伯龖父　豐姑　使　夷　伯闢　叔彭父　嗣土　寍□　中義　伯□　白厨　□　杞伯　且日　庚乃孫　宗婦　王姑　王伐鼏侯　鄧公子　郜遣　郜季　高伯厨　仲　殷父使族　霸姑　十月　齊癸姜　穗　叔宿　晉姬　仲㚖　妣辛　粯　伯據㽙　白㪉　豚作父庚然虎　畢父　紀侯　格伯乍　晉姬　伯魚　女康　周棘生　□父乙　□作妣

宋公佐戈　師㷉　司寇　敔　平陽　郾王　□　陳丽　戈濯　侃□　□□　陳余造　陳□節

寡子卣　效　貉子　庚羆　女□　衛父　父乙　睘　辛子　奚○　㕚　聿貝父辛　伯睘　鼄　□白　嘉母　𡇒　匕𡇒父癸　遣　亞形父丁　剌　亞形辛子　父辛　日辛　咎作父癸　㕚中緐　丼季□　□中□　汪伯　□伯罰　伯魚　父癸魚　伯睘作妣室　向

□父辛爵　唐子且乙　舉咤　父丁　聿貝父辛　父辛　美　盉　木父丁　山丁　山且乙　奚　魚　魚父丙

多父盤　拍　虢季子白　散氏　齊太僕歸父　寰　中　兮白　脖侯　中子化　魯伯厚父　伯候父　般仲　兮田　宗婦　郰膚

齊侯甗

伐[illegible]彝　居後　王作妣鬻彝

齊侯鎛　齊

魯侯角　丁未伐商　宰椃　父乙　魯侯　[illegible]　日辛　丙申　王作母癸

齊侯壺　殳季良父　頌　邛君婦　史僕　衛姬　虞師寇　霍　韓仲侈　中白　鄭楙叔賓父　史懋　周[illegible]　父癸　兮嫠　杞伯敏父　芮公　天[illegible]　〇〇王[illegible]　聿扁　魚父癸　[illegible]妊　季良父

太師虘豆

子禾父釜　陳猷　陳子禾子

晉父盦

賓鈃

芮公鬲　番君　單伯　母辛　召仲　艾伯〇魯伯愈父　郳始　叔帶　虢仲　仲姬　王伯姜　邾伯　羲妣　〇鄭[illegible]伯作叔帶薦〇　庚姬　虢仲作虢妃　召中作生妣　邾哲父

父丁告田觶　遽中　龍山父戊　聿貝父辛　父辛　魚父丁　子作父戊　母甲

郰膚匜　諸女匜　叔男父　陳子子　甫人　王婦　魯大司徒　宅鮇甫人　文父丁　祖伯　陳子子作[illegible]孟媯穀　叔娟

諸女殤

鬲叔興父簋　曼龔父　姜父　姜父　項緣　史克　叔姞　邢叔　[illegible]叔　叔班　叔倉父　番君　改　遲　白[illegible]　伯作孌姬

陳公子甗　[illegible]　伯貞　彭女　龔妊殘

子父觚　相作父丁　父乙　奚

王子申[illegible]盞

茲女盉　伯角父　[illegible]王　伯[illegible]　史孔和　伯憃

欽罍

左關鋘

太師虘豆

北征䔧

杞伯敏父盂

王作鸞　立旂婦

伯作姬禽

邵太叔斧

庀陽矛

婦嬲觥

二、金布令甲賦(以金布者令篇名也爲韻)①

白蓮花賦(以月曉風清欲墮時爲韻)

余以夏季之月,久客思返,定從南越歸於三吴。適方伯易公以《白蓮花賦》題課書院諸生,人皆曰:嘻,香嬌影薄,皓質素心,影風自開,弱顔可喻。余曰:不然。物之美於夏者,莫如白蓮花焉。此花潔而有容,清而克粹,庶可以比君子之德乎。■■隨感而賦之,其辭曰:

爰有奇葩,素馨發越。夏蕤以舒,春條已搼。惟一莖以獨呈,兹兩儀而秀發。感貞卉之獨芳,應良榦於夏月。爾其素質亭茗,孤根窈窕,雖同玉寒,色欺雲皎,明月自燿,良風轉矯。擬幽蘭之芬芳,豈夭桃之妰嫋。乘炎運而挺生,出星河而報曉。雨露助其豐翳,曦陽領其皤皎。

若夫秀萼初吐,芳蕊盡紅。亭亭如樹,隱隱玉檠。明霞曉覆,珠露多融。彼素體以皓霞,耀蒨影于芳藂。葉田田而獨,絲裊裊善通。映紫蓼于葦浦,舞落英如飛蓬。惜芳華兮易逝,忍荏苒兮秋風。表清節於良序,挺素質兮莫同。

幸永辭於翦伐,應不同於■英。維君子而可語,託寒波而寄情。謝絕澗之茯蔓,殊窮崖之勾萌。迺委蛇于廢沼,保薈蔚於太清。

維三吴之雅郡,有芳葩而截玉;比良節於高郵,扇清風於暑溽。感長洲之宿莽,惜神國之亭毒。吾儃侗之自娱,聊比影于朝旭。嗟移植兮不良,維竚眙而所欲;嗟本實之未落,喜繽紛而尚可。念此花之獨芳,知化機之猶頗;何獨鍾於兹幹,非色取於美嫷。念沈流而不摇,慙鬧紅於

① 此賦爲草稿,塗抹太甚,不録。

浮舸。

物雖傲而有值，氣雖轉而能持。彼弱持之寸苗，豈明德之于兹。感孤姿之宛菀，含清氣兮方滋。耿獨立之足懼兮，恐[redacted]之莫支。何所憑以清以秀兮，庶不染於塵緇。對葳蕤而自感兮，惜荏苒斯芳時。

三、

譚國柱（霈霖）　十
林德嘉　十
易樹時（階平）　十
陳國猷（焯堂）　卅
黄聰厚（益堂）　十
蘇朝英（傑生）　卅
羅廷琛（謙亭）　十
羅和聲（偉堂）　十
孫謀泉/黄肇豪　廿
鮑焜（煒昭）　卅
曾紀傑（卓軒）　卅
陳海珊（瑞琅）　十
關静臣　六
陳麗生（德源）　十
許應西（國濂）　八
楊冠勳（符三）　十
吴寬疇（德薌）　十
陳奇偉（蕙生）　十
陳紫階（國賢）　八
黄潔鄉（伯瓊）　五

盧棣生（陽棠）　六
黄達卿（作亨）　四
梁仁軒（信業）　四
趙峰琴　四
陳志德（坤田）　四
趙慶雲（錫彤）　六
陳瑞圖（佩之）　十
鄭輝山（廷超）　六
鮑有齡（雨亨/守伴）　六
胡禮廉（文義）　六
馮紫珊（盛朝）　六
□颩生（作衍）　六
汪紹棻（桂樵）　六
梁壽基（覲三）　六
繆輝堂　十
柳寬亮（雲從）　六

四、石谷印記存真

朱 朱 朱。細邊 朱。闊邊

大。白文。“王”字上畫缺。右直缺。“羽”兩畫并。“私”字外直斷。“印”字中粗,左角斷。

大。雙邊。半朱半白。右角缺,左下兩缺。

小。朱文。“王”字上中直斷。“翬”字上“羽”右上下斷,左下角開。

大。朱文。上右邊皆内缺。左上角開。此印上下邊粗,左右細。

大。白文。如此。如此。

小。朱。右下角開。中粗,或不頓。

小。左上角開。“印”下開。

陰。“王”字上缺。“羽”兩缺。“私”字。“印”字

如此。

白。

朱。

白。下缺。"之"字開角。

偽：

 朱，如此 同下，八十二

朱。缺邊同。

如此。

白朱。開如此。

無開如此。

朱。無開如此。

朱白

朱

南田印記存真

朱 白　小。上右直開，下右直開。

中。白。右上角缺如齒。“田”字開右直。

大。朱。左邊兩缺。

中。朱。微扁。左中直缺。

中。朱。所缺邊如此。此即石谷印。

白。右邊内開。上開如此。朩反亥。

中。朱。右邊開。

大中。白。“南”字上中丨穿干，或丨不如丫。艸如此。

大。白。上右角開。“車”中畫不透。左“正”字如楷，微向右仰。左下角開。下中向裏凹。朩上有筆意，卩起有筆意，下皆尖。

白。左下角開如此。

朱文。如此。

如此。無開。

朱。開如此。

朱。

白。

白。右上角缺如齒。字缺如此。

朱。左邊兩缺。

朱。

朱。兩缺皆同。

缺内。

朱。

白。

白。“車”中畫半不開。左下角缺。

僞：

五、白□□□□(［以“忠］信之人可以學禮”爲韻)

伊禮言之可證，寔至理之所通；事雖■乎郛説，人可借以持躬。珪璧無瑕，早凜潔身之戒；青藍妙喻，尤深爲學之功。今兹玉尺■■，獨具鳳儀之■；他日丹心作輔，還標麟閣之忠。原夫白之爲色，皎若冰清，朗如玉潤；道悟室虚，心還月印。■■潔净無滓，成緇轉程宜慎。心堪比日，直窮萬■之奇；身本持圭，自等不移之信。

皜乎莫尚，潔矣如斯，惟纖塵之不染，方五色之宜施。試看絢爛，文心終歸平淡；若此光明，錦地不雜纁緇。占《賁卦》之爻辭，一端始此；證考工之柒法，七入成之。

於是奇光照耀，異色紛綸，英華自發，洗濯惟頻。黑黄蒼赤莫不良，並程形而化質；黼黻文章昭其美，咸去故而從新。五緅三纁，陳事既精於㡛氏；七陶八冶，素工尤重乎筐人。

其受之也，漸漬非虚，涵濡頗妥，■陶久而變化能神，氣質清而彰施必□。及時而化，在文質之無虧；歷久不渝，審■純之■惰。若性■之爲白，則聞道其庶幾，真鄭玄之□□，□□德而已可。

若夫其本不純，厥工可鄙，五色雜施，三榮匪美。未必致文相質，緑竟回黄；徒教踵事增華，朱還亂紫。或英光内斂，當問以如何；若素質未純，不必觀其所以。

從知物貴求精，性宜去濁；玷不可磨，梓堪喻斵。知白守黑，闇藏遵老子之經；織素流黄，雕繪盡太初之璞。■■知夫素絢，朗色相於沖懷；染人甚於丹青，□喻立於善學。

皇上丹宸恩深，□□□□，□奮在於磨濡，品潔同乎濯洗，色□外襲，朱墨銘心；美自中含，鉛華净體。功在□化，懼貽墨子之譏；物可喻人，載繹戴家之禮。

天下[無易境，天]下無難境。

終身有樂處，終身有憂處。

取人爲善，與人爲善。

樂以終身，憂以終身。

天下斷無易處之境遇，人間那有空閒的光陰。

皆曾文正自撰句。

六、

朱白

白

朱 白　此兩印尚略小

同白

白 朱　粗邊細字

朱

白 朱　兩印大小同

白

朱

白

朱

白

白

白

白。康熙乙酉

七、《水經注》趙本《河水》篇末校語

河之入海，舊在碣石，今川流所導，非禹瀆也。周定王五年，河徙故瀆，故班固曰“商竭周移”也。又以漢武帝元光二年，河又徙東郡，更注渤海。是以漢司空掾王璜（横）言曰：“往者天嘗連雨，東北風，海水溢，西南出，寖數百里。”故張君云“碣石在海中”，蓋淪於海水也。昔燕齊遼曠，分置營州，今城届海濱，海水北侵，城垂淪者半。王璜（横）之言，信而有徵（据），碣石入海，非無證矣（理也）。

聚珍版《禹貢説斷》引此，無“所導”二字，戴本有之；引作“三年”，“河”下有“又”字，“璜”從木，戴本作“二”，亦有“又”字，“璜”從玉。

“寖”作“浸”，無“故”字，“君”作“沂亦”，“海水”下無“也”字。其下後世云“録於下”,與此本下文不同,今本疑有奪文。自“昔燕”至“者半”,疑傳寅所節去。

後世儒者,知求九河於平地,而不知求碣石有無,以爲之證。王横之言,信而有據,碣石入海,非無理也。

勤謂“後世”至“之證”二十三字當補在“昔燕”上,蓋宋本有之,而後人傳寫奪之也。光緒甲申海寧許克勤勉甫校補。[①]

八、

〇少孤,鞠於母氏,顛嫛蹣姍而全於獨立,惵惵然足有躩,容有肅,怫悦而邁特,此與吉士所同者,始也。弱好弄,凡天下之一名一物,必筌緒而志之,憙别録,愛光誦,掎摭利病,爲環輿痛而發之於長言,此與吉士所同者,二也。二十成秀才,三十入翰林,清祕■翔,家室敏歆,玄覽中區,而髮未絲,齔未脱,無墮窳之容,有旁魄之志,此與吉士所同者,三也。吉士之昏於汪也,爲郎亭夫子之女弟。夫子與標爲父執,而又列弟子籍,加以昏媾之好。吾娶其前,而吉士其後也,掎裳連襶,袨飾而躡蹀,此與吉士所同者,四也。標有丈夫子〇,女子子四,其孟也能别四部,通方言,説當世事,讀吉士萬物炊累室之文,頗能抉宗旨,動悱惻矣。兩女亦頗好弄筆籥,能作旁行書,識歐洲文,次亦識《急就》《滂憙》之字,通李斯之書矣。吉士結褵甫一年,已舉一男,與余得長子等,此與吉士所同者,五也。《詩》傳之文曰:兩婿相謂曰亞。亞者,竝也。吾與君遇相亞,齒相亞,昏亦相亞,異時共履綦,同簪笏,步弗敢邁越而爲天下先,亦足以謂亞矣。獨此《鸞簫》一集不能與吉士亞者,遲吉士六年耳。故我三復之,不能不怦然動,俙然感也,故初也睢睢然憙,繼而慊慊然思,終也徊徊惶惶儆惘而迷惑,有不能已於言者矣。

問江道生,至山塘元昌義布店洪文昭即知。

秦拓《九成》以末行末“子書”字作書爲塙,蓋下曰字中間有蝕文二點也。

火前本《真賞帖》不僅袁氏跋第十一二行倒置,即《力命表》上“米芾之印”,“芾”字右下垂有小缺可驗也。

見無錫楊以迴《周易臆説》四卷已付刊,其學漢宋並宗,而於漢宋門

① 此篇校語書於一葉方格稿紙上,夾於此處。

户中别立一派，所説明白曉遠，以它書喻之，其隨園之詩乎！楊君年未六十，專志於《易》，不求聞達，爲楊藝芳觀察弟也。

鄦鐘 上段四行十字，下段五行十字。（末字四格。）

盂鼎 十行，行三十字。（末畫十五格。）

頌敦 八行，行二十字。

散槃 十行，行三十八字。（末行畫十九格。）

十八起，二十止。

酉正自蕩口歸里。二十一日。

得吴次瀟書並貽《漢書引經異文録證》、袖珍本《輔行記》二種。二十二日。

出門候查檵亭、葉師，不見。見王菊初，同至觀前茗叙。二十三日。

見《清儀閣印存》，爲張叔未所藏古印，約五百餘方，索值二元餘，無以應之，不能購也。

午後發電報至京。

汪叔雍來（國照），譚久始去。叔雍能書，爲閬源觀察曾孫。據云亂後臧書皆未携出，盡爲一書賈攫去。蓋書賈即觀察買書之熟客也，可爲狡矣。

叔雍示一《印存》，皆貝磵香、袁壽階收藏各印，精美之至，近已不可得此刻手矣。

今日午初得一男，擬名之曰從通，小字曰選生。蓋爲近日新得元張伯顏本《文選》，爲吾家祖學也。二十四日。

張輔之招飲史家巷顧宓生家，同坐吴席珍、章銕生、顧慎之、徐慎生諸人。招侑觴者三人，色既不佳，藝尤陋絶，豈余眼過高歟，抑真無其人邪？

午後出門，至玉樓春茶室，同坐顧階平（名廷均，諸生），年少美才，係以叔雍而得識者。二十五日。

晨起未爲一事。午後見祝秄庵姻丈暢譚，蓋新從山左歸也。

假潘碩庭所藏潘鄭盦《攀古廔彝器款識》二册，圖狀、釋文共數十器，精妙無異於《恒軒吉金録》，然摹刻之文究不如愙齋也。廿六日。

潘鄭盦謂，宋人爲吉金學者自劉（原夫）、李、歐、趙（德父）、董、黄（長睿）、吕（大臨，與叔）、薛、二王外，若胡俛、晏慧開、蔡天啓、榮咨道（芑，又昆■)、趙九成、石公弼(國佐,初名公輔,又曰義叟)、翟耆年,皆頗究心於此。(又有邵澤民,即藏周楚公鐘者。)

考證之學,椎輪難工,踵事易好。

《攀古廔彝器款識目》一册:

邵鐘。史頌鼎。

匽侯鼎。烩鼎。

魯内小臣鬵。季念鼎。

至鼎。伯矩彝。

季保彝。子作父癸彝。

伯[illegible]卣。父辛卣。

衛父卣。祖乙卣。

申卣(器)。朿矢鉞形卣。(器)

曼子卣(蓋)。析子孫卣。(蓋)

父辛象形卣(器)。㠱侯敦。

休敦。季良夫簠。

數王盉。召中鬲。

中弛盤。父癸甗。

吕大叔斧。

第二册

齊鎛。斿形婦鬵。

析子孫卣(器)。父辛卣。

舉蝠形卣。魚壺。

鄭楙叔賓父壺。而姬壺。

龍爵。雙矢形爵。

父辛爵。系父王爵。

父乙爵。作乃父丁爵。

祠敦。師遽敦(蓋)。

封敦。季飲敦。

扵彝。亞父丁甗。

以上皆係同治十二年以前所得之器,已刊圖釋説。

晨起,刻一印曰“師鄦耆好”。午後得碩庭書,並送還拓本一册。書意欲訂蘭譜，許之。燈下復次瀟、漱經、玉峰三書。二十七日。

《夢粱録》：契嵩姓李，字仲靈，嘉祐中進《輔教編》，賜號“明教禪師”。

晨起未爲一事。午後，沈旭初來譚即去。（名玉麒，江蘇候補道，好收藏拓本。）

與碩庭訂蘭譜。

碩庭送還金器拓本二册。渠於古金款識考訂極精，不入賞鑑一派，專心文字，即前人所云可補三《禮》、六書之謌也。二十八日。

黄琴六遺文有新刊本（抱芳閣刊），中言常熟藏書流派極詳。

《考古圖》十卷《續圖》五卷《釋言》五卷（通行本）

《宣和博古圖》三十卷（又）

《王復齋鐘鼎款識》（阮、葉二刻）

《嘯堂集古録》二卷（明刻）

《西清古鑑》四十卷（殿本）

《金石苑》（自刻本）

《薛氏鐘鼎款識》（阮刻）

《積古齋鐘鼎款識》十卷（通行本）

《筠清館金文》（自刻、粵刻）

《馮氏金[石]索》

《望堂金石》

《長安獲古編》

《輔教編》二册。見《菉竹堂書目》卷六

桐鄉金錫鬯字秬和，爲錢辛楣姻戚，曾同輯《崇文總目》（《崇文總目》南海伍崇曜後跋）。按《古泉匯》收《晴雲館古泉述記》爲仁和金錫鬯蒨穀撰，不知是否一人。

許子鍾吉作𠮷，與齊刀背文同。

晨起未爲一事。午後菊初來譚。何貽蓀來譚。貽蓀示我舊拓米書集册，精甚。二十九日。

晨起，候叔鵬暢譚。午後刻四印。祝桐尊來，同至玉樓茶室，見汪叔雍、沈秉之、陶仁伯諸君。秉之招晚飲，同坐八人，暢飲至戌初歸。

叔鵬出示陳頤道碧城畫扇册扇畫秋花六種，淡設色，題曰“仿宋畫院製”，有“阮元印”三字小印，後面即録所題詩。扇歸葉茗生夫人陳華娵，即頤道女也。華娵裝扇成册，遍徵題詠，如戈順卿、董琴涵、潘小浮、覺阿、韋君繡、楊芸士、潘西圃、璘舫、韓履卿、程序伯、陳希敬、蔣侑石、陳息凡、黄菊人(曾)、阿■(慶熙)、蘇■(汝謙)、汪仲倫(敬愷)、陳復盦(元祢)、葉茗生、香溪父子皆有題詞。今臧葉氏。卅日。

第六册　光緒十二年丙戌(1886)六月

(書衣題)第六册　光緒十二年六月朔日始(篆書)
笞誃日記　丙戌六月朔日始,十月晦日止

張秋塘　陸敕先　惠棟　朱秋崖(滋蘭堂)　陶蘊輝　宋蔚如
顧抱沖　錢竹汀　東城顧氏　葉九來　王聞遠　太倉王氏
顧澗蘋　胡益謙(書友)　郡廟前五柳書店　宋定之　王石臞　馮武
周香岩　錢遵王　顧云美　夏方米　袁又愷　曹彬侯
毛斧季　段懋堂　李作梅　鮑緑飲　瞿木夫　鈕匪石
吴兔床　張子和(有傳在,四十歲)　李福　姚咨　張位　何夢華
汪氏開萬卷樓　趙用賢(清常)　東城蔣氏　汪澣雲　孫延　支硎山人(太白樓下)
賜書樓　輯宋刻書目(■歲)　邵闇仙　張芑堂　顧南雅
陶凫香　玉堂(先生子)　秦太史　陳仲魚　張泰(門僕)　先生伯兄
晋江張太守　葉石君　季滄葦　四明范氏　繁霜堂　張古餘
六研齋　吴枚庵　馮巳蒼　碧鳳坊顧氏　蔣辛齋　貝簡香
夏容庵　濂溪坊蔣氏　鄭雲枝　經義齋(當書坊)　朱竹垞　胡杲泉
丁竹浯　鄭桐庵　陶陶室　沈綺雲　五研主人後人　陳竹厂
陳曼生　雲伯　柳如是　金孝章　陸東蘿　陳白陽　吕無黨
柳大中　陸拙生　傳是樓　三男　郭天錫　顧竹君
張訒庵　怡影堂　楊五川　昭明老屋　妻、長婦、幼兒、幼女、三孫、長女、次女
陳拙安　陳仲遵　李明古　石琢堂　汪閬源　藝芸書舍
陸損之　壽鳳　美鎬(三孫)　沈良玉(刻字者)　天慶觀　黄椒升

席玉照　吴虞臣　拜經樓　冰雪堂汪氏　小讀書堆　何元朗

沈十峰　陳子準　顧梧生　張氏愛日精廬　施少谷(南全)　顧秀雅

得月樓　張芙川　滂喜園　錢夢廬

光緒十二年六月

晨起，至叔鵬家暢譚。午後至玉樓春茶室，見潘笏南，適從南菁歸也。言黄元同院長不甚以詞章爲重。初一。[①]

晨起曹叔彦來。數月不見，暢譚竟日。午後程譽卿來，笏南來，至晚各散。

叔彦言近擬撰《儀禮喪服正義刊誤》，未成；又擬重訂《鄭君年表》。

又言黄仲韜編修近撰《尚書古今文篇目考》，甚精核。

碩庭送還古金拓本三册，皆余近日新裝，屬其題語者。初二日。

晨起未爲一事。午後出門，見叔雍、越生、階平諸人。初三日。

晨起，越生、叔雍先後來譚，午飯後同至觀中三元閣，候陸廉夫恢，吴江人，工畫善書。又至雅叙茗飲。畢，途遇金康伯，同至玉樓春小坐。康伯先去，余與蔣芝祥譚，適吴嬾仙來，坐譚許久，余先歸。

越生贈余刻印一，頗精。

送還何珊枝先生宋本《近思録》一函八册十四卷，當審爲元刊。初四日。

晨起，祝謙之、桐尊先後來，楊實甫來，出楹帖求直庭書，又畫幅四、横紙一，託曲園題語，並坿磨墨泉一洋。

蔣芝祥來，約同至蘭郎寓中，蘭郎出示各畫册並索題籤。又見其小影卷，題者數十人，一時諸老皆在其列。蘭郎能作畫，喜效浙派，人亦豪爽，尤不可多得者。

蘭郎招午膳，並約至城外觀劇，至上鐙歸。得漱經書。初五日。

晨起，至皖山别墅照景，同去者皆祝氏昆季。午後鍾越生來譚，桐尊繼至，查翼甫亦來拜，暢譚，至(午)[晚]各散。至觀前玉樓春一坐即歸。初六日。

---

① 本頁鈐印："建霞"。

晨起寫扇。未爲一事。午後爲碩庭題秦瓦當拓本,詩曰:

歐趙成書石廣收,遺文猶未到殘甃。燕譚餘論分明在,尚是前朝約略求。

麓原遺老好奇古,圖記初教識未央。此學百年開鼻祖,朱(楓)、程(敦)、錢(坫)、趙(魏)始收藏。

尚書司寇廣搜羅,幕府群賢考證多。纂述直教儕刻石,婁江青浦各揚波。

咸陽三月火猶明,誰向荒墟弔繡甍。金鋻人間銀海涸,教人何處乞長生。

蓋瓦文係“長生無極”四字。

於藤花龕見戈小蓮小景,絹心高一尺二寸,長二尺一寸。小蓮貌僅弱冠,中坐讀書,侍者五人,一執劍於後,一執壺於左,一添香于右,一執梅於窗外,一執燭引之。首有錢曉徵隸書“紅袖添香夜讀書圖”八字。後題如錢竹汀、王蘭泉、洪北江、孫淵如、袁壽階、陳曼生、顧澗蘋等。錢年已七十餘,王年亦七十五,皆特[爲]之題句,知小蓮弱歲早負盛名矣。竹汀詩曰:

金谷能詩石季倫,十眉環列後堂春。讀書如此真堪快,傲煞高平畫影人。

刻燭揮豪興未闌,淳于一石任追歡。卻愁酒濁風吹醒,難忍三更半臂寒。

萬卷琳瑯甲乙儲,才人結習未消除。羊羔美酒癡兒女,那曉牙籤有祕書。

十指匀添心字香,雲鬟各各鬬新妝。此中可有康成婢,讀過《毛詩》第幾章?

北江詩曰:

香篆初浮酒乍醇,書生清福享能真。何妨借此消奇氣,一樹名花一玉人。

滿屋都看列黛螺,兩三星點月如梭。輸他過目能成誦,時向閑中溜眼波。

淵如詩曰:

自有仙才自不群,萬花叢裏鬬高文。香沾玉袖濃三日,燭映紅顏豔十分。

劉向有梨香寂寞，扶風列帳自氤氳。誰知一棹鴟夷子，獨載奇書入水雲。

壽階詩曰：

白氏歌姬兩翠娥，朝雲南海侍東坡。才人從古佳人伴，争柰輸君畫裏多。

娉婷環侍太紛紜，中有凝眸低視君。聽讀《離騷》能領略，纖纖徐把好香焚。

子建感甄賦《洛神》，披圖髣髴倚梅人。燭花早結同心意，照見庭梅漏思春。

曼生詩云：

横塘一曲沸笙歌，粉黛淋漓潑翠娥。只恐黨家風味似，豪華那得讀書多。

春花秋月兩茫茫，何似工夫午夜長。定有掃眉才子在，不辭纖手細添香。

偶然覓句寫烏孫，香霧深籠玉一枝。現出蓮花真色相，翠裙紅袖總相思。

蘭泉詞曰：

江左清華，爲甚急裝短後？恰擬翻一卷新書，更添上一杯濁酒。劍掛蛟龍吼。恐觸了玉人纖手，折梅花，還命胡奴，問劉尹，見時駡否。(此卷猶見於七年前，今偶記存之。)

午後至陸廉夫(恢，吴江人，工書畫)寓觀其作畫。薄莫至玉樓春茶室，見蘭郎，絮譚許久始别。

蘭郎慷慨，頗有俠氣，所作畫亦不俗。初七日。

晨起不作一事，午後出門。初八日。

晨起笏南來，約同至黄鸝坊橋候曹揆一，久譚始出，笏南即歸。余至蘭郎寓小坐，出示新得王麓臺仿大癡畫幅，著色極精，又陳良齋集、《各家古銅印存》八册，亦極佳妙。

候王菊初，留午膳。畢，同候蔣漱雲，不見。至觀前玉樓春啜茗，至晚歸。得静涵上海來書。初九日。

晨起，爲蘭郎成《小闌花均圖序》成。潘少萼來譚，留午膳，暢譚始去。

日來每有人以扇頭索篆,余必日應之,以爲寫字常課。

叔彦借《東塾讀書記》。

叔鵬借沈西雍《河朔訪古圖》。初十日。

金支、翠華,房中歌。

晨起至蘭郎寓,觀其所藏畫册,贈余任立凡山水一幅,精妙之至。顧階平來(廷均,元和諸生),暢譚,午飯後始歸。晚膳後至玉樓春茶室一坐,同祝氏昆季歸。十一日。

晨起,至仁孝里見冠瀛一譚。午後程譽卿來,約至渠處,叔彦在坐,毓仙繼至(王大倫,吴縣廩生,工詞章)。復邀毓仙、叔彦同歸,小譚而去。晚膳後至玉樓春。歸,爲蘭郎題胡三橋畫册。

余與叔彦言,前人劄記隨筆皆從日記摘出,非專書也,頗以爲然。十二日。

《説文》義訓多與《毛傳》合旨。

朱子《四書集注》引用許書甚多。

《説文》解"性""情"二字與孟子、董仲舒之言相表裏。

光澤何願船㞒齋謁壽陽相國,相國取《漢學師承記》屬爲《續編》,㞒齋曰:"特立一漢學之名,宋學家群起而攻之矣。《漢學商兑》所由作也。是編當依阮文達《疇人傳》之例,改爲《學人傳》可也。"

乾隆丙午,朱文正典試江南,所取之士則有阮文達、孫淵如、李鄦齋諸人。阮主己未會試,登進士則有王伯申、郝蘭皋之小學,張皋文、陳恭甫之經學,許周生之算學,吴山尊之詞章。

元和丁泳之士涵,庚午舉人,爲陳碩夫先生高弟子,嘗得陳先生説,成《管子案》六卷。○據叔彦見丁君云:"戴子高成《管子校正》,皆取丁説,且有攘爲己説者。丁氏之書精華已盡去也。"

顧千里思適齋在楓橋,其額爲程易田徵君所書,筆法酷似顔魯公。

寒山寺大殿之後有樓,供銅佛一區,連座高二尺餘,座勒"赤烏十三年郡主孫權供奉"。○標按造象起於六朝時,尚多,此款恐係僞造。

寺浜之東南即五硯樓。

萊州試院有北海鄭公像石刻,係翁覃溪學士督學山左時所刻。○標兩過試院,未一見及,恐已不存矣。

陳碩甫先生配顧氏。

陳碩父先生著述如《毛詩傳疏》《師友淵源録》之外，尚有《禘郊或問》《宋本集韻校勘記》。

碩父尚論丁度《集韻》曰："《集韻》總字具見《類篇》，先以《類篇》校《集韻》，再參之《釋文》《説文》《玉篇》《廣韻》，則校讎之功過半矣。"又曰："陸氏《釋文》宋本當於《集韻》求之。今《釋文·尚書》經宋人陳鄂等删改之本，《集韻》則未經删改者，段氏《尚書撰異》所引是也，可由其説類推之。"

彭氏《儒行述》一書專采講求宋學諸人。

右録張緯餘先生語。

叔彦出示《仰蕭樓文集》，爲昆山張緯餘(星鑑)撰。先生一字問月，曾受業於長洲陳南園，爲文有根柢，所著有《國朝經學名儒記》，已刻。又有《仰蕭樓文話》二卷，未見。光緒庚辰同邑朱硯生(以增)學使刊其文於奉天學院。十三日。

晨起，蘭郎作任立凡預畫幅一，並借余印譜兩部。午後刻印三。

蘭郎送還小華册，因託渠轉求吴倉碩、潘麟生題詞也。又交來條幅四，係託寫者。

意氣不相投，雖夫婦昆弟亦難强借；苟有合者，雖千里，神交如一室也。

烏程周中孚信之《鄭堂札記》卷四曰："凡著録金石之書，即無金亦可稱金石。秦琅玡臺石刻三稱'金石刻'，泰山石刻一稱'金石刻'，亦其例也。"①

又曰："魏撰《水經注》四十卷，凡引漢碑百，魏碑二十，晋及宋、魏稱是。近儒著録金石文字多以元爲斷限，若以酈氏引晋、宋、魏諸碑律之，則勝國、昭代諸碑亦當間爲采録，不得拘於好古二字，皮置不論。"十四。

晨起出門，晚得琯雲信，云接滬電，知郎亭已到，遂定於明晨偕祝謙之父子同行。廿七日。

晨起開行，晚抵昆山，大熱，夜不能睡。廿八日。

卯刻解維，晚泊周太僕廟。廿九日。

---

① 眉批：標案：秦詔稱"金石刻"者，當時金石竝刻，故有銅詔版、瓦量，皆一辭也。

光緒十二年七月

晨起船已開,將抵老閘。午初抵岸,即至順記洋行見蘇玉峰。玉峰招謙之父子同居。午後見郎亭,小譚。至幕友公館見陸惕身、顧蓉舫(承皋)、程蒲生(秉銛,工詞章、經學,績溪人)、趙叔恒(侃,常州人),即午飯。午後未出門。晚間,玉峰招飲於張少卿寓内,同坐李淡平、稼秋諸人。亥正歸。七月初一。

晨起擬入城,以天雨不能行。少芙書來,約聚豐園晚飲,同坐子紱、樨禪、石春、稼秋、燕秋諸君。畢,偕玉峰至少卿寓小坐,歸。初二日。

晨起,竟日未出門。晚間玉峰招飲於渠門中。初三日。

晨起,稼秋招午飲。午後,梅鎮藩招飲,俱於聚豐園。程蒲生招飲於朱逸卿家,李淡平招飲於朱月仙家(俱在尚仁里),畢已三鼓,歸寓。與玉峰暢譚,至天明始睡。初四日。

晨起,在順記午飯。瑩若叔祖來譚,即去。午後大雨,郁健伯來譚(晋培,上海人,浙江候補通判)。晚間冒雨赴聚豐園燕秋之招,同坐蘇侣生再欲招飲於渠所如家,以船即欲啓椗,堅辭始别。亥初上船,天明出吴淞口。初五日。

船名廣利,總管李英存(聯瑨,江西人,小湖先生堂弟)。船堅穩,不甚顛簸。晚至寧波。初六。

是日風逆,船微震,尚能眠食。晚至温州。初七日。

晨起風穩,如平地行。

郎亭新得元板《困學紀聞》。

又云爲鄭盦得密行本《嘉祐集》、宋本《梅花喜神譜》,共七百金,爲之貴矣。

晚過汕頭。初八日。

晨起,船甚穩,午時漸見島嶼,五下鐘抵香港,船泊港心,來往需小劃。岸上皆洋房,依山結構,層密如蜂房,即所謂"上環""中環""下環"是也。小輪往來甚多,藉以濟渡,甚便利。天氣稍熱,尚不大苦。寄家信,託玉峰轉遞。初九日。

此日泊香港。午正起椗,至申正抵黄埔。黄埔離港二百餘里,離省城三十餘里。去歲法人失和,恐渠輪舶直抵城下,遂於此處釘樁,故至今高船尚未能入口。初十日。

清晨由黄埔過，民船船式如秦淮之畫舫而較大焉，以小火輪拖帶。下午泊花埭。蓋離省城僅八里也。十一日。

寅正，船移南門外，即入城至學院。院基爲南漢藥洲故地，堂之東北有園，大榕樹三，九曜石猶存，暇時擬細讀各石刻焉。

程蒲孫云："趙撝叔刻印，以印就刀，執刀之手不動，故刻一印用刀甚費，然沉著亦莫過此焉。"

周鄭堂札記手稿高尺餘，今存丁雨生中丞家。

《龔定盦文集》手稿二十二卷，今存湯百碩處。

朱修伯書畫得之於彭氏(文敬公後人)，初自編書目，祕不示人，一日付書鋪裝治，爲趙撝叔所見，連宵分録得之，遂爲世所知。

見蒲孫藏戴子高手校《新書》，取曲園説極多。

又見子高手校《墨子》，用《御覽》《治要》校勘之，並坿懷祖、曲園諸説，間坿己案焉。蒲孫云渠别有手校册。

王懷祖手校《十三經注疏》爲沈均初所藏。

龔孝公《説文理董》稿本，蒲孫曾見於蔣香生處。

作與若溪、鞠師、心淵書並家書。十二日。

蒲孫藏有長洲吴錦翁《説文讀例》稿本兩卷。

蒲孫云：吴荷屋《筠清館金文》釋語皆龔定公所撰，掩己名者。《己亥雜詩》注云"某布政屬撰吉金款識，爲書十二卷"，即此本也。

周季貺星詒，祥符人。

晨起，爲蓉舫刻小印一。午後未爲一事。十三日。

蒲孫尚藏有陳南園先生《説經》一種，係未刻本。

晨起未爲一事。午後同搴芷、慎之出門一遊，見浙刻《聚珍板叢書》(三十九種本)，索值二十元，許以十元，不售。又《粤東金石略》二册，需洋二元也。

粤雅本《金文最》大字本頗善。

得《西醫内科全書》一種。十四日。

晨起刻印三。午後刻印一。十五日。

晨起無所事。午後出門，至邊雙門底，由衛邊街歸。燈下作與紉秋、芝祥書。十六日。

晨起，吴楚侯來譚，午時始去。午後寫扇二，燈下寫扇一。

竟日不爲一事。晚間作葉子戲，勞精疲神于無用之地，莫甚於此十日間，以後宜痛戒。十七日至廿六日。

寄家書，託譽卿，並葉師、若溪、心淵三書。

光緒十二年八月

晨起檢拾行李，午後上船，船泊大南門外龍王廟，寬敞如江船。同舟爲祝搴芷丈、惕身、介石三君。初四日。

晨啓椗行，晚抵新塘泊。初五日。

晨啓椗，晚抵石龍鎮泊。鎮頗大。（初六日。東莞界。）

晨啓椗，晚抵錢岡泊，博羅界。初七日。

讀《茶磨山人詩集》，爲汪燕庭（杞）撰。

郎亭詒吴窓齋丈《大篆論語》二册、日本刊《孝經》一册。

在省得鈔宋本《輿地紀勝》、鈔本《洪盤洲集》、杭州本《聚珍板叢書》《算經十書》四種，爲郎亭得明見龍精舍本《文選》、胡杲泉《文選》、《文苑英華》三書，頗精。

與静涵師、敬孚丈、次瀟、夢畹各書。

晨起椗，晚至劍潭泊，歸善界。初八日。

晨[啓]椗，午逕惠州府城。城修築新關。晚泊水口井。初九日。

晨起椗，晚泊天罡圍（歸善界）。水濁如黄水而流甚急，船逆流而上，篙工皆作商聲，終日僅行三四十里也。初十日。

晨起，行五十五里，至赤勘泊，歸善界。十一日。

晨起，行五十五里，至秋香水口泊。十二日。

晨起，行七十四里，至藍田水口泊。兩岸山色頗佳，江淺見沙磧。水流甚急，夜泊如聞溪瀑也。

程蒲孫博羅道中成詩一首，一時和者相接，余以韻險不敢和。

作第五次家書，即發。十三日。（坿與心淵、叔彦、叔鵬各書，又搴信一。）

晨起，郎亭疊程詩韻來索和，句曰：

西抹東塗手不停，紛羅書畫壓江舲。錦囊不憚嘔心苦，鐵筆宜防血指腥。螭鬲雙鉤槭《籀史》，《靈飛》一卷仿唐經。不廉自昔稱年少，臣朔前身是歲星。

詩到時適同作葉子戲,郎亭聞之再疊前韻,詩曰:

看竹清談手未停,山塘燈火盪歌舲。閒消駒隙情堪寄,戲雜豬奴氣總腥。勝負争評雙陸譜,盈虧誰算九章經。吴中近事君知否,累累分明貫索星。

午後遂和以詩曰:

使者軺車未許停,我來同上粤江舲。山深衣薄愁添冷,市遠槃空少割腥。一代文章誰作者,萬程滄海我重經。山樗亦入王公座,分詠無才愧聚星。

南船北馬幾曾停,又與琴書上桂舲。香爲瑑銷藏宿炷,蘭防蝭蠹警投腥。憙援舊稿修心史,懶試新茶箸睡經。鄉思近來添幾許,夜闌搴箔數春星。

晚泊河源縣界。兩岸皆山,山各有塔對峙,一破一完。十四日。

晨起開[行],三十五里至徐洞泊。十五。

晨起開行,五十里至白馬泊。十六。

晨起椗,行七十里至枕頭石(藍口司署)泊。十七。

晨起椗,行五十里至虎頭岡泊。隆川縣界。十八日。

偶作無題五律四首,句曰:

十五蘭房静,含情自柰何。賦應工宋玉,名合比秦娥。宛轉隨紅袖,因循怨翠娥。相將銀燭底,試聽汝南歌。

繡户巢翡翠,金鎞掠鳳皇。緑摇雙燕佩,紅束九霓裳。小語銀屏静,含愁玉枕涼。相思不相見,故故艷明裝。

秋水團明鏡,新愁託畫眉。好花當户艷,清酒入懷知。拈帶迴華燭,量珠壓繡帷。香囊垂叩叩,猶寫定情詩。

已有愁無極,難堪夢昨宵。未能託絃索,何以報瓊瑶。秋思寒金井,柔情上翠翹。天涯多蕩子,休問淛江潮。

寄玉峰、稼秋、端卿、平書、夢畹各書。

晨起,行十五里至隆川縣江邊小泊,不能見城郭。復行二十里至老隆泊,蓋至嘉應水道。至此須易陸行,數十里方得换船焉。十九日。

晨起束裝,蓋欲陸行也。無轎,衹有山兜,用竹爲之,上環如車篷,以青布作幛。約二十里至秦嶺,有息勞亭。再行十五里至通衢司署,午餐。署甚窄,間壁有景韓書院,上有昌黎閣。再行二十里過藍關,有昌黎祠。

考藍關、秦嶺皆在今之陝西，粵東之有此，乃坿會耳。再行十五里，至清溪下船。船不甚大，上圍竹蓬，無窗，頭甚高，尾雙尖，若燕尾然。行皆以篙，即名緑蓬船，此不可多見之式也。水淺而流多沙灘。

今日行道中，皆逢男婦擔物，若布匹、磁器尤多，蓋皆從江右來也。女笠上圍以青布，[①]衫甚長，若袍，無裳，髻皆作盤，以紅絲約前額。二十日。

阮文達嘗以唐文泉子紫石硯硯匣上嵌漢貨布，以漢五銖泉範爲墨牀，以漢宛仁小弩機爲水池，以漢印鉤爲水匙，以漢尚方辟邪銅筩爲筆筩，以宋王晋卿鏤金錢匣爲墨匣，内貯長壽半鉤唐魚兵符，以梁大同、隋開皇、仁壽、唐會昌四造象爲筆架，共成一盤，以供清賞。見《揅經室四集・詠十三金石文房詩序》。

題倚琴圖，叙曰：錢子冠瀛於癸未八月索余作《倚琴圖》，蓋錢子藏有元人遺琴，製甚古，倚者所以寄意也。越四年丙戌八月，同游粵東，出圖重索題句，卒以應之。詩曰：

清徵忽然得，殷勤護鞠通。有情金絡索，無奈玉珍瓏。古意嗟珠柱，新聲隱碧桐。不堪問人世，流水太匆匆。

明月入寒逕，清愁未許知。偶因三弄意，聊寄十年思。老屋自空寂，長松有古姿。請君拂瑶席，來和晋人詩。

阮文達序惠氏《禮説》謂(《揅經室集》卷一)："如有好學深思之士，取《周禮》，據賈氏爲本，去其謬誤及僞緯書，擇唐宋人説禮之可從者，加以惠氏此説，兼引近時惠定宇、江慎修、程易田、金輔之、段若膺、任子田諸説，勿拘疏不破注之例，博考而詳辨之，則此書之成，似可勝於賈氏。"

又《謝金圃傳》曰："公撰《六書正説》四卷，發明三代造字本義，詮證秦漢諸儒之説，刊正二徐、鄭樵、戴侗、楊桓、周伯琦等謬誤，尤好鐘鼎古文，獨追象形、象事、象義之本，謂許慎篆文乃俗秦石刻結體，校以商周尊彝、岐陽石鼓，則形、事、意三者皆所不及。指微抉奥，令人解頤。形聲、假借、轉注三事亦博採《倉》《雅》，出入經訓。"(《揅經二集》卷三)

---

① 眉批：笠名"蘇幕遮"，見《南越筆記》。標案，希麟《續大乘理趣六波羅密多經音義》卷一曰："蘇幕遮帽，胡語也。本云颯磨遮。又云戲也，出龜兹國，至今(由)[猶]有此曲，即大面、撥頭之類是也。"所云戲者即今所傳詞[排](牌)是也。

又《焦理堂傳》曰:“君録當世通儒説《尚書》者四十一家,書五十七部,仿衛湜《禮記》之例,以時之先後爲序,得四十卷,曰《書義叢鈔》。”○標按:此書未刻,僅存稿本。余於去歲夏過揚州,知焦氏遺書盡售與人,《書義叢鈔》則爲章小雅以百金得之去矣。

又《試浙江優行策問》曰:“得人之法,全在命題,務隱僻則困英士,偏一體則棄衆才。”(集二卷八)

漢碑之首有半圜形,名之曰垂暈。

晨起解維,行卅里,過長樂縣,再行十里泊。二十一日。

今歲能終日讀書無一雜擾者,維今日也。爲學亦自刻勵,一至於此,可懼也。

洪北江、孫淵如同游揚,主方笠塘家。一日同游梁昭明文選樓,拜昭明太子,曰:笠塘雖好,争好天天擾。明日初三,打點饞腸吃劍潭(汪端光)。昭明太子,保佑我們休餓死。太子開言:“爾與家君大有緣。”[①](《揅經室再續集》卷三《春風竝轡圖跋》)

會稽章逢源爲邵二雲門弟子,二雲先生門下甚多,各授以業,于章君則教以輯古書,開日令輯。標按,章氏輯逸經史子書甚多,卒後遺稿售於山東馬氏,今刊之《玉函山房輯佚書》者,實章氏本也。

午後取方刻雪窗本《尔疋》點讀一過,並題識書衣。

晚泊□□。二十二日。

郎亭饋羹,作詩報之,詩曰:

細雨濕孤篷,寒風透窗紙。煮字正愁飢,忽動小臣指。舟子顧而嘻,一肴進甘旨。不辨味之精,先感公意美。惟此一臠珍,卻勝千鐘侈。張鐙快大嚼,甘滑潤喉齒。豈是啖牛心,否或抉龍髓。坎坎箸方投,忽忽感未已。嗟哉小子身,百日偁孤子。梨棗乞兩兄,蘭芝萎伯姊。有母内可遺,拜賜遠尺咫。瘠田十畝餘,荒蕪失耒耜。幸哉渭陽賢,衣食足可恃。六歲出從師,授經教讀史。十四返吴門,覓屋到杯匜。二十列膠庠,北堂顔一喜。廿二成室家,多難從此始。卓哉我公賢,是年識踵趾。父執似晨星,敢以姻婭視。分座及鯫生,

① 眉批:“笠塘雖好”(起)爲《減字木蘭花》一闋。但第二句“天天擾”句“天天”下脱漏二字,餘皆準確。湖志。

迎門幾倒屣。微意窺我公，受賞等騄駬。昔公使山左，多意感量使。今歲來越東，安敢說公恃。海風吹浪浪，愁思渺何止。貽我金錯刀，贈我錦文綺。盛意正無極，豈獨在尊簋。我感公意深，即此足徵彼。新詩句太惡，和調仗公起。有投必以報，聊以當雙鯉。

晚泊嘉應城外八里泊。二十三日。

夜鐙無事，戲作《幕中九友歌》曰：

蒲生文學高群流，胸羅萬卷容休休，高譚經濟多良謀。程祝公醫學能深求，《青囊》《肘後》勤旁搜，餘事還好新詩投，惜哉十月難稽留。冠雲鄉思何悠悠，佳句盈箧能唱酬，駢儷癖好湖海樓。錢老譽雅愛柔翰抽，韓文一卷珍藏收，家書時盼來星郵。程叔垣我識詩最優，隸書兩漢能自由，相逢一笑青雙眸。趙蓉舫文字聞炳彪，高譚汩汩新蕉抽，玉堂楷則工誰侔。顧黄公藹藹情自幽，相對不能爲楚咻，晚鐙爰戲樗蒲頭。陸生陸生人孰儔，終朝握算兼持籌，小詩吟妥何苦愁。坐中又有江甯劉，静如白鶴閑如鷗，贈以一字名曰叟。[1]

晨起至城外，即進南門，至試院，適祁子樅、程履新、汪維卿（鴻禩，休寧歲貢，郎亭族弟）自鄉來，同譽卿、冠瀛、謙之、介石住二堂樓上，覺稍快爽耳。上葉師書。得桐尊書。廿四日。

起床已午正矣。燈下閲童古卷百六十本，至子正畢。廿五日。

王仲蘭（仁照，江西吉安人，諸生）自江西來，爲郎亭年侄也。

晨起已午正矣。午後寫白摺一頁。燈下閲興甯生卷一百六十本，至鷄鳴睡。廿六日。

晨起未爲一事。午後寫白摺兩頁。晚閲童卷。廿七。

嘉應州學廩生張文舉呈其祖父雜著十六種稿本於學使，學使出示，屬存其目並言其大凡。

《漢史月日徵信》三册。首册爲班書《帝紀》《侯王表》，皆以秦厤推之，譌者上引本文，下注出之，《功臣表》、《外戚表》、《律厤》、《郊祀》、《五行》三志、《列傳》等皆以殷厤推之。次册爲《後漢書帝紀》，自《章帝紀》元和二年以前皆用三統厤推之，以後各紀用四分術，列傳中《劉聖公》《蘇竟》《杜篤》三傳用三統，《郎凱》《襄楷》二傳用四分。三册爲《續漢志律厤

① 眉批：逢〇皆空兩格。

志》,自元和元年以上皆用三統,永元元年以下用四分。坿《三國志月日徵信》一卷,《蜀書・漢昭烈帝》用四分,《諸葛亮傳》用景初術;《魏書・太祖》《文帝》用四分術,《明帝》景初元年十一月以後用景初厤,《卞皇后》《甄皇后》《郭皇后》三傳皆用四分術,《管輅傳》以四分、景初合推之;《吴書・吴主》黄武二年正月以後改四分,用乾象厤推。

《史記太初厤法衍》一卷。蓋因太初術見於《史記・厤書》,自太初迄建始凡七十六年,四分術所謂一蔀也。四分行於後漢永平十一年,《漢書》以太初術即三統。三統之日法八十一分,四分之日法九百四十分;三(朔)[統],一月之朔小餘四十三,四分一月之朔小餘四百九十九。又三統之中法一千五百四十,四分之中法三十二。三統一歲之中小餘八十五,四分一歲之中小餘八。三統四歲小餘一,四分四歲無小餘,則三統較四分强也。是書直著至建始四年,非太(師)[史]公所得見,故指爲褚先生所補,乃竟以四分爲太初,則何待東京永平之改也?然術雖不同,而其所異者不過小餘、大餘之後先,故月之大小亦偶有後先耳。且究其所謂後先者,六年中不過四百九十,月中約逾至八十一,月即有前後,兩月大小互易。

《量倉八法》一卷。乃以借根方演《緝古算經》四郡較粟以下八題也。

《方程正負定式》一卷。其意謂方者方也,猶開方之方,立正負以别同異,猶彼此也。不論和較,一以正負行之,正負相當曰相當式,故正負可互易,爰成此書。

《算法統宗難題演術》二卷。蓋以程書卷末難題演之,多所校正,然未見梅氏增删之書,僅就坊本《統宗》推演耳。

《梅氏增删統宗附識》。蓋梅氏書尚有難通處,即注於上方,録而集之,成此一卷焉。

《三國志討論》一卷。按因讀陳書而得,故論文、校勘兼有之也。坿《季漢朔閏表》一卷。因四分術視太初密,惟日小餘半之,未及預命;大月較驗微格略爲變通,餘分勿絀。九百四十滿乃進一,小月大月差近無失,甲子迄庚歲將及百,不論消長,始亦符合,暨乎其既後天一日,是年非完,依術演式,就檢史志,用便校核,乃撰此表。

《四庫提要管闚》一卷。乃讀《提要》按語集録者。張君於各史紀年及厤算頗精,故校證多塙云。

《南樓讀書雜記》一卷。體例仿《容齋五筆》,考證頗是,惟引書於版本不甚詳考,故多武斷。上方有同州廪生陳崧(夢石)按語,甚精,即張門人也。

《雜文》一卷。多言筭術,然文不甚雅潔耳。

得七月廿八日第一號家書並大哥、心淵、葉師各書,即復(作第二號),爲漱經索逋事也。

晨起,閲卷二百册,至午後畢,廿八日。

晨起,閲復生卷七册。午後未爲一事。燈下閲嘉應童卷百册,睡。廿九日。

晨起,補閲昨卷二百三十册,至申初畢。又作家書(第一號)並坿心淵書,又毓仙、葉師二書,又玉峰書。三十日。

黎秉樞(嘉應州生,中西之學兼通,易名元莊)

鍾焕彬(又□□。騈文似儀鄭)

光緒十二年九月

晨起寫白摺。午後未爲一字。燈下閲興甯童卷二百二十五册。初一日。九月。

長白素孟蟾方伯(訥)多收藏古金,見《筠清館金文》。

晨起寫白摺。午後未爲一事。初二日。

郎亭出示嘉應州廪生陳崧所呈自撰書兩種。

《窺豹録》八卷,大抵考證四部之書,若札記之屬。讀書不多,故多武斷,又多竊取前人舊説據爲己有。

《東溪引綴録》,此爲言算之書。首篇曰新術,自謂皆創獲,或古人無是題而今設之,或古人有是題而别立一法以算之。次篇曰疏證,僅取《重學》《代微積拾級》《三角法舉要》三書可通者略加疏證。三篇曰辨譌,則專補正《九數通考》,僅有三題而已。

晨起寫白摺,餘未爲一事也。初三日。

晨起閲覆童卷。午後讀嘉應黄公度《日本雜事詩》二册,以朱筆圈識之。初四日。

得第二次家書(八月初七日發),内坿二兄、心淵並託寄吴、程二位。

晨起寫白摺,餘未爲一事。初五。

晨起寫白摺,餘未爲一事。可愧。

刻一印曰"素樓",蓋不忘美代也。擬作《憶語》一卷,晚燈多暇,輒書一二則。

晚間胸脘忽悶痛,牽引兩太陽穴及牙根,繼攻至背,坐卧不安,如是者一時許,同人皆以爲肝疾,遂以伽楠木屑以開水沖之,一杯方飲,其疾若失,奇哉如是。得安睡。初六日。

晨起寫白摺。午後未爲一事。晚間郎亭招飲畢至樓。胸脘復隱隱作痛,繼又攻至背,且自晨起至晚左鼻孔有血出,恐受熱,以清寧丸卜之。

母手諭曰:"遠出覓利,非義之財決不可取,只要一切謹慎,自己省用就好。"初七日。

晨起寫白摺,餘不爲一事。初八日。

晨起寫白摺,至晚畢。初九日。

晨起已午正矣。飯後寫白摺半頁。爲郎亭録詩題六紙,餘未爲一事也。初十日。

晨起寫白摺。午後寫扇頭二,作楷書。十一日。

"與酒無緣偏好客,以書爲命不憂貧。"此何蓮舫句也,可刻一大印。

晨起寫白摺。午後爲郎亭擬州學各生所進書序批諸條。晚郎亭招飲,爲餞祝謙之先生也。十二日。

晨起寫白摺,餘未爲一事。十三日。

晨起寫白摺。午後偕譽卿、冠瀛、仲蘭、履新、介石公餞謙之先生於樓上。行《漢書》酒籌令百枝。十四日。

得第三次諭(八月廿一日發),坿熙年、若溪、心淵、大哥各信。十五日。

晨起寫白摺。午後覆熙年、心淵、大哥、玉峰、稼秋、朗山、揆一各書,並第七次禀。十六日。

《漢書・地理志》顔注曰:"中古以來説地理者多矣,或解釋經典,或撰述方志,競爲新異,妄有穿鑿,安處坿會,頗失其真。後之學者因而祖述,曾不考其謬論,莫能尋其根本。今竝不録,蓋無尤焉。"○標按:此蓋指《水經注》等書,故唐人視《水經注》爲僻書,卒之臣瓚不知即薛瓚,是師古之高視此等書爲無尤之失也。

晨起寫白摺。午後讀《漢書・藝文志》。燈下笑譚。十七日。

晨起檢拾行李。午後出門一遊。出南門，至西關，爲一州最大之市，無所得，以番餅乙購興甯布一疋，長四丈餘，甚細潔也。市間有以黑騌穿作小帽者，甚佳，以銀三錢得之。十八日。

晨起無事，寫白摺半頁。午後起程，仍坐緑篷船，約十里即泊。十九日。

嘉州肩負之事，皆以婦女爲之，物雖累重，其行如飛。衫長過膝，不繫裙，胸束淡紅，襪長如衫，銀鐲粗如大指，腰必繫鑰，行動有聲，一荷囊坿之。① 赤雙足，不襪履。雖冒風日，而膚白者頗多。婦作髻，後撲若魚尾，女則作辮焉。吾江蘇婦女日處深閨，足不履閾，手不提斤，嬌養性成，坐而食猶必甘旨爲美，在禮法固是矣，然視嘉州之婦女則當媿死。

潮嘉風月以緑蓬爲勝，聞篙駛皆艷妝者，今則皆科頭赤足之夫也。昨出南門，見有一二舫垂作簾，有後坐，出而觀者則高髻黑衫，貌同羅刹，或即緑蓬之告朔也。二十日。緑篷或作六篷，蓋駛篷以六。

晨起，十里至西洋，十里至青草，十里至鄭軍，十里至雨村，十里至嚴邨，二十里至銅盆，十里至松口，二十里至燕歛，十里至蓬辣灘（大埔界，海陽辦差學使過此須上岸祭一碑），十五里至水興，十五里至洋桃坪泊。二十日。

晨起，行十五里至三河灞，十里至合口，二十里至銀溪，十五里至南坑，十里至九龍潭，十里至宋公塘，十里至高坡，三十里至轉水，十里至朱坑，十里至散溪，十里至隬隍（大鎮），十里至葛布泊。二十一日。

晨起開行，十里至烏石，十里松水，十里曲灣，十里歸湖，十里鳳棲，十五里潮州府城，即進城。至試院，與譽卿、冠瀛同房。二十二日。

晨起未爲一事。二十三日。

晨起寫白摺。午後閱生童經古卷百四十册。二十四日。

晨起補昨未閱卷，午畢。晚閱生卷。

見《申報》有夢畹詩，爲得余書言紉秋事也。二十五日。

晨起未爲一事。午前補閱生卷二百餘册畢。晚校童卷。二十六日。

---

① 眉批：《南越筆記》卷七曰："粤中當壚婦女皆繫一花繡囊，多貯果物。有爲'五籃號子'者，曰：'垂垂腰下繡囊長，中有檳門花最香。一笑行人齊下騎，殷勤紫蟹與瓊漿。'蓋謂此也。"是荷囊之佩其來古矣。

晨起寫白摺。午前補閲童卷一百十八册畢。二十七日。

晨起，以小花小影題辭並同人詩録出，寄夢畹，坿以書曰：

滄波無極，赬鯉不逢，一日三秋，不足爲喻。韓山使院讀貽紉秋詩，情韻絶佳，悲緒時觸，故人之跡，有如對面。藉宷餐衛適時，箸撰多豫，甚善甚善。萬里浪游，水宿星飯，炎方燠熱，絶異江南。舊侣零星，還思故里。日者讀鷗所之詩，恨遲識面；上袁絲之壽，媿未隨行。路邇人遐，涂乖趣别，不亦傎哉，恨如之何。事隙之辰，偶思蓬島，開函録句，緘紙寄遠。伏惟大雅，矜其孤響。吏有名篇艷什，迭互鋒起，亦付寫官，並留情致。若能盡傳鉛槧，藉布王州，識海外之多才，結文章之知己，則珠璣百琲，或伐以新辭，錦瑟千年，得成爲佳話。達此妄舉，副以虚心。書不盡言，伏惟萬福。

《尚書》之字本爲隸古，既是隸寫古文，則不全爲古字。今宋齊舊本及徐、李等音所有古字，蓋亦無幾。穿鑿之徒，務欲立異，依傍字部，改變經文。疑惑後生，不可承用。(《經典釋文》陸叙)

《禮記・經解》之説以《詩》爲首，《七略》《藝文志》所記用《易》居前，阮孝緒《七録》亦同此次，而王儉《七志》《孝經》爲初，原其後前，義各有旨。今欲以著述早晚、經義總則以成次第。(又)○按《釋文》以《易》《書》《詩》《三禮》《春秋》《孝經》《論語》《老》《莊》《尒疋》爲次。

《尚書》者，以其爲上古之書也(陸德明説)。伏生所授爲今文，孔壁所出爲古文，劉向所校爲中古文。

晚校澄海童卷二百三十册，未畢。廿八日。

晨起補校，至午畢。午後寫白摺半頁。讀義山詩三卷。燈下讀《經典釋文序》。與得之、乙丈書。廿九日。

高帝(十二年)

孝惠皇帝(師古曰：漢家之謚，自惠帝以下皆稱孝也。○母吕氏。七年。)

高皇后吕氏(八年)

孝文皇帝(高祖中子，母薄姬。十六年，又改元曰後，七年，共二十三年。)

孝景皇帝(文帝子，母竇皇后。六年，改元曰後，三年，共九年。)

孝武皇帝(景帝中子，母王美人。建元六年。○(師古曰：自古帝王未有年號，始起於此。）元光六年，元朔六年，元狩六年，元鼎六年，元封六年，太初四年，天漢四年，太始四年，征和四年，後元二年，共五十四年。）

孝昭皇帝（武帝少子，母趙婕妤。始元六年，元鳳六年，元平元年，共十七年。）

孝宣皇帝（武帝曾孫，戾太子孫，太子納史良娣生史皇孫，皇孫納王夫人生宣帝，號曰皇曾孫。〇本始四年，地節四年，元康四年，神爵四年，五鳳四年，甘露四年，黃龍元年，共二十五年。）

孝元皇帝（宣帝太子，母共哀許皇后。初元五年，永元五年，建昭五年，竟甯元年，共十六年。）

孝成皇帝（元帝太子，母王皇后。建始四年，河平四年，陽朔四年，鴻嘉四年，永始四年，元延四年，綏和二年，共二十六年。）

孝哀皇帝（元帝庶孫，定陶恭王子，母丁姬，年三歲嗣立爲王。建平四年，元壽二年，共六年。）

孝平皇帝（元帝庶孫，中山孝王子，母衛姬。元始五年，共五年。）

王莽（字巨君，孝元皇后之弟子也。始建國八年，天鳳四年，地皇四年。）

世祖光武皇帝（諱秀，字文叔，南陽蔡陽人。高祖九世孫也。更始三十一年，中元二年，共三十三年。）

顯宗孝明皇帝（諱莊，光武第四子，母陰皇后。永平十八年，共十八年。）

肅宗孝章皇帝（諱炟，顯宗第五子，母賈貴人。建初八年，元和三年，章和二年，共十三年。）

孝和皇帝（諱肇，肅宗第四子，母梁貴人。永元十六年，元興元年，共十七年。）

孝殤皇帝（諱隆，和帝少子。延平元年。）

恭宗孝安皇帝（諱和，肅宗孫也，父清河孝王慶，母左姬。永初七年，元初六年，永甯元年，建光元年，延光四年。）

孝順皇帝（諱保，安帝子，母李氏。永建六年，陽嘉六年，漢安二年，建康元年。）

孝沖皇帝（諱炳，順帝子，母虞貴人。永嘉元年。）

孝質皇帝（諱纘，肅宗玄孫，曾祖千乘貞王伉，祖父樂安夷王寵，父渤海孝王,母陳夫人。○本初元年。)

孝桓皇帝(諱志,肅宗曾孫也。祖父河間孝王開,父蠡吾侯翼,母匽氏。建和三年,和平元年,元嘉二年,永興二年,永嘉三年,延熹九年,永康元年。)

孝靈皇帝(諱宏,肅宗玄孫也。曾祖河間孝王開,祖淑,父萇,世封解瀆亭侯,帝襲侯爵,母董夫人。○建甯六年,光和六年,中平六年。)

孝獻皇帝(諱協,靈帝中子,母王美人。初平四年,興平二年,建安二十五年。)

光緒十二年十月

晨起,讀《漢書》。午後未爲一事。燈下校饒平童卷二百四十册,未畢。十月朔日。

晨起,補閲昨卷,至午畢。寫上唐學師書。

申公作《魯詩》,后倉作《齊詩》,韓嬰作《韓詩》。(《藝文志》應劭注)

《公羊》《穀梁》立於學官,鄒氏無師,夾氏未有書。(又《志》)

爾,近也;雅,正也。(張晏説,《藝文志》注)

南海孔氏藏書處曰(雪嶽)[嶽雪]樓。

晚未爲一事。初二日。

隴以西有緜諸、畎戎、狄獂之戎,在岐、梁、涇、漆之北有義渠、大荔、烏氏、朐衍之戎,而晋北有林胡、樓煩之戎,燕北有東胡、山戎。(《漢書·匈奴傳》)

單于姓攣鞮氏,其國稱之曰撐犁孤塗單于,匈奴謂天爲撐梨,謂子爲孤塗,單于者,廣大之貌也,言其象天單于然也。(又)

左右賢王　左右谷蠡　左右大將　左右大都尉　左右大當户　左右骨都侯　匈奴謂賢曰屠耆,故常以太子爲左屠耆。(又)　且渠。(師古曰:“今之且渠姓,蓋本因此官。”)

大臣皆世官呼衍氏、蘭氏。(師古曰:“呼衍乃今鮮卑姓呼延者是也。蘭姓今亦有之。)其後有須卜氏。此三姓其貴種也。”)(又)

諸左王將居東方,直上谷以東,接穢貉朝鮮。右王將居西方,直上郡以西,接氐羌。(又)

自次王(師古曰:“自次者,尊重次於單于。”)(又)

祭天金人。師古曰："作金人以爲天神之主而祭之，即今佛象是其遺法。"（又）

匈奴曰："非得漢貴人使，吾不與誠語。"（又）

晨起寫白摺。午後讀《匈奴傳》，未畢。閱海陽、普甯童卷二百三十册，至子正畢。初三日。

縉紳之儒則守和親，介冑之士則言征伐，皆偏見一時之利害，而未究匈奴之終始也。（《匈奴傳贊》）

禮是鄭學。○陳蘭坡曰："《月令》《明堂位》《雜記》疏皆有此語，不知出於孔冲遠，抑更有所出。（《東塾讀書記》卷十四）

《六藝論》云："注《詩》宗毛爲主。毛義若隱略則更表明，如有不同即下己意，使可識别也。"（《釋文》引）陳蘭坡曰："此鄭君注經之法，不獨《詩箋》爲然。"（又）

陳曰："何邵公《墨守》之學，有宗主而無不同；許叔重《異義》之學，有不同而無宗主。惟鄭氏家法兼有所長，無偏無弊也。"（又）

蒲孫謂西漢家法之亂始於高密，言雖激而近是。

又述陳南園先生説曰："讀《穀梁春秋》須先通三《禮》。"

"鄭注《周禮》竝存故書、今書，注《儀禮》竝存古文、今文，此後來校書之法也。"蘭坡先生説。（《東塾記》十五）

鄭君《戒子書》"博稽六藝，粗覽傳記，時睹祕書、緯術之奥"，陳蘭坡曰："六藝則曰博稽，傳記則曰粗覽，祕緯則曰時睹，三者輕重判然。"（又）

《晋書・刑法志》云："秦漢舊律，後人生意，各爲章句。叔孫宣、郭令卿、馬融、鄭玄諸儒章句十有餘家，覽者益難。天子於是下詔，但用鄭氏章句，不得雜用餘家。"○標按，古人治經之外，首先讀律，《急就篇》《春秋》《尚書》律令文，是與經竝稱也。許沖《上説文表》自《周禮》《漢律》皆當學，六書貫通，其意是禮律並重也。後人習而不察，故幾成爲孤學。蘇東坡詩"讀書萬卷不讀律，致君堯舜終無術"，是猶存古意也。

蘭坡先生曰："與鄭立異者，魏有王肅，吴有虞翻。蜀亦有李譔，著《古文易》《尚書》《毛詩》《三禮》《左氏傳》《太玄指歸》，皆依準賈、馬，異於鄭康成，與王氏殊隔。"（《東塾》十六）

《爾雅》爲類書之祖。

《説文》："犬，狗之縣蹏者也。"後人皆難解説，或疑其誤。標按，此字象犬側立形，近世北方小犬往往能立而候食，正象犬字之形，故説解又引孔子曰："視犬之字如畫狗也。"狗，説解云："孔子曰，狗，叩也。叩气吠以守，从犬句聲。"標按，《説文》"句，曲也"，是此字盤曲，正象犬伏形。蓋犬狗二字，一立一伏，一象形，一會意，今人犬狗通稱，不知立伏之分耳。

顔師古《匡謬正俗》卷八《樂石》："或問曰：秦始皇嶧山刻石文云'刻兹樂石'，樂石何也？答曰：許慎《説文解字》曰：'磬，樂石也。'樂石即磬也。《禹貢》稱徐州'嶧陽、孤桐、泗濱浮磬'，言泗水之濱有石可以爲磬。蓋秦之所刻即是磬石，近泗濱，故謂之樂石爾。所以獨嶧山之文以稱之，他刻石文則無此語也。而近代文字遂總用碑碣之事，蓋失之矣。"標按，樂字當讀如音樂之樂。

今日雜覽各書，偶有所見，略記於上。初四日。

晨起寫白摺。午後閲各書，無所心得。燈下讀古金款識，略記於上方。初五日。

晨起寫白摺。午後得第四次母諭並大哥書，又叔彦兩書。

叔彦書曰："從者在粤，千萬謹慎，肘腋之間，小人窺伺，不可不戒也。"又曰："士君子立身行道，當自禮始。一言一動，必思無愧於古人。苟不能行漢儒之行而徒襲漢儒之言，則適爲攻擊漢學者所藉口，桐城毒焰所由張也。"

朝鮮(招山)。康居(渠)。廚賓(計)。身毒(篤)。龜兹(鳩慈)。月氏(支)。負尾(倍)。圖山(垂)。芒碭(宕)。部婁(剖)。虖池(呼馳)。華不泩(扶)。濡水(丸)。綿蕝(撮)。棧道(淺)。甌脱(區)。皮閣(詭)。廣衺(茂)。殽函(咸)。霅陽(浹)。圯上(詒)。剡溪(冉)。斥候(尺厚)。敦煌(屯黄)。吴會(檜)。濡水(而)。泥涴(堊)。歸祊(崩)。老聃(丹)。掘突(鶻)。申繻(須)。慶隽(列)。顔斶(注)。鍾繇(陶)。李傕(角)。九方歅(因)。酈食其(歷異基)。隽不疑(淺)。繁延壽(婆)。吐角渾(突浴魂)。万俟卨(木其屑)。韓侂胄(託)。方孝孺(入)。休屠(朽除)。可汗(克寒)。冒頓(墨毒)。隽臭(捩挈)。斎然(刀)。窶數(舉逷)。

大哥書云："日來心境大壞，此無可言者。弟亦不必問也。惟願吾弟在外珍重，一切應事、接物、保身，均從厚些。世路險巇，萬不可忽。"

傳即注也，以傳述爲義。舊説漢以前稱傳(《經典釋文・尚書音義上》)。

廣東欽州有隋欽江縣正議大夫甯贙碑，翁、阮兩《金石略》未著録，見莫偲老《金石筆識》。初六日。

晨起未爲一事。午後略檢書籍。初七日。

郋亭出示豐順丁氏《持静齋書目》刻本五大册，分列四部，兼注解題。宋元抄校本與新刻坊本間雜，此一病也。擬專繕善本各書作一目。

晨起書白摺。午後讀《持静齋書目》。初八日。

晨起寫白摺。午後讀《持静齋書目》。初九日。

凡人處逆境而往往思順境，及處順境則不復思逆境矣。此等人不知凡幾。細思之亦理之尋常而已。

凡人出門而不思家，無有也。終日思之，刻刻思之，亦徒然而已。一家平安無逆境，則出門謀食即所安家也，何必思之，然而世少其人矣。蓋既須出門，則必不能居家；既離其家，則勢必日日思之，刻刻思之，然此猶情理之常也。若家室安逸，事無不遂，而仍終日思、刻刻思，此亦妄人也已矣。

母諭云，日來舊疾時發，惟服熱藥則宜。萬里遥思，時深焦灼。頃占以牙牌數，得句曰："進可以戰，退可以守，不戰不守，唯唯否否。"解曰："富貴由天未可求，羨君騎鶴上揚州。勸君動作皆循理，許爾安康到白頭。"循誦再三，庶幾稍慰。

晨起寫白摺。午後閱《持静齋書目》。晚間學使招飲，同坐十五人，爲踐王炳臣州判行也。

日來覺身體肥壯，頗苦其不靈。地氣潮熱，兩股酸疼，胸間時覺悶氣。南方頗不慣居也。初十日。

魏本存性之，仁和人，江蘇候補，稼孫子。

晨起寫白摺。午後未爲一事。燈下讀《持静齋書目》子部畢。十一日。

晨起寫白摺。午後菊常師、管申季丈、若溪表兄自家鄉來，即進署。十二日。

得芝祥書、弟四號家書、毓仙書、静涵書、心淵書、玉峰書、稼秋書、若汀書、篴舅書、叔鵬書。

若溪携來《姚春本集》二册，係張聞遠拔貢詒。又《數學啓蒙》二册，静涵師詒。

晨起未爲一事。午後作家書。(十三日號。)

晨起與諸友書。午後笑談。燈下封家書,共十餘書,稼秋、玉峰、静涵、式權、心淵、實甫、芝祥諸書及葉師、若溪、家書。十四日。

見元刊《困學紀聞》二十卷,黑口版,每半葉十行二十八字,白緜紙印,與《平津館鑒藏書籍記》所説同。郎亭藏。

晨起發第八次稟,託玉峰轉遞。午後又與稼老書,即發。十五日。

晨起寫白摺。午後寫篆。燈下至若溪房譚。十六日。

晨起寫白摺。午後,鞠師出示日記一册,專記目録之學,分子目曰藏書、校書、刻書、修改、裝潢、圖章、目録、别號、借書、抄書、掠買、雜記、題詠、序跋、散佚、書估、宋元本、舊抄本、明刻本。中録《古泉山館詩》,皆有關蕘翁事,燈下録入《年譜》。

見申丈過録邵批《簡明目》八册,較蔣氏本稍異。

胡氏《燕寢考》。刊入《皇清經解》者係誤分東房西室,《疑問》别爲一卷,又以其第一、第二葉與原本第一卷之第二葉互錯,致文義不接,惟《指海》本不譌。

晨起寫摺扇十。午後未爲一事。十七日。

晨起寫白摺。午後譚笑。十八日。

假鞠師《平津館鑒藏書目》讀一過。

自著之書,及録清槁,忽疑其譌而改之,迨檢原書,不訛。自著之書尚且如是,何況校正他人之書乎?人之不可妄動筆也如此。

晨起寫白摺一頁。午後檢書簏。燈下録《黄年譜》清本。十九日。

晨起寫白摺。午後寫對、扇。燈下作第九次家書,坿心淵、大哥書,逕寄局。二十日。

晨起,檢收書籍。午後代郎亭寫楹帖三十餘副,至晚畢。二十一日。

晨起出門,至大街,一游即歸。飯後上船,船泊北門外沙渚,遂同葉師、申丈、若兄、介兄同至韓江亭一游。大石臨江如壁,上鑿"青天白日"四大字,爲嘉靖間人書,又有梵字四,不可識。登古長壽庵,庵中有大石一,上鎸"砥柱"二字,又有原基田《韓江亭》詩一首,五律,刻石壁上。欲游金山,以入城不及,遂歸。晚泊鳳棲。行十五里。二十二日。

晨起,風大而逆,船係上水,頗不易也。午後録《黄蕘圃先生年譜》第二稿畢,手裝之。

讀書切實之學無不從校勘而成。元和之惠、高郵之王，其顯焉者也。陳碩甫先生《師友淵源記·江鐵君傳》謂江課舉子業，間以校讎之説講授，而後知讀書之道必如是方可步及前人。

《蕘翁年譜》二次稿畢，喜而有作：

兩年搜采寒兼暑，萬里遨遊北至南。（余自甲申十月在山左輯《年譜》始，至今歲十月在粤東始畢。）一卷幾成三易稿，未妨由苦始回甘（蒐羅終恐少發揮）。員嶠巷裏昔賢居，吾亦新廛近比閭。（先生百宋一廛在員嶠巷，今爲潘氏松麟義莊，余近亦卜居此巷，去先生舊居不過數十武。）第一快心完趙璧，鄭君手稿李家書。（鄭桐庵、李明古皆舊居員嶠巷，鄭氏文集手稿、李氏所藏舊本各書後皆爲先生所得，近日昆山趙静涵表兄書來，許以鄭氏文稿及李氏舊藏《[成化]虎邱山志》皆歸於余。）澗蘋交絶抱沖死，（先生五十二歲跋手輯《廣韻姓氏考》言澗蘋亦交絶，顧抱沖先先生卒。）佳傳無人爲表微。今若先生知許可，合教異本盡來歸。（潘鄭盦尚書刻《士禮居題跋》成，嘗曰先生有知，當佑我得祕本，兹故戲及之。）實學須從校勘求，首推吴縣後高郵。（吴惠氏父子、高郵王氏父子皆係校勘而成經學大儒。）乾嘉絶業閒徵遍，誰似先生徹九流。

行六十里泊隬隍。風稍息。晚至葉師船暢譚。二十三日。

晨起，讀《持静齋書目》集部。午後攤飯。

今晨奇冷，布衾如鐵，六篷船兩頭通風，欲蔽以層布，不可。蓋主柁者須遥視前路也。行路之苦，莫此爲甚。僕人崛强而愚，非可以理格者。舟人語句周格磔，一字不可通，獨坐寡歡，惟以幾卷書消此長日而已。此詳記之者，欲以俟十年後重披舊籍，或復游故地，當別有一重境界也。

舟行六十里，至高陂泊。二十四日。

《詩·唐風·山有樞》“子有鍾鼓，弗鼓弗考”，毛《傳》：“考，擊也。”標按：近日俗稱猶有作考聲者，然皆譌爲敲字矣。《廣雅》“考，擊也”，是塙當從考不從敲。

《詩·唐風·葛生》“角枕粲(兮)[合]”，毛《傳》：“禮，夫不在，斂枕篋衾席，卷而藏之。”陳奂疏曰：“枕篋，枕匣也。《少儀》‘茵席枕几穎杖’。”王引之《禮記述聞》曰：“穎字當在枕下，枕穎相連。《釋文》‘穎’作‘穎’，《玉篇》《廣韻》並曰‘穎，篋也’，是枕篋又謂之枕穎矣。”標按：枕篋之製，今日本國中猶然,枕以木爲之,兩首翹起如角,中置一抽替(此二字見《齊東野語》),即古所云匣也。

今日讀《國風》畢。

《周易姚氏學》《毛氏傳箋》

晨起,輯《持静齋書目》畢,並題一詩曰:

直教買櫝竟還珠,縷晰條分亦太愚。印跋收藏分氏族,宋元抄校别錙銖。雲煙過眼情堪擬,天水冰山録豈殊。第一傷心經浩劫,夜闌有夢到姑蘇。(吾鄉黄蕘夫、汪閬源藏書在此目者不少。)

行七十八里至三河壩泊(大埔界)。晚至若溪船談。二十五日。

吴兔床《拜經樓藏書題跋記》卷三謂,《水經注》,金源有蔡氏珪《補正水經》,已不可復得。自明以來,校讎刊布者家數漸廣,如楊氏慎、黄氏省曾、吴氏琯、陳氏仁錫、鍾氏惺、譚氏元春、項氏絪、朱氏謀瑋之箋,①又歸氏有光舊抄本,趙氏琦美三校本,朱氏之臣補正本,全氏元立、天叙、吾祺三世校本,馮氏夢禎勘定本,錢氏曾依宋刻校本,黄氏宗羲芟本,孫氏潛再校本,顧氏炎武校本,黄氏儀校本並圖,劉氏獻廷注疏本,姜氏宸英校本,何氏焯再校本,沈氏炳巽集釋本,全氏祖望七校本,柳氏僉影宋本,趙氏一清注釋本,他如周氏嬰、閻氏若璩、胡氏渭、顧氏祖禹、董氏熜、杭氏世駿、齊氏召南,皆嘗援據辨證,以匡其失。② 標按:以外尚有戴氏震校武英[殿]刻本,又微波[榭]刻本,張氏匡學《釋地》本,汪氏士鐸之圖,董氏祐誠之圖説殘稿,陳氏澧之《提綱》(近廣州刊本),惠氏棟之校本(錢唐汪氏函雅堂藏)。

青浦王氏收藏金石拓本,後全歸長洲汪氏三十五峰園。仁和龔氏收藏金石拓本,後全歸常熟瞿氏鐵琴銅劍樓。(王説見於《思適齋集》,龔説聞於葉菊裳師也。)

王述庵侍郎跋《鄐君碑》有言,自褒城而西南,凡三百餘里,懸崖絶壁,漢唐題字隱見於叢莽間,連綿不絶。顧澗蘋跋《漢永嘉犍爲李君摩

---

① "朱"字,《拜經樓藏書題跋記》原文作"王"。

② 眉批:全謝山曰:"國初諸老皆有《水經》校本,如顧氏亭林、宛溪、胡東樵、黄子鴻、閻百詩、劉繼莊,而俱無傳者。惟亭林之本見於何氏所録,黄氏之本相傳入於新城池北庫中,獨渭水、沔水二篇行於世,繼莊竟脱落。若東樵、宛溪、百詩之本雖未見,而其所證據之旁出者頗多紕繆,東樵其尤也。"(《鮚埼亭外編》卷三十二)

崖》謂必出棧道中，亦可悟尚不止此。標聞近日繆筱珊太史（荃孫）家藏新拓摩崖題名積數千種，皆前在蜀幕時所得者，或即王、顧所云而未見之物也。

晨起，行四十五里至蓬涑灘，兩岸皆山，甚峻。河至此稍狹，而水流甚急，灘頭大石如屋，亂列水濱，船過此須加縴夫七八人，行里許則無須矣。又行三十里，至松口泊，鎮甚大。與介石上岸一遊，有豐順分司署，適臨江邊。二十六日。

著書之事，談何容易。余嘗有志疏證孫氏《倉頡篇》，及細讀原文，則覺有許多窒礙，許多可疑，必欲一一通之，已非易事。況欲別文詁義，易乎哉。大約今人講求訓詁之學者，其書必成難而精，講義理之學者，其書必成易而不精。近人往往喜以宋人義理通於漢人訓詁，然猶强北人之音效南人之舌，駕騳馬之車，求舟子而馭，事或有之，理所不可也。①

潮州道中長歌一首示礜卿、冠瀛二兄：

野竹蕭蕭激寒玉，溪泉一逕通山曲。北風吹面酒生波，銀荷焰小金釭續。無數新愁捲浪來，錦箋蠡管空煩促。羅衣況自薄天涯，玉臂清宵寒起粟。此處災荒本謫鄉，韓蘇猶得尋芳燭。天炎地濕蟣若塵，市遠村荒食無肉。格桀句周瞠駕娘，冥頑倔强怒臣僕。箨衣黄篾四圍座，雅名特重篷飛六。獵獵風吹玉帳寒，柁樓前後通如竹。猶想先皇極盛年，潮嘉風月何從録。萬里難迴遊子心，經年無賴頻馳逐。夜深忽忽夢蘇臺，故鄉風景何曾恶。舊珮輕摇錦帳紅，新蕉細捲紗窗緑。娘子薰爐南宋精，靈飛小帖三唐縮。敦鼎千行諷籀書，圖籤十萬森牙軸。雙鉤闌外落花深，鸚鵡空廊啼睡足。人生行樂自有時，莫負春光到秋谷。況是同行盡少年，夜遊古尚秉華燭。孤篷満背正斜陽，一握柔情若鸞觸。詩成急寫不能工，輕帆又過幾林麓。

張鷗舫事見《拜經樓題跋》四《竹垞初白二先生尺牘跋》。

晨起風順，張六篷以行。六篷者，一竹五布，如舒摺扇也。行七十里，至青草泊。途中水淺多灘，石齒齒，水流如瀑。船逆流而上，須加縴夫，半雜婦女，皆赤脚，行走如飛。河中有名曰河車者，用以溉田。河中

① 眉批：小人而爲大人之事，舟子而强輿夫之馭。

立雙柱，以木枝札一大輪，經丈餘，横排巨竹管，首尾略仰，横擱於雙柱，水激輪自動，水灌入竹管，至頂則管傾而水出，以槽受之，達於田，其巧莫及焉。① 近日泰西人往往以機輪利中國，誇爲絶學，不知吾國早有此製。椎輪大輅，固出自東方也。

晚鐙寫白摺，終覺不能純粹，字體亦未穩貼。二十七日。

華錫九表弟(鋆鑫)卒已五載矣。孤燈夜坐，忽念音容，搦管寫情，偶成二律，不知涕泗之何從也。

一别人天已渺然，夜鐙萬里忽纏綿。青梅竹馬垂髫日，玉押牙籤弱冠年。意氣自雄争傑出，豈談慣喜闗超前。誰知哭父麻衣日，竟爾追隨到九泉。(距灌耘從舅之殁僅數月)

尋常中表多兄弟，歷數情親獨有君。斗室消寒開夜宴，荒郊散步話殘曛。謝庭歡笑容予雜，漢石臨摹讓爾勤(君能隸書)。知否滄桑成小刦，破家我忍聽傳聞。

夜夢一律：

夜夢孤篷萬里思，泉聲鐙影意何之。愁來痛飲非余福，静極窮思到幼時。失意年年追故跡，傷心往往托微詞。才人未老豪情減，多恐秋霜上鬢絲。

陸翔麟曾藏高麗寫本《篆韻補》。

晨起未爲一事。午後復叔彦信，未畢。未正，船至嘉應城外泊。同葉師、申丈、若溪、子樅同進城一遊，至州學，遍觀而歸。燈下譽卿來譚。二十八日。

晨起，閲《士禮居題跋記》。午後取四月中滬上憶人詩稿更加删補，續録清本，共得十六首，擬續補之。又跋丙子年所手校《説(手)[文]》。燈下讀《説文》。二十九日。

晨起未爲一事。晚鐙寫白摺。三十日。

潘鄭盦尚書曰：黄蕘圃先生所藏書，晚年盡以歸之汪閬源觀督。汪之冢婦，蔭姑母也。其所藏蔭猶及見之。前年曾爲刻其《宋元本書目》。未幾，汪氏亦漸散失。道光辛亥、壬子間，往往爲楊致堂河督所得，至庚

① 眉批：舊名“水翻車”，子瞻詩“水上自車車自翻”，見《南越筆記》卷六。

申而盡出矣。標癸未秋遊山左，汪郎亭先生出示《海源閣書目》並緦卿太史《楹書隅録》，甲申冬復觀書於閣中，①舉凡《藝芸書目》之所載、《楹書隅録》之所記，皆一一披讀盡矣，大約吾吴故家舊籍則十居其八九，蕘翁之所藏則又八九中居其七焉。嗟乎，吴門藏書庚申之後幾無片籍，百宋一廛中之物已如星鳳，不意於數千里外而得見黄氏完籍，竟有百數十種之富，是天有以護蕘翁也。今歲客居南越，適輯《蕘圃先生年譜》成，獨念《書録》不睹，蕘言未刻，②則此楊氏之目是猶蕘翁之目也。亟寫刻之以爲善，蕘翁卅年精力之聚略見於此。標復亟亟寫刻楊氏書目者，欲使知百宋之書未盡銷滅於劫灰，藉以爲雅好古籍者。③ 楊氏之功之不可没也。《楹書隅録》近聞鳳阿舍人已將付刊，原跋一篇附刻目後，以喜與此目。④

群芳譜

五木經

子目一行（阮文達語）　敝帚齋

修學好古，實事求是（《漢書·河間獻王傳》）。

惻惻春陰到褚池，堂梨花瘦夢成癡。□頭爲■人離别，淚潑銀衫冷未知。

《滬報》自八月初三始，初六止。

又十五起，二十三日止。

---

① 眉批：河督文孫鳳阿舍人出示各書。

② 眉批：潘鄭盦尚書有《士禮居題跋》六卷。鄭盦尚書已刊於滂憙齋中。

③ 以下塗去。

④ 下缺。按，以上是江標爲所刻《海源閣書目》（《江刻書目三種》之一）所寫的跋文草稿，原文有多處塗改。

第七册　光緒十二年丙戌(1886)十一月

(書衣題)第七册　光緒十二年十一月朔日始

丙戌十一月朔日始,十二月除夕止　笘誃日記

乙亥方鼎　父丁象刑鼎　穗尊　寶卣　婦庚卣　韓中侈壺　父癸爵　木父丁爵　𡔿乍妣爵　舉咤父乙雀　析子孫父癸爵　舉戊父爵　己父觚　子孫父丁鼎　史寏敢　穗敢　子執貝　父癸敢　季良父盉　芮公鬲　叔男父匜　父辛殘槃　宗婦壺　宗婦槃　叔麑鼎　加乍父戊爵　口入大方壺　安陵鼎　新成鼎　盩厔鼎　建平訪隋銅虎符

讀《説文》"一曰"之義,如示部"祥"作"一云";言部"訟""詘",死部"殏",竹部"笭","曰"字上疑皆脱一"一"字。系部"絓","口"字疑"曰"字之譌。然所據僅浦翻孫本,不知他本爲何也。用詳考之。①

光緒十二年十一月

晨起開行,午前抵一大鎮,名七都,河口有分司。

國朝石經之學,杭考源流,馮考文字。杭有《石經考異》二卷,馮有《石經補考》十二卷。

史論最忌空談苛論。

凡兵家多與史學家相出入,地理尤要。

通《易》雜道家言,讀《書》不知今古文,説《詩》不考三家,言《周禮》則疑經,釋《儀禮》則攻駁古注,箋《禮記》而不考禮别,空言禮意,詁《左傳》而不取古注,述《公羊》而不知例,證《穀梁》而不明禮,傳《春秋》而不合三傳,考《論語》而不從古意,解《孟子》而泛言性命,申《孝經》不輯鄭注,疏《尔疋》不通許書,雖箸撰積屋,可不必觀其書也。

段茂堂曰:"音均之不同,必論其世。唐、虞、夏、商、周、秦、漢初爲一

---

① 本頁鈐印:"病禪曾讀""建霞"。

時,漢武後洎漢末爲一時,魏、晋、宋、齊、梁、陳、隋爲一時。”(《音均表一》)

一　漢朝家法半滅没,宋世淵源殊慌惚。甘泉記録亦無聊,一編何必兩其舌。桐城惡焰從玆起,《商兑》書成笑無理。吁嗟乎亭林不學竹垞狂,堪憐百體皆金瘡。(此述門户之學也)

五　居題“士禮”齋“思適”,元抄宋刻矜奇獲。一校再校何太煩,不是書癡竟成癡。毛公父子人中龍,何家昆季嗟心同。吁嗟乎蠹魚乾白蟫魚紅,千金敝帚稱此翁。(此述校勘之學也)

九　漢朝絶學傳女郎,棲霞之郝仁和汪。李家小學亦不惡,《尔疋》古注能搜亡。艷名愛説張春水,文章一印鎸知己。吁嗟乎紅柏莊荒世莫知,仲瞿何在禮門死。(此述夫婦皆能文者)

十　絳雲樓已空如雲,影梅庵亦徒留影。空教憶語續香畹,紫姬長恨鴛鴦冷。芳茮先生是何福,香修小印曾經目。吁嗟乎虹屏書跋争珍藏,至今人猶稱陸郎。(此述姬侍之雅者)

七　靈岩山館揅經室,椒花吟舫名堪述。春融堂畔春風多,太邱道廣門生訶。文毅風流説兩江,湘鄉相國稱無雙。吁嗟乎門客知名不盡識,笥河佚事今誰何?(此述宏獎諸名公)

八　伯淵經術北江史,幕府名才吾與尔。艮庭小篆何其工,窮奇檮杌搜汪中。乾嘉遺事尚堪述,大興朱氏鎮洋畢。吁嗟乎白袷樓頭最少年,離魂猶繞秦關前。(此述幕府中之博雅者)

三　諸城金苑空山録,簠齋《印舉》廉生目。山左文章重吉金,南方絶學神膠續。兩罍款識恒軒圖,樓名夊古人間無。吁嗟乎積古齋傾世不扶,小滄浪畔多菰蒲。(此述收藏吉金諸家)

四　聖清絶業開數理,中西算法超前超。《疇人》一傳儀徵功,譯館千篇海甯始。微積真微誰拾級,比例何比知四率。吁嗟乎宣城久去儀徵亡,廷臣孰解《九章》術?(此述疇人之術)

二　驚人秘笈稱遵王,始一終亥疑終亡。誰知百載盛絶學,首推段桂王嚴張。引經逸字義層出,操戈誰得入君室。吁嗟乎體用何人别六書,澗蘋一跋春秋筆。(此述許學之盛)

六　納蘭經刻三月待,二十萬金授東海。《學海》群經托厚民,儀徵始意須編經。《玉函》輯佚購章稾,引書錯落誰稽考。吁嗟乎獨有長洲百宋翁,殺青一字千金寶。(此述刊刻之事)

竹窗畫畫《飛鴻》印，水繪宣爐十蘭鏡。牧仲花磁富定哥，覃溪宋拓收餘燼。乾嘉諸老不可作，冶城山館清儀閣。吁嗟乎十三金石古文房，堪憐一炬多銷亡。(此述賞鑒諸家)[1]

國家三百年來，逸事流風俱絶千古，拾遺訂墜，頗足詠歌。舟次無聊，偶成短句，事皆徵實，語必求新，讀者勿笑。其詩或稱之曰"今世説"可也。

鄦書，𥁕讀若書卷；𠘧讀若書卷之卷。

讀許書五卷畢，專求讀若之義。

晚鐙至郎丈船飯，見句讀《水經注》已畢，百忙之中猶能及此，可謂好學矣。云：員斤《水經》文，不可句讀，屬詢若溪。余疑其盡係水名，述由外國，故不可通也。舟中無書可檢，姑妄言之。[2] 十一月朔日。

手邊無書，一恨也。即如今日，讀許書如"瑂，从玉眉聲，讀若眉；噍，从口，集聲，讀若集"等，標謂既曰眉聲，何以再曰讀若眉？此處殊不可解。不知鄭注讀若有此例否？不知諸家注許書曾言及此否？明日擬詢申季丈。[3]

許書又有"讀與某同"之例，又有"讀若某同"之例，王菉友於此等處考證極詳，惜《釋例》一書不在行篋，無從檢讀也。又有"乂讀若某"之例，又有"讀如"之例(匸部)，又有"或讀若某"之例(系部)。

犭部"狶，過弗取也，从犬市聲，讀若孛。"疑此篆本作𤞞，从犬孛聲，寫刻挩去'子'字。

晨起，舟過轉水口。午後讀許書"讀若"義畢。初二日。

未應韓老偏疏我，應是稽生懶作書。(王紫荃句)

愙齋丈謂鄦書所據古籀皆周末七國時文字，雖存篆籀之跡，實多譌僞之形，今以古金文證之，多不相類。標實疑許書古籀百不可信一，蓋自隸草興而篆學廢，即以小篆之文衡以今存東漢金器之字，已多不合六書。許書屢經寫刻，小篆之不譌者，類有説解耳。若大篆則後人無從取證，筆畫之譌，恐不待雍熙之刊也。

---

[1] 眉批：以上各首序號皆標於書眉。

[2] 眉批：果盡係水名，聚珍本各提行寫。十一日志。

[3] 眉批：菉友於聲讀同字之例亦未能通，見《説文釋例》。

標嘗疑鄦君曾見石鼓文，今書中所引籀文如“囿”“員”等文與今石鼓無異，一也；嘗見北宋刊《説文解字》（海源閣楊氏藏本），籀文起止、筆畫粗細如一，古文則起止皆作尖形，籀文與石鼓同，二也。今翻刻北宋本《説文》，古籀文起止皆作尖形，大謬。

晨起，船過長樂境，晚抵清溪，水淺僅數寸，銜尾而進，船頗行遲。初三日。

天明束裝，先發行李。僕人懶笨，匆匆起身，不及朝餐。本例至通衢午飯，又爲輿夫走捷徑所誤，直至老隆上船，晚鐙始得一飯。四載出門，莫苦於此矣。與鞠師、申丈、若兄同船。臨睡郎丈招譚，出示嘉應黄遵楷所著文。初四日。

何義門校《水經注》，僅取《資治通鑑注》《隸釋》兩種，趙東潛則求之《元和志》《初學記》《太平寰宇記》《太平御覽》《九域志》以及《雍録》《齊乘》、宋元諸圖經。（《鮚埼亭外集》卷三十二。）

全謝山《跋胡氏通鑑注》曰：予少時聞之慈水前輩馮君明遠，極言是注之失，而未及叩其詳。稍長，亟欲盡其説，而馮已逝矣。竊思一一彈駁，勒爲《糾謬》一書，病廢不果。（同上）

晨起開行，至晚僅行二十餘里。過龍川即泊，水淺沙凝，不能上也。初五日。

俞理初曰：余得明寫本《開元占經》，中引《淮南鴻烈間詁》。按晁公武云：許慎標《淮南》書，首皆曰“間詁”，是《占經》用《淮南》許本。其出《間詁》者，猶云“答難箋釋”耳。後又得一明寫本，乃作《淮南鴻烈閒話》。“閒話”雖可詫，然可知爲“閒詁”之誤。及檢閣本，影寫者作“淮南人間訓”，是校書者從“間話”以意改之，不悟其文並不在《人間訓》也。（《癸巳類稿》卷七）

薰艾（《江南野録》韓文靖投贄事）　目暗耳聾（《善謔集》韓事指魏明）

江旭升《皇明通紀集要》，隆慶中禁此書，見《野獲編》。楊慎云此書本梁億所撰。（《癸巳類稿》卷十二）

《靈樞·營衛生會》云：“清者爲營，濁者爲衛。”（《癸巳》卷十二）

昨晚船泊龍川後，於夜半郎丈遣承差押夫役八人助勒起椗，至天明始與郎船相接，即同行，至晚泊大灣水，僅行三十里也。初六日。晚至郎丈船譚。

散槃籀文,盂鼎古文。

全謝山曰:"蕙田嘗述義門之言,以爲厚齋不脱詞科中人習氣也。予諧之曰:'義門不脱紙尾之學習氣也。'蕙田大愠。"(《鮚埼亭集》卷二十《姚蕙田壙志銘》自注)

全謝山撰《張南漪墓志銘》,有曰:"浙有妄男子者,客京師,其文皆造險語奇字以欺人,而中實索然無所有。或問之,則取漢唐以來之亡書對曰:'是出某本。'賦詩則以用盡韻部之字爲工。方余在京師時,力爲人言其謬,故妄男子最恨予。及予歸,妄男子始猖狂,而吾友中好奇者亦多爲所蠱,莫之正。"鞠裳師謂指胡天游。(《鮚埼亭集》卷二十)

晨起開行,晚泊洪軍。行百十里。明日可過河源矣。

昨製三印,今日製一印,曰"古金精舍",曰"祖選堂",曰"敝帚居",曰"閒詁宧"。初七日。

全謝山謂五鳳石刻爲重摹本,見《鮚埼亭集》卷三十七跋。謂《張猛龍碑》書法不佳(見同上)。謂唐太山摩崖爲前明俗吏更以"忠孝廉節"四大字鑱其上,舊文爲所毁者半(見同上)。標按此更不然。余親至山頂讀銘文,無有爲大字所掩者。曾聞舊時有拓工來拓此石,天寒,籠火其下,致石毁損,今下段字爲後人補刻。先生或以此而訛。

史籀歿而蔡邕作,陽冰死而夢英生。(陶學士真書、夢英篆書《千文碑序》在碑陰。《全集》三十六)

晨起開行,午後過河源,晚泊黄泥堀。共行九十五里。初八日。

上午讀《唐姜行本勒石紀功文》拓本,爲之釋文。此刻最不易得。石在甘肅,余藏係譽卿所贈,渠亦得諸友人也。晚泊赤勘。初九日。

翁覃溪曰:"愚嘗謂《周禮》《儀禮》'古字作某',今皆具在鄭氏注,可裨參考竟。當撰《禮經古文考》,千餘年來未見有人撰此事者。"(《復初齋文集》卷一《古文尚書條辨序》三)

"説經家之彼此互辨也,自穀梁子'鼷鼠'條始也。"(同上)

又曰:"嘉興王惺齋(元啓)有言:'今人爲文,棄韓、歐諸家所用之字,而好辨許祭酒重文、張次立附字,此學者之大患也。'"(卷二《小學考序》)

《抱朴子外篇·博喻》之文頗似連珠。[1]

---

① 眉批:又《守堉》《安貧》《(神)[仁]明》三篇,又似矣。

覃谿曰："吾嘗笑考金石者，動言可證經史。其實證經者二十之一耳，證史則處處有之。"標嘗謂金可證經，石惟證史。先生于金石二字但據石刻而言，故有此説也。(《文集》卷二《洪筠軒讀碑記序》)

又曰："凡作序者，必於其書有所資證，而後序之。予從來不欲以泛贊作題詞也。"(卷三《孔撝約集序》)又曰："予從來不輕爲人作序，誠以無所發明，則序不作可也。"(卷四《奉饌圖後序》)

又曰："説部之書，可取資者二焉，一曰有裨于考訂，二曰有關於勸懲。"(卷四《濠上邇言序》)

又曰："予年十九，日課誦《漢書》一千字。"(卷五《寶蘇室研銘記》)

又曰："考訂之學，以衷於義(禮)[理]爲主，其嗜博嗜瑣者非也，其嗜異者非也，其矜己者非也。"(卷七《考訂論》)

又曰："言正訛則開妄改之弊，言錯簡則開妄作之弊。"(又)

又曰："今之學者動輒舉碑刻之文以斷史之誤，然其中固實有史誤而碑可信者，亦有不妨兩存以備考者。"(又)

又曰："有訓詁之考訂，有辨難之考訂，有校讎之考訂，有鑒賞之考訂。"(又)

又曰："學者幸際斯時，其勿區漢學、宋學而二之矣。然而劃漢學、宋學之界者固非也，其必欲通漢學、宋學之郵者亦非也。"(又)

又曰："聞蔣鉛山主講席於揚州，諸生有汪中者，夙以博辨自詡，起而問曰：'女子之嫁，母送之門，是何門?"蔣曰：'姑俟查考。'汪曰：'俟查考則無所庸其掌教矣。'蔣以此深銜之，語學使，欲置之劣等。"(又)

又曰："考訂者，訂證之訂，非斷定之定也。考訂者，考據、考證之謂，非斷定之謂。"(又)

又曰："江聲之《尚書注疏》，不用舊注疏一字也，直是自己另作注。又於每條下以小字另自爲疏。注與疏皆此君一手寫，雜仿六書體，非篆非隸，自成一部注疏，乃自刊板行世。此人若入《儒林傳》，將必開嗜異者自撰注疏之漸。即使其中無誕妄不經語，而此風亦不可長。"(卷十一《與曹中堂論儒林傳目書》)

又曰："愚曩時與習之期共學者，欲以三《傳》考證三《禮》，斯言約舉而未究其實。"(又《與魯習之書》)

又曰："許氏《説文》之小篆，漢篆也；李斯、趙高、胡母敬、程邈之小篆,秦篆也。漢篆未必出於一,而許氏一之;秦篆之不出於一,則未有能一之者。故許氏就所聞而記之爾。”(卷十七《跋萬季野書〈説文〉後》

又曰:“方綱夙不喜爲記,謂其易近於序説也。”(又《書同人贈盧抱經南歸序卷後》)

昨日午後過觀音閣。

晨起椗,三鼓抵惠州,即進城,至試院。郎丈已先到矣。同葉師、申丈、若兄住一房,小仄殊甚,即仰蘇堂西偏屋也。初十日。

晨起寫白摺。午後雜檢各書。晚作篆六頁,臨《刁遵墓志》十頁。十一日。

晨起寫白摺。午後未爲一事。燈下閲生、童古卷百十本,至丑初畢。得郁建伯自杭州來書,坿致郎丈信。(由浙省火藥局衖郁公館寄,十月十六日發)十二日。

晨起未爲一事。午後寫字。晚鐙未爲一事。子初府學生卷始來,閲百本即睡,已四鼓矣。十三日。

晨起補昨卷,至申刻始閲畢。接閲河源童卷二百册,文理多不盡通,爲他屬所無,至三鼓畢。十四日。

點畫謂之文,文滋謂之字,音讀謂之名,名之分别部居謂之聲類。周時大司徒、鄉大夫、保氏所教,外史所達,大行人所諭聽者,漢四百年間憭然衆著。魏李登以成書,沿至陸法言等八人猶能知其崖略。(《周禮漢讀考序》)

晨起巳午初矣。寫白摺一頁。午後寫篆十頁。燈下作第十次家信,並叔彦、毓仙(言刻價)二書,已三鼓矣。十五日。

晨起,知愙齋丈已簡粵撫。午後,郎丈屬譯電報,須用隱文,遂以許書部分爲次編之,至晚畢。燈下閲河源童卷九十五册。蓋郎丈以有他事相屬,故閲僅半也。十六日。

晨起寫白摺。午後,爲郎丈寫信三函。

自陽春至海康六七百里,板橋茅店之間,數錢妖冶,皆可怖畏,俗所謂“過癩”者也。(《南越筆記》卷七)

俞理初撰《程友石説文類求序》曰(《癸巳存稿》卷十五):“其所引經傳、古籀、大小篆、正俗字、漢律、漢令、奇字、方言及各家之説,以類相從,題曰《類求》,嘗持示正燮曰:‘以此爲學,有當乎?’燮言友人歸安嚴氏可均爲《説文》學亦如此。”

晚閲《南越筆記》。十七日。

晨起寫白摺。午後，爲郎丈寫信五函。燈下閲歸善童卷百册。得吴次瀟自上海來書，係初四日所發者。十八日。

《文中子·周公》篇云：“邳公好古物，鐘鼎什物、珪璽、錢貝畢具。”《漢書·郊祀志》言尸臣鼎有款識，注云：“款，刻也。識，記也。”《博古圖》曰：“款在器外，識在器内。夏器無款，殷器無識。”張世南《游宦記聞》云：“款謂陽字，識謂陰字。”（《癸巳存稿》卷十引）

俞理初曰：“日本寬永元年甲子當明天啓四年，其三十年癸巳當本朝順治十年，明年甲午本國改元正保，《三元指掌大成》《年代廣記》[①]所記皆同。”（《癸巳存稿》卷十）標按：日本《和漢年契》（安正三年攝陽蘆屋山人所著），寬永祗二十年，始甲子終癸未，甲申即正保元年，甲午則爲承應三年矣。先生謂寬永有三十年及甲午改元正保，所據皆訛。（安政當咸豐六年）

《避瘴訣》：“稍飲卯前酒，莫喫申後飯。”（《癸巳存稿》卷十一）

昨晚睡已四鼓，今日起已午正，即飯。午後閲生覆卷十册，餘未爲一事也。燈下寫白摺半頁。寫篆書《釋水》畢。讀《癸巳存稿》。至三鼓睡。十九日。

讀李申耆《紀元編·外國》日本年號，以《和漢年契》證之，多有不同。如四十八代“标德”，《年契》作“稱德”；五十五代“天安三”，當作“二”；六十六代“永祚二”，當作“一”；七十三代“堀川”，《年契》作“堀河”；八十三代“上御門”，《年契》作“土御門”；八十五代“後堀川”，《年契》作“後堀河”；八十六代“延應二”，當作“一”，“仁治一”，當作“三”；八十八代“正喜”，當從《年契》作“正嘉”，與鍾合；九十三代“後三條”，《年契》作“後二條”；百一代“佳慶”，《年契》作“嘉慶”；百三代“永亨”，《年契》一作“永享”；百四代“後上御門”，《年契》作“後土御門”；百五代“後相原”，《年契》作“後柏原”；百十代“義明”，《年契》無此紀年，黄説疑不可信；百十八代“仙洞御所”，《年契》作“後櫻町”；百二十代“文化”，其元年爲嘉慶十年，《年契》作“九年”，當壇。又附“建德”“文中”“天授”“宏知”“元中”五號，

---

① 眉批：《廣記》亦彼國書。

云“見《廣記》，未知何國之號”，《年契》載入，係日本割據之號，“宏知”作“宏和”；又四十代“朱雀”，《年契》作“朱鳥”，李以“朱雀”屬天武，“朱鳥”屬持統，譌也。又曰：“自繼體第二十七代始建年號”，《年契》于皇極乙巳大化上紀曰“始立年號爲大化”，是《類聚考》所據不可信。又“舒明”下有“皇極”，“敏達”下有“用明”，“繼體”下有“安閑”，皆鍾《考》所脱；“繼體”以上稱號可逆推至東周，皆李編所未紀者也。《年契》爲日本人所撰，安政二年當中國咸豐五年，以中東合證，頗無錯誤，足以糾正李書者也。

《抱朴子》曰：“氣盈志溢，態發病出，黨成交廣，道通步高。清論所不能復制，繩墨所不能復彈，遂成鷹頭之蠅，廟垣之鼠。所未及者，則低眉埽地以奉望之。居其下者，作威作福以控御之。故勝己者則不得聞，聞亦陽不知也；減己者則不敢言，言亦不能禁也。”又：“輕薄之人，跡厠高深，交成財贍，名位粗會，便背禮畔教，托云率任，才不逸倫，强爲放達，以傲兀無檢者爲大度，以惜護節操者爲澀少。”又曰：“君子之交也，以道義合，以志契親，故淡而成焉。小人之接也，以勢利結，以狎慢密，故甘而敗焉。”又：“或因變故，佻竊榮貴，或賴高援，翻飛拔萃，於是便驕矜誇驁，氣淩雲物，步高視遠，眇然自足，顧瞻否滯失群之士，雖實英異，忽焉若草。或傾枕而延賓，或稱疾以距客，欲令人士立門以成林，軍騎填噎於閭巷，呼謂尊貴，不可不爾。”又曰：“凡彼輕薄之徒，雖便辟偶俗，廣結伴流，更相推揚，取達速易，然率皆皮膚狡澤，而懷空抱虚。有似蜀人瓠壺之喻，胸中無一紙之誦，所識不過酒炙之事。所謂傲很明德，即聾從昧，冒於貨財，貪於飲食，左生所載，不才之子也。”又曰：“雖心覺面牆之困，而外護其短乏之病，不肯謐己，强張大譚。”(以上皆《抱朴子外篇・疾謬篇》語，第二十五卷)

又曰：“生乎世貴之門，居乎熱烈之勢，率多不與驕期，而驕自来矣。”又曰：“亦有出自卑碎，由微而著，徒以翕肩歛迹，偓伊側立，低眉屈膝，奉坿權豪，因緣運會，超越不次，毛成翼長，蟬蜕泉壤，便自軒昂，目不步足，器滿意得，視人猶芥。”又曰：“夫節士不能使人敬之而志不可奪也，不能使人不憎之而道不可屈也，不能令人不辱之而榮猶在我也，不能令人不擯之而操不可改也。”(以上皆第二十七卷《刺驕篇》語)

又曰：“仁者，爲政之脂粉，刑者御世之轡策。脂粉非體中之至急，而轡策須臾不可無也。”又曰：“當怒不怒，姦臣爲虎；當殺不殺，大賊乃發。水久壞河，山起咫尺。尋木千丈，始於毫末。鑽燧之火，勺水可滅。鵠卵未孚，指掌可縻。及其乘衝飈而燎巨野，奮六羽以淩朝霞，則雖智勇不能制也。”第十四卷《用刑篇》語。

又曰：“舉任並謬，則群賢括囊；群賢括囊，則凶邪相引；凶邪相引，則小人道長；小人道長，則檮杌比肩。頌聲所以不作，怨嗟所以嗷嗷也。”又曰：“時人語曰：‘舉秀才，不知書；察孝廉，父別居。寒素清白濁如泥，高第良將怯如雞。’又云：‘古人欲達勤誦經，今世圖官免治生。’蓋疾之甚也。”又曰：“甯越、倪寬、黃霸之徒，所以强自篤勵於典籍者，非天性也，皆由患苦困瘁，欲以經術自拔耳。向使非漢武之世，則朱買臣、嚴助之屬，亦未必讀書也。”第十五卷《審舉篇》語。

又曰：“吾聞詳友者不失人，而泛結者多後悔。故曩哲先擇而後交，不先交而後擇也。”又曰：“名多其實，位過其才，處之者猶尠免於禍辱，交之者何足以爲榮福哉！”又曰：“朋友者必取乎直諒多聞，拾遺斥謬，生無請言，死無託辭，終始一契，寒暑不渝者，然而此人良未易得。而或默語殊塗，或憎愛異心，或盛合衰離，或見利忘信。”又曰：“世俗之人，交不論志，逐名趨勢，熱來冷去；見過不改，視迷不救；有利則獨專而不相分，有害則苟免而不相恤；或事便則先取而不讓，值機會則賣彼以安此。”又曰：“善交狎而不慢，和而不同，見彼有失，則正色而諫之；告我以過，則速改而不憚。不以忤彼心而不言，不以逆我耳而不納，不以巧辨飾其非，不以華辭文其失，不形同而神乖，不匿情而口合，不面從而背憎，不疾人之勝己，護其短而引其長，隱其失而宣其得，外無計數之諍，内遺心競之累。夫然後《鹿鳴》之好全，而《伐木》之刺息。若乃輕合而不重離，易厚而不難薄，始如形影，終爲參辰，至歡變爲篤恨，接援化成讎敵。”第十六卷《交際篇》語。

又曰：“讒人畫蛇足於無形，姦臣畏忠貞之害己，體曲者忌繩墨之容，夜裸者憎明燭之來。是以高譽美行，抑而不揚；虛構之謗，先形生影。”第十六卷《擢才篇》語。

又曰：“佞者鼓珍賂爲勁羽，則無高而不到矣；乘朋黨爲舟楫，則無遠而不濟矣。持之以夙興側立，加之以先意承指，其利口諛詞也似辯，其道聽涂説也似學，其心險貌柔也似仁，其行污言潔也似廉，其好説人短也似忠，其不知忌諱也似直。”第二十卷《名實篇》語。

又曰：“無以一字闇保其餘，同乎己者未必可用，異於我者未必可忽也。”第二十一卷《清鑒篇》語。

又曰：“目之所好不可從也，耳之所樂不可順也，鼻之所喜不可任也，口之所耆不可隨也，心之所欲不可恣也。故惑目者必逸容鮮藻也，惑耳者必妍音淫聲也，惑鼻者必茝蕙芬馥也，惑口者必珍羞嘉旨也，惑心者必勢利功名也。”又曰：“酒醴之近味，生病之毒物，無毫分之細益，有丘山之巨損。君子以之敗德，小人以之速罪。耽之惑之，鮮不及禍。”第二十四卷《酒誡篇》語。

晨起寫白摺。午後讀各書。燈下復次籓書。二十日。

録《抱朴子外篇》語，取有切近於己者以當格言。

晨起寫白摺。午後閲童覆卷。燈下臨《蘇帖》。二十一日。

晨起寫白摺。午後未爲一事。燈下寫篆四頁。又與李平書、淡平、徐詠梅、費西蠡各書，畢，已三鼓矣。二十二日。

晨起午初，寫白摺一頁。午後讀《洪盤洲集》，知盤洲曾刊《論衡》，又撰《隸纂》，皆今所未見者也。又云《隸韻》一書不可據，盤洲於此事考證極塙，當不誤。晚爲郎丈譯電報。燈下寫大卷一頁、白摺一頁。閲教官卷五本，已三鼓矣。

行書之妙，全在用筆之輕重，觀古人書雖疏落不齊，卻自有部位，固非倉猝所能學者。

孫退閣曾言：徐鼎臣篆書映日照之，筆畫中有一濃墨絲可見，雖轉折處亦不偏，見《庚子銷夏記》中。若溪又謂，包慎伯自言所作書亦有墨絲，並云始則每筆兩邊有濃墨聚之，久而久之則濃墨在中心矣，即作行書亦然。余頗不信此事。申季丈又言近日張廉卿山長(裕釗)亦能有之，他日如見包、張之書，當驗之也。二十三日。

晨起寫白摺。午後閲觀風卷。燈下與玉峰書，並坿第拾號家書。又與叔彦、毓仙、屺裒、心淵、叔鵬、淡平、平書、詠梅等書。又與吴次籓書，並坿蘭契。均擬明日發省。二十四日。

日本金澤文庫建於元延祐三年，即彼國正應五年也。火於寶歷九年，即本朝乾隆二十四年也。見《和漢年契》。

晨起，發蘇、吴二信。寫白摺一頁。午後刻石印四，一“蕭江書庫”，則由若溪書楷而予刻者也。燈下閱觀風卷,又以繡谷件交郎丈。二十五日。

日來懶於讀書,頗有一暴十寒之象,終覺手頭無書,故有窒礙之處。

晨起寫白摺半頁。冠瀛屬寫《李與梅先生生日游山圖》,蓋癸未八月事也,迄今已三載矣。舟車奔走,卒未寫藁,至今午始畢。此日游山共七人,余亦在列,故圖亦寫七人也。午後未爲一事。晚燈,郎丈招飲,蓋今日爲冬至。夜坐共十六人,爲葉師、管申季丈、程蒲孫、祁子樅、顧蓉舫、趙叔垣、陸惕身、程履新、汪維卿、介石、錢冠瀛、程譽卿、若溪、王仲蘭、郎丈暨余也。二十(七)[六]日。

借觀若溪《緑筠窩帖》,其石爲《停雲帖》之祖本,乃文休承從真跡摹刻宋蔡、蘇、黄、米四家計九帖,故首頁仍題"停雲館"。今本《停雲館》乃另一刻本。此石當時已歸錫山華補菴(從龍)家,末有補菴子復初一跋,又有"嘉靖十八年己亥錫山華氏緑筠窩藏石"隸書兩行。

郎丈謂"富强"二字宜先富而後强,中國則反是。假如富人講求紹酒、火腿,其酒則必至紹興廣購品選,其腿則必至金華統買若干。講求衣服則必整買疋頭,然後品味選精,裁尺則至善矣。若貧人而欲爲此,則酒必另沽,腿必碎切,衣料則斷翦。儘見豪侈,終覺有寒乞相。予謂假如貧者一旦有酒有肉有帛,則必不善品之、味之、翦之,致棄者半而存者半,若善用者則無此病。然亦維在乎多見、多味、多用而已,則亦非富不可也。近日中國之講求機器亦如是。

天明即起,賀冬至。畢,復睡。至午初起身,寫對三副,午飯。午後寫七付,畢,又睡。晚鐙臨白摺二頁。

郎丈掌書小史陳祐貽予趙撝叔《補寰宇訪碑録》二册,欲求爲渠題《仕女圖》,即題《柳梢青》一闋。久不爲此事,覺澀滯無聲矣。二十七日。

晨起巳初,寫楹帖十餘副並落款字,至午正畢,即飯。午後檢行李。薄暮寫白摺兩頁。燈下讀徐母江篆書《尔疋》,校其叚借字,擬一宗《釋文》各本爲主,各本之字仍非許書正體者始從許書改寫。他日成書時名之曰《尔疋古字考》,附録於篆文之後。今日讀《釋詁》畢。二十八日。

鳥獸能有益於人,而人未能有益於鳥獸。不但無益,而日欲損之。皮革、羽毛、齒角,鳥獸本自有者也,而人偏欲損其命、取其身而自益,此何故歟?民能有助於官,而官不能有助於民,不但無助,而日欲取之。錢穀、水火、土地,民本自安者也,而官偏欲理其事、取其用而自助,此何故歟?記郎丈説。予曰:鳥至於搏擊,獸至於負嵎,民至於犯上,此皆逼之使然者耳,非其本性也。人不害鳥獸,官不害民,天下皆無事矣。

美國阿姆斯脱郎炮廠所製大器向有盛名,近放四十三墩之炮,致有炸裂之事。驗此礮,中心以鋼爲之,而外包以鐵,當燃發時,藥力轟發,炮身略覺漲開,比冷停則仍其舊。中心之鋼能放能收,鐵則不能復舊,故有此患。外國各報館皆論該廠之非,致該廠有控《水師馬軍報》館輿論有礙生意之語於刑司之事。事在西歷一千八百八十六年八月七號,即中光緒十二年七月八日。經刑司批黜該廠著不准具控。以後各國當不以此廠火器爲善矣。説見《申報》第四千八百六十六號,即光緒十二年十月初五日。記此以待中國他日若購此無用之物,當有證之也。

十二年十月初七《申報》論曰:"俄國而果發難於高麗,則日本必先與俄合而攻高,以期償其平日欲襲高之心。其餘歐洲諸國則必藉口於謹守局外之例而絶不與聞。設中國命師赴援,則各國或從旁而掣其肘。迨俄人得志,高國不支,然後諸國共出而分其地。即曰不絶其祀而亦同於越南、緬甸矣。"説頗有見,録之以俟將來。

晨起寫白摺半頁。午後讀篆文《尔疋·釋言》畢。燈下寫白摺一頁、大卷半頁。二十九日。

晨起,隨葉師、申丈、若兄出試院,西行,出小西門,沿河北行,由堤轉折,逕達豐湖書院。水木明瑟,庭宇敞朗。院爲嘉慶時汀州伊墨卿先生所建,扁字猶存。近復重修,購貯書籍,環列室中,皆庋以櫃,小而矮,頗便藏取。講堂有蘭坡先生篆書"博我以文,行己有恥"楹帖。掌教爲番禺梁星海編修(鼎芬),爲王益吾先生弟子,與費屺褱相習。年少務名節,去年以彈合肥而去職,翛然南歸,遂主此席,自號曰"節盦",刻一印曰"年二十七罷官"。

王蓮生爲星澥書扇頭,押一印曰"齊人有一妻一妾而處室者"。

午初進大西門,歸試院,即飯。飭僕人發行李。未正至船,仍偕菊師、申丈、若兄一船也。

得静涵師書,並屬寫新刊各書封面,言近洪琴西新刊影宋元各書甚精,惜未知其名。

光緒十二年十二月

申正起椗，子初泊博羅。十二月初一日。

汲古閣刊蘇體陶集《桃花源詩》“雞犬牙鳴吠”，又“扇上畫贊牙相推隕”，是又爲古書“互”通“牙”之證。

陶集卷六《晋故征西大將軍長史孟府君傳》：“淵明先親，君之第四女也”，此撰傳自稱字而不名，是亦一例。又卷八《祭程氏妹父》：“淵明以少牢之奠”，是亦稱字。按昭明太子《陶傳》：“淵明字元亮，或云潛，字淵明。”是淵明或亦名也。又述淵明對曰“潛也何敢望賢”，是潛確是名矣。予疑陶初名淵明，自歸耕後改名曰潛，故傳文如此。不然以字自稱，古未有施諸於文傳者。且潛字文義與歸耕之意甚合，故對道濟則稱潛也。昭明此《傳》述五柳事全録陶文，對道濟語當亦陶文而昭明直録者也，特今無可證耳。

陶公《五柳先生傳》曰：“讀書不求甚解，每有會意，欣然忘食。”標疑陶公此欺人語，其集中《示檀韶》詩云：“周生述孔業，祖謝響然臻。馬隊非講肆，校書亦已勤。”昭明《傳》云：“與學士祖企、謝景夷三人共在城北講禮，加以讎校。”是陶公讀書精於校讎者。後世讀書不專求字義，往往引《五柳傳》以自解，此大謬事。

見觀海樓《蘇帖》一大册，係廖性借吴荷屋藏蘇詩宋拓本鉤刻上石者，索值三元，許以一元，不售。歸，頗惜之，蓋模拓頗勝《晚香堂帖》也。

晨起寫白摺半頁。讀徐寫《爾疋·釋親、釋宫》畢。午後臨《蘇帖》。晚閒話。

今日午後泊石龍，一日夜行二百二十里，蓋順水也。初二。

昨夜半即啓椗，至天明行七十里。適學使所借小輪三艘均泊彼處，即附纜定功小輪拖帶。行百里至省，即（送）[進]城。與若溪同住一房。初三日。

得弟六次家書，並漱經書，上十一號禀並外祖母、外姑、心淵三書。初四日。

譚玉生《壬午除夕詩》：“紙帳蘆簾賦索居，先生清興復何如。門前債客多於鯽，猶典殘釵購異書。”（《樂志堂文略》卷二）

終日未爲一事，可愧。初五日。送冠瀛歸里。

晨起，閱生古卷四十册，佳者頗多，薦古三本，《説文》一本、小學一本、經解一本。初六日。

晨起,閱童古卷百七十册,至晚畢。上鐙後閲順德生正場卷五十册,畢已四鼓矣。初七日。

晨起,補閲生卷百三十册,至晚畢。燈下又接閲三水生卷,眼昏腰疼,不能伏案,遂止。擬明晨起閲也。初八日。

晨起午初矣。補閲昨卷,至二鼓始畢。腰疼、頭痃,其苦莫甚矣。初九日。

郋亭招食嘉魚,形如故鄉之白魚,維首有肥皮、唇有鬚而已。肉頗嫩。價甚貴。相傳肇慶嘉魚十月出穴,四月入穴,湖北嘉魚則四月出穴,十月入穴,兩地不同如此。湖北余雖過逢其時而未嘗者也。

郋亭言,昨余取小學首名爲陳蘭坡先生次子,名宗穎,學海堂名手也,爲之一喜。

晨起午初,寫白摺數行,歪斜屈曲,幾不成字。進難退速,學問大抵如斯也。午後讀菊師乙酉年日記,見録黄蕘圃跋數則,即補記於《年譜》上。燈下閲新會童卷百册,已四鼓,尚有百册,明日補閲矣。初十日。

白[illegible]敦爲吳愙齋世丈臧器。按許書艸部後坿五十三文,大篆皆从茻者。第二十八文爲芑字,今敦文猶从茻,此塙可信者,當釋之曰"白芑敦"。①

晨起補閲昨卷,至午後畢。寫楹帖四付。燈下與大兄書。十一日。

晨起寫白摺。午後未爲一事。燈下閲香山童卷二百八十餘册,閲二百四十册睡。發第十二次家書,逕寄。十二日。

晨起補閲昨卷,午正畢。午後,郎丈出示南海童生陳寶嵩所輯《水經注引書目》及《碑目》,其經志以《隋志》爲次,史部以章氏《隋書考證》爲次,詩賦以類爲次,《碑目》以原書卷數爲次。得經之目六十四,史之目一百九十八,子目三十七,詩賦目九十七,碑銘之目二百八十三。余欲爲此目數載矣,兩讀酈注,僅以朱筆標識之。去歲曾次其目,未半而止。今見此書,已導我以先,喜不自勝,亟録副册,至戌刻畢。陳目僅舉每書首見何卷一條,他如一書異名,共引幾見,均未注明,稍暇擬就此加詳,以助其成焉。十三日。

---

① 眉批:散盤[illegible]静敦[illegible],愙丈皆隸作糾。盖許書糾作[illegible]。

《十駕齋養新録》卷六據顔氏《漢書叙例》疑《隋志》"《漢書集解音義》二十四卷，應劭撰""撰"字上當有"等"字，並述顔説謂今之《集解音義》後人見者不知臣瓚所作，乃謂之應劭等集解。王氏《七志》、阮氏《七略》並題云然，斯不審耳。標按：《水經注·河水》篇既引"應劭《漢書音義》曰"，又引"《漢書集注》薛瓚云"，是瓚書並不名曰"集解"，當别是一部。蓋小顔僅見蔡謨取瓚書散入原文之本，故僅題曰"臣瓚"，莫知氏族，道元猶見單行之本，故題曰"薛瓚"，且分引《集解》《集注》爲二。先生偶未檢及酈注，故亦蹈小顔之轍也。

晨起寫楷書。午後閲生覆卷十四册。讀《水經注》二卷。燈下校新甯童卷二百四十册，餘八十册未閲。十四。

寄弟十三次家書。

晨起補閲昨卷，至午後畢。艸上曲園師書，並唐佑心師書，至三鼓成，俞書全用本朝故實，取新樣而已。十五日。

寄家書（十三次），坿大、二哥、潘太姑母、俞、唐二師書，與玉峰書，並與式權書，題曰善甫書並銀，又少芙銀，托玉代填。

終日寫信，申正畢。接閲東莞童卷三百廿五本，至五鼓始睡。十六日。

晨起，補閲東莞薦卷，午正畢。午後寫字。十七日。

上曲園師書云：遠違絳幔，倏屆經年；似聽青琴，幾遇滄海；繒箋久曠，思仰彌深。恭惟夫子大人擘經徵壽，春融先春在之奇；養德三吴，曲園即枝園之緒。莊氏陽湖之學，文孫親受《公羊》；婺源三《禮》之微，弟子早登金馬。況以叢書盈匧，小精舍於浮溪；廣學十洲，陋三槎之風雅。繼錢潛擘之講學，補王懷祖之通聞；證昭代之名儒，皆吾公之實録。文非貢諛，願洽頌私。標孤學不成，遠游自愧。當洪更生之入幕，裁過冠年；有朱笥河之愛才，過推仲則。昔游東魯，憩小舍於滄浪；今過仙湖，訪高齋於九曜。緬前修之未遠，媿弱質之難攻。維以甘泉弟子，既見重於江門；坿鮚孤兒，況受書於蔣母。所以掇遺文於倉頡，冀拾補乎岱南；搜《七略》於酈元，思分功於汪選。古匋入録，矜阮翁未見之奇；《年譜》成書，徵百宋所藏之富。數年以來，輯《倉頡篇疏證》四卷、《水經注引書目》一卷、《古匋録》一卷、《黄蕘圃先生年譜》一卷。馬背船唇，雪抄露寫。守章家之法，旁證遺文；似四録之堂，未傳副本。敢略陳乎目次，比《玉函》待輯之篇；博莞爾於先生，采《世説》維新之語。祈求訓誨，頌禱平安。

鐘銘中有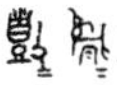二字，阮釋作“能＝愷＝”，吴釋作“斣＝爵＝”，疑皆非是。細勘上字，从豐从攴，下字从鹿从原。

今俗語有稱曰“馬到成功”，此四字其來已舊。《潛研堂集》卷十八記乾隆癸卯春瓜洲浚河得刀一、官印六，按其文皆宋南渡物。刀鞘口刻有“馬到成功”四字，則此語宋時已有矣。

吴中明嘉靖時“袁氏六俊”與“三張”“四皇甫”齊名。

謂古音必無異於今音，此夏蟲之不知冰也。然則去古浸遠，則於六書諧聲之旨漸離其宗，故唯三百五篇之音爲最善，而昧者乃執隋唐之韻以讀之，有所齟齬，屢變其音以相從，謂之“叶韻”，不惟無當於今音，而古音亦滋茫昧矣。(《潛研堂文集》卷二十四)

古文篆籀體製雖變，而形聲事意之分，師傳具在。求古文者，求諸《説文》足矣。後人求勝於許氏，拾鐘鼎之墜文，既真贋參半；逞鄉壁之小慧，又誕妄難憑。此名爲尊古而實戾於古者也。(又《小學考序》)

聲音固在文字之先，而即文字求聲音，則當以文字爲定。(又)

讀史而不諳輿地，譬猶瞽之無相也。(又)

自宋以來，談金石刻者有兩家。或考稽史傳，證事迹之異同；或研討書法，辨源流之升降。(卷二十五)

每見近代收藏家著録往往至唐而止，予謂歐、趙之視唐五代，猶今之視宋元明也。歐、趙之録，近取諸唐五代，今去歐趙七百餘年，尚守其例不變，是責唐之司刑以讀酇侯之律、宋之司天以用一行之算也。(又《金陵石刻記序》)

晨起作楷。午後讀《潛揅堂集》。燈下閲順德童卷三百七十四册，未畢即睡。十八日。

晨起，補閲昨卷百二十册畢，已午後矣。刻一印曰“獺祭巢”。

今日爲東坡生日，郎亭出新寫坡公像，屬篆首。薄暮，設二席於九曜齋，共祝坡公。昔翁覃溪自號“蘇齋”，歲歲必爲坡公祝生日。署中本爲翁先生舊游之地，八年使粤，尚歲必爲之，猶可想見故老遺風韻事也。

陳仲魚曾撰《鄭康成年譜》，潛揅序之，見《文集》卷二十六。

《説文》所收九千餘字，古文居其大半。其引據經典皆用古文説，間有標出古文、籀文者，乃古、籀之别體，非古文衹此數字也。且如書中重文往往云"篆文或作某",而正文固已作篆體矣,豈篆文亦衹此數字邪?作字之始先簡而後繁,必先有一二三,然後有从弋之弌弍弎,而叔重乃注古文於弌弍弎之下,吾以是知許所言古文者,古文之别字,非弌古于一也。古文中豐而首尾鋭,小篆則豐鋭停匀,叔重采録古文而以小篆法書之。後人不學,妄指《説文》爲秦篆,别求所(爲)[謂]古文,而古文之亡滋甚矣。(《潛揅堂集》二十七《跋汗簡》)

元氏罕禄魯即哈剌魯,北庭即畏吾,唐兀即西夏。萬循初著《元氏略》皆析而爲二,殊非。(卷二十八《跋元氏略》)

洪氏《隸續》載魏三體石經《左傳》遺字,蓋洛陽蘇望氏模刻本。段金壇審之,知尚有《尚書·大誥》《吕刑》《文侯之命》三篇文錯雜其間。(三十卷)

元之畏兀兒亦稱畏吾兒。趙子昂撰《趙國文定公碑》云:"回鶻,北庭人,今所謂畏吾兒也。"歐陽原功撰《高昌偰氏家傳》云:"偉兀者,回鶻之轉聲也。"其地本在哈剌和林,今之和寧路也。後徙居北庭。北庭者,今之别失八里城也。會高昌國微,乃併取高昌而有之。高昌者,今哈剌和綽也。今偉兀稱高昌,地則高昌,人則回鶻也。偉兀亦畏兀之異文,而回鶻即回紇。趙、歐二公言之悉矣。(又《跋南邨輟耕録》)

《程文憲公雪樓集》有云:"阿失帖木兒嘗以畏吾書授成宗、武宗。"(三十一《跋》)

晨起作楷。午後讀《潛揅堂集》。燈下閱番禺童卷三百四十八册,未畢即睡。二十日。

晨起補閱昨卷,午後畢。作楷。二十一日。

晨起作楷。午後未爲一事。燈下閱番禺童卷四百册,未畢即睡,已三鼓矣。二十二日。

晨起,補閱昨卷百册,畢已午後矣。廣府正場至此已畢。人困力乏,幾如大病始愈也。燈下寫屏四、聯二。二十三日。

錢潛揅曰:"《顔氏家訓·音辭篇》:'夫物體自有精麤,精麤謂之好惡;人心自有去取,去取謂之好惡(上呼號反,下烏故反)。此音見於葛洪、徐邈,而河北學士讀《尚書》云好生惡殺(好,呼號反;惡,於各反),是謂一論物體,一就人情,殊不通已。'又云:'案諸字書,"焉"者鳥名,或云語辭,皆音於愆反。自葛洪《要用字苑》分"焉"字音訓:若訓何、訓安,當音於愆反,“於焉逍遥”“於焉嘉客”“焉用佞”“焉得仁”之類是也;若送句及助辭,當音矣愆反,“故稱龍焉”“故稱血焉”“有民人焉,有社稷焉”“託始焉爾”“晋鄭焉依”之類是也。江南至今行此分别,昭然易曉。而河北混同一音,雖依古讀,不可行于今也。’依顔氏所説,是一字兩讀起於葛洪,而江左學士轉相增益,其時河北諸儒猶未深信,逮陸法言《切韻》行,遂並爲一談,牢不可破矣。”(《十駕齋養新録》卷五)

又云:“陸元朗篤信《字苑》,故《經典釋文》於一字兩讀極意分别。”(又)

又曰:“古書聲相近之字即可假借通用。”

“蝸扁”二字見□□□□□。按《石林燕語》:“王荆公押‘石’字,初横一畫,左引脚中爲一圈。公性急,作圈多不圓,往往窩匾而收,横畫又多帶過,常有密議公押歹字者。”據是則“蝸扁”二字宋人改作“窩匾”。

道光六年十一月上論:“我朝自聖祖仁皇帝親見曾孫,以‘永’字肇錫嘉名,迨我高宗純皇帝繼見曾玄,慶衍五代,即依派系以‘永緜奕載’四字排序成文,按字開支。此後宗支蕃衍,亦當光紹前徽,豫擒吉語。著大學士、軍機大臣公同選擬十字,候朕酌定。”云云。十二月,“御定宗室世次命名用‘溥毓恒啓’四字,‘載’字輩分下近支宗室内‘奉’字輩著改用‘溥’字。”復諭:“將來億萬年繼體承統者,‘奕’字寫‘[illegible]’,‘載’,‘溥’字寫‘[illegible]’,‘毓’字寫‘[illegible]’,‘恆’字寫‘恒’,‘啓’字寫‘启’。嗣後遵兹令典。”(《續東華録》道光卷十四)

九年八月乙日上論:“御史張曾奏請飭禁刊刻落卷以端士習一摺,所奏是。掄才大典,棄取一秉至公。在士子果有屈抑,原許赴該管衙門控訴。若於未發榜以前鈔録闈文,送人批點,並榜後刊刻落卷,均干例禁。兹據該御史奏稱,本科有浙江舉人顧宗伊刊刻落卷散布流傳之事,是否屬實,著禮部查明具奏。”己卯後論:“禮部查顧宗伊刊刻落卷屬實,並檢查所刻卷内附致同考官袁文祥書,大肆譏評。著即革去舉人。袁文祥閲看試卷,僅將士子頭場三藝點看起講,即行棄置,實屬草率。見在顧宗伊已將原卷領回,著劉彬士即飭屬追取原卷。如果屬實,再將袁文祥移咨吏部議處。”(又卷二十)

又上論内有云,外夷洋錢有大髻、小髻、蓬頭、蝙蝠、雙柱、馬劍諸名,今皆無此名字矣。

道光十三年,有禁門生送别敬上諭。

十四年,有禁越境燒香之諭。

十五年,禁學政幕友不准概用本省人上諭。

冬十月,御史易鏡清奏三場試策請改用律例一道,下禮部議,不准。

十六年七月,諭禁設班館。

十月,鮑文淳奏陶澍私刊奏疏。上諭鮑文淳意涉挾嫌,著一併交部議處。部議陶、鮑均降三級調用。得旨,鮑回編修任,陶降四級留任。

十八年閏四月諭:翰林院侍讀以下、詹事府庶子以下各員,著自本月初十日起每日二員豫備召見,如遇外膳日期,即改爲次日伺候。其餘各員以次遞推。

晨起作楷。午後未爲一事。燈下讀《東華續録》道光朝十二册。二十四日。

道光二十五年二月,以趙景賢籍隸歸安,在烏程考試入學中式,上諭革去舉人。尋禮部議奏,嗣後同城異縣父子籍貫舛錯者,著照該部前議,於文到日限一年呈明更正。如其父已故,間有兄弟異籍者,應令各人各籍。所生子孫即以本身之籍爲籍,不得復行兩縣通考。諭下從之。

朱竹垞謂明窑雞缸畫春艸鬥雞,故有是名。按春艸鬬雞所畫甚古,《急就篇》"春草雞翹鳧翁濯",小顔注:"春草,象其初生纖麗之狀也。雞翹,雞尾之曲垂者。"言織刺爲春艸、雞翹之形也。此即明畫之所本也。朱作"鬥雞",是猶未塙。余見數雞缸,未必畫作鬥雞形也。

泰西各國凡遇兩國不合公法,至此國官民爲彼國殺辱者,被害之國立即發兵船抵彼國之境,問其不合公法之罪,下哀的美敦書,限二十四點鐘回覆,否則開礮進攻,據地之後再與重議。

晨起作楷。午後閲優貢卷四十册。燈下作篆數頁。二十五日。

晨起閲童覆卷,即畢。午後寫對二。餘未爲一事。晚間,韓芝生自蘇來,携到衣箱一只、第七次(十二月初二日發)家諭並心淵書。

心淵來書云,明年已應查氏之聘。適昨晚菊師、申丈俱云有鈕匪石先生之孫欲求館地,擬即聘之。鈕君係顧澗薲先生之甥,家學淵源,求師如此,固不可得。醜兒他日能得我郡乾嘉諸老先生之緒餘,以鈕君爲先導,則不獨鄙人一人之私幸也。二十六日。

晨起,得龐端卿丈書並還曾王父遺象册一函。四載遺棄,獲罪深厚,清夜捫心,每自媿恨。今一旦得歸,感幸交深矣。

午後出門,至雙門底,經華甯里小馬站而歸。得《皇都名勝圖》四册,日本刊本。二十七日。

晨起,見劉佛卿(嶽雲,寶應人,主事)、徐篆光(鳳銜,湖州人,丙子舉人)。謁羊辛楣師,未見,即歸。午後,李平書、莊秉文(鍾濟,陽湖人,丙戌翰林)俱從故鄉來。吴楚侯偕平書來,同出門,至粤秀山遊水月宫。門外有石象一,甚古,下座旁似有字,不可辨。有細竹一叢,遊者多刻名字於上,余亦刻記同遊歲月。登學海堂,謁阮太傅祠。經啓秀山房(藏學海堂所刻書板在内),上此君亭,過菊坡精舍,不能入門。又過應元書院,至應元宫,道險,小憩。花木精雅。茶飲畢,即出,循舊道歸,已上鐙矣。得篴舅書,知外祖母病,母侍,衣不解帶者四十餘日,幸即復原。維大哥咯血舊症重發,豈黐秀才之害人耶？聞之甚悶悶。得稼秋書,知玉峰已丁外艱。得善甫姊丈書、文溯姊書。二十八日。

帛張車上爲幰。(宋葛剛正《三續千字文》自注引《蒼頡篇》)

見重橅瑯玡臺刻石,在學海堂外西牆下,係陳蘭甫先生所重刻者,似不甚精。海濱荒遠,得此藉識先秦文字,固不在點畫間也。

學海堂西牆嵌大理石畫一方,當係芸臺相國所留置者。堂户不啓,石上刻字遠不可睹。

晨起作楷。午後出門,至雙門底小遊,無所見。晚歸。郎丈招飲年酒,子初散席。二十九日。

晨起作楷。午後出歸德門,由大新街、濠畔街而歸,爲郎丈購白石盆三,余購玻璃碗二(每■)。又至雙門底,購白石盆二、磁盆七;爲郎丈得銅尊一,色澤甚古,中有文曰“父舟父乙”,商器也。

見銅鼓一,徑尺五六,上有蛤蟆四,製甚精,需直卌金,直巨不能得也。

《史記·五帝紀》:“獲寶鼎迎日推策。”

醉卧不知雲到枕,行吟惟許鶴隨身[①]。

煙扶嵐氣春連屋,雨長溪痕緑到門。

遠行寒泉成碧沼,稍通密竹露青山。

---

① 眉批:以下文字,爲抄撮對聯。

瘦影在窗梅得月，涼陰滿地竹籠煙。

茗盌香鑪别耆好，劉《略》班《藝》供研披。

梅花一樹鼻功德。茅屋三間心太平。

涼月三更開檻坐，白雲一榻枕書眠。

竹葉聲疑三徑雪，梅花香聚一窗雲。

秋蟾吐檻供吟興，野鶴偎床伴醉眠。

旋烹紫筍猶含籜，自摘青茶未展旗。

石盆换水撈松葉，竹徑穿床避筍芽。

寒泉自换菖蒲水，活火閒煎橄欖茶。

畫禪精到王摩詰，詩味淡如蘇密州。

幽庭十笏生虚日，名帖雙鈎搨硬黄。

摩詰畫禪普賢壁，杜陵詩卷贊公房。

半榻茶煙無量畫，一林蕉雨有聲詩。

竹陰在地清於水，蘭氣當書静若人。

禪燈照影詩皆瘦，客枕和雲夢亦閒。

半白煙横山淡冶，初黄柳照水空明。

疊石小松張水部，曙山寒雨李將軍。

詩來島佛偏工瘦，書格坡仙不礙肥。

猩紅帶露海棠濕，鴨緑平堤湖水明。

溪聲夜漲寒通枕，山色朝晴翠染衣。

朝雨染成新漲緑，春煙澹盡遠山青。

胸涵元氣波千頃，座攬清輝月萬川。

鳳皇翔舞珠爲樹，芝艸叢生玉作田。

鳳儀鸞翥文章貴，嶽色河聲氣象高。

星輝雲縵中天瑞，玉節金和大雅宗。

每聞善士心先喜，或見奇書手自抄。

過(煙)[眼]雲煙《金石録》，賞心風雨竹梧陰。

明月秋風洞庭水，叢花清露小山雲。

寶篆焚香留睡鴨，采牋行墨寫來禽。

内史高懷觴詠地，右丞别業畫圖間。

花間研露端溪潤，竹窗烹泉顧渚茶。

雪窗快展《時晴帖》，山館閒臨欲雨圖。

愛書珍似連城璧，蓄研多於負郭田。

古琴百衲彈清散，名帖雙鈎拓硬黄。

屏上山臨董北苑，庭前石拜米南宫。

座上閒看烹茗法，案頭時有乞花詩。

開卷千言守其雅，撫琴六氣爲之清。

雨露膏濃春錫福，門閭德盛世承恩。

九華日暖三珠樹，五色雲開百福屏。

小檻種花盆作圃，文窗供石几生霞。

雨後好山凝曉翠，漚邊新水漲春藍。

人游霽月光風裏，居在廉泉讓水間。

作賦手裁千尺錦，種花人擁百城春。

修竹使娟調鶴地，春風蘊藉養花天。

評量水品修茶録，檢校花名證畫禪。

心如蕉雨松風静，人與山光水性閒。

活翠爰捫螭腹鼎，研青新試鴨頭箋。

寫生筆是恒春樹①，妙撰心開如意花。

琴有古心清韻遠，鶴能壽世大年長。

珠樓暎巢千歲鶴②，瑶池春茁五芝霞。

碧海春濃芝五色，丹崖日暎鶴千年。

却扇吟箋香篆鴨，畫眉粧鏡耀飛鸞。

迎春樹映珠屏燦，益壽花開寶露濃。

春風新釀長庚酒，暎氣先開五福圖。

七寶裹成京兆筆，一枝簪到曲江花。

花迎喜氣皆含笑，鳥識懽心亦解歌。

花雨一簾蘭結子，涼雲滿地竹生孫。

錦字麗傳鸚鵡格，篆烟香繞鳳皇衣。

畫眉筆帶凌雲氣，種玉人懷詠絮才。

① 眉批：壽。

② 眉批：喜。

碧紗籠月春調瑟，紅袖添香夜讀書。

春山點筆調琴後，曉日當樓問寢餘。

道府：

膏雨頻沾黍苗被野，仁風遍播崇蔭交衢。

福曜高照順時布澤，仁風遠扇與物爲春。

漢詔惟良作時霖雨，周詩威喜遍地陽春。

五馬風清澤流江甸，雙旌日發聲溢天衢。

州縣：

共仰鴻猷敷雨露，尚傳餘事擅風騷。

人尊峻望懸冰鑑，天與恩光奉板輿。

當春雨露含雙管，餘事圖書擁百城。

自喜軒窗無俗韻，小攜尊酒作清游。

高人處世心淡泊，古木参天氣老成。

經濟以詩書爲鵠[1]，文章得山水之清。

三尺清風點水鏡，百城明月漫冰臺。

竹閣風清宣政美，棠陰雨遍睹民熙。

玉昭三采寶斯貴，鳳翔千仞極其遊。

一編經史徵家學，三篋文章蔚國華。

珊瑚欲架徐陵筆，玳瑁還裝逸少書。

三萬里河東入海，五千仞嶺上摩天。

入簾花氣論詩後，罨户尺容讀畫時。

事到可傳多具癖，人非有品不能實。

草堂夜雨生科斗，花徑春風叫栗留。

花香滿坐客賞酒，燈影隔簾人讀書。

古墨聞香魚亦壽，新抄未校豕生魚。

春雨杏花虞學士，酒棋山郭杜司勳。

茶香入坐午煙細，花影壓闌春晝間。

石湖居士范成大，金粟山人顧阿瑛。

一畦菊杞爲供具，滿壁江山入卧游。

---

① 眉批：抒懷。

水墨天然能品畫，煙霞無盡大家文。
治世之音安以樂，君子有酒旨且多。
經世有才須百鍊，讀書無字不千金。
商略晚窗須小醉，發揮春色有新詩。
座間紫氣來鴻寶，天際紅雲攬鳳輝。
清濁喜分春甕酒，朱黄閒勘夜窗書。
珠林墨妙三唐字，金簡文高兩漢風。
一橋茶煙新雨後，小欄花開午晴初。
六爻皆吉乃謙也，終身可行其恕乎。
物不求餘隨處足，事如能省即心清。
萬卷圖書千日酒，半潭秋水一房山。
一榻雲山借夏筆，滿江煙雨看春潮。
閑爲水竹雲山主，静得風花雪月權。
彈琴擊劍有奇術，飲酒賦詩多樂方。
夜雨閒吟左司句，時晴快仿右軍書。
千頃湘波黄叔度，一時文采阮元瑜。
詩與青山俱秀色，人將白鶴共流年。
烏絲牋寫黄柑帖，绿綺琴彈白雪詞。
手障百川歸學海，心陶萬類入鴻鈞。
名應不朽輕仙骨，理到忘機即佛心。
成佛定居靈運後，吟詩猶及建安初。
文章司馬千秋業，意氣元龍百尺樓。
涵星硯取幽花露，沈水香浮小閣雲。
追摹古人得高致，别出新意成一家。
雄文筆底寒星落，古劍床頭夜雨鳴。
鐘鼎山林各天性，風流儒雅亦吾師。
洞天一品元章石，明月三人太白杯。
倪迂清祕雲林閣，米老英光寶晋齋。
春風草夢西堂句，夜月花陪北海尊。
溪山自是清凉國，松竹合封瀟灑侯。
門前學種先生柳，嶺上猶多處士雲。

可對我言惟此石，能令人笑莫如花。
魚躍鳶飛觀道妙，江風海雨助文章。
綺窗白鳳揚雄賦，琴几紅鵝逸少書。
論世神游千載上，著書學立一家言。
輕塵不動翠橫膝，萬籟無聲月到簾。
招隱莫分山大小，卜居難定壤東西。
除却詩篇何有癖，獨于山水不能廉。
案有《黄庭》尊有酒，醉聞花氣睡聞鶯。
德聲人間金管記，姓名天上碧沙籠。
文在典謨功在國，心如冰雪氣如秋。
胸次月臨天宇净，豪端風過海濤飛。
老樹怪于壽者相，野雲閒似道人心。
天與閒身事著述，老爲雙眼閱斯文。
博學兼通詩字畫，循聲共仰慎清勤。
鼎愁必秉搜新句，研濟方諸校異書。
曼陀雨散天花落，薰爐煙生石乳香。
龍收古劍沈秋水，鶴識神丹起夜光。
微露性情書瘦硬，久離世俗畫蕭疏。
勝事傳來隨筆記，名臣歷過借詩留。
夙具道心人淡泊，未除豪氣筆縱横。
檢卷胸中書味足，尋山眼底畫禪多。
千頃微波徵雅度，十年楮葉費精心。
座上喜留不速客，卷中閒讀無聲詩。
透涼語入三分木，脱俗方登百尺樓。
觀心有得參諸子，臨事無疑謝六壬。
清露竹間霏玉屑，高風松際助濤聲。
手捫星斗諸天近，身入煙雲福地多。
不勝蕉葉偏耽飲，但遇梅花便寫真。
性因淡泊偏宜佛，境得蕭閒便是仙。
開尊銷夜燭，聽雨長春蔬。
紅樹低猶密，溪流曲更分。

乞與徐熙畫新樣,尚堪何遜作同時。
一身詩有癖,萬事酒相捐。
鳥青呼作使,鶴白養成群。
流風動甌竹,明月入高樓。
集宋:
顧君静掃清香閣,信手同繙集古堂。
能傳身後須文字,已向閒中作地仙。
須知我輩襟懷事,要試平生鐵石心。
縹色外妍,金光内映;緑秀八熠,丹實四臨。(集文通句)
漁獵三史紛遍六經,金石千聲雲霞萬色。
高松迎拂太古色,妙筆直起垂天雲。
察理致知學者事,斂華佩實古人心。
江湖萬里水雲闊,草木一溪文字香.
璧十五城方言價,桃三千歲一開花。
滿架圖書小鄒魯,一家和樂古唐虞。
園中艸木春無數,筆下波瀾老欲平。
樂天九老年相若,少室山人品自高。
賢人有後若左契,静者長年爲古春。
志古如高爵,横書檢晋魚。
鑒古有餘察,擇言當不繁。
高盼渺四海,英名擅八區。
經緯區宇,彌綸彝憲;抑揚人傑,雕繪士林。
平理若衡,照辭如鏡;動墨横錦,摇筆散珠。(《文心》)
行道有福,能勤有繼;居安思危,在得思(純)[失]。(《左傳》)
小窗夕明使我久坐,入門有喜與君笑言。(《易林》)
德有潤身禮不愆器,玉韞庭照蘭生室香。
閉户自精開卷有益,垂露在手清風入懷。
碧山人來幽鳥相逐,金樽酒滿奇花初胎。
脂粉簡編冠纓圖史,糠粃禮義錙銖功名。
器重南金才横東箭,辨雕春囿德瑩秋天。
鳥轉歌來花濃雪聚,雲隨竹動月共水流。

綴響蘭深緝言瓊祕，秉仁嶽峻動智淵明。
道旨淵徵深於四子，詞華工秀大若六朝。
視履考祥其旋元吉，清明在躬志氣如神。
立德立功居之以敬，友直友諒尊其所聞。
追古思今道在作者，登高望遠時復樂之。
鳳質龍文光華相映，景風淑氣仁壽同登。

第八册　光緒十三年丁亥(1887)正月

(書衣題)第八册　丁亥正月朔日始　四月晦日止

光緒十三年正月

晨起,卜牙牌數,得句曰:"小富由人力,修勤是永圖。偷安無進意,頓失舊規模。"神哉數也。録之即以自警。[①]

午後寫字。燈下未爲一事。子初即睡。丑正,忽報儀門旁福德祠火起,窗外皆紅。急至大堂,見救火者紛來,半時許即息。夜雷電風雨交作。正月初一日。

晨,劉佛卿、彭季群來。

乾隆元年十月,順天學政錢陳群奏:凡三十歲以内守節之婦人,後因子貴受封,請一體旌表。從之。(《續東華録》)

主考差往各省,督撫餽送路費,上諭:定例,雲南八百兩,貴州七百兩,四川、廣東、廣西、福建、湖南六百兩,江南、浙江、湖北、江西、陝西五百兩,河南、山西、山東四百兩。(乾隆四年七月)

乾隆五年上諭:禁副將以下不准坐轎。

燈下閱乾隆朝《續東華録》四十卷。

僕人失於規矩,大聲申飭而始帖服。嗟乎,以一人而治一人,尚不能防諸於未萌,使以一人而治千萬人,則當何如?然而以一人而至千萬人,無不可以治一人之法治之。杜漸防微,則得其道矣。雷厲風行,究勝於萎靡不振者。人之治世,理法並用,古人所云"容情有誤,執法無差",天下苟皆明理人,則法無所用矣。法者,正所以治天下之不知理者也,烏可廢哉!烏可廢哉!余因今日事而縱論及之。初二日。

晨起作楷。午後未爲一事。燈下作家書,並與心淵書。連日風雨,不能出門,悶甚。初三日。

---

① 本頁鈐印:"建霞"。

見劉佛卿所著文，似考據爲精，言時務則多空談且襲陳説。

湘陰張官牧字大臣，[①]著有《瀛海録》三篇，《蠡測卮言》十卷，已刻，早見及矣。近始知其名氏也。

晨起未爲一事。午後出門，答莊秉文、李平書、吴梅宗、彭季群。謁羊師，未見。衹見莊、李二君。晚作家書（弟十四次），並與大哥、心淵書。初四日。

平書貽紫穎二枝、郝疏《山海經》一部。見平書寓主張亦楂（焕斗，上海人，精西學）自製小輪船，長不及尺，廣不及三寸，機器帆檣繩索畢具。

郎亭出示巴陵方柳橋觀察（功惠）所藏顧澗蘋手批校《三國志》，余一見即定爲僞造。菊師閲之，亦以爲然。方公向稱藏書家，秘笈中物已如此，其他可知矣。甚矣鑒定之難也。

爲静師書封面四（《野古集》《雞窗叢話》《通鑑刊本識誤》《桐庵文集》），託若兄寄滬。

晨起寫字。午後未爲一事。得大兄書、心淵書。初五日。

晨起寫字，餘未爲一事。晚鐙，郎亭招飲，幕中諸友之外，則徐篆香（鳳銜，湖州人，丙子舉人）、王炳臣、劉佛卿、袁瓌瑀、歐陽竺（三杭，江西人，丙子舉人）、劉□□（彝，江西人）諸君。初六日。

申丈病，招西國醫生來診，案脈證表，聽腹拍指，並詢年歲及平日起居而去。須臾，送來藥水兩瓶、藥散四包，中外途分，未敢信服也。

廣州孔氏藏書處曰“三十有三萬卷樓”。

黄韻珊大令有《懷張子房》七古，結句云：“世外應多未見書，人間孺子虚心少。”

終日尋閲無用之書，矻矻不倦，殊自可笑。宋儒所云“玩物喪志”，有自來也。夜半含毫追思竟日之所爲，不覺顔若渥丹、背如芒刺矣。初七、初八日。

《中東通語捷徑》，每部二錢半，樂善堂售。

《説文續字彙》兩本，八角（南申昌蘇中市益大）。

寄弟十五次家書，與心淵書，又與我庚伯書，坿皮箱一件，内《盤洲集》《經典釋文》郝《山海經》《陳蘭坡叢書》《晚學齋集》《濂亭文集》，又布、

---

① 眉批：一作自牧。

羅各一疋,龍珠鐙一、錶一、魚肝油一瓶、潮扇六柄。

申丈扶病南歸,郎丈飭僕送之,故得託帶箱籠也。初九日。

韓菼以制義得謚,沈德潛、王士正以詩得謚,皆見於乾隆年間上諭。

乾隆三十一年十一月上諭:各省書院延師訓課,向有山長之稱,名義殊爲未協。既曰書院,則主講習者自應稱爲院長。著於各督撫奏事之便傳諭知之。

又諭:楊應琚奏甘肅蘭山書院延請丁憂在籍之府丞史茂來主講席一摺,此甚非是。守制之員理應閉户家居,若竟住居省會書院,則與居官何異?其又何以爲多士表率乎?特爲明切曉示,通諭知之。

晨起送申季丈行。三月相聚,一時遽别,不覺惘惘,且觸家鄉之思也。午後讀《東華續録》。作楷一頁。

蘇書以神采勝,若徒習其皃,便覺索然無味矣。

《曝書亭集》卷十九《羅浮蜨》詩自注引《孟子疏》"西施至吴市,觀者各輸錢一文"。初十日。

晨起未爲一事。午後擬作《重刻郝山海經後叙》,至三鼓未及畢。十一日。

晨起續昨《叙》,至晚畢,係駢文也。燈下臨《蘇帖》。拓碑人來,出示《觀海堂蘇帖》,喜極,必欲得之也。

郎丈出示新刊溧陽繆馨吾重刻《萬善花室文集》,其原本即余舊藏吕庭丈借寄江右者,事隔十年矣。十二日。

晨起寫楹帖一付,貽郎丈,節坡公《送(十)[李]孝博奉使嶺南》句,曰:"觀風嶠南使,出相東山賢。"憙其情事相符也。午後讀《萬善花室文》一卷,以朱圈之。晚燈,同鄉吴碩卿送酒饌暢飲,至亥初方散。坐燈下臨《蘇帖》。得汶民丈十二月二十三日手書。得李平書書。得袁渭漁丈書並賜題《竹柏圖卷》。十三日。

《海山仙館帖》刻有四集,並當時名人投贈尺牘另爲一集,中有《昇元帖》諸品。其石當時籍没入運庫,尚可摹搨也。渭漁丈説。

睡起已午初矣。寫楷半頁,即飯。午後篆書《聖主得賢臣頌》,至晚畢。燈下臨《蘇帖》。與平書書。十四日。

晨起作楷。午後得第九次慈訓,並外大母訓,並諭速偕若溪歸里,以海南地熱瘴重,恐不能受也。十五日。

上弟十六次禀，並上外祖母書，以與郎丈商，均未應許歸里，故先作禀，詳陳一切也。十六日。

晨起，寫篆屏八幅，録《聖主得賢臣頌》，午後畢。擬臨《積古齋圖》，未成。晚唁介石，以新有嗣母喪也。十七日。

晨起畫圖。午後又寫《華嚴尋夢圖》，爲山田而作也，並題一詞，索蒲生和之。

蒲生出示《周稚圭詞》，有題翁二銘《藥洲訪石圖》，即言所獲米書也，又屢與高巳生倡和，蒲生云高係周幕客。

日來身有癬患，初起於臂，繼及右股，癢不可忍，上攻於髮，似皆係濕熱所化也。此至廣南後受患之證也。真不可久居矣。

朱十詞云："半枕瞢騰，到日高翻睡。"余日來頗有此情景，亦不自知其何因而然也。十八日。

晨起，寫《積古圖》成。午後讀《萬善花室集》一卷。晚鐙未爲一事。十九日。

上午作楷半頁。午後寫楹帖六付。燈下臨《蘇帖》。郎丈出示涿拓《快雪堂蘇帖》，借存按頭，擬日臨焉。二十日。

晨起，賀開印。寫楷半頁。午後檢皮衣，擬托介石携歸也。晚間郎丈招飲。燈下讀《詩疏》一卷，擬爲《尔疋古本考》，先從此問津焉。與比玉書。二十一日。

寫第十七次禀。

晨起，爲郎丈作楷函二。午後臨《蘇帖》。燈下未爲一事。二十二日。

晨起寫楷半頁，午飯畢。送介石行。爲鞠師作《五百經幢館圖》，未成。晚鐙讀《萬善花室文》。二十三日。

晨起，作《五百經幢館圖》，午後成。寫楷半頁。讀《萬善花室文》。晚鐙同人雅集於九曜軒，大醉，睡半時始起。得電音，知申丈已安抵里門矣，爲之一喜。二十四日。

昔有人戲作《紅樓夢襲人贊》曰："蘇老泉辨王安石姦，全在不近人情。嗟乎！姦而不近人情，此不難辨也。所難辨者，近人情耳。襲人者，姦之近人情者也。以近人情者制人，人忘其制；以近人情者讒人，人忘其讒。"

日來晚不能睡,至天明始得安枕。豈病邪?抑過用其心邪?不可解也。今日起已午正矣,即飯。午後讀《萬善花室文》。燈下臨《蘇帖》二紙。若兄得家書,係二哥代作、大哥代寄者,而無坿函與余,亦不可解也。洨民丈、祝桐尊自家鄉來,知家中有寄余物件。得稼秋書、徐詠梅復書、曲園師復書。二十五日。

晨起寫白摺半頁,已午飯矣。午後讀《萬善花室文》,至晚鐙斁。蓋統以丹注也。得弟十次家書,並茶葉、口香。又得叔鵬、冠瀛二書。借葉師《藏書人姓氏》補注《蕘翁年譜》。二十六日。

《義門弟子姓氏録》有吕懿歷敬授,晚邨孫。黄蕘圃嘗云,吕無黨手抄書寫"留"字作"畱"。(《小畜集》跋)

晨起刻一印,爲蒲孫作。午後,郎丈出示《士禮居叢書》,蓋助余補《蕘翁年譜》也。半日檢記畢。晚借葉師雜録藏書人姓名稿補記。二十七日。

終日未爲一事。晚鐙忽思《海源閣書目》,擬手寫上板,至睡寫得五紙。二十八日。得平書函,知卅日行。

終日寫楊目,至睡得九紙。與平書函,並送程儀四元,又《十三經》、股票二紙,票價二兩。得收條,並張亦槎屬寫屏四幅。二十九日。

晨起寫楊目,至晚斁。擬跋一篇,請葉師改正,坿書於後。餘未爲一事也。三十日。

汪孟慈曾貽書外王父母,見汪保和所撰《行述》中。

月汀即李方赤别字。

管小異與汪孟慈爲翁婿。

光緒十三年二月

晨起已午初矣。午後擬將《輔教編》影寫付梓。寫一頁。晚間還《士禮居叢書》,復借《大藏音義》,擬補輯《蒼頡》《聲類》。燈下輯十卷,六十一至七十。二月初一日。

晨起未爲一事。午後書楹帖七幅。吴梅宋、周伯偕、鄒劍東(嘉定同鄉,鹽官)來,小譚即去。洨民、桐尊來。得平書書並小聯一幅屬寫。得弟十一次家書,並潘祖姑諭。

平書書語甚激痛,有爲而言也。

見廣東書局新刊洪北江《毛詩天文考》，輯引群書，無所按語，更生書大抵如此也。陳蘭甫《摹印述》爲示其弟顯仲作，大都如《三十五舉》，變易其名，説較通達耳。

書坊友人送來書二十餘種，可留者甚少。胡刻《通鑑》尚係原本。《經典釋文》係鮑刻初印。《新刊行素草堂目睹書目》係吴中坊賈朱某所輯，大致仿顧氏《彙刻書目》而加詳焉。渠自刊《孫溪朱氏經學叢書》，二編未刊，内有嘉興陳其榮補輯《倉頡篇》《字林》，更輯《埤蒼》，大約皆從《一切經音義》中所出者，先聲奪人，余之所輯更不可緩矣。

見西蠡致葉師書，言近撰書四種，《釋人疏證》《公羊逸禮考徵補》，餘二種忘其名矣。初二日。

聞叔彦大病新愈，蓋吐血幾危也。洨民述其太翁錦濤先生戒其不可讀書，渠答曰："與其枵腹而生，不如飽腹而死。"勇哉？危哉？聞之憫然。

晨起答洨民即歸。午後出門，至歸德門，見湯文端、伊墨卿、郭蘭石諸公與陳恭父札，值四元，許以一元，不售。至文林齋，見舊拓《戲魚堂帖》，甚精，有華亭王氏收藏圖記；翁蘇齋楷書《金剛經》册墨蹟，天下之至寶也，菊師以十二金得之，可謂奇遇（已在嘉慶二十一年書，翁時年八十四矣，越二年卒）。見去歲所售銅鼓，許以二十金，不允，即歸。初三日。

晨起，洨丈遷入署中。見其所得《盂鼎》《虢季子槃》，甚精。午後羊辛楣師來，吴楚侯、徐蟾香先後來。初九日。

見宋本明印《通鑑紀事本末》，大字悦目，首有寶祐、淳熙二序。

寫弟十八次稟（托洨，埘若）。

晨起楚侯來。午後同若礜出靖海門，上蜑艇，至海幢寺一遊，規模頗暢。復由艇至沙基（艇銀一錢）登岸，至陳塘街擎觴樓小飲，同坐沈筱園（嵩齡，上海人，電局總辦），主人則楚侯也（菜銀兩聞單與茶博士，即爲備茶六篕）。沈、吴均招侑觴者，頗合吹火扱鞋之詠。有一雛則結辮襲裘，迷離撲朔，不辨雌雄矣。至戌刻散席，適大雨，遂雇艇至天字馬頭上岸，唤輿入城，已亥初矣（城關由將軍守者極嚴，酉刻即閉。南門則由府守，可不逢呵止者也）。初五日。

晨起得電音，知家中可令若兄及余遲歸。午後未爲一事。晚間笑談。

窸齋藏印千六百方，又以俄國語言集寫一書，分天地人物，題曰《俄語》,皆渠自言者。初六日。

晨起未爲一事。午後爲郎丈作書三函。郎丈新得二銅鼓,徑尺二三寸。

見郎亭丈新得舊藏劉文清公小楷二册:一寫摺稿,共七頁,後有王椒畦跋;一寫各詩,爲南昌萬淵北藏,有印記。摺册係管申季丈所貽,詩册則濰縣陳簠齋家中物。簠齋故後,郎丈爲之點主,其子九蘭即以此册相報者也。

佛卿襆部爲余題《小華詩册》四絶,甚佳。適渠出扇頭屬畫,爲寫"垂虹圖",題一絶句曰:"官舫烏篷聽雨時,石尤風緊上程遲。當年記得垂虹路,曾寫襄陽學士詩。"初七日。

得正月廿六日弟十二次慈訓,並二哥書、衣服物件。

見抄本《篆友肊説》,中有説金文者,皆非通論,筆墨亦蕪雜,此係稿本未刻者,似不足存也。

午後楚侯來。祁瀚孫(兆熙,廣東同知,曾出洋,上海人,坿生)來譚。海南地熱,頭疼胸悶,事所常有,誠畏途也。

伽楠十八子,三兩起,至三十兩止。沈香以細絲入水能沈者爲上,無大塊,至重五六兩,每兩與白銀等。玉桂厚大而長者名"槨桂",辛辣易壞血,價賤。佳者細皮薄捲,中與外皮隔一白痕,入口甜香,一元三百斤,至百金百斤止。雷葛亦名沈香葛,黄者每尺九十文,白者倍之。高州藤槃每付十件,價不貴。初八日。

晨起未爲一事。午後出門,至濠畔街江南會館,見同鄉彭蓉卿(蘭蓀)、程受之(全保),俱宦粤者。劉茀卿由十三行歸,一見,暢譚,並還《小花》題册。晚赴鄒劍東、吴梅宋、周伯昆季席,借崇明施觀詧寓。見施笠仙,觀詧子也。梅宋貽衣架一,甚精。二鼓歸。初九日。

杜林《蒼頡訓纂》一篇、《蒼頡故》一篇　《前漢書・藝文志》:"蒼頡作古文,俗師失其讀。宣帝時徵高人能正讀者,張敞從受之。傳至外孫之子杜林,爲作《訓故》。"康案:《隋志》作"《蒼頡注》二卷",《唐志》作"《蒼頡訓詁》二卷",蓋合二篇一書也。今從《前漢志》。又按,張揖亦有《蒼頡訓詁》(《三蒼訓詁》之一),與杜林書同名。《顔氏家訓・風操篇、音辭篇》引《蒼頡訓詁》皆有反音,則皆爲張揖注。《一切經音義》屢引《蒼頡訓詁》,疑亦非杜氏書。惟《説文》艸部"䒦",杜林以爲騏驎字;木部"構",杜林以爲椽桷字；朩部"索"，杜林説朩亦朱本字；巢部"𡿺"，杜林説以爲"貶損"之"貶"；黽部，杜林以爲朝旦。《水經注》卷四十引杜林曰："燉煌，古瓜州也。"此則皆當出《訓故》二篇中。（侯康《補後漢書藝文志》卷二，九頁）

張揖《三蒼訓詁》三卷（字稚讓，清河人，一云河間人，魏博士） 《顔氏家訓·風操篇》云："《蒼頡篇》有'倄'字，《訓詁》云'痛而謼也'，音羽罪反。"《音辭篇》云："《蒼頡訓詁》'反稗爲逋賣，反娃爲於乖'。"康按：此即《三蒼訓詁》之一。杜林亦有《蒼頡訓詁》，然此有反音，則非杜林書也。餘見於《一切經音義》所引者如"款，恚聲也"、"欬，息聲也"、"毃，苦交反，下擊也"、"飤，飽也，謂以食與人曰飤"、"垸，以桼和之"、"痹，手足不仁也"、"尚，上也"、"窑，燒瓦竈也"、"蛕，腹中蟲也"、"豺，似狗，白色，有爪牙，迅捷善搏噬也"，皆稱《蒼頡訓詁》。見于《文選·甘泉賦》注："襒，拂也"（又見《北堂書鈔》卷一百二十九、《史記·孟子荀卿列傳》索隱），《羽獵賦》注："踔，踰也"，見于《史記·項羽本紀》索隱："垓，堤名，在沛郡"，或稱《三蒼訓詁》，或稱《三蒼注》。見於《文選·司馬遷報任少卿書》："闒，獶劣也。"稱張揖《訓詁》。實則一書也。（侯康《補三國藝文志》卷二，八頁。）

李登《聲類》十卷（魏左校令） 《隋書·潘徽傳》："李登《聲類》、吕静《韻集》始判清濁，纔分宫羽，而全無引據，過傷淺局，詩賦所須，卒難爲用。"康按：《魏書·江式傳》云"吕静放李登《聲類》之法作《韻集》，宫商龣徵羽各爲一篇"，據此則《聲類》亦分五音，故《潘徽傳》云然也。（同上，九頁）

上午未爲一事。午後劉佛卿來，蓋因謁新中丞，自晨候過午，未得一見，怒形於色。午飯已過，遂啖以湯餅。嗟乎，天下事大抵如此也。但願吾輩他日不蹈此惡習，則天下人受惠無窮矣。佛卿猶非粤官而尚受此苦，猶非干求而尚有此累，以視俯仰求人者，當何如耶？初十日。

晨起謁愙齋丈。觀古金各器，紛羅一室，心醉神飛。初見於花廳，繼至内簽押房。見新從蘇州得□敨，即馮晏瀣藏器。師奎父鼎，一耳係補鑄，愙丈謂初製時缺失即補者，余疑後人所爲。乙亥方鼎，爲商器之至精者，鼎内三面青緑皆滿，有字處露銅質若金。丈謂古器初出土時，青緑隨手一拂即下，此器當爲出土時，人見有字處，以物拭之，故特異於他處也。秦權二，一銅一鐵，重今秤五十四斤，形如覆盌，下徑約尺許，即所爲石也。銅者始皇詔文,甚精,二世已𧃂黏矣。鐵者係用一銅詔版嵌置環旁,半爲環所掩。又一小者,形同,重如大者四之一,即所謂鉤也。始皇詔刻後,係磨去又刻者,故文重疊可睹。一至小者作井闌形,文係鑄者。始皇詔每面二行,行五字,二世詔每面三行,行五字,俱適如其數也。面有“大騩”二字,正面。吾鄉徐子晋(康)曾有考。季良父盉,文在口内,不易拓。宗婦壺二,文在壺蓋面。韓仲侈壺,文在口中。

丈藏有新舊拓本二千餘通,儗分二十卷,爲二十册,詳加考訂、釋文,付石印成册,曾已寫數三卷。

窓丈係與先登仕同出青學使門,余雖以世交,從未一謁,今日之見係初見也。手貽石印《論語》、刻本《説文古籒補》。

午後出門,爲郎丈得一銅鼓,值卅金,即去冬所見者。燈下爲韓芝生先生題泰山秦刻石十字詩曰:

人間一字不能識,老石荒山聽銷蝕。誰從歐、趙拾餘灰,殘甎碎礫皆瓊瑰。大篆未滅小篆刻,世無許氏誰知得?二千餘歲羸秦尊,泰山屢劫琅玡存。高臺巍巍矗海角,望洋空歎涎流嚼。憶昔驅車過岱時,一庭翠墨徂松滋。詩孫先生好金石,家風寶銕齋猶昔。自攜氊蠟來空堂,一函十字珍收藏。吁嗟乎一函十字珍收藏,好古同癖長毋忘。

余在山左所得之隋碑,首“夫老子”起者名《大隋南宫宰宋君象碑》。

十一日。

晨起未爲一事。午後拓伯魚敨。窓齋丈來,貽高麗紙印本《字説》,出去年四月會勘中俄邊界事竣所立銅柱銘拓本屬題詞,燈下成三絶句,詩曰:

石柱文傳埃及古(湘陰郭侍郎使泰西,曾見埃及古石柱,有文,多象形字),磨厓字審八濛訛。何如一語維中外,天許重生馬伏波。

一表以陟二表至,界畫分明太僕槃。自古銘金有深義,他年此拓好同看。

聖清盛治古無比,吾公勳業世誰似?回首一千八百年,裴岑紀功等閒耳。十二日。

寄蘇玉峰尊翁挽聯,又與澹平書並所撰《郝山海經後序》。

晨起未爲一事。偕蒲孫、若兄出門,候佛卿,同至高第街蘇樂館午餐。畢，出靖海門，上蜑艇至河南，遊伍氏萬松園。基址宏闊，房廊明敞。伍氏子孫分屋而居，幾如街巷。有河廳一，曰“浮碧”，布置精絶。案陳内太公敦，器蓋俱存，文五行，約三四十字。藝蘭數百盆。别於河中架一竹屋，不通岸，以防蟻也。遊畢，仍由靖海門而歸。得南泉丈書，並和去年停舲韻詩。十三日。

得十四次家書，慈訓允留粤，然出於萬不得已。余欲仍守前議，與郎丈商之兩日，未得允所請。菊師亦立止余歸。執持兩端，莫能自立。名利累人，固如是乎？兩日來皇皇若有所失。援筆書此，不禁愴然。十四、十五、十六日。

陶仲平（惟坦）、尹伯圜（葆元）來答拜。

晨起檢拾行李，午後出門，拜尹、陶二公。至撫署，見王申之（同愈）、陸菘生（保安），皆同鄉也。暢譚，至申初歸。十七日。

晨起略檢行李，午後以僕人不見，許久始來，怒數其罪。薄莫，渠不願隨行，辭去。以一人用一人，終不能安於用，自愧無能。然而以小喻大，天下之辭官而去者，豈皆陶潛之流乎？

晚間羊辛楣師招飲，偕葉師而去。大雷雨，出門，輿夫行街水中，没踝。歸則明月在林，巷衢如洗矣。

謀生本非善策，更不善於謀生，自知不工夸毗，心性褊急，故數日來動輒得咎，幾爲衆人所非。然此中若情，真無有人知之也。郎丈曰：“飲水自知冷暖。”至哉言乎！十八日。

作十九次家書，並上葉師書。（交陳祐）

窓齋丈送還余舊拓金文三册，中有爲余題語十餘處。

窓丈去年於吴門收得一鼎，黑如墨而無光，據云曾經入火所致，文字甚奇。按即魯公伐郰鼎。丈得之，甚喜。余去年未見此鼎，僅睹其文，時疑其非塙物。今見鼎，更信其非佳器也。尹伯圜爲余曰：“觀其字，如鄉人入城市，忸怩拘縮，醜態畢露。”妙哉喻也。

菊師得家書，知申丈已於初八日去世。才人何厄，一至於此！人生泡影，益自傷矣。

午後下船，晚泊沙基。與若兄、譽卿同船。十九日。

晨起未爲一事，僅集《一切經音義》一卷。晚泊仙管。蓋從此入西江矣。二十日。

類書目,《隋志》以後皆入子部,明胡應麟作《筆叢》始議改入集部。(《提要》卷百三十五,頁一)

世所傳宋以前書可考見古籍佚文者,僅六七種,曰裴松之《三國志注》,曰酈道元《水經注》,曰劉孝標《世説新語注》,曰李善《文選注》,曰歐陽詢《藝文類聚》,曰徐堅《初學記》,曰李昉《太平御覽》。(同上,頁二十二)

小説家有三派,其一叙述雜事,其一記録異聞,其一綴輯瑣語。(同上,卷四十,頁一)

梁阮孝緒作《七録》,以二氏之文别録於末。《隋書》遵用其例,亦附於《志》末,有部數、卷數而無書名。(同上,卷四十五,頁二)

晨,船遇西南汛,有一屋,横扁大書"香粉經費公所",門旁掛虎頭牌,左曰"稽查匿報",右則未見所書何語,推其義,當專税夜度資者。公所旁有樓船排列,破爛已甚。船中人則粉白黛黑,幾如夜叉變相矣。

横幅手卷,宋人名之曰"横看子"。

晚泊青岐墟。日行九十里。大雨。二十一日。

晨起天雨,舟行江中,江甚闊,惟水淺可下篙耳。午後見兩岸皆山,石壁如畫,瀑布聲潺潺。按圖知即羚羊峽,蓋將至肇慶矣。讀吴荷屋《金文》五卷,略加細語於上方,似多心得者。晚上葉師書。輯《一切經音義》二卷。

晚鐙成宫詞六首,蓋别有所指也。

昨宵小晏閤門開,舞扇歌衫進幾回?如海聖恩誰領得,敕教舊隊入宫來。

六博彈棋興屢催,金釭銀燭鬭瓊臺。曉來風雨春寒緊,鸚鵡簾櫳午未開。

似聞學士進新聲,小譜偷傳記未明。生怕六宫齊學得,海棠花底約銀箏。

上元鐙火鬧魚龍,長樂門開接禁中。只爲侍臣多賜宴,特傳新例下簾櫳。

天閑小隊出都城,傳旨中宫盡賜行。聞道掌書兼校寫,此回單許駐瑶京。

社日停鍼别院過,相期花下合新歌。偶從太液池邊立,生受春風拂面和。二十二日。

山左近出古塤，文曰“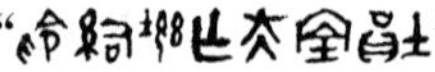”。標疑“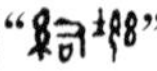”即《禮記·曲禮》“司土”二字也。穴敦“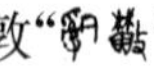”，標疑即“司寇”二字。暇當成《考》一篇。

今日停泊肇慶城外一日。肇羅道崇明施□□（在珏）招飲，未赴。郎丈貽新拓《端州石室記》一紙、《包孝肅象》一紙。《石室記》丈得舊拓一紙，似經描補者。見黃吟梅（超曾，崇明人，在施觀察幕）《東游吟草》一册，係日本排印者，寫櫻花扇頭並臨《石門頌》貽郎丈。黃曾隨何星使出使日本三載，余早知其人卻未見面者也。二十三日。

晨起椗，晚泊金雞汛。江水甚黃，茶濁如泥漿焉。二十四日。

晨起開行，至午停泊車岡。水淺，候大船，至晚未來，即止宿焉。日僅行四十里也。二十五日。

爲郎丈寫信二函。

寶瑟絃絃思，含愁出畫堂。青衣小家女，黃絹蔡中郎。迴首羞紅粉，知心有綠楊。不堪寒影瘦，明月照羅裳。

匋器多字者出山東臨淄，單字者出河南某邑。尹伯圜説。

終日喧然，僅至新興馬頭，離昨泊祇二十里也。水淺沙明，幾如陸地行舟矣。二十六日。

晚泊同山寺，日亦僅行二十里也。郎丈出示楊龍友畫册，高麗紙本，計山水八頁、蘭石六頁，末二頁則楊自題一詩並寄堯夫者。堯夫不知何許人也。畫不設色，疏秀之至。又湯貞愍臨金冬心畫梅卷，計三段，三畫三題。末題“道光丁酉畫於滄浪僧舍”，蓋時寓六舟處也。紀年“光”字脱去未補。又董香光字卷，上段臨楊風子，致佳，下段書《四箴》，贋品也。汪文端字册十頁，九真一僞。僞者係臨大王帖雙鉤廓填，餘則臨褚、米、趙各帖，皆佳。又《大齊天保二年造象》，○邑義主○等中空，蓋待刻成後補填者。至今不知其名焉。[①] 又刻經一卷，字如錢大，皆六朝物，云潘鄭盦尚書新得此石拓寄者。又新拓《郭有道碑》，云石新出濟甯普照寺旁，並額俱存，文甚模糊，蓋經鎚鑿，然五六百年不見之物，一旦出土，豈非快事。從此藏《郭有道碑》山樓可家家俱有，鄭谷口等明本更不足存之矣。廿七。

---

① 眉批：《金石萃編》收《東魏邑主造象頌》“係邑主”下及“故佛弟子”，“邑主”下俱空八字，無人名。《中州金石記》曰：“本非殘闕，當時待填姓氏耳。”是也。

晚泊簕竹。日行四十里，至下午，河逾窄淺，水更清。河底皆卵石，不易爬濬。篙搒齊力，如陸地行焉。[廿八日]

晨即起椗，上鐙後至河頭。水淺石齒，船破水入始得達，篙師力乏氣静，亦云苦矣。廿九日。

辰初即上岸，轎行五十里，至黄泥灣，地屬陽春。下船。船大小與六篷等，形亦頗似之。群雌[redacted]，粉白朱紅，雖小家碧玉，幾如大道青樓，天下奇事無不有也(船户曰林來慶)。卅日。

近黄泥灣有數山蒼秀，固麓臺筆墨所不能到，即米老、硯山恐亦無此邱壑。是皆在平地特拔，峰巒巖洞，生氣鬱蒸，想有仙人居之焉。故鄉無此好山水也。郎丈云，陽朔山水與之絶相似，惟大小之别耳。

留題陽春舟中

渝舞臺歌樂未央，蜑煙瘴雨鎮淒涼。何因碧玉小家女，都學青樓大道妝。南域奇花難入譜，海天異境此謨觴。莫疑三宿因緣在，梵女還須屬梵王。

光緒十三年三月

辰初開行，船用篙槳。申初即抵陽春。途中山色青靚。有一山開鑿取石，山頭人皆如蟻，色蒼如設赭。山腰有一洞，碎石堆洞口，以遠鏡闚之，似甚深，疑他山之奇秀者皆古時曾經斧鑿所致，然無以考之也。檢《縣志》，陽春各山皆名之曰巖或曰石，無有偁山者。黄泥灣之勝則爲通真巖，有宋嘉熙許彦先題名，離灣五里。陽春之勝則爲崆峒巖，云唐時劉仙女棲神之地，中有石乳，象形甚奇，離陽春十里也。三月初一日。

上窓齋書成，駢文，擬乞渠金文拓本也。

舟人皆以漁爲業，破竹作具，甚細密，一笠之精，莫窮其妙，篷亦編竹爲之，始合字義焉。

東海靈槎事渺茫，神山返駕亦荒唐。難留梵女三宵宿，酒後琅函百字藏。斗帳珠寒千里月，曲屏鐙掩五更霜。蘭臺消息憑誰問，檢點春衣鎮自傷。(《東海》)

天明起椗。行九十里抵那旦，時未初也。明晨即須起早矣。

自人能製鏡，則天下皆自知美醜矣。然以鏡照美人而鏡自若，以鏡照醜婦而鏡亦自若也。則天下之美醜自係乎人，不在製鏡之後先矣。故醜婦自以爲美,美人未必以鏡而醜也。初二日。

晨起轎行,十五里至清湖,二十里至蓮花塘,十里至舊茶亭。午飯。午後十里至大墟(小河),五里至黄十鋪,十里至百歲墳,十里總鋪,二十里太平宿(陽江界)。初三日。

天明即起,十里過飄竹河,十里過蒲排河,十五里至由子,午飯(陽江界)。午後二十里過車田河,十里過儒洞河,五里至五藍宿,電白界。初四日。

晨起,八里過夏藍,二十里至架炮,午飯。二十至白馬,五里茶亭,十里過苦藤,即熱水池,宿温泉寺。寺中有温泉,以石砌一浴室,泉分三眼,一熱、一涼、一放污,流終日不息。初洗足,甚暢。晚間復往,擬洗浴,則水如沸,不能下坐,且汗出如雨,即出。寺外半里許有流泉一股,委宛沿山根流成一大池,池熱如沸湯,熱氣上蒸,遠望可見焉。泉旁一大石,刻"温泉"二字,爲道光間桐城朱紘所書。寺前後皆山。寺僧云有虎甚多,早晚即出,可望而見之。前數年常下山傷生物,近則斂跡。晚間同人皆聞虎嘯,聲甚厲。余則因睡未聞也。初五日。

晨起,十里至龍門,十里至大芽,十里至槌子,午飯。十五里至三橋過河,十里至黄竹,十里至荔枝塘,過龍珠河,五里至分界宿,茂名界。初六日。

四更即起,五更即飯,起程。五里至飛馬,十里至中伙塘,十里至雙花塘,十里至理蘇,十里至滋田,十里至高州府城,進文明門,即試院。二堂後統排八間,幕友皆在西偏五間中,擁擠殊甚。初七日。

鎮日未爲一事。歲月坐廢,爲學者固如是乎? 可愧。初八日。

晨起寫白摺半頁,覺手生眼野,無一而可。午後刻牙章二、石章一。燈下閱高州生童古卷百〇一册,子正畢。初九日。

晨輯《大藏音義》四卷。午後未爲一事。晚間閱吴川生卷二百册,數五十册,即睡。初十日。

晨起續閱昨卷,申初畢。讀左氏《三都賦》一過。燈下未爲一事。十一日。

晨起作書,餘未爲一事也。燈下閱信宜童卷二百册,子正畢。十二日。

晨起寫字。午後未爲一事。燈下作弟二十次家書,並與搴芝、桐尊、郁健伯、心淵、薇閣(坿詩)、大、二哥、介石。

曾冕士有補任氏《字林》,已刊本,印數十部,板即毁於火,後又擬重刊之。見《面城樓集》卷二《字林跋》。

曾冕士曰:"鄭氏箋《詩》間用魯、韓,注《周官》兼稱鄭、杜,注《儀禮》兼載古今文。"(《面城樓集》卷二)十三日。

晨起已午飯。午後未爲一事。燈下閱化州童卷二百五十册,閱半即睡。十四日。

晨起補閱昨卷,至申初畢。燈下成《目録篇》,依《四庫》編目,作爲四言韻語,擬書寄聰兒讀之。十五日。

晨起寫字。燈下閱茂名童卷三百五十四册,子正畢。十六日。

晨起寫字,午後未爲一事。燈下作上葉師、羊師、韓丈、南泉丈、冠瀛、篴舅、外祖母各書。

郎丈出示唐碑集册,皆椎拓甚精者,目列後:

《大周故珎州滎德縣丞梁君墓誌銘》(並序。諱師亮,字永徽。萬歲通天)

《大唐龍興大德香積寺主净業法師靈塔銘》(並序。正字畢彦,雄文。開元十二年甲子之歲六月十五日建)

《大唐故騎都尉李君墓誌銘》(諱文,字緯。麟德元年歲次甲子二月己卯朔十八日)

《大周故薛府君墓誌銘》(並序。舟元一詞。諱剛,字□。久視元垂歲次庚子五�己酉朔廿四日〇壬午)[1]

《唐昭女子端墓銘》(開元十二年六月廿六日)[2]

《可畏殘碑》(首有"可畏"二字,故名。僅存六十餘字,無年月。)

《大周廣慈禪院殘碑》(下截缺)

《唐故雲麾將軍行右龍武軍將軍上柱國開國侯南陽張□墓誌銘》(並序。諱安生。天寶十四載春三月十二日)

《大唐衆義寺故大德敬節法師塔銘》(並序。開元十七年七月十五日)

---

① 眉批:陝西長安。補《寰宇目》。

② 眉批:陝西咸甯。又。

《故左武衛中郎將石府君墓誌銘》(並序。前太子通事舍人朱仲武撰並書。諱映,字先進。歲次甲子四月庚子)

《唐故朝議郎守徐州功曹參軍上柱國劉公墓誌銘》(御食使登事郎上柱國賜緋魚袋張元田撰並書。諱仕俌,字玄同。咸通八年正月廿三日)①

《大唐真化寺多寶塔院故寺主臨壇大德尼如願律師墓誌銘》(並序。敕檢校干福寺法華場沙門飛錫撰。大曆十年歲次乙卯七月十八日。隴西秦昊書 廣平程用之刻字)

《大唐故上護軍龐府君墓誌銘》(諱德威,字二哥。垂拱三年歲次丁亥十一月辛酉朔日廿二日壬午)②

又出示舊拓《張猛龍碑》,似氊墨,甚精,舊亦未必耳。十七日。

發家書。燈下閱電白童卷百七十册,子初畢。十八日。

終日寫字,臨《張猛龍碑》《龍門造象》,皆不能得其趣味也。十九日。

閱優卷四册。餘未爲一事。二十日。

閱童覆卷五册、報部生卷十册,餘未爲一事。二十一日。

日來天氣甚煖,寒暑表已升至八十三四度,衣盡穿單矣。

晨起未爲一事。午後寫字。閱觀風卷。二十二日。

晨起已午正矣。午後寫字,以時刻限之,每頁約二刻餘。

見李木齋(盛鐸)書大卷,端莊穩慎,有目共賞,向祁樅翁借臨之。

燈下作與劉佛卿書,駢語也。二十三日。

三日來未爲一事,僅成駢語《管申丈誄》一篇,用以寫哀,然未能述其學業萬一也。二十四日、二十五日、二十六日。

自有明光落枕邊,瓊枝銀燭總無緣。機聲小苑催更析,釵影侯門鬥列錢。雁足幾時成獨照,蚖膏入夜鎮虛煎。可憐至帳牙床客,好夢沈沈正入仙。(《詠鐙》)

得葉師書。作弟二十一次家書,並上葉師書。二十七日。

王薇閣農部寄詩二律用原韻答之

青鏡迴明采,朱絃冷素音。難將歌哭意,寫此別離心。王粲傷成賦,陶潛自抱琴。春江潮上下,未許寄情深。

---

① 眉批:陝西長安。補《寰宇目》。

② 眉批:陝西咸甯。補《寰宇目》。

胥水温還煥，珠江明且清。遥遥催遠别，冉冉送浮名。風雨晴行役，文章見性情。世難逢伯樂，珍重畫圖呈。

梅鎮藩(昶)詠感懷一律用原韻和之

少年吾識庾蘭成，近主詞壇歛酒兵。未必風懷稍意氣，何妨歌哭諱聰明。青鸞鏡小曾占别，金馬門高合有名。同抱太阿吹劍鍔，蚩蚩休羡貿絲氓。

終日作楷數頁，餘未爲一事。二十八日。

晨起作楷，餘未爲一事。二十九日。

光緒十三年四月

晨起寫字。天忽寒，可穿重綿矣。時候之變遷如是，凡事皆可晤矣。午後寫字，終覺不工穩。

每讀陳孟楷《夢玉詞》，必病，豈淒厲之詞足以蕩人腸魄邪？抑别有所感觸而使然邪？屢讀屢病，十無一爽。文章之感人深矣。安有紫湘其人手抄而藏之？秋夜鐙涼，使擁髻微唫，當如聽蜀道鈴聲，柔腸寸斷矣。

孟楷詞曰："年來飽識江湖味，今番怎添淒婉？"余日來亦有此情景。然孟楷猶能得畹君書，余更何從而有哉？傷矣。四月初一日。

晨起午初矣。終日笑譚，即寫字亦不能勤習。睡必過夜半，明知非養生之道，然不能改也。初二日。

阮常生曰："漢《易》荀氏、虞氏之學，唐以來鮮有傳授，至惠氏始治之。及張氏惠言始專治虞氏而大明之。漢《春秋》公羊氏，唐以來亦鮮有其傳，至孔氏廣森始專治而大明之。"(《揅經室續集》卷二《儒林集傳》後案語)

"阮刻《華山碑》摹未翦本(在嘉慶十四年)右方缺石一凷，全缺者七十八字，半缺者三十三字，曾以歐陽文忠《華山碑跋》墨跡摹補于缺處。後又見詒晋齋翦本，缺字皆有，遂於道光三年以端州硯材摹刻之，同置祠樓。搨者須兩石並搨，翦補合裝，始爲全碑。"(見《揅經室續集·華山碑》跋語中)

"予屢欲併《廣韻》而以古音分部，使便於擬漢以上文章辭賦者取用之，迄未暇爲之。"(《揅經室續集·與吴蘭修書》)

"宋元二本《鎮江府志·土産門》引《説文》《廣雅》《字林》《方言》等

書，亦地志中所僅見。”（阮文達《校刻宋元鎮江府志序》，《揅經室再續集》卷二）

“漢唐碑版之法盛而鐘鼎文字微，宋元鐘鼎之學興而字帖之風盛。”（《揅經室三集》卷一《北碑南帖論》）

“唐人書法多出於隋，隋人書法多出於北魏、北齊。不觀魏、齊碑石，不見歐、褚之所從來。”（同上《顔魯公争坐位帖跋》）

“《蘭亭帖》之所以佳者，歐本則與《化度寺碑》筆法相近，褚本則與褚書《聖教序》筆法相近，皆以大業北法爲骨，江左南法爲皮。”（同上《蘭亭跋》）

阮文達謂：“鐘鼎文字制作之法有四：一則刻字于木范爲陰文，以泥抑之成陽文，然後以銅鑄之，成陰文矣；二則調極細泥以筆書于土范之上，一次書之不高，則俟其燥而再加書之，以成陽文，以銅鑄之，成陰文矣；三則刻土范爲陰文，以銅鑄之，成陽文矣；四則鑄銅成後，鑿爲篆銘，漢時銅印有鑿刻者用此法，亦陰文也。”（《揅經三集》卷三《散氏敦銘拓本跋》）

《積古齋圖》爲吴縣周秬卣作，見《揅經室三集》卷三《積古齋記》。

“蒙問《尔疋注義》，欲撰《尔疋集注》一書，誠説經之盛心也。元昔亦常有志於此，徒以宦轍鮮暇，力有未逮耳。”（《揅經室一集》卷五《與宋定之書》）

兩日瞢瞢，未爲一事。初三日、初四日。[①]

終日讀阮文達集。初五日。作弟二十二次家書。

火車一點鐘行二百華里。

發家書並與佛卿、次瀟、叔彦各書。午後讀吉安黄楙材《得一齋雜集》四種，一《西輶日記》，一《印度札記》，一《西徼水道》，一《遊歷芻言》。蓋黄君由四川起程，由滇過騰越，入緬甸，度海至印度，歷游南洋諸島，從新加坡回香港，經南雄至江西入川。路程五萬里，時歷兩載，艱苦非尋常可比。歸後以所箸書呈天府，人間皆傳抄本，今静涵表兄刊行之。尚有地圖數種，皆經歷之處，則未付刊也。初六日。

---

① 本頁浮簽：三場文童卷數單：儋州二千零五十八本，儋州客籍十七本，會同九百四十一本，共卷三千零十六本。

終日未爲一事。略檢行李,擬束裝矣。初七日。

晨起寫字。午後寫聯二十一副。燈下未爲一事。初八日。

檢拾行李。餘未爲一事。初九日。

晨起寫字。午後出門,東北行,進近聖街,經永安街至西縣前街。城市不甚富饒,略購夏布零物。得緬茄八枚,如皂棘子,略大,子根色白,土人刻細花,頗有精者。此樹中土向傳祇有一樹,乃明李太僕家之物,云能明目。昔黄安濤霽青曾取以作印,有詩,見《高州府志》。化橘,售家甚多,色白黄,分破七頁,對摺之,薄如錢,皮中墨篆印"賴園瑞橘"四字,傍有"鳳尾老樹"等字樣。賴園者,阮文達曾有記事,極稱其佳者也。若蘇澤堂中之物,皆入官府,尋常不易得,實則與賴樹等。且賴樹亦僅與化州、通州之橘等也。初十日。

晨起出門,購屈臣氏各藥水。午後坐輿出西門北行,渡鑑江,上觀山,(仿)[訪]潘化遺跡,庭中僅有一井,云當日鍊丹所鑿,坿會之説也。有閣三楹,正對鑑江,隔岸城廟内外萬瓦鱗次,大觀也。江水濁如黄河,且淺可容篙,名之曰"鑑",負此雅名矣。

燕山孫詩樵(樗)《餘墨偶談》卷六:"余在京師,日某以宋槧《昌黎集》來售,末頁有詩云:'黄金散盡爲收書,插架琳瑯百不如。爲望後來佳子弟,辛勤莫遺飽蟫魚。'旁有'子孫永保''董氏珍藏'諸印。"

晚間茂名鄭宗山大令(業崇,湖南人)招飲,同坐皆署中人。鄭君並約乃弟岱雲出陪。戌初歸。十一日。

晨起檢行李。午後出門,一遊即歸。十二日。

郎丈飲於觀山,歸,出示緬茄花葉,花排如芝藤,葉則圓如繡球花葉,云樹大十圍,陰甚茂也。

《欣賞録》卷一:"毛(可大)[大可]太史遇高麗使,問其國中女子能詩,果否?答曰:'豈維女子,曾見一妓洗粧漱脂於水,水帶紅色,令詠之,應聲曰:"疏雨秋兼漏日飛,回潮晚帶斜陽落。"豈非佳句?'"(《高麗妓能詩》)

天明起程,出西門,十里瓜棚,十里登高,十里石鼓,十里中伙,十里那射,五里南盛。尖於黎家祠中。十里分界,十里湯水,十里大橋,十里過河至化州,進城。宿儒學旁書院中。至西門李家橘園中一游。橘樹甚多,橘方大如卵,破之,中實無囊,甚香。賴家院即在儒學東,余則未往也。

《等慈寺碑》"考覈篆籀，遍詳流略"二語可作楹帖。

晨起，十里至都和，十里棠陰，十里龍山，十里緑竹，十里中伙，即明琉璃寺，又名小茶山。蓋出茶葉爲佳品，大官過此可得其少許也。詳見《嶺南雜記》。十里至新安站，午飯。見有浙東玉印生題壁，字甚佳，係襄校雷昜郡試回省，道經一宿，生不知何人也。十里至石城分界，十里至白藤，十里那良，二十里石城縣，宿江氏試館。十四。

天明即起，十五里老鴉塘，十五里青陰，午飯。十里太平，十五里永平，十里水車，十五里遂溪縣城，城在曠野之中。所宿試院不甚敞大。晚大雷雨。十五。

天明即起。午飯。行十里白土，十里梧桐，十里中伙，茶尖。十五里石橋，十里司馬，十里響水，十里城月，宿博文義塾。晚雷雨。今日所行皆山逕，犖确殊甚。十六日。

天明午飯。十里濱泮，十里净坡，十里下寮，十里平岡，十里牛軛曲，十里瑞珠，五里陸公泉，茶尖。十五里雷州府城，宿試院中。午後雷雨。終日所行皆平沙中。十七日。

晨行十里過南渡河，兩岸皆沙灘，築石路一條，潮退沙濕，滑不能立。十里至陳春，五里至南興，尖。五里至高水，十里中伙，十里調亭，十里將軍，十里平樂，十里淳化，十五里英利，宿徐聞界。屋小而陋。豬圈、厠所竝列，潮濕之氣襲人，非尋常可比也。十八日。

晨行十里至南包，十里至遇賢，十里三馬，十里廉賓，五里下橋，尖。五里蘭灘，十里中伙，十里二鋪，十里頭塘，十里徐聞縣城，過城外，不入城。十里官濤，十里北關，五里海安，宿糖商會館。屋宇頗寬敞，門外即臨海，可望大洋焉。十九日。

晨起，坐洋舢板行，五里至安瀾。兵輪船不甚大，所置炮位十餘尊，大者可納彈八十餘磅，皆前膛也。管駕皆中人。聞數年前尚有西人，今概辭退矣。船係從英國所購，製造已十九年矣。船主一，游擊，爲船政局學生，王姓，福建人。幫帶一，把總，汪姓，順德人也。午正開輪。風甚大，而船不甚簸動。未正聞有礮聲，則復山口所泊法國兵輪所放。余船亦答放三礮。申初已至瓊口。坐中國帆船，行十里抵岸。風大浪湧，船側，遠不如舢板之穩矣。上岸即坐轎，行十里進瓊州城，至試院。院屋尚寬敞。平排五間，衆幕居焉。二十日。

是日檢行李。二十一日。

是日未爲一事。二十二日。

晨起,得三月十八日弟十四次慈訓並大哥書。晚閲生、童古學卷百八十册,未畢。二十三日。

晨起續閲古卷,午後畢。

得鞠常師[書],知申丈身後書籍、碑版盡散,《穎井蘭亭》《黄庭》二種已歸屺懷,餘均不知所歸。聞之酸鼻。

晚閲府學崖州生卷百五十册,未畢。二十四日。

晨起補閲昨卷,晚畢。寫二十三次家書,又與吴楚侯、蘇稼秋(詩)、葉師各書。續收定安、會同生卷百五十册,未閲。二十五日。

晨起補閲昨卷,至晚畢。發家書,交陳祐。

欽州七峝:一貼浪,二時羅,三思勒,四丫葛,五澌凛,六羅浮,七古森。峝主黄禤二姓,山東青州人,從伏波征交阯,平賊有功,留守。(《欽州志》卷一)

廣東刻書木皆苦榕,非梨梓也。

姜白石曰:"筆得墨則瘦,得朱則肥。故書丹尤以瘦爲奇,而圓熟美潤常有餘,燥勁蒼古常不足,朱使然也。"(《續書譜》)

"書寄嶺頭封不到。"(白石詞)二十六日。

晨起未爲一事。午後讀《七十家賦》。晚鐙閲文昌童卷三百五十册,未畢,即睡。二十七日。

晨起,補閲昨卷百册畢,接閲定安、崖州童卷三百餘册,未畢,睡。二十八日。

晨起,補閲昨卷百五十册,畢。寄二十四次家書,並與芝祥、桐尊、心淵書。二十九日。

晨起,寫黄桐叔先生《説文部首均語》,蓋以許書部首編作四言均文,可使小兒讀之也。擬寄聰兒讀之。晚閲儋州童卷二百四十册,未畢即睡。三十日。

光緒十三年閏四月

晨起補閲昨卷二百册畢,已申初矣。天已漸熱,寒暑表升至八十八度。閏月初一日。

晨起，飲食少進，覺身寒，即睡。午時忽發大熱，申初以寒暑表驗之升至百零四度，頭疼胸悶並至，戌初以表驗之，稍降至百零一度餘。郎丈飭印僕劉升來(痧)[診]，投以一劑。上半夜翻覆板床，腰脮俱痛。子正後覺身有汗，至辰初則大汗淋漓，始得安睡。巳初起床，以表察之，已降至九十八度矣。未正復察之，降至九十七度，與常人無異矣。幸哉！余自知此病爲受寒而起，身熱雖退，故腹疾尚未瘳也。昨係童正場，以此未分校。初二、初三日。

晨起又覺發熱，腹疾依然，小便不通。以表驗之，腋下升至九十九度，舌底百度。早起僅飲菉豆湯一茶杯，午後啜粥半甌，至晚甚不覺餓，進以二雞子(係半熟者，據西人醫書云最能消化，不壞臟腑)。總覺腹有水聲。大便常亟而不暢。仍招劉僕來診，云暑氣未清，易一方。初四。

楊君謙致仕歸家，讀書支硎山南華寺，聞其奇籍，多方圖致，手自抄録，嘗題書橱云："吾家本市人，南濠居百年。自我始爲士，家無一簡篇。辛勤一十載，購求心頗專。小者雖未備，大者亦略全。經史及子集，無非前古傳。一一堅紙裝，辛苦手自穿。當怒讀則喜，當病讀則痊。恃此用爲命，縱横堆滿前。當時作書者，非聖必大賢。豈待開卷看，撫弄亦欣然。奈何家人愚，心維貨財先。墜地不肯拾，壞爛無與憐。盡吾一生已，死不留一篇。朋友有讀者，悉當相奉捐。勝過不肖子，持去將鬻錢。"(《欣賞録》卷八)

晨起，昨疾盡去，即覺腹饑，啜粥一盂。至郎丈處，招午飯，略坐即出。晚一飯一粥。小便稍通，大便漸止。精神、胃氣俱振作如舊矣。昨瓊山童正場卷仍未閲。初五日。

晨起，檢《瓊州郡志》《瓊山邑志》。《郡志・風俗》引《昌江筆略》云："民居小屋，其木俱係格木，質堅，重釘不可入。其紋細膩，爇之作沈檀香氣。皆購自黎山。"余見人以百泉購沈速半斤許，爇之，香味甜静，《志》言非夸也。午後天熱，寒暑表升至九十三度。初六日。

晨起未爲一事。郎丈招午飯。午後閲瓊卷二十一册。晚仍至郎丈處譚。初七日。

晨起已午初矣。午後寫上窓丈書。晚鐙寫上静師並式如兄書。初八日。

丙戌孟秋，郎丈有小星之賦，譜此賀之，調寄《洞仙歌》：

喜語傳來，桃葉桃根，春風暝吹。正海南瓊樹，荔支熟候，羅注香夢，翠羽雛時。蘭槳輕移，玉笙脆炙，好趁銀河架鵲期。快心事，有蘭臺史筆，替畫雙眉。從來佳話如斯記，如願琳琅艷印脂(去春曾刻一印曰"如願"，先生見而愛之，要去)。比唐宫俊語，常新風月。漢泉壓佩，先兆佳兒。銀蒜低垂，玉荷漏細，一樹花圍。萬卷宜徵蘭夢，看明年今日，又和新詞。[①]

晨起未爲一事。午後讀《賦》。燈下閱儋州、感恩生卷二百八十餘册，未畢即睡。初九日。

終日閱卷，至酉初畢。燈下讀《夢玉詞》。檢篋得《華巖尋夢圖》，題詞二闋，愁思滿懷，情見乎詞矣。初十日。

沈歸愚先生爲紫陽院長，選王蘭泉、王西莊、吴企晋、錢竹汀、趙升之、曹來殷、黄芳亭、令文蓮七人詩，稱爲"吴中七子"。流傳日本，大學頭默真迦見而心折，附番舶上書於沈尚書，又每人寄《相憶詩》一首。(《國朝漢學師承記·王述庵傳》)

晨起寫篆一頁。午後睡。燈下閱文昌童卷二百九十五册，子正畢。十一日。

"居士無塵堪洗沐，道人有同借宣揚。"坡公《戲贈虔州慈雲寺鑒老》(《詳注》卷四十五)

"工獻納者雖敏非才，昧是非者雖廉實蠹。"徐中丞(士林)對純皇帝語。徐，山東文登人。(《嘯亭雜録》卷七)

"傅察太史昌齡，傅閣峰尚書子，性耽書史，築謙益堂，丹鉛萬卷，錦軸牙籤，爲一時之盛。通志堂藏書雖多，精粹蔑如也。今日其家式微，其遺書多爲余所購，如宋末《江湖》諸集，多公自手鈔者，亦想見其風雅也。"(《嘯亭雜録》卷四)

"以疲軟爲仁慈，以玩惕爲風雅，徒博寬大之名，以行狗庇之實。"

"劉石庵書樸而少姿，王夢樓豔而無骨，翁覃溪撫摹三唐，面目僅存，汪時齋謹守家風，典型猶在。"

"鮑雙五侍郎桂星自叙《中州試牘》云：'士子弇陋不已，必至有懷挾代倩之弊，而國法隨之矣。'"

---

① 浮簽：《洞仙歌》詞一首。

“蟒袍袖間用熨炙如綫，滿名爲‘赫特赫’。”（《嘯亭續録》卷三）

終日未爲一事。略寫字數頁而已。十二日。

終日仍未爲一事，可愧。燈下閱儋州、崖州童卷三百十五册，子正畢。十三日。

天氣大熱，午後寒暑表升至九十二度，忽大雷雨，始涼快焉。日來諸事皆懶於操作，應爲之事甚多，皆擱置不理，因循二字誤人實甚，憶‘爲人戒有暇日’語，不覺愧悚萬分矣。

終日仍未爲一事。十四日。

終日瞢瞢。燈下閱臨高、昌化童卷三百六十册，未畢，即睡。十五日。

晨起補閲昨卷，至晚畢。酉刻得四月廿七日弟十五次慈訓，並大哥、桐尊、篴舅、伯偉、外祖母、冠英等書，又葉師書。十六日。

左文襄奏定藝局章程單内，子弟之學成監造者即令作監工，其薪水照外國監工、辛工銀數發給。近來閩省廠製造均係出洋學成回華學生，核其所給薪水，合原薪加給兩項，尚不及當日洋員薪水之半。（十三年四月十三日福建船政大學裴蔭森奏折語）

希麟《續一切經音義》引《抱朴子》曰：“虵類甚多，唯蚖虵中人最急。以刀割其所螫處肉棄於地，肉自沸，似火炙，須臾焦盡，人方得活也。”

晨起，輯《蒼頡》《聲類》。燈下閱瓊山、定安童卷三百五十册，子正畢。十七日。

晨起，輯《蒼頡》《聲類》，《一切經音義》百卷畢，《續音義》十卷亦畢。午後取李善注《文選》補輯，畢十卷。

郎丈出示大伽楠一塊，重八十餘兩，直白金三百五十，香味甜静，珍品也。十八日。

日本公司船係明輪，自上海至横濱。上艙每人洋五十五元，下艙每人洋二十元。中艙飯廳，辰正早餐，午正中餐，酉正晚餐，每餐先二刻鳴鑼一次，届時再鳴。食時每棹置菜單一紙，聽客自點，惟酒則另沽。下艙無房，不獨役使無人，即盥面亦無熱水。每日三餐用方廣八寸、深一寸之木盒盛飯匕許。當日早七點鐘開船，出吴淞口，次日戌刻抵長崎停輪。長崎有招商分局，局事託廣裕隆代辦。有正覺寺，在山頂（即大音寺），距長崎數十里有徐家邨，即徐福故址。越日由長崎越長門入裹海，水波不興。未初抵鹿耳島停輪,即有該島監税來舟。島係薩摩轄地,各國通商只以小舟載貨撥入輪船,無論何國人,皆不得登岸。是日下午開行後,翌日申正經明石島,有暗礁。有礮臺,因山爲險。酉初抵神户,雇舟登岸,宿何仰雲處,亦辦理招商分局者也。神户口又名茅港海口。大阪距神户七十里,有火車,四刻即至。設知府一。旱道可通。西京街如棋盤。河水發源於西京,到此分派數十小河,鐵木橋八百餘。上下火車處均有潔净大房,爲坐客憩止之所。在神户停兩日。酉正開輪,東駛兩日,抵横濱(有品川王礮臺)。司關者傾箱倒篋,查點綦嚴。託辦招分局羅朗卿。横濱至東京僅七十里,有火車可通。距京數里許即停輪,换馬車,歷游城市,至上野。東京即武藏府之江户城,舊爲將軍府第。有淺草寺,極宏暢。距寺里許即須下車。又東照寺,在山巔。(以上節王爵棠《東游日記》)由吴淞口至長崎二千里,由長崎至神户二千里,由神户至横濱二千七百里。

晨起,集《文選》,讀十卷。午後見王爵棠觀察(之春)《椒生隨筆》,雜記各事,間有一二可取者。又《談瀛録》,專記遊歷日本事,上二卷爲《東遊日記》,是碻鑿可取者,惟渠於彼國地理、語言、文事皆未通曉,故多影響之談;卷三則《東洋瑣記》,大半皆抄襲黄公度《日本雜事詩注》,一字不易,蓋當日撰記時黄詩尚未刊行,故據爲祕本也。坿《中國連日本圖》及《日本圖》,皆(及)[極]粗陋,《日本圖》尤爲彼國尋常婦人女子皆可示諸掌者,更可哂也。首有彭雪琴宫保一序,極推重之,謂即防日以防俄之祕鑰,亦服日以服俄之韜鈐。其然,豈其然乎?

椒生《日本竹枝詞》有曰:"小事代步快如梭,健僕無衣盡力拖。若要中途行緩緩,須操倭語叫唆囉。"十九日。

晨起未爲一事。午後輯《蒼頡》。燈下作弟二十五次家書。二十日。

晨起未爲一事。午後郎丈招譚,許定於此間航海歸里,樂何如之。二十一日。

晨起未爲一事。午後寫信。二十二日。

晨起未爲一事。午後寫信。燈下發弟二十四次稟,並與大哥、稼秋、心淵、愙齋、芸生、羊師、葉師、平書各書。天熱,寒暑表至九十五度。晚降至八十八度。二十三日。

三日中僅書字數頁。天熱,揮汗不止,寒暑表至升至九十九度。今日得尹竹年山左來書，係三月十五所發，九千里外遞寄而來。索篆渠所撰《漢隸辨體》四卷開葉。二十四、二十五、二十六日。

晨起寫字。午後讀《文選注》，補輯《蒼頡》《聲類》，六十卷畢。晚得潘照年丈書，欲求《甯竇碑》，又云禾中家藏師銀鼎，欲求售，直千二百金。以四元購伽楠十八子一串。二十七日。

晨起至晚未爲一事。荒業至此，無可加矣。二十八日。

寫《文選》詩。竟日僅得數紙，字又疲茶，午後天熱，燈下眼昏，皆成坐廢，實皆"懶"之一字誤之也。二十九日。

《管子》，《隋志》入法家，《漢志》入道家。

第九册　湖南考生檔案[①]

姓名（字○行○）年○歲○府○縣○生

曾祖○祖○父某 住○○小地名

丁可均　字石璩，行一，年三十四歲，辰州府沅陵縣，優廪生。

曾祖思謨，祖夢鳳，父月甲。住藍溪甘溪山，現居城内尤家巷。

工篆，能刻印。通金石學。

工絶句詩。

向學耿　字孟介，行一，年三十二歲，辰州府學，增生，溆浦縣民籍。

曾祖予均，祖先濬，父師棣。住麻陽水，離城十二里。

字穩。科舉之學。人樸厚。名父之子。

張仲銓　年二十七歲，優廪。

蔡霖焯　年二十三歲，優廪。

舒兆熊　年四十二歲，優廪。

馮士傑　字肖垞，行一，年二十七歲，沅陵縣學，優廪生，民籍。

曾祖淩凰，祖雲興，父錫仁。住一都柳林汊。

字宜大卷。

許顯鋹　年三十三歲，優廪。

李玉如　年二十四歲，優廪。

張桂墀　年三十七歲，優廪。

---

① 本册原無標題，此題據其内容而擬。

張述先　字作莽，行一，年三十一歲，辰谿縣學，優廩生，民籍。曾祖明德，祖良範，父際昶。住城對河花塘坪。

字平正。人甚樸實。

孫家瑗　年二十五歲，優附生。

余善祥　年二十二歲，優附生。

廖名縉　字笏棠，行一，年二十八歲，瀘溪縣學，優廩生，民籍。曾祖顯勳，祖榮禄，父華菁。世居浦市。

在兩湖。工刻章。

王承文　年二十二歲，優廩。

楊再奇　字西伯，行二，年二十四歲，乾州直隸廳學，附生，民籍。曾祖昌泗，祖勝傑，父秀觀。住城内新街。

乾州地僻，讀書者少，此僅應數而已。

楊心丹　二十三歲，附生。

舒和鈞　字子彝，行一，年十五歲，溆浦縣學，優附生，民籍。曾祖永尚，祖長勳，父培祚。住顔家衙。

年少而通經，讀書不陋。

陳　棠　年三十七歲，優廩。

鄒士楨　年二十七歲，優廩。

舒立琪　年三十八歲，優廩。

張樹森　字桂林，行一，年三十歲，龍山府學，優廩生，民籍。曾祖静虚，祖邦彦，父儒剛。住里耶鎮。

工穩。

向道埏　年三十六歲，優增生。
李同華　年二十七歲，附生。

許炳元　字介眉，行一，年二十七歲，永順府學，優附生，民籍。
曾祖上達，祖光治，父揚輝。住古丈坪廳城内。
　　講求時務，有志之士。

田毓庚　字熙軒，行二，年三十　歲，永順縣學，優廩生，民籍。
曾祖廣禄，祖錫朋，父繼昇。住本城内。
　　此學無佳材，字尤劣。田生能小賦，工八股。

黎文蔚　年三十一歲，附生。

袁仲謙　字吉六，行二，年二十八歲，保靖縣學，優廩生，民籍。
曾祖國治，祖徵剛，父家績。住六都福禄寨。
　　工詞章、絶句詩。

楊文謙　年二十八歲，優廩生。

饒櫑齡　字麓樵，行四，年二十八歲，龍山縣學，優廩生。
曾祖尚芳，祖建康，父維煜。住正南壩。
　　淵雅。

陳元章　年二十五歲，優附生。

吴德懋　字勉齋，行一，年四十二歲，桑植縣，優廩生。
曾祖上才，祖朝玫，父賢招。住楓香坪。
　　工八股。

陳友益　年二十六歲，優增。

張稱達　字季曠，行五，年二十五歲，永綏廳學，附生，民籍。

曾祖朝宏，祖拔儒，父家樂。住保靖九都清水江。

字工。通史學。

張梅木　年二十九歲，優附生。

張學濟　字容川，行四，年二十一歲，沅州府學，優廩生，芷江縣民籍。

曾祖日蔚，祖長植，父振清。住北鄉離城三十里。

苦學之士。

龍光甲　字鼎丞，行一，年二十二歲，沅州府學，優附生，芷江縣民籍。

曾祖邦英，祖家松，父寶森。住本城内迎恩坊。

肯用功。字頗工。美秀而文。

路心謙　年二十五歲，優廩生。

楊　澧　年二十二歲，優廩。

張國祥　年三十四歲，優廩。

張　芸　年四十一歲，廩生。

李永瀚　字匯泉，行二，年三十三歲，沅州府芷江縣學，優廩生，民籍。

曾祖榮，祖大祥，父實華。住西鄉離城八里。

沉潛。

張伯良　年十八歲，優廩。

鄧序乾　年三十歲，廩生。

楊世炳　年三十五歲，優廩。

黄忠燮　字理齋，行二，年三十歲，沅州府黔陽縣學，優廩生，民籍。

曾祖光熙,祖大章,父作雯。住西鄉離城二十里。

字工。學不陋。

黄忠績　年二十七歲,優增。

廖王寅　年三十三歲,優廪。

黄忠基　年三十四歲,廪生。

任時琳　字子珍,行二,年十八歲,沅州府麻陽縣學,優附生,民籍。

曾祖天祐,祖心安,父順景。住坳甕,約離城十八里。

少年好學,美秀而文。

李樹賢　年十七歲,優附。

陳肇盛　年三十八歲,優增。

劉可珍　字伯儒,行一,年二十四歲,鳳凰廳學,附生。

曾祖宏廷,祖大隆,父士揚。住廳城西文星街。

通經(治《公羊》)。

熊焕湘　年二十三歲,優附。

舒　潤　年十八歲,優廪。

舒潤　字澤卿,行一,年十九歲,晃州廳學,廪生。

曾祖政仁,祖康泰,父秉榆。住西鄉,離城三十里。

少年有志之士。能語言。

錢幹源　字相荃,行一,年三十五歲,靖州學,廪生。

曾祖大謨,祖鎧,父柄福,本生父松福。住省城東長街。

小楷極工,亦知經學。

申開科　年三十二歲,廪。

劉來獻　字仲琛,行二,年三十四歲,靖州綏甯縣,廪生。

曾祖華山　祖富庭，父貴謹。住東鄉，離城一百四十里。

梁之珍　字聘吾，行二，年二十九歲，靖州會同縣，附生。

曾祖鈞暢，祖正楷，文宗烈。住上坊村，離城四十里。

看書略有門逕。字劣。

楊本澤　年二十八歲，廩。

吴家興　字讓泉，行壹，年叁拾壹歲，靖州通道縣，廩生。

曾祖大燦，祖啓璜，父昌國。住靖州南門外較場頭。

胡元倓　字子靖，年二十二歲，湘潭縣學，優廩生。

曾祖廷弼，祖湘，父同壽。住織機巷廉福堂。

經學專家，字亦工。

黎　丹　年二十四歲，優附。

郭　彬　年二十三歲，優附。

吴宗讓　字季澤，年二十六歲，湘陰縣學，優廩生。

曾祖世柱，祖之焕，父光堯。住落星田綺里堂。

知經。

李輔焌　年二十九歲，優增生。

皮嘉祐　字吉人，一字汲仁，一字仲吉，年二十三歲，善化縣學，優廩生。

曾祖存源，祖樹棠，父錫瑞，住南正街。

知經。

龔福燾　年二十四歲，優附。

王景峨　字伯璋，年三十一歲，益陽縣學，優廩生。

曾祖大經，祖爾梅，父德基。住本縣厢外里。

詞章、經學兼而有之，行文不雜。

胡子清　年二十四歲，優廩。

陳道亨　年二十三歲，優廩。（湘鄉陪拔，誤寫益陽。）

畢永年　字松琥，年二十六歲，長府學，優增生，善化民籍。

曾祖大鍠，祖榮湘，父昌頤。住省城瀏陽門正堂。

掌故、詞章，以聰明勝人。

楊毓麟　字篤生，年二十五歲，長沙縣學，優廩生。

曾祖象元，祖宏毅，父迺賡。住尊陽都，離城一百二十里，地名高橋。

經史皆有根柢。字學逍。

徐崇立　年三十一歲，優廩。

梁賡陶　年二十二歲，優廩。

胡子清　字少潛，行一，年二十五歲，湘鄉縣學，優廩生。

曾祖嘉泰，祖應名，父聚奎，現住理問街楊宫太保第。住縣城西十里二坊泉塘。

略知讀書，氣度不大從容。

陳道亨　年二十三歲，優附。

錢維驥　字碩人，年二十六歲，甯鄉縣，優廩生。

曾祖熙，祖埑，父光琢。住善化七都馬龍江。

鄒壽熙　字子俊，年二十九歲，長沙府學，優廩生。

曾祖立愛，祖而茂，父紫垣。住城南書院。

科舉之學無一不入彀，必得館選。

譚延闓　年十六歲，府學優廩。組安。
張緝光　年二十三歲，優廩。
郭立山　年三十三歲，優廩。

文德龍　字静巖，年三十一歲，長沙府攸縣學，廩生。
曾祖舒宏，祖以禮，父植琪。住東鄉沙陵陂。
　　字工。

余德沅　年二十九歲，優廩。

劉國英　字漢岑，長沙府醴陵縣，廩生，年三十六歲。
曾祖宗澣，祖昌藻，父兆藜。住北鄉山煙境。

唐才常　字紱丞，年二十八歲，長沙府瀏陽，附生。
曾祖興詩，祖揚鴻，父賢疇。住瀏陽縣城。
　　掌故專門，人亦有血性。

劉善涵　年二十五歲，優廩。

梁鏡寰　字竹笙，年二十六歲，長沙府安化，廩生。
曾祖騰光，祖泛舟，父雲程。住長安鄉藍田。

梁毓瑩　年二十六歲，優附生。
譚繼祖　字彦賓。

蘇　輿　字厚康，年二十歲，岳州府學，平江縣民籍。
曾祖漁，祖詞華，父海。住平江北鄉，離城二十里，小地名煙舟
　　通史，精校勘、詞章、考據，皆有門逕。字亦好。

熊　崑　年二十八歲，廩。
傅鸞翔　年三十歲，廩。

曾文郅　年二十八歲，廩。
李群鎬　年二十七歲，廩。

李定勳　字伯熏，年二十三歲，岳州府學，巴陵廩生。
曾祖海門，祖玉堂，父壽珊。住府城内。
　　人極閒雅，經學亦有門逕。

王第祺　號涵初，年二十七歲，岳州府巴陵縣學，廩生。
曾祖應平，祖在田，父皋。住巴陵東鄉，離城九十里，小地名甘田。
　　詞章、考據兼而有之。

龍銓甲　年二十七歲，廩。

周士鴻　號南賓，年二十四歲，岳州府平江縣學，附生。
曾祖堂，祖光鏞，父炳。住南鄉託蓮下塅。

喻萬青　年二十八歲，優廩生。

算學
葉勁青

吴鴻景　號筱祁，年二十六歲，岳州府臨湘，優廩生。
曾祖泰來，祖芝圃，父獜。住西井里。
　　通小學，能篆。

段修鈺　號子珊，年二十五歲，岳州府華容縣學，優廩生。
曾祖相銘，祖光烈，父元經。住保南院。

楊良翿　號舒民，年二十五歲，澧州永定縣學，廩生。
曾祖正明，祖繼祥，父惠南。住西鄉十四都。

侯昌鑑　年三十五歲，廩生。

李執中　號懋吾，年三十五歲，澧州石門縣學，優廩生。
曾祖仕洪，祖學業，父宗儒。住中鄉蘭溪。
　　詞章通達，用意極深刻。

覃斐章　年三十歲，優廩。

周傳德　號宣三，年三十三歲，澧州學，優廩生。
曾祖世勛，祖宗之，父炳著。住西鄉周陂堰。
　　掌故通達，亦工詞賦。

晏開甲　年二十一歲，優廩。
吴澤鋆　年三十六歲，優廩。

張葆賢　號筱峰，年四十二歲，澧州安鄉學，優廩生。
曾祖誕先，祖開泰，父希川。住北鄉焦圻。
　　老宿，專意科舉之學者。

樊虎文　年三十一歲，優廩生。
（浮簽）湘潭縣學附生唐鑫，求咨送兩湖書院肄業。
（浮簽）湘潭縣學附生黄篤衡，求咨送兩湖書院肄業。

唐啓虞　號宥在，年二十五歲，澧州慈利學，廩生。
曾祖賢訓，祖維均，父世艾。住邑二十五都龍卧泉。
　　輿地極有門逕。

王堉道　年三十三歲，附

蔣保康　號壽民，年二十五歲，澧州安福學，附生。
曾祖明熙，祖徵憲，父定詔。住邑北關外。

文字平正。

汪先弼　年四十歲，優廩。

易順豫　字由甫，年三十一歲，常德府學，廩生，龍陽縣民籍，世居小南門。

曾祖正元，祖天成，父佩紳。

吴友炎　字焱初，年二十四歲，常德府學，優廩生，武陵縣民籍，住城興街口内。

曾祖占全，祖本仁，父孝齡。

錢昌楷　年三十五歲，優廩。

陳益濬，年三十四歲，優廩。

裴健　字止欽，年三十歲，武陵縣學，廩生。

曾祖國杰，祖文質，父定梅。居城雷祖殿。

何來保　年二十四歲，優廩。

沈邦和　年二十七歲，優廩。

謝家梓　字子琴，年三十七歲，沅江縣學，廩生。

曾祖志作，祖月珧，父傳笠。住沅江縣城二甲。

李致楨　字鑒澂，年貳拾柒歲，龍陽縣學，廩生。

曾祖巾權，祖允鈿，父恭渥。居常德府城青陽閣。

掌故通達。

羅華章　年二十五歲，廩生。

徐雨泉　字硯芷，年三十二歲，桃源縣學，廩生。

曾祖宗典，祖萬盛，父大德。住桃源縣北鄉九溪。

于盤　年三十七歲，優廩。

姚炳奎　字平吾，年四十四歲，寶慶府學，廩生。
曾祖振生，祖汝視，父德林。住邵陽縣東鄉甘棠里。
　　史、輿地之學。

石秉鈞　字松舫，年二十六歲，寶慶府學，優廩生。
曾祖獻鈺，祖文之，父玉瑜。住邵陽縣東鄉田里村。

尹湘林　年二十三歲，優廩。
晏孝儒　年二十七歲。
石兆祥　年二十五歲。
唐叔成　年三十歲。
粟培鈞　年二十九歲。
　　均優廩生。

樊維　字春徐，年二十四歲，邵陽縣學，優廩生。
曾祖世福，祖明發，父德全。住邵陽東鄉漁溪。
　　力索苦思，專心求異，惜尚有土氣。

李承畢　年二十八歲，優附生。
姚聯奎　年二十七歲，優廩生。
曾毓驤　年三十二歲，優廩生。

王天保　字定雅，年二十二歲，城步縣學，優廩生。
曾祖佺，祖文純，父治成。住城步八都隘頭。

陳習謨　字典臣，年二十五歲，新甯縣學，廩生。
曾祖希泮，生曾祖希清，祖楚望，父紹棠。住新甯東門城外。

李鐘奇　字藎臣，年二十三歲，武岡州學，廩生。
曾祖世珍，祖運甲，父昌益。住高沙市。
　　史學。

張存詰　年四十歲。

李固松　字吕伯，年三十七歲，新化縣學，附生。
曾祖盛榮，祖有來，父信芳。住北溪市。
　　精算學。

田稷開　年二十九歲，優廩生。
鄒代藩，年三十五歲，附生。

欒起元　字子麓，年三十三歲，新田縣學，廩生。
曾祖光韜，祖德讓，父鳳梧。住潭溪坊。

楊宗恕　字心如，年三十七歲，甯遠縣學，優廩生。
曾祖之泗，祖象繩，父世暹。住平田郬。

楊九衡　年三十一歲，廩。
姜嶽崧　年三十七歲，優廩。

周晋墀　號幼卿，年二十八歲，東安縣學，優廩生。
曾祖揚烈，祖家俊，父有聲。住仁智鄉。

鄧秀林　號靈根，年二十八歲，零陵縣學，優廩生。
曾祖德裕，祖正階，父學璋。住辛樂洞。

劉榮選　年三十四歲。
胡　喆　年三十六歲。

文　伊　字蔭青，年三十歲，永州府學，優廩生，新田民籍。
曾祖錦繡，祖光喜，父運昌。住縣城西門。

蔣熙瑞　號荃青，年三十四歲，永州府學，優廩生，零陵民籍。
曾祖科泰，祖承安，父名世。住城西鄉。

吕　雲　年三十七歲。
曾沛然　年三十一歲。
陳　書　年三十三歲。

劉　藩　字元牧，號莘畦，年三十六歲，祁陽縣學，優廩生，民籍。
曾祖耀藻，祖成沛，父景瑄。住城北鄉。
　　通經史，知掌故。

柏錫疇　年二十六歲，優廩。

算學
周芝範
陳元季
陳　易
康致祥
陳　匇
劉霆翰
蔣文翰

洪翼昇　號晴舫，年二十六歲，道州學，優廩生，民籍。
曾祖廷揆，祖宸曜，父燊。住城南水南坊。

何國琦　年二十歲。

周元洎　字助樓，年二十六歲，永明縣學，優廩生，民籍。

曾祖世纘，祖昺奎，父銑詒。住長沙東鄉。

莫智臨　年二十八歲。

王漢祥　號柏堂，年二十六歲，江華縣，優廩生，民籍。
曾祖達敷，祖燦羨，父德權。住永城内。

李鑫鍨　號砥卿，年二十八歲，桂陽州，優廩生，民籍。
曾祖先玿，祖蟠月，父東來。住城南門外。
　　通經。

何嶽立　年四十二歲。
胡彪炳　年三十一歲。
陳兆奎　年十七歲。
劉映黎　年三十歲。

鄺書華　號牒青，年三十三歲，臨武縣，優廩生，民籍。
曾祖祥增，祖凝文，父詩光。住城南榜山村。

鍾才著　號子雍，年三十三歲，藍山縣，優廩生，民籍。
曾祖立偉，祖炳，父汝霖。住南城外高陽里。

陳連昇　年四十一歲。

蕭覃蔭　號蘅石，年三十六歲，嘉禾縣，廩生，民籍。
曾祖堯宙，祖人傑，父禹牧。住南鄉小街田。
　　詞章。

雷　森　年二十一歲。
羅樹屏　年二十一歲。

何盛林　號翰廷，年二十六歲，郴州直隸州，優廪生。
曾祖班吉，祖希輪，父恕曾。住南城外駱仙鋪。
　　史、輿地之學皆通。

陳爲鎰　年三十四歲。
黄兆鴻　年三十九歲。
何樹熒　年三十一歲。

李載賡　號虞陔，年三十六歲，郴州永興縣，民籍。
曾祖廉士，祖玉山，父澤時。住金陵鄉高堂。

曹夢弼　號築巖，年二十八歲，郴州桂陽縣，民籍。
曾祖孔泰，祖際昌，父正榮。住南鄉井坡圩。

周潤標　號棟雲，年三十六歲，桂東縣，優廪生，民籍。
曾祖之楨，祖有連，父光桂。住草堂觀前。

黄文煒　年二十八歲，號芷巖，郴州宜章縣，優廪生，民籍。
曾祖有節，祖炳烈，父颺廷。住中鄉石虎山。
　　能詩。

程子楷　號嵩生，年二十三歲，郴州興甯縣，優附生，民籍。
曾祖有圭，祖慶恩，父世澐。住西鄉石鼓洞。
　　工書。

袁汝燿　年二十一歲。

丁奎聯　號星五，年二十三歲，清泉縣，優廪生，民籍。
曾祖世鑅，祖善慶，父驊。住省城。
　　詞章、科舉之學。

胡傳榢　號仁仿，年二十六歲，衡陽縣，優廪生，民籍。
曾祖訓莊，祖生桂，父鎮西。住西鄉臨川寺。
　　史學。

蕭鯉祥　年二十六歲，廪生。
魏業籓　年三十二歲，優廪生。

廖昺文　號倬夫，年三十三歲，清泉縣，優廪生，民籍。
曾祖漢欽，祖德明，父巨川。住東鄉新城街。
　　知經。

王克家　年十九歲，優廪生。
魏詩銓，年二十歲，優廪生。

楊栻　年二十六歲，優廪生，清泉縣學優廪生。

唐炳元　號健程，年三十歲，衡山縣學，優廪生，民籍。
曾祖國仲，祖詩合，父書音。住宗字石地坊。

歐陽謙　年三十歲，衡山縣學，優廪生。

謝鴻儒　號海六，年二十七歲，耒陽縣學，優廪生，民籍。
曾祖西京，祖振楚，父高朋。住東鄉鹽沙館。
　　通《公羊》之學，湘綺門人。

張伯厚　號壎初，年二十七歲，常甯縣學，優廪生，屯籍。
曾祖世鵬，祖澤夫，父昆源。
　　知經，《易》義有成書，未必專守漢儒。

何聯甲　號銘丞，年三十二歲，安仁縣學，優廪生，民籍。
曾祖映超，祖金魁，父慶義。住浦陽鵬閣。

李　芝　號茹仙，年二十四歲，酃縣學，優增生，民籍。

曾祖輝素，祖日正，父成春。住城南水口石閣頭。

劉煦仁　字仕懷，長沙縣，民籍，府學附生，住艸潮門外河街劉太乙堂。

丁　謙　字荇泉，長沙縣，民籍，府學附生，住艸潮門正街白芙堂。①

劉覲龍

陳爲鏞　字少山，郴州直隸州學增生。

王宗潮　號海瑚，行三，年十八歲，南州直隸廳人。

曾祖慶祥，祖良弼，父世晃。離長沙城六十里。

劉煥辰　號先端，行三，年十六歲，衡州衡陽人。

曾祖乾齋，祖惟賢，父月輕。住長樂西鄉，離衡陽城百二十里。

芷江　正額：②楊世炳　田梓材　李永瀛　邱永琛　蕭啓宗　胥大誠

備取：張步雲　唐文鰲　劉大華　向先高　鄧序乾

黔陽　正額：黄忠基　黄忠球　潘霈年　向禮徵　黄本英　■實光　黄忠績

備取：唐贊揆　楊春棟　向元濟　黄忠銘③

麻陽　正額：孫家勳　陳肇域　田達道　滕興仁④

備取：滕樹春　龍植三　潘潤身　陳開銘

鳳　正：閻鴻藻　備：賀定銘

晃　正：楊士輝　備：姚炳麟

靖　正：趙德峻　楊本紹　周厚杰　黄承平

備：何光瀾　林懋森　林達順　梁之璣

---

① 眉批：陋。

② 眉批：沅水校經堂調取姓名。

③ 眉批：楊澧　張伯良；地脚批：危道晋　向同龢

④ 眉批：李樹賢

鄧光堅　年十四歲，號石蓀。
曾祖佩雲，祖長廣，父煉瑩。住衡山城南。

鄧其鑑　芷江，詞。
蕭啓宗　芷江，詞，字好。
胥大誠　芷江，詞。
朱茂芸　鳳皇，詞。
賀定銘　鳳皇，經。
姚炳麟　晃州，史（取一等。廿四歲）。
吴舜卿　晃州，史（取一等。卅八）。
孫家勳　麻陽，史（二十一歲）。
田達道　麻陽，詞（新進，二十餘）。
楊春棟　黔陽，掌故。
危道晉　黔陽，經，新進。
向同龢　黔陽，經，新。
黄本英　黔陽，史，新。
邱永琛　芷江，經。
邱績臣　芷江，經，字好。
龍子俊　芷江，史。

桂陽　譚麥　陳兆奎　曹以忠（願赴校經）。

黄義正　號子宜，十四歲。
曾祖性大，祖炳文，父由翰。住上村。

黄綬　號印峰，十五歲。

黄馥　號麟峰，十三歲，郴州童生，民籍。
曾祖德陶，祖仲騏，父樹藩。住長沖。

李華濱　號幼藻，行二，年三十歲，永順縣附生，民籍。

曾祖茂春，祖錦香，父正傳。住内龍保。

周性明　號德菴，行一，二十四歲，永順縣附生，民籍。
曾祖光照，祖化南，父倬漢。住内塔卧保。

滕樹春　號少舲，行一，十二歲，麻陽縣附生，民籍。
曾祖國富，祖嗣金，父興周。住高村堡。

劉映芙　號季餘，十三歲，桂陽州附生，民籍。
曾祖承恪，祖澍覃，父潤遠。住大北關。

第十册　光緒十三年丁亥(1887)七月

(書衣題)光緒十三年七月一日始　笘誃日記(篆書)

丁亥七月一日始,戊子三月晦日止。

光緒十三年七月

自六月二十三日抵里門後,直至今日,未記一事,疏懶至此,實深自愧。①

竟日未爲一事,惟略檢書籍。午後候介石至玉樓春茗飲,偕祝心淵歸。十一日。

晨起輯《聲類》。寫扇一。午後至混堂巷見何珊枝先生及外姑。偕珊丈至玉樓春茗飲,見陶仁伯、陸廉夫、潘磊庵、王菊初、顧階平、紉秋主人。上鐙歸。沈秉之來,約月望遊虎阜。

見蔣肖鰭藏古金拓本册,高一尺餘,多張叔未、徐紫珊題語。《沈石田詩稿》手跡册四,舊藏吾郡繆氏,希世珍也。十二日。

晨起集《聲類》。午後月聲、叔邕、查翼夫來。薄暮至玉樓春,見二哥。上鐙同歸。寄稼老書並橘紅二十頁。得若兄書,言粵行恐作罷論。篴勇患痢,自子至午百餘次,高年何以堪此?十三日。

晨起未爲一事。午後漱經來,至玉樓春茗飲。畢,同船至員嶠,約宿予齋中。十四日。

晨起天微雨,同漱經坐船出城,至虎阜,泊普濟橋下。畫船簫鼓,絡繹往來。適沈秉之坐畫舫來,邀過船,辭之。少停,以一小艇促余去,不得已,辭漱經而往。同坐皆不知姓名,惟陶仁伯猶舊識者。侍酒者二人,一爲汪墨琴,一爲某琴仙。船主則雙貴。上鐙後至四擺渡,余飲未及半,犒以二番餅,同仁伯歸,已子初矣。十五。

晨起未爲一事。叔彦來,作竟日譚。淵然湛然,令人氣静。歷述其

① 本頁鈐印:"静君"。

初讀書不知門逕，且無書籍之苦。又云數年來讀《儀禮注疏》三，校胡氏《儀禮正義》二，讀《詩疏》二，可謂勇矣。十六。

晨起未爲一事。薇閣招遊虎阜，偕心淵、桐尊，叔鵬適來，亦同往焉。子初歸。余偕心淵至劍池，見近爲一傖夫鑿平石壁，大書題名，字既惡劣，詩尤荒率，污此山靈矣。十七日。

晨起輯《聲類》。午後出門，至二兄處，同至玉樓春，見紉秋、胡孟魯。晚歸，得芝汀書並貽牙章一。十八日。

晨起，紉秋來，小譚即去。輯《聲類》。午後，汪信甫來譚。同桐尊出門，至玉樓春，見孔康侯。得夢盦書。見菊初、芝祥、肖石，同心淵歸。燈下録《一切經音義》《聲類》條畢。十九日。

晨起，擬以《經典釋文》輯《聲類》，讀《易》《書》畢。午後，同心淵出門，至玉樓春茗飲。晚歸，得稼老書並吉金圖，余亦寄稼老書，適彼此未值也。二十日。

晨起，赴叔朋約，遊虎阜。見潘瘦羊（鍾瑞）、石君秀（方涑）、何壽朋（元喜），至吉公祠茗飲。瘦羊云蕘圃尚有玄孫住昭明巷，即其老屋。又云蕘圃自員嶠巷出屋，遷居察院巷，即開滂喜園書坊於門前。晚鐙歸。二十一日。

竟日未爲一事。二十二日。

竟日未爲一事。薄暮至叔鵬家，見洞庭張拭手抄《松月江風集》十二卷，有蕘翁跋；景宋鈔《白氏諷諫》、纂圖互注本《揚子法言》；見明拓《孔羡碑》，張角齋藏。二十三日。得稼秋書，並寄照相乾片法。

晨起，候蔣肖鰭，出示照相器具，不大精妙。見元十卷本《禮記集説》，爲毛汲古藏，有"元本""甲"諸印；殘宋元《通典》，半頁十五行，行二十五字不等，有"香修"小印，又"元照之印"，又"張秋月字香修（又）①字幼憐"朱文印；明嘉靖鄭氏刻《博古圖録》半本，尚精，有陳仲魚跋，極稱之，云以二十金購得。二十四日。

竟日未爲一事。二十五日。

晨起未爲一事。午後偕心淵出門，至玉樓春。二十六日。

汪狂而錢倨，更有洪君奇。（孫淵如《中州送邵晋涵入都》詩，《澄清

---

① 眉批：塙係憐字。或書㷠作憐，因未見刻印之僞。

堂稿》卷上)

數日未爲一事,亦未記日事也。二十七日至二十九日。

光緒十三年八月

晨起,寄平書函並郎丈、鞠師、同幕各函。八月初一日。

天雨,竟日未出門,亦未爲一事,僅作楷一頁,用新得九子墨,頗黑潤也。初二日。

日來米鹽之事甚于書籍,應酬之事勝於誦讀,而日記亦未暇爲之,數日來僅作楷數頁,上窓齋丈書暨上郎丈、葉師書(經隆二交沈福)。初三日至初十日。

晨起作楷。午後至吉由巷見蔣肖鱔,知查亭在滬小病未歸。取渠乾片照相器照一人相,未清,係乾片已壞之故。十一日。

晨起作楷。午後出門一遊即歸。十二日。

晨起,何梅生來,招遊劉園,同船爲張杏田、樊少卿。何梅生又請惠思僑司馬(榮,正黄旗漢軍,丁丑進士),因病未來。至二鼓歸。十三日。

竟日未出門,晚至玉樓春茗飲。十四日。

晨起,潘瘦羊來,譚許久始去。午初出門,候王菊初,即午飯。見章式之(珏,工詞賦),同至怡園,見西蠡,譚久始别。又見沈旭初、陳穀生(爲松泉大令子)。十五日。

晨起,階平來譚。顧蓮士來譚。午後作楷,磨墨。薄暮出門,至緑潤堂書坊,見張子行《説文楬原》,略同陳氏《説文提要》,惟渠以點畫多少分前後,易檢耳。有《説文續字彙》者,取鈕氏《新附考》、雷氏《外編》合刊之,爲編一目,如《康熙字典》序次。十六。

晨起,王菊初、蔣漱雲來,同至試院前。余同漱雲往胥門,余至富郎中巷外家,漱雲則逕進藩署矣。飯後候謝序賓,小譚即歸。晚間寫扇頭一,作楷半頁,讀《篆香室賦》。十七日。

晨起,母氏至蕩口外家。晚得篴秋舅氏惡耗,愴痛無已。念余外家諸舅中,獨篴舅最奇愛余,教誨備至。自癸未余赴鄂、赴山左、赴粤東,迄今五載,每隔一二月必通翰牘,每呈一藝必爲賞歎。知己之感,令人腹痛。余自弱歲爲老輩所偁者,秀水楊利叔(象濟)、無錫秦澹如(緗業)兩先生已先去世,今舅氏又爲之繼,自計年將及壯,學業不成,臨穎愴然,不禁淚涔涔下矣。十八日。

晨起未爲一事。十九日。

晨起,作正誼試院課卷。二十。

續作課卷,晚畢。王薇閣來招晚餐,並留下榻。二十一日。

晨起未爲一事。午後同薇閣、心淵至劉園,見王菊初、王叔昭,同歸,薇閣逕歸香溪矣。二十二日。

晨起未爲一事。午後寫篆屏四。出門見菊初、康侯諸君於玉樓春。燈下撰挽篴舅聯云:"甥生廿八年,學竟何成,推一藝一能皆出舅賜;粵遊十七月,歸未及見,痛所知所得難説公聽。"二十三日。

晨起檢理書籍。午後如珪來,同出門,至試院前一遊。晚至玉樓春茗飲。二十四。

竟日未爲一事。晚至玉樓春茗飲。歸,上郎亭書並詒舊鈔本《南唐書》。二十五。

晨起,知學使已到,進院。午後至玉樓春,見如圭。晚同大、二哥、桐尊住小寓,仍在劉宅,其老女主人已故,回念舊情,不覺愴然。二十六日。

天明即起。飯畢,進試院,已辰初矣。賦題爲"召校官弟子作雅樂奏鹿鳴賦",以"召校官弟子作雅樂"爲韻,經解五題,分五經。出場已二鼓。兩卷竝作一賦一詩一解。解爲"丈人解從鄭義"。二十七日。

四鼓即起,飯後進院。題爲"子曰臧文仲其竊位者與"二章,策題"歷代詩學源流"。薄暮出場,歸即睡。二十八日。

晨起如圭來,同出門,至玉樓春,見鄒鳳清,云古學案已出,余冠軍。同如圭即至試院前,知大兄取闔屬第四,算學則闔屬第一。蓋統排者也。適學使將余卷發學,命即重謄酌改,送進備刻。即歸家謄卷,至晚畢。余卷批云:"序賦均典雅凝重,淵然穆然。詩精切。經説妥愜。書法均極堅卓。洵美才也。"二十九日。

晨起未爲一事。午後同如圭、心淵出門,至怡園茗飲。畢,往試院前,適一等案出,余列第六,大兄第八。小游即歸。晚飯後至試院前,住小寓,以明日覆古也。三十日。

光緒十三年九月

天明入場。題爲"陸放翁秋風亭拜寇萊公遺像賦",以"登秋風亭下臨江仙”爲均。同笏南、若蘭、大兄坐一室。戌初畢。出場即歸。九月初一日。得稼秋書並橘洋拾元。

竟日未爲一事。晚住寓,以明日覆文場試。初二日。

黎明即起,俱坐散號,題爲“其次辟色,其次辟言”,戌刻交卷出場。場中見覆古卷,知仍爲第一。初三日。

晨起至菊初家,見康侯,即於菊初處午飯。飯後同至玉樓茗飲。復至試院前,見涿拓《快雪堂》,索值四十元,許以二十元,不售。《纂圖互注揚子》,許以七元,售矣,一時無款,擬拼擋得之,重元刊也。元本《翰墨大全》八十册,值五十六元,不可得之矣,且亦非佳籍也。初四日。

晨起寫字。午後至試院前一游即歸。初五日。得張叔未《古金文》石印本二册。

竟日未爲一事。晚方睡,報覆一等案出,列第一名,大兄列第七。初六日。

竟日檢考具,以明日將入優場也。是晚宿寓中。初七日。

黎明至二門,聽點入院,坐西號。闔屬僅十二人:府學潘笏南(誦威)、張詵卿(福辰)、王卿月(頌清),長洲張榴仙(涵中)、汪晴初(國炬),元和陳季藩(世恒)、李鑑之(經瑩)及余,吴縣曹揆一(元忠)、蔣仰高(恩桂),常熟孫君培(同康)、昭文龐□□。首題“能使枉者直何謂也”,次題“孟子曰飢者甘食”一章。四點出場。初八日。

天明童案出,不能睡,即歸。卧竟日。晚仍宿寓中。初九。

天明仍在二門聽點,應名後朝上打一拱,背念履歷曰:“○○,年○(二十五)歲,江蘇蘇州府元和縣增廣生員。”畢,接卷入場。携帶書籍頗多,甚覺累墜也。經解“《考工記》作於何代考”,策題“問:《禮經》‘天子廟制’鄭、王異義,魏晋以後宗鄭、宗王者能詳述之歟?”詩題“林隙依稀漏日光”,得“光”字五言八韻。笏南爲余作詩,余報以一考。三鼓出場,即宿寓中。初十日。

晨起歸,睡竟日。十一日。

晨起,進院謄報部卷,初謄一本畢,聖諭中誤一字,又謄一本,至申初出場。三時許作楷三千,手腕幾脱矣。十二日。

竟日寫對。十三日。

晨湯伯繁(鞠榮,直隸人)來譚。伯繁致力小學,墨守許書,以扇頭

一、聯一屬篆。午後至冠瀛處一譚。晚寫吴次藩信。十四日。

晨起至試院獎賞。午後出門，拜湯伯繁，不值。回，至玉樓春茗飲。歸，見楊少雲(光烈，府學坿生，住石塘橋)、章式之(珏，長洲坿生，工辭賦)。十五日。

晨起寫對。午後同汪卡雍至張卡鵬家，見渠新得各書，卻無精本。出門至湯伯繁家，未見。又至大井巷候陸廉夫，適徐瀚卿來(熙，能篆刻，知古吉金，子晋子)，係久聞名而初識者，足恭特甚，蓋别有取義者也。出門逕至玉樓春小坐，同心淵歸。十六日。得稼老書。

晨起，至花橋巷本家，同上船，至虎邱孝子祠秋祭，余司香帛。畢，歸已酉初矣。同族至者僅三十五人，半多衣冠不全備，人雖窮乏，祭祀大典一日之禮，是當盡敬，且分司禮器多半畏退，接見尊長毫無恭謹之態，此皆爲窮而致此乎？不可解也。十七日。

晨起寫篆屏四，午後畢。胡綏之來譚，同至玉樓春茗飲，復至申街前尋大來堂書坊，因聞路小洲家藏舊藉盡歸此鋪出售，擬訪之。據云無此事也。涂遇陳建侯(允豫，武進廩生)，同行歸。十八日。

竟日未爲一事。以七餅金得元板《揚子法言》，係纂圖互注本，書無足貴重，維以其爲張塘橋蔡氏故物特購，亦足爲一臠之嘗云。[1] 晚蕩口船來，擬明日下鄉。十九日、二十日。

晨起即上船，酉正抵蕩，見外王母，精神矍鑠，是爲壽徵。携聰兒同來，以弔篴舅之喪也。二十一日。

晨起至新宅，哭篴舅靈，入室凄然。與若汀、若溪二兄小譚。見趙君默(仲簡，常熟人，工部主事，篴舅婿，精醫理)，小坐即歸。晚至老義莊見魯堂卿、應榴諸兄。二十二日。

人生生死事本偶然，維生死之變實莫可與比，往往有生前喜惡之事而至死後反常。在當局者不得不如此，旁觀及之，益深痛人事之變遷矣。

篴舅於老、莊、釋伽之説深惡痛絶，非恨此道之誤人也，特恨人借此事而至不可爲矣。今日入荔雨軒，見靈前有設老、釋之器，烏乎痛矣。

見無錫安古琴(吉)撰《六書韻徵》十六卷，乃考正古韻，以宫商角徵

---

① 眉批：僅得一上本，其下本至今未送來。賈人已負債遠颺矣。十一月二十一日記。

羽五音分部，會通《説文》𧮫聲以辨古音，兼考字畫、字義。如宫部“中”字，則取許書从中聲字皆系於下，每字仍注曰某部某聲説解，餘皆如此。此書成於嘉慶丁酉，至道光丁卯，華紫屏先生(湛恩)爲安君弟子，刊板於蕩口，至咸豐間板毁於兵。當時印行不多，故世亦罕見。首有祁文端、王藝齋、李申耆諸先生序，阮文達爲篆書卷首，“韻”從楚惠王韻章鍾，韻字作訇，補許書之闕。

祁文端曰：“《説文》之學，訂形難，訂聲更難。非難於取其聲而比之，難於合三古文筆順從適職也。”(《均徵》叙語)

竟日寫字，皆爲人需者。二十三、二十四日。

晨起，偕梅汀至角上，觀人家藏古玉各事，有大璧一，徑六寸許，勒子十八枚，半多佳品。劍飾一，古拙可愛。釭頭一。器雕琢甚精。有一兔，僅以十數刀畫成，色光外燿，爲上品。又桃核船二，皆芝山刻，一二舟相並，一赤壁夜游圖，款刻船底。“芝山”不知何許人也。二十五日。

竟口寫篆並刻印，無暇晷也。晚至義莊，得潘刻《古泉叢話》。芝汀貽《仕女圖》一，甚古，惜妄印一“十洲”印以充贋鼎爲可惜耳。

得郎丈書。得鞠常師書，並授新刻《心矩齋叢書》十六册。一爲沈小宛《蘇詩查注補正》，一爲文文起《姑蘇名賢小記》，一爲桂未谷《札樸》。《蘇詩補正》未經刻板，鞠常師從顧緝庭先生處得稿本付梓者也。二十六日。

晨起腹瀉，腰(脵)[股]俱疼。午後磨服胡慶餘辟瘟丹少許而愈。竟日未爲一事。二十七日。

晨起代魯堂帥作《氣球歌》七古一首，草率爲之，不足存也。午後寫對二付。教聰兒讀《尔疋・釋樂》一篇。

吴梅邨《汲古閣歌》曰：“君獲奇書好示人，雞林巨賈争摹印。”二十八日。

竟日爲人寫楹帖、扇頭、刻印。至若溪處一譚。假渠《隋書・經籍志》兩册。外王母賜餅金二，以補入粤路費。二十九日。

光緒十三年十月

晨起，侍母氏並携聰兒回蘇。午後到家。十月初一。

晨起寫扇一。午後同蔣芝祥、心淵、王薇閣至玉樓春茗飲。至顔家巷見祝秄庵姻丈暢譚，並爲王毓仙定賃屋。

王子淵《僮約》辭氣全學《内則》，可知後人文字無不轉相摹擬也。初二日。

竟日空譚，未爲一事。初三日。

晨起芝祥來，即去。得若溪書，並貽試卷格。叔彦來譚，招以午飯。午後薇閣歸木瀆。薄暮，叔彦去。渠近日治《喪禮》日益精進。自慚學日益薄，年日益長，恐不可救矣。還心淵二餅金。得稼秋書並餅金十。初四日。

合道何須同枕席，論心休信日深長。若從意氣治天下，終覺文章太露芒。

萬慮千思太周密，竟從疏處失真知。一鐙摇影風穿隙，蠟淚成堆恐已遲。

竟日未爲一事。午後賓秋來，同至玉樓春茗飲。見汪姓初、叔邕諸人。叔邕貽安邑化金方足布一枚。查《古泉匯》所收，無倒文者，憙甚，蓋爲竹朋諸君所未見者也。燈下爲叔邕寫扇頭一，臨古金文廿二器，摹寫頗精，足以報其所投矣。

誰知曲唱同心院，共識途登宿怨亭。莫道烏衣非子弟，亦尋王寫始巢停。初五日。

數日碌碌，未爲一事，可愧。初六日至九日。

見趙叔垣於玉樓春，新從粤歸，知渭漁丈已入粤學幕。初十日。

晨起未爲一事。午後鼻覺瘇痛，似内生一瘡，牽及左眼、左齒皆痛，晚即睡。毓仙同子祥來，爲定屋事。十一日。

晨起，洪振邦來，同出閶門，至通貴橋下塘，候江生甫，爲安徽同族在蘇行醫者，適出門，未見。同振邦僱小劃至青江萬年橋南上岸，至侍其巷訪江理齋（廷燮，癸未進士。江即用知縣），適出差徐州，未見。理齋亦同族而徽籍者也。留一應門者，亦同族，爲篁墩公三十三世孫。小坐出門，至道前街聚星客棧候趙叔垣，未見。至富郎中巷外姑家，小坐即歸。鼻痛如舊。芝汀來蘇，貽醬鴨一、糟蛋一甕。爲王毓仙定屋寫契。十二日。

徐瀚卿貽古金拓本四紙，一中口父甗，文當僞造，字文全學魯公伐郐鼎，鼎亦近人造，同出一手也；一辛宫鼎，文二十字，尚塙；餘兩種文即真而不精。

晨起寫篆屏。午後同約雲出門，至玉樓春。晚歸，貽芝汀香串一、潮扇一。上郎丈書並葉師、洨民二書。十三日。

竟日寫字。晚招心淵、約雲、叔稱、桐尊、肖石、左兄持螯，衆人皆醉。時已二鼓，出門小步，至徐貴子橋長生家，肖石復置酒招飲於汪墨琴房中，大醉，至三鼓後歸。十四日。

毓仙進屋，爲渠料理一切。十五日。

晨起，送外伯母之喪，午後歸。十六日。

竟日爲毓仙料理喜事，未出門。得吴次瀟書、劉佛卿書，一從邗江、一從京寓。得漱經書並洋乙元、圖章一方。十七日。

二十日，毓仙嘉禮。

光緒十三年十一月

自十八日起至今月初九日，共二十一日未記，爲自有日記以來未有之事。從今日始當逐日書之，毋荒毋怠。

得漱經書並洋乙元。十一月初九日。

晨起出門，至舊學前候肖石，招午飯。午後汪仰之來，小坐即去。還瘦羊《古紅梅閣集》、湯伯繁(鞠榮)書畫扇。出門至玉樓春，見源藍水(日本人，工書)，小譚即歸。

王毓仙夫人徐壽蘐爲余題古金册首，書法古茂，無閨閣習氣。初十日。

晨起出門，候湯伯繁、原藍水，後至漢貞閣刻碑店，見蘇東坡《月夜遊承天寺詩》艸稿墨跡，有翁覃谿跋兩段小行書，有"伯謙精鑑"小印，①已摹刻入石，竟改行款，此大謬事。至王鞠初家午飯畢，出門至玉樓春。晚歸，知潘太姑母噩耗。

毓仙出示徐粹伯夫人李如如(鈺)畫白描十八尊者册，精絶，與丁雲鵬諸本相頡伉。

寄若溪書，並貽窓丈書《大篆論語》《説文古籀補》，並還《隋書經籍志》兩册。十一日。

塞翁失馬豈非福，海上看羊卻是癡。萬事再從今日始，信天翁號不嫌遲。

---

① 眉批：屺褒云即裴伯謙，名景福。

竟日未爲一事。十二日。

晨起至任蔣橋哭潘祖姑之靈,午後歸。至玉樓春小坐,晚歸。十三日。

晨起未爲一事。午後胡綏之來,同出門,至玉樓春小坐,晚歸。碩庭借許印林札。燈下作花卉一幅。十四日。

竟日未爲一事。晚桐尊招飲於倉橋堍王黛玉家,同室有王翠雲之婢名何巧者,舊侍花湘雲,能諷唐詩。譚湘雲死事甚詳,爲之愴然。十五日。

數日未爲一事。十六日、十七日、十八日、十九日。

晨起,曹叔彦來譚,招午飯。[1] 薄暮蔣芝祥、王毓仙、祝心淵、徐肖石、叔彦同餞於文樂園,暢飲。歸,至汪墨琴寓小坐。二十日。[2]

晨起未爲一事。午後出門,晚代起信稿。

叔彦交洋兩,竟欲還陳氏《叢書》賈,余不能卻,姑受之,至粵中購書報之。

我丈來還對尾賈洋九元、錢五百七十,又扇價洋九元。

得稼秋書,言順記銀款事。

以小華册屬毓仙題句,並乞其夫人書之,精甚。刻一印爲報,曰"東吴王大編撰徐壽蘐書夫婦合印"。

屺裒來譚。廿一。

晨起叔鵬來譚。午初至徐辛生處(履康,知西學),歷觀西學各器。有傳聲桶,以洋鐵作管,曲折達於内室,又以細銅絲通電爲報位機,甚精。申初,偕毓仙、心淵赴肖石至招,在長生家。同坐爲蔣芝祥、祝心淵、華■、包少齋。招侑觴者爲陸小紅、李小寶、王黛玉、張采菱、華倩雲、傅雙珠、汪墨琴七人。

十八日忽夢至一禪室,先有一老翁在,繼見一僧,貌甚白析,清秀絶俗,年約六旬。老者指余曰:"此六舟上人也。"夢中喜極,歷詢金石各事

---

① 眉批:叔彦存洋二元買書。

② 本頁有浮簽:凌子與,蕭敬夫,吴倉碩,王紫詮,趙静涵,李淡平,蘇稼秋,孫得之。一 。〇蘇玉昆,王西涯,黄式權,蔡紫芾,李淡平,徐詠梅,黄石香,汪友竹,蘇稼秋。二。陳仲舟,蔡玉季,孫少芙,孫燕秋,孫夔石,梅鎮藩,蘇侶笙,華式如,孫得之。三。

甚詳。醒時多不記憶矣,惜哉。二十二日。

晨起未爲一事。午後書屏四幅。徐辛生貽外國鐵餅夾器一具,試製蛋糕,劇佳。得稼老書。二十三日。

晨起未爲一事。午後出門,至玉樓春茗飲。覆稼老書,付《津逮》洋弍元。二十四日。

晨起寫楹帖三付。午後肖石來,約雲適亦從黎里歸,同出門,至傅雙珠家,復至李小保家、汪墨琴家,小坐即歸。二十五日。

晨,許勉夫來(克勤,海甯人,治經學),云手校《竹書紀年》甚備,又擬集解《小戴》諸説爲一書,未成。又云金輯夫近爲人寫《漢隸字源》,乃從明影宋抄本過臨而減小者。晚潘若孫來(爲梅若之孫),未見。二十六日。

晨起,潘若孫來譚即去。至毓仙外家,見辛生暢譚,即午飯。午後至玉樓春。薄暮赴祝子安丈招飲,二鼓歸。二十七日。

晨,許勉夫、金緝甫同來,小譚即去。竟日自做小德律風,試之,但能傳大聲而已。晚華杏農(鍾芳,金匱諸生)表兄來,留下榻。見渠《錢箋杜詩》,臨錢陸燦批本,丹黄殆滿;石谷、石田山水軸,石田畫塙而絹損,石谷畫完善而僞。石景父交來致郎丈信一函。汪德甫交來茶葉一瓶、信一封。二十八日。

潘若孫貽火腿一、茶食二匣,受之。薄暮至玉樓春。偕心淵至雙珠家,貽以英蚨六翼。二十九日。

光緒十三年十二月

天明雨雪,至晚始止。竟日檢理書籍。十二月初一日。

晨起,至任蔣橋,拜潘祖姑靈。午後至玉樓春。晚同心淵檢書。初二日。

晨起,至菊常師家。午後出門,至玉樓春。晚同心淵檢書簏。

叔稱貽火腿票一、茶食票一,大二兄貽食物各種,徐辛生貽火腿一、茶葉二。初三日。

查蔭表兄寄來抄本書三種:一《烏臺詩案》,緑格抄本,半頁九行,行十九字,首頁有“士礼尻臧”隸書長方印,“黄丕烈印”“復翁”兩印;一爲《闕史》,黑格抄本,半頁十行,行二十一字,首頁有“摛藻堂臧書印”,“平陽季子收藏圖書”;一爲《元城語録》,抄手甚舊,半頁九行,行十八字,首頁有“錢謙益印”“家在虞山之麓尚湖之濱號漁樵子”兩印。皆經名家藏庋,開卷狂喜,即留以購之矣。

徐辛生貽茶葉、火腿,領茶而返腿。初四日至初七日。

晨起,碩庭來送行。渠爲余畫母氏五十壽卷圖贊,極工,報以匋器六枚。午後,漱經自木瀆來送行,與渠飲於鶴園。渠貽茶葉、火腿票、洋乙元。初八日。

初四日以元本《輔教編》、《李太白集》、《積古齋鐘器款識》、抄宋本《輿地紀勝》、《冒辟疆詩卷》、沈西雍《河朔訪碑圖卷》共六事,仿虞山毛氏故事,質英餅三十枚於張叔鵬家,爲南行資也。初六日又從籌雲處迻英佛四十餅。

晨,祝謙之丈偕次郎冕峰自杭來吴,即止寒齋。午後携兩僕起程,送者心淵、漱經、叔稱、桐尊、大二兩兄。途遇蔣芝祥,亦同送至船頭,即開行。晚泊維亭。初九日。

叔彦不及來送行,以《張茗柯集》見貽。渠借余《戴氏遺書》《算經十書》《易義别録》。以十五元贖梅溪札、文清聯歸。

晨起巳初。午時過昆山。讀《茗柯文》一卷畢。午後雜讀各書。晚泊黄渡。初十日。

晨開行,午正抵碼頭,即飯。飯後先至金利源帳房,候王念劬,不值。至滬報館,見稼秋,小譚。出至三馬路兆新里候汪友竹譚。後至同慶公客棧候程蒲生,不值。至華衆會見潘少萼、黄式權、程蒲生。余遂定住同慶公。潘、黄二公先去,余偕蒲生至青蓮閣小飲,晚餐畢,回寓作家書。十一日。

晨起,候友竹,即在渠處午飯。見張杏田、馬□□□□(江蘇候補,杭州人)、陳仲周(維祺,嘉善增生)。陳君通中西算術,新輯《中西算學大成》百八卷,分門别類,由淺(極)[及]深。首述《河圖》《洛書》《周髀經解》以溯其原,次述《幾何原本》《算法原本》以明其理。筆算爲入門之始,比例爲衆法之宗,借衰盈朒以下諸術以見數理之常,天元代數以下諸術以窮數理之變,至於重學,實製造之本原而目今之要務,則盡采入。他如乘除測算,坿入對數八綫等表,而以雜記殿焉。午後至滬報館見子紱、稼秋,適徐詠梅、李淡平來,招至華衆會,見潘熙年、吴倉碩(俊,歸安人,江蘇候補,通金石學)。徐詠梅、稼秋同招至聚豐園晚飲,見王山麓(稼秋内侄)、滬報館諸君。畢,同淡平至朱月仙家,一年不見,瘦弱可憐矣,聞渠將適人也。出門,偕淡平至寓暢譚,至三鼓始去。發家書。得祝謙之書,寄郎丈者。十二日。

晨起,天雨雪,不能出門。托蒲公作書,介天南遯叟題小華册。午後孫少芙來,同坐馬車至滬報館,招稼秋往静安寺,闃無一人。茶話片時,少芙招至中和園暢飲。同坐燕秋、犀禪、石香、子紱、淡平。畢,同稼秋、淡平至棧。至,吳倉碩同凌子與先生(霞,又字病鶴,藏古本書甚多)來訪,友竹亦來,並留一信,係招商局總買辦吴樹齋與廣利輪船賬房李菊蓀、英存二君託渠招呼船上等事。即作家書,並與孫少芙、蘇侶孫、徐詠梅、李平書四君書。十三日。

晨起,答凌子與先生,清雅和静,令人氣肅。出拜王紫詮,適出門,未見。至醉六堂書坊,以三洋得《式訓堂》二集、《曝書亭詞注》。見舊抄《鄭志》,有保艾者,①不知何姓,曾以王西莊本手校之,書勵四十番,索值五洋,可云貴矣。出門至李淡平家。午飯畢回寓。再出門,至汪友竹處一譚。即至華衆會,見金硯田,小譚。至申報館候黄夢畹,再至滬報館,見王志静,適從嘉定來者。小坐,淡平來,同至華衆會茗飲,見蔡玉季。淡平招至朱月仙家晚飲,同坐皆滬報館中人。畢,偕紫紱至楊翠芬家小坐,復至姚雪鴻家。歸,爲月仙題《秋艷圖》,作四絶句。② 三十日。

晨起寫扇、聯,乃凌子與先生物。黄夢畹、陳仲周來譚即去。午後出門,至子與丈處。再至王紫詮丈處,暢譚。出門至華衆會,見夢畹,偕周桐蓀、周補枝數伶茗飲。淡平來,同至寓中。再至滬報館小坐,復至華衆會。上鐙後至聚豐園,赴友竹之招。同坐唐雲泉、姚鐵珊、祝益三(通西學)、汪□□、淡平諸君。畢,至中和園,赴紫紱之招,同坐皆熟人。畢,偕淡平至月仙家小坐。歸寓,爲淡平寫王畹香聯句:畹蘭諷詠徵騷客,香艸幽閑媲美人。並貽高研五聯(丙)。研五工寫生,近作《本草簡明圖説》,精甚,欲屬余題語者。先爲渠篆書卷首六字。十五日。

晨起檢行李,即飭客棧中人並兩僕押赴廣利船,計三車(自金利源至

① 眉批:保艾即勞季言。

② 下爲四絶句留空四行。按四絶句見下月二十日。

三馬路，每輛錢五十五文）一担（一百卅文）。余即至滬報館見稼秋，小坐。余至船上一看，復回館中。午飯畢，候友竹取免驗單。小坐出門，拜紫詮，一語即出，知小華册已代題兩截句矣。再至輪舶一觀，復至滬報館，託稼老飭人至招商局寫船票（每人八元五角）。適蔡玉季遣人送招商局總買辦鍾藹堂信來，係託渠招呼船上諸人者。薄暮同稼老諸君赴王志静席，在西合興里朱金寶家，至九點鐘畢。至輪船小坐即睡。十六日。

天明起椗，風平浪静，維天雨，不能登柁樓一望，不知過何所也。十七日。

終日天雨，幸風順，船甚穩也。晚過汕頭。十八日。

晨起，知晚間可至香港。天大雨，三更停泊。十九日。

晨起，同船者大半上香港矣。竟日起貨。申初開行。二十日。

昨晚二鼓抵黄埔。今日天明即起。輪船買辦李鞠蓀來招，泰來客棧人爲招呼，余即起行李至駁船。八人相擠一艙，物多船重，風逆雨急，腹飢衣冷，遷延至未刻始抵油欄門客棧，即刻呼轎挑行李進城至署。二十一日。

晨起寄家書，並與稼秋、蔡玉季、大哥各書。午後飭家人送詠梅信于彭季群，並坿一書與徐瀚卿。上鐙後，徐瀚卿來譚即去。二十二日。

晨起，至觀音閣拜瑩若叔祖，譚許久始歸。午後謁窓齋丈，觀新得磁器甚富。有紫窑杯二，所謂“雨過青天”“黄土足”，維不如古語所云“明如鏡、薄如紙”耳。見陶仲平、王深之、陸菘生諸君。薄暮歸。窓丈貽新石印毛公鼎拓本一册。二十三日。

午前出門，至書帖鋪一游，無所見，即歸。午後未爲一事，惟臨毛公鼎文一種而已。二十四日。

晨起寫篆。午後至撫署，手拓秦權、邵鍾二文。廿五日。

晨，瀚卿來，同出門，至江蘇會館見佘春蓀□□、彭蓉卿，至十八甫吴昆玉家，見伊莫卿、錢士蘭、陳曼生楹帖，皆精絶無比。購洋鐙二事歸。至會館，見賡雲。午飯畢即歸署。廿九日。

吴昆玉字伯榆，精鑒賞，安麓邨一流人也。云河南新出之虢叔大楚鍾初有人以四十金售諸一骨董家，携至吴中，以五百金歸於兩罍軒。兩罍以千五百金歸於顧艮庵，爲陳壽卿知之，作書與兩罍，責渠素稱識寶者，不應以此寶器歸他人，幾有絶交之憾。此器文標嘗見之，實非塙文，不知何以推重若此。吾又欲以壽卿責人之意責壽卿矣。

竟日未出門。午後,潘俊生、王申之、陶仲平先後來譚。廿七日。

晨起刻四印,一曰"窓齋考藏關隴刻石記",一曰"恒軒獲古",一曰"吴大澂",一"兩壺盦",皆奉窓齋丈饋歲之物。午後同葉師出門,至大新街一游,無所得,即歸。

見蘇書《金剛經》,翁覃溪補書,爲番禺許方伯刻石者,字甚精。購鼻煙一瓶。廿八日。

晨起,刻一印曰"幢主",鞠師所命也。同鞠師出門,坐艇至沙基大街,走杉木欄至十八甫,遍觀古玩各攤,無所得。薄暮歸。作與次潚書。廿九日。

晨起天殀。午後僅穿夾衣。瑩若叔祖來,同出門,至雙門底一游,得白端研一方,即歸。窓丈貽《恒軒吉金録》、石印《大篆論語》《孝經》、散槃、曶鼎、虢盤、盂鼎諸拓本。寄吴次潚書。除夕。

光緒十四年正月

元旦日,天晴熱,可穿單。占牙牌數,曰:"睥睨群倫氣不眸,誰知推轂仗曹邱。二十四考中書令,一路榮華到白頭。"①

《廣韻》入聲"没"有"匫"字,訓云"古器",是曶鼎文在宋以前或已見及也。

晨起檢行李。午後即起程,晚泊三水馬頭,即大南門外也。初二日。

天明解維,晚泊新塘。終日校《聲類》。初三日。

天明解維,晚泊石龍。舟子以番禺公文一函送東莞縣。黄昏,東莞差人來送船價銀八兩四錢。縣令王煦,不知何處人也。初四日。

晨起椗,巳初過菉蘭,離石龍十里。忽有卡船追至,勒停查驗,答以並無挾帶税物,不即允從,勢甚洶洶,遂即飭舟子泊至該卡,飭僕人送過境公文與渠閲之,尚倔强其詞,惡厲其色,須臾訪知非尋常商賈,即有兩卡員下艙來見,前倨後恭,令人可笑。夫朝廷設立關卡,原爲保護行商起見,今都借此爲魚肉。今日若係尋常行旅,必爲所苦。若係商販,則更不堪設想矣。

---

① 本頁鈐印"戊子二十九歲"。

兩日來成詞三十餘闋。此事已十載不談矣，擬借此爲稍遣牢愁也。

晚泊□□。初五日。

晨起椗，晚泊沙渚，離博羅十里。寫詞稿竟，得三十六首。[1] 題曰“紅蕉詞”，志廣南作也。初六日。

晨起，過博羅。邑令韓輝祚送來過站銀三兩四錢，即開行，午後過白沙，卡又來查詢。余不准停船，卡勇追至數里而去。晚抵惠州城外。歸善令徐京遣人來。聞郎丈船尚在六十里外，即作一書，託縣差携呈。余擬明晨即進院矣。初七日。

晨起進院，待竟日，郎丈尚未到。初八日。

晨起，知將進院矣，午初，同幕諸君皆來。午正見郎丈。竟日未爲一事。初九日。

晨起未爲一事。燈下閱生古卷三十册，薦五册。初十日。

晨起未爲一事。午後閱童古卷百册。十一日。

午後寫篆。燈下閱生正場卷百卅册，未畢即睡。十二。[2]

終日閱生卷，午後畢。續閱童卷三百册，未畢即睡。十三日。

終日閱卷，燈下畢。黄昏閱覆古卷三本。十四日。

竟日未爲一事。晚同幕聚飲。十五日。

竟日閱童卷三百二十册，戌初畢。録《聲類》。寄瑩若叔祖書。十六日。

竟日録《聲類》文。燈下閱歸善童卷三百二十册，丑正畢。十七日。

晨起未爲一事。午後畫扇。燈下録《聲類》文。十八日。

晨起畫扇。午後未爲一事。燈下閱報部卷九册。十九日。

“凡爲文辭宜略識字”，語見昌黎《科斗書後記》。在滬爲月仙録事題《秋艷圖》四絶：

如此秋花瘦可憐，一函猶認舊詞仙。不將紅燭循廊照，爲賦秋閨怨一篇。

欲向瓊枝證夙因，何妨改寫畫圖新。春光那似秋情好，十幅珠簾護玉真。

---

① 浮簽：詞三十餘闋，稿未見。

② 眉批：發第二次家書，并與心淵、友竹書。

蕭蕭絡緯訴愁多,一握柔情自奈何。休上緑蔭亭子望,晚來雁影拂簾過。

瑟瑟西風捲酒醒,蕭郎無那鬢浮青。好將銀燭當筵意,寫上迷香幾曲屏。

《詞苑叢譚》載金章宗題扇《蝶戀花》詞云:

幾股湘江龍骨瘦。巧様翻騰,疊作湘波皺。金縷小鈿花草鬭。翠條更結同心扣。

金殿珠簾閒永晝。一握清風,暫喜懷中透。忽聽傳宣須急奏。輕輕褪入香羅袖。

標按,此詠摺疊扇也。不知前人考摺疊扇曾録及此否。

晨起未爲一事。午後閱覆新進卷十八册。燈下讀《詞苑叢譚》。二十日。

爲袁寄鮚題《鮚寄圖》云:

句餘遺事成蒼茫,鮚埼亭荒舊史亡。

二百年來誰寄意,江南人正客南荒。

合體異形偏共食,出生入死果何因?

無端觸我孤兒痛,七載天涯附鮚人。

竟日未爲一事。二十一日。

晨起出門一游,得李仲約學士臨唐碑十二種橅本。午後上船,晚泊惠陽門外,擬往游西湖,不果。笠春、洨民歸,述所游豐湖書院書藏。藏書六百餘篋,舊刻十居其一。朝雲墓在湖旁,有六如亭,東坡子屯。附彝湖中有游舫如秦淮。惠州郡城與歸善縣城相隔一水,中連浮橋可度。豐湖書院中有去年院長梁星海新建東漢黨人范文博祠。東坡亭在歸善城中。二十二日。

四鼓起椗,日夜不停。今日午初過石龍,未初至新塘。制軍遣小輪船五艘候拖,即帶行。中涂鄧仲容、翰臣(清鳳、清圻)兄弟來迎,未見。亥初抵省城,即宿船中。二十三日、二十四日。

晨起即進署。彭蓉卿來譚即去。晚,尹伯圜來譚,云陳簠齋家五色拓本乃用各色與白蠟細末對和,拓成後,不揭下器,待乾透後以粗白布拭之,即發光亮。此法至祕也。

午時吴問潮、鄒劍東來。午後偕孫洨民、祁子樅出門,至歸德門,以兩英餅購一鸚鵡歸。二十五日。

晨起未爲一事。午得正月十五日慈諭，並心淵、雲棲、笏盦各書。二十六日。

晨起出門，得寒暑表一、東洋畫册一。午後未爲一事。晚看放盒子，共四架，架高至六丈許，奇觀也。發第三次家書，與大哥、我庾、心淵、雲棲、碩庭各書。二十七日。

晨起，得紅寶石鑲金戒指一事，直四英餅。午後偕汶民丈至瑩若叔祖家小坐，即赴鄒建東、吴問潮之招，同坐鄧仲熊（清鳳）、翰臣（清圻）兄弟、嚴子才（寶恩）、子明□□兄弟暨尹伯圜、陶子珎、王申之同幕諸君。暢飲至子初歸。二十八日。

晨起出門，拜鄧氏兄弟、吴碩卿丈、潘復三、羊辛楣師，皆未見。謁窓齋丈小譚。見彭季群、王申之、陶仲平、吴文伯、胡守之（安徽績溪人，前吉林省知縣，爲學無所不通）、黄牧夫（子俊，安徽■武人，工篆刻），即午飯。午後歸。尹伯圜偕牧夫來譚，見所帖李山農金文一册，皆郎丈藏本，有食白虎敦。

見窓丈藏王夢樓楷書《靈鷲寺記》墨蹟；成親王書《金剛經》小楷墨跡；王麓臺仿大癡淺絳山水軸，係爲石谷壽者；惲南田仿米氏《作霖圖》，紙白如雪；王石谷《松泉圖幅》，中作一巨松，松後作平遠山，深曲無盡，已八十餘歲作；華新羅山水立幅，疏秀可愛；石谷立幅，係中年之筆，不甚精；大滌子花艸長卷，小花一詩錯誤脱落，皆不改易，係綾本，似贋品也；金孝章畫梅册、吴辛生設色花草册、宋搨薛氏《款識》册。皆無上神品。新裝小造象拓本兩册，多陳簠齋、王蓮生物。王刻一印，縱横有格，作扁方形，曰"王懿榮婦黄氏一心供養"，每拓皆有此印。漢鏡數十種，有至精者。玉小造像一，精好無比。玉押有方廣至六寸者，罕見之物矣。二十九日。

晨起，即赴菊坡精舍郎丈之招，同坐皆幕中人。畢，遍游三君祠、學海堂，即歸。三十日。

光緒十四年二月

晨起，至濠畔街江蘇會館團拜。午後歸。二月初一日。

晨起未爲一事。午後至雙門底一游即歸。午飯陪窓丈飲。初二日。

晨起，爲洨民刻一印曰“洨水遺民”四字，仿漢朱文。午後赴瑩若叔祖席，同坐皆幕中人。亥初歸。見吴受之(□□，廣東候補佐貳)。初三日。

竟日未爲一事。無事因循，深以自愧。得吴次瀟正月二十四書。初四日。

《蕘圃年譜》書月日不一例者，從翁覃溪《米海岳年譜》例也。蓋雜采各書，不敢以意改易之故。

竟日未爲一事。晚赴三君祠，吴碩卿丈、彭季群公席，同坐皆同鄉。二鼓歸，即睡。初五日。

竟日未爲一事。午後至瑩若叔祖寓，貽石章五方，皆精品。又至吴問潮寓小坐即歸。初六日。

晨起未爲一事。午後出門，得《吴梅邨集》一部。候黄牧夫，見所藏拓本，甚精。同坐黄季度(紹憲，南海人)，年甚少，聞書畫皆精善。[1] 牧夫刻印精甚，仿趙撝叔諸印皆佳。初七日。

上午爲沈均松(庚垚，川沙人)、王勝之寫篆屏八幅。午後出門，得原板阮氏《鐘鼎款識》《廿一史彈詞》《林下雅音集》三種。至華甯里永興酒樓小飲歸。

爲吴問潮題飲酒小影三絶句曰：

粤海吴山渺萬程，此來同話故鄉情。自憐小户長先醒，祇好觀人鬥酒兵。

紅雨如潮緑意柔，晚涼夢醒借消愁。何妨添箇雲鬟侍，觥史還須録事修。

白袷輕衫冷潑塵，一痕蕩盡可憐春。願君莫向東風祝，紅豆原來最易生。

王勝之爲余書楹帖一，録唐王建句“替飲觥籌知户小，助成書庫見家貧”。初八日。

晨起檢行李。午後出門，拜嚴子才、潘復三、羊師，即歸。燈下與若溪書(坿汪四函)、心淵書，附第四次家書。初九日。

晨起，以家書托葉師帶歸，並托鸚鵡一架。午後上船，送行者甚多。

---

① 眉批：在肇慶城外星巖書院見黄君畫水墨荷花大幅，甚佳，字學坡公。

晚至西炮臺泊，僅行五里也。初十日。

見吴銘新(鼎元，吴縣人，廣東巡檢)，爲又唫叔婿，係新到省者。同坐曹芸生亦蘇人，舊在萬卷樓書坊曾相識，今爲芸香閣書賈。

天明輪船拖帶，晚泊登州，離三水百十里，若不用輪舶，則走内河，過佛山等處。從省至三水僅百七十里也。十一日。

天明起椗，晚泊思賢窖，三水界。小停，再起輪行。月明如水，礮聲隆然，不知過何地也。亥初即睡。十二日。

讀汪小韞《自然好學齋詩》十卷，自言得力於青邱，史事極熟，國朝咸同以前士女能詩者當推領袖。王宋薇《長離閣集》，專學昌谷，恐爲平津捉刀。吴蘋香《花簾詞》《雪北香南詞》二卷、莊盤珠《秋水軒詩詞》二卷，皆一代作者。巾幗中有此等人，足以愧鬚眉矣。以上數種皆泉唐陳子厚太守坤刊于廣南，名之曰《林下雅言集》，每卷有"如皋冒俊碧纕校刊"字，即太守夫人也。

包慎伯曰："揚州玉肆有項圈鎖一具，圈式海棠四瓣。當項一瓣，彎長七寸，瓣梢各鑲貓睛一顆，掩鉤搭可脱。當胸一瓣，彎長六寸，瓣梢各鑲紅寶一顆，掩機鈕可疊。左右兩瓣，各彎長五寸，皆鑿金爲榆梅，俯仰以銜東珠，兩花蒂相接之處，間以鼓釘金環。東珠凡三十六顆，每顆估重七分，各爲一節，節節可轉。白玉環九，上屬圈，下屬鎖。鎖横徑四寸，式亦海棠，翡地周翠，刻翠爲水藻，刻翡爲捧洗美人。其背鐫"乾隆戊申造賞第三妾院侍姬第四司盥"十六字。鎖下垂珠九鎏，各九珠。藍寶墜脚，長約當臍。估客告人云係老尼寄售。尼少侍貴人愛姬入都，鎖面即其小像。貴人敗，以婢故得自贖脱籍，驚悸捨身。僕覽其幹質珍麗，製作精巧，殆累萬之值也。重儓下婢，奢僭如是，他物稱之，民何以堪？自戊申以迄嘉慶戊辰僅二十年，金玉滿堂，莫之能守，老氏明誡，其在斯矣。故爲之賦。"標按見《安吴四種》卷十八《管情三義》，此物精巧無比，暇日當爲一長歌記之，惜不知貴人爲誰耳。(蒲公云當即和珅。)

又曰："横塘畢郎都麗善歌，忽携美姬來比鄰院，更深人定，輒聞倚簫度曲。怪其聲特清冽，誶郎索觀。簫名碧雲，翡翠純色緑嫩，如鸚鵡頸毛而水氣透徹表裏，焕發蕩漾，真希世珎也。粧姬出拜，冶雅有如天人。郎言在專諸巷見此簫，問值甚昂，力不能有，取而調之，工尺準的，沈亮無比。而對門粧閣卷簾，驚其艶絶，知在盛年，依母待聘，走媒返命，得簫押庚，事則可諧。儂急減貲産，以白金六千購簫，偕媒逕造插定。母言前實相戲。姬人斂衽受簫，親脱白漢腕闌爲答。麗人奇玩，遂而同歸。母憐姬甚，媵以兩婢，分財同男，益此别業。内子美而知樂，然色藝皆在姬後。儂家故蓄棗皮漢、鐦金鐵、蕉白端、湘妃竹四簫，皆精好可弄。然合之不足當碧雲，故置姬奩宅以護二寶。予因爲賦，授郎鎸諸匣蓋。道光辛巳八月。”標按：此事亦見《安吴四種》卷十九。

讀包慎伯《藝舟雙楫》論書各説，如親見先生上下議論，又似觀先生運腕落紙時也。惜鄙人爲事性不耐久，不能續墜緒言，空似觀三神山圖，不能親臨其境耳。

天明起身，知已過羚羊峽，巳初抵肇城外，即進試院。院在城外，房室尚寬敞，惟破耳。十三日。

晨起午飯。午後大雨雹，天黑如漆，至暮雨未止。上鐙後閲生、童古卷二百册畢即睡。十四日。

晨起未爲一事。燈下閲生卷二百册，未畢即睡。十五日。

竟日閲生卷，薄暮畢。燈下讀《絶妙好詞箋》。十六日。

竟日未爲一事。午後閲開平童卷三百四十册，夜半畢。十七日。

日來夜間每苦鐙中油盡，盡則索然而睡。偶見宋芷灣有《詠孤燈》詩二句云：“長夜喜坐苦油少，童時躲讀憎油多。”恍置吾身於二十年前，可知天下事皆爲古人説盡矣。

竟日未爲一事。讀《絶妙好詞》一卷。

晨起，閲生覆卷十七册。午後刻石章六方。燈下閲恩平童卷三百六十册，未畢即睡。十九日。

上第五次稟，與静君、心淵、季友各書，由局寄。

竟日閲卷。燈下讀《絶妙好詞箋》一卷。得二月二日弟二次母訓，並心淵、雲棲、肖石、叔稱四書。二十日。

晨起作楷。午後未爲一事。燈下閲高明童卷三百五十册，丑正畢即睡。二十一日。

晨起作楷。讀《絶妙好詞》二卷，燈下又讀一卷。作與潘復三書、韓芝生先生書、瑩若叔祖書。二十二日。

晨起讀《絶妙好詞》畢，跋記之。午後作楷。閲高要童卷三百二十册，子初畢。作楷半頁。二十三日。

晨起寫大卷一頁。午後録《聲類》。燈下作《聲類叙》，約千言。二十四日。

竟日未爲一事。燈下畫小册十二幀，皆取宋人詞意。二十五日。

晨起，忽胸背俱痛，牽及牙齦，知受寒之故，蓋被復睡，午後始好。閲覆童卷、報部卷，晚畢。作第五次家書，並與心淵、西蠡、叔彦三書。二十六日。

晨起，天不雨，即擬作石室之游。朝餐後，偕潤蓀姑丈先至閲江樓謁張忠武公祠，樓臨江，甚暢，惜已破矣。繼至寶月臺，進星巖書院，即包孝肅公祠，像甚和藹，不似世傳鐵面厲容者。象前一鼎，尺寸製造絶似盂鼎，外無款式，腹内爲香灰，積厚不可知也。前殿後即寶月臺，臺下三楹，甚寬敞。臺梯以石，在西北隅。臺無窗户，憑北檻一望，正對七星巖。宿雨未消，癡雲猶滯，風鬟縹緲，尚未曉粧也。臺西小室三楹，面東者宜冬。臺東一户，梁星海太史題曰"法雲地"。南北兩楹。北楹曰"茎香室"，聯曰："切雲明月脩奇服，苦茗青鐙要此時。"南楹曰"讎經突"，乃番禺梁敷校《詩疏》於此，聯曰："已看庭前有生意，不知門外是何人。"偏右一卧室，題曰"研房"。臺後三楹，正對星巖，湖波萬頃，題曰"衆緑聽"，聯曰："招要數君子，沈醉萬荷花。"皆太史筆也。出書院，即擬往石室，輿人至半途不能行。蓋久雨泥涂，兼以兩面皆水，中堤僅尺許，即折回書院。適郎丈來，游興甚佳，必欲一往，各加輿夫，始得前進。沿堤魚箒蟹屋各分界域，約六里許，始達水月禪寺。前後殿皆銅佛像，高數丈，有明惠王一匾。東西廊有明崇禎時造寺記。中一石板，四匡以木，高六七尺，自來所未見也。寺左有石制軍祠，即重建此寺者。[①] 一長生位，高三尺許，用一端片刻成。石質甚佳，據云有人謀其材非一次矣，皆不可得也。出寺西，行未數武，即石室。一巖洞甚卑，李北海《端州石室記》即刻洞外，去地不幾寸。童子往往以石擊之，將全泯矣。進洞一石橋幾折，左右以闌，兩面皆水也。上高黑不可見，水滴瀝下。石上題名重疊不可見，僅見包孝肅、周濂溪兩題。包題字甚小，周題近水，字如碗大。稍進，有石級數十，已見天光。近水處有石角，中空，吹之鳥鳥，又以一蓆片擊平石作鼓聲，逄逄然。石級右有洪問經題名，作篆書。此皆據其可見者。上石級，有平臺，

---

① 眉批：召琳，康熙時人。

中鑿一白石觀音像，高數尺，即所稱觀音巖是也。有石平如屋，上題“璇璣臺”三篆，甚佳。再上即僧室。僧名雪崖，年三十，字作狂艸，甚佳。洞中蝙蝠聲啾啾不止。有題曰“蓮花洞”者，即在僧室外也。游畢，循洞出，天已放晴矣。半途望七星岩，歷歷可睹，平地插起，如文房中硯山，左兩峰相隔，中三峰突起相連。石室在其下。右二峰半削高■中峰。石室外有八大字，曰“津梁無禁，岩石勿伐”，又曰“帝觴百神於此”，皆明代書。歸試院，已將上鐙矣。此遊也，幾雨阻之，一懼大雨，一泥濘，輿夫不能行，强探奇勝，不負所來，真所謂“嶺南第一名山”也（亦摩崖句）。挑鐙記此，或可證他日重游耳。二十七日。

眉批：

天明即起，檢拾行李。午後上船，晚泊黄江税廠，行五里。肇慶城外多句闌，陸居則艸舍茅檐，卑陋殊甚。水居則小舟如屋，局促而居。亦有牽舟作岸上住者。粉白黛緑，無一可人。舟行皆能見及也。二十八日。

天明起椗，五里白沙，十里桂林，十里鹽沙灣，十里三榕，十里小厢，五里大厢，十里蒲田，十里大逕，十里村前，十里禄步墟，泊。竟日皆行萬山中。江流殊急，逆流而上也。連日陰雨，可禦輕綿。二十九日。

光緒十四年三月

天明起椗，午初泊東安馬頭。午後讀《李玉溪生詩》三卷、《李昌谷詩》二卷，燈下復讀一卷。是日即泊東安。午後未行也。涂中見一山，奇險如斧劈，色蒼翠欲滴，頂上破屋一椽，題扁曰“環山寺”。三月初一日。

晨起讀《昌谷集》畢，跋之。午後過羅定江口。水漸急流。晚泊處離雙涌十五里。夜鐙讀《玉溪詩》二卷。聽水聲活活如溪瀑。初二日。

舟中無事，終日讀書。初三、四日。

晨起天熱，不可衣，寒暑表升至八十七度。午後大風，降至六十六度，身可衣綿矣。讀《李玉溪詩集》畢。初五日。

晨起抵羅定城外，即進城，入試院。大堂後進爲藻鑑堂，即學政及幕友起居之所。東有屋六楹，甚卑陋，亦幕友房。寄弟六次家書、並上葉師書。初六日。

竟日未爲一事。燈下閲生、童古卷五十四册。初七日。

蘇公讀《漢書》，每一過耑記一例。桂未谷曰："老杜讀書破萬卷，即此法也。"標嘗謂凡讀書皆宜從蘇公例。若順口讀去，雖致爛熟，亦同俗僧之唪經而已，且有書竟不能讀者。若經部之小學、子部之算學，不循其例讀之，如嚼白蠟矣。

竟日未爲一事。燈下閲生四書文卷六十六册，爲粤中封卷最少之數矣。初八日。

盧召弓曰："晋李矩妻衛鑠字茂漪，其自稱則云李衛，兼兩姓而稱之。"(《鍾山札記》卷一)

晨起未爲一事。午後酣睡。燈下閲羅定童卷二百五十册，三鼓畢。初九日。

毛子晋云："宋人以東坡爲詞詩，稼軒爲詞論。"(《學海堂三集·論詞絶句序》)

竟日未爲一事。初十日。

竟日録《聲類》，第二稿畢。十一日。

郎丈出示唐上元二年邢州刺史紀王慎造《佛説觀音無量壽佛經》一卷，碑拓本，楷書方寸，絶似《等慈寺碑》，又似《首山舍利塔碑》，後有"歐陽詢書"四字，乃出自妄人羼刻。其時率更已歿久矣。聞石新出直隸某縣。

晨起補録《聲類》。燈下閲西甯卷二百册畢，即睡。

天氣甚熱，寒暑鍼升至八十一二度。蚊市成雷，不能夜坐讀書矣。十二日。

不飽蠹魚齋。

三日來檢理衣服、書籍,出門購各物,約十餘圓,傾囊而止,自恨又自笑也。十三、十四、十五日。

晨起上船,晚泊□□。行二十里。十六日。

竟日行百里,晚泊連灘。十七日。寄瑩若叔祖書。

竟日行百三十里,晚泊羅定江口。十八日。

行百八十里,泊小厢。得第三次家書。寄第七次書,並大、中《論語》三册與心淵。十九。

午初至肇慶城外,上岸一游。進城至道前街蔡寶華研店(蔡文田,號寬餘,年十七八,看研甚精①),購研四方。同蒲孫至端溪書院,登掞天樓,天雨,即歸。二十日。

天明起椗,巳初至羅隱渡,郎丈約坐山轎游頂湖。循行田陌山谷間,約四里許,見道旁一石上鎸"徑入寒翠"四隸書。又進,道旁一石大如屋,上鎸"瑞象"二字。再進,又題"翠微香界"四隸書。至半山亭小憩,見孔玉波觀察(憲穀,山東人)、朱蓉生編修(一新,浙江人)、榮履堂大令(勳一,族人,高要令),同至慶雲寺。規模宏大,寺僧云有二百餘。② 即午飯,畢,寺僧贈《鼎湖志》、蜜柚皮、天冬山茶、荔枝。適天雨,冒雨下山而歸。二十一日。

晨行八十里,至三水馬頭泊。午後又行十里,至木棉頭。適大風雨至,即泊岸旁。大地晦冥,巨浪拍窗,摇摇幾如在大海中也,至黄昏始止。二十二日。

晨起行五十里,即泊。今日天氣驟涼,可禦薄棉。昨日猶披一葛衣,尚揮汗也。得瑩若叔祖書,知已得韶州西關釐務差。又得復三書。二十三日。

竟日行八十里,晚泊石角墟。廿四日。

竟日行四十五里,泊清遠縣。縣臨江,人煙萬户,木商多萃於此。廿五日。

竟日行三十五里,泊白廟峽監關。適瑩若叔祖携眷赴韶,相遇於此。晚餐招與同坐,暢譚至三鼓。廿六日。

---

① 眉批:蔡兄名文興,號振英,在省城西湖街口寶文研店,亦知研。

② 眉批:寺中有塔殿一,云塔内藏如來真身舍利四顆。

天明至清遠峽，上峽山寺（蘇東坡有詩）。寺不甚大。登觀泉亭。亭後瀑布千丈直落，大觀也。亭中有翁覃谿集坡公書補坡公原遊題名曰“廣陵寺”，當即指此寺舊名也。亭外有朱文正詩，阮文達篆書“雲臺”二大字，補唐羅隱舊題。寺門外有阮文達脩峽山棧道碑。此山銀坑出紫背天葵，專治血症，色赤，葉如海棠嫩葉。寺僧以此爲利，一兩值六番餅。價廉者則以海棠葉充之，見其收海棠葉而知之也。又以藤作杖，惜杖頭多刻一鳩形，殊惡劣。此寺在英德、清遠之間，臨江攬勝。數年前寺僧多爲盜，近始安静矣。遊畢，行六十里至横石墟泊。廿七日。

行百里，泊連州江口。作弟八次家書，與大哥書。廿八日。

竟日行六十五里，泊白洋水口。廿九日。

竟日行四十里，泊含光關。關係太平分關，歸巡檢督理。三十日。

續甘泉江氏《宋學淵源記》擬目。

第十一册　光緒十四年戊子(1888)四月

(書衣題)第十一册　光緒十四年四月朔日始　笞誃日記

戊子四月朔日始,十月九日止。

光緒十四年四月

竟日行六十里,至大灣墟泊。四月初一日。①

竟日行六十里,泊連州坪。今日自錦浪灘起,山色蒼翠,巖巒競秀。過三峽頭,江岸石重疊作五色,奇觀也。過桂巖,山壁若削,小孔若蜂窠。飛鳥啾唧,以此爲巢。雨方止,一巖飛瀑,百道下注,色若雪練,潺潺聲聞數里。江流更急,逆上不易。繂夫皆行巖頂,攀蘿州葛,宛轉如行棧道中矣。初二日。

竟日行五十里,猶離陽山縣十里,苦雨竟日。山泉下注若匹練,巖巒蒼秀,如麓臺設色山水,其濃厚處王蓬心猶能之,餘皆不能下筆也。近數日又能禦夾衣,可見氣候不齊矣。燈下讀張皋文《詞選》二卷。初三日。

竟日行四十里,至黄燕灘泊。水流甚急,兼以天雨,山泉下注,奚止百道。途中見山石玲瓏,皆妙絶如假山,又似太湖諸石也。初四日。

竟日泊灘頭,因天雨水漲,頃刻可尺。舟子偕僕人游一巖歸,云在山之半有一洞,多石乳,象人物諸形,再進有石床、石塔、石鐘鼓、石獸,作種種奇怪,皆天然成形云,遠勝星巖石室。且中洞屈曲,籠鐙勇進,仍不能盡其勝。惜行旅無圖籍,不能證爲何山,前人書中當有記及也。郎丈云,疑當日猺人穴居之處。連州本猺界,事或有之也。初五。

竟日行十里,至小江口墟泊。以水漲不能行繂故也。晚至郎丈船飯。貽陽山釣魚臺石刻韓文公像拓本。初六日。

竟日行四十里,至界灘泊。初七日。

晨起,占牙牌數,曰:“進可以戰,退可以守,不戰不守,唯唯否否。”解

---

① 本頁鈐印:“爲人戒有暇日”。

曰:“富貴由天未可求,羡君騎鶴上揚州。勸君動作皆循理,許爾安康到白頭。”

馬文毅公雄鎮姬顧氏本吴中女士,精小學、《説文》。公撰《彙草辨疑》十二卷,姬皆手爲旁訓。標按,事見馬文毅本傳(《先正事略》卷八)。是國朝女士通小學、《説文》最先者,時在康熙初年。

雍正三年張文敏照疏言:《聖諭廣訓》一書俾童蒙誦讀,府縣覆試時令背録一條,方許録取。(《先正事略》)

行三十里至羊跳峽,江流至此甚狹,水急。兩岸山石下空上出,石皆倒掛滴泉,奇怪之形或如簾、如楹、如獸、如人,不一而足。石色沾土,或有黑如墨、黄如金、赤如赭、白如雪者。畫所不能成。即成矣,人見之,必不信其真有此山也。山瀑高十餘丈,分兩種:一如迅練,奔騰之聲聞數里;一如細雨,又似噴筒,皆細碎如霧,真似簾矣。縴夫循行山根,或升上至頂,如蟻旋,或下探至淵,作鸕鷀立,亦云勞矣。又有一處山石,皆極皺、瘦、透之妙。其巨又不止如屋,如移一石置園林中,恐奇僵、皺雲多不如矣。又有一處,石黑質而白理,光無塵土,其玲瓏如研山,惜皆大如巨舫。行十里過馬面灘,奇境始盡。天黑細雨,即泊。初八日。

晨行十里,午初至連州城外,即上岸。進試院,甚小。大堂後止有屋七楹,幕友、學使皆在其中矣。題爲“延青堂”,(王)[黄]丕烈書。寄弟八次稟。初九日。

竟日讀《先正事略》。燈下閲生、童古卷四十册即畢。初十日。

竟日未爲一事。得第四次慈訓,並洪振邦書。閲生卷五十册。十一日。

乾隆二十五年畢沅榜,始定新進士前十人於讀卷日引見,即今日所謂“小臚唱”也。

國朝以大魁陟宰輔者,順治丙戌則聊城傅公以漸,丁亥則武進吕公宫,己亥則昆山徐公元文,乾隆丁巳則金壇于公敏中,己未則番禺莊公有恭,戊辰則會稽梁公國治,辛巳則韓城王公杰,己亥則大庾戴公衢亨,癸丑則吴縣潘公世恩,今南皮張公之萬。

國朝大臣生前加太傅自金文通始,其後洪文襄、范文肅、鄂文端、曹文正、長文襄、阮文達、潘文恭。

竟日讀《先正事略》。十二日。

未爲一事。燈下閱連山童卷六十册。作與次瀟書。十三日。

汪文端公廷珍十二歲而孤，母程太夫人撫之。值歲兇，不得食，太夫人終不肯使人知，曰："吾非恥貧，恥言貧耳。言貧則疑有求于人，故不爲也。"（文端本傳）

數日來學無專好，昏惰飽食，晚來記此，深自慚痛。自顧年將及壯，無一秇一能足以傳天地。日間讀道咸兩朝《名臣事略》，中如吴文節、趙忠節、塔忠武諸傳，令人涕隕，其氣如生，若經目睹。男兒報國，固不在險阻時以一殉爲能，然追思陳事，實足令人振惰起廢，是亦爲人者之不可不知也。

竟日未爲一事。十四日。

作楷一頁。燈下閱連州童卷五十册。十五日。

作楷。午後閱優卷三册，覆生卷三册。十六日。

作楷。午後刻四印，爲祁浩泉先生壽。先生係子樅之太翁，年已七十，能篆隸，爲青浦教官。

寄第九次稟，並與大、二兄、振邦、心淵（坿紅格）、吴次瀟、蘇稼秋各書。十七日。

《説文》"玎，玉聲也。从玉丁聲。齊太公子謚曰玎公。"汪容夫《玎文正》曰："按《史記》'吕伋稱丁公，丁公之子得稱乙公，乙公之子慈母稱癸公。'其言實出《世本》。丁、乙、癸竝从十干，不得如《説文》作'玎'也。古書或借'玎'作'丁'，許氏遂據之而爲之説爾。"標按：汪氏疑之是矣，而未得其塙證。許氏以"玎"爲玉旁，是猶未得爲塙也。今證諸吉金文，始恍然矣。盂鼎"文王""武王"，"文""武"二字皆有王旁，塙非从玉。蓋古金王字下畫皆巨而兩角微仰。吴愙齋中丞曰："从二从。，古火字。地中有火，其氣盛也。火盛曰王，德盛亦曰王。是'文''武'二字塙當从王矣。'文''武'皆謚，今'玎公'亦謚，故亦从王。三代以後，'王''玉'無異文，許君不察，遂以'玎'爲从玉之文，歸入玉部。汪君疑之而不得塙證，不意數千年後得此鼎一出，始爲焕解。"愙齋丈讀盂鼎文，僅定"文""武"係从王之字，非"玟""珷"之文，謂他器未見，當亦臣子尊先王之意，特加王以别之。標今據許氏書可助其一證，且可證許君之譌、解汪君之惑矣。（甲午五月讀李蒓客《白華絳柎閣詩·癸盂鼎歌》，亦引"玎"字，不能考《説文》入玉部之誤，反以"玟""珷"皆作玉旁，是過泥古書之弊。）

見袁隨園撰《周幔亭墓志》曰:“今年十月卒。”前後無紀年之處,今年不知何年也。此撰志疏忽處。漢魏人碑版文字決不如此,唐宋以後恐如此者多矣。

檢讀各書,仍無專業,惟字則不間日耳。郎丈題《竹柏圖卷》成,又書阮文達論鐘鼎絶句爲贈。十八日。

竟日未爲一事,惟篆書程子四箴,應郎丈之屬。燈下閲連州生卷五十册。十九日。

曾文正《諭子書》曰:“高郵王懷祖先生父子經學爲本朝之冠,皆自劄記得來。”可證余去年與叔彦言(在弟五册日記中)。

晨起作楷,餘未爲一事。燈下閲連山童卷七十册。二十日。

晨起作楷。午後刻一印曰“爲人戒有暇日”,取《荀子》語。去年曾刻一印,已亡矣。今復刻之,且重以自警也。晚郎丈招譚,見孔葒谷手校《三國志》,每卷後有記校録年月,乃在都時假程魚門校本過臨者。時翁覃溪、朱竹君、黄小松、程魚門皆在都中,常有晏會之事,皆記于卷尾。又《後漢書》,亦葒谷校本。兩書皆朱圈,小如米,字大如蠅頭,一筆一苟,[1]可見老輩好學,真不可及,真可學者也。燈下又取《聲類》補寫一過,疏漏處尚多。校覆生卷五本。二十二日。

晨起作楷。午後假蒲生《龔定盦初集》過臨校語、句讀,至半夜,一册始盡。二十三日。

晨起作楷。午後續臨《定盦續集》,未畢。寫篆屏六。二十四日。得鞠師、若兄兩書。二十四日。

鞠師書來,言叔彦囚首垢面以治經,《喪服》艸稿裒然五鉅册,一以高密爲宗。其沈潛真不可及。又欲爲《經儒法則》,編采古今經師嘉言懿行彙爲一編,意在爲今之譚漢學而言行不符者痛下箴砭。又欲爲《詩箋釋例》,聞皆已發凡起例矣。

晨起作楷,餘未爲一事也。晚讀《定盦續集》三卷。二十五日。

晨起作楷。午後讀《定盦集》畢。二十六日。

晨起作楷。午後檢行李。燈下作送譽卿詩四絶句。二十七日。

竟日雨,未能上船。出門購扇十柄,皆備送人者。二十八日。

---

① 浮簽:一筆不苟。

天雨,仍未能束裝。購化橘六十枚、翠約指二。寫楷一頁。郎丈爲寫扇三柄,甚精。見郎丈藏端研二方,青花鴝眼,色色精絶,佳品也。二十九日。

午後上船,晚泊小江口墟。兩時行九十里,船如箭激,抵上水時四日也。三十日。

光緒十四年五月

天明開船,巳正至陽山縣城外。游韓文公釣魚臺,有釣磯一,上刻宋元嘉鄭□題名,又明人題名二。有屋數楹,中刻文公像,崇禎時所摹。有樓甚敞。一扁曰"洙泗同源"。晚過燕石二十里泊。行二百里,可云速矣。寄弟十次稟,並與子安、詩孫、復三、履新四書。五月初一日。

行百四十五里。午後泊連州江口。得弟五次慈訓,並大兄、心淵、(陳)[程]履卿、季友、静君各書,即寄大兄書並與陶仲平、履新書。初二日。送程譻卿回蘇。

見英石一,高尺許,近視之,一直峰也。遠望如一老人形,左拄一杖,鬢眉眼目畢具,毫無斧鑿痕,亦奇物也。又連州出一種石,黄如土,珍瓏具巖壑之致,高不過尺,土人以磁燒小房屋、人物,紛布於中,宛如一大山;又以小樹植於上下,以水浸石,水氣能上升,草樹不枯。值甚廉,一具祗百十泉也。

連州地瘠民病,多以子女鬻於他方。此次各船後埘載男女小孩甚多,大至十五六,小僅四五齡,半夜時聞號泣聲,殊慘然也。人生不常而致鬻子女,奸商謀利,禍及骨肉,厥律甚嚴而敢載諸官舫,視爲販買常事,可不痛哉。

竟日行八十三里,至江灣泊。初三日。

竟日行六十五里,過龍頭影泊。晚至郎丈船譚,呈以新作《跋孫氏倉頡篇》及四碑詩,乃代李道源作,備刻《山左試牘》中物也。初四日。

郎丈言,翁文端奉使廣東學政時,出都至江蘇徐州界,其業師孫子瀟來迎,請入坐定,孫屬屏退僕侍,語之曰:"聞汝在都寒苦,今得粵差,甚善。余一切已爲君處置,可得三十萬金。不獨爲汝謀,且足以助我娱老計也。"文端怫然起,呼僕送客。孫亦不能再言矣。是晚,文端夢至一荒野,有一亭,亭中碑甚穹,大書四字曰"科第蟬聯"。方徘徊間,旁有一老翁呼之曰："試視其碑陰。"審之，則亦大書四字曰"子孫絶滅"，駭然而醒。此事郎丈曾詢諸翁叔平尚書。尚書，文端子也，亦云曾有此事，惟文端當日戒不使人知耳。

竟日行四十里，至白沙口塘泊。晚至郎丈船譚。五日。

竟日行五十里，至濛裹石泊。以雜詩二十截句呈郎丈。六日。

竟日行五十里，至銅鼓石泊。郎丈遣使送作詩來。詩曰：

清芬舊德誦南濠，燦爛傳家五色毫。秋駕相期勝重遠，春暉豈易答劬勞。孤寒翟相明經貴，早慧終童建節高。學業勳名非兩事，較量麟角與牛毛。

張北吴南許頡頏，此木不逹抶吾眶。潁川敢謂交群紀，高密由來世鄭王。寸鐵不持真志士，萬金難贖是韶光。蹉跎半百慚無補，宜有箴銘寘坐旁。初七日。

晨起椗，午後抵韶州城外，舟泊東門。進城半里許，至試院。大堂内衹屋五楹，幕友、學使皆起居於斯。江流至城外漸淺，水甚流。來船皆載炭，去船皆裝鹽，無他物也。初八日。

顧景范曰："凡地理言南，可與東通，言北，可與西通。非同東與西、南與北迴相反者。"(《古文尚書疏證》卷六上)

彭躬庵《傳是樓藏書記》："庚申暮春，余因顧子景范、陸子拒石登昆山徐公之傳是樓。樓十楹，跨地畝許。特遠人境，無附麗。啓後牖，几席與玉峰相接。中置庋閣七十有二，高廣徑丈有五尺，以藏古今之書，裝潢精好，次第臚序。首經史，以宋版者正位南面；次有明實録、奏議，多鈔本；又次諸子百家、二氏、方術、稗官、野乘、齊諧，靡不具備。曲直從横，部勒充四阿，各有標目。"(《閻百詩年譜》卷三)

竟日未爲一事。晚鐙閲古學卷百本。初九日。

竟日未爲一事。晚鐙閲生歲卷二百册。閲二册，蚊鑽膚，痛癢殊甚，即睡。初十。

竟日閲生卷，晚畢。十一日。

橘蝨爲琵琶蟲(不知見何書，一時記憶不真，俟查)，乃以古語而訛也。《淮南子・説林訓》："頭蝨與空木之瑟名同實異也。"高注："頭中蝨，室木瑟，其音同，其實則異也。"標疑後人知此説而不見瑟之形狀，遂呼之曰琵琶，琵琶像蝨形，乃以形同而稱之也。然其原實本於《淮南》。

竟日未爲一事。晚閲童卷二百四十册,未畢即睡。十二日。

竟日閲卷,至晚畢。十三日。

竟日未爲一事。静坐已汗出如漿矣,寒暑針升至九十度。晚閲童卷二百五十册,未畢,睡。十四日。

晨起閲卷,午畢。午後寫楹帖三副。汗如雨下,竟日不能爲一事。晚蚊如螘,以艾煙薫之,煙息即來。十五日。

郯令景君闕銘(《隸釋》　元初四年)

治《歐陽尚書傳》。

從事武梁碑(元嘉元年　《隸釋》)

治《韓詩經》。

郎中王君銘(王政字季醻　元嘉三年　《隸釋》)

[治]《歐陽尚書[傳]》(上下皆闕,當即"治"、"傳"二字)。

孔龢碑(元嘉三年)

龢脩《春秋嚴氏經》。

孔謙碑(永興二年)

脩《春秋經》。

琅琊王傅蔡朗碑(永興六年　《山左通志》)

以《魯詩》教授。

郎中鄭國碑(延禧元年)

初受業於歐陽。

泰山都尉孔宙碑(延熹七年)

治《嚴氏春秋》。

濟陰太守孟郁脩堯廟碑(永康元年　《隸釋》)

治《尚書經》。

衛尉卿衡方碑(建甯元年)

耽《詩》,悦《書》,研通《春秋》。

郎中馬江碑(建甯元年　《隸釋》)

通《韓詩經》。

金鄉守長侯成碑(建甯二年　《隸釋》)

治《春秋經》。

北海淳于長夏承碑(建甯三年　《隸釋》)

治《詩》《尚書》。

太尉楊震神道碑(熹平元年)

又明《尚書》歐陽、河洛緯度。

執金吾丞武榮碑(建甯、熹平時立)

治《魯詩經》韋君章句,闕幘傳講《孝經》《論語》《周書》《禮記》《左氏》《國語》。

司隸校尉魯峻碑(熹平二年)

治《魯詩》,兼通《顔氏春秋》。

豫州從事尹宙銘(熹平六年)

治《公羊春秋經》。

校官潘乾碑(光和四年)

博學典謨,祖講《詩》《易》。

咸陽令唐扶頌(光和六年《隸釋》)

敦《書》、詠《詩》、綜緯河雒(坿間葵斑,修《春秋嚴氏》;次子間龔叔謙,治《尚書歐陽》;次廉仲絜,小夏侯。)

豫州從事孔褒碑

治家業《春秋經》。

讀《漢書·儒林傳》,見其專記授受之源流,而於詁訓、文辭未及也,洪北江《傳經》《通經》二表皆本於此,因憶漢碑中記治經者甚多,假汶民丈《漢碑録文》讀之,得以上數則,不知洪氏《通經表》中已有之否?行篋無此書,待歸而檢校之。

十六、十七兩日未記。

竟日未爲一事,僅作楷一頁。燈下閲生卷百八十册,未畢即睡。十八日。

晨起閲生卷,午畢。晚接閲童卷百八十册,未畢。十九。

陸祁孫《合肥學舍札記》卷二云:"按上置鼻煙壺、印泥合各一事,偶掩卷默然坐,忽有所悟:鼻煙宜静不宜動,頻開則氣漸減;印泥宜動不宜静,屢翻則色勝。物性不一,人亦宜然,各適其動静之性,皆可長年。昔人云'流水不腐,户樞不蠹',又云'猿狙之性,動而彌壽',皆妙契自然。正不必趺坐屏息,徒自苦爲也。"標讀此則,不覺啞然,何先得吾心乎!亟録之。

康熙鴻博科有人作詩譏之曰:“宿構零鞞衡玉賦,失粘落韻省耕詩。”嘉慶己未會試亦有人譏之曰:“從今不怨朱師傅,縱不能文尚讀書。”兩事見《合肥[學舍]札記》三。

“愉色宛容悦親有道,嚴氣正性教婦初來。”此陸祁孫爲姊子授室作楹聯也。見《合肥[學舍]札記》三。

晨起,閲童卷五十册畢,接閲二場童卷百五十册,三鼓畢。二十日。

晨起作楷。午後寫篆屏四。索祁子樅畫一團山,作秋花六種,仿南宗畫院本,題曰“碧城舊譜”,索程蒲孫書之,爲貽一詞,調寄《桂枝香》,曰:

幽蟬斷續,向岸柳唤涼,歸思頻從。遥想拈毫鏡裏,句争山緑。江南韻事旗亭唱,問誰携、荔香新曲。(君近著《紅蕉詞》,甚佳。)好風吹也,瓊樓深處,詠花人獨。　　更佳信、銀缸笑卜。占雲外奇芳,開到金粟。取次仙璈蕩盡,閑愁千斛。巾痕扇影天街路,戀餘情桑下三宿。(余應官試已三度矣。)如今尚願,霓裳同聽,寫春盈幅。”二十一日。

連江舟中偶成截句,今録於後:

手拓同文門畔石,小游武氏紙房祠。漢京小學權輿在,陋絶齊梁俗體師。(過曲阜孔廟、紫雲山武氏祠,手拓各石,齊梁以下不屑加氈蠟也。)

吾别明湖已四年,書僮帖賈尚纏綿。東南賸有金銀氣,難脱泉刀换簡編。(到粤後得書籍、碑版不及齊魯百分之一。)

古人識字爲讀書,今日讀書不識字。此事平生竊恥之,一函永守汝南氏。(年十有二讀許氏書,至今十八年,未一日廢也。)

問心飲水知寒暖,處世尋途辨正邪。兩種情懷同一軌,萬重恩怨此萌芽。

去日夭桃萬樹紅,今來葵麥動春風。盛衰吾笑劉郎感,一樣堯天雨露中。

意氣雄奇狂簡易,文章淵雅少年難。從今獨抱河東篋,收束威儀定性看。(以上三截偶感。)

絶學乾嘉衮衮才,不隨黄九共徘徊。寒衣未翦秋風裏,一語分明縱利媒。(讀《兩當軒詩》。)

文尚沈雄氣吐虹，小詞明艷絶詩工。不才事事難公許，獨有童心證或同。（讀龔定公集，見其記髫丱事，輒砰砰動焉。）

莫向空齋問九流，春風墓草满西州。鵝溪水冷寒鐙小，覓吾童心到枕頭。（哭華篴秋舅氏。）

絶妙辭鋒宛轉情，此才敢是誤聰明。明湖十里聽嚬鳩，誰分重逢待再生。（弔濟甯李道源秀才本立。）

峽雨溟雲次弟看，六千里外算程寬。明朝便是天涯别，忽忽題襟下筆難。

曹師真摯王郎雅，（叔彦、毓仙。）家衖難忘此别離。此去若逢煩寄語，萬荷香裏我師時。（送程譽卿四首，存二。）

新寫紅蕉一卷詞，十年蹤蹟托烏絲。寒鐙明滅機聲促，爲憶殘冬下學時。（童年憙聲律，今已事隔十五年矣。新成《紅蕉詞》一卷。）

萬里論文集古歡，七年私淑瓣香刓。最難父齒隨行長，潘阮尋常敢比看。

曾讀孤兒舊日編，傷心一事媿前賢。春山宿草空郊雨，誌墓猶虚廿九年。（上郎亭丈。此絶求撰先君墓表。）

絶峽飛巖次弟過，暮雲朝雨任高歌。舟窗一事增新悟，路到奇難景轉多。

竹纜蘭篙水上灘，巉岩處處走寒湍。有人篷底攤書讀，等是云勞積理[1]難。（記途中山水。）

竟日未爲一事，坐廢而已。晚閲童卷一百七十本，未畢即睡。二十日。

晨起閲童卷畢。午後寫篆屏六幅，以前日所寫四幅付郎丈侍書小史楊升兒，此四幅後有記曰："似篆而實非篆者，近日臨鄧完白之俗手也。似非篆而實篆者，何爰叟、莫偲老之篆也。世有能去此二敝者，近十年中或有其人也。戊子四月寫此四幅，頗欲去此二敝，及執筆爲之，不僅去此二敝不能，即欲學此二敝，亦不能也。甚矣學書之難也。昔人謂圍棋、數學今勝於古，標亦謂篆籀之學可與二事鼎足焉。世有知此道者，當不笑

① 旁注：到岸。

其狂言也。”二十一日。

元雪窗書院所刻《爾雅》,[1]疑本東坡《龍尾子石硯詩》“雪堂窗下《尔疋》箋蟲鰕”句。

蘇文忠詩《孫莘老寄墨》,施注録李端叔跋云:“東坡捉筆近下,特善運筆,而尤喜墨。遇作字,必濃研,幾如糊,然後濡染。”

兩日未記。二十三、二十四日。二十五日郎丈餞行。

晨起寫篆。午後寄弟十一次禀,坿大哥書、仲平信。二十六日。

竟日未爲一事,僅作楷一頁。略檢行李。二十七日。

以眉子研、壽山石印祝郎丈壽。晚,程蒲孫、陸愓身、祁子樅、汪潤蓀姑丈同餞孫汶民、王仲蘭、汪維卿及余,至三鼓散。二十八日。

晨至郎丈處辭行。丈貽程儀元卷共四十元。二十九日。

光緒十四年六月

天明即起,檢行李,拜郎丈壽。午後出門,得《唐人説薈》九種、曲二種。午後上船,乃出韶城北上,五里過太平關,宿。至郎丈船譚。初一日。

羅虬《比紅兒詩》弟二十八“料得相如偷見面,不應琴裏挑文君”,“挑”字作仄聲讀。

天明以一名片索啓關,須臾即過關。關名太平橋。以船連樓上,排以版。因山水漲落不時,故用此活法也。關屋高數丈,云水大時可及也。竟日行二百三十里,宿望江墟。初二日。

天明開行,四十里至英德小泊。船户以曲江公文至英德署中,即覆一名片,名周華林。開行二百四十里,泊白廟鹽關。兩日來午後寒暑表升至九十五六度。初三日。

天明啓椗,行四十里至清遠,命僕人偕船户至署中,回片名左璹。給船户價銀三兩七錢,合前曲江所發價二十五元,共二十餘金矣。清遠城外較英德爲熱鬧,小艇如鯽,往來者甚煩。行百三十里至蘆苞泊。初四日。

晨起椗,行六十里至三水馬頭泊,即河口釐廠。船户至三水署,空手

① “院”下衍一“本”字。

而回，云不發夫價，即命開船。晚泊黄鼎司。離省僅三四十里。過佛山，通衢皆在水中，適值水發也。初五日。

巳初到省，即進署中。午後至雙門底一游。初六日。

晨起，出拜窓丈、羊師、碩丈、蘭丈，皆未見。至吴疇蓀寓（名昌濟，吴人，官粤），見徐瀚卿，遂同飯於疇蓀處。見查梅壑山水卷，似非真品。見《六舟剔鐙圖》，即《剔竟甯鐙字圖》，拓全形。一正立，一倒立。正立者於鐙中畫一立僧，即六舟象也，高僅二寸餘；一倒立者，畫一象，作傴僂手剔之形。旁有六舟自書小草書數百字，裝作一横幅。又扇面册十二頁，皆道咸時人。午後以扇、屏呈碩丈，以扇、龍鬚蓆呈羊師，以扇、蓮子呈蘭丈。初七日。

竟日未爲一事。晚吴問潮、銘新、程慶三人招飲于酌雅居（城隍廟前），適壽蓀、吴壽之在別室，壽蓀付酒值。二鼓歸。初八日。

出城拜沈筱園（嵩齡，上海人，電局總辦）、吴香圃（俊熊，香山人，招商局總辦）。適香圃往香港，招其局友寫一信與富順輪船買辦陳玉齋、唐衮卿。午後碩卿丈來拜。初九日。

晨起出門辭行，至窓丈、碩丈、羊師、季群處。午後送來元卷：羊師八元，碩丈十六元，季群十二元。見徐瀚卿一諸女卣，連蓋高尺許，文不甚精，蓋旁刻有“阮氏家寶”四字，色澤甚佳。以十一元購洋鐙各種、書各種。乞碩丈轉假小火輪一艘，名利濟，擬送往黄埔也。初十日。

晨起，窓丈送來對三付，係託寫者，又爲寫“師許室”三字榜。飯後即起身，半時許即抵黄埔。上輪船，住房間三間。見陳玉南招，即在船上飯。知須十三日始開。十一日。

竟日在船，熱甚。晚大風雨，始凉爽可睡。見同船朱□□，浙人；黄□□昆季，香山人，下北闈；又□□□，南海人。十二日。

初十日得弟七次家慈訓，云初一日辰刻得一女，喜極。七年來兩索得男，一存一殤，頗盼有女，今竟有之，較生男喜歡矣。

天明起椗。子初泊香港。十三日。

上午船中上貨。午後起椗。天大雨。晚間得安睡。十四日。

竟日船行如平地，不覺航海之苦也。船中附客甚少，且多赴京兆者，惟不善操粤音，不得與之暢譚耳。見新會盧貽堂（佐華），曾爲幼童出赴美國，讀書十年而歸，後爲武備學堂差事。年僅二十七，精三角數理，曾造魚雷陣,爲李傅相所賞。前年以母病回家,膺美國領事之聘二年,不願爲外域所使,復將至天津焉。與若溪、範夫皆熟識。十五日。

晨起,知船將進福州口。先於昨晚見遠山一鐙,云係牛山塔鐙,數百里可見也。先進長門,兩山壁立,闊僅數丈。左右新設炮臺,皆用西法,甚堅實,惟顧前不顧後,若船已進口,則無能爲力矣。次爲虎門,亦如前制。再進即羅星塔,船政局可見。船即停塔山之旁。嗟乎,前年法人之禍,有此地勢而一敗至此,不能不責諸將之不力,豐潤學士尤不得辭其咎。余今親歷其口,始知之也。午後,前福州將軍善□□公柩上船,並眷屬等,送者惟裴船政,爲主經理一切,護送至滬者則蔡和甫觀察也。十六日。

巳初起椗。竟日風平,如履平地。十七日。

巳初過温台洋面。薄暮過寧波。十八日。

天明進吳淞口。巳初到馬頭。寓永安街口老義和客棧。午後出門,至滬報館,見稼秋諸君。晚,稼秋約至聚豐園,同坐有孫夔石。十九日。

晨起進城,至稼秋家,同往城隍廟湖亭茶飲。詠梅、平書同來,暢譚而别。午後至友竹寓譚,同至華衆會。孫少芙來約,坐馬車至静安寺,歸已上鐙。至聚豐園飲,少芙代余招朱雲寶侑觴(住四薈芳),暢飲至子初。夔石復招飲於清河坊張月娥家,見紫芾諸君,復招雲寶來,至丑正反寓。二十日。

晨起檢行李,呼綢莊船來,雇定一船,四洋半。與得之分坐之。晚間,李濬平招飲於朱月仙家。蒼石來,不及答之矣。李君同席高邕之(邕,仁和人,官江蘇,工書畫)相譚甚契。又金□□、陳容□(榮祺)同席,皆不及一語焉。十二點鐘下船,即開。二十一日。

天明過黄渡,以護照示之,即啓開。晚泊陸家浜。二十二日。

天明啓椗。午後抵家。二十三日。

竟日未出門,亦未坐定。二十四日。

兩日皆未爲一事。二十五、二十六日。

晨起,心淵招遊虎阜。至革公祠,見劉少枏(江甯人,文枏觀察子)。初見,譚甚契,蓋渠早知余者。晚歸,得襟江母舅書。今日爲先君子忌辰,晨起竟忘之矣。應心淵之招,不安累日,特記之。謬妄至此,愧悔無極。二十七日。

光緒十四年七月

自二十八日始至今日未記。七月初四日。

見叔彦，有欲著書目約十餘種，皆精。

拜曲園，賜題家母《五十壽卷》。

以曾王父《采芝圖》、遺像、家慈《五十壽卷》求艮庵太世伯題。

見翼夫，云《北堂書鈔》已擺板。以新刊《海源閣書目》贈翼夫。

以小華册求沈篴伊淇泉題語。

晨起，擬束裝至秦淮，以雜事未畢，止行。午後送大、二哥上船。初五日、初六、初七。

知郎丈得工部右侍郎之位。

接郎丈電報，云張孝達、吴窓丈二公招余場後即至粤東，不知何事，當再有信來也。初八日。

兩日未爲一事。籌雲爲余籌款四十英餅。初九日、初十日。

晨起檢行李。寄粤信。午後上船，與洨丈偕行。開出海門泊。十一日。

天明起椗。風順。泊黄渡。十二日。

巳刻抵滬。上岸，謁朱昂青世伯。朱與先大夫素識，標則生平未見及，他日儗求撰先君墓誌。午後至滬報館，見稼秋諸君，知江永輪船即日開，至船上一看，上下幾無隙地，儗不坐此船矣。適見顧同慶，渠與輪船副賬房張仲賢同鄉，即往與張言，得房一間。兩人同擠一房，熱甚。晚間至柁樓睡。開船後風大，即避至房中。天明過狼山。十三日。

竟日行。午初過通州，午後過江陰，皆用划，上二百餘人，划甚大，尚不危險，惟擠甚耳。二鼓至鎮江，停兩時許始起椗。十四日。

天明來收船票，船值一元九角五分，以住房艙，又加半。九點鐘泊下關，等船傍人湧如海，雇一小划，值至二元二角。划道至半途，又代换一小划，送至水西門。船擠不能動，又退出，换擔夫送進城，自押之。適值大雨，騎驢冒雨而進，至夫子廟，先至仲穆處，問大、二哥寓處，再至利涉橋西首，一切檢拾畢，已天黑矣。幸哉，尚不致宿城外也。十五日。

晨起寫字，餘未爲一事。仲穆來，即去。知玉峰在此，未見。午後出門，得《穀梁大義述》《廉石居藏書志》《爾雅補郭》。又至文運樓書肆，主人湯姓，即前數年在揚州見者，舊書甚多，見元板《朱子》、《毛詩義疏》、抄本《元和郡縣志》,又焦理堂手稿各種,皆殘闕。見趙静涵師、蕭敬孚先生。

上午候李平書,貽筆二枝。午後至下江考棚一看。至得月茗飲。歸,候程譽卿一譚。

在狀元(經)[涇]得馬半槎家藏抄本《姑蘇名賢小記》,有"半槎""馬氏叢書樓珍藏圖記"朱文印,又有"東吴席氏珍藏圖書"朱文方印,又有"古吴後浘"白文方印,不知何人也。

得振綺堂刻《玉臺畫史》五卷一册,精甚,爲湯漱玉撰,汪小米室也,分宫掖、名媛、姬侍、名妓四門,皆引書爲證,自道光後又可添補,且道光以前各書蒐采亦未全,他日可續成之。

得明大字本《揚子法言》。十六日。

見范醴泉(本禮)、朱莘田(昌鼎),皆上海諸生;趙劍秋(椿年,陽湖諸生),皆新識者。

得聚珍本《水經注》,有墨筆句讀,又以郡國山川注以今地名。據書賈云,舊有紙簽,題作王伯申手筆,然前後無圖記、題名,不知何據也。又明陳大科本《初學記》、《張皋文集》、抄本《述學》、焦氏《國史經籍志》、《歷朝名媛詩詞》。

數日來並日記亦不記矣。放心至此,尚能應試乎?可愧。十七日至二十四日。

午前未爲一事。午後謝鍾英來(武進人,名諸生)譚,即去。嚴子萬師自中州來,由潁亳水道直至淮江,循新黄河決口之所而下。

費屺裒來,適出門,未見。二十五日。

得明本《文心雕龍》,首頁有山東、浙江學政兩關防並"文選樓""琅嬛仙館"諸印,是阮文達舊籍。又《山中白雲詞》,有"保盦"一印,當即丁保庵,中有批校處,注曰"萍注",不知何人。又汲古本《詞林萬選》兩册。

晨起未爲一事。午後,文運堂送來宋巾箱本《論語注疏》《孟子注疏》,共二十四册,一柗。細審之,似從宋十行本出,遇宋諱皆加圍,不缺筆。以阮氏《校勘記》證之,有勝十行本者甚多,值二十元,決計得之矣。二十六日。

晨起檢考具,擬明日進優場也。午後至屺懷處一譚。見鹽城陳玉樹《詩經異文考》,不從三家詩分異同,乃以詩中句異同合考之,如《易通釋》

例。二十七日。

天明赴試院，辰正點名。《四書》題爲"旅酬下爲上"一句，經題"天子之閣左達五右達五"，策題"問《詩・干旄》'素絲組之'毛、鄭異義，毛訓'干旄'爲'旃'，故取《簡兮》詩義以釋'素絲'二語，鄭不從之，其説孰長"。盡日夜之力始畢事。二十八日。

天明出場，睡至午正起。午後出門。二十九日。

光緒十四年八月

竟日未爲一事。八月初一日。午後見稼秋、玉峰。

上午未爲一事。午後偕詠梅、燕秋乘騎至明孝陵，過明故宮，見明代廷杖石，光潔具五色，相傳爲血蹟，此誣傳耳。出城，見陵牆圈甚大，趨近則傾無片瓦。見琉璃瓦破磚，有官階、姓名、工匠等款。間有一磚，有"平樂州"三字，不知何用。有守陵户兩家，具茶棚，游人可止足焉。再上爲隧道，圜如城門，斜上出此門，則又平坦，可四達。至陵頂小憩即歸。初二日。

晨起未爲一事。午後至燕秋寓中，詠梅招至問柳茶飲，晚歸。

知各省學政之信，柯巽闇得陜西差，各省學政中能講實學者祇此一人，餘則楊蓉浦爲江蘇學政，樊恭煦得廣東學政，其餘則姓名並忘之矣。初三日。

昨夜半榜發，得正取第一，其次爲魏家驊(梅郙，江甯人)、范本禮(醴泉，上海人，新號滌新)、陳玉樹(頌芬，鹽城人)、謝鍾英(鍾英，武進人)、陳慶年(善餘，丹徒人)。備取十八人，首周鉞，次朱樹新(莘田，上海人)，餘俟續記。晨起，寄電報及家書。出門尋如圭、梅汀，爲謀用款事。午時如圭、梅汀皆送款來(各二十元，以款多還如十元)，正取五君皆來，同至學署，知出門未歸。即至督署，先至外號房掛號，再至大堂東首號房，傳稟後，約明晨進見，遂出，仍至學署。先與書差講一切款目，定即傳見。略坐即出，歸。初四日。得羊師書、尹竹年書。

晨起至督署，少坐即傳見，在三堂之東偏室，小坐即出。至玉峰處午飯。再至屺褱處。又拜劉禹門及魏梅郙同年。初五日。

晨起梅郙來，即同往漢西門外接官亭送長沙師。待至午後始至，一揖即歸。至玉峰處寄廣東電報，復同至秦淮晚飲，大醉歸。初六日。

晨起檢考具。午後出門。得黄刻、項刻、鍾評《水經注》三種、《儀禮圖》一種。初七日。

晨起檢考具。午初入場，由中路進至龍門内，擁擠異常。迨接卷後，至平江府北總門口擠住，一僕携考具先行，遍覓不得，半時許始尋到，至川字號内。晚即睡。初八日。

天明題紙始來。首題爲“子曰可與共學”兩章，次爲“極其廣厚載華嶽而不重振河海而不泄”，三題爲“堂高數仞至在彼者皆吾所不爲也”。詩題“金罍浮菊催開宴”，得“鳴”字。日午首藝畢，二鼓次三藝、詩正草俱畢，即睡。初九日。

天明即出號，至大哥處一看，隨至公堂交卷出場，即睡。午後略檢考具。初十日。

晨起。午飯後即進場，較頭場擁擠稍好。接卷，坐西文場“淡”字五十六號。檢拾一切。飯畢即睡。同號海州郁姓，即汪竹君之内兄；又與范醴泉同號。十一日。

四更題紙已下。《易》“爲電”，《書》“淮海惟揚州”，《詩》“既景迺岡”三句，《春秋》“夏五(桓公十有四年)”，《禮》“膾春用葱秋用芥”。五鼓，五藝俱畢，即睡。十二日。

天明即起，檢考具，即至大、二哥處一看，已皆畢矣。即同交卷出場。竟日睡。十三日。

晨起檢考具。午初，適天雨，泥滑水淋，苦甚矣。進場後接卷，知仍坐“淡”字號，遂偕二哥、鑄臣、得之三人進號。至晚，復至平江府，邀大哥、徐詠梅同來，五人連號而坐。晚即睡。十四日。

四鼓策題來，即起檢書，至日午第一問畢，薄暮二問畢，五鼓弟三、四問同畢。小睡。天明即起，作第五問，用駢體，至午始畢。午後謄寫，申初畢。即同大哥、二哥、詠梅諸人出場。十五日、十六日。

晨起未爲一事。午後平書、燕秋招飲於河舫。十七日。

晚又飲於河舫。十八日。

晚又飲於河舫。十九日。

得明本《列子》《文中子》，半頁十二行，小字，尚有元本氣味。魏梅郚來譚即去。二十日。

竟日檢行李。二十一日。

午後至水西門下船。是日未開。二十二日。

天明開行,午後泊下關。風大,不能出江口。二十三日。

天明開行,晚泊沙漫州。二十四日。

天明開行,午泊鎮江。上岸一游,即歸船。二十五日。

天明開行,晚泊吕城。二十六日。

天明開行,午過常州。晚泊黄陵。二十七日。

午初至無錫,即上岸。至惠山寺品茗弟二泉。獨遊黄公澗,天久姓,無滴水。下午歸船,開至南門泊。二十八日。

下午至閶門,換小船,到家已天黑矣。適督轅報房已至家十餘日,氣盛形倨,索供張甚誕,勢洶洶。歸後知此事,大怒,驅至門外,鼠竄而去。二十九日。

光緒十四年九月

天明,蘇侶笙、李平書來。侶笙即往掃墓,余偕平書至觀前小酌。午後至怡園一遊,候查翼夫、蔣肖鰭,暢譚而歸。九月初一日。

天明,平書來,叔鵬、桐尊來,即同午飯。午後至觀前茗飲。見查翼夫、陳念萱(彭壽,浙江石門人,諸生,喜藏書)。上鐙始出門,至叔鵬家晚飲,同坐蘇、李二君外,嚴子萬師同坐。二鼓始歸。初二日。

姚方伯近擺印《北堂書鈔》。沈穀臣編修(善登)擬刻叢書。

晨起至屺褱處,見鞠師。午後始歸。竟日未爲一事。初三日。

天明即起,侍母親至蕩口,以外祖母新有小疾未瘉也。初四日。

竟日未爲一事。芝汀貽王員照畫幅一,屬書《説文》部首一册。初五日。

讀華亭馬伯昂(昂)《貨布文字考》四卷。其言古之竹簡乃截竹爲筒,中分兩半,故曰“簡”;削去外皮曰“殺青”,可使耐久無剥落;炙去其瀝曰“汗青”,可使侵濕不爲蠹。竹得漆則不裂,以漆塗之,色黑而光澤。書以刀筆,就漆地畫之,隨畫之處,漆脱如其跡,所書之文字則明白顯箸矣,故或謂之“漆書”也。其書卷末坿刀筆二事,一象,一象,云剞劂即“刀筆”之通稱也。又謂齊刀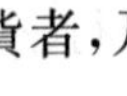即“合貨”二字。合貨者,乃二貨合一

也。一金爲一貨,合貨兼直二金也。孟子"於齊,王餽兼金一百而不受,於宋,餽七十鎰而受",據此可知齊使金貨,制皆兼二,故貨刀之制亦必合而行之。曰"七十鎰",即七十金。曰"兼金一百"者,乃二百金也,故曰兼金無鎰字,曰鎰無金字。語甚明晰,碻可互證也。

周春兮曰:"明人箸書大概有兩種,一爲升庵派,一爲眉公派。"(《拜經樓藏書題跋記》卷四,二十四頁)

順天八旗優貢雙泰,滿洲正白旗廩生,備取韓錫慶,漢軍鑲白旗廩生。

F主速,S主遲,表準中針,近F則速,近S則遲。

寫扇四、篆書部首半部。初七日。

芝汀貽王西廬畫幅一,絹雖黑敗,塙是真本,且臨趙大年,婁東學北宗,尤不易得。

寫部首畢。爲秦岐臣寫楹帖一,曰"春雨鱖肥菰米飯,秋風鱸美鞠花栖",即與之書,並擬書楹帖贈寄暢園中。初八日。

晨起,至義莊見芝汀,以若溪移款書與之,尋送來英洋百番。見沈石田畫幅,記與王文恪同遊莫釐峰而作,惜絹本已敗,頗難收拾也。又見花草册兩,一題葉熙畫,設色工美之至;一無款,設色較弱。皆馬江香一派。初九日。

晨起得大哥書,知儔麟侄女遽殤,爲之惘然。回憶三人中,惟此女最長,今年已十三矣。一旦遽去,不知二哥將如何悲痛也。

得姚伯昂《茹古香楹帖》兩副。

借芝汀明刻《文選》一部八册。初十日。

晨起,别外祖母,即上船,薄暮抵家。十一日。

竟日未爲一事。薄暮至鞠師處,晚飯後歸。十二日。

晨起得鞠師書,並送來翁校《漢隸字源》一部,又明陸師道手抄本一部。陸本係送文衡山者,翁校係過臨本,乃以宋本校之也。近以蔣香生太守(鳳藻)欲重刻之,屬余寫隸書並成校勘記,故以兩本示余。余又從若溪處假得一抄本,亦精,可合勘也。

見翁覃谿《儀禮蠡測校語條注》並手叙,卷後有乾嘉諸老跋語,序已見《復初齋集》。卷末又有一跋云:"共計條注百六十一條。"今數之,得九十四條,蓋原裝並《儀禮章句序條注》同一卷,不知何時拆去《章句》之序及校語，故與原跋不合也。十三日。

竟日檢理書籍。十四日。

晨起未爲一事。午後屺裒來，暢譚。

屺裒云見覃溪響拓《落水蘭亭》，卷後拓皆小楷書，長四丈餘，中坿《臨保母帖》，僅方寸，畫格書。

晚拜鞠常師四十壽，並呈拓匋器一幅六十二種，皆自藏者。十五日。

竟日未爲一事。十六日。

晨起，鞠常師來踐游虎邱訪碑之約，並招洨民同往。至郭家橋下下船，見船旁一八角石柱，已刻大字“七如來”臢，一面有佛象，並“摩訶”等字。鞠師疑即宋道義鄉經幢，自來稱其已佚之物也。蓋懸橋巷正爲宋長洲道義鄉地，無可疑者。出臨頓路過曹胡徐橋，有嘉定《修造南新橋題記》，字大二寸許，皆未剥蝕，見《吴郡金石志》，修者爲蔣、王二人，《志》中則未記也。再過白塔子橋，亦有題記，云亦宋人，字太細，不可見。遂由桃花塢出閶門，至半塘橋，訪壽聖寺。正殿三楹，尚完整。階下東首八角石坐皆刻佛象，甚舊。西首有殘石幢一，初視之若無字，三面上段見有“南無□□如來”等字，遂以所帶紙上石手拓之。極目力細辨，“如來”字下尚見字五行，有“離諸迎一切”等字，始知即龍德二年經幢。顧澗蘋稱其已佚已後，人皆不知有此物矣。出寺，逕至虎阜寺山門停船，即上山。見紹聖乙亥題名，即命僕人同拓之。風大天燥，未拓，紙已下，甚模糊也。再至上拓□□□□□題名，尚清楚。又至千人石拓顯德幢，不若氊蠟，乾濕不匀，僅存其意而已。至虎阜塔，見塔磚有“武丘山彌陁塔塔記”等字者，皆唐時磚也。又有“己未建造”四字，當即隋仁壽時建塔之時物，古矣。塔雖殘缺，然頗不易得見者，皆在塔中不能動，僅於殘礫中得“彌陀塔”三字殘磚，又“丘山”二字殘磚，又有一大字磚，二磚皆爲僕人下山時忘取，僅得“彌陁塔”三字磚也。尚有福禄壽及畫象磚，則不知何時矣，在塔中甚多也。轉至正殿廊下，又見一石幢，七面刻如來，一面刻“崇禎○年”字，僅拓其紀年一條。鞠師云亦一舊幢，爲後人磨去重刻者。據是則吴中所刻七如來皆以經幢改刻，古刻從此湮没不少矣。至劍池，去年所見新有一妄人鑿刻字，皆以泥塗没之，並有一官示云“近有妄人鑿刻山石以致騰笑山林”云云，爲之一快。天已昏暮，即下山至船，由齊女門歸。此游也，專爲鞠師訪幢而來。出門即得見一石，至半塘見一石，至虎阜見一石，皆前人久疑淹没者，一旦見之，拊掌稱快。拓壽聖一幢，尤快絶也。不知能如顧澗蘋之作《後遊記》否。遂與鞠師、洨民别。歸而記之，亦一重翰墨緣也。

寄郎丈、玉峰、若溪書。十七日。

晨起，知吴次瀟中北榜，聞之大快。午後出門，至玉樓春一坐即歸。十八日。

晨起，又知丁亦康中順天榜。午後出門，見孫得之、查翼夫，隨翼夫至其家晚餐。見蔣肖鰭，出示元至大本《傷寒百問》，每半葉十一行，行二十一字，上下黑口，序中綱目皆有黑燕尾，有“季滄葦”一印。十九日。

《魏皇甫驎墓志》，字畫粗細乃以刀隨意劃成，非書丹而用深鑿者。標尚疑六朝造象多不書丹，證此益信。

屺褱來，言《刁遵碑》字乃南派，證以碑陰貝姓可信。

晨起未爲一事。午後碩庭來譚，以其《還硯堂圖卷》屬題。言藏有明拓《百石卒史》，少“制曰可”三字。余以手拓此三字零條與之。蓋前年過曲阜時曾拓存者。又渠携有趙書詩帖，爲明許氏□□堂刻石本，此尚係明拓，精妙之至。

《洛陽伽藍記》以明如隱堂本爲最。

晨起寫楹帖。午後至玄妙觀茶店。見顧組亭昆季、鞠常師、查亭，又見吴希玉世叔(寶鎔，浙江乙酉舉人)，云與先君子爲總角交。小坐即歸。晚飯後觀藏書志，適得電報局送喜信來，知余與大哥皆得鄉捷，僅有一字條，其真僞不可知也。姑俟明日。廿一日。

晨起，學中送報條來，知大哥中五十三名，余中三十一名。來賀喜者踵至，日午始息。午後出門，至玄妙觀，見查翼夫、蔣肖鰭諸人，知趙静涵表兄亦同榜，聞之快甚。蘇屬共得十九人，長一，元六，吴六，新四，江一，昭一，太倉四人。廿二日。

晨起，知張聞遠、趙劍秋、孫虎峰、陳頌芬、費屺褱、葛子源皆同榜，來賀喜者絡繹而至。午後至玉樓春。晚歸，見姚公六慰祖，小譚即歸。二十三日。

見石谷臨江貫道《萬壑千岩圖卷》，精美之至。

晨起出門，至屺褱處賀喜，未見。至叔彦處，適渠堂上病未痊，憔悴勞罷之心見於辭色。檢渠讀書處，有《上司命表》，言某日割肱、某日私禱事，美哉孝子！孝哉吾友！令人悚然起敬矣。午後拜安徽○理齋叔祖，未見即歸。二十四日。

見宋本古《史記》，僅存列傳，每半頁十一行，行二十一字；又明仿宋本《史記》，半頁十行，行十八字，有"文淵閣印"；湯雨生臨《五清圖》；顧耕石先生手批《三國志》，皆精品也。

晨起，偕汪叔容觀人家兩拓本，一多係曹秋舫舊藏銅器，皆趙敬夫題；一係另種拓本，磚文爲多。許以五番餅，不售。

午間屺褢來譚。顧氏過雲樓《坡公祭黄幾道文卷》曾許贈渠，惟云生前不忍棄之，若將大隱之時能書遺囑，當將此一段公案留示後人也。

得静涵師書。二十五日。

晨起，鞠常師來，同拜顧緝庭，小譚即歸。竟日未爲一事。薄暮至介石處一譚，歸。燈下寫扇三，乃唐養吾索書者。養吾爲大哥門人，無錫人。二十六日。

吴念椿托至廣東來見。四川[①]

晨起未爲一事。午後得郎丈電函六字，曰："吾詩驗矣喜極。"蓋指夏間七律詩句也。即作復書。二十七日。

新得三泉，甚奇。一"天福通寶"，按石晋、劉漢皆有此紀元，又越南黎氏亦有此年號，今相傳"天福元寶"錢爲石晋鑄，"天福鎮寶"錢幕有一"黎"字者爲越南鑄，今曰"通寶"，則不見前人著録。按日本四條天皇爲天福紀元，今泉形、文字皆如寬永之式，是塙爲日本之品。李氏《紀元編》以爲日本後堀河院天皇，誤也。日本天福當宋紹定六年，外洋品之古者。遼耶律淳亦有天福紀元，恐非其物也。一"慶長通寶"，亦日本紀元，爲後陽成天皇之號，其元年當明萬曆二十四年，則此泉在鑄寬永錢之前。一"萬曆通寶"，幕有一鳥形，如崇頭馬形。此兩品亦著録所不收。近日收泉至多如《古泉匯》，而此三品皆無之，當爲罕見之品矣。儗貽若溪。

---

① 下闕。後空一行。

（眉批）

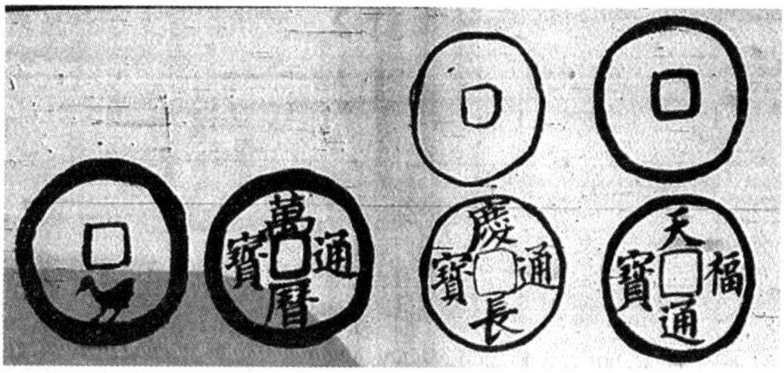

晨起即至花橋巷，同往虎邱祭孝子湘侯公祠。晚歸，至鞠常師處，出示新得山左雲門山、邱山、千佛山各造象甚多。廿八日。

兩日未爲一事。廿九、卅日。

光緒十四年十月

晨起未爲一事。午後叔鵬來，肖鰭後至，即同往玉樓茶室，至晚歸。得若溪書，言“天福”係“天禧”改刻，“慶長”已見著録，惟“萬曆”有鳥形者甚奇耳。得稼秋書，知闈墨中刻余《爲電》一篇，並寄洋五元來。十月初一日。

終日拜客，向未見及者：沈子服（嘉澍）、潘稼夫（家畬）及理齋叔祖三人。見闈墨，知《爲電》執一字未易。余卷係出十二房汪𣏌琨處。汪號瑶庭，山東人，以即用到江甯。理齋叔祖相識。寄廣東書，並與蒲公。初三。

得理齋叔祖與瑶庭師書，即寄江甯，託玉峰轉送。見查蕉坨（翼夫兄）、李橘農（傳元，昆山人）、張仁卿（瑛，常熟人），皆知藏書。

馬幹生（嘉楨）、孫漢槎（宗華）兩同年來，皆出菡青師門，本舊識也。沈子服（嘉澍）同年來，未見。子服爲鄉老輩，不敢以同年兄事之也。屺裒招晚飲，見所藏俞紫芝自書詩卷並臨定武《蘭亭》卷，可稱雙璧。趙子昂草書《千文》卷、小米《海岳庵圖》卷、趙畫《三高圖》卷、沈石田《花草菓品》卷、黄小松山水袖珍卷、惲南田設色花草册、唐人寫經殘本册、梁山舟書某墓志、王夢樓自書詩稿册，皆無上神品，可稱眼福。余亦携有趙松雪《風雨騎驢圖》卷、文待詔草書《陶淵明飲酒詩》三十首長卷；明萬州守侃如范公小像卷，卷首董文敏書九字，神似米老，乃年壯時筆；吴禹存先生小像卷，明末國初諸老題詞三十一家；郭簪源孝廉《松鶴圖小像》卷，爲楊子鶴補圖，國初諸人題詞十九家；方蘭坻《耆年服物圖》卷、《九秋圖》卷，適成一對，似亦佳品，然較諸西蠡所藏已似塵羹上飯矣。初五日。

笏庵送來《廉生小箸》一册，係從鄭庵處抄得者，皆記所見、所藏金石、書畫、圖籍，可羨可羨。儗抄存一副本也。

笏庵又送來《邃園修禊圖》屬題，爲徐健庵尚書當日所圖，卷中凡二十有二人，原有題語皆無之矣，僅存畫幅。笏庵補録當日二十二人唱和之詩並錢湘靈記。余不敢題語，儗從《龔定盦集》中録其舊題二詩以補其闕矣。又銅器拓本五册，爲之審定真僞。其一大册先歸之，後題二詩曰：

積古齋原破夕陽，清儀閣子亦荒涼。古金賸有筠清館，橅刻精於宋薛王。

還硯堂中結古歡，元函翠餅拾叢殘。古心直上三千載，慚愧靈鶼閣裏看。

竟日未爲一事。初六日。

晨起得若溪書，並代作闈蓺弟二篇，以備刻也。午後趙静涵師來，並止宿齋中。初七日。

晨起，王慶同、周應岐、趙詒穀三同年來，皆不知其號，憶似趙號伯雅，餘則不知矣。初八日。

竟日未爲一事。午後鑄臣來，同往玉樓春茶室。晚至鞠師處送行。歸，與若溪書。初九日。

闕幘傳講（未冠之年已能傳道講學）

初學記　太平廣記

詞林萬選　爾雅補郭

宋本論孟注疏　廉石居藏書志

鍾水經注　穀梁大義述

項水經注　玉臺畫史

黄水經注　姑蘇名賢小記

戴水經注　國史經籍志　雞窗叢話

揚子　述學（兩部）　戰國策釋地

文中子　山中白雲詞　象數一原

列子　張皋文集　吴會英才集

第十二册　光緒十四年戊子(1888)十月

(書衣題)第十二册　光緒十四年十月初十日始(印"師鄦室")　笘誃日記

戊子十月十日始 己丑二月十八日止

光緒十四年十月

晨起略檢行李，即同大哥至婁門下船。同行者爲沈子良同年。晚泊望亭。此行爲至江陰填親供也。

子良言渠家藏有《聽雨樓帖》，皆摹刻唐宋諸家，至吴興而止，爲滇南李氏藏石。嘉慶時顧南雅先生極賞之，先生門生某不憚萬里運以來吴，至則先生已歸道山，其後人不知寳愛，遂歸子良之先德濟之年伯，迄今石猶無恙也。又藏有翻刻宋本《虞恭公碑》，石舊爲黄蕘圃先生物。又云藏有一舊拓《虞恭公碑》，極精，歸後當請一讀之也。初十日。

晨起開行，晚泊，離江陰二十里。作與次瀟書、友竹、稼秋書，擬明日寄也。十一日。

晨起，已至江陰南門外接官亭，即上岸。見趙静涵先生、趙伯雅、王仲丹(慶同)、周鳳輝(應岐)、陶念喬諸同年，同至南菁書院。余先拜黄元同(以周，庚午優貢舉人，亦出李芍農師門)、繆小山(荃孫□□□)兩院長，沙循矩(從心)同年、馮質若(銘)董事，繼至學院謁益吾師，以兩硯、《海源閣書目》四册爲呈。出，填親供畢，復至書院，見張聞遠(錫恭)、莊漱潤(禮本，奉賢人)兩同年，小譚。歸船，適費屺褱、沈子服已到，暢譚而去。晚餐後至屺褱船，見張仁卿(瑛，常熟人)。屺褱出畫册四：一爲程序伯小品山水，大致似毛叔美；一中册山水，亦序伯畫，爲葉香士所寫者，蒼率，與小册如出兩手；一爲錢籜石花草，水墨如濕；一爲張爾唯山水，墨氣濕蒸，惜多破蝕處；一爲查梅壑《百尺梧桐閣》卷，有梁蕉林、王漁洋、湯雨生諸題詞，湯西厓作記，小楷書甚精。頗不負眼福也。十二日。

夜半開行，晚泊望亭。竟日未讀一頁書也。十三日。

天明放舟，午後抵家。得蒲孫、若谿書。以漢魏六朝石刻裝二十八整幅成。十四日。

晨起未爲一事。午後得汪瑶廷師金陵來書，與理齋叔祖者，寄余房批、堂批。房批弟一場曰："首藝以權字作主，語意深奥，學有根柢，次、三斑駁陸離，考核宏深，典古處如披異書，精奥處如摹篆鼎，是之謂淵博才。"弟二場批曰："考核詳明，援引宏富，非腹有五車書，不能如是淵博。"弟三場曰："包羅廿一史以及諸子百家，洞悉光明，引據處觸類旁通，正如淮陰將兵，多多益善。《史籀》一道用齊梁駢體，句句有典，淵博宏深，定是名手。"堂批出李芍農師手，弟一場曰："奥衍似子書，深洞西法，存之。"弟二場曰："子家及總集多所寓目，復多覽雜書，方能辦此。"弟三場曰："筆意似左太冲、劉彦合，不難其博而難其約。"汪師與理齋叔祖信曰："頭場首藝文理深奥，頗類子書，次藝參合西學，三藝近《選》體。弟得此卷，如獲拱璧，故破格多加評語，薦之衡鑒堂。而大主考以爲時趨，姑存而不録。及閲二、三場卷，斑駁陸離，宏深淵博，主司始驚爲奇才。主考與弟面譚，極加奬飾，謂其二、三場固有目共賞之作，尚不爲奇，所難者，首場文理奥衍，房官敢薦，足徵眼力之高超也。弟以文字因緣房官，有何力焉。其首場三藝有'藏頭畏尾'等語，故主司未敢付梓，亦未能列入前茅，深以爲憾。其三場五藝弟已抄寫送主司，聞已發刻進呈矣。揭曉後，來房抄録此卷者絡繹不絶，同人傳觀，群相推重。弟得此生，亦覺自豪。前薦此卷時，心目爲之一快，遂口占八韻，内有'文章有價休言命，翰墨通靈亦夙緣。鳴鳳群誇江淹筆，登龍定著祖生鞭'，此不過順口成詞。及寫榜唱名時，果係貴族，詩中江文通先生竟同姓焉。此中亦有天機耶？師生果有夙緣耶？天下事竟有如是之不可解者。"

東臺夏虎臣(寅官)同年來訪，小譚即去。十五日。

晨起未爲一事。出門拜鞠師，暢譚而歸。午後同梅汀至觀前玉樓春茗飲。晚歸。十六日。

婁縣張聞淵、奉賢莊漱潤兩同年來訪，不值而去。

竟日未爲一事。午後得友竹書。十七日。

晨起作與顧引年、謌一二書。午後觀新裝拓本。燈下寫大卷兩頁。十八日。

上午未爲一事。午後與若溪、叔彦書。薄暮出門，遇子良，至玉樓春茗飲。歸,寫大卷一頁。抄王廉生藁箸二葉。屺裒書來,約明日遊虎阜。十九日。

晨起至花駁岸,見錢笸仙、沈旭初、張仁卿、沈子服、繆小山、屺裒諸公,即同步至城外太子馬頭上船,直至虎邱。登山,至環翠山莊,午飯畢,至山頂一遊即歸。同坐有張子紱(祥齡,漢洲)、劉健卿(子雄,綿竹)兩同年。進城,偕小山、子紱應曲園師之招,同坐有惲叔來、季文兩君。二鼓歸。二十日。

晨起未爲一事。午後至道前街候理齋叔祖,不值即歸。二十一日。得吴次瀟書,言芍農師過邗上,飲於張午橋觀察齋中,盛稱標學問文章超絶儕輩。知己之感更何能已耶。

晨起静涵師來,一譚即去。至怡園團拜,同坐十五人,除相識者外,有王麗川(祖慶,順天大興)、王薔衫(毓祥,吴人,住海門)二同年,素所未識者。暢飲至酉初散。即至塔兒巷,賀玉書弟季玉嘉禮。玉書太翁松琴先生,初次所見也。同坐皆熟人,暢飲至戌初歸。二十二日。

上午未爲一事。午後叔鵬、子良來譚,同往觀前。

阿聰嬉戲無度,呼之不應,怒不可當,痛施夏楚。事後思之,尚覺多此一舉也。二十三日。

晨起出門,賀王麗川乃弟新喜。答王薔衫。至舊學前徐枝春表弟家賀喜。又至徐辛生家賀殷靁喜。見熙年暢譚,知碩庭近日抄書甚多而速,頗有老輩遺風也。熙年云渠家叔有漢碑十二種,皆舊拓,有乾嘉人題語,須二百元肯售,又有金器拓本二巨册,亦須百金,皆不貴也。二十四日。

竟日未作一事。二十五日。

晨起寫大卷。午後出門,候梅汀、蓮士,梅汀代籌洋二十元,爲近日急需也。曲園師書來,云浙學使潘公須延一績學敦品之士。余首薦若溪,次薦心淵,未知能有一成否。二十六日。

晨起已午初矣。得曲園師書,言以若谿薦于潘公,聞之欣然。適若谿書來,亦云願往,遂即復之,以定其事。午後至觀前,復至馬醫科候劉健卿、張子紱,不值而歸。二十七日。梅汀又送來十元。

晨起未爲一事。出門至沈子良處,見渠所藏各物。石刻以舊拓《虞恭公碑》爲最,據云秦翻,精美極矣。書籍有何義門手校汲古閣刻《唐八家詩集》，刻既精美如宋本，校皆用朱筆，鉤乙校改處甚多。末册有跋，無印記，内數種卷首有楷書朱文長方印曰"宋本校過"四字，義門先生復於此印上加"南北"二字以别板本之異，當即義門印也，罕見之品。又顧千里手校篆字本《釋名疏證》，皆以《御覽》校正文，上下殆滿。復有一過臨本，乃沈濟之年伯與丁泳之丈合爲之也。又白棉紙初印《觀妙齋金石跋文》，亦不多見。晚與茅容黼、尹竹年、莊希堂、祝籽庵丈四書，皆寄硃卷。二十八日。

晨起未爲一事。有客來，應答時許，殊無聊也。揚州人販骨董者來，携有文運堂書坊主人湯姓書，並舊籍數十種，無一可者，薦於查翼丈。適夏寅生屬舊熟書友胡友林來，有周香岩手校《唐語林》，有黄蕘翁跋；又明抄《藏一話腴》四卷，有"朱氏潛采堂圖書記""檇李項藥師印"，末有王振聲校記，乃得毛抄本而改正者；又明天順本《紺珠集》，通部校改。三書皆舊藏汪閬源家，今以求售。聞值尚不貴，見之如獲奇寶矣。王毓仙來譚，借去《牙牌彙考》二册。至玉樓春，見祁子樅、子萬師，暢譚歸。二十九日。

光緒十四年十一月

晨起未爲一事。午後，胡書友又送來明弘治本《鹽鐵論》來，[①]每半頁十三行，行二十五字，疑即張古餘刊本之所祖，惟將涂禎序抽去，以充元刊本耳。[②] 合前四種共十番。如此文絀之時尚欲用此巨款，太不自量矣。十一月初一日。

午後，漱芸送來洋拾元，爲舉人領咨所發之水脚銀兩，原有八兩七錢餘，今因未及起咨照顧，此係先從縣署賬房移支者。初二日。若溪來。

晨起客來，至午不絶。午後同若谿出門，至護龍街一遊。若溪以青蚨六百易孝建四銖兩枚，可謂癖矣。見查翼夫、陳建侯，暢譚。初三日。

晨起，送若溪歸蕩。午後料理筆墨事。薄暮出門，見查蕉坨、翼夫昆季。蕉坨於蘇州故老藏收書籍事甚詳，所譚皆聞所未聞也。言陳仲魚先

---

① 眉批：侯書賈謂明慎獨齋耳。

② 眉批：弘治本半板九行，行十八字，與此不同，此確係元本。己丑二月下旬建霞補記。

生原館於蕉垞之曾祖處,《士禮居題跋》中所云仲魚先生所坐之船名“津逮舫”,同蕘夫先生同訪周香岩觀奇書事,其船云即查氏物,本載仲魚先生專查各處當鋪事,非專爲訪奇書而設也。

元刻《契丹國志》,上方有小字標明書中眼目(見士禮居《元刻契丹國志跋》)。余新收狹行小字《列子》《文中子》上亦有標明書中眼目,初疑明刻,今知當元刻本矣。初四。

兩日未爲一事,亦未見一物也。初五、初六日。

晨起,緝庭丈送來銅權三:一大德七年,反面有“官較”二字,重今秤十三兩有奇;一洪武二年,一洪武七年,反面皆有“應天府造”四字,適成一對。喜極。午後出門一遊。唐慎齋貽新刊雙鈎《崔景邕墓志》。初七日。

徐瀚卿託寄董思翁畫册八幀,紙墨如新,精妙之至,手臨之後有王夢樓跋,亦影寫焉。

竟日略檢拾行李。胡書賈送來趙氏小山堂抄本《蘇魏公集》、抄本《義豐集》、抄本《能改齋漫録》共三種,許以十五元。又侯書賈送來黄刻《梁公九諫》一本,明刻《六子全書》二種(《荀子》《老子》)。初八日。

竟日檢行李。晚餐後上船,即睡。初九日。

晨開船後,細雨逆風,竟日行,晚僅泊昆山也。初十日。

與若溪、梅汀、心淵三書。

水月亭周氏書,道光間尚有其子孫售與山塘汲古山房書肆中,書肆主人亦周姓,各書皆由汲古分散售出。

因果巷張氏,不知其名也。其藏書多抄本單卷之書。一本以一皮紙包之,共有千餘種。道咸間逐漸售出,皆送至清江。其時楊至堂爲河督、山東于□□爲理河廳,皆喜收書者也。

以上二則據老書賈侯念椿説。侯,湖州人,少時即在蘇,能知舊籍,能廣搜羅,能談藏書人姓名佚事,庚申以後蘇州書賈中一人而已。又有蔣書齋老于侯,能看舊書,能裝舊書,可與侯敵,惜已死矣。其餘如觀西緑潤堂主人徐姓,又郁書賈,又道前街述古堂主人胡姓,劍光閣主人華姓,皆知舊籍,惜或老或病或貧,又無人知而重之,是可慨也。

擬以一巨册付侯書賈,屬以取四十年中所見所聞藏書流轉佚事及版本價值、裝潢、卷帙等雜記一册,此亦藏書之大觀也。侯賈自言年已六十，學徒無一能知此事者，此業將廢絶矣。余亦以此事有關吾郡一脉，能得傳此一册，當絶而不絶矣。歸里後當與言之。

乾嘉道咸同五朝各藏書家姓名住址。

某家書轉歸某家，某家又轉歸某家，詳記其流轉之時及何人經手。

某家多宋元刻，某家多抄本，某家多集部，某家多史部，須一一詳記之。

一書流轉，係祕本、不可得見之書，須記其價值。

某家裝潢係何人經手，裝法若何，須一一詳記之。

宋元明刻本能憶其行款、字樣、紙色、抄補者，須一一詳記之。

未經赭冠以前人家多抄本書，書坊中亦多能抄白，以何家藏抄本最多，何書坊抄本最好，明抄款式若何，國初款式若何，乾嘉年間抄款式若何，道咸間抄款式若何，須一一詳記之。

故家藏書有書室，有書架，有書橱，有書箱，有書匣，各各不同，且多出新意，精美絶倫，亦宜一一詳記某家若何、某家若何。

抄本書紙色之黄白、版格之紅藍及何人最工，影宋何人專能手抄，須一一記之。

江浙藏書多能校勘，以何家校本爲多，何人善校，何人善過臨，何人校本寫楷書，何人校本寫行書，須一一記之。

嘉道咸同四朝書坊主人能知舊書者，須一一詳記其姓名。

以前向有書船專售舊書，當日以何書船主人爲最能識古書，今何以不行此船。

假如同一《史記》，某本行款如何，某本字形若何，及共有幾本，所見共幾種，經史子集各本皆須記。

黄蕘圃、顧千里、胡心耘、勞季言、顧湘舟、汪閬源、葉苕生各家事，須瑣屑詳記。

同治以前賣舊書掮客何人，須一一記之。

以上各説，擬寫示侯賈，屬渠依類記出。

天微雨，竟日行，晚泊周太僕廟。十一日。

天明開船，午初泊珊記馬頭。即至友竹處，並將行李起上。知廣東船尚未有，即寄家信，並屬僕人送報單。同友竹出門，至吉陞棧候子萬師，不值。即至華衆會小坐，見嘉興朱□□，爲陳小莊年伯親戚。余即至滬報館見稼秋諸君。適咏梅來,同往華衆會,見少芙、燕秋昆季,招往中和園,合兩席,半多熟人,惟錢昕伯係初見面者。適燕秋招朱雲寶來,本係舊識,不得不應一局。飲畢歸友竹處。適淡平已久候,遂暢譚而去。時已三鼓矣。十二日。

晨起出門拜客,新識中惟鄭介臣年伯(讓卿父,北榜副,潮州潮陽人)[①]、范蘭塘年伯(醴泉父)、葛子漣同年。至孫少芙處午飯。出城坐馬車,至鐵廠,見趙静涵師,並拜在局兩同年。一胡馨吾(惟德,潮州,北榜),一濮幼實(人驥,上元,南榜)。胡見,濮適出門,未見也。歸,至華衆會,見淡平,同至友竹處。晚飯後復出門,至友、澹二君所好家一坐即歸,已三鼓矣。十三日。

晨起,至抱芳閣書坊一坐即歸。午後見潘獻甫襟弟(鼎芬),係初次所見。畫扇一,刻印二。適孫得芝丈來,即同至華衆會小坐。應稼秋、咏梅聚豐園之招,未畢,即同少芙至洋涇浜聚興堂,見少芙所好顧小寶。適稼秋亦來,見渠所好高文蘭,明媚可人,係杭産也。與稼秋暢譚歸。十四日。

晨起,至玉昆處小坐,同至一品香番菜館午餐。畢,至玉昆所好王黛雲家,一坐即出。晚間友竹招飲於聚豐園。淡平爲余招彭瑞芬來,侍婢阿秀,皆吴産也,住公陽九里。糾觴大醉。至彭處一坐,至四鼓歸。十五日。

晨起,吴倉碩來,得之來,同至萬花樓茗飲,即歸。倉碩言廖養泉(綸)以漢印百餘方、書畫一箱盡數貽人,以後輩無能知此事者,可謂達人矣。午飯後拜客,見沈子梅觀察,譚甚通達。歸後楊石漁來,即去。至朱月仙家晚飲,淡平所招也。余仍招彭瑞芳來。飲畢,即至彭家,久坐而歸。以書五種付瑞芳,渠係舊讀者,使其温之也,若輩中不可多得矣。十六日。

晨汶民來,同出門茗飲。候凌子與,即歸。見吴倉碩,貽印譜三册,精美極矣。適稼秋亦來,同午飯。偕至瑞芬處,索倉碩書聯二,一係倉碩句,"甘露降曰瑞,幽蘭生而芬",又澹平句,"瑞靄輕雲凝月魄,芬華流藻暈春葩"。余復屬稼秋書聯,録舊句也。晚應范醴泉泰和館之招,至二鼓

---

① 眉批:鄭住古莊門外大關橋洽記土棧。名福猷,同年,名學書。

散。復至瑞芬處,書聯二,餘未畢也。十七日。

晨起未爲一事。午後倉碩來,同至瑞芬處寫屏、寫楹帖。招凌子與、稼秋、玉昆、友竹、洨民、淡平諸君飲於瑞芬家。倉碩以懼天雨歸矣。飲畢歸,已三鼓矣。十八日。

天明束裝,即至輪船一看。午後,坐馬車拜數客,均未見。飲於友竹家。畢,至瑞芬處小坐,即上船。瑞芬與侍婢秀同車至輪船走送,時已子正矣。少眠即開輪。風甚平。十九日。

竟日行。二十日。

竟日行。風稍大。二十一日。

晨起過汕頭,三鼓抵香港。二十二日。

天明附香港火輪船至省,即進城,宿署中。二十三日。

晨起未爲一事。二十四日。

午後拜客。二十五日。

竟日拜客。二十六日。遊廣雅書院,規模宏放,天下所無。

晨起,即赴張孝達先生菊坡精舍之招,同坐陶春海、梁公海二君,至哺方散。二十七日。

上午至雙門底一遊,下午拜客。二十八日。

竟日辭行,晚赴樊介軒年伯之招,二鼓歸。二十九日。

張制軍送來元卷洋百元,廣州府孫駕航四十元,合共各家所送共得洋三百八十元。三十日。

光緒十四年十二月

上午檢行李。午後上船,即泊天字馬頭。十二月初一日。

天明用小輪拖帶至黄埔,即上富順輪船。薄暮同郎丈游黄埔水陸師學堂,觀魚雷。晚飯於廣德輪船,畢,回舟。初二日。

竟日未起碇。薄暮開輪。天明進香港口。初三日。

上午未起岸。下午遊博物院、公家花園。歸,食外國菜於大酒樓。初四日。

天明風甚大,港中小船皆搖泊不定。坐小火輪至廣德船,同郎丈、碩丈游東瀛什物鋪,店名洛興。購畫猴軸一,題巖泉筆,日本人所爲也。見同鄉金菊人,業珠寶。住香港蘇杭街。○泰洋貨店樓上復泰號。省中住大新街裕泰行。至杏花樓酒館午飲，畢，回船。晚起碇，風甚大，即睡。初五日。

天明風不停，至大菜間一坐，覺震蕩不能止，即出，回至自卧官艙門口，哇矣。即睡，不敢起，亦不敢進食也。晚食外國烘饅頭二片，咖啡一碗。至中夜醒，不能睡。蓋數日來睡足矣。初六日。

上午仍睡。腹背俱痛，如病夫也。進饅頭二、咖啡一。至薄暮風更大，水潑至窗户間。即下碇，泊福州口。進粥二碗。蓋船停，稍能飲食矣。初七日。

天明起碇，船仍震蕩，不能坐。困卧竟日。晚至大餐間，郎丈招晚餐。畢，即回房卧。初八日。

竟日風平，能起坐矣。初九日。

天明進口，適大霧，至十點鐘始抵碼頭。候郎丈見客，至二點鐘上岸。至友竹處。即出門拜客四處，歸已上燈。即坐馬車四處，一至在杏花樓晚餐，畢，至觀音閣馬頭送郎丈歸蘇。出，至瑞芬家，一坐即歸。初十日。

竟日奔馳。晚，澹平招飲於朱月仙家。畢，至澹平家，暢譚至天明。十一日。

十點鐘起，進城拜客。午後少芙來，同至滬報館。晚赴王念劬海天春之招，未畢，即赴公陽里程蒲孫之招。蒲孫所識爲陳蘭馨，即蘭隱之女弟，頗嫻書畫，明窗凈几，大足幽居也。飲畢，至瑞芬家，一坐即歸。十二日。

坐馬車各處一遊，大雨，不能散步，悶甚。晚，赴蘇友吾之招。友吾爲稼秋之侄，曾讀書，今爲機器織布局賬房。飲畢，至瑞芬家一坐，即同惕身坐馬車至觀音閣馬頭，下船宿。十三日。

十點鐘，向■松滬釐局所借救生小輪船來，即拖帶開行，半夜停輪。十四日。

天明至婁門，至胥門泊，即坐轎進城到家。十五日。

數日來忙亂異常，束裝無暇，直至今晚上船始記此數行也。十六至二十日。

午後抵滬，即上江永輪船，稼秋、咏梅來送，一譚即去。同船王仲高(□□，鎮江人，諸生)，爲王伯恭同年之弟，頗可譚。二十一日(仲高、蘇鑫皆與余同庚，仲高小三月，係六月生也）。

天明起身，見蔡和甫觀察（鈞，江寧人），亦同船也，和甫於西學頗精。又因仲高見鄭蘇龕（孝胥，侯官人，壬午解元），據云於學無所不通也，爲吴曉颿婿，與王可莊師爲至戚。云於江南放榜後進見李仲約師，師坐定即舉標卷示蘇龕，故蘇龕早見余三場全作也。輪船賬房爲畢浚川（常州人）、沈雲峰（蘇州人），相譚甚契。晚八點鐘抵鎮江，先過躉船，稍定即换大南挽子船。即睡。二十二日。又見任蔭南觀察（國楨），爲郎丈門生。

天明泊鎮江碼頭，至午始小輪船來，即拖行，甚遲。至二鼓初抵揚州城外。寄家稟並與大、二兄書。二十三日。

天明抵徐凝門馬頭，即上岸。拜吴次瀟同年。吴即住徐凝門内大街，所居爲正宅，傍院入門梅花數十本，屋三楹，名“孱守山莊”，傍即式古訓齋，陳設精潔。余與次瀟三年不見，今得爲同譜，惜匆匆未及一暢譚也。歸船後即來答拜。午時至文運堂書坊，見湯氏兄弟柏和、容泉。柏和招午餐。觀各書，頗有欲得之種。惜行囊太枵，不足供一擲也。回船即開，行十里泊，名灣頭鎮。二十四日。

瑞芬爲東海侍郎之侄孫女，爲其養母携至滬，爲聲伎之學，年纔十五，舊曾讀書，頗不忘其所習。到滬僅數月，故尚無浮蕩氣，安慎勤謹，他日或有後福也。然以貴胄而隸下賤，是誰之過歟？今特記之，明歲南還，不知尚能一面否。

郎丈出示元建安余氏勤有堂刻廿五卷本《李太白集》，卷後皆有篆文木記曰“建安余氏勤有堂刊”八字，爲李木齋孝廉（盛鐸）新送之書。

天明開行，用小輪拖，不能上，加以縴夫始可。二鼓至高郵，泊。二十五日。

六十里至界首鎮，二十里至范水鎮，已過午矣。二鼓至寶應縣，未停即開行。二十六日。

八十五里至淮安府，已午初。十五里過板閘，即淮關。十五里至清江浦，即上岸住店。出拜李小荃年伯（瀚章，時漕臺）、徐□□觀察（淮揚道）、章□□鎮軍、張□□知縣（沇清，清河縣）。見李漕督，詳詢一切。餘皆未見。晚間李送元卷洋十二元，徐送二十金，餘僅來答拜而已。二十七日。

天明即裝車。午正行三十里至漁溝，飯尖。四十里至仲興集宿，即在桃源城外。竟日路平如砥。二十八日。

天明即行,四十里至仲興集,有圍子,午飯。五十里至順河集,亦有圍子。皆宿遷縣界。竟日路平如砥。將至仲興,須沿運河行。乙酉年五月水道過此時,河波壯闊,今過僅涸如一小溝矣。堤内沙灘皆種麥,計熟時則水適來矣。沿河居民皆依此爲生計也。沿途男婦皆鶉衣百結,寒苦而甚安樂,頗不似南方獷悍之貌。晚間郎丈招對飲,適胸膈悶痛,勉强坐小譚,一飯而罷。此有生以來過除夕未有之境也。廿九日大除夕。

光緒十五年正月

五鼓即起,上車,行十里,天明。午初至峒峿,午飯。共行四十里。同店見秦叔固(堅,戊子同年,無錫人),復見其兄□□(唐),本未相識,乃初見也。午後行四十里至新安鎮,有圍子。再行十里至紅花埠,乃山東、江南分界之所,有界碑。在東圍子門外爲郯城,令辦差席甚豐。成題壁詩一首,係七古,不録稿。己丑元旦。

天明,車行二十里至重興,十五里至曹郕,十五里至郯城縣,過城外,十里至郯城十里鋪,午飯。午後,馬行十五里至大埠,[1]馬不能前,仍换車行。十里至馬站,三十五里至李家莊宿。一路沙細道平,車安如肩輿行矣。郯城令茅硯農(恩綬)來拜郎丈,云與容齲爲同族。初二日。

天明即起,車行半里許,渡沂水,須用船。冬月水涸,相隔僅數丈,若夏月則一望瀰漫矣。行四十五里至沂州府城外,過觀音閣,飯尖。午後行十五里至南曲坊,十里鵓莊,六里棗頭溝,十二里至伴城宿。題兩絶句於壁,冀次瀟過此和之也。一路地皆平坦,細沙深輪,圍數寸許。詩曰:

北轍南轅任記程,試看題壁半留名。出門能有思鄉句,便不成詩總是情。

紅燭燒殘一寸花,夜闌有夢爲尋家。今朝才過初三月,忍向梅花問歲華。初三日。

三更即起,車行二十五里至大峪涯,二十里至青駝寺,地多石道。適天明,即騎馬,行二十五里至柏■,十里至垜莊,午飯。車行十四里至界牌,十二里至蔣家橋,十二里至桃墟集,馬行十二里至龔家城。近龔家城

---

① “五”上原衍“十”字。

數里之間有明義橋,橋南有碑,上有佛象如造象。勒馬睇視碑文,似不是六朝鑱刻,或已將舊文磨去重刻,亦未可定。前數年過此,誤認作造象碑也。多石道,仍不易行。初四日。

天明即起,三里至天齊廟,十二里至蒙陰縣,四十里至鰲陽,午飯。二十里至新泰縣,二十五里至翟家莊宿。竟日山路,越嶺渡溪,頗覺跋涉,然較夏時行已好萬倍矣。題一截於壁。初五日。

半夜即起,三十五里至楊柳店,天尚未明。又行三十五里至花馬灣,二十五里至崔家莊,午飯。飯後馬行,二十五里至邱家莊,易車行,二十五里至泰安府,即宿城外。拜楊海珊縣令(倬雲),小譚即歸。見賣碑拓人王士霖(泰安人),云與尹竹年同年至好。得精拓《張猛龍碑》並陰、《北齊趙郡主碑》、新出土《郭有道碑》並陰、《孝堂山畫象》全拓,共白銀一兩五錢。又得經石峪《金剛經》、集字楹帖五副。爲郎丈得經石峪《金剛經》全拓,共九百五十字,大泉十千文,較阮文達《山左金石志》多六百餘字。楊令送拜元卷三十金。初六日。

天明,行四十里至界首,十里至佃臺,午餐。馬行六十里至張夏宿。途中碎石如巨卵,車行其上,震動殊甚。且山坡高下,上下費事,爲途中最難行(至)[之]路矣。初七日。

晨起,車行五十里至杜家廟,山石跋涉如昨日。飯後行五十里至齊河縣,渡新黃,河狹淺,較前三年大異矣。聞自去年臘月十九日鄭工合龍閉氣後,二十五日黃水即過齊河,聞今已有三分也。冒雪行二十五里至晏城,道平如砥。蓋自杜家廟則山路已盡也。初八日。①

在晏城停一日,以候郎丈,進省未來也。成七古一首,即題於壁:

雪花如掌西風道,行人道上生新愁。吾昨驅車渡黄水,江南正憶多朋儔。朋儔者誰皆少年,各將絶學潛冥搜。考禮吾愛曹叔彦,儀鄦吾憶張長洲(叔朋)。疇人子弟已分散,華家昆季(若汀、若溪)能徵求。武進一費(屺裹)通《公羊》,此學直壓前常州。吴(倉碩)鍾(越生)祝子(心淵)好摹印,吴(次潚)胡(綏之)查(翼甫)蔣(肖鰭)工校讎。獨惜徐子(毋江)知假借,《尔疋》寫定遽即邱。小詩最佳朵紅

---

① 本頁浮簽:《唐語林》《藏一話腴》悉藏敝篋,《鹽鐵論》在武進費氏,是愼獨齋本,且經此節不足重。

侶(蘇稼秋),艷詞雅擅毗陵鄒(翰飛)。豪俠九重玉峰子(蘇澂),脱手一贈千金裘。其餘觥觥二三輩,亦知派别尋深幽。式如(華備珏)圖畫識點綫,叔邕(汪乃照)大篆知成周。《説文解字》錫山李(滄平),中西醫學能通郵。旅店孤燈悄無侶,舊交歷歷存心頭。春風捲幕有餘憶,佩聲釵影思香修。蓬瀛清淺桃源槎,練川潋灩長干謳。春詞九萬樓九曲,碧桃花底銀箏柔。風裏自古有絶作,才人何必瞞狂遊。吾今作詩當記事,不將詞句工雕鏤。噫,不將詞句工雕鏤,能知吾意皆風流!

浮簽:

訪晏城北圍子門外三官廟中經幢,乃甲申年過此所見,因不知其何代物,故重訪之。細審,一似八面而去其三面,僅存一片楷書,有善人張□、善人李□□、丞李□等,皆書名姓。一面上有"重修馬𡰪廟記"六篆字,第四字隱約如此,不可識,因剥蝕甚甚也。各面皆有佛象,無年月可考,疑唐宋間物。一僅七面,乃乾隆年間物,有年月。上過時日記作"康熙",誤也。前日記作西圍子外,亦誤也。初九日。

晨起,舊識山左學院文巡捕董杰(巨川)、武巡捕龐毓麟(□□)來見。又書吏蘇保、承差張玉祥、舊僕余炳同來。同鄉彭栽之、祝子庵二公亦同見及。董帶茅容黼書來。祝貽元卷二金。即起身,走五十里至禹城橋,午飯。又行五十里至平源二十里鋪,宿。壁上有王可莊師七絶二首云:"戊子七月十三宿此,聞意園、鐵齋典試此邦,率書二絶遞之:'國子先生始遠遊,烟空眼底小齊州。袖中東海全收得,可許平吞萬印樓。''漢宫令甓鎖莓苔,艷説題橋得意來。少自釣遊重問訊,知君攬轡不勝哀(鐵齋少時隨官河間獻縣最久,故云)。'"又廿九日盛百熙《和忍庵壁間韻》:

持節河山作勝遊,三邦貞榦貢揚州。可知棘下淹中美,不獨詩人白雪樓。

斷墻題字久生苔，季子前年此地來。愛絶兩師紅遍句，縱横老淚不勝哀（亡友周季鱔乙酉奉使廣東，過平原，有句云"紅遍雨中花"，當時殊不爲佳。今日經此，乃知其是抵滕縣花開句也）。

又陳鐵齋同日和：

留墨縱横記俊遊，揚州東下又瓜州。聽風醉雨京江口，掄指應過北固樓。

舊遊陳迹没深苔，誰識當年孺子來。詔許桐鄉分俎豆，拜恩不敢更銜哀（世父准祀河間名宦祠，歲久未舉期，差旋便道，奉之入祠）。

余亦和忍庵師二截云：

七載天涯賦浪遊，今年始計踏神州。科名敢比郭祁盛，意氣公然蓋鳳樓（余與大兄同榜，皆出忍庵師門）。

苦搜石刻别蒼苔，齊魯曾經兩度來。擬續靈岩金石志，蒼茫陳迹動餘哀。[1]

晚間郎丈招飲，同坐田子笠（恂）、倉銘卿（□□），皆郎丈在河南所拔士。今皆爲山左縣令矣。初十。

五更即起，車行二十里，過平原縣城外，又行三十里至曲陸店，午飯。又行二十里至黄河沿，三十里至德州城外，過九達天衢坊，渡河須用船。又行二十里至劉智廟，宿。一路地皆平坦。

郎丈貽常武徐桂瑶大令（壽基）《酌雅堂駢體文》兩册。徐令禹城，郎丈面索之，乃飛馬追送此二册。

劉智廟店壁上有廣陵女士白如瑛題壁詩曰：

名花墜溷有前因，絮轉蓬飄悵此身。安得憐香逢隽眼，慈航渡妾出風塵。

其妹如惜和之曰：

朝南暮北果何因？手抱琵琶恨此身。他時姊姊昇仙去，賤妾還須步後塵。

自題邯鄲倡女。字迹將没，無年月，不知在何時。以蕘衫和作在丁卯孟夏證之，則當在同治初年也。蕘衫詩曰：

浩劫茫茫總夙因，六朝盡是夢中身。關裹不獨悲兒女，多少英

---

① 眉批：此下空十餘行不寫字。

雄一窖塵。

又有庚午孟冬天放樓主人和詩曰：

悲催陳迹總相因，大患由來在有身。試問陌頭車馬客，人間何處不風塵。

余亦和二截句：

莫證前原並夙因，吾來已過廿年身。須知文字緣終在，破壁猶能一掃塵。

天涯此去果何因？吾亦當筵感此身。差勝幸無床笫辱，可憐一樣走風塵（第二首三句用汪容甫《弔馬守真文》語）。十一日。[1]

天明即車行，四十里至景州，進景運門，出迎暉門，行三十里至漫河，午飯。又行二十里至阜城，不進城，小歇。再行四十里至富莊驛宿，已月上矣。十二日。

半夜即起，行三十里至善橋，十里至獻縣，天尚未明。行十二里至貽家橋，十八里至商家林，三十里至河間府，經城外孤堞，四圍無一家舍，至西關外客店午餐。畢，行二十里至河間廿里鋪宿。客店甚大。十三日。

半夜即起，五十里過任邱縣，天尚未明。四十里至鄚州，十五里至趙北口，即十二連橋。隄岸垂楊千樹，紅橋緑柱掩映其間。連橋十二，水波一片，微冰斷流，偶有一二漁舟蕩槳往來，頗不似北方塵土景象。橋盡有"碧漢層虹"額，匆匆不能知爲誰書。新立雄縣南界一碑，隸書劇佳。過橋即止店午餐。店壁尚有道光年間題字，又有癸酉湘西漁人題詩數截，[2]甚佳，録於後：

叙曰，富莊驛女子雙鳳頎而麗，音調悲涼，性情慷慨，爲贈四絶：

銅琶急撥唱黄河，燕趙佳人亦浩歌。問我來從江漢過，木蘭祠宇近如何？

碧漢層虹柳色驕，行人到此總魂銷。勞卿遠跨桃花馬，送過平湖十二橋。

虹橋過盡且停驂，笑説蘆亭酒味甘。烟水滿湖鰕菜好，燕南風景似江南。

---

① 眉批：下空十行，不寫字。

② 浮簽：湘西漁人題，當須細查。

四更殘日上征鞍，見汝匆匆別汝難。水漫野塘風露逼，漁洋六月作秋寒。

余亦題詩一絶，有“驛亭儘有琵琶女，嬾箸新詞付與看”之句。午後行四十里至孔家馬頭歇。店甚大，店壁題詞甚多，皆一時名手，多爲店主人重堊，僅存點畫矣。余費半時以苦茗廢紙盡洗出讀之，今録於後：

別樣風流少小年，乍逕疑夢復疑仙。瑶臺月下如相識，小謫知從第幾天？

香温玉暖女兒身，只解歡娱不解顰。撩撥柔腸千百轉，一波紅燭海棠春。

紅綃雅稱紫雲娘，錯雜琵琶惱客腸。爲唱望湘人一曲，棗花簾外月如霜。

來如語燕去驚鴻，生小兒家別院東。苦憶倚門凝盼處，阿娘歸引一燈紅。

瑶島生成姊妹花（謂其妹金喜），天挑垂落阿誰家？黄金白玉堪持贈，不見當年萼緑華。

恁地魂銷不自持，天涯共此賞花時。曉風殘月垂楊路，愁絶屯田惜別詞。

長沙張冶秋口占爲張夏歌兒，陳玉喜作，和湘西孫公荇韻。

等閑乍見難回首，昨夜前宵共此緣。同是天涯看花客，相逢都證有情禪。

發張夏中道遇張冶秋太史，同止逆旅，爲言前夕偕任雨田庶常、陳森石孝廉宿張夏，所見同，所賞亦同，亦一奇也。同家兄公荇並簡冶秋。又一首，玉喜自言其女弟金喜尤明慧，强令召之來，不果。與冶秋談次並賦一絶：

分明眼底對藍田，聲價黄金倍可憐。誰道聞名不相見，解人翻憶李延年。

湘西孫君貽意既喜，更賦一首，爲同作者解嘲：

風雲漸滅渾閑事，除却巫雲枉費才（用義山詩意，蓋此亦涂中所寫也）。畢竟散花天上坐（三字坡詩曾如此用），可曾身著一花來。

君貽丙子三月二日同倩盧君德生題。

吹罷黄河遠上詞，旗亭從此説相思。憶他緑酒紅燈畔，低首雙振碧鳳枝。

廿年詞賦嘆飄蕭，忍禁魂兒漫肯銷。我爲長相思幾曲，《念奴嬌》與《惜奴嬌》。

丁丑二月入都，見壁間有孫公苻昆仲、冶秋弟題壁，因題二絶。張雨珊口占。

珠柱教冰絃，鳳翥鸞騫，天孫雲錦一篇篇。伊古騷人工寫怨，况是飛仙。

詩好倩誰傳，密寫鸞箋(本歇西屋，見詩急移此間)，風塵鴻爪亦有緣。四首征輪仍北上，愧爾鞭先(冶秋、公苻均已視學，君貽亦同得編修矣)。

滿壁琳琅，甫録一過，僕夫急促登車，匆匆拈此，以誌佩忱，工拙真不暇計矣。

浪淘沙　夢湘。

序舍烟凄，關山月皎，令威跨鶴歸何早。永嘉朝士諒無人，庾塵不管西風笑。

倦蝶芳園，眠鴛曲沼，玉璫錦札何由報。一鞭梅雨夢京華，長堤盡變紅心草。

踏莎行　舊雨題詩半被塗去，重拈五十八字以記游縱。袖拂紗籠，均不敢望也，丙戌四月一日，夢湘子。

又有《夢湘七歌》一首，不能録矣。其題記曰："右庚辰下第出都，寄實甫同年都門，實爲晏城張鳳仙、月仙兩校書作也。月仙後曾一晤，兹亦屬沙吒利矣。壁間見冶秋世兄，公苻、君貽、實甫三同年詩，見猶心喜，亦補録於此，後之覽者，慎無笑爲楚客多情，後■一致也。湘南王夢湘以敏題(癸未二月)。"

頗似江南水國天，此身忘却在幽燕。載驢載馬不雙艇，種稻種魚同一田。葦課纔完又漁課，柳烟相間是人烟。五湖有約不歸去，况爾緑楊深處船(辛巳三月過趙北口作，實甫題)。

恍在江南鷗鷺鄉，晴空虹影跨中央。蕢蔆船小渾如葉，編松門底似有莊。弱柳雖淡霑神緑，新荷卷雨襲衣香。鴛鴦十二飛何處，瀲灩空裹水一方(文石題)。

風流寥落石湖仙，過客題詩一悃然。不見鴛鴦三十六，滿溪荷葉自田田。乙酉應京取試又題。范石湖使北時過此,有詩云鴛鴦甚多,今則無矣(亦文石書,不知何許人也)。

今日起早,言已二更,猶翦燭和墨録此,勞倦極矣,好事極矣。並題三截句於壁:

儘有新詩迹已陳,幾年風月渺成塵。誰知袖拂紗籠妙,尚有淋漓洗壁人。

吾與諸公不相識,讀詩盡似吾相知。翦燈一一抄詩去,他日江湖一訪之。

孫郎原倡不能知,燭跋更殘興倦時。聊比宋朝蘇學士,流傳祇有和梅詩(壁詩盡洗出之,惟公苻原倡字大而多,不能爲力矣。補題此截,俟後來者或有續爲之也。下二語用楊公濟事)。十四日。

四鼓即起,五十里至曲溝,四十里至固安縣,止城外山東店,午飯畢,行五里渡永定河。河甚狹,以船連屬,上藉以稭土,如平地行也。道旁有渡河碑,詳記各車渡河價值。行十五里至于法,二十五里至龐各章,二十五里至黄邨,已初更矣。宿永陞店。月明如水,沿涂燈市絡繹可觀。十五日。

天明後起身,巳初上車,行四十里。午後進南西門,直至北半截胡同下車,即止朱子涵舍人□宅中,仍與郎丈同住。房室頗精潔。十六日。

晨起至伏魔寺,爲郎丈寫摺稿。午後出門,坐車進宣武門,至拴馬莊,謁鞠常師,暢譚而出,已上燈矣。晚飯後至子涵書房中暢譚。見所藏各書並書目各種,有《結一廬書目》,即子涵先代藏書也。子涵之父修伯先生喜藏書,多宋元板本及舊抄各種,皆劉燕亭、彭文勤家物。子涵云,當日劉氏居修伯先生處相近,日遣一老媪出售,價值賤甚。彭文勤家物,余初聞人言,彭氏書存寄朱處,故皆爲朱氏乾没,今日見修伯先生手記得書賬,皆有價值,並非乾没,惟價賤極耳。人言之不可信如此。十七日。

晨起,獨至琉璃廠書肆。於文蔚堂得苗仙簏手校初印祁《説文》、杭州本戴《水經》《十駕齋養新録》《述古叢抄》四種,共十二兩。午後,鞠常師來譚即去。出拜劉佛卿、王芾卿、戴蓺孚,均未見。晚子涵來譚,言見盛伯熙,言有御史吴兆泰特奏正定文體,言文體不正天災必興,故有太和門之事。如去年江南中式之卷弟三十一名《爲電》一藝,文中牽引西洋文語,有乖文體,請嗣後通飭不准取録此等文字云云。噫,余此藝皆確引中國古書,竝無主守泰西之學,不知何以有此等語言。拙藝本劣,竟得形諸奏牘。此一作而謂有關天和,豈非天地一鉅製哉。記此以爲後日笑柄。子涵又言,盛伯熙、柯鳳生(敬仲,膠州人)聞余來,皆甚憙,爲得一同好,實則余皆生平未見之人也。氣味之投有如此者。見子涵所藏畫幅:一錢松壺青緑山水,係《雞籠山圖》,以贈陳雲伯者,精甚;一黄小松山水直幅,亦佳。餘皆近時名作矣。得角花箋二匣,直京錢三十千。此箋出怡王府,惟清祕閣紙鋪有之,僅存數十匣矣,乃舊製,近日頗有思學之者,皆不得法也。十八日。

晨起未爲一事。午後出門,拜可莊師,未見。拜潘鄭盦尚書,坐譚片時,出。拜芍農師,見及後,暢譚至天晚歸。飯後即睡。十九日。

晨起即出門,至可莊師處,坐片時始歸,見譚,小坐即出。回寓後,適鄭盦尚書招飲,即至米市胡同,兩席已坐滿。王廉生(懿榮)、張叔憲(度)、劉佛卿(嶽雲)、王茀卿(頌蔚)、黄仲弢(紹箕)、(王)[黄]再同(國瑾)、沈子佩(曾[植])、沈子封(曾桐)、許鶴巢(玉瑑)、芍農師、可莊師、鞠常師、郎丈、許□□,尚有四人不知何姓名矣。見盂鼎及新出土大小二克鼎,及中師父鼎、諸匋器。飲畢,至沈子佩兄弟處小坐,見舊拓《高植墓志》,精甚。又至船板胡同周[澄之]同年(學海)處,未見,即歸,已天黑矣。書賈送來高麗巾箱本《四書》,欲充宋刻;又宋拓不斷本《懷仁聖教序》,拓尚完好。二十日。

晨起未出門。午,步小梧來譚,飯後即去。出門至琉璃廠,略遊書肆及書畫鋪,歸已上燈矣。晚飯後至子涵處譚。二十一日。

晨起出門拜客,見許鶴巢、劉雅賓、吴蔚若、陶侃如、張叔憲五君,餘皆未見。午後至前門大街及琉璃廠,與子涵遍遊,得《東坡虎邱詩》拓本,精甚。二十二日。

晨起未爲一事。許鶴巢、吴誼卿二丈來,即午飯。午後出門拜客,見盛伯熙,同坐蔡賡年([崧甫]),爲國子監學録,頗知書。天晚歸。應子涵之招,同坐李玉舟(士瓚),昨拜而未見者,餘皆熟人。古董鋪送來書札兩本,共六十餘通,皆與桂未谷、顔運生兄弟者,索值百金,可云貴矣。二十三日。

竟日未出門,亦不見客。做墨盒,頗不得法。寫字亦拙劣。二十四日。

竟日未出門。張吉人來譚，即去。爲子涵寫楹帖三付。二十五日。

晨起即午飯。同子涵、張子虞（預）、褚伯雅（成博）、朱子修（□□）坐車至西長安門，步行進端門，再進太和門，適以火災後未及重造，皆以布搭竹木僞爲之。上太和殿，見中設龍坐，坐前台基下設立一案，上安一節，以黄絹作桶式蒙之。左案陳金册，以黄綢袱蓋之。右案設金寶，亦以黄綢蓋之。殿上皆鋪花氊毯，甚敞。自殿楹下起直至大清門，中道皆鋪棕毯。此時殿上下至端門，觀者如堵，孩童僕侍戴大冠者皆得進看。須臾，聽鞭爆聲甚遠，知皇上至慈寧宫行禮。稍定，殿上官閧閑人下殿。余與子涵立殿東廊下静候。忽聽樂作東廊下，知皇上即升殿。贊禮郎作滿語，静鞭三響。蒙古王公俱西上，立殿廷下，行九叩首禮。殿上作滿語，讀册文畢，敕正副使持節跪，並册寶。下殿。樂復作，皇上已進内矣。皇上坐後一御前大臣，西首一御前太監，皆立，餘無一人也。與子涵隨萠出端門，立西首。見正副使坐朝馬前行，排設儀仗，繼設五輅，係三車，皆駕以馬；兩輴竝行，皆黄緞，織雲象，甚輕薄。輅後排列掌扇數十，皆花綉。再後皆提明角宫燈百餘，又明角手燈百餘，燈盡，金提燈十餘對。畢即鳳輿，二十餘人穿紅綉袍擡之。輿亦用黄緞，左右有緑紗窗可啓，製不甚大。輿後隨馬十餘匹。過畢，一無所有矣。儀仗之後尚有兩黄亭，即擡册寶者。大婚典禮不易逢之，此次適得見及，亦一快事，故特詳記於此。二十六日。

晨起未爲一事。鄒紫東來譚（嘉來），即去。午後至琉璃廠，得《觀海堂帖》一種。見盛伯熙及王念廷（[希祖]），王係山東人，直隸官，收藏甚多。至清祕閣購舊墨，貴甚。二十七日。

晨起未爲一事。吴蔚若（郁生）、丁亦康（惟禔）來譚，即去。午後出門，答拜鄭漢卿、亦康。進宣武門謁鞠常師，並拜黄再同（國瑾）太史，出唐六如畫士女兩幅，精甚：一絹本，高約四尺，畫一大士女抱一小孩，手弄雙環，地畫葫蘆兩、丹砂一堆，題七絶一首，蓋用吕仙故事。一紙本，稍乏，尺寸相同，亦畫一大士女，手折牡丹一枝，題七絶一首，邊綾有郭頻伽題七古一首，爲陳曼生屬，此幅本曼陀羅室物也。又改玉壺畫《張憶孃小景》，絹本直幅，即《簪花圖》臨本，作半身象，手折蘭一枝，題詞一首；憶孃作垂髫象，年甚輕，豐容盛鬋，頗爲絶俗。又玉壺畫《善天女象》，紙本直幅，圖一美人瓔珞銖衣，袒臂雙舉，手執曼陀花各一，妖冶之至，上有頻伽題贊,細審之,似係臨本,然亦佳品也。晚歸,爲子涵刻印四,寫卷一頁。二十八日。

晨起,爲子涵刻印二方。午後未爲一事。黄再同來,小坐即去。云含英閣余所見石幢係元祐紀年,許以十金,不售。二十九日。

晨起未爲一事。鄭漢卿來,即午飯。午後同至前門大街,觀各玉玩鋪,頗有精美之品,價值極貴。至總布胡同,候再韓,不值。見汪藥階,小譚即出。至琉璃廠,遍觀各書坊,無所得,即歸。三十日。

光緒十五年二月

竟日未出門,亦未爲一事也。二月一日。

晨起,至長元館,拜張采南(頡輔),未見,即歸。同子涵至東華門,適聞演筵已畢,即出。至王廉生太史處(懿榮),同坐趙[雯青](蔚坊,山東黄縣人,鄉榜同年)、□□□,即招午餐。畢,至後院觀所藏石刻及造象,大小有三四十龕。又山左諸老前輩尺牘、詩稿數大册,題曰《海岱人文》,頗爲大觀。書籍、碑帖甚多,不暇觀矣。申初,至李芍師處暢譚,至晚歸。二月二日。

竟日未出門,未爲一事。心無專營,惰廢極矣。戒之哉。三日。

上午未爲一事。午後出門,拜黄仲韜太史(紹箕)。即至琉璃廠。又至萬福居,應同鄉王笑山(晋燾)、曹紫荃(鍾英)、顧菊舫(傳■)、張一琴(肇鏕)、劉雅賓(傳福)、應藜(傳遠)六人之招。在坐皆同鄉,大半皆未見及者也。小坐即歸。四日。

竟日未出門,作畫數幀。擬取錢竹汀、王西莊、洪筠軒、王懷祖諸家讀《漢書》條記書録於汲古本《漢書》上,間附己按。今日始畢初册,不知能畢此三十二册否。若能一日一册,則一月可畢矣。擬以此爲常課也。五日。

晨起,刻印二。午後至張叔憲處,見震在廷(鈞,工部筆帖式,壬午副榜,揚州太守英傑之子)所藏《禮器碑》。碑陰"熹平三年"數字尚有迹可尋,洵舊拓也。同出門,至青廠書局觀各書畫。後至琉璃廠,遍觀各古玩家,即歸。知大兄已到,即至長元館,見子良、張采南、蔣康甫(壽祖),小坐即歸。六日。

晨起,劉佛卿來譚,即去。至芍師處,觀宋拓《華山碑》,舊爲馬二查物，後歸陽城張古餘之子，今張家售出，歸芍師，以三百金得之。有孫淵如、龔定盦諸老題跋。此本在三本之外，精采奕奕。碑額字尤見筆趣，阮文達云，如以舊羊豪濃墨隨筆拖成，洵妙喻也。碑文字亦見頓挫厚重之處，當亦用軟豪，與額一手所出也。中闕二頁，趙撝叔雙鈎補之。又宗湘文年伯鈎長垣本補二紙，尚未裝入也。又明拓《天發神讖》，精采如寫。"至"字起筆作"𡈼"，"部"字旁作"𠫔"，皆見用筆之所在，非精拓不能如此也。且此碑用筆皆兩面滚圓，後人見翻本，遂下筆作扁形，幾如竹片矣。後有金冬心跋。又《泰山二十九字》，有許杉林諸家跋。許跋時，物在王石衢先生處也。許跋述舊事云："昔孫淵如有一精拓泰山刻石，嚴（橋）[鐵]橋過而愛之。孫戲云，如能如字數叩頭，即携去。嚴果肅衣冠作二十九叩，携之逕去。"亦《世説新語》之一則也。餘如《史晨》《禮器》《孔宙》《乙瑛》《楊孟文》《西狹》《衡方》，皆係明拓。一半爲馮涿州物，一半爲吴荷屋物也。又出示自撰《元秘史注稿》四巨册，引書甚多，有文廷式按語。

於芍師坐中見梁杭雪（于渭，乙酉舉人，廣東人），李□□（潔）、謝□□（玉春）兩同年。

芍師云：戴東原自言必享大年，後日服知母三錢而早亡。

京師西山某寺有羅漢果樹，采取其果，去壳用核，與豬肉同煮，食之治肝胃氣，神效，兼服鹿茸以補之，若用乾姜則加害。

晨起出門，拜葉聽松（增濤）。即出城，至松筠菴，赴（黄）[王]廉生、（王）[黄]再同之招。同坐李、王二師外，爲劉博泉（恩溥）、張安圃（人駿）、盛百熙、袁爽秋（昶）、沈子封、王旭莊（仁棟）、馮聯堂（文蔚）、王濟橋（錫藩）、黄仲弢（紹箕）、葉師、郎丈，同坐諫艸堂（額爲何子貞篆），即楊椒山先生故宅。午後，同葉師至長元館小坐。即至翰文堂書肆，得汪刻《郡齋讀書志》、戴《水經》、曹刻《隸續》、秦刻《楊子》、原版《繆篆分韻》、姚注《李義山詩集》，共二十金。初八日。

晨起未爲一事。大哥同沈子良來，即午飯。薄暮至江蘇會館，爲戴蓺郛、王芾卿、汪範卿、吴蔚若、彭子嘉諸公之招。同坐吴慎生（均金）、吴誼卿、許鶴巢、郎丈四人。

含英閣元祐幢已爲葉師得之矣。物歸所好，信哉。初九日。

晨起出門，至會館午飯。與張采南出門，至琉璃廠。於翰文齋得繆刻《李太白集》，值一金七錢。見陶小芷（惟坻）、劉□□（長灝）兩同年。

初十日。

晨起未爲一事。午後做墨盒。天氣忽冷。馬幹生、秦叔固先後來譚。得友竹書。十一日。

晨起，至李玉田買筆。張吉人來，小譚即去。午後至葉師處，見再同，出示宋崇寧間刻佛經殘本，字畫斬方，紙厚如繭，精品也。又見青龍三年造象、佛坐。貽新刻《有不爲齋隨筆》十卷，爲桐城光律元(聰諧)撰。道光時人，近於夢溪、容齋兩家之書，首有黄子壽先生序，比之桐城惜抱、援鶉，實則此人之學出兩家之上，在桐城派多不大合，故當時不甚顯著也。十二日。

竟日不知爲何事，已忘之矣。大約皆無益之事也。十三日。

晨起檢書簏。午後進城，至慈雲寺住小寓，爲明日進場覆試事。寺在貢院之南半里許。十四日。

四更即起，至貢院候點名，直至日出，就西栅口外蓆棚接籤，須以卷夾面帖禮部收結票示之，方發一簽，即飭僕携考具至大門廊下，自携進門。至儀門西首蓆棚接卷，亦以卷夾示之，方發。進龍門，即有人來代携考具，送至號口，給以數錢而去。進號，有號軍來，代收拾屋中。泥土屋甚矮，去江南號尺許。題紙下，已巳正矣。題爲“君子哉若人魯無君子者斯焉取斯”，詩題“揮毫落紙如雲烟”，得“仙”字，五言八韻。至午正文畢，未初詩畢，即謄真。至申初出場，即坐車至冉同處。見葉師，同邀住渠家，即襆被而宿焉。再同出示書畫，皆精品。有蔣礪堂相國十歲初試時卷面浮簽册，一時老輩題詩甚多(事見《履園叢話》)。又蔣南沙畫縮本百花及草蟲雙卷，皆爲皇十一子作，精妙絶倫。文衡山、沈石田各臨吴元鎮墨松長卷，石濤自畫《種松圖小景》卷、羅兩峰臨石濤《種松小影》卷，皆成合璧，尤爲希有；明賢墨迹二十餘家合册，王忘庵花卉册。餘不能記憶矣。十五日。

晨起，再同又出示《四忠遺墨》合册，爲黄陶庵、陳卧子、趙南星、楊應樞四家墨迹，余爲題趙忠毅公册首。又《高麗二十七家畫册》，中有用夏布畫者，中國所無也，亦余題骨。同再同、葉師至琉璃廠，得明本《雍熙樂府》，首有“魏府圖書”及“曹楝亭藏書印”“長白昌齡敷槎氏藏書印”。十六日。

竟日未出門，寫扇一，寫屏四，刻印一。甚懸懸於明日之覆榜也。十七日。

《潛邱札記》卷一曰："右司馬范欽，字堯卿，號東明，性喜藏書，購海内異本，與王鳳洲家藏以書目取較，各抄所未見相易，故浙東藏書家以范氏天一閣爲第。"

又卷一有"文從字順章妥句適"八字一條，在"劉勰新論"條之後，"孔叢子"條之前，殊不可解。

又卷四《南雷黄氏哀辭》："昔聶雙江欲師事王文成而未逮，文成薨後，始因門人錢緒山爲介，執弟子禮。"○標以篴秋舅氏及楊利叔（象濟）、秦澹如（緗業）、陶子縝（方琦）四先生刻入中式朱卷履歷，次師門者，取此例也。

謝承《後漢書》有永樂刻本，閻潛邱云，句見《劄記》卷六"詩注"。

晨起未爲一事。午後出門，見孫虎峰、秦叔固、李皜修，又見盛伯熙，途遇王廉生。

伯熙云，見今存殘本《永樂大典》内有元人撰《鬅髮須知》兩卷，上卷考鬅髮之授受源流，下卷録鬅髮之祝詞，自帝王卿相至販夫牧豎而止，亦奇物也。惜未抄出。

張吉人藏有宋拓《蜀石經》，係《左傳》一段，他日當請觀之。十八日。晚燈讀閻潛邱《劄記》一過，中重複背謬處甚多。箸述經他人編定，必有此病。

右五鳳二年刻石、居攝墳壇刻字二種，余於甲申秋謁曲阜孔廟手拓得之。近日拓工於此二種皆不能有精拓，蓋因五鳳石質甚粗，用大墨包撲之則皆模糊矣。居攝二刻皆刻在石堪中，更不易施氊椎。余以新絮小墨包細審其文而手撲之，窮日之力，得此三紙。墳壇上刻向來金石家皆題曰"祝其卿"，維近日懷寧方小東釋爲"況亭卿"，余抵石拓紙細審之，確非示旁，似於"況"字爲近。維不知何以趙德甫、洪景伯已指爲"祝"字，豈亦未見精拓耶？五鳳一刻確非甎，竹垞翁之訛，前人已有正之者矣。此余皆親見得之，付裝池，成此小卷，以求正耆古刻之君子。

七載天涯賦遠遊，今年始計踏神州。才名敢説登科宋，意氣公然冠鳳樓（大兄與余同受業於忍庵公師門）。

手摹秦刻拂蒼苔，[redacted]東邦四度來。不感今才感陳迹，平津館裏有餘哀（地近德州，故云）。

自袁浦起讀壁上詩，惟此爲最佳，惜多涂抹，爰割衫袖和苦茗洗出

之,題三截於後:

儘有新詩迹已陳,幾年風月渺成塵。誰知袖拂紗籠外,尚有淋漓洗壁人。

吾與諸公不相識,讀詩盡似吾相知。翦燈一一抄詩去,他日江湖一訪之。

可惜孫郎字太多,不堪洗讀。

燭跋更殘竟倦時,孫郎原唱未能知。聊比宋朝蘇學士,流傳衹見和梅詩。

擬撰《三家詩通釋》略例

擬續甘泉江氏《宋學淵源記》,先舉粵東諸家

釋許氏禮

東漢安順前後學術辨(咸平下)

中西算學諸術難易略説

《水經注》所載諸外國考

中西醫家異同理論

擬新刊《皇清續經解》後序(用駢體)

廣東沿海設活炮臺議

北轍南轅任記程,試看題壁半留名。出門能有思鄉句,便不成詩總是情。

紅燭燒殘一寸花,夜闌有夢爲尋家。今朝才過初三月,忍向梅花問歲華。

岱頂看雲守幾時,傳修劍俠又相如。琴聲已入《無雙譜》,豈有臨邛女□□。

中年歡樂夢中過,壯歲空教奚奈何。吾向尊前深自笑,萬重風雪又關河。

美人心計太幽深,今亦當筵問此心。襟佩琳琅衣綷縩,祇留文字是知音(讀蕘衫和詩在丁卯,則舊題當在此丁卯之前)。

不證前蹤并夙因,吾來已過廿年身。獨留文字緣終在,破壁猶能一掃塵。

天涯此去果何因，我亦當筵惜此身。差免偶無床笫事，辱惱他一樣走風塵。

萬里南來亦有因，好將比翼儆孤身。郵亭儘有琵琶女，不賦新詞著點塵（翟字應人，有疑似李衛公故事者，題一截於壁，今又有疑似□□茂隋舊事，不覺啞然矣）。

雙騎南來萬里寬，昨行人當劍仙看。豈知又入□如傳，同笑此名稱或難。

不因求利並求名，如此狂遊本不情。最是使人渾不解，郎通吴語女秦聲。

彈丸擊劍尋常事，共作當年薛素看（蕭奴飛騎同行，觀者如堵）。可惜媚香樓已廢（傷湘奴），不共□卿到長安。

自"不證前蹤　夙因"一首　，各詩書於封底。

第十三册　光緒十五年己丑(1889)二月

(書衣題)光緒十五年二月十九日始　筲誃日記

己丑二月十九日記 九月十八日止

光緒十五年二月

晨起郎丈來,云鄭庵有書來,云奉敕校書,屬爲助之。遂即至玉米市胡同,見同校者已有劉佛卿、徐花農、沈子培(曾植)、沈子封(曾桐)、馮夢華諸公,後來者有許鶴巢、許子原([祐身])、黎敬伯(□□)、王廉生、黄再同、鞠常師。書爲《御批歷代通鑒輯覽》,從懋勤殿發出當日《四庫》抄本,命以刻本對校抄本,訛字即加黄簽。余盡日之力畢一册半。出,同葉師至琉璃廠帖店一觀而歸。午後許僕來,云覆試榜出,余列一等二十二名。晚葉師宿余寓齋。

見鄭盦藏鎏金銅佛,大小數十,皆六朝隋唐之物,字文細密,精美絶倫。云係新得者,共值幾及千金。又至梅花喜神之館觀石造象,亦數十龕,皆有字,可云大觀矣。梅花喜神館者,因得宋《梅花喜神譜》而有此名也。中懸慈禧太后御筆臨宋人湯正仲梅花直幅,並湯原本及錢叔美諸人梅花畫幅甚多。[1] 又見二磚畫象,中空,四面有人物鳥獸,一面有一人騎而手執旂,旂有字,甚小,不可識。左有“[illegible]八”二字,右有“東井”二字,精美可愛。又劍四,一完、一斷、二僅存有字處,皆精妙。又有古黄金(即鈑)二,方不及寸,文曰“[illegible]”,上曰“郢”,下不可識,向釋爲“爰”,恐非。文尤精妙,皆三代物。十九日。

晨起即至鄭盦處,校昨日之未畢者,至午後畢事。得克鼎拓本一。見陶器一、盒内泥封二,精甚。又見槃一、匜一,皆佳。

《歷代通鑒輯覽》之批乃沈歸愚當日從蘇州一舊家(賣)[買]來進呈,經御定成書。《斯文精萃》《唐宋詩醇》皆是也。

---

① 眉批:今《梅花喜神譜》及湯正仲畫梅、慈禧臨本三種皆歸吴氏梅景書屋。

今日校書有陳冠生。二十日。

晨起即具摯二金，拜鄭盦師，以謝前日覆試一等也。師璧摯受簡，手貽古金拓本百餘種。出，即至芍農師處，亦爲校書事，至二鼓方畢。同校書者有宗子戴(舜年)，餘皆不知姓名。二十一日。

上午未出門。劉謙甫、誠甫兄弟來，皆南榜同年。謙甫名富曾，誠甫名顯曾，皆孟瞻先生孫，家學恪承。手貽孟瞻先生《青溪舊屋集》二册。午後進城，聞屺裒來，至其寓一看，見丁亦康同其叔祖紱臣、同年麟年同住。紱臣爲心齋先生少子，年甚輕。

見黄再同，出示翁覃溪爲其弟五女過庚帖，係自書，並有與其女及親家姓，已裱成册。二十二日。

晨起至佛卿處，不值。至琉璃廠一觀而歸。午後未爲一事。二十三日。宗湘文(原翰)年伯來。

竟日未出門。寫扇一。姚叔節(永概)、劉□□(法曾)、袁□□(銜)、宗子戴四同年來。吴觀瀾來。子戴手貽石印《華山廟碑》，即成邸本，今原本在渠家也。湘文年伯又送來一分，並所撰輯《國朝右文掌録》。二十四日。

叔節來，云其同邑馬[通伯](其昶)年三十餘，能古文，有目録類所著書。

晨起未爲一事。午後出門，拜黄仲弢，不值。見王旭莊(仁東)、黄叔雍(紹第，戊子同年)。至書畫局，見馬積生太史(吉樟，工大篆)、康□□。進城，至曹再韓處一譚。至再同處，見鞠師。再同手貽舊藏專瓦造象拓本數十種。二十五日。沈雲莊書來，並貽賀分十金。

晨起出門，謁毛太師母，未見。見世叔。進城謁寶太老師，見於花園中。至昆太老師(岡)、沈太老師處，均未見及。拜李斂江，不值而歸。見張楚寶同年(士珩)，言於晏城見余題壁詩，猶能背誦，亦可謂同好矣。下午至琉璃廠，見陳念護、吴觀瀾、楊玉書三人。同念萱至嘉興會館中小坐而歸。見姚叔節，允以渠家新刊《援鶉堂筆記》贈吾。廉生云家藏造象、刀幣、匋器、印鉥等，許拓一分贈吾。二十六日。

晨起出門，至葉師處。出，又至屺裒處、子東處。見劉乙青(啓祥，同出鞠常師門)。至慈雲寺午飯，即歸。孫[叔和]同年(鼎烈)來，小譚即去。二十七日。

光緒十五年三月

十日奔走,未記一事,懶甚惰甚。午後至慈雲寺小寓,豫備後日入場也。三月初六日。

晨起檢考具。竟日未出門。初七日。

辰刻起床,午初進場。至東磚門東左接簽棚接簽。予適第三十二牌,接簽皆係同鄉亦官代接。接簽後,至内磚門搜檢處,即須换考具自携之矣。至儀門接卷,直至龍門,毫不擁擠,較去年鄉試相去天壤。頭場坐西龍腮談字五十一號。略檢考具。天暮即睡。初八日。

半夜,題紙已下。頭題爲"一曰行夏之時"四句,二題"取人以身修身以道",三題"曰子不通功易事至皆得食於子",詩題"馬飲春泉踏淺沙",得"泉"字。上燈時正草皆畢,即睡。初九。

天明即起,收拾考具,至號口,號門不開,直至巳正始啓門,即出。至頭門,子涵屬小所家人來接,即至小所。渠處豫備點心一切,小坐,即至慈雲寺。初十日。

晨起檢考具。午正進場。晚睡。坐東列四十六號。十一日。

半夜題下。《易》:"爻也者,效此者也;象也者,像此者也。"《書》:"帝曰咨汝二十有二人。"《詩》:"眉壽保魯,居常與許。"《春秋》:"春,齊高偃帥師納北燕伯于陽(昭公十有二年)。"《禮》:"是月也,命野虞無伐桑柘,鳴鳩拂其羽,戴勝降于桑,具曲植籧筐。"二鼓正草皆畢,即睡。十二日。

天明即出。十三日。

晨起進場,坐張字六十五號。見同號有携書籍者,似必學人,少停,渠自來尋詢,問其姓名,即文芸閣也(廷式,江西人,壬午舉人),大悦,暢譚甚洽。十四日。

四鼓題下。首問《儀禮》,次《史》《漢》地理,三兵制,四《管子》誤字,五目録版本。初更,四藝正稿畢。作弟五問,以駢語行之。四鼓畢,不及寫矣。即睡。十五日。

天明即起,寫弟五對,至卷盡而止,即檢拾考具而出。同號有福建侯官鄭祖周(□□),人極誠樸可敬。又江西奉新諶宗實(文光),係戊子同年,年甚輕也。十六日。

晨起檢行李,出城。先至屺裒處久譚。見徐頌閣侍郎(郙),言陳冠生新以四百金得楊新吾書三種,皆宋本,内有《廣韻》一種,精甚。午飯後出城，赴李玉舟、鄒子東之招。同坐郎丈、秦佩鶴、韶臣、曾君表、王芾卿。晚歸，得家書並直庭、藜青書。

今日爲余三十生辰。自念年已及壯，名實皆不得切實，虚逐光陰，愧甚懼甚。十七日。

焦理堂撰《憶書》六卷，刻入趙撝叔《叢書》，其末條云："宋拓《多寶塔》，江秋史侍郎所藏也。巴慰祖得之漢皋，以贈江蔗畦太守。後有梁巘跋，惜偈文不全。其'化''期''室''界''創''精''於''刻'等字俱模糊，而'鑒'字獨完好。旁有'江恂'小印。風骨雋瘦，稜稜如切玉，迥異今時拓本秃而肥也。侍御没，其弟文叔持售，索價三百金。苦不能得，展玩八九日，爲寫其梗概如此。時壬子夏月。"標亦藏有宋本，不知焦所云云八字如何，容歸校之。又得文叔校《白詩詞》，今始知爲蔗畦弟也。

晨起寫字。午後丁亦康來譚，即去。十八日。

竟日未爲一事。十九日。

晨起，拜文芸閣，譚次，出廣東同年林颺伯手定《北堂書抄校注凡例》，精甚。午初至粤東新館觀劇，爲李、王二老師招通榜同年之會。出席敬四吊文。至暮歸。二十日。

晨起未爲一事。午後出門，至琉璃廠，又至陳念蘐同年處一譚。見沈箋伊，係新來，未見及也。汪子淵來拜，未見。子淵原名原瀚，今改名洵，工篆學，久仰其人，未獲一見爲憾。廿一日。

晨起即出門，至再同處見鞠師。有書鋪以舊籍數種來售者，内有淡生堂祁氏舊格抄本元人《師山先生集》四册，索值十五金，許以六金，不售。又汲古閣《四唐人集》、明十行二十一字無注本《管子》，爲再同所得，值五金。莫偲老疑元刊，誤也。以書面隸書簽"管子"二字確係明嘉靖時筆墨，元人無刻板簽也。又《仿夢華録》稿本四册。即在再同處午飯。飯後至祁子樅處一譚即歸。又至惕身處，同至百順胡同韻春主人處，惕老出紙屬篆，爲梅雲補壁。爲書四幅。汪子淵、吕幼舲、吴引之、張采南來，即開飲。惕老以咏春主人（寳順）屬予，勉應之，小坐即去。余亦歸。蓋此事本非所好，且無興會，故覺索然也。廿二日。

晨起寫大卷。午後出門，答沈箋伊（桓）、劉佛卿，均不值。至盛柏羲處，亦不值。至王蓮生處，久譚。見王松溪（守訓）。蓮生出示新得元本醫書四種：一《千金方》，一《婦人良方》，一《危氏證濟方》，一忘其名。又元本類書一種。又小銅器各件,有錢鈕印方四銖,又陽文漢印一,"王國"二字精甚。餘皆古泉,有五銖一,正面上下刻陰文二鳳,幕刻魚雁各二,真漢人手筆也。

蓮生又出示一奇物,云係回教中所供禮拜象。銅質塗金,作橢式,爲下座;長三寸許,闊約二寸;一邊刻蓮瓣形,一邊作陰文花樣。面鑄一散髮女子,赤身仰卧,上伏一牛,作交搆形,牛口張而尾曳,若甚樂然。牛背刻纓絡,甚精,背上更立一赤身女子,作一足舞,巨口利牙,作怪臉,左手上托一陰物,右手下垂,握一陽物,背負一獸皮,倒披之,後兩足皮搭於前肩,獸面之皮正及其臀也。牛頭、牛背旁、牛尾下、上立人肘後皆有一小孔,似當日更不止象一人也。以銅質等證之,當非近今之物。云係回人之物,亦無確證。究不知爲何用也。俟考之。廿三日。

晨起出門,拜高勉之小譚(釗中,河南人,丙子翰林)。蓋猶於癸未年在渠湖北學使幕中一别,至今已六年矣。至翁叔平先生處,未見及。至程蒲孫處。至慈雲寺大哥處午飯。飯後復至蒲孫處、虎峰處,始歸。歸後又至惕身處,偕惕身訪蒲孫,同至天興居小飲。招咏春主人來,同坐有子淵並常州數人。畢,偕子淵至永和,見陳養源、陳次良、李小雲。養源所眷爲蘭卿,招余招侍酒者,無以應之。爲薦東德云老一,不知其名矣,旗裝甚整潔,然僅觀之,不願再有所戀也。向極憙旗裝,然此女殊不見佳,非余目中所賞之旗裝也。語云:"入境問俗。"兩日來遊冶之樂,皆見及矣,從此無所再求也。若以爲此兩途皆樂土者,殊不耐聽矣。廿四日。

晨起未爲一事。午後出門,至沈子培處,見張刻《鹽鐵論》,確知余本之佳,然侯念椿書賈謂慎獨齋本,此人老眼,似可信之也。至琉璃廠,得《格致叢書》本《方言》《釋名》《山海經》三種,又王鎣本《淮南子》一種,王本不甚佳,擬還之也。

書賈送來《集韻》一種,係汪道謙校本,汪君不知何處人。沈子培云渠亦有一本,已爲人竊去矣,亦汪校本也。廿五。

晨起出門,至鞠處。又至高勉之處午餐。同坐四人,皆河南人,忘其姓名矣。畢,至劉佛卿處晚飲,同坐陶心雲(濬宣)、李木齋(盛鐸)、查翼甫、馮夢花(煦)、静涵師,共七人,至晚歸。廿六日。

見陳仲魚校本《華陽國志》,擬得之,索值八金,許以四金,不售。

晨起,至長吳館觀劇,爲同鄉接場。晚至萬福居飲。畢,歸,已三更矣。廿七日。

晨起寫字。午飯後至福興居,同坐促招寶順來一坐。至琉璃廠含英閣赴屺裒之約,觀黄小松《嵩洛訪碑圖》二十四幀,有翁覃溪題詩並識語,皆小楷書,精甚。有孫淵如篆首,其餘題者如王石臞、宋葆淳、何子貞、伊墨卿。舊爲李竹朋藏,潘鄭盦師許以三百四十金,不售。屺裒直許以四百金,云須俟潘出闈後再説。偕屺裒至韻春處。暮,徐星曙來,見楊叔嶠、顧伯銘。楊爲川中名士,爲香濤先生幕中之一。招寶順來,一坐即去。

得陳仲魚手校《華陽國志》,以六金易之。又見元本《玉篇》五册,許以二十二金,不售。廿六日。

晨起至爛麵胡同西法源寺,即古憫忠寺也。候屺裒不至,獨尋古刻。見蘇靈芝書《舍利塔碑》,有磨去本字重刻之處。又遼碑二。翁覃溪重摹《雲麾碑》,石完好如新。至大雄殿前,丁香紫白二種,開花甚繁。見開元經幢、《遼舍利塔頂碑記》。又見二幢,一遼時物,一不知其年月,已存半節矣。遊畢,至王芾卿丈處,見葉師,張聞遠、雷君曜(瑨)兩同年。屺裒後至。復至寺中一遊。再至白紙坊棗花寺,即延慶寺,訪唐王仲堪墓志,嵌壁間,考舊爲翁覃溪物。觀□□大師《紅杏青松圖卷》,自明末遺老題記至今日,卷大如牛腰。聞遠出筆墨,余作小篆,題一觀款,同遊六人姓氏皆在焉。登藏經樓,見明時所頒藏經如新。有國初造象千許,背皆作"藏"字,並題年月。余懷其一而歸,有"大清乾隆乙卯年敬造"九字,當爲乾隆六十年也。出寺至福興居,爲同鄉接場,小坐。隨鞠師至琉璃廠文遠堂書坊,得東洋抄本《桂苑筆耕集》。又至翰文齋、含英閣小坐。至李芍師處,即招晚飯。畢,歸寓。廿九日。

晨起未爲一事。午後出門,拜徐頌閣侍郎,小坐,即同至隆福寺,與屺裒、星署、子復合照一象,又與星署合照一象。頌閣招飲,至上燈,不及出城,即宿屺裒處。與星署同譚,並做扇頭。至天明方睡。三十日。

光緒十五年四月

午初方醒,即至慈雲寺,小坐歸。午後至李木齋處小譚。[1] 見渠宋小

① 眉批:寓前門内南玉河橋西首陸宅。

字本《説文》,闕十四、十五兩卷,有孫淵如藏印。又見《監本纂圖互注論語集解》,雙綫邊,紙如玉,墨如漆。又尤本《文選》,缺一至十卷,用棉紙印,頗似東洋刻也。拜馮夢花(煦)、陶心芸,均未見及。進城至葉師處,爲送祁子樅令媛庚也。出城已上燈。又至韓家譚,雲龢赴梁穎芝之招。招保順來,至丑正歸。(三)[四]月初一日。

晨起寫對十餘副。午後出門,拜王雪澄(秉恩)、楊叔嶠(鋭)。又至張安圃年伯(人駿)處,賀世妹出閣。又至王廉生處,賀娶子婦。世兄字翼北,即張氏婿也。拜陸鳳石、楊允滋、翁尚書、盛伯犧、秦湘臣、宋子戴,均不值,歸。

書估送來書兩種。一元本《大廣益會玉篇》三十卷,於序目後附《玉篇廣韻指南》,是當日與《廣韻》均並刻,今衹存《玉篇》矣。《指南》末半頁有"至正丙午良月南山書院新刊"木記。半頁十二行,行小字二十八字。又有明本《廣均》五卷,半頁十二行,行小字三十一字。首刻《唐韻序》,序後有"宣德辛亥孟冬清江書堂新刊"木記。書估挖去"宣"字,加印大字,以充元本,不自知其大德無辛亥也。首卷弟一葉《唐韻序》下挖去空白一條,約七八字,卷四下同。疑此處尚有明刻字様也。兩書板匡皆雙綫,《廣均》較《玉篇》匡稍大。初二日。

晨起即出門,拜沈子培兄弟太夫人壽。觀劇,至晚散。見夏閏枝(孫桐)、錢銘伯(紹楨)。晚燈後應孫幼谷之招,又應惕身之招,皆在韻春,兩次招保順來。至三鼓散。初三日。

晨起寫字。午初出門,至韻秀,赴星署之約,不值。至吕幼舲處(景端)小譚,復見謝鍾英同年,言新撰《補正三國疆域志圖説》,有八百紙,將成稿矣。歸,畫扇一。星署信來,屬赴韻秀,即套車往。同坐有方□□(□□,桐城人)。星署爲余招韻秀主人來,即花榜之新科狀元,名實可副也。畢,又至韻春,赴屺裦之約。同坐有羊叔嶠。又招韻秀及錦林主人來(名秋舲),至三鼓歸。初四日。

竟日未出門。畫扇四,刻印三。初五日。

晨起出門,至鞠師處,即午飯。飯後至屺裦處,至慈雲寺,均不值。出城,見屺裦,同至韻春,一坐即歸。初六日。

晨起,即至才盛館觀劇,赴郎丈之招,薄暮畢。至咏春處,約子淵、玉遐、幼舲飲,招錦林主人來。畢,至韻春,赴蒲孫之約,又招咏春、錦林二主人來。歸已四鼓矣。初七日。

晨起已午初矣。寫字一頁,即午飯。午後出門,至景龢主人處,赴屺懷之約(主人號肖芬),同坐徐棣花(鄂)、許鶴巢、徐星署、□□□。余適携素華小景,乞題,於是屺褱、棣花、鶴巢皆有題詞。招咏春、錦林二主人來,去。又招之,咏春仍來,錦林則辭矣。又招韻秀、二奎來。至丑初歸。

明日發榜,自言不能得,故約星署明日作天寧寺之遊。初八日。

晨起,至沈篴伊處送行。見李鞠農,暢譚。又至趙静涵師處小坐。許升來,云余已中七十八名。小坐即回寓。又出門,至咏春處。又至韻春,見星署、幼谷,即同騎赴天寧寺之約。寺在彰義門外。有塔十三級,不可登。銅佛高丈八,下座有陽識,不得其年月,似明閹侍所爲也。同來者怡雲、素雲、梅雲、保順、二奎、畹琴六伶。飲至申初歸。進城,至鞠師處賀喜。鞠師中第八名也。又屺褱中十二名。發電禀。又托鞠師附寄信。初九日。

上午未爲一事。午後出門,拜周郁齋房師(雲章,福建閩縣,甲戌進士,内閣中書)、李蘭蓀座師(鴻藻,官禮部尚書),未見。[見]潘鄭龕師、昆筱峰師(岡,官工部尚書)、廖仲山師(壽恒,官禮部右侍郎),又見李仲約師。見劉佛卿,取印結歸。初十日。

晨起未爲一事。出門拜王可莊師,未見。至鞠農同年處一譚。歸,又至琉璃廠,得日本校宋唐仲仁本《荀子》,用世德堂本校。原本在狩谷望之求古樓中。今用以對校,甚精。即《困學紀聞》所云"台州本",顧澗蘋未見及之書也。又日本抄嘉靖本《唐六典》,又《吴門補乘》。共八金。十一日。

晨起未爲一事。午後進東華門,至會典館,即宿再同所代定之房。與鞠師及張伯納同年是晚爲再同招晚飯。飯後木齋來譚,小坐即去。十二日。

天明即至東左門點名,接覆試卷。進内,至保和殿東間,與鞠師、屺褱、勝之、木齋同坐。每人皆一小矮桌,如炕几然,下坐一氊墊,白緣而紅心。自携四桌,脚以繩綁之,桌高如平日所用矣。自携一小箱,一絮墊,即坐於上。題紙帖廊下柱上。《書》題"登太山而小天下故觀於海者難爲水",《詩》題"風傳刻漏星河曙",得"河"字五言八韻。午正稿畢,謄至四點鐘始畢,即於殿中交卷。出至中和殿,賞茶房二千文(與鞠師、屺褱三人合)。至東左門,又賞二千。出門東有一桌,須自報會試名次方得出也。仍至會典館小坐,即出城,歸。十三日。

竟日書大卷一本。至李蘭蓀座師處,一見即歸。得覆試信,知列一等弟四十一名。十四日。

晨起至江蘇館,約同人寫大卷,竟日未完一本,給燭始畢,手腕欲脱矣。十五日。

竟日未作字。十六日。

晨起,至江蘇館寫大卷,大暮畢。同年劉静皆(世安,廣東駐防)寫頗匀净。十七日。

晨起寫對。午後出門,拜孫子綬師(詒經,鄉會覆試閲卷師)。十八日。午初至材盛館同年團拜。

上午至鞠師處,候廉生,不值。午後至李仲約師處,小坐即歸。十九日。

竟日未爲一事。晨起即移至會典館宿,因明日殿試也。二十日。

天未明即起,至中右門,候至天明,點名者方到。又久候,監試入場,方點名進内。每人卷一本,草卷一本,用朱格表裹票一紙。及至保和殿,已辰初矣。稍坐,題紙即下。皆至殿下,行三跪九叩禮,方接題紙,上殿起稿。問爲荒政、理財、邊防、農桑四條。至十點半鐘草稿畢,即寫,至六點半鐘方畢。又寫草卷半開。坐殿西,尚不暗也。殿試用高桌,惟無杌而。今晚仍宿館中。二十一日。

晨起,安圃年伯招至黄酒館吃點心,即出城至寓。至王可莊師處,見謝鍾英同年,言其文郎年僅十齡,能知中國各省輿地府縣名,能知沿海各口名,能知南洋各島名,能畫各輿地海道形勢,不必檢書也。此真天授矣。下午寫對。二十二日。晚至福興居,招會館中各人,祁子樅、李子明、吴希玉、王勝之、張采南、蔣康甫、鄭橋泉八人,並招咏春、二奎二伶來。

晨起即至鞠師處。午後至安圃年伯處。二十三日。

四鼓即起,衣冠至西苑門,進内,至中海橋邊,聽候引見。至辰正,閲卷大臣等下至橋中,宣旨張建勛等十人進見。傳名至屺褰,屺褰茫然,風帶紗褂皆未預備,余即出帶與褂易之。隨即出至内閣,候二、三甲卷拆糊名。見再同,即云余列二甲十四。觀拆封時擁擠殊甚,因不依甲第名次亂拆也。拆至鞠常師名,知列二甲二十,即出至會典館,見鞠師報信。小坐,即至屺裒處。至鞠農處譚,歸。二十四日。

晨起檢衣服、書籍,因即欲搬入内城住也。午後至長元館,偕勝之出,至荷包巷一遊,即歸。二十五日。

晨起檢拾行李。午後即搬入内城東華門外南池子箭廠胡同,係郎丈新得屋也。二十六日。

晨起至鞠師處一譚。午後至會典館,豫備明日朝考入場。二十七日。

天明至中左門點名入内。題爲"戒俗吏矯飾論""勞農勸民疏",詩題"柳邊人歇待船歸",得"歸"字五言八韻。至申正交卷出,即歸寓。二十八日。

竟日未爲一事。午後知朝考名次,余列一等四十九名。二十九日。

竟日未爲一事。三十日。

光緒十五年五月

子涵來譚,即去。五月初一日。

晨起出門,至子涵處。寫扇及屏、對竟日。送瑞昌皕金。初二日。

出城至諸師門,均未見。見芍農師。初三日。

午前料理節賬。午後出城。初四日。

晨起至鞠常師處,即午飯。下午至子涵處,未見。至龍爪槐僧寺,見子涵、張吉人、張安圃、吴誼卿。子涵招飲於寺中。晚歸。初五日。

晨起,至翰林院大堂,演引見禮。口奏履歷曰"某某,某省人,幾甲進士,年若干歲,朝考幾"等。午後至龍泉寺,拜潘紱庭太老師陰壽。又至琉璃廠文遠堂書坊,得日本永仁本《禪林僧寶傳》三十卷。按永仁當中國元成宗元貞紀年,是猶元初本也。又應安本《應菴和尚語録》四册。應菴當明洪武初年。《僧寶傳》翻北宋本,《語録》翻乾道本,恐皆希有之書也。又元本《千家注杜詩》《玉篇》《廣均》,明正統本《袖珍大全方》、萬曆本《列國評林》,携歸而皆未購定者也。初六日。

寅正即起,赴西苑門引見。至辰初,在勤政殿口奏履歷。同班四人,跪於庭中,離御座僅丈許也。歸,拜張子紱、劉健卿、廖季平,見張、廖。拜李漁江,不值。歸。初七日。

竟日出門拜客，均未見及。至屺裒處。見星署，午飯而歸。初八日。

上午未出門。下午出城，招陶心雲、文芸閣、程蒲生、沈子培、朱子涵、范禮泉，飲於萬福居。進夜城歸。初九日。

晨未起，僕人來云報子來報條，知已欽點翰林院庶吉士，以時太早，疑其僞充，復睡。午後郎丈始得確信，余與屺裒、鞠師、勝之皆得館選。即至鞠師處。後至徐頌閣前輩處晚飲。二鼓歸。初十日。

晨起即出門，謁城内各老師。歸已薄莫矣。十一日。得家中書。

晨起出門，謁城外各老師，並同鄉、同衙門前輩。見沈（源深）、薛（允升）、祁（世長）三老師，及吴誼卿、蔚若前輩。十二日。

讀書二十五年，幸得通籍。自問干名之學無一勝人，一旦得之，人方爲好學之驗，聞之彌愧。以後當痛自讀書，毋改初念。此册本不示人者，故記之以自警，非以此爲驕人語也。

余家自開國來，未有得入詞館者。去歲余兄弟竝舉孝廉，今余又忝列清華。科名本不足重，然或以此報吾母苦節三十年。母在南中得此信，或一解顔也。

晨起出門，拜各老師。見徐（蔭軒）、貴（塢樵）、孫（子綬），餘皆未見。至再同前輩處小坐，見渠所藏書畫，皆佳品。薄暮歸。十三日。

數日來出門謁師門，日記未記。今略識之。

今日請房師周郁齋先生（雲章，福建閩人，内閣中書）。同房十七人，葉鞠常居首。十四日。

竟日拜客。十五日。

晨起未出門。王廉生薦古董客裴儀卿來（名鴻逵，行六），得小幣九十品，方、尖足皆有。方足者文二十三種，尖足者文九種，頗有出於《古泉匯》外者。兩日來暇即摩挲，頗足消悶也。十六日。

晨起出門，至城外，見黄季度（紹憲，廣東南海人，戊子副榜同年）、茅容黼（雍熙，山東歷城人，乙酉優貢），皆久不見矣。進城謁殿試師張子青先生。十七日。

晨起拜客。午後至容黼處，招至福興居，並約勝之、采南、鞠泉、子樅、康甫、屺裒諸人，招盼仙來。飲畢，勝之約至肖芬處，復招盼仙至。四鼓進城，到家已天明矣。十八日。

三日未記一事。十九日、廿日、廿一日。寄家書（外祖母、大兄、心淵、蔡青、叔鵬)。

天明即起,到翰林院任,聽宣點定旨,行九叩禮。復至聖廟及韓文公祠行禮。畢,同鞠師、屺裒、静皆、勝之、秦芍舲、韻臣二老前輩至同興樓飲,招盼仙來。畢,静皆招至韻春處再飲,招盼仙、素雲。飲畢已三鼓。星署來,復招至熙春、素雲處,招盼仙。飲畢,歸,天大明矣。廿二日。

天明到家即睡。午正起,飯後又睡。至晚,郎師招飲(郎丈係覆試閣卷,故稱師矣)。畢,神倦殊甚,擬睡矣。廿三日。

晨起即出城,赴優貢團拜,並請江蘇巡撫剛子良(毅)、出使大臣薛叔芸(□□)年伯。[1] 午後赴江蘇館餞王可莊師行,飲畢,已天黑矣。與屺裒二人至盼仙處請客,皆不到,二人對飲,招素雲、璧人來,至天大明,始起身回寓。廿四日。

上午睡。下午出門,拜數客,皆未見,即歸。廿五日。

上午未出門。下午謁福箴庭中堂、烏達峰侍郎二師。歸,出城至江蘇館,招茅容黼、黄季度、勝之、采南、康甫,並招盼仙、素雲、璧人來。至丑正歸寓。廿六日。隔坐有孫古智同年(愚,雲南府人,告殿),小坐,一譚而去。

五同年會詩。五同年者,前彰德太守吴玉松雲、常德太守彭葦間希鄭、蘇州教授湯興阿達、枝江令蔣賓嵎寅、候選部主事黄蕘圃丕烈也。玉松太守既爲作記其前,令子藹人學士復題一跋於後,爲一時佳會云。吴雲《五同年會記》:

> 道光癸未三月二十有六日,彭君葦間、湯君興河、蔣君賓嵎、黄君蕘圃及予泛舟白堤,爲同年之會。蓋自去年九月至是凡三舉矣。是會也,其非徒流連光景、徵逐酒食之謂,亦將有以敦友誼而交相勸勉也。雖然,標榜聲氣,世嘗病之,至於理學經濟,名甚高而實不居,徒竊其迹以交相爲市,是又與於欺世盗名之甚者也。凡吾輩動静云爲,亦存其真而已矣。彭君以曹郎出守常德三年,予守彰德不及二載,先後移疾歸。湯君舉進士,知甘肅之礙伯縣,請改校官;蔣君爲楚北令,署司馬篆,左遷浮湛簿尉中;而黄君以大挑知縣,不願作外官,援例得主事。五人者志行不同,其淡於仕進、不慕榮利則一也。

---

① 空格二字當爲“福成”。

時維初夏，春華謝芳，時物登饌，咸有逝者如斯之感，而所言不及俗務，間出入於鬼神報應，寓相規之義焉。會予適營新築於緑水橋，登樓遠眺，分韻賦詩，限以十韻，陸山人鼎作圖而雲爲之記，時年七十有七。

以“可以遠眺望”五字分韻，黄蕘圃得“眺”字：

相約送春歸，忽聞折簡召。呼舟向白堤，差喜得同調。阿誰近山居，一樓供坐嘯。反賓作主人，携客入堂窔。園林結構新，樹石經營峭。況與望遠疑，憑欄足延眺。飄飄薰風來，深樹掛夕照。花片怨落紅，頻聞子規叫。惜春春已殘，無復年華少。不如且開筵，一飲皆電嚼(錢梅溪咏撰《虎阜雜志》稿本卷中録出)。

莊蓼塘住松江府上海縣青龍鎮，嘗爲宋祕書小史。其家蓄書數萬卷，且多手抄者。經史子集、山經地志、醫卜方伎、稗官小説靡所不具。書目以甲乙分十門。蓼塘既没，子孫不知保惜，或爲蟲鼠嚙食，或爲鄰識盜竊，或供飲博之需，或應餬覆之用，編帙散亂，所存無幾。至正六年，朝廷開局修宋、遼、金三史，詔求遺書，有以書獻者，予一官。江南藏書多者止三家，莊其一也。繼命危學士樸特來選取，其家慮恐兵遁圖讖干犯禁條，悉付祝融氏。及收拾燼餘，存者又無幾矣。其孫群玉悉載入京，覬領恩澤，宿留日久，仍布衣而歸。書之不幸如此(元孔齊《静齋至正直記》卷四，抄本)。

後至元間，太師伯顏出太府監所藏歷代玉璽，磨去篆文，改造押字圖書及鷹墜等物，以分散其黨與。蓋先以奏請故也。獨唐武氏一璽玉色瑩白，製作如官印，璞僅半寸許，因不可他用，遂付藝文監收之，竟獲永存，豈非武氏之智能料之乎(又，卷二)。

竟日未出門。廿七日。

晨起出門，拜曾重伯。出城至李若農師處，午飲，同坐薛叔芸年伯(福成)、黄公度參贊(遵憲)、袁爽秋主政(昶)及屺褱諸人。畢，拜張季端同年(建勳，同榜狀元)，小譚即歸。廿八日。

晨起出門，拜寶佩蘅閣師，未見及。拜雙履安同年(泰，戊子優貢，住秦老兒〇〇)。拜貴喆生卿史(賢)，未見及，即歸。劉静皆來，同至蘇州〇〇，候屺褱，不值。同出城，至同興樓飲，畢，復招屺褱、静皆、勝之、采南、石子源(祖芬)、黄季度(紹憲)諸人飲於穉仙家，招璧人、盼仙來。至天明歸。廿九日。

光緒十五年六月

晨起，客來踵相接，至日暮始畢。六月初一日。

晨起，廉生前輩來，並代鄭盦師述作克鼎釋文。午後至鞠師處，出鄭盦師所送新拓克鼎文，較舊拓字甚多。屺裒來。再同招飲，觀其所藏書畫，至二鼓歸。初二日。

上午爲克鼎釋文。下午至鄭盦師處，譚久。出至子涵處，還瑞昌皕金，復迻五十金。初三日。

晨起，拜史惺石同年（恩培，山東即用知縣，同出周郁齋師門）。出至翰林院，候福、翁二教習到館。初至孔廟行香，諸門生均排立門外。出，又至韓文公祠行香，諸門生亦如前例。畢，至大堂後穿堂行四拜禮，引贊者呼二拜免行。畢，排甲第名次，各出書二本，請教習書月日。向例用《大學》《尚書》兩本，余獨用《資治通鑒》《文獻通考》一首册，取阮文達故事，人皆以爲異。又有惜其兩書之佳而書月日爲可惜者，更不足與語矣。與曾重伯譚甚歡。重伯爲文正公孫，以欽賜舉人同登今年會榜，甲第相先後，通達古今，奇才也，名廣鈞。初四日。

鄭盦師言，窓齋丈近擬撰《古玉考》，專從許書、鄭注、賈疏考其尺寸制度，當較宋《古玉圖考》爲精矣。恐不得真者，反足以害古書，不可不慎也。

新添一小奴，曰七兒，頗知書而甚矮。再同前輩所薦者。書來曰亦宋牧仲射兒之亞，不覺啞然。射兒者，寸身之謂也。

出城拜客。見殷菊延兵部，係同鄉（杞齡），餘皆未見。薄暮至屺裒處，約同出門，候静皆，不值。至久和興酒樓，招廖季平（平，同榜進士），不來；招曹石如工部（汝麟）。至二鼓歸。初五日。

上午出門，至湖南館，爲黄榜團拜，公請座師，人各出四金。午後謁黄慎之（思永）小教習師。出，即歸。晚茅容黼來譚，即止宿齋中。初六日。

竟日未出門。薄暮候静皆，不值。出城至長元館，見張恂卿（福辰）、陶仁卿，皆係新到赴京兆試者。采南招至聚寶堂晚飲，招盼仙、稺仙來。三鼓歸。初七日。

十三日未寫日記矣，何一謬至此耶？建霞其將改其初心乎！

初十日大課，至庶常館，候福、翁兩大教習到，即出題。賦題“蛾子時術賦”（以“知類通達强立不反”爲韻），詩題“夜雨長溪痕”（得“痕”字）。當日作詩一首，用白摺謄真，送教習處。即於館中午飯，飯係大教習備請。

十五日交卷，用散館卷寫，得千餘字。

與屺裒飲於盼仙家，招素雲、璧人來。

又一日飲於稺仙家，招盼仙來。

十七日，餞李芍農師行於江蘇館。

十九日，郎師招飲於慶和堂。堂臨十刹海，荷香萬柄，頗可觀也。

二十日，至城外，拜李平書、譚芝雲（啓瑞，壬午舉人，序初中丞子），係同出可莊師門也。見徐犖芙同年。至黄季度處，觀所藏畫，大幅得十餘，皆精品。

於道中見二奇事，記之以博後來翻見時一笑：

一於道中見一純黑驢，一人騎而行。細視之，面如團，迥非驢相也，大笑。道旁見者笑而視之，策之者亦笑不可止。究不知以何術而致此，抑天生耶？

見一人以巨繩牽一羊，一手執利刃，擬將宰之矣。羊前撑兩足，堅不肯行，其人更用力拽之。羊前有黑犬，張口舒爪，跳舞於前。羊行則與之俱行，且舞且跳，若甚樂然。豈有夙緣耶？誠不可解已。車過甚速，不能窮其變，至今猶在目中也。二十日。

晨起畫扇。午時，希玉世丈來。午後出門拜客。見熙菊彭同年（瑛）。至屺裒處晚飯，歸。汪穰卿同年送來渠胞伯小米先生所箸書二種。穰卿係優貢同年，爲振綺堂後人，頗知家學也，名康年。二十一日。得家書。

晨起，即至慶和堂請客，到者十六人。

《吴門補乘》卷三：松筠堂在葑門下塘明歸。[①]

數日未出門一步，以道路泥滑，頗難車行也。二十三日日至二十六日。

---

① 以下空五格。

晨起，至熙吉甫處小譚。即至屺裒處，見費幼亭年伯，即同招至同興樓午飲。招璧人、盼仙、穉仙來。幼丈復招至戲園中聽戲。至薄暮，偕屺裒至熙春，見曾重伯，一語即歸。得友竹書。二十七日。

晨起未出門。午後至静皆處，招同赴季度之約，並祝季度生日也。同坐費屺裒、楊叔嶠、康長素。飲畢，静皆招至韻春，招璧人、穉仙、盼仙、秋舲來，至三鼓。仍至季度寓宿。二十八日。

天明即起，至陶然亭，爲東道主。屺裒、鞠師、再同前輩、季度、文芸阁、楊叔嶠皆至。約而未到者張吉人、王廉生二公。暢觀再同、季度書畫，皆精妙絶倫。至薄暮散歸。二十九日。

竟日未出門，亦未爲一事。書將不讀矣，可愧。三十日。

光緒十五年七月

晨起未爲一事。午後出門，至王廉生前輩處，同坐再同前輩，暢譚至薄暮歸。與友竹、稼秋書。七月初一日。

竟日未出門。畫扇五柄，寫對三十副。燈下成詞二首。初二日。

晨起出門，至季度處。進城祝寶朗軒師母壽。至屺裒處譚，莫歸。初三日。

竟日未出門，爲大課卷，題“張九齡進金鑒録賦”（以題爲韻），賦得“千章杞梓蔭雲天”，得“天”字，五言八韻，暮畢。初四日。

晨起至静皆處，譚片時。出城，至子涵處，招至廣和居。畢，仍至子涵處，寫扇頭。暮歸。初五日。

天雨，不能出門，未爲一事。初六日。至九和興，約王衫緑、李平書、劉静皆。

竟日畫扇，餘未爲一事也。初七日。

晨起，鞠師來譚。午後至寶朗軒師處祝壽，並賀得山東主試之喜。出城至黄季度處，堅留小譚，約至杏筠、睇青處，招穉仙、穉芬、二奎來，三鼓歸。與季度譚至天明始歸。初八日。

晨歸寓後，屺裒來譚。午後馮季桐來（光勳），爲曹石如（汝麟，工部主事）邀至久和興。日暮歸。初九日。

晨起，半日未爲一事。午後出門，答拜張□□（世棣，山東官□□）、潘仲瑜（偉琛，廣東官，松江人）。進城已天莫矣。初十日。

竟日未出門。薄暮至子涵處一坐。進城,歸已天黑矣。十一日。

上午寫楹帖。午後出門,見席瀚伯,譚久。至静皆處,同至候屺裒,不值而歸。十二日。

兩日天雨,未爲一事。十三、十四日。

出城,爲劉静皆、馮子莊、勞少蘇三同年招飲於惠豐堂,招素雲、稺芬、二奎來。晚歸,天大雨。十五。

竟日大雨,未出門。爲寶朗軒師擬策題二道。十六日。

爲子涵招飲於慶雲樓。午後散。十七日。

晨起寫扇。午後至西城,赴葉鞠師、黄再同之約,陪費幼亭年伯。晚歸。十八日。

竟日未出門,悶坐苦鄉,思急欲歸矣。十九日。

晨起未爲一事。午後出門,至慶雲樓,招鄧石臞(濂)、孫伯陶(貽鈞)、程蒲孫、李平書、黄再同飲。莫至屺裒處譚。三鼓歸。

石臞貽新刻秦澹如先生《虹橋老屋詩文集》,距澹公殁已四載矣,掩卷愴然。二十日。

晨起未爲一事。午後出門,拜王蓮生,爲再同前輩長媛作媒。候鄧似周、程蒲孫、蘇器甫(若瑚,廣東人,内閣中書),出示臨北朝諸刻,頗佳。見周郁齋師。薄莫歸。二十一日。

上午未爲一事,癡坐而已。午後僕人大醉,肆酒嫚罵,叱之不止,驅至馬棚,待其醒而詢之。天下惟醉人雖蹈水火而不懼,見尊貴而不知。以中國言之謂其亂性,以外國人言之謂腦筋漲固,無術以止之也。出門至琉璃廠一遊,見舊抄明刻《林和靖集》,以一金餘得之。薄暮歸。二十二日。

竟日未爲一事。二十三日。

至再同處,送鞠常師行。二十四日。

竟日天雨,未出門。二十五日。

午間梁鈴院同年(鑾藻)招飲。畢,偕静皆赴季度之招。三鼓歸。二十六日。見稺仙。

午間郎師招飲。薄暮出城,至荷包巷天成福購物。上燈歸。二十七日。

竟日未出門,檢理書籍、衣服,行將歸矣。二十八日。

平書借石印《廿二史考異》《明人策》《疇人傳》《試策問答》。

晨起，至屺裒處畫扇，至薄暮歸。二十九日。

光緒十五年八月

晨起出門拜客。午赴李木齋、歐陽照齋之招。午後赴王茀卿姻丈之招。薄莫歸。八月初一日。

晨起至龍泉寺，唁仲午世叔（潘祖年，鄭盦師弟）。出，至吴誼卿丈處送行，未見。又至再同前輩處小坐。出，候盛伯羲前輩，疾，接見於上房。譚次，出宋官抄《洪範政鑒》，云是孔公府物，係以紅絲界直格墨書，字大如指頭，紙厚如錢、如高麗，至今如新也。作家書。初二日。

晨起屺裒來，係同執柯事。一係黄再同前輩女許海豐吴仲飴太守（重憙）子豳；一再同之侄信成聘王廉生前輩之侄女，皆吾二人執柯。余爲再同處男女媒，屺裒則爲王家女媒、吴家男媒也。先至王處，觀所藏隋人寫經卷一，劉石菴舊藏唐人寫經卷二，一僅十四行，一存二幅，即鮮于伯幾舊藏所謂“七寶轉輪王經，夜曾放光者也”。一趙文敏書《妙法蓮華經》三段，精美無比。一吴仲圭畫《草亭詩意圖卷》；一吴仲圭松石直幅，舊藏孫退谷、高江邨，孫氏曾照宋裝改作手卷，猶舊裝也。一徐幼文《獅子林十二圖》，有姚太師題詩。一元人畫《四名臣象》。皆至寶可愛。至黄處，觀宋刻《月老新書》，乃宋時專爲擇婚選吉而撰，乃當日坊本也，可考見宋時制度，恐海内無弟二本矣。再同屬題觀款，並同觀者爲瞿子玖（鴻禨）、杜雲舫（慶元）兩前輩。① 於王處見吴［闐生］（尌）、張君烈（權）、張玉叔同年（檢）、張□□□□□□□□四昆季。初三日。

午後出門，拜竇價人（以藩），未見。至會館中一坐即歸。初四日。

竟日未爲一事。至容龢寓中小譚，出贈古幣數品，頗有精者。初五日。

上午未爲一事。午後至城外，與采南、勝之至前門一觀即歸。初六日。

上午至舉廠前各熟人小寓中一坐即歸。午後至仲瑜處小坐。屺裒來，同至熙春晚飲，招二奎、稺仙。三鼓歸。初七日。

晨起未爲一事。午後至荷包巷購各件。莫歸。初八日。

---

① 浮簽：宋鈔《洪範政鑒》今在傅沅叔處，趙書《蓮花經》及吴仲孟《松泉圖》皆在龐氏，《元人四象》在張氏，宋刊《月老新書》在敝篋，皆精品也。

晨起未爲一事。午後至東交民巷亨達利洋行。出城赴采南之招，招二奎、素雲來。三鼓進城。初九日。

晨起至亨達利洋行。午後屺裒招飲於慶會堂，招二奎。莫歸。初十日。

晨起未出門。午後至舉廠送考，擁擠殊甚。見采南，同至亨達利洋行一看。同出城，至韻秀，赴屺裒之招，招素雲、璧人、二奎。三鼓歸。付三人侑酒金共二十兩。十一日。

上午未出門。午後出城辭行。十二日。

上午未出門。午後在城内辭行。晚歸。十三日。

竟日未出門。十四日。

竟日檢行李。竇價人來譚即去。午後出門，至城外，即歸。十五日。

竟日檢行李。明晨即行，先遣僕押箱籠，雇獨輪車一至通州，與勝之僕同行。十六日。

晨起，勝之處代雇轎車來，即裝物，託勝之僕坐而去。余策騎至通州，半途打尖午飯。道甚平坦。晚至通州皇亭船埠，即上船，與勝之同行。十七日。

天明開行。晚泊，小停即開。十八日。

午後至天津三岔河口停船，即上岸。雇東洋車至紫竹林春元客棧，見劉静皆，即將行李上岸。是晚未出門。十九日。

晨起，出拜客。見李合肥師相、胡雲楣觀察。午後勝之信來，招偕静皆至歸賈胡同侯家，後花金林家。晚燈至彼，見湯伯碩觀察、張巽之孝謙同年、姚代畊(穀)年兄(永概之兄)、陳炳如、陸振之諸公。勝之爲余招金林之妹增齡，雛髮未齊，静穆聰明，此輩中不常見。静皆則招王月仙。晚飲至三鼓歸。二十日。

晨起未出門。午後至增林家，請伯碩諸君，惟陳炳如未到。三鼓歸。二十一日。

天雨，未出門。午後先赴姚、陸二公之招，在裕泰番菜館，招增林來。又赴張巽之之招，在竹卿家，仍招增林來。二十二日。

上午拜客。午後赴静皆之招，在月仙處，至三鼓歸。二十三日。招增林。

上午出拜客。午後赴湯伯碩之招，在琴書家，至三鼓歸。二十四日。

招增林。[①]

上午，王夢齡招至金林家午餐。畢，招夢齡、小容、勝之、静皆至華衆會，招增林、金林、月仙、寶貞四人來行觴。畢，即赴養源之招。歸已二鼓矣。二十五日。

晨起送静皆行。午後至三聚園，赴王夢桴之招。畢，至增林處一坐，歸。二十六日。

晨起未爲一事。午後赴孫仲英（廷杰，江寧人，住信義洋行）之招，在義合成，招增林來。未畢，赴姚代畊竹卿家之招，仍招增林來。畢，至增林處，大醉不能起，即宿焉。與容兒譚至天明始睡。至巳正起，闃無一人，皆睡未起，僅有一老嫗出潰面水一槃而已。潰畢即歸。容兒者，本姓李，年弱時曾爲藝伶，後以出痘聲啞而棄此業，即花家姊妹之兄也，近已得功牌，隸水師營，居然爲部伍矣。二十七日。

晨起已巳初，即歸寓。江升甫（廷秀，江寧人，水師營幫辦）來叙族誼，小譚即去。午後招孫仲英至華衆會，因事未來，姚代畊、陸振之皆到，招月仙、增林來，至二鼓歸。二十八日。

是日。

上午拜客。午後至城内，見湯伯碩，同至花家。伯碩先去。少停，伯碩來，招至何□□同年處晚飯。何所賞爲蘭蓀，亦南産也。三鼓歸寓。三十日。

光緒十五年九月

薄暮爲王勝之招飲於花家。九月初一日。

是日請孫仲英諸公於花家飲，大醉，即止宿焉。李代桃僵。初二日。

是晚姚代耕招至竹卿家，醉後至花家，仍留榻，作小游仙詞矣。初三日。

是日，陳養源招飲花家，孫仲英招飲吴金秀家。三鼓歸。初四日。

晚間汪篪泉（同卿）、黄静伯同招於金秀家，未畢，盛夔臣（昌頤）復招飲於謝文蘭家，即與金秀一家也。飲畢，至花家借榻而宿。蛾眉環侍，佛家所謂“大有緣”也，然禪心不作沾泥絮，一任東風到處飛，此中情景，説

① 眉批：

與旁人不肯聽,止可自信耳。初五日。是日影寫真。

姚代畊招晚飲,畢已三鼓,即止花家。初六日。

是日晚招各友飲於花家,三鼓歸。初七日。

是日晨起至孫仲英家午飯。薄暮赴孫仲英之招,在金秀家。又赴張采南之招,在竹卿家。畢已四鼓,即與程樹珊同止花家。天明即歸。初八日。

上午檢行李,午後招季端寫楹帖。薄暮至華衆會,食西菜。未畢,夔臣飭家人來招呼上船,即將行李檢拾上小火輪。開行二十餘里,至海晏船旁上船,坐大餐間(主僕二人,共四十金)。收檢行李畢,即睡。初九日。

晨起,行二十餘里至唐山馬頭泊,上煤。盛杏蓀觀察來同船,暢譚。初十日。

竟日候,潮淺不能動,尚未能出大沽口也。同盛觀察同行者有黄子元(開甲,出洋幼童,嘉應州人,近爲觀察洋務幕友)、劉浩如(灝瀚)、任朗山(嵩燾)、費雲鄉(邦屏),皆常州人。十一日。

午後出大沽口。風雖小而浪甚大,因數日前大風浪尚未停也。晚即睡。十二日。

天明知船抵烟台,送盛杏蓀諸君上岸。同船有俄國女郎,名亞士非魯者,頗雅潔,喜與中土人譚,然不通語言,索余小像而去。余貽以　聚頭扇,並題《菩薩蠻》二首[①]復寫蘭一枝以贈之。知已許西班牙欽使某君,尚未行昏禮也。十三日。

竟日無風。與俄女對坐,藉通語言者爲黄子元大令,子元能與之對譚也。十四日。

午初抵岸,即出船。至燕慶里汪友竹處。將行李搬出。薄暮坐馬車至滬報館。酉正出門,復坐車。剛上車,馬夫未及帶轡,馬已疾馳,馬夫力弱倒地,車輪即從身旁輾過,險矣哉。余方危急時即從車上跳出,道雨泥滑,即倒地,甚重。及起,復至滬報館,便覺右肩奇痛,右掌碎,衣履皆破,臂不能舉。强赴萬同春、凌少遺(文同)、施成之之招,招彭瑞芬來,九月未見,頗覺苗條矣。十五日。

---

① 下空二行。

午，汪友竹招至一品香大餐，同坐蘇稼秋、李澹平，招瑞芬來。暮，稼秋、咏梅招至聚豐園，復招瑞芬來。十六日。

午拜客，見龔仰蘧。暮，孫少芙兄弟三人招飲聚豐園，招瑞芬。十七日。

是晚，紫紱招飲楊翠芬家，招瑞芬來，■小如意來。是日止瑞芬家。十八日。

午刻，唐傑紳招飲王綉香家，招瑞芬來。暮，唐傑紳、蘇紫紱、玉季、孫燕秋、李澹平、蘇稼秋諸人飲瑞芬家，招小如意來。復赴李澹年之招，仍招瑞芬來。十九日。是日醉卧皕香廎中。

午後赴包蘅村（巖，湖州人）之招，招瑞芬來。復赴章小雅（□□）之招，仍招瑞芬。醉歸至皕香廎。廿日。

午初先赴文芸閣聚豐園之招，復招文芸閣、李洛才、謝樹存、章小雅、胡申夫各君聚皕香廎，至三鼓歸。廿一日。

上午未爲一事。薄暮楊子蕙招飲復新園。未畢，即赴李洛才（智儔）、王月仙之招，招瑞芬來。復至林可卿家孫夔石之招，招瑞芬來，至三鼓歸。廿二日。

上午未出門。午赴馬翠山復新園之招。午後至彭瑞芬處，寫扇頭。薄暮赴海天春王念劬之招。繼至聚豐園，復蘇友吾之招，招瑞芬來。又至林雨香寓赴李澹平之招，招瑞芬來，去後又招小如意，至三鼓歸。廿三日。

晨起未出門。午招友竹、淡平、稼秋至一品香，招瑞芬來。薄暮赴吴由甫之招，在聚豐園，招花翠芬來。又赴孫燕秋之招，招小如意來。三鼓歸。廿四日。

是日稼秋招飲於聚豐園，見玉峰，招彭瑞芬來。廿六。

是日玉峰招飲於清河坊，招瑞芬來。李淡平招飲於林潤香家，自請燕秋諸人於小如意家，均招瑞芬。廿七。

我踏神京後十年，借疑高會似雲烟。槐陰庭院曾三宿，細雨明燈二月天。

八荒無事詔書稀（用舊句），過眼文章已半■。駿馬無聲■■■，好從花底解朝衣。

張學王術吾之師，朱十黄郎亦盡知。獨有樊張不相識，衹從書祖託相思。

雅集年來常有無，乾嘉風趣未云孤。北江已有天山語，冷絶燈窗對此圖。

寂寂春庭春已去，細雨寒烟，誰是春風主。楊柳絲絲偏解舞，那知飛盡長隄絮。

渺渺江南千里路，瘦緑成肥，奈此陽春暮。偏是秋花紅幾許，翻疑筆底留春住。

夜燈餞春，寫夫蓉一枝，自笑其不稱也，填此解朝。調寄《鵲踏枝》。

金鞍玉勒却尋常，難得書生共壇場。同憶鵲華山色裏，河隄新柳碧千行。

吾亦江南最少年，喜從河北著吟鞭。披圖不盡低佪感，細馬明駝又十年。

可憐客裏焉脂少，尚盼何郎傅粉籢。聊把春愁託畫史，青燈夜雨掩重簾。

不寫宣南鬥艷圖，海棠芍藥任千株。自知定負雲臺約，奈此人間忽曼殊。

爲徐星署畫白牡丹扇頭並題一截。

美人才地大玲瓏，我亦陰符滿腹中。此日蘼旌秋縹緲，長天飛去一征鴻。[①]

① 此詩在下書衣。

第十四册　光緒十五年己丑(1889)十月

(書衣題)第十四册　光緒十五年十月十九日始　笘諺日記

己丑十月十九日始，庚寅七月八日止。下缺六七兩日至八月七日。(鈐印:“典校祕書”“君直校定”)

金布令甲賦(以種甲　金布者令篇名也)

日月爲易説

禹貢揚州疆域考

芣苢篇明□詩又

州公如魯

六尊六彝考

金布令甲賦(以金布者令篇名也爲韻)①

白蓮花賦(以月曉風清欲墮時爲韻)

余以夏季之月，久客思返，定從南越歸於三吴。適方伯易公以《白蓮花賦》題課書院諸生，人皆曰:嘻，香嬌影薄，皓質素心，影風自開，弱顔可喻。余曰:不然。物之美於夏者，莫如白蓮花焉。此花潔而有容，清而克粹，庶可以比君子之德乎。[redacted]隨感而賦之，其辭曰:

爰有奇葩，素馨發越。夏蕤以舒，春條已擭。惟一莖以獨呈，兹兩儀而秀發。感貞卉之獨芳，應良幹於夏月。爾其素質亭茗，孤根窈窕，雖同玉寒，色欺雲皎，明月自耀，良風轉矯。擬幽蘭之芬芳，豈夭桃之妠嫋。乘炎運而挺生，出星河而報曉。雨露助其豐翳，曦陽領其皤皎。

若夫秀萼初吐，芳蕊盡紅。亭亭如樹，隱隱玉槳。明霞曉覆，珠露多融。彼素體以皓霞，耀蒨影于芳蘂。葉田田而獨，絲裊裊善通。映紫蓼于葦浦，舞落英如飛蓬。惜芳華兮易逝，忍荏苒兮秋風。表

---

① 此賦爲草稿，塗抹太甚，不録。

清節於良序，挺素質兮莫同。

幸永辭於翦伐，應不同於■英。維君子而可語，託寒波而寄情。謝絶澗之趺蔓，殊窮崖之勾萌。迺委蛇于廢沼，保薈蔚於太清。

維三吴之雅郡，有芳葩而截玉；比良節於高郵，扇清風於暑溽。感長洲之宿莽，惜神國之亭毒。吾儃侗之自娱，聊比影于朝旭。嗟移植兮不良，維竚眙而所欲；嗟本實之未落，喜繽紛而尚可。念此花之獨芳，知化機之猶頗；何獨鍾於兹幹，非色取於美嫷。念沈流而不搖，慙鬧紅於浮舸。

物雖傲而有值，氣雖轉而能持。彼弱持之寸茁，豈明德之于兹。感孤姿之宛菀，含清氣兮方滋。耿獨立之足懼兮，恐■■之莫支。何所憑以清以秀兮，庶不染於塵緇。對葳蕤而自感兮，惜荏苒斯芳時。

憶舊遊·曉凉泛舟荷花蕩

起一痕月淡，六柱船輕，小泊堤邊。打起清遊興，有衫紋修瘦，扇影兜綿。淡香暗收銀浦，萬葉笑田田。正水佩摇螭，霞綃捲彩，無奈尊前。堪憐。境■度，是玉簫重到，銀管當筵。留得波清譜(壬午夏曾寫《■水荷香圖》)，任秋風鏡裏吹老，珠露啼乾。今日重來柳外，打槳記陳緣。譜一曲珍瓏，晋江水冷尋夢圖。

富貴當五十，少年不自立。吁嗟補蘿女，對此賣薪泣。終賈自少年，所學豈不及。烏呼朱翁子，終愧乘傳入。(朱)

君是王佐才，何以從魏武。漢家火德衰，尚有偏安主。峨峨高陽里，署書是誰祖。惜哉今子房，終受濡須侮。(荀)

東吴一代賢，陸郎誰與匹。肅肅大軍將，名足副其實。噫嘻紫髯兒，豈真有權術。翹首望西南，當有真人出。(陸)

方正兼賢良，所舉稱上意。卓哉嚴夫子，生兒當自熹。殿前執戟郎，詼諧一何恣。妙哉此都尉，終當三舍避。(嚴)

光緒十五年十月

自八月十七日出都，至今已兩月矣。道路之經歷，人事之變遷，記不勝記，於是懶而至不記，大有改初念、墮夙志之意。於是決計檢舊册，重複記之，自今日始。

晨起，至吴縣前賀伯寅侄女出閣。午後拜客，見陳嵩荃（壽昌）前輩、沈子復同年。薄暮歸。十九日。

晨起出門拜客，見費屺裦、徐翰卿。翰卿出愙齋臨黄小松山水册屬題。午飯於勤齋叔處。薄暮歸。二十日。

竟日未出門，亦未爲一事。心亂如麻，不知從何理起也。二十一日。

晨起出門拜客，暮歸。劉廉訪貽番餅八。二十二日。

竟日未爲一事。王竹林來，出示九行十八字本《陶淵明集》，後有顧東橋跋，云係浦二田先生批本，且云是宋槧。檢書中避宋諱皆缺筆，上下匡皆單綫，然用白棉紙印，觸手如新。如果真宋槧，則奇寶矣。又金石書三種，皆擬得之。薄暮答拜李橘農同年、蔣香生太守，還明抄《漢隸字源》及翁校本。二十三日。

香生云，涂本《鹽鐵論》與張刻行款不同，涂本字大，渠有之。

晨起寫楹帖。午後出門，見程履新、錢冠瀛。晚歸。二十四日。

晨起寫對。午後拜客。晚至屺裦處，見吴梅邨《雕橋莊圖》並自書《雕橋莊歌》。作與友竹、旭初、叔贊、皕香廎、黄炳如（報單卷）書。廿五日。

晨起，至雅宜山掃墓。舟行至木瀆，小停。過古玩鋪，見馬湘蘭畫芙蓉立幅，又王勤中《歲寒風木圖》立幅，以值貴，皆未得。至善人橋宿。廿六日。

天明即起，坐山轎至雅宜山。墓草未芟，披荆而叩拜焉。畢，即下船，至木瀆小停。薄暮歸。廿七日。

晨起，至仁孝里汪宅，賀李門女出嫁。午後拜王夢齡，未見。至孔康侯處，賀懸扁喜（己丑舉人）。薄暮歸。廿八日。

竟日未出門。晚至玉樓春茶話。

侯駝子送來《始豐稿》一部，六册，一至六卷刻本，七至十四卷抄本，係黄蕘圃舊物，有蕘圃兩跋，後歸汪閬源，有圖記。廿九日。

"徐一夔《始豐稿》，余于顧抱冲家偶一見之，未及細檢其卷第也。恭閲國朝《簡明書目》，載有兩本：一爲十四卷，即《四庫》所收者，是與也是翁《藏書目》合；一爲六卷，今所得者適合，然有目而六卷後有割裂補綴之痕，且《後稿》下總目及每卷似俱有'上'字而挖去者，則其有《後稿》無疑。是本得無爲十四卷而逸其半歟？俟假抱冲本對之。嘉慶四年暮春月下

澣六日，取付裝潢，用向日得書時所記語録于六卷之後。蕘圃。”(《始豐稿》刻本六卷後副頁)

“此七卷至十四卷一百二十九葉《始豐稿》，余用抱冲本屬友人影寫者，字體頗得其似，迥非抄胥比矣。是書世行有二本，恭閱《四庫提要》，載王阮亭所藏爲十四卷，朱竹垞所藏爲六卷，則足本誠爲艱得也。但《千頃堂書目》載有十五卷，其一爲詩，似十四卷究非全本，俟遍訪諸藏書家。己未春季，棘人黄丕烈。”(《始豐稿》抄本十四卷後副頁)

光緒十五年十一月

三日未記，亦無一事可記也。卅日。十一月一日、二日。

上午未爲一事。午後偕藕舲表侄女、喜侄女、聰兒至怡園一遊。晚歸。初三日。

五日來樂亦異常，皆爲檢理行狀，應酬筆墨。今日薄暮始下船。初四、初五、初六、初七、初八日。

今午以事怒詈僕從。母訓曰:“爲將帥者尚以鞭撻士卒爲戒，况汝僅有此數僕供驅遣，可矣，不可過示以威也。”

昨晚泊婁門外，半夜即開，晨過昆山。寄黄静伯信。午過趙盾港。晚子刻抵滬，即上岸。仍宿友竹寓中。初九日。

晨起候屺裒，不值。候程蒲孫，一話即歸。坐轎出拜客。候繆小山、陳杏蓀兩前輩，皆不值。歸，坐馬車，偕蒲孫至静安寺。遇徐仲�，約至海天春。薄暮至海天春，招皕香巵主人。初十日。

光緒十五年十二月

自十一月十一日起至今日已二十一日矣。終日酒食醉飽，聲色酬應，一事未記，爲自來日記第一謬事，固無他説矣。以後能改乎？不敢信也。惟記之以自警，或不放其初心也。十二月初三日。

晨起至勝之處，候陳連城(鴻潤，住鴻仁里源豐潤)、任蔭南(國楨，宜興人，浙江道)、顧子香(步蟾，軍門)、顧容齋(壽松，南潯人)，皆不值。蔡玉季招飲渠家，見斯美買辦朱子馥。畢，候勝之，同往静安寺。歸，至聚豐園。又赴任蔭南之招。又至老旗昌樂花樓赴馮玉庭、梁廕南(炳文)、梁雨培之約。三鼓歸。寫楹帖二十副。初四日。

午赴丁禹廷之招。席散，赴海天春徐仲孺之約。復至静安寺。薄暮歸。初五日。

十一日晚十點鐘，同禹廷軍門坐馬車至彰化濱，上定遠兵輪，擬同作臺灣遊也。十一日。

天明啓碇。未出口之前風浪頗平，暮出口，便覺船多欹側，半夜風甚緊。十二日。

竟日風大。晚啜粥睡卧，僅安。十三日。

風仍巨。午夜浪高於船。船欹甚，至廿五度（若至三十度即横行矣），險矣哉。薄暮過雞籠，風逆，不得進，遂順風南行。十四日。

竟日不能起坐，僅啜粥半盂。午後知船抵澎湖，下碇，始能出坐。晚飯，並作書。此來係專爲至臺灣，竟爲天風所吹至澎湖。既至澎湖，不能回泊臺北，只得再往南行至香港。人力所不逮乎，抑天使之南行乎？夢想所不能到，人心所不能料，自來事大抵如此，余亦只得聽天行道而已。十五日。

竟日泊澎湖。十六日。

澎湖平居海中，四面環嶼有三十六，無高山峻嶺，平沙茫漾無一樹，土産衹落花生、薯菜而已。終年多風，一起必七八日，稍止一二日又起，屋摇之如傾側。澎湖鎮新建一城，環量只三里，有六門。鎮臺衙門亦新蓋者，頗寬大。口東兩山，一名金龜頭，一名蛇頭山，皆象形也。新建兩炮臺於上。船進口後，用小划至岸衹二三里，然遇大風，有數日不能泊岸之勢。海中生藤一種，如黑珊瑚；有金星樹一種，有虎斑，皆可爲釧。居民以此求售，直一番餅至十番餅不等。聞尚有空心石，乃石子爲海水粘成者，中空，或有水，或偁爲空青石，此僞偁也。石未見。

晨起，偕丁軍門、馬玉齋用小火輪上岸，至鎮臺署。鎮臺吴瑞生（宏洛）適出隊赴臺北，剿加九那社番。營務處卞叔枚，常州人，乃伯文之弟。伯文，余數年前在山左舊識也。即在署午飯。返回至城上一遊即歸。十七日（託義昌寄五百金至家）。

竟日未爲一事，亦未上岸。

與丁軍門譚戰事，閱歷既深，見聞多不作門面語。書牘、公文、奏劄皆親筆立成，暇尚喜讀史，極尊曾文正公，云其一生不尚氣，不驕惰。名將能文，今古皆然也。十八日。

竟日風甚巨，船未開。午後靖遠、鎮海、致遠三輪船自基隆來。見四船主林凱士(泰曾，有年誼，其侄戊子副榜)、邱彪臣(寶仁)、葉桐侯([祖珪])、鄧正卿([世昌])。晚作家稟，與二哥書、竇價人書、友竹書、皕香廎書，黄子元、顧彤卿、蘇稼秋各書。十九日。

晨開行。午前大風，不能起坐，午後稍平。二十日。

晨起，平甚。午後二點鐘到香港。寄家書並與友竹書。薄暮偕丁軍門上岸，至近芳樓，同坐余瑞呈游擊(定遠管輪機)、馬玉堂、劉子香、魏梅■。招二侍酒者，一名鳳嬌，一名常好，聞其名，可知其人矣。二十一日。

晨起在船。午後上岸，赴余瑞呈游擊(貞順)之約，在杏華樓，仍招昨所侍酒者，至二鼓歸。寓泰來棧。二十二日。

天明即起，赴河南商輪至省。坐大餐間，一主僕價三元，另大餐一次一元六角，賞酒錢四角。薄暮抵省，季度來，同至十二甫新街，即宿渠家。二十三日。

晨起，進城拜客。至季群處，見勝之。至静皆、子莊、傅彤臣(世煒)三同年處。午後至陳塘南擎觴樓酒坐，見潘梅蓀(普書，德畬方伯五子，仲瑜同年之兄)，同坐皆招侍酒者，馮爲余招阿銀、阿玉二人，皆僅備糾觴而已。

頗念皕香樓主人。事之不可定，人心之不可見，佛家所謂"隨緣"，亦只得聽之而已。二十四日。

晨起拜客。午後偕勝之赴穀埠，下耽塘瘦菊艇，王松山之約(崧，廣東知縣)，招閏娥(阿叢艇)、桂枝來。閏娥頗知官話，能通言，人亦靈動可喜。三更復赴評花艇潘公之招。是晚太遲，不能行，即買一艇借宿，至天明歸(艇值一番餅)。二十五日。

竟日拜粤中諸官。見游巡撫。晚即止勝之齋中。二十六日。

晨起出門拜客。午初出城，即檢拾行李，搬住城内朝天街同文館，係劉静皆之招。余偕静皆赴閏娥處便飯(飯二番餅，艇金三餅)。薄暮進城。二十七日。

午前未爲一事。張海峰(起鰲，安徽提督)來拜。午後出門，拜同鄉，晚歸。燈下寫楹聯十付。游巡撫贈十六元。二十八日。

晨起未爲一事。鹽務總送二百元，釐務總送二百元，皆公款也。午後拜客，見梁杭叔(于渭)、勞次薌(肇光)兩同年。晚巽之、勝之、静皆來譚。與張海峰、程明甫書。二十九日。王松山貽六元。

竟日雨,未出門。晚燈後偕巽之、勝之赴穀埠,上阿叢艇,招閏娥晚飲,至三鼓。大雨,不能歸,三人即止宿舟中。天明歸。三十日。

光緒十六年正月

庚寅。[①]

晨出門拜客,至薄暮歸。晚燈,静皆、巽之來譚。正月初一日。

竟日出門拜客。大雨頗苦也。初二日。

晨起天晴,偕静皆、勝之至濠畔街,候李平書。購紅木器具。午後同勝之、平書至阿叢艇,爲今日主人。静皆先歸。同坐羅雨生(□□)、楊伯□,皆粤人;□□□,四川同年。至三鼓飲畢,天晚不能歸,即止宿舟中。初三日。

數日來專以拜客酬應爲事,未讀一卷書也。

見金桂生(武祥,江陰人,廣東知縣),出貽自著《粟香四筆》《粟香齋叢書》《廣西金石五種》,皆精佳。

見屠静山(寄,常州人),出《新選國朝常州駢體文抄》,北江最多,已付刊矣。

《宋會要》,徐星伯所輯,係當時在《全唐文》館抄撮之書,其稿尚用《全唐文》格。蓋當日命供事抄寫,充作《全唐文》,以省抄費也。近廣雅書局寫刻之,屠静山重校編次。

顧梁汾尚有《彈指詞》未刊者四十四首,存金桂生家,擬借刊之。初四至初八日。

自初九日至二十五日未記,可謂荒廢矣。昨日小病,今日未愈。始念此一册,余常有句云"窮愁多箸書",豈日記亦係乎此邪?可愧、可危、可懼、可嘆。二十五日。

上午未出門。午後至梁鈴院同年處小坐。晚偕静皆歸。爲程明甫題《采梅圖》二截句:

> 吾鄉有海名香雪,萬樹瓊遥歲歲看。信是先生託清絶,炎方猶抱一枝寒。

---

① 下空一行。

嶺上春風衷底株，幾疑驛使守歸途。那知鄧尉山前雪，正補詩人覓句圖。二十六日。

今日晨起殊適。午後熱又作，而不甚大熱，但覺倦而不安耳。客窗苦寂，殊念故鄉也。二十七日。寄家書。

晨起似好。午後候李劭初，至賴中利烟店酒叙，不能下一物。歸後又覺身熱，晚覺倦而適，病根終不能去也。二十八日。

竟日出門。至廣雅書局候屠静山，見洪齮孫騈體文稿並示常州湯秋史騈文刻本，知湯全襲洪作而掩己名，天下之妄人有如是可笑。晚至崔府街，與静皆譚。二鼓歸。二十九日。

光緒十六年二月

天忽大冷，可重裘，真粤中無四時也。竟日身子不適，心亂如麻，行將歸矣。二月初一日。

竟日未出門，檢拾行李，亦未寫一字也。初二日。

今日本束裝矣，以事牽涉，事之大小姑不必言，無事而自攬其事，鏡花水月，簪掬無憑，殊覺自悔也。初三日。

昔日無錢苦買書，典衣節食餉蟫魚。而今囊有餘錢日，不向街頭載五車。

耆好太多終是病，博而不雜始成才。十年枉自稱劬學，慚愧今從何學來。

愛讀《湘鄉日記》精，巧偷勤録到殘更。七年一日遵成法，何事新來倦筆耕。

日來爲外欲所迷，將改其初志矣。作此自責，不可云詩也。

行將歸矣，占牙牌數，得《歸去辭》二語曰："雲無心以出岫，鳥倦飛而知還。"旨哉言乎。

自二月初三日起至閏二月十一日止，計三十餘日未記一事。自二月十一日由香港坐法公司船歸，至上海留十餘日，至家十餘日，事多而可記者更多，竟不一記，可笑可恨。在上海添新友甚多，皆不能記其名字，半忘之矣，可愧。閏月十一日。

見舊抄《秋澗集》百卷二十册，爲宋賓王三次手校本，有跋。又舊抄《太平寰宇記》，有錢竹汀跋。

竟日未爲一事。碩庭以黄蕘翁校抄《小畜餘稿》一册來，欲换余兩竟，擬允之矣。十二日。

晨起出門，拜李紫璈大令。赴瞿園主人李少眉之約，同坐沈旭初、潘謚琴、竇價人諸人。散，至叔鵬處一譚。十三日。

晨起，赴拙政園請李少眉、竇介人、顧緝庭、鄒咏春、曹再韓、李橘農、王勝之觀桃花。晚歸。十四日。

竟日未爲一事。十五日。

晨起未出門。午後候蔣漱雲，同至怡園。十六日。

晨起拜客。午後招心淵、勝之、叔鵬觀劇。晚歸。十七日。

晨赴李少眉之招，觀所藏畫件。精者列目於後：

楊補之《梅花卷》（即世稱《四梅花卷》也。畫四段：一未開，一將開，一盛開，一落花。自題詞四闋。柯九思題四詞和之，字法精絶。後題甚多，不能多記矣。舊藏蘇汪心柏家，汪以三百元得之，見韓履卿跋。後歸潘西圃。潘歸李氏。卷籤梁山舟書。）

沈石田《東莊圖册》（二十一幅。爲吴文定畫。每幅有李東陽篆書題字。册簽首跋皆王夢樓筆。）

董文敏畫册（八幅，六紙二絹，皆精品。舊爲笪江上藏，有題記。）

王廉州山水臨古册（十幅。精品。）

惲南田花卉册（中有未完處。末有一札云：有未完者，不能託他人潤色之。精絶。）

王石谷《水竹山居圖卷》（爲笪江上畫。惲南田題詩。精絶。仿趙吴興《水邨圖》意，非獅林仿本也。）

王若水《梅花水仙卷》（元人。紙白如新。）

是日午後至窓齋丈處，出示所得，亦記目於後。一日之眼福無量矣。十八日。

東坡書《金剛經》墨迹册（紙如新。字體細瘦，絶不如尋常筆意。細觀之，神自在也。末有自題官銜姓名。此天壤至寶。）

郭河陽雪景大幅（右角有“香積堂看定題”六字。）

竟日未爲一事。十九日。

晨起赴漱雲之招，泛舟游留園。遇汪吉甫，招飲於船娘陳二家。二鼓歸。二十日。

晨赴弔本家之喪。赴李紫璈之招(元和令,同出周郁齋師門)。叔鵬、潘瘦羊招飲於船娘車氏舫中,未及赴矣。薄暮,以古幣三十、匋器一易碩庭明刻《僑吴集》(黄蕘圃、顧澗蘋跋)、明正德柳大中抄本《夢粱録》、舊抄本《淡生堂書目》(鈕匪石校,五硯樓藏,顧千里跋),皆精美之至。又以四匋易《千頃堂書目》,鮑氏知不足齋抄本,有校勘,僅存别集五册全。二十一日。

同年分江蘇爲大令者五人招飲於怡園。風雨竟日,桃李花盛開,皆片片入池中矣。偕勝之訪陸廉夫,見所臨畫卷,精甚,近時石谷子也。二十二日。

晨起赴蕩口謁外祖母。薄暮抵岸。見鄒芷汀所藏銅器拓本一册,約三十餘種,僅三種真者,甚矣收藏之難也。見錢牧齋手批《黄御史集》,點擲甚亂,批字幾不可識。首頁有"牧翁"一印(方印朱文),有"白魚紅稻邨莊"朱文長方印,疑亦牧翁物。第二册有"安髻山人"白文方印、"海雲樓"朱文方印,則不知何人矣。二十三日。

《巖下放言》卷上八頁記晋升平四年磚事,此磚余於十年前得之,後爲人竊去,今拓本猶存。

竟日天雨,不能出門,亦未爲一事。二十四日。

上午大雨止。午後赴荔雨軒觀書畫,僅見卷册兩種。别記一册爲《荔雨軒讀書畫記》,銘心絶品大約可歷數矣。二十五日。

上午寫扇。午後約若溪、應榴觀書畫於大墳滕氏。見大米畫卷,絹本,後有王覺斯小楷跋、鄧文原觀款,皆真。《宋元集册》,題簽潘三松筆,計十二幅,紈扇、斗方各半,有王叔明、米南宫、易元吉、趙千里、劉松年、周東邨、小李將軍,皆真迹也。内高房山一頁,紙本,精甚。需二百二十元,許以百元,不售。《碧玉版十三行》,"棄"字中穿,毛意香有十餘跋,是未歸翁蘿軒時所拓。東陽本《蘭亭》,有王夢樓藏印,精甚。鄭板橋臨蘇書小册(此物許以十二元,不售)。舊拓蘇書《請罪表》《懷仁聖教序》半截碑,皆精妙。蔣金粟畫兩斗方,頗佳。薄暮歸。二十六日。

晨起,仍偕若、應二兄至張塘橋蔡氏觀藏書。主人云已售與洪琴西、陸存齋、姚念慈三公矣,存者僅棄餘矣。見宋大字本《周易本義》四册,舊爲陳仲魚藏,當即《經籍跋文》之一,然無題語,需八十元。元本《事文類聚翰墨大全》,舊爲汪閬源藏,需七十元。殘宋本《通鑒紀事本末》九册,似明印者，十一行十九字本，六元。廿行本巾箱《五經》，似明翻宋本，七十元。皆未能得。得元本《千家注分類杜詩》十三行本、殘元本《王右丞集》、顧云美《三吴舊語》手稿、抄本《先朝遺事》《流寇編年》《五藩檮乘》《竊憤録》《靖康紀聞》《巖下放言》《天禄閣外史》《汪水雲詩》《東國史略》《老子輯義》《栲栳山人詩》《開方指南》稿本，共四十六元。又見王夢樓《快雨堂臨書墨迹》兩册，一宣德紙，一高麗髪牋，皆精妙至甚，不肯售。趙千里《單騎降虜圖》，孫淵如跋，亦佳。又抄巾箱本盧照鄰《幽憂子集》四册，似非原本，不知何以有此名也。二十七日。

晨起未爲一事。至華義莊，得明人尺牘十餘函，沈竹賓畫扇面廿餘幅，石谷册十頁，倪雲林畫一幅，皆僞品。工染花草册一，似閨閣中筆墨。聞有大米卷，以藏經紙畫之，惜未能一見也。得《戲鴻堂帖》五册，小字本《麻姑仙壇記》一幅，皆舊拓也。二十八日。

若溪抄示黄蕘圃跋二，可補入《年譜》矣。

見荔雨軒藏宋本《中興群公吟稿》，見《百宋一廛賦》、金耿庵手抄本《李元賓集》，皆佳品也。

小住一日，明日將行矣。二十九日。

光緒十六年三月

晨起辭外祖母，即行。午後抵家。三月初一日。

至程藻安宅陪賓。初二日。

竟日未爲一事。初三日。

弔程、汪、理齋叔三處之喪。見方謙初道濟（桐城人，得蘇縣）、俞澹湖、惠思僑。晚歸。初四日。

顧鶴逸招飲怡園。初五日。

竟日未爲一事。寫楹帖數十付。初六日。

竟日未爲一事。見客而已。初七日。

晨起至虎邱祭祠。午後進城，見楊彝卿。復出城，坐船至虎邱，晚飲。畢，進城至宋仙洲巷再飲，招葉韻蘭來。畢，再約彝卿至韻蘭家飲。歸已三鼓矣。初八日。

竟日未爲一事，亦未出門也。行將束裝矣。初九日。

午正，赴張叔鵬虎邱之招，覺神氣倦乏，薄暮歸即卧床，熱起矣。初十日。

天明身大熱，牽引小腹作痛。午後招智涵來，投以凉劑，晚如故。十一日。

是日係余請客，本定兩畫船，一吴姓，一張姓，至期病不能行，屬叔鵬爲余作主人。十二日。

是日本擬約勝之北上，至期不能行，與勝之話别。病少愈。十三日。

昨病無事，招賣骨董者來。見趙子昂畫《賺蘭亭圖》並臨《蘭亭》絹本，後有笪江上諸跋，頗佳，許以八十元，售矣，一時無款，只得還之矣。唐六如畫《小青像》，幅長四尺，人幾如之，上題"幽香□影圖"，須七十元，皆不能得之。王石谷臨江貫道《千巖萬壑圖卷》，紙本，絶佳，上有篴秋舅氏跋，前三年曾見之，今以石菴絹本對一付、洋二十番易得之。十四日、十五日、十六日。

病已愈矣。沈芳衢招飲於閶門。晚歸。十七日。

是日，汪吉甫招飲留園。十八日。

是日，答吉甫，並約傅彤臣同年、張叔鵬、倪墨畊、程子和、程炳奎於葉韻蘭家。韻蘭爲余夫婦畫雙蝶，絶佳，今之馬月嬌也。十九日、二十日。

是日檢行李。二十一日。

是日，程子和招飲於沙毗巷，至暮，主人不來，只得歸來矣。二十二日、二十三日。

是日晨檢行李。午後上船，與季友同行。二十四日。

竟日舟行，暮至趙盾岡宿。二十五日。

是日午後抵上海，至燕慶里，不見友竹。偕季友至静安寺一遊即歸。薄暮招稼秋、玉峰諸君至一品香西饌。二十六日。

晨起入城，拜聶仲芳、梁星海。即出城，至一品香，復招玉峰諸人。午後至静安寺。晚至聚豐園，赴稼秋之招。二十七日。

晨起寫扇。午時顧緝庭丈偕張安圃年伯來，同至徐園，見吴廣安、胡雲台、沈子梅三觀察，又陳楷孫，爲緝丈至戚。飲畢，至静安寺，復至張家花園，見叔和觀察。晚歸，余仍至聚豐園，乃玉峰之招，未畢，再至一品香。二十八日。

晨寫楹帖。稼秋來，同午飯。飯後玉峰、樂中同來。玉峰贈大餐船票一紙。獨至静安寺,見馬枚叔。薄暮至味蒓園,赴主人及芸台之招,同坐顧緝庭、張安圃、陳楷孫三人。戌初歸。至聚豐園飲。畢,至燕慶里,復至公羊里,同皕香主人上豐順船,送行者已在船久候矣。小譚,至三點半鐘始去。二十九日。

天明起碇。竟日風平浪静,惟豐順大餐間甚小。同船無熟人。三十日。

光緒十六年四月

竟日行,如在長江中,不覺行船之苦也。午後寫扇。同船有王子獻同年(繼香)在下艙,今日始知之也。初一日。

同船有英國兩教師,已改中服矣。余贈郝教師小影一,渠亦以小影爲報。

竟日平静,如在長江。初二日。

昨夜半抵大沽,天明同買辦劉鑒明、程子鄉同坐■船公司小火輪至唐沽,至火車歇廠小停。買票一紙,五百文,上艙。至九點鐘火車始到,即上車,坐上等艙,潔净如房室。少停,車行,飛如鳥疾。午初抵紫竹林,换東洋車至河邊過渡,再雇東洋車,直至春元棧。即作書與楊彝卿。復書來,招至城内,即候俊卿、彝卿二公。又見惲蘭孫、陳養源,即至花家,彝卿招飲。是晚余行李尚未來,只得借宿渠家矣。與箏仙譚笑至天明。初三日。

晨起回棧,行李適來,即雇車兩輛,每輛五千文,又加包飯,每人一千。再至花家,招彝卿飲至三鼓。回寓即上車,九點鐘至楊邨,尖,再行至安平宿。初四、初五日。

半夜開車,午初至于家圍,尖。午正至沙渦門,門者呼止車,使僕持名片與之言,並納以四百文,遂長驅而入矣。即至長元吴會館,見沈蘭台。大哥出門未歸。即進城謁郎師。止宿城内。初六日。

天明出城,遍謁各師門,晚宿城外,雨。見素、盼二郎。初七日。

晨起進城,謁各師。晚至東華門宿。初八日。

午正至城外。午後赴鶴巢先生之招,招素、盼二郎。是日宿城外。初九日。

上午未出會館。午後候琉璃廠紅録不得,即買車至舉廠看紅録,知蒲孫中矣。見熙吉甫、劉佛卿、馮夢華諸君。薄暮仍至城外，至天明，會館中住二十餘人，無一售者，可云奇矣。初十日。

是日午後到城内，未爲一事。十一日。

竟日未出門，寫字而已。十二日。

上午寫字，下午至屺褎處，適大哥來，屺褎約至九和興，至薄暮歸。十三日。

竟日未出門。薄暮子涵來譚。十四日。①

晨起即至屺褎處，約作課卷，候至十一點鐘，鞠師來，即擬"日長如小年賦題"，以"題"爲韻，至五點鐘，正草皆畢。即出城，至大哥處。再至子涵處，小譚即歸。得容黼書，并貽明刀十二品、尖足幣二枚。十五日。

晨起至城外各師處。至子涵處午飯。午後進城。十六日。

晨起至屺褎處。午後歸。檢考具，明日散館也。十七日。

寅初即起，飯畢，先進東華門，至會典館一坐，同鞠師、屺褎至中左門，候至卯正，大小教習來，即隨同至太和殿。謝恩畢，至中左門，接卷進内。題出，已辰初四刻矣。題爲"白虎觀議五經同異賦"(以"天下學者得成其業"爲韻)，詩題"盤空雙鶴下"(得"盤"字，五言八韻)。至未初稿畢，即寫，至酉刻畢。候屺褎、勝之諸人，同出門。賦仍擬以選體七百餘字，於虎觀之議非一次，五經同異之原皆甚明晰。十八日。

晨起屺褎來。午後知等第名次。屺褎第二，余則已列二等二十一矣。江蘇散館已居第六，下尚有三人也。出城至李芍師處譚，知余卷在高陽相國手中，爲其所傷也。十九日。

晨起，知郎師已派讀卷。午後出城，祝子涵太夫人壽。歸，已不及進城，至會館中小坐，候至開城始歸。二十日。

竟日出門。二十一日。拓古磚瓦三十餘紙。

上午未出門。下午屺褎來，云得芝丈已故館中，聞之愴然。即出門，至鳳石處，偕允子、鞠師至屺褎處，坐至天明，候入殮。清晨，即至長椿寺相度停靈地。候靈來一拜。至昆新館，見大哥，因渠新遷至彼也。二十二、二十三日。

天明即起，冠服，進西苑門，至中海聽宣。候至辰刻，知狀元爲吴魯，

---

① 眉批：給徐福工洋二元，至五月十五止。馬順工洋兩元，至五月底止。

次即文芸閣(廷式)、吴穎芝(蔭培)。傳臚則蕭大猷。即出至内閣,少停即回。午後拜李新吾(經畬)、文芸閣、吴穎芝、程蒲孫(秉釗,二甲第八)。又至會館,一坐即歸。二十四日。

穎芝爲函青師子。師門下甚多,教導之勤異於常師,然未得列榜而殁。穎芝少年得解,至二十一年而得此鼎甲,亦足以報吾師矣。

晨起即至會館,賀穎芝歸第。舊例,是日主其事者爲同鄉之鼎甲前輩,雖前輩而非一甲者不得主其事也。是日爲陸鳳石、鄒咏春兩前輩主之。午後候陸振之、王景桴。薄暮歸。二十五日。

晨起至翰林院演禮,口奏履歷。陸鳳石前輩招午飯。午後至廉生處譚。見渠所得石磬、古玉,皆精品。偕屺裒、再同前輩至久和興小飲,二鼓歸。二十六日。

讀書二十五年,得一入翰苑,今將改官作部曹矣。於自問則已不爲無益,然堂上親戚師友之期望固不在此也,殊以自愧。

人有言余散館賦句不可解者,今特録出,以俟後之人讀之。自問已將向日講求古樸拙澀之句已盡去矣,尚有人不能讀之,致列二等,故特録之,以爲好古者戒。

白虎觀議五經同異賦(以“天下學者得成其業”爲韻)

漢建初四年,儒學盛,雅訓專。三雍立,五經編。定十四博士之考,求卅八埶略之篇。衆説兼采,群經自研。然而《古易》盛興於圖緯,《毛詩》未見夫傳箋;微言則《穀梁》將絶,《尚書》則夏侯難全。果何以百家是究,大義重宣,鈎《河》摘《洛》,畫地維天?

章帝曰:“咨! 經義之明,學無虚假。慨自衆説之歧,難付學官之寫。石渠之議奏將湮,祕室之中經漸寡。昔孝武之世,有大師至千;孝宣之時,求遺文於野。其亦爲朕綜六學,集群雅,如元年賈逵之講五經,仍詣虎觀而論文,簒衆説於臣下。”

諸儒迺拜手稽首而對曰:“臣維道仰精剛,義求明確。亦嘗綜金匱之祕藏,覽明堂之禮樂。河間既對三雍之宫,異義或有五經之駁。今方瞻層構之巖巖,想五鹿之嶽嶽。敢不集衆説而斠詮,祖光誦而揚搉。敬列其墨守之儒家,究師承於樸學。”

其觀之爲制也,前峙雲臺,南通金馬,東連始生之堂,北接未央之瓦。綉楊虹申,雲楣珠瀉。望承善而比崇居,啓明光而思廣厦。相期嘉頌夫前賢,敢説啓聞於來者。

"臣請議夫五經:《易》焦、費義不同聞,《書》夏、歐學偏異力,《春秋》則説有向、歆,《禮記》則篇分聖、德,《穀梁》之外傳已亡,《詩》訓則秦燔未防。五經本衆説之鈎繩,讖學亦群書之羽翼。臣敢效法於前朝,條篇目而奏之,竭下愚之一得。"

章帝曰:"咨!朕靈圖廣運,典學端程,以有此盛事也。"蓋其采遺得詣,綜論持平,道訓所以在《易》家之列,誥誓所以興中文之争,《穀梁》所以有五家之議,《禮經》所以有三百之名。《左氏微》二篇尚在,《詩魯故》廿卷猶行。是皆折衷糾確,鉥摫自精。覽兹所議,寥朗而明,其當撰通德之論,而一綜其大成。

所以首著崔駰之《易》,旁存魯氏之《詩》,《尚書》則丁鴻舊説,《公羊》則李育承師,樓望則學通嚴氏,景伯則《禮》注訓辭。皆足篇翰,綜其博奥。方筴點其離奇,分群説而自若,顧四隩而款其。

然而當日者許書待寫於臣冲,鄭志未傳夫家法,師説則不盡西京,止字則莫頒令甲。徒見夫青虹紀瑞於庭中,太學觀經而道夾。孰若我聖朝化洽和同,學無淺狹,室陋茅茨,世多曹鄴?此所以進唐而邁虞,何論夫漢京之盛業哉!

賦得盤雲雙鶴下(得"盤"字)

軒舉淩雲鶴,雙飛欲下難。無心空際落,比翼望中盤。擘絮山川迴,鳴皋宇宙寬。思縈千里夢,勢狹九霄搏。𩙪𩙲形摩白,回翔頂映丹。風輕疑有影,露冷警知寒。宛轉依危岫,翩翻拂遠巒。聖朝瞻紃縵,班序列鴛鸞。

晨起至同興樓,赴鞠師、静皆之招,爲公送閩縣周師事(師爲己丑會房考官,名雲章,號郁齋,故於己丑冬月京寓中)。余定送二十金,自後每年送十二金。晚歸,至國史館,與蒲孫一譚。二十七日。

二點半鐘即起,預備引見。三點鐘至西苑門。五點鐘排班。即進中海,至勤政殿。江蘇係第四排,共九人,余列第六。口奏履歷云:臣〇〇,某省進士,年若干歲,翰林院庶吉士。畢即回寓。九點鐘時即見圈點單,幸留館選。下午至大哥處。發電報至蘇。晚歸。二十八日。

竟日未爲一事。子涵來譚。同候屺裒,至小合興午飯。二十九日。

光緒十六年五月

天明即起。竟日至師門叩頭，至晚歸。五月初一日。

巳刻出門，拜師門並同鄉。薄暮歸。初二日。

晨起，赴潘鄭盦師席，見漢魏五碑拓本，爲《范式》《成陽靈臺》諸刻，舊爲黄小松藏，有覃溪諸家題。宋拓《滑臺新驛記》爲唐鷦安物，有鉤填描補處。《百濟國》碑大似《鄭文公下碑》字。《梁全夫人碑》爲方彦聞舊藏。又《順治十八年縉紳録》，有紀文達、翁覃溪諸家題甚多。《紹興登科録》爲明翻本，“文天祥”下小注“第十一”作“第千一”矣。初三日。

晨起至師門賀節。午後至亨達利洋行購照像器具。初四日。兩日來熱至百十六分，罕見矣。

竟日出門拜客。初五日。

晨起出門拜客。午至長吴館補祝鳳石前輩壽（本初四），及爲吴碩卿、彭掌絲（綸孫）接風，共二十餘人。初六日。

上午未出門。午後拜客，無一遇者。初七日。

晨起赴頌閣前輩之招，同坐陸景涵，字葆之，善卜，言余明年得試差，在西南方。姑記之，以俟來年。初八日。

晨起赴汪藥階、蘭楣弟兄之招。午後冒雨歸寓。初九日。

竟日未出門，作家書並與友竹、季友、季度、二梅、佑三、子萱各書。初十日。

晨起至長吴館，公祝許鶴巢壽。午後祝昆師母壽，留觀劇。同坐榮仲華都統、鄭王，餘無他客也。晚歸。十一日。

晨起祝廖師母壽。午後畫扇。晚寫扇。十二日。

晨起赴席翰伯之招，同坐高仲瑊前輩（志喆）、董紫珊（□□，即精於製造者）。午後即進城。十三日。

晨起至同興樓，所請客皆不到，候至未刻，譚芝雲始來，同坐祇朱子涵、劉静皆二人。畢，偕静皆至屺裒處。静皆復招至久和興飲，二鼓歸。十四日。

上午未爲一事。午後出門拜客。見榮華卿（慶）前輩。黄再同前輩出示宋畫《雙禽圖册》，有明弘治中女學士沈瓊蓮題，作篆書。見黄皜臣大令（楙材），即遊歷印度成《得一齋雜著四種》者，今調辦會典館纂修，人瘦而老，聞耆阿芙容，頗不似其筆墨也。十五日。

竟日未出門,亦未爲一事。飽食終日,無所用心,可愧可愧。

至木齋處,見渠所藏宋本《後漢書》、宋本《周禮》,皆四邊雙綫。《[後]漢書》即建安善夫本也。宋紹興本《周禮注疏》,半頁八行十八字,字大如錢。宋本《尚書》,四圍甚寬大。宋本《晋書》,係十行十八九字不等,字如胡仿宋本《文選》。又黄蕘圃跋明刻左令注、鮑緑飲校抄《陽春白雪》,有戈順卿補校字,皆精美可愛。尚有十許種,不能盡記憶矣。十六日。

數日出門拜客外未爲一事。取鄭盦師去年所貽古金拓本各加釋文,殊少心得。學力日損,自懼自愧。即此一册之日記,亦不能日日寫之,意智盡變矣。

終日歸思甚切,半有所牽制,以不欲負舊約也。心力盡爲所迷,然自知之而不能自解之。春蠶自縛,秋蜆自懸,殊不可免也。十七至二十一日。

昨讀《西青散記》,曰"雨聲苦",甚然,甚然。今日燭下讀《散記》而惘惘若有所失。雨聲竟日不斷,心中苦悲亦不知其何自來也,百感交集而將病矣。奈何!二十二日。

皕香主人姓顧氏,嘉定工人女也。年七歲,工人貧,短粤婦資,以女償之,限三月贖,不能得錢,遂以英餅卅五易於徐侍郎之族爲寄女。侍郎族有妾,無所出,母之,教以讀。性聰慧,能通《孝經》《女誡》諸篇。又工綉,韈履皆自製焉。歲丙戌,侍郎族平,皕香仍依妾母居。戊子春,妾母携之上海,賃屋而舍。妾故不貞,棄徐氏家,使皕香習絃索歌唱。九月,别覓屋於公羊里,蓋取班氏書所謂"刺綉文不如倚市門"之語焉。靈鶼於十月過上海,初見於酒樓,意惘惘而有所失,若異於常見者。時皕香侍鬟名綉者,侍皕香甚謹。見靈鶼而私語曰:"弗思郎脱果爾尼必罕西。"靈鶼笑頷之。"弗思郎脱"者,譯言此女佳;"果爾尼必罕西"者,譯言君可得之。皆泰西語也。是時皕香譽日噪,過皕香廡者日相接,至子夜始絶。皕香酬接應答,揮灑如無事。然略有干以非禮者,則緩而言曰:"我之應接,母命也;我之身,我主之,母不能有以命也。"於是犯者皆頸頳舌咋而去,數日不相問。母知之,略諷勸,不聽。知綉奴與渠密,使奴勸之。奴隱以詢,遂泫然曰:"我本農家女,不知詩禮。七歲入閥閱門,衣錦綉,飽玉食,以我爲貴家女。徐父教我從兄姊讀,使略知天下有貞節事。今復爲此忍恥含辱之事，我命也。然處污泥而不染者我之身，母不能强我也。其婉謝吾母。”綉聞之而㦤然曰：“有是哉？母再有以非禮干汝者，是非人類也。此事三百六十日，吾可一身庇之。”遂於母前極陳厲害，母意亦少爲之解。己丑秋，綉感皕香事，自念非年少，遂嫁一士人去。别之前數夕，與皕香終晚相對泣，日祝靈鵜來。曰：“彼來，吾負可少釋也。”時靈鵜滯道路，方溺聲色，不肯歸。九月望始至上海，詢之，則綉已去，皕香猶應對如去年。新補一侍鬟曰“寶”者，已羅敷有夫矣。明婉善侍接，規畫世事犀利如老吏折獄。侍皕香謹，猶如綉焉。皕香亦心腹倚之。惟護皕香而時凌其母，不如綉之柔而隱也。知靈鵜與皕香有宿約，故侍靈鵜尤密。每見靈鵜豪蕩揮霍，輒於更漏燈殘下戲而言曰：“吾不能保先生一生，但願早入江三家，不致負宿緣，則吾願亦可終了也。”蓋“先生”者，上海青樓中侍婢呼其主之俗稱，“江三”者，■呼靈鵜也。靈鵜留海上一月，事不成，欲浮海至臺灣。行之日，皕香以事忤其母，母以爪啗其口舌如糜。靈鵜在酒樓不知，招之來，雙淚濕巾袖。闔坐相訝，戲謂曰：“豈江三行而痛戀之若是耶？”皕香終不肯言其母之虐。寶忿然見於色，欲三言之，而皆爲皕香所亂，遂密牽袖而告曰：“天長地久，此苦與同。君意何如？毋如杜牧之在揚州也。”靈鵜笑答之：“姑緩。”遂忿然曰：“負心郎！寧有是哉！吾錯識人矣。”靈鵜復改容謝之曰：“此事恃爾主之。能待一月乎？”寶側睨曰：“果然，吾可待之。久則吾身亦不能自主也。”遂爲别。今歲二月，靈鵜自南粤歸。蓋去歲遇颶風於海，不能進基隆門，逕南引至粤也。歸仍不豐於囊橐，無以報所約。皕香知靈鵜來，急速寶來矙，詢行路勞。寶俟無人時低詢曰：“時至乎？”答曰：“未也。”齇然曰：“吾固知君此去不利。此天也，亦不能責君矣。”越數日，寶之夫來，速其歸。寶欲行而苦戀皕香，皕香亦痛哭不忍别。婉辭之，不聽。怒詈之，如故。來商於靈鵜。靈鵜曰：“皕香前之所恃者，綉耳。綉去而爾來。爾來愛護過於綉。使不失於初而有待於靈鵜。今靈鵜無以踐前約而爾又去，則皕香永難脱此苦矣。去留不敢决，所苦者皕香耳。”寶含淚撚衣帶者半炊許，忽忿然曰：“吾以死護之，君無他慮也。”遂去。是日四鼓，喧傳有女翦鬟於道，爲其夫縶之而去者，群相誚女之不貞而負其夫。靈鵜㦤然曰：“此必寶也。”詢之，果然。嗚呼，靈鵜真罪人也！失信於綉，失信於皕香，失信於寶，且使寶蒙不貞名。靈鵜真罪人也！時匆促北行，遂與皕香别，仍主前約。入都已五十日，不能行，恐終負皕香矣。苦雨竟日，心惄如擣，翦燭作《皕香傳》，正所以傳雙鬟也。皕香者何？廎名也。誰名之？靈鶼閣主也。

論曰：雙鬟皆不知書禮者，而以皕香一語動之，皆愛護皕香如寶玉，而不爲其母所惑，然卒皆不能終事。皕香事之因循而至於是者，豈非靈鶼之罪乎。靈鶼日祝有爲皕香營金屋者，今聞有是人矣。嗚呼，豈靈鶼始念哉！

竟日未出門，亦未爲一事也。二十三日。

晨起至米市胡同，潘鄭盦師招飲。午後進城，至熙吉甫家，見渠兄弟二人，譚至三鼓歸。二十四日。

晨起未爲一事。午後至熙吉甫家，同看大甜水井奎氏屋。屋甚精，擬租賃之也。二十五日。

晨起至貢院前，送大哥考學正學録。午後赴沈樂亭之招。晚歸。郎師有吉林查辦事件之行。二十六日。

上午未出門。下午至屺褱處譚。二十七日。

公請三縣同鄉並拜客。晚歸。二十八日。

晨起赴翰林院到任。先至吏部大堂，跪聽上諭，行三跪九叩禮。畢，再至翰林院，復跪聽上諭，再行三跪九叩禮。畢，再至聖廟行禮，再至韓文公廟行禮。畢，始歸。吉甫招飲太昇樓。畢，拜倪駿極，不值，歸。二十九日。

晨起，至舉廠前看學正學録榜，大哥不在列。至台基廠，見陳瑶圃郎中(邦瑞，浙人，丙子進士)，同至大甜水井候寶瑞臣(熙)同年，擬賃其屋，未能定。候費屺褱，不值，歸。三十日。

光緒十六年六月

晨起拜郎師壽。竟日未出門，知皕香已屬宏農，可賀。其得所矣。六月一日。

千里傳聞風警鶴，一絲消息雪融獅。三年枉自誇靈藥，解得奇方寫悔遲。

不鬥新茶不種花，山家小夢穩如車。誰知六月蘆芽短，新水生時雁落沙。

龍樹雙椏根一本，繭函萬叠繅孤絲。朝看物理歎奇笑，留待人聞達士知。

晨起大雨，屋漏，濕床褥。午初冒雨至城外，招倪駿極（光熊，浙人）、程蒲孫飲於同興樓，畢即歸。晚成三絶句，蓋有所感也。初二日。

竟日未出門。大雨如注，墻坍屋漏，到處皆然也。初三日。

出城，爲蘇州同鄉公請外官。出城泥道可危。初四日。

竟日雨，未出門。初五日。

晨起天稍晴。出門至慶和堂，所請客八人，無一至者。約履新、桐門、石如三人來飲。午後歸，答鍾梓勵同年（廣）。至静皆處，道路泥濘，險極幾危也。初六日。

午赴十刹海文芸閣之招，熟人甚多。畢，至屺褱處一坐，歸。初七日。

上午未出門。下午至前門一遊即歸。購衣服等。初八日。

是碑劉方伯（喜海）《海東金石苑》考證極詳。蓋朝鮮石刻惟此爲最古。近代金石之學日精，蒐羅日廣，屬藩、外域皆見著録。日本舊有《金石年表》，近日傅部郎（雲龍）撰《日本圖經》，輯有《日本金石考》五卷，頗精博。泰西如羅馬、埃及若有古刻，安得有人專輯海外金石，成此一書，則足駕《海東金石苑》而上之矣。玉齋尊丈出此拓屬題，爰書鄙説如右，藉補考證海外金石者一條例。

臨朝六后（章帝竇太后，順烈梁太后，和熹鄧太后、竇太后，安思閻太后、何太后）

樊時勳　馬玉齋　吴徽三　梁雨培（植）　梁蔭南（文炳）　馮玉峰　劉子香（步蟾）

潘兆楹（雪林，浣雲齋主人）

第十五册　光緒十六年庚寅(1890)八月

(書衣題)笘誃日記　第十五册　光緒十六年八月八日始

庚寅八月八日始　辛卯十二月除夕止

光緒十六年八月

八月初八日午正,至一品香番菜館,同坐蘇稼秋、羅篤輔、徐仲孺、蘇玉崑並酤香。至一點鐘時即坐馬車至虹口三菱公司馬頭,上日本船,名"西京丸"。坐上等第四十六號房,陳設精潔(由上海至横濱,船價四十五元)。至船上而送者除五人外,尚有蘇冶生、朱季方。同船張水蒼(寧波人)坐下等艙,略可通語言,餘皆句周格桀,不可通一詞矣。僕人許升坐下等艙,另票價十一元三角。二點鐘開船,出吴淞口。風大,不能起坐,即睡。初八日。[1]

竟日風雨,不能一進水穀,卧床如僵,亦不知所過何地也。初九日。

竟日風甚大。午後食梨兩口,吐水合許,苦甚矣。薄暮船小平,侍者來云已抵長崎。開門視之,山水秀絶。風雨仍大。須臾停輪,即有小舢版船來,尾尖鋭,拋擲於浪中如浮葉。水蒼來言欲上岸,以風大不敢行,即以致長崎各書託渠侍者一送。天已昏黑,進粥兩盂,蓋不能食已兩日餘矣。初十日。

晚膳後坐一寫字房中,有西女,操床琴,如天風海濤,茫蕩萬里,頗似中國古琴,較琤瑽歷落者有雅俗之分矣。

據侍者云,如此大風,一年中僅遇一回也。我何幸,適逢之。

天明,蘇道生偕同店友□□來船,即坐小船至岸。風稍平。先至源昌號,見陳禮華(寧波人)。時張水蒼亦在坐。啜粥一盂。同禮華坐人力車至買書店,皆新書,無一舊籍。得日本地圖兩種,一《日本分邦地圖》,青木恒三郎著,明治二十一年成;一《日本帝國圖》附統計表,矢部善藏

---

① 本頁鈐印"後昭明閣内史"。

編，明治二十三年成。皆新印精密者。禮華招至清洋亭西饌，侍者皆少年女郎，明凈柔約。畢，至法泰，見歐陽獻典(唐式甫、蘇曼漁)合函。至豐記，見朱輔清。至三餘明記，見沈師敏。至鼎泰，候孫廷梁，不值。歸，至源昌小坐，即上船，已四點鐘矣。五點鐘開行，兩岸山色蒼翠可滴，往往水中一小石獨立，松株如蓋。

禮華招游三江寺，即吾中土諸商捐錢建立者。大殿依山而居，門有松數十枝，皆青葱虬結。殿有額，題“明隆慶年鎮撫使某某書”，則由來舊矣。入禪室，有老僧跪坐。問其名，曰仙叟，年已七十餘矣。聞年少時喜收藏，見其布置精潔可愛。出古畫相示，有六如、板橋物，皆僞品。有貝六泉點山水，六泉，吾蘇人，吾曾祖母兄弟行也。吾家舊爲日本銅商，此猶當日未通商時帶來者。又見稼圃所畫一，亦吾家高祖行也。僧有妻，亦同住者。香積厨通山泉，不汲自來。僧出茗飲，甚甘，如浙中龍井。問之，土産也。

中國人居長崎者皆聚居，以閩、廣人爲多。商家無男役，皆弱女子爲之，間有小童爲肩販之役者，各携一小方漆盒，云即飯具也。有牛馬，皆駝重笨之物，馬不騎。人力車到處有之。十一日。

晨起船泊馬關灣。灣不甚大，四面皆山，口門有燈塔，餘多暗樁，大約礁石甚多也。是否有炮台，無遠鏡，不可見。停片時即起碇出口。一路皆山，彌望青葱。民家皆臨水以居，頗似吾國長江。前人過此，往往侈爲仙山蓬島，有烟雲繚繞，皆過神其説也。舟行甚平。午後寫對十三副。一日本侍者見余書，出扇二索寫。扇小而精，頗宜用筆。更書十紙與之，欣然而去。十二日。

燈燦琉璃幔卷珠，匎香酒煖走行厨。如何錦綉叢園夜，却似今吾異故吾。

性靈竅室原聲色，文字功疏爲貨泉。自信放心嗤入笠，却教珠玉責清眠。

立竿有影須求直，拜月能圓未許長。一笑近來知物理，卅年枉自爇心香。

海上仙山如此求，秦皇漢武縱優柔。須知辟穀方成道，妙訣何須再別求(渡海大風，兩日不食，故戲及之)。

離情夜夢疏多密，奇計朝生弱勝强。不信任天終有獲，還疑放手似亡羊。

佛界輪回説轉通，圓機盡在有無中。試看東海長流水，萬曆何從問始終。

語妙千年拙一詞，心機萬縷斷孤絲。越從有處尋真迹，却被閑窗短蠟知。

三載心神守定牢，一言戲笑失神皋。楚王剛熟靈臺夢，十萬精騎走怒濤。

不賦和神共意章，先生此去即黄粱。橋奴杏婢皆同氣，任爾靈狐敢跳梁。

真僞原從夢裏生，不堪月落更參横。靈飛妙迹分明在，鍾紹京原是假名。

天明水蒼來，招往上岸。睡不能起，水蒼先去。少停，又遣人來，即同上岸。仍坐小划，無篷席，略與長崎異耳。先至新泰。同水蒼啜粥一盂。適陳春波、葉鴻英來，即偕至東源渠住處小坐。鴻英招游布引山觀瀑布。即坐人力車，行數里許至山麓，步行至瀑所。匹練下垂，聲震數里。瀑前東人架小屋賣茶，當爐稚女，非博士也。小坐，至温泉浴。浴室人各一，温凉水皆備。泉質炭酸，可療癬痂諸疾。有老婦司浴者衣具，浴及半，忽老婦以槃盛杯水推門入，余惶駭突急，老婦知余不受杯，即去，了不爲怪也。浴室有合幕，有同幕，有獨幕，東人至獨幕者稀矣。畢，至富貴樓午餐。爲東人酒樓，酒保係一老婦、一稚女。出杯箸、茗具，皆古陋，疑非佳器。細視之，杯底小金字三，曰“富貴樓”，精妙可愛。蓋故設此朴製也。鴻英招彈伎來，衣裳拂茵褥，香氣出領巾。携木盒一，中有三弦，折而藏之。彈聲哀怨而清婉，貌亦矜莊，不作狎膩態也。來坐枝香僅百許錢，廉甚矣。歸，即寄横濱信。酉初二刻，坐火車至大阪，酉正二刻到。逕至川口本田二番町清商三十一番震記陳春波店中。小室三楹，頗極精潔。鴻英招飲魁湯亭西饌。地當繁衝，燈火如晝，劇場酒肆人涌如山，屐聲如雨，奇觀哉！畢，鴻英復邀之都亭飲，即日人所爲貸坐敷也。酒傭亦女郎，料理聰明，真能以眉語、以目成者。招一伎來，曰“越户”，柔約馴謹。設卧具請睡。不通語言，意會之而已。其名“越户”甚奇，不可解也。

十三日。

天明即起，在震記早粥。偕鴻英出門，至高麗橋春篁堂山中骨董鋪觀書畫，頗多佳品。大約佛像古者甚多，真不異貫休筆墨也。見唐寫經卷四册二，又魏和叔山水卷，共以二十三番得之，廉甚矣。又得五世叔祖芸閣公遺墨詩册。公曾游日本，有《蘭陵山館吟稿》刻本，吾家已無之矣，不意在海外得一真迹，豈非神靈呵護？且册書於庚寅，距今年庚寅正六十年，又一奇也。見日本古畫祕戲圖百餘種，大觀哉！有絶奇者，有極怪者，非意想所及。又一册，似臨中土唐本，女子無纖足，奇古可駭。午後睡。薄暮春波招西饌。畢，至一書鋪（大阪市東區安土町四丁目百十五番邸鹿田静七松雲堂）。有舊籍甚多，惜匆匆不可盡觀，約明晨至渠處一看也。十四日。

晨起，偕鴻英至松雲堂觀書。見寫經卷二，宋東大寺券墨迹及唐寫經分篇册一，絶佳。又宋藏刻經二册。以直巨，皆未得。歸，至豐記飯。見姚鶴林、張覺生。歸檢行李，欲附火車至横濱。至車場，以無照會，不能買票，即歸。見吴鏡堂，偕鴻英同至酒樓飲。主人招舞伎三人來，又一彈阮咸者來。一人撥阮咸，三人舞，應節合音，聲容並古。此中土古樂，不圖於海外見之。十五日。

晨起已午初，未爲一事。午後偕鴻英、春波、揚子雲、姚鶴林、陳眉卿至照相處，照各相。又至舊博覽會，以時晚不能進。子雲邀至酒樓，招舞伎數人來。有名鶴勇者，出扇索書，爲貽一律詩曰："醉後狂言醒後歡，鶴飛不耐五更寒。春燈易緑波千疊，壁月能圓月一槃。歌舞漢家新樂府，杯羹唐制舊厨官。銀屏金闕尋常事，且向《吾妻鏡》裏看。"飲畢，即偕至寓中作長譚。坐未定，已玉山傾倒矣。蓋不勝酒量偏耽飲者也。十六日。

晨起寫篆屏八幅。鶴勇偕其姊初榮來。午後同往獨立軒照影。畢，鴻英招至老博覽會一遊。中有大鐘，款"承平年"，當唐太和時物，惜未携氈蠟，不能拓其文也。畫幅、磁器頗多佳者，有竹黄小屏，以刀壓成花鳥，樸野可愛，與前日所得木臂閣刻多賀城碑同一妙製也。薄暮至火車場買票，以免狀示之，得成。於酉正三刻即上車。徹夜停數十百處，皆有人上下也。十七日。

天明後至一處，車停。適大雨，同車人皆下車，云須易車行。隨於泥塗中行里許，復上車。於午正三刻抵横濱。少畊觀察、顧敬之兄皆已候道左，隨同坐馬車至領事署中。署爲新造西式房屋，甚暢大，云係借商家錢蓋成，逐年還款者。原有署屋以磚石，横濱多地震，屋皆圻裂，隨改此製也。薄暮至順和棧，候英肇豪(星瑞)、孫□□(朋輝)，即歸。得日本刀二，刀飾極精，僅一元，廉甚矣。使昌黎先生見之，歌不勝咏矣。十八日。

晨起，少翁招遊本牧閣觀海。閣臨海唇，風帆雲鳥，地闊天空。有浴池，以海水，云可療痼疾。暢浴而歸，已夕陽在山矣。十八日。

少翁復招飲於本署，同坐八人，皆廣東商家。十九日。

天明即起，偕少翁坐火車赴東京使署。離車場三里許。署中大半皆日本舊式房屋，前左皆略改泰西營造矣。見黎蒓齋星使，極承款洽。午飯後，偕錢琴齋參贊(德培)、陶杏南翻譯(大均)、陳衡山隨員(矩，貴州人)至日本橋古玩鋪各家一觀，無所得。得《鍾馗病腿圖》，畫幅甚奇，筆意尚古也。上燈，仍坐火車歸。赴順和行之招。二十日。

大雨竟日，未出門。二十一日。

上午大雨，不能出門。午後拜横濱各董事，即歸。同衡山坐火車至東京。余先赴陳喆甫參贊之招(明遠，海鹽人)，同坐莊儆庵(兆銘)觀察、孫子與州判(點)、廖吉人醫官、劉子貞翻譯(慶汾，貴州人)、陶杏南翻譯(大均)。飲畢，歸使署，見蒓齋星使。衡山出星使石印宋元明各家畫幅，甚精；又五色印絹本畫卷，一爲燕文貴臨王右丞《江皋雪霽圖》，一爲宋人李迪畫花鳥，如筆寫無異，亦一絶技也。二十二日。

竟日大雨，不能出門。星使出示西京織絨畫，與寫本無異，五色俱備；又日本女士仿宋院本畫花鳥大幅，中土無此妙手也。

衡山出王夢樓臨古刻墨迹册十二頁，高麗紙，字小者如指頂，絶可愛。據年月，爲先生三十七歲所書，末有先生曾孫王小銕(堃)一跋。又日本聖武天皇、光明皇后寫經合册，聖武字僅兩行，光明字五行。后寫經紙如麻牋，用金界闌，上下金畫花鳥如新；聖武則字如棋子，墨光如漆，頗似東坡書也。日本寫經甚多，本國人見字體即知爲何代何人書，百不失一也。二十三日。

晨起天晴，子與、哲甫來譚。午後同赴岸田吟香家。吟香設一藥店，皤然一老，新病，甚倦見客。小坐即出門，至上野動物院一遊。皆多見過者，惟袋鼠及四不象未經目睹耳。又至淺草寺旁觀油畫。遊一大圓屋，到門納百錢，進内，無豪髮光，盤旋上梯，至頂，四面不見天日，但如身坐炮台觀兩軍相戰，炮火紅天，支體殘折，慘痛之狀，驕快之形，各極其微，但不聞有聲息耳。此圖南北美利堅戰事,所以示後之臨陣者,人力至此,夫復何言。觀畢下樓,又似别一世界也。至文淵堂書坊一觀,見古書可買者甚多。薄暮歸。適星使招飲。晚間羅少畊太守來譚。二十四日。

晨起未出門。原藍水來,蓋三年不見矣。東人中衹此一人熟識也。午後偕子與諸人同訪小蘋女史野口親,小坐。小蘋工畫,人物、花草、山水皆工絶,北宗尤極擅長,惲南田嫡乳也。求其畫《靈鶼閣圖》,並託其轉乞《十二女史畫名花集册》。先送小篆屏一幅,欣然允可。晚子與招飲。畢,同觀東人松旭齋天一技術,神妙不可思議。二十五日。

晨起天雨,不能出門。午後偕衡山觀書鋪,得寫經卷册,尚精,餘皆尋常書籍也。二十六日。

晨起未出門,寫楹帖。午後偕子與遊勸工場。蓋合彼國所有之百物會集於此,以待售者。場屋甚大。物無論價。得漆器各物。薄暮赴星使紅葉館之招,同坐東人則有金井之恭(號梧樓,從四位,勛三等,元老院議員)、重野安繹(號成齋,元老院譯官兼文科大學教授,文學博士,敕撰,貴族院議員,從四位)、巖谷修(號古梅,又號一六,元老院議員)、西岡逾明(號宜軒,箱館控訴院長)、島田重禮(號篁邨,大學教授,文學博士)、向山榮(字欣父,號黄邨,住三田綱町一番地)、森泰二郎(號槐南,樞密院屬官)、三島毅(號中洲,大審院檢事)、宫島誠一郎(號粟香,華族院主事)、南摩綱紀(號羽峰,高等師範學校教諭,從六位)、石川鴻齋(英)、岸田吟香,共十二人。館中舊有女録事領席出歌舞,首名貴女舞,次名狐化人,三名土蜘蛛,聲容並美,皆入古意。垂手折腰,各盡其態。最著名者爲阿誠、阿縫、阿愛三美。有阿久者侍余席甚謹,梧樓戲命飲余酒,贈以指環一,再拜而受之。蓋侍酒甚莊,無狎褻猥瑣之態,頗合唐宋官妓之意,獻媚固不工也。同坐贈余詩者甚多。二十七日。

晨起,偕子與、哲甫、村瀨、藍水照相。再至勸工場一遊即歸。赴莊儆庵之招。午後同子與至淺草寺一遊,頗似吾蘇玄妙觀,雜戲百物俱有。薄暮至湖心亭,赴陶杏南、陳衡山之招。亭翼湖中,四面皆荷花,今已僅存殘葉矣。花時當一佳處也。招兩歌者來,一名福助者,頗秀媚,昨已見其鏡寫真矣。畢,偕子與諸君浴温泉。泉在山麓,屋甚精潔,惟同浴耳。浴未半,忽一東人携其婦來,同浴了不相避,在吾國人視之真奇駭矣。浴畢,至一室小坐,忽有兩東人來,一名田口茂一郎,號米舫,住本鄉區三番町一百二十三號,曾至吾國者,通語言;又一名森常太,號春電,住麴町區一番町二十七番地,前數年曾爲上海滬報館主筆,後遊英國,近又返日本,云至外務省後,即欲至吾京師日本使署也,工吾國語言,年甚少,日本能才也。二十八日。

王振夫貽日本東京地圖,係彼國陸軍省印行,精甚。

光緒十六年九月

自二十九日起至九月十八日止,十九日中未記一字,今只能約略記之矣。

偕黎星使遊雕刻博覽會,牙角、玳瑁、金石、漆木,精刻入細豪髮,象齒尤精妙可愛。主其會者爲榎本武揚,前曾爲駐我國公使,相見甚契好,云與吴窓丈最習。

子與招飲於好樂庵。庵在使署後山之麓,非庵也,乃心出家者借以名之耳。斗室兩楹,雜卉滿庭。庵主已婆然一老翁,聞前曾爲宫内省官者,今已告歸矣。出兩女相見,端莊清雅,長者善書畫,乞其爲小册一幅、靈鶼閣額一紙,隨手揮翰,了無拘態。爰刻小印三以贈之。通中國文字,初見其與子與一小札,精甚,故約與同訪之也。札云:鬱陶悪路難□□□妾樓亦秋氣滿在。①

午後坐火車至神户,携鶴勇、小朝二歌女。是晚蹇虚甫、藍卓峰、朱瑞禹、徐橋孫、楊念慈諸君公餞於吟松亭。歌舞盡歡,各有相别可憐之色。燕畢,先至船上一看。船名神户丸,與來時西京丸制度如一。此次上艙人甚多,皆西人,中人衹余一人也。小坐,復上岸,至新玉,見亞麋子、一樂、愛梅諸女郎。麋子尤繾綣情深,先别去。蓋不得已而出此也。至寅初上船,送者陳春波、張覺生、葉鴻英及歌者一樂、兩侍婢。卯初即啓輪。十七日。

竟日風平浪静。作與黎欽使,陳哲甫參贊,孫子與隨使,羅少畊、蹇虚甫兩領事書。十八日。

昨晚泊薩馬島。今晨出口,風甚大,不能坐。晚間船泊長崎,即偕鴻英上岸,住源昌陳禮華處。十九日。

---

① 原文只録此十二字,其餘爲空格。

晨起，候楊星垣領事，招一飯。午後復至藤屋東饌，同坐沈師敏、陳禮華、楊星垣、葉鴻英，四主人招歌者三人來。畢，即上船。同人皆送至船上。又蘇道生、□□□二人少坐即去。子初，船即啓輪。廿日。

兩日風浪平静，如履長江。廿二日薄暮即抵上海，住同慶公棧兩日，即回蘇。

光緒十六年十月、十一月

到蘇後忙亂異常，檢理書籍、物件等事，至十月十九日始成行。同行者一婦、一子、一女，又一内侄女、一女僕、三僕、一厨夫，兼業師祝心淵，教聰兒者。廿一日暮抵上海。廿二日上岸，住同慶公棧。廿六日坐海晏輪船大餐房。與木齋同船。廿八日到天津。用小火輪自大沽口至唐沽，即止鐵路公司局中。翌日，坐火車至紫竹林，止佛照樓棧中。見楊鵠山（鴻典）、湯伯碩（紀常）、張巽之（孝漁），皆招飲。初五日上車，用大車三輛、轎車七輛，又單套轎車兩輛，大車、轎車共大錢五十餘千文，另單套轎車兩輛，專坐人，不裝貨。一路甚舒服。初八日下午至沙渦門，郎師已命僕人温福在城門口接候。至所定五老胡同之屋，已爲屺裹所居，遂改至長元吴會館暫止。三日中覓得宣武門外醋張胡同内西磚兒胡同之屋，共三十餘間，價十四金。初十日遷進。三日始部序略定，累重非常矣。日記已一月不寫。荒謬至此，自知無恒心，可愧可懼。十七日。

見黄再同前輩藏雲南大士像石拓本，有桂未谷題云："大士玀夷人，以土音而訛爲白衣。"語甚奇。

再同又藏宋崇寧福州刻《撰集百緣經》殘本一册，與余所藏熙寧刻《大般若波羅蜜多經》十册略異，與無年月殘本《廣宏明集》字形、紙色皆同。

書客李怡亭云，渠有葉石君批《前後漢書》、孫淵如校《釋名》兩種，皆於蘇得之。

晨起，至南池子郎亭師處，代寫楹帖，上燈歸。十八日。

上午未爲一事。午後出門拜客，見芍農師，久譚，云藏明代野史甚多，皆手抄本。十九日。

竟日未出門，客來甚多。徐叔鴻侍郎（樹鈞）云，阮文達所得天一閣整本《華山廟碑》今在嵩犢山師處。二十日。

晨起,至米市胡同,公祭潘文勤公。文勤爲余會試座師,場中極賞余卷,知遇之深,惟順德李芍農師可與竝比。猶憶今年六月中侍坐東華門黄酒館甚久,别後從此南歸,竟成永訣,念之嗚噫。知醇邸薨。晚讀諭旨,知從高宗純皇帝《濮議辨》,稱爲"皇帝本生考"。二十一日。

竟日未出門,亦未見一客,亦未爲一事也。王薇閣户部來譚,上燈去。寄喜字第一號家書。二十二日。

竟日未出門。欲檢理書籍,亦未得成。竟日不知爲何事也。二十三日。

晨起至米市胡同,爲己丑同鄉同年公祭之事。主其事者爲屺褱,而久候不來。未刻始匆匆一祭之而散。二十四日。寄喜字第二次稟。

庚寅舉人浙江蔡元培,文字學龔定盦,場作三藝如先秦故書,出王芾卿前輩房,非王公不能閲此卷也。

挽潘文勤公聯:"收藏多過阮文達,痛哭今無朱笥河。"自撰堂下楹聯:"藏書頗憶海源閣,積古長師滂憙齋。"

王鳴盛、錢大昕、王昶、朱筠皆甲戌一科進士(王係中書,餘皆編修)。

竟日未爲一事。下午至鞠常師處,見金星軺刻《清江貝先生集》,甚精。板後歸汪氏屋展研齋,故又有汪屋名。寄胡二梅書。廿五日。

晨起寫潘文勤御製碑文。午後郎亭師來譚。廿六日。

汪容夫嘗選《哀江南》以下數十篇爲《傷心集》,見《揚州畫舫録》卷六。

竟日未出門,亦無一客至。廿七、廿八日。

晨起未爲一事。午初木齋來譚。李少薇(嘉德)來。少薇爲薇生太守子,陸鳳石前輩婿。廿九日。

以唐寫經卷二呈可莊師,以唐寫經卷一貽再同前輩,並向再同借觀新羅畫蘭長卷。

楊氏亦能書　宋張端義云:"真定大歷寺有藏殿,其藏經皆唐宫人所書,經尾題名氏,極可觀。内有塗金匣,藏《心經》一卷,字體尤婉麗。其後題云:'善女人楊氏爲大唐皇帝李三郎書。'"(《書史會要》)

光緒十六年十二月

竟日未出門。可莊師來譚,云藏有唐寫經卷二,皆小字者。又有一卷云字甚小,結體如《圭峰》《道因》諸碑,尚未購得也。與余所藏《妙法蓮華經・授記學人記品》卷同。初一日。

竟日未出門,亦未爲一字。康達甫前輩來(際清)譚即去。初二日。

天平十三年,令諸州寫經造塔(《和漢年契》○按:天平十三年當唐開元二十九年)。

天武天皇白鳳元年春三月,始使寫《一切經》(同上○按:白鳳元年當唐咸亨三年)。

孝謙天皇天平勝寶三年,幸東大寺,四年再幸東大寺(同上○按:孝謙爲光明后女,當唐天寶十年,六年再幸)。

天元二年,幸八幡、平野兩祠(同上○,天元二年當宋太平興國四年)。

保延六年春三月,八幡祠火(同上○,當宋紹興十年)。

文治四年,重修東大寺(同上○,當淳熙十五年)。

欽明天皇十三年十月,百濟獻佛像、佛器及經卷(同上○,當東魏元帝承聖元年,亦即北齊天保三年)。

推古天皇二年,詔興隆佛教,造佛寺(當隋開皇十四年)。

慶雲元年,始鑄諸國印(當唐神龍元年)。

清和天皇貞觀元年,造八幡祠於南山(當唐咸通元年)。

延喜十一年,東大寺火(當唐天祐八年)。

晨起出門拜客。午赴劉静皆同年之招。初三日。

晨起熙吉甫同年(元)來譚。吉甫年甚少,且爲貴公子,而通曉時務,切實讀書,所言多中要。

下午弔潘文勤之喪。見仲弢、子封兩前輩。

晚歸,燈下讀周叔畇(星詒)《鷗堂日記》,言大考事,頗爲之惘然也。初四日。

叔芸筆墨有幾處極似《板橋家書》文理。

讀《東鷗草堂詞》,覺其一往情深,頗似草窗。

日來索舊逋者急如火,狠如虎,囊橐空然,無以應之,聽其叫號而已,非得已也,實逼至此耳。夜燈思之,悶不能寐。檢按頭書讀之,適見毛意香題祝枝山《三暢咏》墨迹,云:“聞祝公善逋,想二百年前今日之京兆必爲催租人所困矣。又聞祝老善諧謔,嘗捏鼻作婦人聲以避客。才大如此,乃爲柴米瑣屑事潦倒,吾輩不事生産,安得不懼乎?”嗟乎,余如祝公之逋而不能捏鼻以避客,才且不如意香,何論京兆,其懼更可知矣。意香又曰:"今而後知古人之放誕皆非天生,大半爲境遇所迫耳。允明之通衢夜飲、抱瓮粥書,張夢晋之控鶴長嘯、乞食於市,唐六如之冒雪行歌,徐文長之錐耳流血,皆非賢哲本色,情殊可憫。久與掃癡相訂,登吴山最高頂痛哭,半阻風雨,半阻人事,胸中有物如巨石然,殆所謂塊壘乎?"標嘗至窮愁之時,時覺眼酸欲哭,若一觸傷心事,輒淚涔涔下也,自號"今唐衢",不意先輩亦早有此等肝肺矣。"放誕皆非天生,大半爲境遇所迫",兩語誠然誠然!

竟日未出門。窮愁亦不自閑也。初五日。

晨起,送潘文勤師之殯。初六日。

晨起,哭孫子授師於化石橋,距師亡已二十日矣。初七日。

竟日如在霧中行,日短晷促,未爲一事也。初八日。

竟日未出門。燈下讀《吴會英才集》,取洪北江、孫淵如詩讀之,知孫小於洪七歲。初九日。

畢尚書羅致天下名士於關中,而一一皆感念不忘,此何故歟?豈區區束脩可籠絡之耶?孫、洪當日皆未通籍,而賞識特至,不可謂不識人也。

淵如哭朱笥河句云:"八百孤寒連夜接,千秋四部一言開。"可想見其風采。

乾嘉駢文獨賞北江,乃駢文中之有性情者。

聲韻之學,乃係神悟而得之,故各箸書而各不同。其説其書衹可爲自用之書,若欲强天下人而必從一書而知微者,此妄念也,故聲韻之書各有箸述而各不通假。

晨起未爲一事。午後至南池見郎亭師。師出示沈石田《支硎南峰圖卷》,有文停雲跋並録石田詩及停雲和詩,國朝有沈確士跋云:"圖、跋本兩家物,沈合裝之。圖後段已失,沈屬張宗蒼補之,無毫髮異,亦神手也。"初十日。

得章碩卿書,言皕香已以四千金歸譚三公子矣。

竟日未出門。吴子修前輩、孫文卿同年來譚。得粵雪澄電並廣雅修百零六金。又劉峩山前輩來譚。

燈下讀《通鑒》兩卷,以朱句讀,自今日始。十一日。

上午未爲一事。午後偕燕秋、心淵至東江米巷。得稼秋、子與書。

十二日。

東坡詩中有："胡穆秀才遺古銅器，似鼎而小，上有兩柱，可以覆而不蹶，以爲鼎則不足，疑其飲器也。"又自注："有古篆五字，不可識。"紀文達評蘇詩云："以形象考之，乃爵也。"按：坡公豈並爵而不知乎？此即禮器中所謂"斝"也。斝大於爵而小於鼎，故云"以爲鼎則不足"；"有五字可識"，當即象形古文奇字。今金器款中如此類者正多，後之人必依附旁證而識其字，究合歟否不知也，故不如坡公之云"不可識"爲當。

兩日未爲一事。十三日、十四日。

午後約鞠師、咏春、勝之西饌。十五日。

上午未爲一事。午後同燕秋游琉璃廠各書肆。十六日。

上午唁黄再同前輩之喪。午後游琉璃廠，見董臨米山水立幅，尚佳。江上女史周禧畫花鳥卷，設色濃厚，即所謂臨宋五彩本《本草》也（在博古齋）。歸，適囑僕人向書肆取回抄本《樂府考略》一書，共三十二册，無序目、撰著人名字，大旨取元人百種曲及後代諸家雜劇，各取正史考證糾謬，頗有所取也。十七日。

余曾爲皕香畫鳳仙花於秋扇並題二律句。余於皕香三年，只此兩詩也：

不知種誰國，也入譜群芳。嬌影憐幽草，新愁繞畫廊。漢宫春已改，仙界夢難忘。别有傷心事，啼饑是鳳皇。

敢將南國色，移傍畫闌邊。瘦鞠求非偶，藂芳讓此妍。雙飛疑蛺蝶，孤影妒嬋娟。莫作當門草，幽蘭剙可憐。

爲王芾卿前輩題所藏《斯文贈言》卷，皆□時名公十三人與王文恪手簡也。芾卿前輩爲文恪後人，故重裝而索人題句：

尺幅如山性癖多，遺文收積愛摩挲。輸君獨有傳家集，三百年來字不磨。

三年幾過崇文街，每憶前賢一動懷。安得風流繼盛昔，各將雅集闢幽齋（崇文街，文恪所居，與周原已、吴文定居近，各有林亭之勝，見簡中）。

莫釐圖本見前年，文定周遊畫石田。痛絶西河今宿草，忍尋遺篋感雲烟（沈石田與王文恪、吴文定游莫釐畫卷，舊藏華篴秋舅氏荔雨軒中，今歸他人矣）。

燈下忽憶今日爲東坡生日，偶成四絶句：

燈影回紅茶熟後，始知坡老是生朝。椒漿筍脯家厨窘，誰挹寒泉當荔蕉。

畫象收藏有各家，年年破屋掛横斜。如何一踏長安道，便冷閑窗玉畫叉。

雪壓枝頭月上檽，不甘送煖借湘醽。朝來只是瞢騰睡，冷煞先生寫贊屏。

徐聞入海儋州路，我昔曾經六月過。更憶惠州湖上事，朝雲墓上哭東坡。

《海鹽縣圖經》："金粟山寺有藏經千軸，用硬黄繭紙，内外皆蠟磨光瑩，以紅絲闌界之。書法端楷而肥，卷卷如出一手。墨光黝澤，如髹漆可鑒。紙背每幅有小紅印，曰'金粟山藏經紙'。後好事者剥取爲裝潢之用，稱爲'宋箋'，遍用宇内，所存無幾。有言此紙當是唐《藏》，蓋以其製測之。然據董穀，以爲紙上間有元豐年號，則其爲宋《藏》無疑矣。"(張廷濟《桂馨堂集·清儀閣雜咏·金粟箋》注)

竹垞先生有一印曰"七品官耳"，見《清儀閣詩》自注。然則板橋一印有所本也。十九日。

竟日未出門。二十日。

晨起赴李芍師處飲，同坐有蒯理卿前輩、李新吾庶常。李言見馮展雲家趙書《十七帖》，欲售與人，頗佳也。二十一日。

竟日未出門，亦未爲一事。二十二日。

竟日未出，寫春聯十許幅。上第三次稟。二十三日。

晨起拜周子玉(懋祺，浙人，福建道)。候勒省旃(深之，江西人)不值。至郋亭師處，晚歸。二十四日。

竟日未出門。午後郋亭師來譚，至晚始去。二十五日。

晨赴郋亭師之招。見顧緝庭丈藏宋牧仲、竹圃亭諸家札四大卷，匆匆僅閱一卷也。二十六日。

郋亭丈貽百金，爲度歲資。

以八十一金購一車，一羸敝病可憐，爲京師買車之始。

晨起未爲一事。午後至屺裒處，索渠題唐寫經籤。廿七日。

竟日未出門。廿八日。

午後至各師門處辭歲。廿九日。

上午未出門。午後至各師門處辭歲。三十日。

光緒十七年(1891)辛卯正月

辛卯

晨占牙牌數,曰:"比匪爲偶,蠅營狗苟。小草露華滋,沾潤亦不久。"《靈棋經》曰:"上有賢君,下有讒臣。日月明照,不見暗塵。"

晨起祝李高陽師壽。即至郎亭師處午飯。晚歸。木齋同年來譚。正月初一日。

竟日出門賀年節。初二日。

晨起未出門。午後偕勝之、咏春、燕秋、心淵至琉璃廠,擁擠殊甚。初三日。

余十一二歲時,母氏命工製二大筐,招一工人,晨擔之出,晚歸,收各處字紙而焚化,得一擔酬以百錢,月三次,而所收甚多。余每於放學時於字紙中檢殘書剩稿讀之。時方經兵火不十年,故家舊室頗多叢殘,不僅往來書會計簿也,故數年中見舊籍甚多。所有舊拓帖本今尚有存者,皆佳品也。放學後不耆好於常嬉而得親近文字者,未始非此收字紙之功。

余八歲時,外王母每於夏夜檢《三國演義》陳説之,聽之忘嬉。下學多閑,亦自檢書看之,頗能解其文理。今阿聰已十歲矣,舉《演義》示之,亦覺欣愛,然不能通其文。年夜放學,先生講與聽之,少遲,余詢以所講何事,則已不能舉其名矣。嘗憶外王母講至關壯繆玉泉山顯聖事,余不覺淚涔涔下,外王母亦因之而中止。二十四年至今,猶在目前也。

近得一抄本書,三十二册,曰《樂府考略》,無箸輯姓氏,皆取元明以來雜劇,用各書考之,於勝國遺事頗有辨駁。賈人以其爲小説書也,不之重;旁人亦以爲小説書也,無過而問者。余獨以廉價得之,重其不常見,且知其非無知而妄作者。① 頃讀大興劉繼莊(獻廷)《廣陽雜記》第二卷(此書潘文勤刻入《功順堂叢書》)一則云:"余嘗與韓圖麟論今世之戲文、小説,圖老以爲敗壞人心,莫此爲甚,最宜嚴禁者。余曰:'先生莫作此

---

① 眉批:此書徐頌閣前輩亦有之,名之曰《傳奇彙考》,大約乾隆年間南巡,蘇、揚紳士所撰,預擬劇場備查之書。

説。戲文、小説乃明王轉移世界之大樞機,聖人復起,不能舍此而爲治也。'圖麟大駭。余爲之痛言其故,反覆數千言。圖麟拊掌掀髯,嘆未曾有。"余收此書,亦即繼莊意也。惜繼莊未詳言其故,當必有動人者。

《西圃集》卷二《宋人尺牘跋》曰:"滕君逸湖好古,多收藏,復贈余黎惟敬'宋人妙迹'四字,綴之幀首。"

竟日未出門。初五日。

下午偕燕秋至琉璃廠火神廟,見熟人甚多。百貨排列,頗有精品。珠玉尤多也。初六日。

袁清容定《靈飛經》爲鍾紹京書,董文敏以爲開元時經生皆仿褚河南,此獨宗右軍《黄庭》,恐不盡然也。今春余在印君庚實處得觀唐人墨迹《法華經》不全本,其結體與《靈飛經》正相類,則知唐人寫經自有此體,未必出於鍾紹京也。至《黄庭》運筆甚古,與此亦不同,具眼自能辨之(《匪石遺文》)。

午顧緝庭弟兄招飲。畢,至屺懷家,見趙書《妙法蓮花經》第五卷,曾經火燒,失其上段,上有王儼齋、英煦齋收藏印。又有成親王跋,記現存二十四開,字數千餘字,又煦齋一跋。卷末有"大雅""趙氏子昂""天水郡圖書印"三印記。紙似羅紋,烏絲界畫,字體絶似唐寫經,而墨色不甚黑,筆致稍柔媚不同耳。又惲、王合璧小册,皆墨筆,荒率之致,可掬。册面滕逸湖爲藝海樓主人題簽,舊爲顧湘洲物也,有"顧子山祕笈印"。

晨起至琉璃廠,遇郎亭師,同至蔚若前輩處,觀所藏書畫。有《青林高會圖》,乃勝國遺老鮑圖一時名流十人:董思翁面白而方,陳眉公瘦敝而有寒儉氣,王百穀臉甚長而高其冠,微髭而色蒼,黄貞父、雲栖大師皆已老矣,餘五人則忘其名。有一老髯長過腹,圖中亦不指何姓名。宋石門仿黄鶴山樵長卷。唐六如山水長卷,題四絶句頗佳,似畫漢宫春事,惟非畫苑筆墨耳。查梅壑仿大米卷,設色,自題一絶句。金冬心畫梅小卷,絹本兩段,有梁山舟一題。焦理堂《紅薇翠竹詞稿》墨迹卷。皆佳也。初八日。

晨起拜客。午後約吴炯齋(士鑒,己丑浙江舉人)、張伯納、王伯恭(儀鄭,戊子舉人,未到)、孫問清、王薇閣飲。初九日。

晨起拜年。初十日。

數日來未爲一事,亦未記一行也。十一日至十四日。

上午未爲一事。午後至琉璃廠一遊。至文遠堂書肆，見去年所(有)[見]元本《玉篇》五册尚在。去年以其破爛而價昂，還之，今問，須五金矣，即携歸。手自去其襯紙，頗費工夫。因此書已至日本，爲彼國重裝，漿厚而難揭也。十五日。

茀卿招，暢譚竟日。十六日。

阿聰開館，勝之同年之侄來附讀。午後勤省旃來譚。晚飯後始去。十七日。

竟日未出門，亦無一客來。手治《玉篇》襯紙，尚未盡去。内子静君相爲助理。十八日。

與張伯納同作主人，招朱子涵、張季端、李木齋、劉静皆、王勝之、丁亦康、徐擘芙同年、葉鞠常師，日暮始散。十九日。

窮愁友道拙，貧態僕心誹。世事隨年進，青燈淚濕衣。

長安不易居，古語豈欺予。或有黄金屋，開書學蠹魚。

相對牛衣泣，旁人不我知。更殘風静夜，痛哭五言詩。

亦效平原俠，還疑阮籍狂。世誰青眼客，對坐壁燈凉。

三代方策，遐哉邈矣。炎漢初興，書皆竹帛。班《志》所謂篇，竹書也；卷，則帛書也。後世書不用竹帛，皆冒篇、卷之名，失其旨矣。《風俗通義》：劉向典校書籍，先書竹，改易寫定，可繕寫者以上素。蓋西京之末，猶用竹爲多，故歐陽、大小夏侯《尚書》多脱簡，而班《志》所載，亦篇多於卷也。後漢宦者蔡倫，因縑貴簡重，不便於人，以意造爲紙，史稱“莫不從用”。然考獻帝西遷，圖書縑帛，軍人取爲帷囊；吴恢爲南海太守，欲殺青以寫經書。是東京之世，紙猶不甚行矣。《抱朴子》自叙家貧乏紙，所寫皆反復有字。《世説》戴安道從范宣學，所爲宣鈔紙亦鈔紙。然則廢竹帛用紙，其在魏、晋間乎？《書序正義》引顧氏曰：“策長二尺四寸，簡長一尺二寸。”《聘禮疏》引鄭君《論語序》：“《易》《詩》《書》《禮》《樂》《春秋》皆二尺四寸；《孝經》謙，半之；《論語》八寸策者，三分居一，又謙焉。”此古簡策之制。《隋書・經籍志》：宋武入關，收其圖籍，府藏所有才四千卷，赤軸青紙，文字古拙。煬帝即位，秘閣之書分爲三品：上品紅琉璃軸，中品紺琉璃，下品漆軸。《舊唐書・經籍志》：凡四部庫書，皆以益州麻紙寫。其集賢院御書：經庫皆鈿白牙軸，黄縹帶，紅牙籤；[史庫鈿青牙軸，縹帶，緑牙籤；子庫雕紫檀軸，紫帶，碧牙籤；]集庫緑牙軸，朱帶，白牙籤。此古卷軸之制。夫筆行而書刀廢，紙行而縑帛廢，日趣便易，造述愈滋。故向、歆著録，財萬三千，至唐臣修《隋志》，則幾六七倍焉。開元時，兩京書庫所儲，則幾十倍之焉。唐以前書皆寫本，放失最易，故世傳唐籍，只有釋氏寫經，絶無儒家言。近獨山莫氏得《説文·木部》，又日本澀江全善等《訪古志》中所載卷子本甚夥，皆未可盡信也。書有槧印，權輿于鄭覃之壁經。迨唐長興三年，國子監刻《九經》；漢乾祐二年，刻《儀禮》《周禮》《公羊》《穀梁》；周顯德二年，刻《經典釋文》，而其風始暢。夫以綫裝代卷軸，便已；以鏤板代寫官，則更便焉。士大夫佔誦，家置一編，省傳録之煩，流播寖廣。五季而後，亡書較少，緊雕本是賴。獨是書經複刻，訛踳滋多，帝虎陶陰，所在皆是。宋初，胄監刻經史，命儒臣校正，號稱精審。然宋景文校監本《漢書》，中脱兩行。岳倦翁稱"監本經史，多仍五季之舊，與俗本無大相遠"，則亦未爲善本也。宋時官私刊刻，不勝僂指，監本之外，大端約略可數：一曰家塾本，相臺岳氏、剡川姚氏、瞿源蔡氏之類是也。一曰書棚本，臨安府棚北大街睦親坊南陳道人書籍鋪、太廟前尹家書籍鋪之類是也。一曰州郡官刻本，宋諸道監、帥、司及軍州邊縣戎帥，皆有公使庫，詳《朝野雜記》。《朱子集·按唐仲友狀》云："據蔣輝供，斷配台州牢城差，每月開書籍供養。去年三月，唐仲友叫上輝，就公使庫開雕《揚子》《荀子》印板。"又紹興本《太平聖惠方》卷末云："福建路轉運司今將國子監《太平聖惠方》一部修改開板，于本司公使庫印行。"蓋宋時州郡准用公使庫錢，因就庫開局刻書，故今時有台州、泉州、撫州公使庫本。此外官本，或稱漕臺，或稱郡齋、郡庠，凡不言公使庫者，當是捐資自刻耳。南渡以後，所至郡府，多刊文籍。故吴明可帥會稽，獨不傳書，王明清以爲異也。葉石林謂"福建本遍天下"，考今時所傳閩本，以建安余氏爲最著。有宋有余仁仲、余恭禮、余唐卿、余彦國，元有余志安勤有堂及雙桂書堂。然元之勤有堂刻書雖多，不逮仁仲萬卷堂遠甚。他若建安虞氏及黄善夫、阮仲猷之屬，亦皆精好。蓋宋刻惟麻沙鎮本最儜劣耳。元又有高氏日新堂、鄭氏宗文書堂、劉氏南瀾書堂，名雖家刻，實則坊塲，此閩本之大概也。元時官刻，内則興文署，外則諸路儒學及書院，咸稱精善。余所見元刻之佳者，以《茅山志》及《張伯雨集》爲最。綜而論之，北宋字體方勁，純是率更筆法。紹興以後，疏放之中仍含遒古。元則圭棱盡去，一覽無餘矣。宋刊宋印，大都用公私簿賬，以余所見，若《爾雅》單疏、《宋文鑒》《洪氏集驗方》《北山小集》皆是也。宋元舊槧，明代傳世尚多，故鈐山堂著録以數千部計。至明季變亂，而古刻始漸就散逸，以蒙叟、遵王兩世之勤搜，宋刻不及百種。述古、延令書目，均别出"宋板"，而汲古藏書，至以"宋本"二字鈐卷端，其珍貴可知矣。三百年來，凡大江南北以藏書名者，亡慮數十家，而既精且富，必以黄氏[士]禮居爲巨擘。蕘翁之書，有竹汀、澗薲爲之考訂，香岩、壽皆、仲魚諸君與之通假，故自樵刻以及校鈔，靡不精審。洪北江論藏書家次弟，斥蕘翁爲賞鑒家列傳，是瓶花之次，非篤論也。蕘翁晚年，其書歸汪氏藝芸書舍，繼又歸昭文瞿氏，最後歸聊城楊氏。今士禮精本，泰半在瞿、楊兩家，其餘各家所得，不過一鱗片甲而已。光緒初元，余與管子操敔、葉子緣督爲瞿氏編校書録，鐵琴銅劍樓之藏無不寓目。既而葉子館潘氏滂喜齋，凡文勤公所藏，君又遍窺之。葉子自恨家貧力薄，不能多得異書；又嘆自來藏書家節食縮衣，鳩集善本，曾不再傳，遺書星散，有名姓翳如之感。因網羅前聞，捃摭逸事，竭八九年之力，由宋元迄今，得詩△百餘首。貴如明代衡、徽諸藩，微如安麓村、錢聽默之屬，無不備載，采集可謂富矣。蕘翁《所見古書録》今既無傳；澗翁擬撷藏書家精華，彙著一録，亦未克就。乃君書竟及身寫定，夫非藝林絶業乎？世有竹垞其人，必當爲珍裘之賺矣。君著書宗旨，意在搜揚潛逸，故於考槃幽懿，鄉曲遺聞，纂述尤具。吾吴先哲如柳安愚、吴方山、陸聽雲、王蓮涇之屬，皆生不越窐巷，名不絓通人。君一一考其生平，采摭甚備。又如糾雁里草堂之誤，補璜川吴氏之世系，訂墜蒐殘，裨益志乘非細。昔顧俠君選元詩，夢古衣冠人來拜；君闡章之功，什佰秀野，其亦有冥通之異夫？光緒辛卯孟陬，仝邑[王頌蔚撰]。

此王茀卿前輩爲鞠常師序《藏書絶句》序也，乞燕秋録存之。

晨起未爲一事。午後出門，至梁杭叔同年寓（在豹房胡同法華寺），觀其收藏金石、書畫、碑版諸屬。藏歷代刻石至五千餘通，共十餘篋。帖有宋拓十二《蘭亭》，舊爲劉燕亭藏，宋拓《太清樓》殘本一册、宋拓越州石氏《孝女曹娥碑》一册、宋拓《十七帖》一册、宋拓越州石氏《十七帖》一册，合一函。宋理宗書《孝經石恪圖》卷、錢舜舉畫《蓮社高賢圖》卷，皆佳。趙子昂《陶淵明遺事圖》，白描紙本，似臨本。《自記所藏拓本目》，歷代分記，共六大册，題曰《麟枕簿》，中有漢陳德殘碑，云確爲牛定山僞造。至郎亭師處，見《張黑女碑》拓本，絶佳，已開唐蘇靈芝一輩氣味。

又見明拓國學本《蘭亭》一册。廿一日。

晨起，至木齋處，觀宋拓《定武蘭亭》薛本，有王良常札附後。觀宋本書二十種，元本書十種，明刻、抄、校廿種，大都佳品。兹將目列後：

宋本《纂圖互注論語》(雙綫邊，字極精)

宋本《李善注文選》(即胡刻底本，後多一跋)

宋本《詩人玉屑》四册

宋本《柳文》

宋本《尚書孔傳》

宋本《春秋胡傳》

宋本《周禮》(八行大字本)

宋本《名臣碑傳琬琰集》(十五行半頁本)

宋本《説文篆韻譜》(趙凡夫藏)

宋本《萬寶詩山》(此疑元刻)

宋黄善夫本《兩漢書》(極精)

宋本《白文尚書》(密行小字)

影金本《孔氏祖庭廣記》(有何夢華印)

元本《金陵志》

影宋本小字本《説文》(有淵如跋，云贈錢同人七十金爲抄寫之資)

明初本《無錫志》

藍格抄本《北堂書鈔》

明十卷本《曹子建集》(有蕘圃跋)

舊本《荆南唱和詩》(蕘圃跋)

明《古今注》(蕘圃跋)

明本《友會叢談》(蕘圃跋)

宋本《莊子鬳齋口義》

宋本《太上感應篇》

薄暮，偕問清至彼寓小坐，聞盧桂清同年(叢林，雲南會澤人，編修)故於雲南館中，六日始得殮，寒苦異常，一婦一孩，孩僅四歲，袴襦無棉，可慘也。擬偕問清明日唁之。廿一日。

晨起未爲一事。午後郎師來譚。暮至問清寓，擬同唁盧同年之喪。適問清已出門，候久不歸。有羅南橋大令(東之，台州人)者，聞黄灼□言盧同年身後蕭條，慨賻白金八兩，以向無瓜葛之人忽助此窮無可告之孤寡，仁人哉！不可多得也。廿二日。

上午至問清處。又至雲南館唁盧同年之喪。午後在家。廿三日。

竟日未出門。晚至江蘇館，爲彭子嘉招飲。廿四日。

《靈飛經》題鍾紹京書者，始於袁清容，不自思翁始也。見《鈕匪石日記》。

讀《愛日精廬藏書志》，知月霄所藏並不甚精，宋本皆殘帙，元刻不多，抄本皆出文瀾閣，影抄皆新從黄蕘圃處所出，校本稍有可觀。

竟日未爲一事。午後出門，候黄再同前輩，不值，即返。廿五日。

讀黄琴六《弟六絃溪文》，知張月霄則鍾於經籍而兼愛宋元人集，時陳子準與之偁"兩藏書友"。陳則專於史志而旁耆説部。兩家之藏不下十餘萬卷。去其世有傳本與秘而無關學問者，彙宋元舊刻及新舊抄，遴其精妙，尚可得一二萬卷，其中多吾邑錢、毛兩家舊物。

讀趙雲松《檐曝雜記》，亂無頭緒，蓋後人取其隨手掇拾之簿録而刻之也。記洪承疇事前後重出。後附方藥，直似三家邨蒙師帳紙簿矣。世間豈獨一《潛邱劄記》哉。

竟日未爲一事。晚間省旃、王伯恭（儀鄭，泗州人，戊子同年）來譚。伯恭好學，然較省旃不如也。廿六日。

晨起出門拜客。午爲己丑一甲三同年及杜翹生四人招飲於餘慶堂，同年中到者約五十餘人，暢飲盡歡而散。廿七日。

晨起拜客。後至萬福居，應熙吉甫之招，暢飲之竟日而散。得母訓。廿八日。

竟日未出門，亦未爲一事。廿九日。

光緒十七年二月

上午未爲一事。午後拜許鶴巢世丈（玉瑑），以日本印泥、明刻《雍熙樂府》綴贈，未值。至徐箽芙同年處，談久始歸。二月初一日。

上喜字第四次稟。是日偕諸人公請同鄉。初二日。

從芾卿前輩處假得瞿氏《鐵琴銅劍樓書目》，夢想十年不得，今始窺全豹矣。初三日。

至咏春前輩處寫白摺一日。初四日。

至福興居赴同鄉招飲春酒。初五日。

王茀卿、馮夢花兩前輩招飲於江蘇館，同坐可莊師、黄仲弢前輩、沈子培主事。仲弢言近有人以汪容甫舊藏《雲麾碑》押於端午橋主事(方)處，得五百金，後有王夢樓跋，極詆容夫，至書其字曰“庸夫”，且云玉玲瓏山館物皆汪一人稗販而出。

端午橋專好刻石，近以二千金攆山左《郭休碑》來，手自洗净拓之。又得有魏墓志及諸刻石。

余新以十金得宋宣和賀世聳常講記刻石，石出涿州，不見著録，文體四六，書字亦工整。尚有一遼經幢，爲篯珊前輩所得；一隋造象，則不知爲誰有矣。又見一金大定經幢，以其僅有年月，一無考證，還之。皆房山一王姓者送來。

吴文定抄書雖皆胥史所寫，其首末二頁皆自書之。菊常師云。初六日。

晨起已午正矣。即至聚寶堂，赴孫虎峰之招，同坐皆戊子同年。晚作稼秋、少芙、淡平、仲孺、萱波諸書，託童波購木器。初七日。

晨起進内城，晚歸。初八日。

兩日未爲一事，飲食而已。初九、初十日。

竟日未爲一事。晚赴余壽平同年之招。十一日。

與鞠師約請劉莪山、李木齋、杜翹生、張季端、熙吉甫、劉静皆、潘心存諸同年。十二日。

今日請曹履安、張巽之、曾重伯、余壽平、孫虎峰、趙劍秋小酌。十三日。

晨起至江蘇館，公餞王可莊師。午後偕屺裒至琉璃廠，至論古齋，見《隨園尺牘》一本，携之而歸，皆與陳舒軒者(陳名見《隨園尺牘》)，頗有可觀。至茹古，見郭蘭石聯，爲“問梅輯句三唐格，授梓奇書百宋精”，款“承齋”二字，疑寫與黄蕘圃者，索七金。十四。

得翼夫書，言日本雅集。

得李□□(祖榮)寄十金，係新得番禺缺。

竟日未出門。晚至勝之處。十五日。

招勝之、咏春來，寫白摺竟日，各書六開。成排律一首。十六日。

竟日未出門。十七日。

午後至孫虎峰(祖烈)處,見渠所藏拓本,以宋榷場本《九成宫》爲至精,紙用庫册廢紙所拓,罕見之品也。《張猛龍碑》似舊拓本,細審之,乃翻本耳。十八日。

竟日未爲一事,寫字而已。祝黄潄蘭夫人壽。十九日。

竟日出門拜客。晚赴黄仲弢之招於全浙會館,壁懸書畫皆精品,有黄鶴山樵《夏日山居圖》、吴仲圭《漁舟汀蘆圖》、柯丹丘《墨竹》、倪文正山水兩軸、徐青藤墨牡丹掛幅,皆精品也。二十日。

竟日未出門。論古齋送來王夢樓《快雨堂臨書》一册,十二幀,頗佳。王匆庵、王惺圖、錢梅溪、顧蘭涯、孫樹峰五家楹帖,擬俱留之。孫虎峰來譚,云秦澹翁舊藏各件皆欲送人,託其抄一目來。澹翁精品勝於篴秋舅氏荔雨盦,聞半歸宗湘文,今不知存者尚有佳者否。二十一日。

竟日未出門。木齋、屺裒來譚。屺裒云新以百五十金得十行本《七經》於廉生前輩,因廉生新以三百金得十行、九行合配《十三經》全函,故以殘者售人也。晚至謝公祠觀劇,係木齋之招。二十二日。

上午未出門。下午偕心淵、燕秋至下斜街花市一遊,後至陶然亭小坐始歸。二十三日。

出門拜蹇虚甫(方自日本來),赴王伯唐席,見芍農師。二十四日。

晨起至湖南館,赴江蘇團拜事。見黎蒓翁,陪終席,二鼓歸。得稼秋書並筆。二十五日。

晨起至安徽館,公請李芍農師。晚歸。竟日未爲一事。二十六日。

骨董人送來錢竹汀與曹慕堂札十八通,索值百金,可云貴矣。暫留閲齋中,恐不能得也。

午勒省旃來譚,郎亭師繼至。晚至曾重伯處西饌。二十七日。是日清明。

午後出門即歸。晚與燕秋連騎至南城一行即歸。二十八日。

晨起,至總理衙門,候黎蓴齋星使,出城同赴楊若米之招。晚歸。二十九日。

晨起未爲一事。午後至南池子見頓雲族叔(昌燕)。又至王廉生家小坐。二十九日。

女嫫已四歲矣,頗聰慧可喜,生於戊子四月廿九日,其母前一日夢一古妝美人贈以桃花一枝。豈生有自來邪?

子聰十歲,生於壬午十月十七日丑時,尚未完四子書,亦不解四聲,觀書略知大意而已。

光緒十七年三月

晨起寫白摺。午後屺裒來譚。得家書,知若汀、若溪兩表兄得兩湖書院院長,一主算學,一主時務。晚赴劉我山之招。託趙劍秋帶書與徐積餘。徐曾刊書籍爲《叢書》,去年曾爲題簽者也。寄《海源書目》及《學計均言》與之。三月初一日。

晨起,黎蒓齋星使來,同至嵩雲草堂相度請日本公使大鳥諸人。至曾仲白處,同跨馬至東江米巷,午後同至木齋家中,晚飯後始歸。

木齋出示錢牧齋手圈《唐書》、王伯申手校《説文》,其字與余所得《水經注》批本相同。

繆柚存(祐孫)來,貽所撰《俄遊彙編》十二卷四册,中日記甚詳。初二日。

晨起至咏春處,寫白摺三開。晚歸。初三日。

竟日未出門,作畫三幅,臨元諸家。初四日。

上午出門,至出長椿寺,送孫子授師柩南歸。午至聚寶堂赴屺裒、勝之之招,上燈歸。初五日。

竟日未出門。晚覺寒熱,即睡。初六日。

竟日未能起坐。午後因請黎蓴齋、周子玉(樹祺,浙人,特用道)、蹇虛甫飯,不能不起陪席,散後即睡。初七日。

蓴齋貽所選《續古文辭類纂》,其體例與益吾師選本異;又石印鄭子尹《汗簡箋正》,此書在今日視之固無足重輕矣,大篆一再傳寫,其僞無從考正,又何從而箋之哉。竟日未出門,仍未能愈。初八日。

竟日未出門。疾尚未愈。初九日。

晨起稍好。午後出門,答莊儆庵(兆銘,出洋道員,嘉興人)。見曾重伯。晚燈歸。作喜字第五次稟。初十。

竟日未出門,亦未爲一事。十一日。

晨起至安徽館,爲己丑團拜事。晚十二點鐘歸。十二日。

晨起至嵩雲草堂,豫備請日本使臣及隨員等。午後一點鐘諸人來。首爲大鳥圭介(原元老院議官)公使,次爲書記官今立吐醉,次爲交際官中島雄及翻譯官鄭永昌(鄭之龍之後,明末至日本),尚有松井孝一、田中位敏二人,當亦交際官等也。暢譚盡歡。鄭永昌尤善中語,今立、中島二人亦能略通語言。飲畢,大鳥先成七絶一首,各人繼和而散。十三日。

晨起至法源寺,公祭黄再同前輩。蓋再同以奔喪至鄂,到後即去世。父子二人於百日中同亡,可云哀矣。莊儆庵來譚,小坐即去。十四日。

出門至南池子,復至王廉生家,即歸。十五日。

數日未記。十九至南池子拜壽。

撰壽叙一篇,祝王年伯母壽(勝之母)。

二十三日祝王年伯母壽。

午後拜日本大鳥使臣,復拜書記官今立吐醉。廿四日。

晨起,即至西河沿,偕黎蓴齋赴日本公使之招。至使館門,進内,公使及書記、交際等官皆候於階下。行執手禮。進内,茶罷,即入坐。用中國饌,惟酒則用中西東三國。飲畢,大鳥首成一詩,各人繼和。畢,少坐,爲王廉生前輩代請公使題《海岱人文册》簽子。辭出,復送至階下,仍行執手禮而别,即歸。廿五日。

晨起赴木齋之招。晚至順德師處,一坐即歸。廿六日。

見木齋舊抄本《説文繫傳》,有洪瑩校語;明抄本《金石録》,末有"天啓年從錢叔寶抄本過寫"一行;明嘉靖翻大德本《白虎通義》;元本《會稽三賦》,每半頁十一行,行二十三字(小字本);舊抄殘本《晏公類要》;王西莊手批《梁書》;吴枚庵手校《□□文集》,爲古歡堂趙氏抄本,有陳仲遵收藏印記。

竟日未出門,寫白摺兩開。日本交際官中島雄來(號時雨)譚,貽笋簟兩盒。出其文一卷屬閲,筆墨不甚修潔,然確讀中外書者,與之筆談數時始去。廿七日。

晨起未爲一事。午後出門,至城内各處。晚歸。

夏子猷(□□,貴州諸生)貽日本勝安芳(海舟)《外交餘勢》《斷腸記》各一卷,皆述維新改政事,即才女藤野真子之父也。① 子猷工雙鈎帖本。廿八。

---

① 眉批:勝安芳非藤野之父,此説誤。

光緒十七年四月

數日未記,心緒如亂絲,不知從何説起也。衣食累人,亦名利苦人也。

初六日晚,心淵接電報,知其尊人病危,急欲歸里,爲渠料理行裝。

竟日未出門,悶懣異常。初七日,四月。

晨起,與燕秋聯騎至東便門外送心淵,大風沙起,撲面皆黄。午後始歸。初八日。寄喜字第七次禀並稼秋書。

竟日未出門,僅以《三吴舊語》一種送至芍農師處,未見。初九日。

晨起,赴陸燦林(家振)、李少薇(□□)之招。午後爲莊儆庵、劉海平(永年,福建知縣)餞行接風。晚歸。初十日。

午後進城,見郎亭師,自東陵歸。小坐即出城。十一日。

午後移住郎師宅。爲考差進試較近也。十二日。

上午寫字。午後出城。十五日。

上午進城。早睡。十四日。

二點半鐘起身,吃飯。三點鐘進東華門,至上駟院,見鞠師、勝之諸人。四點鐘至中左門,候天明開,點到。殿中人已濟濟,蓋先點宗人府、内閣、翰林院、都察院、六部,共三百三十許人。余名已在二百四十餘也。殿中用兩桌界一桌,另取一桌坐之,甚穩適。七點三刻題下,首“彊恕而行求心莫近焉”,次“雷雨作而百果草木皆甲坼”,詩“水面初平雲脚低”,得“湖”字,五言八均。十二點鐘三藝稿畢,五點鐘謄寫畢,即出場。是日住南池子。十五日。

午與静皆、屺裒、樂庭飲於東單排樓酒肆。薄暮至南池子,知屺裒、勝之皆得取,余則爲墜淵之珠矣。即歸家。十六日。

於木齋處見曹次齋(宗翰,新進雲南師宗縣知縣)、何秋輦(彦昇,户部主事)、劉介眉(祖培,貢生)。

又見劉海平(永安,福建通判)、沈昂青(瞻雲,湖北佐雜)、陳次文(同書,福建知府)。以上十七至二十二日。

木齋餞曹次齋於家中,以西饌款之。飲畢,次齋出紙索其自撰兩聯。二十三日。

朱子涵觀察招飲(新捐江蘇道台,名溍)。竟日未爲一事。廿四。

陸鳳石前輩招飲,午後歸。是日知合浦珠還。廿五日。

羅小山同年(厚焜)招飲於會元堂。廿六日。

竟日(上午)未出門。午後謁星叔師,不值。廿七日。

上午未出門。午後至南池。後至東排樓二條胡同補祝翁叔平師壽。晚赴黎蒓齋之招,在咏秀堂朱素澐家,見陳伯年、陳崧山、黃伯香三前輩。廿八日。

午赴吴穎芝之招。廿九日。

竟日未出門。勝之來譚,畫兩扇去。三十日。

光緒十七年五月

竟日未爲一事。五月初一日。

午後知蒓齋已簡放川東道,即往賀喜。初二日。

蒓齋貽五十金。午後郎師來譚。

今日爲室人三十生辰。初三日。

上午至師門拜節。午後未出門。初四日。

出門至師門拜節。初五日。

一日未出門,亦未爲一事。初六日。

上午至木齋處久譚。午後始歸。晚至勝之處。初七日。

晨起至長吴館,公祝鄒咏春、陶侃如、許鶴巢、許香樹四人壽。晚歸。得晉嶠書。初八日。

晨起赴昂青之招,同坐恩叔涵儲使(凌,山東糧道)、弼澤青董政(吏)、書硯香主事(吏)、承伯繩主事(刑部,禮邸之甥)、張桐封大令。散席歸。至子涵處。子涵貽石印《西清古鑒》一部(廿四册,一函)。初九日。

昨聞孫子與因病投海(横濱口)而亡,傷哉慘哉!人生生死不可定如此。記東京火車握别之時,竟不能再見,真夢想所不到,豈效屈子之悲耶!再神户署翻譯楊念慈亦於去年冬遽死。楊年亦甚輕,於東語極精,亦人才之傑出者。兹亦連類記之。

午赴鄭悦亭(孝詒)、葛菊坪(其方)之招,皆韞石齋紙店同鄉。復赴昂青之約。初十日。

午後進城,祝昆師母壽、廖師母壽。復至南池小坐,歸。十一日。

竟日未出門。勝之、鞠師、若米、少薇、柚存來譚。畫扇一柄。十二日。

上午陸鳳石前輩來。午後張伯納同年來。柴貳尹(壽仁,號介眉)廣東來。何秋輦來。十三日。

上午唁孫虎峰同年。答拜秋輦、潘子牧(志詢,山東府)。偕勝之至伯納處,同至廣和居,有吴子修、鄒咏春前輩、鞠師三人,夢局也。十四日。

五日未記一事。可嘆。十五日至二十一日。

晨起,聞熙菊聲同年(映)得甘肅正考官,時同年考差已得四人,首勞少薌同年(肇光)得貴州正主考,次周少璞同年(樹模)得廣東副考官,段春容同年(友蘭)得福建副考官,可云榜運之佳矣。二十二日。

晨起畫扇。午後木齋來譚,同至曾仲白處,不值。至蔡燕生前輩小坐。再至熊經仲同年處,觀其在江西新得一鐘,重卅斤,文如《博古圖》所云周蛟篆鍾,乞其一拓本歸。二十三日。

晨起未爲一事。午後至木齋處,觀其所藏彝器。有一敦一簠,皆極精,手拓其一建昭勺而歸。雍熙三年雜買務腰牌,銅質,作小鐘式,一面有"賃當"二篆字,不知何用。有一延祐權,杭州路,字較余有者精。又古泉拓本二册,考一册,於西洋古錢極多。廿四日。

竟日未出門。薄暮坐騎至西城一遊歸。廿五日。

昨見一十行十九字《周禮注》十二卷,雙綫邊,紙色白而薄,頁口間有字數、姓名,遇宋諱皆加外□。木齋云南京本也。考各書目,皆未見及。

晨起木齋來譚,招重伯來。午後至重伯處。木齋及左鳳生襲侯□繼至,聯騎至西城根試馬。薄暮歸。廿六日。

數日未記,亦未爲一事,窮愁而已。廿六至廿九。廿九日大雨雹。

光緒十七年六月

晨至南池,祝郎師壽。以《蘇齋叢書》、金文蘭對二物爲壽。初一日。[1]

---

① 浮簽:江老爺、建椒仁兄星使:《募梓圖》奉徵。詩思甚澀,不復成語,拉雜摧燒之可也。刻適有客來,未得先一詣。伯恭住全泰店,曾見之否?此致。弟勒深之頓首。

晨至長椿寺，係郎師之母二十周忌。登觀音閣，見清蓮和尚，出九蓮菩薩象，偕木齋共觀。象容端正，眉細如綫，黄綾裝，左有“蔣心餘等二人重裝”一條，右有“查□□重裝”一條，餘無一字也。初二日。

晨起赴謝公祠。偕木齋公請黎蒓齋、曾蓋臣（紀渠，特用道）、胡芸台、朱子涵。芸台不到。初三日。

竟日未爲一事。初四日。

晨冒雨至同興樓，公請陸惕身。初五日。

竟日未爲一事。寄稟，並與二哥、心淵書。知肖石侄婿來（徐艾枝，蘇人），即至長元吴館一譚。初六日。

晨起出門，即歸。午後肖石來宿余齋，爲下場地步也。初七日。

晨起未爲一事。午後出門拜客，見許鶴巢丈，贈《徽省聯吟集》，皆詞也。初八日。

晨以《六十家詞》貽鶴丈。至勝之處午飯。偶讀《金石萃編》，知“碑板”二字起於唐刻石。初九日。

見戴文節仿麓臺《湖山清曉卷》，甚精。又《東坡畫竹卷》並自書草書詩，僞品也。後有蔡生甫（定之）、吴平齋（雲）兩跋，皆極賞之，不知何據。

竟日未出門。畫兩扇而已。初十日。

出門，至李芍農師處一談。十一日。

晨知屺裒主試浙江，劉震青（啓瑞）主試湖北，余壽平主試江西，可見己丑一科之盛。十二日。

竟日未出門。十三日。

晨起祝許星叔師、廖仲山師壽。十四日。

晨起，至慶和堂觀荷，主人爲静皆同年，飲罷，至木齋處小坐。十五日。

藍橋一水帳盈盈，咫尺何嘗許目成。解佩贈珠原有定，飛花判絮太無情。博山未結同心字，息壤難尋嚙臂盟。倘向姮娥乞靈藥，料應一笑早傾城。

南國佳人錦瑟篇，珍珠難買及瓜年。妝成阿母曾相許，命薄檀奴肯見憐。擬記鳩媒還自惜，欲酬蝶夢恐無緣。迴文書好空勞寄，悔過連波亦偶然。

小姑居處傍青溪，惆悵鸞音信尚迷。未必嬰兒終不嫁，何堪季女易斯飢。宛央占水能相護，鵾鳩傷昏只自啼。便道相思了無益，禪心拚得絮霑泥。

隊溷飄茵總落花，東風狡獪故相加。纏綿幽翠叢眉月，憔悴羞紅暈頰霞。歸去伯勞成底事，重來燕子又誰家。江南貧女偕離甚，獨向溪頭再浣紗。

丙午下第詩也。①

晨起未爲一事。午後寄稼秋書。至屺褏處，見烟客臨六大家畫册，九開，高二尺，闊尺許，層巒疊嶂，與余所見元照大册相同。臨子久，淺絳墨筆，皴擦極淡，陂陀赭黄和設，略加葱緑。臨山樵，山頭上以濃墨横點之。梅道人，以破筆焦墨直點山頭。倪，臨幽澗蒼松。又一幅，云臨倪少年作，尚未名瓚也。② 筆墨亦純正，不用側筆，近似子久。臨趙吴興東西洞庭兩幅，設色極雅，末有自跋，曾歸畢澗飛，有手題，後歸徐紫珊，有印記。屺褏以三百金得之，神品也。又見松壺序泊程松圓諸册，皆佳。十六日。

竟日大雨，未出門。欲作續事，亦未完一幅也。十七日。

午若農師招飲，晚歸。十八日。

是日偕鞠師、勝之、橘農同餞余壽平、劉震青、費屺褏三星使。震青不至，餘皆暢飲至日夕始散。十九日。

竟日未爲一事。晚赴蒓公之招於景善、寶蘭家。復赴陳梅生同年(嘉言)一伎家，不知其姓名矣。廿日。

竟日未出門。泉孫表叔及徐□□(寶棻，蘇人，浙官)來，知從海運來者。廿一日。以書畫一扇貽夏子猷(與庚)。

晨起，知木齋典試江南，静皆典試陝西，爲之一快。己丑一榜已出大使九人矣。下午出門拜客，送黎蒓公至川東。見夏子猷暢譚。廿二日。

數日未爲一事。飲食酬應而已。廿三日至廿七日。

今日爲先大夫三十一年忌辰，不飲酒食肉一日，闔家如此。廿七日。

竟日未爲一事。薄暮至宣武門大街楊允滋同年處一譚。廿八日。

暮起若農師招飲，命閲廣東赴京兆試者會課卷，分得四十本。暮歸。

---

① 此詩爲浮簽兩頁。

② 眉批：似初名珽。

廿九日。

晨起未出門。薄暮木齋來譚。赴鄒咏春前輩之招。得二哥書。成策問題五篇。三十日。

下乃《申報》論各國新聞紙之數，時在辛卯六月。

不必論其他，即以日報一事觀之可知已。二十年前日本尚無新聞片紙，而今且有二百家矣。天下各國日報之數，約計之，共有四千一百種。歐洲居其大半，蓋有二萬四千種。歐洲之中又以德國爲最多，可以首屈一指，蓋有五千五百種；次則法國有四千一百種；再次則英國有四千種。若奥斯瑪加則有三千五百種，若意大利則有一千四百種，西班牙則有八百五十種，瑞士則有四百五十種，比利時、荷蘭各有三百種，其餘各小邦則分有其餘，可不計焉。歐洲之外，美國則有一萬二千五百種，加那大、澳大利亞各有七百種，亞細亞洲共有三百種，而日本居其二百。近來各國新聞紙固日多一日，而日本於此自無而之有，自初有而。①

光緒十七年七月

竟日未出門。初一日。

午赴徐頌閣丈之招。午後至南池。初二日。

上午未出門。午後至木齋處。初三日。

以一聯、一扇交頌閣，以一聯交翁師。皆壽言也。

立聲類語見段氏《漢讀考・周禮六卷》序言。

竟日未出門，亦未爲一事。初四日。

晨起，至順德師處閱卷，薄暮始散。初五日。

竟日未出門，亦未爲一事。今日爲大哥生辰，家中吃麪。初六日。

上午未出門。午後鞠師、勝之來，同至琉璃廠一遊，無所得，即歸。初七日。

晨起，知郎亭師已簡放山東主試，午後往賀喜。初八日。

晨起至南池，晚歸。初九日。

《宋史・儒林傳》：何基"凡所讀無不加標點，義顯意明，有不待論説而自見者"。

---

① 此段爲剪報。

明刻房書始於萬曆癸未。見《橋西雜記》。

六日中未爲一切事。僅代郎師寫扇二十柄、楹聯六十付而已。索索無佳興也。初十至十五日。

竟日未出門。燕秋病脚，招唐溶川同年(宗海，四川人，禮部主事)來診之，云極易治，寫一方而去。溶川博精醫理，著述甚多，醫書已刻者二種，允見贈而未見也。十六日。

晨起至南池。下午歸。未爲一事。十七日。

“兄”有“荒”音，《詩・魏風》:“陟彼岡兮，瞻望兄兮。”晋魯褒《錢神論》:“親愛如兄，字曰孔方。”《釋名》:“兄，荒也。荒，大也。青徐人稱兄曰荒。”漢吉祥專文:“富貴昌，宜宫堂，意氣陽，宜弟兄。”

竟日未爲一事。十八日。

午後至日本使館，見大鳥公使，贈以刻印三，報吾倭扇兩柄。見中島時雨，又見公使書記生□□及新到遊歷各■之人，姓依光，名方盛，曾出外六年，出門時只携日本貨三圓六十錢，自是託身於外國帆船，周遊宇内也。現擬至楚、鄂、蜀中遊歷。贈以一扇三絶句，甚喜。十九日。

竟日未爲一事。張樵野來(蔭桓，副憲)。二十日。

三日又未記，可見意氣之消磨矣。二十一至二十三日。

天暑，寒暑表升至九十度，揮汗不止。竟日未出門。二十四日。

上午熱如故。下午出門即歸。二十五日。

右黄忠端《孝經本義》殘稿十四葉，以每葉後紀數證之，缺弟三、四、五、六四葉。余初得此册時，不知其爲忠端手迹也。因見每葉板心有“不易堂藏”四字，因檢定遠方氏《夢園書畫録》卷十五録黄石齋草書立幅，姓名下有“三公不易”“六事未能”兩印，知“不易”二字當公所自題。去歲遊日本，見閩中羅氏藏公手書《孝經》及《五月江濤送遠人》圖册，證以字體，確出一手。於是重付裝池，亦靈鶼閣中一至寶也(跋)。

晨起，至頌閣前輩處，賀其文郎子琛合巹喜。見李蔭伯，云前在蘇曾相識，年少而通西語。復至萬福居赴陸愓身之約。又至咏春前輩處，賀其女公子鬌頭之喜。晚至若溪處，一坐即歸。廿六日。

招若溪、介石、愓身、桐門飲於廣和居。竟日未爲一事。廿七日。

晨起碑估來，以白金三兩五錢購房山雷音洞唐刻石經一百四十六紙(原刻四千通)，字體絶似余所得唐人寫經，精美之至。又唐開元廿七年房山孔水《投龍壁記》，正書字體如蘇靈芝，其石重二百餘斤，欲售於余，索值四十金，姑命其取來看之。熙吉甫、曾蓋臣、繆筱珊來譚。廿八日。[①]

菊師云，《龍壁記》舊藏繪貝勒府中，極不易拓，已收入《順天府志·金石門》。此石今晨已取來矣。

晨起出門拜客。午後飲於廣和居，見龍伯鸞（雲鑣，廣東諸生，有才），爲梁星濂前輩之表弟，一切皆得星海之學。燈下臨唐人寫經墨迹，知成邸、梁山舟、王夢樓上而至於董文敏、趙吴興小楷，皆從此入手。廿九日。

明日簡放各省學政矣。自愧無才，不能膺此任，惟盼初六入闈，可免中秋追逋爲大幸矣。預爲祝之。又記。

商龜善縮頭，爾兔二三窟。堪嘆俗眼子，見爾徒咄咄。世■密雨多，觸之即顛蹶。萬物人最靈，惟此不能越。獨爾兩精靈，頫兹不搪揬，逍遥坦途中。

晨起，知簡放各省學政。廣東，編修徐琪；安徽，修撰吴魯；江西，編修盛炳煒。向年三大省皆簡放開坊諸老前輩，今並未散館之殿撰亦得之矣，亦風氣一變之兆也。

光緒十七年八月

薄暮，賀李芍農師喜，以新簡直隸學政也。八月初一日。

竟日未爲一事。飽餐一天而已。初二日。

午赴康達夫（際清）、馬積生（吉樟）兩前輩之招。晚至李芍師處譚。晨楊石漁來，譚外洋事極詳，渠曾至德、法各國也。初三日。

竟日未爲一事。初四日。

出門拜客。初五日。

出門拜客。今日王勝之得簾差。初六日。

竟日出門。初七日。

晨起，送汪介石、桐門行。至舉廠前送若溪、燕秋、肖石入場。歸，抄録唐墓志目，以紀年編之，成《唐墓志年表》，將以備博采焉。讀《墓銘例》各書。初八日。

---

① 眉批：此石今歸繆筱山前輩，貝勒府一石是廿一年，非此刻也。

數日來節近中秋，債務畢集，即日記亦無心動筆矣。初七至十四未記。

張重卿爲余措百金，真近日之奇人也。龔定庵《劉三》一律，豈能爲《獨行傳》乎？

讀古泉拓本，爲之審釋之。燈下題二絶。

董彦和來譚，極暢，云潘文勤銅器有求售之説，余力勸既不能保，亦不可散售，待有力者一統去之，方不負文勤一生搜采之勞。十五日。

午後至舉廠接場。十六日。

竟日未爲一事。胡二梅(琪)自上海來，貽衣料二端。十七日。

今日爲母親六十歲壽辰，合家遥祝。十八日。

午答胡二梅。見信義洋行主人梅德，德國人，能説中國話。十九日。

晨送葉師行。午公請秋闈諸君，皆三縣同鄉。二十日。

午候二梅、盛逵臣、劉浩如(瀚，常州人)。

帖估袁君曰："拓碑欲精，須洗净重拓，必佳也。"此有得之言，可確信也。

《後漢書·儒林·許慎傳》曰："叔重爲郡功曹，舉孝廉，再遷，除洨長，卒於家。"今本《説文》題"漢太尉祭酒許慎記"，又許冲《上説文表》曰"臣父故太尉南閣祭酒慎"，是皆與《漢書》本傳不同。段氏玉裁遂疑之，曰："凡史云故某官，皆謂最後致仕之一任。冲云故太尉南閣祭酒，不云故洨長，然則疑洨長落職，又至京師充三府掾，已而歸里，卒於家。不得云終於洨長也。《後漢書·獨行傳》魯平先爲陳留太守，後爲博士，亦其證。"標按：漢人文字確有不從致仕之職題銜者，如漢孔彪已自博陵太守遷河東太守，而碑額尚題"漢故博陵太守孔君碑"；魯峻自司隸校尉遭母憂，服竟，拜屯騎校尉，而碑額亦題"漢故司隸校尉"。今冲不曰"洨長"而曰"太尉南閣祭酒"者，亦猶是也。吴山夫《金石存》跋語時未念及《説文》，故有漢人碑版多不可曉之語。如以此爲證，可恍然矣。孫淵如有《許叔重木主結銜議》，云主題"洨長"，不及"太尉祭酒"，是從本傳爲斷。標謂説則辯矣，然於漢例則不合也。當時臧氏鏞堂云宜稱"太尉南閣祭酒"，比范史稱"洨長"爲得其實，此確論也，卒爲孫《議》所隔。當時臧君又惜不讀兩碑額以折孫君，是與山夫同一失也。

二梅出示董香光册，冷金箋，高約八寸，寬四寸餘，墨筆寫山水，極隨意而趣韻天然。中有以赭墨作山石樹株，以濃緑敷之者，甚精且麗也。有“顧子山祕笈印”，爲吾蘇怡園中物。每葉題“玄宰”二字，用方陽文“昌”字印，如下：。

節壽母貤封恭人華母徐太恭人於壬辰三月十四日爲八十壽辰，母即元和江標之外祖母也。標生百日而孤，值庚申之難，依母從外祖母居，今已三十二歲矣。計不離吾外祖者幾二十餘年，母之賢德標聞之詳。今值開九之數，敢不略爲書之以告於天下乎。謹案：母徐氏，江蘇吴縣人也。少好讀書，知禮儀。以道光○年歸吾外祖候選從九品貤封翰林院編修□公，時母年僅十有七。當外曾祖□公任福建蚶江同知，繼升福建福寧府知府，皆隨任於閩。上事翁姑，下和妯娌，内外人無間言，然猶世之女子應爲之事，固不足爲表之者也。自咸豐○年外祖不禄，遺吾■氏□□公及吾母，年甚少弱，於是母主持家事，迄今四十餘年，煢煢之懷，勞勞之情，筆所難全，僅書具略■。母治家甚嚴整。早晨必起，諸事躬親。庚申之亂，吾母方嫁，舅氏亦娶亦未久，適值天大大變，烽火燭天，一日數驚。母挈吾母與舅氏及■■二兄依族黨避難，東西跋涉，不出百里，因不敢離其鄉。時鄉中亦以團練功得不爲賊所作踐。於同治甲子年歸居，標與吾母仍依而止焉。然自大難之後，家産蕩散，茹含勤儉，得不救失，猶爲吾舅氏助餉，得一典史於浙江，舅氏遂以乙丑冬爲官於浙，丁卯夏，署錢塘縣典史。母聞之喜，挈標之浙署，住兩月而歸。不意其年冬，舅氏以秋闈差事積勞遽殞。母聞之悲慟，以無後，立嗣堂侄簽秋乃弟八子世芳爲之孫，以痛吾舅故■。■許吾母歸蘇，仍爲延良師訓吾兄弟三人。明年戊辰，標兄衡入元和庠。越四年壬申，母孫世芳亦入金匱學。標二兄鈞繼爲元和庠生。己卯，標亦入元和學。光緒乙酉，世芳得拔萃科。戊子八月，標得優貢。九月，標與兄衡同舉於鄉。明年己丑，標得進士，入翰林。庚寅夏，散館授職編修。此■母訓孫及外孫輩之成立，此爲可記者一也。母喜閱史部書，標年八歲，母常説漢唐故事使聞記，又爲課古今體詩，使知四聲對偶之事。又時説佛家果報之雜事，以戒孫輩少年之用心。是母訓諸孫輩可記之二也。母家經亂離，諸事散廢，母竭力主持，司事僕媪皆相隨廿餘年，無一違言。御下有禮法，不循乎行者，皆面斥，不敢仰視。稺婢輩偶有錯失，則又教使，不即忍加散撲。佃夫村婦來完租税者，皆以一見母面爲樂，母亦待之禮有加焉。此母待人之可記三也。母晨起必早，躬親細務。《内則》中凡婦工應爲之事，皆數十年如一日，歲用出納，皆手自書記。暇則手植花木，兼覽載籍以自娱，無病未嘗一午睡。此母自處之可記者也。先大夫見背，方值亂起，母挈寡女外孫避竄鄉曲。及事平歸，爲外孫輩延名師，皆使向學無荒廢。愛標尤至，下學晚燈，必詢察課之勤惰。一名一物，一禮一言，必教之無失。標年十五，隨家母至蘇州，爲大哥娶婦。明年，標一人仍隨母讀書。至二十二歲標娶婦後，始常在蘇。二十五歲，應湖北學幕之聘，歷遊山左、粤東，前後共六年。每假歸，必至蕩省母，母待猶如童年。一兩月不得書，必盼切於夢寐。然標弱年好弄，動多浮躁，母必痛訶不少假，輒訓以忍耐之法，有合於古先哲之言甚多。此母教訓之可記者也。母平日未嘗妄費一錢，一衣一紙用■數十年。輒戒家人僕御惜福，必陳説故事以爲戒。然值窮無所告之人、天下窘迫之事，則又慷慨布施無少惜。贀婢數人，前後來贖者皆不收其錢，且倍貲而嫁之，皆感泣頌禱而去。母年過古稀，神明不少衰，應物接世，雖少年猶有不如者。嚴而不刻，温而不習。此母一生處世之道，又足可記者也。

二十四日，招今立吐醉(秋潭)、中島雄(時雨)、曾重白、楊石漁、若溪、江叔海(瀚，福建汀州人)飲於敝齋。

二十八日，日本高洲太助(贊臣)來，止余齋，與譚甚樂。渠聘董念和(寶誠)署正爲師，教以中國語言。余即以時雨所譯英人《清俄關係論》譯以中文，即屬贊臣評説之。

光緒十七年九月

數日來困於饑迫，心緒乏劣，即日記亦無意爲之。人生之苦一至於此。九月初四日。

大清國翰林院編修江○同婦(敕封孺人)汪鳴瓊再拜大日本女士藤野貞子妝閣：愚夫婦生長江南，遠隔六千餘里，前聞清才於前日本使臣黎公，迹企高華，時深眷異。去年秋，標來貴都，止黎公署中二十日，匆匆西返，以不得一拜文閣爲憾。適乞貴邦女史野口小蘋爲繪愚夫婦《靈鶼閣圖》，歸國後介黎公求此圖後記，不嫌冒昧，竟許染翰，捧讀再三，實深佩感。愚夫婦遠違海國，不獲親叩華階，維林下雅音，時深想慕。女士東國奇才，天生淑質，方諸敝邦才女，豈僅咏絮解圍。維願善保千金，主持閨

■。貴國才女若張景婉鱸澤，愚夫婦皆素傾仰，惟望繼赴前美，■成後秀。此愚夫婦所日夜頌禱者也。今遇貴國贊使今立君回都，附遺一書，並呈書籍筆墨雜件藉供清玩。① 如許答書，即望寄貴國駐北京使館中島雄轉投，甚妥也。臨楮窒言，不勝主臣。伏惟萬福。江○/汪鳴瓊同拜上藤野貞子女士妝閣。

送君歸去幾時回，爲寫溪山粉本來。猶憶隔年風景好，文壇詩苑墨江開。

竟日未爲一事。晚與贊臣譚日本事。十四。

昨遊白雲觀，觀爲邱真人長春宫舊址，漸近荒廢。近有内監劉誠印(字素雲)出巨資重建花圃諸院，頗極華美。歸途過天寧寺，拜銅佛。猶憶前年過此，見佛座四周皆刻有鑄造各人姓名、年月甚多，今皆爲金漆所没，從此無從再見矣(補重陽日)。

晨起，至貢院前看紅録，未畢，以頭疼即歸。四鼓，勝之送信來，言燕秋中百十七名，爲之大快。十一日。

晨起見勝之、熊經仲。十二日。

竟日出門。十三日。

上午未爲一事。午後招黎璧侯(榮翰)、徐花農(琪)、蔡燕生(金臺)三星使及鮑叔衡、陸惕身、勝之飲。十四日。

竟日出門，未爲一事。天明至午門坐班，但遞名條三紙即出。十五日。

數日未記一事，亦未爲一事也。今日知胡綏之已中，爲之一快。惜二哥仍不得售，不覺意興索然也。二十二日。

數日來窮愁而已，茫茫然如有所失，豈心力不振乎。二十五日。

母姓華氏，世居金匱鄉之蕩口鎮。考諱裕恩，議叙從九品。祖考諱文瑛，福建福寧府知府。母少好讀書，喜績事，工文辭，通聲律。年二十八歸我皇考爲繼室，是年爲咸豐己未。明年庚申，吴中寇起，烽火燭天。皇考於二月中先偕母、挈二子避難至蕩口外家。百物不取，獨携藏書一厨。長兄衡僅八歲，次兄鈞七歲，皆先妣吴宜人出。閏三月，標生。六

---

① 眉批：筆一匣，墨一匣，書一種，竹刻匣一，綉物二件，竹臂擱一，送今立。又批：再寄愚夫婦寫真二紙，以結海外之■。女士寫真能亦遠惠，曷勝歡樂。

月，皇考以痛先祖母洪恭人之變，遽見背。時標生僅百日也。母欲殉者再。時外祖母徐宜人責以大義，謂滿地兵戈，婿柩未葬，江氏三孤又將何託？維存弱息，亦當苟延。時外祖早去世，先舅諱啓運，年尚少，外祖母挈子女及三外孫避難村落，輾轉於湖港間，四年未遇一賊。事平歸里，爲舅氏助餉，得浙江典史。歲丁卯，舅氏遽卒於錢塘典史署。外祖母悲痛之餘，念無親屬，決計不願母歸吴門，母亦不願離膝下，遂住蕩口外祖母家，母延名師課余兄弟三人。明年戊辰，長兄衡年十六，入元和縣學。越三年辛未，次兄鈞亦爲元和庠生。時標年十一歲，好弄無厭。母以兩兄皆已在庠，時勖以讀書。遇節時下學，業師歸里，母輒自教讀。手紉兒衣，耳聽兒讀，稍不順口，時或痛笞。常曰："汝父課汝兩兄時，其嚴豈止此哉。"往往涕泣哽咽不能語，撲益加厲。然非讀書時，雖跳踊無度，行動錯失，輒教導不倦，未嘗忍加一杖也。癸酉冬，爲長兄娶丁氏嫂，始歸吴門。賃屋購器，細及杯筯，皆母積數年奩資以充之。明年甲戌，丁嫂遽亡。母内理喪事，外慰長兄，旋屬長兄赴京兆試。時二兄以出嗣堂叔，隨叔祖母程宜人於嘉禾，故家事母獨任之。丙子冬，復爲長兄續娶華氏嫂，仍自理家務，不肯以細事交兒輩，常曰："汝等皆有提抱之孩，豈能兼及他事哉。"標年八歲，母教以四聲，讀唐詩，課五七言絶句。十一歲，命爲賦，呈兩兄改之。十四赴縣府試，十五赴學使試，不售。母戒以毋急求，毋倖獲。復命隨師讀書，節衣縮食，以供師脯。嘗晚歸，聞早出塾他往，怒呼杖來痛抶。懷中忽脱兩帙，母拾視之，乃鈕氏匪石《説文段氏注訂》也。乃曰："兒乃往購書乎？然此等書或非汝所能通。且不告而往，罪不赦。"仍不與食，曰："爾父遺書一厨，今十四五年矣，未嘗動也。能讀之則爲汝啓扃鑰。"標於是始得讀藏書。標每年值新正過諸長，有賜以壓歲錢者，母戒不許博。或聞購書籍、碑拓，輒索觀。有非應用者，怒不許買。故十餘年來，積書至百篋，皆母脱簪典裳以爲助，母未嘗一書不知其目也。標年二十一，爲縣學生，二十二爲標娶婦汪氏，二十四歲得湖北學使高公聘，請命於母。母曰："學幕尚可讀書。汝年甚輕，須端行慎事。昔有黄仲則，■詩雖好，而不善養其身。吾不願汝爲此流人也。"標自此年出門，歷楚、鄂、齊、魯、南粤，凡六年，隨兩學使遊三省。母輒手自諭戒，以敦品爲上，力學次之，恐標之過勞也。歲戊子，標年二十九，爲長沙王益吾宗師所拔，兩試得高等，舉優行生，列第一。是年，赴秋闈，與長兄衡同舉於鄉。明年己丑，標得進士，入翰林。歸，母有喜色，但曰："惜汝父之不得見也。汝知汝出門以來，數年之間，吾之勞苦更甚往年乎。"不覺涕淚之交流。蓋標以奔走於外，不遑問家事，母内持衣食，外念遊子，六年之間，一風一雨，動輒驚心。又爲家貧，不能使標長隨膝下，故曰反不如二十四歲以前也。歲庚寅，標散館授職編修。秋，請假歸里迎母。母曰："汝外祖母年近八十，親骨肉只余一人，豈可遠離鄉井。汝自携婦及孫輩行，吾仍隨吾母之床前也。"標不得已，於冬月到都供職。今年八月十八日，爲母六十正壽，標以道遠不能歸，欲於十月十八日舉觴遥祝，且以母苦節三十二年，例得請旌於朝，遇覃恩，晋封恭人。母有孫四人，皆幼讀；孫女四人，皆未字。母晨起必早，躬親細務，暇閲書史。四十歲以前，盡日紡棉紗數兩，兒輩中衣皆自織之布。平日未嘗製一新衣，一羊裘用十餘年，僅存鞹，不肯一易新也。外祖母疾，衣不解帶者四十餘日，得痊可。親屬中尤稱道焉。年五十，江蘇學使黄漱蘭夫子書"畫荻風清"匾額旌於門。母堂兄篴秋舅氏畫竹柏圖爲壽，比吾郡袁氏之竹柏樓，以重節也。母寡言笑，無事未嘗出中門，家庭肅然；御下有法，視諸子婦如己女焉。母行動皆符古淑女。標敢略書以告天下，如有賜以壽言以蘄吾母壽者，則標所深感而深願者也。

得書，知二哥已到津門，發電函速渠來。廿六日。

見若溪畫幅，皆佳。廿七日。

招若溪、石漁諸人飲於廣和居，送行也。廿八日。

晨起送若溪行，見王顯屏，無錫人，藎臣侄。廿九日。

光緒十七年十月

午後二哥到京。十月初一日。

竟日飲食。午後謁郎師，因從山左新歸，久病，瘦削且老。初二日。

晨起至天寧寺，送二哥赴陝西學幕。學政爲黎璧侯（榮翰）前輩。時同送者孫燕秋、徐肖石、高洲、贊臣及兒聰。初三日。

脚痛，不便步履。竟日未出門。初四日。

脚痛未痛，仍在家静坐而已。初五日。

上午出門拜客。午後王廉生前輩來談。晚赴允之之招。初六日。

數日來料理補祝事，甚忙。

十六日,郎師代籌百金。十七日。

天明即起,遥祝母親及外祖母壽。客來不斷,竟日得百人。陪客者爲王勝之、鄒咏春、劉峩山、楊允之、徐犖芙。經理客事則董彦和、徐肖石、許香樹三君。己丑同年壽屏則劉仲魯(若曾)撰,勝之書。戊子則劉我山撰,允之書。蘇府同鄉則許鶴巢世丈書、撰一人也。楹帖則有翁叔平師、汪郎師、徐頌閣丈、王子獻、徐犖芙、陳曼秋、吴雁舟、黄季度、張君立權諸公。是日風和日暖,天氣正晴也。十八日。

竟日未爲一事。招彦和、问齋諸君來小飲。十九日。

出門謝壽,至郎師處小坐。候劉静皆,不值。二十日。

下午出門謝壽。見金吉石所售《東坡書金剛經》,後有吴匏菴跋,係木刻,如寫,印以東洋綿紙,不知何人所刻也,精妙不可言狀。李復堂花卉册,至美之物。文南雲山水中幅、黄尊古山水卷,皆佳。碧玉本《十三行》,有吴平齋跋。麓臺設色中幅,老年筆,若不經意,然渾厚華滋,各極其勝。陳邦彦小楷《小遊仙詩》三十餘首,字如蠅頭,一筆不苟,已六十餘歲書矣。

上母親稟,由書信局。餘未爲一事。二十一至二十五日。

兩日未爲一事。二十六日、二十七日。

午赴中島參贊之招,至日本使館,見橋口參贊及其夫人並二女,暢譚極歡。所用皆日本饌,中有熏鰻一味,劇佳,即彼國所云蒲燒也。二十八日。

晨起至龍泉寺,拜潘文勤之靈,以是日週忌也。見翁叔平師及諸同鄉。

日本星使出示觀見詩二絶,和者自慶邸以下皆總理衙門諸公,屬爲後記。

寄廣東書:李子華、李制軍、吴碩卿、曾蓋臣、周績夫、汪叔雍、王雪澄、楊茀卿。

光緒十七年十一月

晨起未爲一事。竟日亦未出門。袁敏孫來(世勛,户部郎中),爲文誠公之子,云收藏有古銅器,屬爲審定之。十一月初一日。

上午未爲一事。下午偕贊臣出門,至亨達利。薄暮歸。初二日。爲大鳥公使撰《覲見帖》後跋。

上午未爲一事。下午出門，至南池子。初三日。

上午答拜敏孫。又至上斜街許鶴巢丈處。進城，拜鳳石前輩太夫人壽。初四日。

午至長椿街，唁鶴巢丈之弟喪。初五日。

午至江蘇館，公請郎師、洪文卿丈、龐劬菴前輩。至勝之處一譚。初六日。[1]

竟日未出門。午後木齋來譚，致百兩。初七日。

上午未出門。午後至琉璃廠，購咸豐五、六、七年鈔紙二十餘紙。又户部官號錢票五紙，擬存之，以備一時掌故。初八日。

竟日未出門。寄上海張叔鵬、王菊初、胡綏之、王幹臣、祝心淵各書。初九日。

一枝瘦削玉檀柔，□□□□□□寒。明日月圓還獨照，任他花影上闌干。

合傍崚嶒瘦石奇，含豪新寫補題詩。玉堂餘事人間少，説與蓬瀛上客知。

右題徐花農前輩畫竹石明月紈扇，送日本書記官中島時雨(雄)。

竟日未爲一事。午後至日本使署，見中島時雨，招西饌。薄暮歸。初十日。

竟日未出門。十一日。

上午祝劉雅賓前輩太夫人壽。午後在家。十二日。

午後至城内，與廉生前輩談。十三日。

洪武十年鈔票紙，色如青氈，極粗厚，印花文，用墨，上加朱印，上書“大明寶鈔”四字。下畫錢貫形。下有“不准假造”云云並年月。見於中島時雨案頭。與廉生前輩言之，云皆近出土於京都南西門内南下窪子，明故墳中往往而有，原束無纖毫破爛。紙經入土數百年而能如此，亦一奇也。

廉生前輩云，王石谷《長江無盡圖》絹本長至四丈，自國初諸老余澹心各家題，至黄小松而止，裝潢猶小松舊時，未經重治者。云定王府近以

① 眉批：十二，劉老太太壽。二十，俞老太太壽(周氏)。陸秦秦公幛。

四百金售於人,此已歸叔平師。

晨起,廉生前輩書來,以董文敏札十餘通易余道咸諸家與許印林札兩册,以許札中多山東諸老,廉生欲聚其鄉先輩之筆墨入渠所集《海岱人文册》。余雖願贈之,然以董册而易此物,儘曰以今易古,實精妙則古不如今也。惟借此聊以結一重翰墨緣耳。至木齋處暢譚,晚歸。

聰十歲矣,尚不能辨四聲、知文字爲何物。心易放而不反,且漸入驕惰一類,不可不嚴訓之。頃以一小事不聽母訓,痛抶之,使有所警懼,且記入日記册中,使他日通文時見之而知有所戒也。十四日。

月前叩送,時切依依,恭惟星軺過處,福祉緋紛,遥企龍門,時殷雀躍。保定文場想早完畢。向聞蓮池書院大有人才,比來應試,當樂識拔。績學之士,能得幾許?歲試兼及武場,政躬當益辛苦,殊爲馳念。標局守宣南,循分借職,讀書多暇,謀食爲難。故今歲四月,適黎蒓齋觀察力勸出洋,且爲作書與薛叔耘年伯,援汪芝房前輩事之例,謀爲二等參贊之使,乞其奏調,至今尚無覆音。後探知因王子裳奏調在先,而尚未往,故不能再行奏請。頃聞子裳兄决計不願西行,則參贊一席尚在虚懸。可否函丈念其有志,從速作書與叔耘年伯,仗鼎力一言,必可允從。惟此事不可少緩,如蒙俯允,祈即賜一函,當逕寄上海轉遞,則明年二月可得覆音。自念年力尚輕,有志遠遊,昔人使絶域□□,每讀史至此,輒徘徊不已,大子聞之,當爲之莞爾也。

竟日未出門。十五日。

晨起接電報,痛悉外祖母大人於昨日慈靈大去,駭悲何極!即發一電禀,並上一禀。心亂如麻,不知所云矣。十六日。

標,宜人之外孫也,而實孫視標,標亦視宜人爲祖母也,自始生至弱冠而不離乎左右。自弱冠至壯年,奔走南北,渡重洋,遊絶域,積數千萬里。即歸亦匆匆,僅一覿顔色。宜人常曰:“阿保蓋少日親而長日疏矣。”阿保者,標之乳名也。嗟乎,此語尚得聞乎!是標之所深負而不忍言者。嗚呼痛哉!宜人之殁也,在月之十五日。標聞電耗而哭也,則在翌日之午。其陳詞以奠也,則在是日之黄昏。然病不知其所本,言不知其所云,斂不知其所附,幽冥永隔,魂魄相離,僅僅此哭與奠也。又遠在三千里之外,尚得聞之乎!尚得知之乎!是不敢信也,是更可痛也!去年十月,標自海外歸,即挈婦來京師。臨行之前,偕婦及兒輩至蕩口叩辭。宜人臨行目送，曰："阿保，諸事須小心。"其情切，近淒惋。標則以明年秋日定欲請假言歸，重見爲■。孰知此願徒虛。嗚呼！今其已矣乎！搏□撫膺，萬悔何極！孰謂生離之日即爲死别之期，目送之言竟爲永訣之語乎！追思疇昔，心碎如糜。遥望南天，竟與俱往。吾母，宜人之愛女也，年已六十矣。當此撫棺一慨，不知悲痛何如。宜人有知，尚望默爲保護。苟精神之可感，幸骨肉之來依。濁酒食香，非宜人之所好，惟此區區文字，尚宜人於提抱之日教訓之。魂也能來，或曰："阿保，尚在三千里外爲文而一祭吾也。"嗚呼痛哉！

晨起易小功服，竟日不出門。十七日。

竟日不出門，亦不見客。十八日。

宋鄱陽張世南《游宦紀聞》卷一曰："書大字用松烟墨，每患無光彩而墨易脱，偶得太乙宫易高士書符用墨訣，試之果妙。其法以黄明水膠半兩許，用水小盂煎至五分，蒸化尤妙。如磨松墨時，以膠水兩蜆殼研至五色，見浡作，再添膠水，俟墨濃可書則止。如覺滯筆，入生薑自然汁少許；或溶膠時，入濃皂角水數滴亦可。"標見近日廷試卷摺多寫松烟墨，取其色黑，然往往有脱落之患。惟琉璃廠(得一)[一得]閣墨汁店所售者，黑光而不脱落，人争購之。閣主湖南一士人，墨汁店是其所創，自來所無也。亦有效之者，皆不如法。喜用松烟，亦一時風尚，孰知宋時已有脱落之患，(得一)[一得] 閣之製，又不知果從《紀聞》之術否。

沈存中《夢溪筆談》卷一曰："今三館秘閣，凡四處藏書，然同在崇文院。其間官書多爲人盗竊，士大夫家往往得之。"標見本朝翰林院書亦多爲士大夫家所有，皆用黄紙爲面，卷首印"翰林院印"方朱印。自古今官書散落，同一轍也。

又曰："楊大年久爲學士，家貧，請外，表辭千餘言，其間兩聯曰：'虚忝甘泉之從臣，終作莫敖之餧鬼。''從者之病莫興，方朔之饑欲死。'"嗚呼，誰知七百年後之翰林亦同此一轍，可嘆又可笑也。

又卷二十一曰："壽州八公山側土中溪澗之間，往往得小金餅，上有篆文'劉主'字，世傳淮南王藥金也。得之者至少，天下謂之'印子金'是也。然止於一印，重者不過半兩而已，鮮有大者。予嘗於壽春漁人處得一餅，言得於淮水中，凡重七兩餘，面有二十餘印，背有五指及掌痕，紋理分明。傳者以謂埿之所化，手痕正如握埿之迹。"標按：近日骨董賈時有小方金,名之曰"鈑",上有篆印二字,不甚可釋。亦有連長者有三四印,其重一印不過半兩,皆與沈説合,惟不能定釋爲"劉主"二字。考古者皆詫爲自古不見之物。山東陳壽卿收藏極多。潘文勤師亦有數餅,當即沈所見之物也。

又卷二十四曰:"鄜延境内有石油,舊説高奴縣出脂水,即此也。燃之,烟甚濃,掃其烟煤以爲墨,黑光如漆,松墨不及也,遂大爲之。其識文爲'延州石液'者是也。此物後必大行於世,自予始爲之。"標按:此即近日所用之煤油也,然不知其能造墨,他日當試之。

竟日未出門,亦不見客。十九日。

《墨莊漫録》卷八曰:"章友直伯益以篆得名,召至京師翰林院篆字。待詔數人聞其名,然心未之服,俟其至,俱來見之,云:'聞先生之藝久矣,願見筆法,以爲模式。'伯益命粘紙各數張,作二圖,即令洗墨濡毫。其一縱横各作十九畫,成一棋局,其一作十圓圈,成一射帖。其筆之粗細間架疏密,無毫髮之失。諸人見之,大驚嘆服,再拜而去。"

與人清談,極見學問,不善詞令者,立見其拙。即均善詞令者對譚,其胸次雅俗,亦各有分際。然此事可學而至之,近朱近墨之喻,吾於此得之矣。

上午未爲一事。午後郎師來,小坐即去。二十日。

上午未出門。午後偕贊臣候西醫周□□夫婦,欲其治癖患也。渠屋爐火甚熱,歸來適冬至祀先,又值外祖母初七祭奠,伏地心傷,有生未有。晚間忽發巨熱,四肢冰冷,壓以重裘,猶寒噤不止。二十一日。

今日寒熱甚舊,視日影如黄沙,不能起床,頭痛異常,急約鳳石前輩來一診。云重傷風,投以一劑。晚間四肢稍覺有煖氣,餘疾如故。二十二日。

晨起,甚不能起床。午後鳳石前輩再來,易一方而去。晚間熱退如净,周身如覺酸痛,畏寒。二十三日。

晨能起坐,又添咳嗆,熱尚未止,背及手足皆冷如水淋,痛尚未清也。二十四日。

昨服藥後,今日病少退,但熱未退净耳。二十五日。

晨起,鳳石前輩來,再開一方,服之,熱退未盡。二十六日。

晨起,熱已退,但咳嗽耳。力乏不能坐,竟日睡。二十七日。

少能起坐，仍力乏。二十八日。

諸病已去，惟咳不止。二十九日。

今日咳少止，稍能久坐矣。三十日。

光緒十七年十二月

竟日可坐，咳尚未盡止也。十二月初一日。

竟日未出門，亦不見客。初二日。

竟日在南厢房看書。初三日。

晨起出門，至南池子。午飯畢，至東四牌樓十二條衚衕，候饒從五（士騰）同年，少坐，見烏二世兄。至汪家衚衕謁昆筱峰師，不值。復至南池，見郎亭師，少坐即歸。

見郎師在山左新得初拓熹平五年碑，尚無阮文達諸人題名，上裝有黄小松與桂未谷一札，述其得碑原始，猶初得此碑拓本並札送桂之物也。桂亦有一題在本幅。可云罕見。初四日。

竟日未爲一事。初五日。

午公祭犢山師。至半畝園一游。初六日。

候黄季度，見宋人寫經兩册，朱絲格，字黑厚如漆，可見宋人用墨之精，末有年月。又元至正年辰韓國夫人金氏金書《妙法蓮華經》七卷，金厚如鑄，今人不能也。王良常行書天保九如《詩經》册，祝人壽物，金箋如新。宋院本畫《三猴圖》幅，宋徽宗紙本《松枝鸜鵒圖》幅，有乾隆、咸豐兩朝宸翰，有許文恪諸公題詩，嘉慶朝玉璽。

竟日出門拜客。未爲一事。初七日。

近以《通鑒》朱點已畢，取張古餘《通鑒刊本識誤》寫於上方，畢事尚須時日也。

寄大哥書。

兩日未爲一事。初八、初九日。

竟日未爲一事。初十日。

晨起，至長椿寺，唁鶴巢世伯之弟受之世叔之喪。十一日。

竟日未出門。黄季度來譚即去。十二日。

昨夜半起，出門，赴西苑門。先至六項公所，爲江蘇淮、徐、揚三府蠲緩錢糧謝恩。天明至西苑門外，候摺匣下，即由叔平師恭捧黄匣，置西苑門外中門階下。同省京官皆行三跪九叩禮。畢,即赴聚豐堂早飯,歸。下午赴楊辛伯前輩之招,同坐有榮仲華(禄)將軍(新接西安將軍)、趙英辰水部、任子原知縣諸人。十三日。

晨起至南池子。午後至亨達利一看。十四日。

竟日未出門。十五日。晚赴羅少畊之招。

竟日未出門,亦懶惰未爲一事。晚至綺華館公所,候胡復生(蟾桂,蘇州人,春波先生子)。李橘農來譚,云顧亭林先生《唐韻正》所據何本尚不知之,近見《圍爐詩話》云,《吴采鸞寫唐韻》國初時在昆山徐氏,徐立齋相國,先生甥也,故得見《唐韻》而成《唐均正》。此説甚新。

李又云,姚公渌已故,家中宋元本書不知如何。姚氏自念慈方伯故後,尚有公渌能知收庋,今已無人矣。

姚氏藏百宋一廛本書有十餘種。

以唐寫經六卷歸黄季度,得二百二十金,爲度歲貲。

兩日未爲一事。請客。十七、十八日。

早,至鳳石處賀乃孫彌月之喜。後至南池。十九日。

上午弔王夢仙。午後至琉璃廠寄觀閣,贖書畫九件歸。二十日。

宋本《雞峰普濟方》殘木,汪閬源有重刻木,屬顧千里校之,題曰張銑撰。顧曰:"《書録解題》有《雞峰備急方》一卷,當即此三十卷之末。"標近見日本藏宋刻《備急灸方》,前有序云:"團練使張涣撰有《雞峰普濟方》,後附《備急灸方》。"即此一卷。據此,則撰《普濟方》者張涣也,何《宋史・藝文志》《文獻通考》《書録解題》皆作"張銑"? 檢《解題・備急方》上條《小兒醫方妙選》三卷,題"東州團練使張涣撰",兩有不同,殊不可解,俟考。

竟日未爲一事。廿一日。

上午未爲一事。午後至亨達利。廿二日。

竟日未出門。廿三日。劉震青來譚。廿三日。

竟日未出門。余壽平、徐犖芙兩同年來譚。得汪叔雍書,寄廣東錢局新製銀錢一元。[redacted]光緒元寶,下曰"重庫平七錢二分"。廿四日。

數日未爲一事。李筱荃丈詒一金,龔仰蘧方伯詒二十金,羅少畊詒八金,郎師詒二十金。歲暮稍得餘潤矣。

今年已過,所計一歲之中,忙日少,閑日多,然無絲毫增益之處,且終日皇皇，半爲米鹽所累，但求自此以後氣象變更，精神振作，爲學日益，慈幃康健，則他無所求矣。大除夕。

一出蘭陵一濟陽，吾家世系本蕭梁。多情皕宋樓中主，當作同宗遠寄將。

一畫居然值萬錢，六年次第刊新編。知君心有揅經室，粵水吴山路幾千(按先生《師承記》刊於嘉慶二十三年冬，《周易述補》刊於道光元年辛巳，皆阮文達鐫板於廣州，計畫此圖在白公堤上，則尚未入粵也)。

好事流傳到削觚，乾嘉風趣近疑無。世間大有著書客，安得方君畫與圖。

歸安陸存齋世丈以鄭堂先生《募梓圖》小象寄貽，以其爲同宗也。然實與先生分兩支，惟有感於圖，漫題三絶句。

“可惜靈岩山下詩，依劉句好太矜持。《北江詩話》非虚罪，隨手千金事有之。”《北江詩話》録先生《過畢弇山宫保墓》詩曰：“公本高才勤説項，我因自好未依劉。”亦隱然自具身分。惜其爲饑寒所迫，學不能進也。標按阮文達在粵時曾曰：“子屏隨手千金，我終不能救其貧也。”是事實有之耳。

譚國柱(霈霖)	十	盧棣生(陽棠)	六
林德嘉	十	黄達卿(作亨)	四
易樹時(階平)	十	梁仁軒(信業)	四
陳國猷(焯堂)	卅	趙峰琴	四
黄聰厚(益堂)	十	陳志德(坤田)	四
蘇朝英(傑生)	卅	趙慶雲(錫彤)	六
羅廷琛(謙亭)	十	陳瑞圖(佩之)	十
羅和聲(偉堂)	十	鄭輝山(廷超)	六
孫謀泉/黄肇豪	廿	鮑有齡(雨亨/守伴)	六
鮑焜(煒昭)	卅	胡禮廉(文義)	六

曾紀傑(卓軒)	卅	馮紫珊(盛朝)	六
陳海珊(瑞琅)	十	□熈生(作衍)	六
關静臣	六	汪紹棻(桂樵)	六
陳麗生(德源)	十	梁壽基(覲三)	六
許應西(國濂)	八	繆輝堂	十
楊冠勳(符三)	十	柳寬亮(雲從)	六
吴寬疇(德薌)	十		
陳奇偉(蕙生)	十		
陳紫階(國賢)	八		
黄潔鄉(伯瓊)	五		

硬黄紙少麻箋失,誰認千年海外書。

甲申年,標遊汪柳門先生山左學幕,知有來安孫君子與者,爲前學使幕賓,有奇才,恨不得一見也。乙酉秋,應舉子試於江寧,見一清偉修潔之士,友人陸惕身指而言曰:“此即孫子與也。”遂識其面,又恨不得一快譚。今年庚寅八月,渡海至日本,於公使署見子與,始得盡數日歡。譚次,出其《嚶鳴館春風疊唱集》百首見示,於是始知君實奇才也。叠韻詩者,始於唐中葉,累代相稱重。自我國朝乾嘉間,袁隨園先生獨詆之,於是才塞力詘之士以此爲確證,相戒不相和,幾不知詞壇有此難事矣。今子與破其惑,獨成其難,豈非奇才歟?子與生平所歷行省至十幾,復渡海至日本,已三年。標弱君六年,而所遊皆同轍,以七年不得相遇之緣,而獨結於海外,此亦嚶鳴求友之證也。惜匆促將入都,不得久留與君相叠唱和,而獨翦燭聽更鼓,爲君叙此集,亦聊伸七年相慕之情耳。與君譚,君奇才頗不在詩句。初以詩奇君者,是猶不知吾子與也。標行矣,不知相遇於何時。天風浪浪,海水滄滄,如讀吾子與詩也,如初見吾子與於江寧也,如聞吾子與之名於山左也。惜天不能使標再如二十四歲之人也。方今中外一家,五大部洲奇才叠起,亦如吾子與詩。標與子與可相期爲爲國富强之奇術。區區之詩,子與方不屑爲之,標亦不屑爲子與叙。雖然,奇術因何時成哉。

黎星使,百元。

初唐妙格失雲縱,僞體誰教世竝宗。却笑漁洋詩境仄,九■新録號談龍。

範水模山事豈難,須將靈性護詞壇。盧仝坳澀香山滑,詩律從知一例看。

東海櫻雲拂袖紅,新詞寫罷付鐫工。奇才誰似陳無己,獨向松蔭險韻攻。

蕭《選》搜亡彩筆無,拙才枉自號書厨。從今一讀《扶桑傳》,不敢論詩膽氣粗。

題陳衡山(矩)《東遊詩稿》。

以金石受知,所貽拓本盈箱,故藏多□。阮文達續乾嘉遺事,即論愛才如命,痛心□今無朱笥河。

清江西門外黄□義利染坊。[1]

黄升然炳如。

蕘圃跋《桂林風土記》有記江鄭堂事。

奇句君從唐律出,狂遊吾敢海山探。深情只爲文同好,大恨偏教語不諳。儘有心知才第一,最難話别月初三。挑燈爲和先生句,從此漢鴻自北南。

① 以下三行寫在下封面上。

第十六册　光緒十八年壬辰(1892)正月

(書衣題)笘誃日記　第十六册　光緒十八年正月朔一日始

壬辰正月朔日始 十月七日止

光緒十八年正月

元旦早起,大雪。肅衣冠拜祖先,並遥叩母大人新禧。出門拜高陽師相壽即歸。下午,羅少畊觀察來譚。壬辰正月一日。

午初出門,至郎師處午飯,略拜幾客。天大雪,即歸。

在郎師處見明萬曆年間吉府刻《二十子》,即每頁板口上心有"崇德書院"四字。據序云從《道藏》本出,無注。

占牙牌數,句曰:"一帆風順及時揚,穩渡鯨川萬里航。若到帆隨湘轉處,下坡駿馬好收繮。"初二日。

晨起天晴,命阿聰出門拜年。竟日未爲一事,略檢理新裝《漢石》拓本,題簽四十餘軸。晚燈與内子、兒輩譚。

今日爲外祖慈斷七之期,寄家禀並與晉嶠、燕秋書。初三日。

竟日雪,未出門,亦無客至。與阿聰檢理書籍。初四日。

出門拜年。上午坐車,下午坐騎,盡數十家。初五日。

下午遊琉璃廠,得屈曾發《萬言肄雅》、吴照《説文偏傍考》。初六日。

上午未爲一事,命阿聰出拜年。下午至琉璃廠,見鄒咏春前輩、洪文卿世丈,久譚。歸,無所得。見舊磁甚多,價甚貴。初七日。

日來無事,即至廠肆一遊,然無所見,即見亦以值貴不能得。

在論古齋見葉花溪《新柳詩》(即雲谷之父,詩有所指),和者如翁覃溪、伊墨卿、吴荷屋諸老輩,僅一小册,索值五十金。

得元磁碗一,又舊磁五件。初八日至十三日。

於琉璃廠益文堂書肆見宋版《金陀續編》三十卷,兩匣,有"田耕堂"及"泰峰"朱記,遇宋諱書某帝御名。每半葉九行,行十七字。大字悦目,惟印本稍後耳。又《香溪先生范賢良文集》,黑口小字本,當元刻而明印者，有補刻頁。又元大德本《隋書》，有明補頁。益文主人姓魏，每年必出門至山陜河洛間收書，蓋略知舊籍而不甚精者，然亦足補《琉璃廠書肆記》矣。

韓文堂書肆主人韓姓，頗知古籍，凡京師士大夫無不知有小韓者。人極狡獪，而遇學者頗虛心，每出舊籍之不能言其所以然者，必相詢問，以定其價之高下。又修文堂主人張姓，亦喜販舊籍而不甚知其美惡；其舊火伴有楊姓者，人皆名之曰小楊，則甚知書，專奔走於愛書者之門，能手裝舊籍，每以明本贋宋元，挖改年月，人幾不能辨之也。又文遠堂主人耿姓，其兄爲日本賈，每年必至日本，詢其兄兼收舊籍，都中愛書者聞其從海外歸，必趨之恐後，各挾精本而歸，三數日間輒盡也。然耿不甚知書，惟以海外舊籍得仍歸中土，其功亦不可廢，故亦記之也。

近日之書籍稍舊者必是送盛伯兮、王廉生兩前輩閱之，聽其去留，如不收，則再送次於兩家閱之，再有棄餘則留置架中，或投諸讀書家而售之矣。士人初至京，書鋪中不甚知其能買書，輒不以示之，故每苦不見佳本。偶有所聞能慳囊者，則有趨之若蟻，日繞於門，揮之不去矣。

竟日出門拜年。十四日。

上午未爲一事。下午至琉璃廠一游。十五日。

竟日至鳳石前輩處爲骰子之戲，輸七金而天已晚矣，不能出城，止宿渠家。十六日。

見恭邸《萃錦吟》，皆集唐句，係新付手民者。

韓桂舲《還讀齋詩集》、石琢堂《[獨學廬]詩集》《彭文敬集》，皆素與黄蕘圃往還，必有紀事，宜查補入《年譜》中。

竟日未爲一事，近於惰民矣。可畏可畏。十七日。

於李橘農同年齋頭見馬二槎《吟香仙館書目》兩册，藍格抄本，猶馬氏手稿。首有《馬二槎藏書記序》，爲馮柳東撰。又抄本《圍爐詩話》兩册，爲昆山[吴喬]撰，有宋賓王跋並校字印“”（大小如此），舊爲桐西書屋潘茮坡物。

白棉紙抄嚴本《讀書敏求記》，舊爲所得，後以不精還之，繼爲淛江夏君所得，聞近歸橘農，已爲人以朱筆校各刻本於上。沈子培刑部（曾植）見而愛之，要去矣。又徐墻東《杜詩執鞭録》稿本五册，余亦見之，爲劉泖生舊物（彦清），後歸橘農，今又轉歸他手矣。

僕人陳升隨侍一年,忽借疾辭去。憶鄭板橋詩“奴藏去志神先沮”,不竟爲之啞然。十八日。

乾隆三十八年命編輯《四庫全書》,上諭有曰:“向閲内府所貯康熙年間舊藏書籍,多有摘叙簡明略節,附夾本書之内,於檢查洵爲有益。應俟移取各省購書全到時,即令承辦各員將書中要指檃括,摘叙厓略,粘貼開卷副頁右方,用便觀覽。”謹案《提要》《簡明目録》兩書之成,是皆本康熙舊稿,當時總纂熊、紀諸公亦有所依傍,不必盡出新修也(《上諭》見《詞林典故》卷二十二)。十九日。

晨起,偕肖石至順治門内大街廢書攤,得抄本《伊江彙覽》一本,爲乾隆時[格琫額]撰,專記伊犁各事,分門别類,惟未盡詳備耳。

午後偕肖石、贊臣一遊白雲觀,人多如蟻,少坐即返。二十日。

晨起,祝昆太師母壽。己丑同榜送戲(玉成班,戲價二百四十金,又酒筵各種,二十餘金)。每人出公分三兩七錢。坐至午後散。至太學,候沈澥秋同年(文瀚),不值。屬司門者啓鑰,觀石鼓。鼓形如覆臼,非鼓也,不知自唐以來何以定其名。文刻一面,今已極淺難拓矣。然石質層剥,恐以後更難完善也。中已鼓作臼形者,其邊刻純皇帝御製題字,今拓本不見也。余生平見舊拓本惟一有汪孟慈跋者,極精,近拓本以汗郎亭師爲司業時之拓本,用羅紋紙、香墨所拓者佳,曾得有一分。前年到京師,見盛白兮祭酒屬蔡松甫監拓之本,則更墨光炯炯,恐以後不能多得。聞近又損去一二字,則前拓者更寶貴矣。余在都門三年,未嘗一至太學,今日親得磨挲,始知稱之曰鼓,尚在疑似之間,惜不能起古人而質之也。余昔疑既爲周石,何以唐以前石鼓之名不見於書中?今始知唐以前必别有名字也。俟考之。二十一日。

眉批:

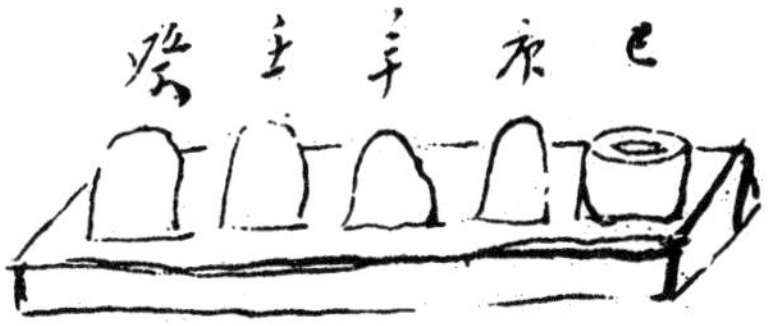

(此作臼形)

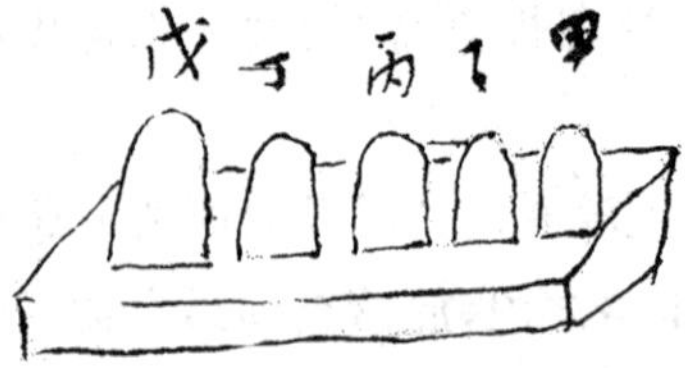

（下座　兩壁對列各五）

上午未爲一事。午後出門，見黄季度，觀所藏元磁盌碟，多而且精。又太極造象佛座一，字刻四面，精甚。至郎師處，適請客，見錢子密、汪子常兩年丈，徐小雲侍郎、許子原世丈、金鍾甫前輩、劉静皆同坐。晚始歸。

聰憙拓古泉，自訂一册，上自作一序，頗有泠峭之氣。不爲改易一字，俟其業進時自改之。二十一日。

晨起，弔沈禄卿，唁馮季桐。午後檢理書籍。

借沈小宛《漢書》校本於鶴巢丈，手自過臨，皆用汲古本，始知汲古刊刻之誤不可枚舉。

朱蘭坡（珔）《小萬卷齋詩續稿》卷六有《題吴文定公詩翰詩》注曰：“公喜手録書，有署‘吏部東廂’者，佐銓時所抄也。”二十二日。

上午至龍泉寺唁葉茂如。歸，赴廣和居彭子嘉之招，又至便宜坊赴王伯唐同年之招。二十三日。

竟日未爲一事。二十四日。午後偕王勝之至崇教寺（即古棗花寺），觀《拙庵和尚紅杏青松卷》，已閲舊題兩載矣。觀《王仲堪墓志》，旁有徐星伯題，云石舊在翁宜泉家，屢見怪異，遂轉入星伯家。閲二十一年，歸於寺中。寺西有西來閣，向有王阮亭手植海棠，今已補種穉枝矣。此寺在白紙坊，地僻城西，到者稀少。花事時遊人過者每索卷觀之。二百年來名士名人多留題語。近來題者時多荒率，遠不如先輩謹嚴，亦可以覘世風矣。相與勝之嗟嘆久之。薄暮歸，至廣和居小飲，有伯訥、肖石、彦和、贊臣四人。二十四日。

晨起，與勝之至順治門。午後在家檢書。

蓄一狸已兩年矣，馴擾可愛，黄昏忽爲街犬入門所噬，垂斃。二十五日。寄家禀。

清早聞狸已斃矣，爲之憫然。阿聰聞而哭之。午間街犬復來，痛扑而去。晚阿聰爲《愛猫伐犬説》一篇，閲畢，不禁笑其癡，又憐其悲也。此狸馴擾，向不出門一步，色不動人而善自修飾，精潔潤澤，無偷饞之惡，故兩年來未（尚）［嘗］受一笞，性慈不傷生物，未嘗銜一鼠而鼠迹自絶，終日無叫嗥之煩而未嘗離床榻間。去夏蓄一小犬,與之同卧起而未嘗有搏擊之意。此何異女子在室而忽遭强暴所逼,至捐其軀。再同一犬耳,何性質之相去如此。以此可以見人心矣。小犬一日不食矣,若有所待。呼與語之曰:"猫已斃矣。"不覺淚濕盈眶。異哉,物豈有所知哉。特記之以存異。

任逢辛(錫汾)貽八金。二十六日。

晨起勝之來,同請任逢辛、鄧仲容、汪紫垣(大奎)、潘仲午、李木齋、劉静皆。席散已天黑矣。二十七日。

廿七日亥初四刻生一女,因其産於京,命其乳名曰"婛"。按《集韻》:"居卿切,音京,女名。"此字漢魏時當無之,其起於六朝乎? 蕭梁本吾家故姓,以之命名,是亦宜也。[①]

世傳周宣王獵碣初在陳倉野中,唐鄭餘慶始遷之鳳翔(潘迪説)。

世傳岐山周篆,昔謂獵碣,以形制考之,鼓也。三代之制,文德書於彝鼎,武事刻於鉦鼓,征伐之勛表於兵鉞,其制度可考。後世不知先王之典禮猶有存者。鑿山刻石,自是昭一時功迹。唐世諸儒以石鼓爲無所據,至爲田獵之碣,蓋未知古自有制也(董逌《廣川書跋》)。

蘇勖載記:石鼓文謂之獵碣,共十鼓(吴曾《能改齋漫録》)。

《古迹記》云:"史籀石鼓文,不知徐浩何據也。"韋左司應物歌云:"周宣大獵岐之陽,刻石表功煒煌煌。石如鼓形數止十。"韓退之歌:"鑿石作鼓隳嵯峨。"(翟耆年《籀史》)

石鼓文,周宣王之獵碣也(王厚之《復齋碑録》)。

石鼓至謂爲秦周魏三朝之物,則妄誕殊甚。劉昭《續漢書・郡國志注》云陳倉有石鼓山而不言其時代,使石鼓果爲秦時所刻,不應漢時即以名山。劉昭去秦未遠,當有確證,亦不應闕疑不辨。且昭在周魏之前,何由先有石鼓山乎?(王昶《金石萃編》)

晨起,至靈清宫拜許師母壽。午後祝顧康民四十壽。見中堂掛有錢東塾爲南雅先生畫《胥江送别圖》,題者有陳仲魚、黄蕘圃、夏方米諸家。至康家胡同拜金忠甫前輩(保泰,浙江人)。二十八日。寄家稟。

董文敏《東佘山居詩》墨迹異同

第一首　東麓　　　　陸書作佘谷　李作東佘

① 眉批:後改名曰嫈。

辛苦(李同)　又　苦爲　驅　李作袪

第三首　陸作第十七首

第四首　十八首

　日下缺二字　陸作正清

第五首　十九首

第六首　二十首

第七首　二十一首

第八首　二十二首

第九首　二十三首

第十首　二十四首

　恐是　作空是

第十一首　二十五首

第十二首　二十六首

第十三首　陸作第三首

　北峰　佘峰

第十四首　陸作第七首

第十五首　陸作第八首

第十六首　第九首

第十七首　第十首

　分潤　芳潤

　素雲　素靈

第十八首　第十一首

第十九首　第十二首

第二十首　第廿七首

　都樹　多樹

第二十一首　第廿八首

　胡兒　敵人

第二十二首　第廿九首

　酬恩當取虜頭函　酬恩金印肘邊懸

　戰城南　咏扶南

第二十三首　第三十首

缺四、五、六及十三、十四、十五、十六，共七首。

李卷綾本，第二首《名僧》，第三首《無限》，第四首《元味》，皆此卷一無。

陸氏《所見書畫録》所記文敏《東佘山居詩》云小楷書，余所得僅存二十三首，且係行書，非陸藏物可知也。檢校詩句，行書本第二十一首“胡兒”、二十二首“虜頭”，楷書本皆改作他字，豈有所諱乎？案季滄葦刻《錢箋杜詩》，遇“胡”“虜”字皆作空白，是已在國初有此禁令。文敏生死有明，何忽有改易？鄙意楷書之本當國初人僞寫，當時禁令不書“胡”“虜”字，故以意改之，不知數百年後正雪此僞案也。

竟日在家。薄暮屺裛、芾卿來，商寫潘文勤師墓志銘事。志爲李蒓老所撰，長至三千三百餘字，志例所無也。二十九日。

光緒十八年二月

竟日未出門。屺裛來談，云在蘇得王惕夫批本《元詩選》，江秋史舊藏宋元集册，顧子山、李梅生舊藏未破《磚塔銘》兩精拓本，包慎伯《文稿》三册手改本。二月初一日。

屺裛所得《磚塔銘》一係楊大瓢所藏，後附顯慶年間梁寺墓志，亦出梗梓谷，當同年出土者，故附裝於後，金石家皆未著録之物也。

竟日未爲一事。薄暮屺裛來譚。初二日。

晨起，謁潘仲午世叔。見王苿畦爲阮文達畫《怡園圖》，極精。黄秋言仿倪、黄兩家筆意山水小幅，極佳。湯雨生山水小幅，用墨深厚，兼事濕筆，有明人舊法。午赴劉静皆之招，遇楊味春同年(士燮，戊子鄉榜)，爲余占六壬課，云二月内有佳兆，不知何事也，容俟之。至長元吴會館祭文昌神。見屺裛談。

見會館中有吴清卿丈篆書六幅對，觀不忍舍，幾有坐卧三日之意，當今無二人矣，非阿好也。初三日。

晨起，至廣和居，請諸人飲。午後至張伯納家，出示孫憶孃《簪花圖》，畫、題皆重摹本矣，惟後有畢弇山、洪北江、錢竹汀諸家，尚確。晚王芾卿前輩來譚，爲商量寫潘文勤師墓志篆蓋事。商題曰“皇清光禄大夫太子太保工部尚書兼管順天府府尹事務贈太子太傅予謚文勤潘公墓志銘”，文爲李蒓客撰(慈銘)，費屺懷書，余則篆蓋也。

魏子題、劉峩山、熊經仲、歐陽煦庵公請諸同年於餘慶堂，到者甚多。下午約勝之來譚，至二鼓始去。初四日。

午，錢鳴伯招飲於江蘇會館。初五日。

寄日本 春波、翼夫、鵬萬三函。

日本有銅經筒者，皆貯唐寫經，高有尺許及七八寸者，徑有一二寸或二寸餘者，上有一蓋，筒上鎸經名及年月。中國自來未有見及此物者，殊可異也。余所見者爲陳喆夫(明遠)所藏之天長七年(即唐太和四年)藤原朝臣經筒、羅少畊所藏之宋天禧三[年]己未八月《光明經》一卷經筒，又有顧若波(澐)所藏之昌泰經筒，僅見拓本。陳衡山(榘)之塗金小經筒，聞爲至精之品，余則未見其器，亦未見拓本，不知其紀元也。又有銅鏡，花紋亦如中國所見漢七乳、四麟等鏡，然邊綴五銅鈴，或三四鈴，摇之有聲，色澤甚古。曾見一枚於陳喆夫齋頭。又見一枚於大阪古董肆中，惜未得之也。又於東京市中見一古銅器，云新出土者，形如鎛，而徑不及尺，高至三尺餘，質薄而有花紋，層界作陽文，色澤古厚可愛，惜無字，亦不知爲何代物也。

寄陳衡山書。

晨起，赴郎師之招，同坐有顧又山年伯(戊子北榜，名英字，範臣之父)。薄暮歸。初七日。

題卅一歲鏡寫真：

不是美人不名士，何緣來作鏡中人？頭顱如許華年换，已過人間卅一春。

世間誰覓駐顔丹，借爾靈芬灌頂寒(印哲中有名海波蘇達者)。吾竟佛家成頓悟，化身衹聽指聲彈。

麟閣衣冠一様圖，愛從團扇聽吴歈。科頭便服儒生面，好認今吾即故吾。

《簪華圖》乾隆己卯秋裝　西莊王鳴盛題簽　“鳴盛”(白文)

卷首　卷中人　松南“竹下小池”(朱文)、“松南書屋”(朱文)、“吴郡”(朱文)、“越國王孫”(白文)、“若谷”(朱文)

絹身　“桃塢”“綉谷書畫記”(朱文)

交翠堂前絶點埃，薰風披拂綉簾開。麝蘭香細花枝裊，争説天仙降下來。髻挽烏雲袖拂霞，纔簪茉莉又蘭花。妝成金屋藏何處，只在東山謝氏家。

虞山楊晋寫照並題。“子氏雀”(朱文)、
“楊晋之文”(白朱文)、“幽賞”

巧髻知邀阿母梳,當年周昉畫曾無。題詩那得簪花格,來寫簪花美女圖。滿頭花朵倚銀屏,不戴幽蘭即素馨。若折宜男還插鬢,誰家先築語兒亭。觴政逢君笑口開,探鈎送酒劇憐才。愛他不是王孫女,有客鳴琴解聽來。芳年漂泊奈愁何,觴斷當筵宛轉歌。我有青衫無限淚,與卿紅袖一般多。緑窗常對畫生綃,金屋何須貯阿嬌。從此覆巾施梵咒,真真喚下便吹簫。

康熙己卯閏七夕前一日,蔣深題於綉谷。
“蔣深”(白文)、“樹存”(朱文)、“綉谷”(朱文)

三年前事夢中頻,憶殺春風畫裏人。堪笑承恩豹尾客,只將詩句傍卿身。

藥洲題。“小宋”(朱)、“藥洲”(朱)、“思君十二時”(朱)
像。

峽雨飛殘夢不成,畫中猶是惑陽城。憑君寫盡生花筆,空憶當筵婉娩情。趙女秦嬴總月成,何如展卷得傾城。而今禪榻茶烟裏,滿坐狂花未是情。

辛巳中秋松南居士筆。“士鋐”(朱)、“竹下”(朱)

吾今老矣,久夢覺于青樓;彼美人兮,乍歡迎於綉谷。愛他蔣翊,競邀佳客傳觴;羡爾楊華,閑拂生綃寫照。能無欲別,更撫卷而情移;忽漫狂來,竟含毫而句就。爰偕諸子,共賦新詞。

紅燭燒殘聽唱歌,幾番戀别費吟哦。莫嗤酒醉還深酌,奈此圖中小妓何。自揀幽蘭插鬢枝,多情庭際步遲遲。落花垂柳嬌無力,知是歌慵舞困時。

是日即席又贈一首。

六年前(年)[見]傾城色,猶是雲英未嫁身。今日相逢重問姓,坐中愁煞白頭人。

萊陽姜實節。“萊陽主人”(白)、
“行雲流水”(朱)、“十年一覺揚州夢”(白)

昨夜無端夢蔚州,清尊紅燭最高樓。披圖忽見傾城色,應是名兒喚解愁(蔚州有妓名解愁,絶類此小照)。

蘼莽孫暘題。“孫暘”(朱)、“赤崖”(朱)

纔得佳人勸淺斟,分明雲散觸離心。無言獨背屏風立,手摘幽蘭强自簪。

匠門大受。“張曰容”(朱)、“大受之印”(朱)、“匠門居”(朱)

何須百日喚真真,尺幅翻留色相身。尊酒十年重一面,可能猶似畫中人(己卯重九前一日題,用姜丈即席賦贈韻)。

蓉江葆光。“徐葆光印”(白)、“亮直”(朱)、“澹蕩人”(朱)

當場一曲浣溪紗,可似陳宫張麗華。却勝狀元新及第,瓊林宴上去簪花。

西堂老人戲題。“西堂老子”(白)、“太史尤氏”(朱)、
“吴儂”(朱)、“(此印模糊)”(白)、“休陽汪果亭心賞”(朱)

以上題絹畫本幅。

背人獨立黯銷魂,小摘花滋九畹痕。一洗世間凡艷畫,生來香草本同根。香銷骨冷悵如何,拂拭零縑讀艷歌。莫怪君家勤護惜,三吴耆舊此中多。烏雲入手愛三盤,碧玉釵光寫影寒。總使麗人生並世,空花也作畫中看(簡齋先生題句有生不同時之感,詩以解之)。綉谷花殘怨落紅,遺聞曾記立春風。今宵一掬西州淚,並入閒情綺語中(予昔侍歸愚師於教忠堂,每於酒闌吟罷,常説憶娘遺事。今讀先生卷中題句,益增惘然)。

乾隆戊申夏日,靈巖山人畢沅題。“畢沅之章”(白)、“秋颿”(朱)

以上題隔水綾。

綉袂羅裙玉貌匀,風姿占斷五湖春。妝成衣袖臨風舉,第一花簪第一人。歌調行雲舊有名,獨標淡雅態逾清。丹青已識春風面,尚欲銀筝聽囀鶯。

海昌陳邦彦。“陳邦彦印”(白文)

一曲回塘十字津,遠山靨靨水粼粼。五湖烟景依然好,只少扁舟載玉人。絲楊被浦緑鬖毿,有約重來載酒過。玉柱琵琶金鏤柄,小紅花底按吴歌。重碧千章嫩緑溪,一痕眉月掛花西。癡心願作鶼鶼鳥,長在相思樹上棲。嫩日烘花困未舒,畫中風格玉温如。錦囊好貯崔徽卷,伴我秋窗夜讀書。春江相送一沾衣,何日重尋舊釣磯。他日相思

在天末，傷心怕見鳥歸飛(粤中有鳥名歸飛，時余將往粤東，故云)。

右贈憶娘之作。綉谷主人出是圖索題，書此博笑。

紅豆齋惠士奇。"惠士奇印"(白)、"仲儒"(朱)

三點疏星流枉矢(小)，半規殘月掛虚弓。(乙)縱教藏却春風面，名字猶存想像中。

不騫。"高查客"(朱)

笑摘穠香壓鬢鴉，懶將時勢鬥鉛華。他年得入維摩室，不許簪花許散花。

蒲室睿道人題。"自存睿"(白)、"童心和尚"(朱)、"蒲室"(朱)

五年曾見霓裳舞，百折身輕燕子飛。今日畫圖看粉面，緑尊紅燭事依稀。

虞山蔣廷錫題。"廷錫"(金邊，白)、"酉君"(朱)、"來爽"(朱)

一朵盈盈露未收，妝成相伴瑣窗幽。憐他香草知人意，綉谷花開恰並頭。展卷先愁罨面塵，芳蘭竟體自生春。倡條冶葉千千樹，不信燕臺有此人。

辛巳秋仲題於京邸，愚谷。"倓"(朱)、"愚谷"(朱)

虎溪迴棹六年前，二老風流好好篇(余澹心、姜學在贈之曰好好，同人即席賦詩)。今日畫圖重睹此，當時標格固依然。薄妝顧影籠雲鬢，小立簪花整翠鈿。我已休官君又嫁，可知還結後生緣(武陵君曾許以千金爲余購之)。

辛巳八月嚴虞惇題。"寶成"(朱)、"虞惇"(白)、"思庵居士"(白)

幽蘭生谷中，香氣颯然度。我行欲采之，山堂日將暮。美人渺何許，目斷江南路。

辛巳八月苦葉齋題，百藥居士。"汪鐸之印"(朱)、"僕本恨人"(朱)

原是行雲夢裏身，塗妝小影記來真。枉矜豪客量珠買，展卷分明見玉人。

壬午清和一日申瑋題。"申瑋之印"(白)、"惠吉"(朱)

花事闌珊四月天，賸留春色最堪憐。一枝弱柳迎風態，憶著紅裙踏舞筵。碧玉佳人捧玉卮，當筵催賦送春詩。漫誇初日芙蕖好，何似金釵半醉時。樂府人傳絶妙辭，試教纖手撥紅絲。采蓮不數楊家曲，壓倒新聲屈偶之。蔣家綉谷巧藏春，深院年年瑣玉人。若見細腰張静婉，爲言珍重掌中身。金閶楊柳帶秋光，婀娜腰肢不耐霜。待我歸來還好在，任人攀折也無妨（庚辰春，余往嶺南道中寄懷之作。辛巳夏，自嶺南歸，不勝緑樹成陰之嘆。因展玩是圖，書之於後）。

紅豆士奇。“江左”（朱）、“惠士奇印”（白）

卷中題咏，推姜丈學在再贈一絶擅場。老顛風景，今可想見。余年六七歲時，張曾過宿余家，晨起抱余著膝上爲挽鬟，忽忽五十餘年。圖歸自海陵，蟠猗復携視余，重讀姜詩，俯仰慨然，亦題絶句於後：

綉谷歡場五十秋，當年姜老妒偏愁。荷衣總角妝臺見，零落如今也白頭。

西原。“恭”（白）、“棐”（朱）（標按，西原亦姓蔣，長洲人，康熙六十年翰林）

此卷藏弃篋中，爲誰何竊去。甲子冬，檢點舊物，始知失之，懊恨不已。丙寅秋，武林黄君松石過訪，偶譚及，云曾見之維揚一士友家。越二年戊辰秋七月，君竟携以來，蓋已爲程君勁堂所得，而黄道余意，許以余所存汪退谷、何義門兩先生筆迹易歸者，余亟如約。楚之弓不圖復爲趙之璧。因題數語以識其異。乾隆十三年後七月廿有二日，蟠猗蔣仙根書於交翠堂。

“仙根之印”（白）、“奕蘭”（朱）、“蟠猗”（白）、“戊寅”（白）（皆墨印）

鏡裏烟花粉黛新，春風解恨倩傳真。湘裙六幅題詩滿，侮盡當筵聽曲人。已逐芳塵散（猗）［綺］霞，同心誰插並頭花。飛鴻洛浦無消息，留得丹青見麗華。

示浦里人題。“彭啓豐印”（白）、“芝庭”（朱）

唱罷西洲絶妙詞，曲中紅豆定相思。何堪展卷重逢日，又是湔裙脩禊時。

丁丑上巳香樹陳群。“陳群”（白）

不將宫様寫秦娥，雅澹風光照眼波。題句當年盡名士，拈花早已悟維摩。百年遺恨卷中人，畫裏丰姿想像真。若問簪花舊風格，女墳湖畔草如茵。争識春風半面妝，幾曾空憶惱檀郎。丹青畫出今番悟，留與人間作憶娘。見時争似憶時多，憶到今生可奈何。不笑不言愁欲殺，滯人無奈尚横波。

乾隆丁丑二月，嘉興舟中世澤里人溥題。“溥”（白）

誰與簪花上舞筵，金尊檀板舊因緣。展圖似歷華巖劫，小别春風四十年。

應劉去後騷壇廢，嵇阮亡來酒壘荒。舊雨凋零圖畫裏，鹽官剩有魯靈光(謂春暉學士)。

度曲不曾抛好夜，聯吟長是醉春風。座中莫更談天寶，愁煞飄絹鶴髮翁。

義士重逢古押衙，明珠不遺委泥沙。儂家自有千金帖，何用蕭郎白鼻騧。

風月生前知獨擅，沈檀死後覺猶香。虎邱殘碣鵝溪絹，千古真娘與憶娘。

玉山樵叟汪俊。"汪佼"(白)、"顩三"(朱)

簪花盛事委波流，名士佳人土一邱。零落玉釵憐薛杜，銷沈金管感曹劉。風清應集芙蓉館，月冷長空燕子樓。展卷幾增華屋痛，羊曇今亦雪盈頭(中有先外祖匠門先生題句)。

花橋顧詒禄。"顧詒禄印"(白)、"禄伯别字花橋"(朱)

小唇秀靨，訝壓衆風流；趁時梳裹，冰蕤露萼，依約鬢邊花朵。當日平康占斷，按金縷，瑶笙吹和，赢他畫手調鉛，染出翠顰輕鎖。

低鬟娉婷婀娜，自化彩雲歸。粉香摧挫，釵鸞箏雁，都逐亂紅飛墮。空剩霜紈塵涴。有多少留題傳播，淚濕青衫，一種傷心如我(謂綉谷先生)。

庚午秋日，練祁農隱王鳴盛題，調寄《雙雙燕》，時在綉谷寓舍。

"鳴盛"(白)、"鳳喈"(朱)

簪花風格舊曾聞，久矣雲英化彩雲。不種小桃花一樹，何人知是薛濤墳。曾遇當筵冰雪姿，輕塵短夢悵何之。卷中此日重相見，猶認春風舞柘枝。綉谷留春春可憐，傾城名士惣寒烟。老夫莫怪襟懷惡，觸撥閒情五十年(庚辰歲過憶娘於歌筵，今五十餘年矣)。

後庚午初冬，歸愚沈德潛題(時年七十有八)。

"沈碻士"(白)、"可遊退谷"(朱)、"己未翰林"(朱)

百首詩題張憶娘，古人如我最清狂。青衫紅袖俱零落，但見琵琶字數行。

五十年前舊舞衣，丹青留住彩雲飛。相逢且自簪花笑，不管人間萬事非。

對此方知富貴輕，尋春應向闔閭城。國初諸老鍾情甚，袖角裙邊半姓名。

死後揚州又往還，詩人愁殺蔣家山。千金肯换蘭亭帖，贖得文姬返漢關。

想見開皇全盛時，三千宫女教坊司。繁華逝水春無恨，只恨遲生杜牧之。

乾隆辛未夏四月，錢塘袁枚子才題。“袁子才”（朱）、“錢塘中郎”（白朱）、“褭佳人兮不能忘”（朱）、“潁川”（朱）

海色西風十二樓，闌干何處玉雕鎪。只從綉谷銜文後，才子於今盡白頭。

簪花合有散花緣，識盡前因更惘然。苦恨舞時風最緊，不教飛燕作真仙。

空谷幽蘭絶點塵，國香宜伴美人身。不堪夜雨聲蕭瑟，燈影紅迷卷裏人。

香溪春水碧還明，沼盡吴宫感慨生。尤物只應歸我輩，淡雲微雨闔閭城。

綉谷金釵十二行，就中第一倚新妝。逢人小立休回首，花裏三生屬憶娘。

淪落天涯一布衣，禪心不逐柳綿飛。傷神静聽吴兒曲，時唱花開緩緩歸。

乾隆癸酉冬十月，祁陽陳繩祖題。“臣繩”（朱）、“孝祐氏”（朱）

想見緋桃塢畔春，天邊星影墮佳人。輕紈須得驚鴻態，勾引陳王賦洛神。

萬個琅玕輕乍開，西園屐齒破新苔。畫圖不寫蘇黄輩，妙有雲鬟翠飾來。

嫣枝薄髩檕堆鴉，纖指低招小朵斜。怪底有人矜捷悟，學書風格似簪花（謂蟠猗也）。

宋玉才華張一軍，心思化却楚峰雲。墨痕近作瓊枝倚，勝寫羊家白練裙（宋學士題句羅襦右偏）。

薦衡佳話豈情鍾，俠骨能追薛五蹤。紅袖若教持玉尺，憐才應不減昭容（憶娘與當事狎，歲試時竟有被薦入彀者）。

桃葉何曾唱渡頭,秣陵金粉讓風流。斜陽門巷梧宫側,何處枇杷一樹秋。

卷軸飄零膩粉痕,不因冷落别吴門。只今再睹春風面,彷佛名香與返魂。

江表名流盡總持,麗華尤是出群姿。明珠百琲評佳句,堪入司勳《本事詩》(唐司勛郎中孟啓撰《本事詩》)。

簪花圖題句,余遲之良久,殊以前輩佳咏已多,不敢率成蕪陋之詞,唐突卷中人也。仲夏過交翠堂,復展此卷,柳眉桃靨,蓋自渡江來又裝滌一新矣。納凉因緑軒,得八詩,了余夙懷,録正大雅,恐不足繼《高唐賦》後塵耳。乾隆壬申六月十又三日揮汗書。

抱香居士陳廷暘。"于谷"(白)、"抱香室印"(朱白)

約略春雲擁鬢香,翠翹半嚲試新妝。偶來識得崔徽面,繫顋吴兒木石腸。舞衫歌扇總前塵,已識空華是幻因。剩有閑情難遣處,春風小影唤真真。

净名居士吴泰來。"净名居士"(朱)

翠翹半嚲擁春雲,隱隱微聞麝火熏。彷佛緑窗妝罷後,鈎簾猶舞鬱金裙。綺閣深沈睡起遲,迢迢蘭澤動相思。國香零落年華晚,翠袖天寒獨采時。玳瑁筵開月似鈎,紅牙幾度按梁州。落花飛絮年年事,空鎖東風燕子樓。隱約臨風掃黛蛾,散花人去奈愁何。獨憐綉谷尋春晚,未聽當筵宛轉歌。曾向金隄閉户居,粉香寂寞怨何如。桃花塢畔新波緑,還憶春風女校書。舞茵歌扇久凄凉,禪榻茶烟易斷腸。十載江湖蕉萃客,樽前重賦杜秋娘。裙屐風流夢有無,綺筵想像捧銀壺。憑誰更試龍眠筆,添入當年雅集圖。梨花門掩惜黄昏,金鏤飄零舊酒痕。剩有崔徽風貌在,雲鬟霧鬢總銷魂。

乾隆甲戌初夏,漁菴曹仁虎題。"曹仁虎"(白)、"來殷"(朱)、"琴書"(朱)

綉谷重來問楚雲,寶奩翠幕歇餘熏。新詩吟罷添惆悵,未得親題金鏤裙。銀葉香銷午夢遲,閑庭小立寄幽思。櫻桃風急春寒峭,正是單衣試酒時。樽前款語笑藏鈎,花底新聲譜石州。一種風情何處覓,碧雲香雨小紅樓。幾度清樽映翠娥,瀟瀟暮雨唤愁何。貞元朝士今餘幾,休問雲間第一歌。絶代佳人金屋居,鉛華洗盡美何如。幽花一朵釵頭梟,好伴秋窗夜讀書。犀梳斜插晚風凉,一寸横波惱客腸。羡煞吟成三影後,閑携小艇載兜孃。法曲樽前聽已無,隔花猶自唤提壺。雲鬟霧鬢無消息,零落人間素女圖。華嚴小劫似朝昏,弔古空留粉墨痕。名士傾城兩清絶,好憑縑素與招魂(次漁莽韻)。

净名再題。"泰耒"(朱)、"企晋"(朱)

無復當筵唤紫雲,翠奩零落惜蘭熏。玉釵掛鬢人何處,猶認留仙六幅裙。綉題初日曉妝遲,石上蘅蕪費夢思。小折幽蘭倍惆悵,春寒一翦惜花時。香霧沈沈捲玉鈎,六么催拍舞伊州。月華如水房櫳静,一樹緗桃映碧樓。小蟬新樣畫雙蛾,殢酒傳香態若何。贏得風流金馬客,花前長憶雪兒歌。翠竹雕欄認舊居,閉門終日禮真如。芳心不作因風絮,愛誦西天貝葉書(憶娘晚年思入道)。

寂寞閑庭暮雨凉,年年花柳繫愁腸。皋橋春色知多少,誰更金隄訪泰娘。

銀漢紅墻路有無,迢迢夜漏響銅壺。何當唤起丹青手,重寫霓裳按樂圖。麝煤烟燼小屏昏,空浥羅襟舊酒痕。留得吴綃春影在,落花時節弔香魂。

次漁菴韻,琴山蔣業鼎。"蔣業鼎印"(白)、"升枚"、"琴山"(朱)

鳳插依然攏鬢雲,玉釵合付水沈熏。莫言蕉萃春風筆,只當韋家簇蝶裙。凝香簾閣日遲遲,掐譜新添黄淡思。峭立東風小垂手,紅梨花下試裙時。玉鏡臺前咏玉鈎,春風一曲在蘇州。筆牀琴薦蕭閑甚,花滿青山山滿樓。幾度横塘醉緑蛾,拗花人去奈愁何。倚梧巢畔瀟瀟雨,猶認吴孃蹋臂歌。芳樹重重小閣居,釵梁花梟美誰如。珠簾不捲東風冷,何似成都薛校書。候館秋陰拂簟凉,卷中人面惱迴腸。羡他一舸風波穩,樂府停歌夜度孃。尋芳杜牧舊情無,苦爲真真叩玉壺。軟障淋漓飛醉墨,思憑缸面賺新圖。酒冷香殘燭影昏,丹青仿佛浥啼痕。水天閑話分明在,頭白江湖欲斷魂。

次曹漁菴韻,上海趙文哲題。"璞函"(朱)、"碧梧翠竹"(白)

白緒歌殘化彩雲,鏡奩脂盝帳餘熏。重來猶識春風面,貌得霓裳月色裙。

綉幕春寒曉日遲,幽蘭芳杜美人思。栴檀梳斂新妝竟,小立花陰整鬢時。

紅袖當筵笑送鈎,新聲促拍小梁州。玉山雅集風流在,綠酒銀燈月半樓。

舊時綉谷舞青蛾,酒冷香銷奈爾何。糁徑楊花人去後,新詞誰遣曼聲歌。

東風燕子小樓居,重吊香魂證六如。寶帳羅帷春夢醒,他年應解梵天書。

雲屏月榭劇空凉,落絮飛花撩客腸。幾度春陰寒食後,瀟瀟莫雨憶吴孃。

花底簫聲澀欲無,清宵漏盡歇蟾壺。薄眉隱約愁多少,半幀能傳十様圖。

團扇飄零玉鏡昏,桃華夜雨漲溪痕。空餘小像熏沈水,何處神香覓返魂。

次曹漁菴韻,松陵金學詩題。"金學詩印"(白)、"韻言字芸香"(朱)、"紅藕花莊"(朱)、"逸興"(朱)

寶鏡沉埋玉化塵,春風省識比真真。即看卷裏猶腸斷,何况親聞薌澤人。

雲間沈大成。"孝""子"(朱)

丁東細漏催平曉,薇帳留雲香裊裊。綠窗圓夢宿妝殘,花影壓簾眉未埽。明奩斜映紅玉春,綉襦半彈梳盤雲。秀髮峨髻蘭膏匀,遠山翠入蟬翼新。百室闌前一迴顧,海棠含笑流鶯妒。可憐釵燕不勝簪,獨倚盈盈花帶露。當時明艷絶世無,荳蔻涵芳二月初。鬱金堂北容平視,琊玡伯輿爲情死。當筵却扇歌一聲,珠翹不整百媚生。却憶屏坳濃睡足,嫣香墜枕紅巾蹙。

華海張熙純題。"熙純私印"(白)、"華海翰墨"(朱)

問當年、笑桃溪畔,風前何限歡靨。眉梢約略無多翠,分得遠山雙疊。移鳳屧。恁徐步蘭階,蚤惹尋芳蝶。香花一捻。趁脂印初圓,粉渦乍拭,斜向鬢邊壓。　　妝成好,最是亭亭小立。薄羅珠露輕裛。回身敢擬懷中月,只當曉雲巫峽。愁思接。悵門外枇杷,盡化相思葉。香熏畫箧。但金谷依然,玉壺甚處,題遍綉裙摺。

右倚《摸魚子》,申江凌應曾題。"臣應曾印"(朱)、"赤子"(朱)、"偶然欲書"(朱)

吾家綉谷舊藏春，兒得持花天女身。自是國香殊俗艷，簪來雅稱卷中人。前輩風流事宛然，題詩多在浣花箋。佳名底用相思字，空憶於今六十年。

柳谿漁者蔣元泰。“元泰”（白）、“貪山”（朱）、“柳谿”

犀梳玉導膩春雲，小像摩挲沈水薰。絶似夜窗人静後，緑蕉半幅幻羅裙。

小立回廊掠鬢遲，羅襦薌澤繫人思。桐花風軟櫻桃熟，正是春酣破睡時。

棗花簾外月沈鈎，促拍紅牙按六州。燕子不來芳事歇，夕陽空鎖舊妝樓。

絳蠟烏絲寫翠娥，歡場重過奈情何。輸他紅豆相思句，消受當筵一曲歌（謂紅豆前輩）。

枇杷葉底閉門居，瘦影亭亭玉不如。記取簪花舊風格，秋窗綉谷夜臨書。

傾城名士總凄凉，白髮黄金易斷腸。展卷風流成往事，青山何處弔真娘。

射覆藏鈎事有無，舞低樓月咽銅壺。國香零落胭支淺，剩譜眉峰十樣圖。

挑殘燈燼麝煤昏，一笑春風破淚痕。判得真真呼萬遍，名香深炷與招魂。

次曹漁菴舍人韻，聽濤金士松題。“金士松印”（白）、“亭立”（朱）、“聽濤”（白）

蘇齋空對添蘇影，長憶珊珊雜珮迴。前後詩篇同署壁，不知紅袖拂誰來（添蘇，長安名姬也。魏野寄詩云：“見説添蘇亞蘇小，隨軒應是珮珊珊。”蘇喜而署其詩於壁。他日野見壁所題，别紀一絶云：“誰人把我狂詩句，寫向添蘇綉户中。閑暇若將紅袖拂，還應勝得碧紗籠。”其爲名流所重如此。右見《湘水野録》）。

一願心諧十願灰，願爲香草傍妝臺。春來綉谷風光好，花在美人頭上開。

工部詩中黄四娘，壓枝春色滿溪堂。當時蝶戲鶯嬌處，琴外風來髩影香。

簪花人作散花仙，苦見花開便惘然。已悟空中留色相，不勞天女墮諸天。

乾隆乙酉初夏，笠山吴山秀題。

灼灼春風點鬢鴉，上元甲子問恒沙。斷縑留得驚鴻影，二月江南又落花。

小巖宋銑題。"宋銑私印"(白)、"小巖"(朱)

卷中人面尚嫣然，宜稱新妝拂鬢蟬。休怪當年驚座客，紫雲相唤出歌筵。

零落東山竹與絲，白楊紅粉總堪悲。春風綉谷花開謝，芳樹何入折故枝。

淮南阮學濬題。"阮學濬印"(白)、"澂園"(朱)

花紅無百日，顔紅無百年。何以兹圖中，花與人俱妍。當時一笑春情閣，頭上好花終不落。可知花福亦脩來，長得纖纖手香絡。卷中小立亦百年，空際往往生飛烟。幽蘭無言露獨泣，花意人意交香憐。百年花尚香，百年人不老。題詩我憶卷中人，莫更錯呼張好好。

卷施洪亮吉。"稺存"(朱)

城西楊柳吹麯塵，塢北桃花叠綺茵。不睹崔徽畫中意，安知當日卷中人。卷中之人號小乙，妙舞纖歌稱第一。蘭釵倭墮壓春雲，銀帶飄颻回艷雪。十三踏節即有情，十四搊箏更擅名。翠會翾飛嫻楚曲，鸞停鳳促按秦聲。秦聲楚曲時能奏，修態姱容本依舊。静婉腰肢那足奇，絳仙眉黛寧誇秀。雲母屏前試曉妝，水精簾外轉容光。一聲珠貫流清籟，四座心傾各斷腸。腸斷心傾競憐惜，五陵公子秦川客。此時窈窕重芳筵，此時綽約傳香帟。嬌嬈聲價滿東南，媚頰吴娘倚酒酣。三徑花繁開綉谷，三春風暖會賓驂。既喜賓驂得賢主，况復佳人行暮雨。繞梁凄切懊憹歌，垂縠悠揚柘枝舞。匪獨歌舞占風流，座上詩歌破遠愁。紅粉時回驚御史，青衫暗濕動江州。青衫紅粉當年淚，玉壺美酒嘗判醉。有時花落看簪花，回首韶光豈能再。不分春風六十年，華巖小劫逐寒烟。誰吹舊譜江南管，誰奏新聲蜀國弦。枇杷花裏人虚寂，蕙蘭叢畔香衰息。翠羽金鈿不可尋，賓絲禪榻空相憶。相憶相知半酒壚，春花秋月竟云徂。應劉久謝生遥怨，嵇阮難追想舊娱。舊娱遥怨相倚伏，文采風騷已遺躅。

蛾眉宛轉復幾時,鶴髮摧殘逝何速。嗟余撥觸感幽襟,開寶談來思不禁。絲竹中年悲往夢,美人遲暮嘆疏砧。疏砧入夢添惆悵,眉史披圖掩花障。可憐囉嗊采春吟,可憐金縷秋娘唱。名士傾城總繫思,年華如水渺何期。臨風一寫簪花格,感興微之與牧之。

《憶娘圖卷》前輩名流贈詩已多,近綉谷主人屬題,余不欲率爾操觚,貽笑效顰也。遲之又久,不得不了夙逋。因擬《簪花篇》共三十四韻,想見當年名士傾城,詩壇酒社,一時會合,别有風流。即令蘭衰蓮歇,前塵已遠,而卷中韻事,歷久如新。至紅袖青衫之感,棖觸舊悰,殆先後有同情矣。用書呈大雅正之。

時乾隆丁亥六月望前三日,款雲山人顧宗泰題。"宗泰"(白)、"星橋"(朱)、"月滿樓"(朱)、"我除句搜百無能"(白)

霓衫珠襻紺雲巾,獨立亭亭迴軼倫。若使揮毫偷妙格,也應彷彿衛夫人。一朵幽蘭帶笑拈,美人香草記當年。而今重對驚鴻影,回首紅樓意惘然。

乾隆戊申夏日,平江漁父張琦。"張琦"(白)、"映山"(朱)、"平江漁子"(白)、"聽濤軒"(朱)、"杯宴之餘常居硯北"(白)

裙屐風流宛昔時,彩雲化去杳難遲。何人解唤真真畫,有客争題小小詩(好)。

一枝春到鬢雲邊,畫道呈花臉更妍。不過才人洪玉父,千秋那得小名傳。珠喉一串按紅牙,好事争迎油壁車。怪煞休文歌六憶,不曾相憶到簪花。春風綉谷列金釵,細步纖纖引上階。六十年來傳本事,青衫紅袖記芳齋。

竹汀錢大昕題。"臣大昕"(白)、"辛楣"(朱)

舞迴艷雪踏紅綃,銜得瓊簪花助嬌。不是羊家張静婉,如何貼地轉纖腰。掠鬢簪花劇可憐,風流占盡自年年。蕙銷蘭歇人何在,畫裏崔徽半是仙。綉谷藏春客屢過,當筵唱斷莫愁歌。而今總入曇花夢,怪底青衫紅淚多。

永齋陳初哲題。"陳初哲印"(白)、"在初"(朱)、"倉艮"(朱)

是誰妙筆寫幽姿,烏髻斜簪蘭一枝。料得情緣猶未盡,惹教名輩費詩思。

戊申季夏,憶山景安題。"景安"(白)、"憶山"(朱)、"墨癡"(朱)

幽蘭氣味美人姿，曠代名流絶妙詞。若使卷中人復見，作何消受卷中詩。

雉皋松園張朝縉題。“縉字毓屏”(白)、
“張氏松園”(朱)、“一片冰心”(白)

畫師詞客護嬋娟，人去花飛已百年。今日名流猶著句，江南遺事駐風烟。

柴桑陳奉兹。“長兹”(白)、“姓牧”(朱)

鍊顔玉女乘迴風，偃蹇姣服羞緐紅。芳園桃李幾春日，有花不落長鮮穠。十八鬟堆老鵶色，釵重鬟多簪不得。金井露濃浮素香，鏤取輕冰上蟬翼。雲旗惚恍春茫茫，草茵濕雨生秋凉。氤氲蘭氣逐烟霧，海綃一幅遺輝光。望兮不來春又暮，蘿帶薜衣向空訴。費盡瓊瑶知未知，花開花謝長洲路。

稽山童鳳三。“童鳳山印”(白)、“梧岡”(朱)

殷勤芳意託幽蘭，素影蕤蕤露未乾。拈取欲簪簪更緩，爲經簪後逐人看(屬)。

似玉明纖絶點瑕，額黄半隱髩如鵶。名園春色紛無數，采傍龍鸞得幾花。好句分番積更新，西陵油壁久成塵。湘蘭澧芷關情甚，千載芳菲是美人。

戊申秋日，妙泉山人鳳三又題。“薛齋”(朱)

霧鬢星眸耀錦茵，生綃尺幅現全身。花開綉谷春常好，不見當時度曲人。好花香浥露華清，簪向雲鬟倍有情。吹氣與花渾不辨，背人誰許唤卿卿。交翠堂前履迹存，春風疑有美人魂。我來香徑憑欄久，何處叢留一捻痕。巫峡雲飛夢不長，虚傳好事有田郎。百年墨客同憔悴，重與殷勤賦國香(空傳墨客殷勤句，高子勉爲黄山谷咏荆州女子國香詩也)。

辛亥三月既望，水雲漫士潘奕雋題。“奕雋”(白)、
“■迂”(朱)、“觀水室印”(朱)、“榕皋”(朱)①

秋娘容與泰孃嬌，不信人間有玉簫。自摘庭花自簪鬢，畫圖一見也魂銷。蛾眉淡埽謝鉛華，珠箔銀屏小玉家。可惜羅敷渾未嫁，半

① 眉批：空一段：“孫蓮叔賞鑒書畫印記”(白)、“六華艸堂”(白)。

生間却女兒花。從來名士惜傾城，巧樣新詩束笋成。莫向風前頻展卷，四朝人物可憐生。我亦城南杜牧之，年華冉冉鬢絲絲。百年舊事空惆悵，不見雲英掌上詩。

嘉慶庚午秋中，晐南老農王夢銓題。"夢銓"(白)

天然峭蒨，向風前丰度柔婉，玉指纖纖，簪得名花秋顧流轉。美人芳草諧幽契，問綉谷、何來仙眷。展畫圖，儂也魂銷，漫説那時親見。　　多少詩壇酒社，鍾情惆悵甚(謂姜萊陽、惠紅豆、沈歸愚諸老)，佳句題遍。懊惱東風，解妒蛾眉，冷落容消香亂。何時覓得崔徽影，憶夢裏、尚深留戀。喜者番、重到吾家，細把卷中人看(此卷蔣家遺失，落於邗江程勁堂之手。蔣蟠猗乃以名人筆迹易還。今爲吾○笙華長兄所得。此物終歸於吾姓，奇哉)。

道光壬午孟春中澣，小樵程鳳舉題詞，調寄《疏影》一闋。

"鳳舉"(白)、"小樵"(朱)、"美人香艸"(朱)

午招袁爽秋(昶)、沈子封(曾桐)、黄仲弢(紹箕)、馮夢花(煦)、劉佛青(嶽雲)飲於寓齋，約王廉生(懿榮)、沈子培(曾植)、費屺裒(念慈)不至。

馮夢花言，江鄭堂曾以《列朝聖訓》分門編類，蠅頭細書，貽阮文達，文達應對得以酬主，知皆賴乎此。後文達總制兩廣，鄭堂至粵，請求無厭，以此失歡。聞其手稿今尚在浙中一人家。

竟日未出門。王勝之、張伯納來譚。勝之重摹《簪花圖》，極精。初九日。

伯納云家藏有薛素素書《千字文》，顧橫波畫蘭扇頭，金禮門《梅花士女》，自題《暗香》《疏影》詞於上，小楷極精。又明女郎□□畫蘭册。他日當欲飽一眼福。

《隨園詩話》記鄒泰和學士事云："先生戊戌翰林，和雅謙謹，有愛猫之癖。每宴客，召猫與兒孫側坐，賜孫肉一片，必賜猫一片，曰：'必均，毋相奪也。'督學河南，按臨商邱畢，出署，失一猫，嚴檄督縣捕尋。令苦其煩，用印文詳報云：'卑職遣幹役四人，挨民家搜捕，至今逾限，憲猫不得。"標嘗聞潘文勤師亦有猫癖，每食，無人同坐，惟一猫必在傍，時徹席中饌曰，一般送夫人席，一般飼某猫，必相均也。

家蓄一猫，爲野犬所嚙而死，作詩以哀之：

不知爾本生何所，隨吾奴來便不歸(猫於庚寅冬爲小奴劉升抱來)。痛此殘軀遭虎口，朝來猶夢壓衾衣。

終年相伴愛誰如，輒辦晨餐二寸魚。聽此跳梁聲漸出，從今誰護一床書。

短尾狸斑兩耳蒼，嚶嚀聲細眼含光。搴帷從此無行迹，明月花枝任過墻。

教猱升木吾何罪，捨肉呼鷹計本愚。悔不《中山狼傳》熟，竟教野鶩逐家梟(犬來時將餓斃矣，家人欲梃而逐之，余憐其無主也，飼以飯，不忍驅之去，不三日而竟有此禍)。

磔鼠張湯事有之，班書兒豈早能知。晚燈伐犬偏成論，淚濕淋浪笑汝癡(阿聰十一歲矣，聞猫斃，痛哭者再，黄昏忽自成《伐犬論》一篇)。

開卷直教一惘然，畫圖誰與貌銜蟬。生憎二狗崖柴日，斷送仙哥返洞天。

妙絶金陵老雪鴻，七狸花底寫何工。誰知一夕題詩遍，别有閑情寄此中。

晨至龍泉寺，公祭文勤師靈南歸。至秦佩鶴前輩處，賀令孫薙髮之喜。復至餘慶堂，赴同年公請。歸，屺褱、季度來譚。暮赴伯唐之招。初十日。

上午未出門。下午勝之偕姚代畊來(穀，桐城人)談。晚赴彦和之招。十一日。

晨起，賀仲午女、子嘉女鬎頭。午赴仲午福隆堂之招，復赴伯唐聚寶堂之招。薄暮送鄧仲容表叔行，即歸。十二日。

《瑯嬛記》:“試鶯以朝鮮厚繭紙作鯉魚函，兩面俱畫鱗甲，腹下令可藏書以遺，宋遷嘗有詩云。”

晨起未爲一事。以車迎勝之來，午飯後同至張伯納家，欲偕往觀畿輔先哲祠所藏前賢墨迹，不值。候蔚若前輩，觀其所藏惲册(花卉、山水合裝)，又《青林高會圖》，有趙凡夫、黄貞夫、張伯超，皆前見忘記於册者也。又宋石門《輞川圖》，長至幾丈，全學山樵，爲平生傑作。戴文節卷亦佳。查梅壑一卷，書畫皆不甚精。劉文清書《國史某公傳》，以高麗紙，界朱絲，作小楷，精美絶倫。石谷大幅山水，是其本來面目。余藏劉彦仲爲滕太夫人八十壽横幅，蔚丈處亦有一幅，本係合璧，今各有其一也。十三日。

上午未爲一事。午後偕伯納、勝之同至畿輔先哲祠觀所藏書畫。有史閣部、楊椒山真迹卷。有李成《寒林圖》臨本，孫退谷跋，圖作老樹群雀。餘有扇頭約百餘，皆精美。十四日。

晨起赴彭子嘉之招，作葉子戲，爲長夜飲。歸已天明矣。十五日。

晨起王幹臣來（仁俊，吴人，辛卯舉人），止余家。見其所著《爾雅札記》，頗精謹。尚有康長素（祖詒）、孫［君培］（同康）皆有著述，已刻。下午謁子密年伯、郎師。候胡綏之（［玉縉］），乃新從南中來者。

見朱昂之山水卷八，臨各家而不能脱自己窠臼。畫花卉卷二，頗學白陽、青藤；臨陸包山設色山水卷，列爲陸西山（祐）筆墨。又張研樵臨楊子鶴蔬菓卷，亦精，皆南中友人帶來欲求價者。十六日。

晨起，迎胡綏之來宿余家。下午木齋來譚。晚爲綏之、幹臣具酒饌，極盡歡。十七日。

六日中未記一字。十八至廿三日。

晨起，至鳳石前輩家，少坐，即同出門，至通州。行二十里，至雙橋打尖，又二十里至通州城外，宿恒裕店。潘文勤靈柩到河邊下船，拜送者除通州通永道以下，門生則標與鳳石前輩二人也。見楊蓺芳觀察，晚間送菜一席來。廿四日。

天明即起，拜蓺芳，在署中小坐即歸。仍至雙橋尖。行十里，至長吴義園一看，老屋數間猶完整也。午後抵家。即至安徽館觀劇。赴張君立（權）、王翼北（崇燕）之招。廿五。

至屺裒家，觀其所藏書畫：

宋元集册一

歐陽脩（札）李東陽跋三紙（翁覃溪題兩絶句，小楷如蠅頭）

陶九成（詩）

富弼（札）

李大防（札）

傅朋（札）

山谷（札）

蘇東坡（札）二（一佳，一塗描失神）

朱文公劄子(上闕)

米元(軍)[暉]《海岳庵圖卷》

文衡山小楷各種卷(共六段)

李長蘅泠金箋山水小卷

吴梅邨《雕橋莊圖》並詩卷

查梅壑《百尺梧桐閣卷》(爲汪蛟門圖,有漁洋題詩)

王奉常臨宋元六家山水大册九頁(自題三紙。詳見《庚寅日記》)

王石谷、惲南田合璧山水册(墨筆)

子久(有對題) 柳(石谷補飛鴻遠岫) 營丘寒林(有對題,誤以賈秋壑詩作董文敏)

子久 瀟湘圖一片石 懸崖澌瀑擬晞古 元人

宋拓張從申《玄静先生碑》(翦本,脱去"學"字)

泰山廿九字 吉日癸巳(共三拓,有孫淵如題)

潁上蘭亭(有夢樓題)

《磚塔銘》未殘本(楊大瓢題,附有《梁寺墓志》)

又(有夢樓題。陸謹庭物)

翁覃溪手裝《鄭固碑》(翁題極多,評《鄭固》爲漢隸第一)

昭陵圖跋(有國初諸老題)

薄暮赴張巽之招,同坐有任逢辛、徐䉀芙,酒罷作狹邪游,如入羅刹國中矣,一笑而歸。廿六日。

赴屺裒諸同年之招。晚赴子嘉之招。廿七日。

晨起未出門。下午赴戊子同榜團拜。又至錫全館見秦叔固、宗子載。

得遼寫經刻殘石,又舍利塔磚一,共三金。

有朱啓勛者,字又笏,宜興人,乙酉優貢,己丑舉人,爲䉀芙同年叔岳,能詩。䉀芙傳誦其丙戌下第四律,頗佳也。廿八日。

午後進城,見曾孟樸(樸,常熟人,辛卯舉人)暢譚。孟樸爲郎師之婿,其尊人君表先生又與又吟族叔同年,學問淵雅,所撰《補後[漢]書藝文志》已有成書矣。廿九日。

光緒十八年三月

今日己丑團拜。竟日觀劇,半夜始歸。三月初一日。

竟日未出門。午後燕秋來京,仍住余家。初二日。

郎丈招飲,復爲韶臣、學東、康民公祝於長吴館。初三日。

竟日未出門,亦未爲一事。薄暮至木齋處飲,同坐有廉生、芾卿、仲弢、夢華、佛卿、静皆。初四日。

竟日未爲一事。晚飲於聚寶堂。同坐戴伯和、吴蔚若、蓺郛、勝之、咏春、佩鶴、韻臣。

從吴同齋轉乞得丁脩甫所刻《清儀閣題跋》,皆叔未所見金石碑版等跋,大觀也。

翁幼申來(炯孫),見貽常熟孫君培(同康)所箸《師鄭堂集》四册,略一檢閲,似不甚精卓,且多頭巾氣。

曾孟樸來,未見。

翁印若來,云所收吉金文多至二千餘種,可云大觀矣。又云有朱拓《思古齋蘭亭》《黄庭》及散槃、曶鼎二拓,售者須二百金。

林頤山來(字晋霞),未見。答之,與譚,大約説經家,樸學人也。年已老矣。

華亭沈惟賢所箸有《後漢匈奴表》,已印有成書矣(惟賢號思齊)。

康長素所箸《新學僞經考》可與廖季平同年所箸書匹,擬古則近方植之諸家,然尚恐不如也。初五日。

天明知會房已無分矣,然知所得者皆丙戌、己丑兩科名手。今年獲雋必多宿學,可操券也。初六日。①

午後送幹臣、燕秋入考寓,即歸。晚作家稟。

天明即起,至舉廠送考,爲諸友代接照入籤,至午初始進磚門,擁擠殊甚,皆爲考具所累也。

陸慎伯送來其尊人存齋世丈《金石學録補》,原書爲嘉興李氏遇孫撰,存翁又補輯明人及國朝人共四卷,合李氏所輯共得八百餘人。然國朝不録黄小松、李鐵橋、張力臣諸人,殊不可解。或李書原已録入矣。俟

---

① 眉批:得家書。

考。初七日。[①]

晨起,憶夢中所見王毓仙畫花册,絶精,其設色、行榦、配合皆出人意料,題句亦絶佳。憶其畫優鉢曇花在册之一角,設色淡紅,艷麗逾常。又畫一雁來紅,披拂滿紙,作淡赭、淡黄兩色。又畫一草,似禾葉,稍闊,先畫淡葉,繼畫稍濃葉,又畫極深緑葉交加其上,亦畫稿中罕見也。又畫游蜂數紙,題句極新,惜不能記憶矣。他如梅柳桃杏皆有,畫以尋常面目,故不記憶。柳葉極細,用深緑飛筆點出。毓仙非善畫者也,何以能如此之工。結想之奇,一至於此。

竟日未出門。下午日本國欽使大島如楓(圭介)來,隨携翻譯官鄭永昌,譚片時始去,手貽石印《高句麗好太王碑》,並附渠國亞細亞協會所撰《高句麗碑出土記》。大致言碑出盛京懷仁縣,地名洞溝,碑文刻四面,高一丈八尺,前後廣五尺六七寸,兩側四尺四五寸,碑文南十一行,西十行,北十三行,東九行,通計四十三行,每行四十一字,大略一千七百五十九字。碑文前無款題,後無年月,字體古拙,略似《嵩高靈廟碑》,又似《皇興三年趙珝造象記》。文分三段,首叙立碑始末,次叙好太王武功,末叙好太王遺訓。好太王者,高麗第十七世主也。其事迹於中國古書可考證者,《三國志》《梁書》《太平寰宇記》《宋書》《讀史方輿紀要》《滿洲源流考》。其字有"敢猎猶鳥循"諸異文。碑當建於中國晋元康四年甲寅,維今已乙千五百餘年矣。

晚勝之、彦合來譚。初九日。

晨起未爲一事。午後至郎師處譚。至舉廠,見燕秋三蓺,皆佳。初十日。

竟日未出門,寫楹帖十副。以新得遼刻經殘石及宋賀世聳常講記拓本貽徐叔鴻。

阮文達仿製散氏槃今在吴窓齋世丈家。十一日。

竟日未爲一事。十二日。

上午檢舊藏杭本《水經注》,有狄道陸氏芝田句讀、校語,頗精。間有王氏家齊補校之處,校在四川學使署中,時記壬戌、癸亥之間,不知陸爲何如人也。頃讀洪北江《伊犁日記》,有記過甘肅時狄道陸文學芝田來謁

---

① 眉批:得家諭、晋嶠書。

之語，始知陸於嘉慶五年爲學官，越三年乃爲四川學使幕賓，當亦一學人也。無洪氏一記，幾不知爲何等人矣。惟王氏不知爲何人，俟考。

午後至東交民巷泰西雜物鋪購各物。至舉廠，見燕秋經藪五篇，皆佳。十三日。

昨夢至蕩口義盛菴中，夢境極奇，非偶然也。因思吾外祖母爲明日八十陰誕，或有所示兆也。

燕秋貽汪氏藝芸書舍重刻元泰定本《孝經正義》，後附毛氏影抄宋本《孝經釋文》，刊於嘉慶二十一年丙子。每頁十行，行大字十七字，小二十三字。字畫斬方，與所刊《儀禮》單疏同一精善，惟單疏人皆知之，此刻則罕見著録。按行款字數即《平津館經籍記》所云宋十行本也。

日本横井忠直所撰《好太王碑考》云："韓史（指《東國通鑒》《三國史記》等書）逸名，故所謂甲寅，不知當何代。"標按，《東國史略》中川王然弗薨，子藥盧立，在晋泰始六年庚寅。以碑文"永樂五年歲在乙未"推之，則好太王名藥盧。藥盧之紀元名永樂，永樂即位在庚寅，與五年乙未紀歲正合也。是好太王名藥盧無疑矣。《史略》又云："肅慎侵高句麗，屠邊氓，王遣弟達賈伐之，拔檀盧城，殺酋長，封達賈爲安國君。"今碑文云："六年丙申，王躬率水軍討利殘國，首攻取壹八城、臼模盧城、若模盧城。"是《史略》之所云檀盧城者即模盧城之誤也。惟《史略》云"王遣弟達賈"，今碑云"王躬率水軍"，以事相矛盾，然碑有云："八年戊戌教遣偏師，觀烏慎土谷，又十年庚子教遣步騎五萬。"似即遣弟達賈故事。《史略》云"肅慎"，當即碑文"烏慎"，"烏"即"息"字，"息慎"即"肅慎"，鄭君《尚書注》可證。碑文云"二九登祚，卅九宴駕"，似在位十年，然碑文下明云廿年庚戌，則"卅"字或爲"卅"字之缺文。漢石經《論語》"年卅而見惡焉"，《孔龢碑》"選年卅以上"，皆與"卅"字相近。《史略》云："西川王藥盧薨，在位二十三年，太子相夫立，在晋元康一年。"按元康元年歲在辛亥，藥盧即位在泰始六年庚寅，自庚寅至庚戌凡二十年，以相夫立於辛亥證之，則藥盧在位正二十年，適合"三九登祚，卅九宴駕"之語，是《史略》作二十三年者，"三"字衍文也。碑文云"以甲寅年九月廿九日乙酉遷就山陵，於是立碑銘記勛績"，則此碑越藥盧之薨五年而始立也。碑（有）［又］云："將殘王弟並大臣十人，旋師還都。"以文字言之，似俘百殘王之弟並其大臣十人；以《史略》證之，王弟者當即達賈，並非俘百殘之王弟也。今以《史略》數事證之，則好太王者，確即西川王藥盧也。碑立於甲寅，確爲晋元康元年之甲寅也。[1] 横井氏尚疑爲蜀建興十二年之甲寅者，非也。其他言高句麗事，中國古書中尚多，暇當續考之焉(此稿擬寄日本横井忠直)。

碑云“甲寅年遷就山陵”，是距王卒五年矣。按《文獻通考》卷二十四《四裔考》：“高句麗死者殯在屋内，經三年，擇吉日而葬。”是彼國之俗本如此也。

竟日未爲一事。晚燈爲《好太王碑跋》。十四日。

竟日未出門。十五日。

晨起，即赴木齋、静皆之招，爲陪郎師。於木老園中見一商爵，爲文後山物，爵坐棱面皆刻字，精甚，皆張叔未書也。十六日。

惠半農批《楚辭》

徐興公校《文心雕龍》

惠半農《後[漢]書補注》底本(有顧千里跋)

臨毛校《春渚紀聞》

明初本《圖繪寶鑒》

《纂圖互注論語》

婺州本二十行二十七字《五經》(上有音義，即靖江本，或名澄清本)

數日爲接場及辦團拜事，並日記亦不暇爲之矣。可愧。

晨起，至安徽會館，爲戊子南榜團拜事。余經理之，與辛卯南榜合辦。幫戲價四十二兩，菜價七十八兩。至晚間丑正以後歸。任勞任怨，所不敢辭也。二十日。

竟日客來。下午候陶心耘，見其場作，頗佳，手録之。二十一日。

午請諸親友之下場者共三席於廣和居。下午至琉璃廠，略購各書以歸。得朱刻《棠陰比事》，[2] 舊抄八十卷本《石頭記》，罕見之物也。二十二日。

《北苑瀟湘圖》曾歸畢弇山，見《靈巖山人詩集》卷二十八《自注詩》。

竟日出門拜客。二十三日。

竟日出門。二十四日。

---

① 眉批：即日本應神天皇二十五年甲寅也，爲神功皇后三十四年之甲寅者非也。

② 眉批：係桂氏重以活字本印行，非朱本也。

招諸友於廣和居晚飲。二十五日。

蘇府大接場於安徽館，晚歸。二十六日。

天雨，竟日未出門。勝之、康甫來譚。二十七日。

黄蕘夫記校宋明抄本《劉子新論》有記宋刻面目，分數端，曰：裝潢（二册，根號乾坤），題籤“劉子新論（宋板神品）”，圖書（第一册副頁上）〇〇（第一頁一行上）〇〇（目録首一頁一二行上）〇〇（卷一第一葉一二行之中）〇〇（卷五第三葉末行）〇〇，葉數（目録二葉卷一八葉），版心（白口，上記大小字數），小耳（記每章章名於每葉葉尾欄外上方），實存（宋刻〇葉，抄配〇葉），行格（其條余添記）。

此條校書可仿而行之，惟尚少行格字數一條，今補入。

光緒十八年四月

數日來無非酒食徵逐而已，未能坐定一刻也。二十八至四月初五日。

今日至永定門外石榴莊蘇太誼園祭范文正公，至者有十餘人。歸，至南淀四合茶館小坐。初六日。

十一日看紅録，知幹臣中二十名，其餘林晋霞（頤山）、屠静山（寄）、楊仁山（楷）、汪穰卿（康年）、吴同齋（士鑑）、袁渭漁（寶階），皆知名之士也。寄家書。

越記事已二十日矣。不知何以忙至如是也。十八日。

上午未出門。下午出門拜客。十九日。

竟日拜客。燈下閲《申報》，知尹伯圜父子、幕友、女僕皆爲王姓一僕刺死於灣頭鎮舟中，豈非奇事，可憐可痛。世事尚可言乎。二十日。

出門候王廉生前輩，不值。見黄季度，出示新得唐人寫經一小册，後有鐵梅盦、吴穀人諸題。紅絲闌，字體古拙厚重可愛。孫雪居大幅山水，仿米氏父子。二十一日。

此日無事可記。二十二日。

午赴木齋之招，見李洛才（智儔，新選龍山縣知縣）、姜潁生（筠，辛卯舉人，安徽人，善山水）、文芸閣。與芸閣暢譚至三鼓而去。芸閣擬古宫詞四首，頗可誦也。復與木齋談至天明始歸。木齋出示大尉遲設色天王像,直幅而改裝卷者,宋代已然矣。後有内畫庫裝臣結銜,多各璽,有數跋。舊爲方子箴夢園中押庫物,今求售矣。又邊學紹《百鳥朝靈圖》,畫手尚精,非真本也。二十三日。

午後拜客,未爲一事。二十四日。

竟日未出門。未爲一事,因循可嘆。二十五日。

木齋出示毛抄十行十八字《謝宣城集》一册,外韜猶毛氏舊物也。

午後至中左門接殿試諸友。初上階,爲步軍所呵,不使止足,後漸人多,亦不能禁止矣。與佑三譚。見楊研芙前輩(士驤)。其餘熟人甚多也。二十六日。

晨起未爲一事。午後出門,賀張伯納弟喜、許子原之郎喜,拜翁師壽,即歸。購氣槍一枝,以鍊眼光。二十七日。

章碩卿貽張叔未楹帖一付,篆書,劇佳。

光緒十八年五月

自二十八日起至十一日止未記。

今日至城内祝昆師母壽。答謝端甫大令(裕階,大興縣令)。謝亦出周郁齋師門也。

同齋得榜眼,爲之大喜。

見屺裒新得玄宴齋刻本《十三行》,字體與《張猛龍》《瘞鶴銘》相出入,始悟晋人作字本與碑體爲近,經唐人鈎摹、宋人僞造,碑與帖幾如水火,得見此帖可云調人。

山西張敦厚,余字之曰重卿。賈得京師,與余極相得。兩年以來爲余料理出納事,甚感之也。近爲迎母計,慨借二百五十金,一無可惜,真摯人也,讀龔定公《劉三》詩。猶覺其薄耳。十一日。

章碩卿來譚,言張芙川有影元抄《名臣事略》,字仿汲古閣抄本,至精。舊爲卓儒觀察藏,今歸乃弟章小雅矣。小雅亦好藏書,聞近病甚劇,藏書百篋,書畫數箱,欲盡歸他人矣。《名臣事略》繆小珊前輩亦有一抄本,亦出張芙川藏。有沈炳垣三次手校,然抄字不甚精,或又從抄本出也。十二日。

下午印若來譚。未爲一事,惰甚矣。十三日。

數日來檢行李,將南歸矣。十五日午門坐班後,至郎師談,貽五十金,作迎養資。十六日未出門。十七日遣劉僕至通州,託通永道楊蓺芳雇船。十八日午後至通,同行者有胡綏之、孫燕秋兩孝廉、章碩卿大令夫婦,各分兩舟。晚,楊觀察送肴一品、點心兩槃來。十八日(雇兩艕子船,每船價津錢六千七百八十文,官價也)。

天明開行。風大不利,未能速程也。晚止香河。十九日。

三年相望海東頭,千里郵書懶送投。一自長安人海裏,喜從花底解香騶。

紅杏花開鬧滿城,春風吹過太無情。分明一樣霓裳曲,未必人間畫解聲。

杯酒論歡日幾過,傾城名士悵關河。座中忽出崔徽卷,奈此亭亭小影何(余要至府,出《張憶娘簪花卷》示君,君欲借觀,未能也)。

共約同舟競後先,潞河幾夕亦前緣。東風力緊篙師懶,可惜琵琶不過船。

六法依稀畫院空,百年誰與辨宗風。不才事事無專學,獨寫秋山恐未工。

坐席香留已月餘,又將尺素託雙魚。聚頭扇寫同心句,當作河梁寄友書。

寫山水箑,復題此六絶句,寄盛夔臣孝廉(昌頤)。

日來寫字易錯誤,往往不能自知。此以前未有事也,豈精神未能貫注乎。年僅三十三,未能云衰也。

竟日行百餘里,晚泊,離天津僅二十里矣。章碩卿一船未來,云爲誤撞糧駁船,大爲所窘,不知如何也。途中遇一輪船吃水甚淺,明輪在船尾,然下水亦不甚快也。二十日。

天明即至紫竹林上岸,先住中和棧。見翁寅臣(順孫)、楊仁山。聞新裕即日開,即買票。大餐間一人來回銀六十兩(約洋八十五元八角)。大餐間在船頭,僅四間,余住其一。余一齋來候,約至裕泰飯店。孫仲英來候,約至義和成。兩處歸已十二鐘矣。即上船。統艙一人(又八十錢),約洋十五元。二十一日。

天明四點鐘開行。風雖不大,而浪甚涌,卧不能起,僅小餐而已。二十二日。

晨,風稍平。巳初抵烟台,下碇。寄盛夔臣書畫扇並與杏蓀觀察書。

下午三點鐘開行。同船有滬妓武月仙及王賽珍,來就譚,頗歡。晚與賽珍譚至夜半。賽珍久倦風塵,將擇人而事矣。二十三日。

竟日行,風稍平。晚與月仙、賽珍譚,頗未寂也。二十四日。

晨八點鐘即抵岸。住同慶公棧。午後至静安寺。晚餐於一品香。見玉峰、賦秋、稼秋諸君。二十五日。

晨,張炳華(其錦,無錫人)招飲於一家春,與寅江同席。午後至静安寺。晚赴朱翠卿家飲,爲孫文卿之招,呼張黛雲來。黛雲雖新識,其婢係舊知也。又赴吴楚臣之招,在張二寶家。是晚即止黛雲家。二十六日。晚看馬戲。

上午赴淡平一品香之招。午後張君烈(權)來招飲於華月舫家。是晚仍至黛雲家,作竟夜談。二十七日。

午赴唐傑臣之招,在渠家中。午後至静安寺。晚招玉季、傑臣、君烈諸君飲於黛雲家。又招王益甫及玉季、紫黼諸君再飲於林文仙家,在清和一弄。仍歸止黛雲處。二十八日。

晨起顧船,以小輪拖之(船四元,輪八元)。下午四點鐘上船。送者有炳華、文卿、友竹諸君,黛雲亦上船來送。五鐘開行。二十九日。

光緒十八年六月

午十二點鐘,船到婁江新橋巷上岸。見母親、大嫂。下午出門,候我庾、叔鵬。六月初一日。

上午出門拜客。初二日。

數日來酬應酒食而已。費年伯招飲,招陳玉卿、葉韻蘭來。初三日至初六日。

晨侍母親至蕩口,晚到。初七日。

午後至濠橋墓,進丙舍,哭先外祖母之靈。初八日。

竟日人以書畫來售者不絶。得椒畦畫册,極精。初九日。

辭舅母,仍侍母親回蘇。初十日。

赴程錫如、楊芝生之招,在吉公祠,余招陳玉卿來。十一日。

午約潘濟之(祖謙)世叔、朱文川同年(秉成)、陸介眉(同壽)觀察、沈蘭台同年飲於吉公祠。見窗户間一蝶,不飛不動,翅作深黄色,群婢欲捉之,余止,乃已。十二日。

午赴濟之、介眉之約，仍在吉公祠。① 見昨蝶尚在，大奇之。蘭台曰："莫非仙蝶乎？曷飲以酒？"群婢仍欲捉而玩之，余與蘭台放諸門外，仍不飛去。須臾酒來，蘭台以匙酌酒就之，即舒鬚於酒中大飲，始知真仙蝶也。視翅有缺痕，且有毛，與舊説合。余以杯酒就之，亦仍舒鬚飲。久方飛出窗外。須臾尋之，已無蹤矣。奇緣奇遇，平生未有。王勝之同年曾遇仙蝶於潞河舟中，故自號曰"栩緣"。余今所遇，豈亦有因緣乎？何不遇於都中而特於三千里見之？實爲奇事矣。十三日。

眉批：形如此，照圖略大也。

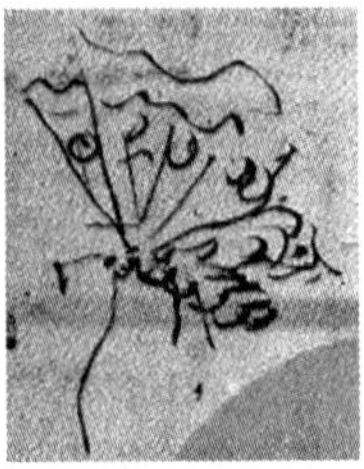

是日飲於城中。十四日。

是日飲於城外。爲錫如、毓泉、鄭子厚主人。十五日。

是日飲於城中。十六日。

午後起程。自母親外，有四五兩姨、大嫂並兩侄、侄女及祝心淵、吴念椿、徐福生世兄，並男女四僕。有周翠娥者，舊章台柳色也，今已過午矣，附舟而來，與譚，頗有盛衰之感。以四十五元顧三大無錫船，以一小輪船拖之。十七日。

午後抵滬，即止同慶公棧。晚與友竹飲於一品香。十八日。

晨，大哥自江寧來。自此日以後終日醉飽，不知誰爲賓主也。略記數人於後。○張炳華、楊子萱、蔡紫黼、何熙伯、倪墨畊、周鞠坪、蘇稼秋、徐咏梅、許楚卿、汪友竹、汪季友、蘇玉昆、金逖泉、沈子枚、錢君研。十九至二十五日。

廿五日晚上豐順船，用大餐間四間、房間二間。船中賬房爲劉曉嵐、高書三。周翠娥、張黛雲來送至船上，天明始去。廿五日。

終日風平浪静。

翠娥頗依依，有眷戀之色，然先有黛雲之約，不願背之。黛雲貽金約

---

① 眉批：招葉韻蘭。

指一枚，上刻所姓及生年月日。余報以唐雙玉魚荷及一紙約。黛雲去後，翠娥始遲遲而行，頗爲之惘然也。

若汀表兄來，言有一妓能口誦唐詩如流，略知吟咏，字雖拙而不俗，有一姊亦能詩，三年前死矣。若汀曾選其兩人詩並諸人投贈之作爲一卷，持示屬題。余即用其集中(集名爲《碧桐花館》，乃姊集名曰《緑么韻語》)《寄懷八絶》，均題之，詩録於後：

燭淚痕多酒浪深，問誰相愛抵兼金。一函小草詩千首，已動劉郎鼎峙心。

桃花扇底約何期，兩字夗央未許知。欲上眉樓羞獨嫁，匆匆忍過緑陰時。

不隨弱絮任飄零，不看樓頭柳色青。爲遇蘼蕪山下路，故教滄海未曾經。

斑闇風急月凝霜，小妹青溪未有郎。冷煞緑么花十八，銀箏誰與鬥夗央。

珍珠十斛郎可留，媚香誰築高高樓。愁紅怨緑不知數，碧桐花館多新秋。

雲裳月扇茜霞披，不寫風懷側艷詩。儘有迷香屏九曲，誰能題徧買春詩。

司勛已老舊知名，誰分相逢有此生。別見奇懷成辣手，居然敢築五言城(集中自言五言絶最難而能工)。

誰與閑窗一鬥瓜，新詩和罷月西斜。玉梅有影波心定，羞絶西天稱意花。

妓曰周愛卿，寓會香第二里對門福臨里第四百九十七號門牌。廿六日。

竟日風静如平地。晚遇一山，舟人指名曰北余山。廿七。

在蘇州飲余者有費幼亭年伯、潘濟之世叔、陸介眉觀察(同壽)、沈蘭台、子良兩同年、朱文川同年、韓毓泉、程錫如、蔣子祥、鄭子厚、汪燮卿表兄、祝子安姻丈、楊芸生。

天明至(燕)[烟]台泊。午初開行，風甚勁，皆卧不能起，有嘔吐者。余起啜粥三盂，睡。廿八日。

天明至大沽泊。下午進泊，至唐沽起貨物。聞因水漲，輪船不敢前進,即泊此處矣。廿九日。

晨起,顧一大膀船裝行李,逕至通州(價十八千制錢)。自侍母親及諸親友上唐沽馬頭,屬中和棧接客。顧轎三乘,接至火車候坐之廳事(每轎值制錢七百五十文),略待至八點三刻,車來,即上車,坐頭等房(每人制錢二百八文)。九鐘三刻開行,十二鐘到紫竹林,即顧轎至中和棧(每轎制錢五百文)。知沈子梅遣人至唐沽來接,並借大沽駁台羅耀亭軍門小火輪來迎,皆不及矣。午後拜客。卅日。

光緒十八年閏六月

潘子静、湯伯碩、沈子梅、余澂甫、余易齋(思詒)皆來,答拜竟日,未出門。閏月初一日。

上午未出門。下午至電報商局,候易齋譚。爲劉鑒明(綬琪)作書與唐傑臣。晚,伯碩招飲於周竹卿家。爲伯碩畫扇,且爲諸女郎寫楹帖,求者紛集,墨盡始罷。即辭伯碩,至天華境園觀西戲。爲易齋所招,並家母、諸姨皆在焉。初二日。

上午巳正上船,另顧一大膀,有四艙位(值制錢十四千文五百),共合兩膀,託張楚寶向羅軍門借一小輪船,拖至北河而止。已過大溜,可施篙縴也。是晚宿楊村。初三日。

風順而水逆,船甚遲。晚泊河西務。初四日。

不遣新愁生綠葉,漫教舊事比紅兒。蘼蕪已瘦芙蓉老,寫盡司勳本事詩。

飛龍瘦首今彄將,函枕深秋玉鰈凉。一樣情懷分冷煖,不妨新譜訂鴛鴦。

愁痕隱隱上眉棱,看著河陽半臂綾。莫怨蕭郎騙白鼻,妾家原不住西陵。

火葉風輪出道家,恨誰靈訣走雷車。長房大有壺中術,天女無須一散花。

並蒂青梅味總酸,三楹龍樹(下缺)

天陰,時有雨,凉,可御夾衣。竟日行百里,泊。初五日。

同治中年,吳門名妓張少卿一時照耀,上自公卿,下至鄉曲,無不知有少卿者。曾有人爲繪《簪花第二圖》,效憶娘故事也。題者皆集《簪花圖》中詩句，其餘詩詞佳麗不可勝數，見於同光年間諸老集中不少也。

清微女道人畫蘭，仿青藤、白陽，不似明季馬、薛諸女郎，又不似周棐几、文停雲，自是一輩作手。余向見一扇頭於蕩口黄家，欲得不可。今年過蕩口，有人來售兩幅，墨采飛越，亟購得之。題款兩行效《靈飛經》，筆力稍弱也。有印曰"韻香"，又押角一印曰"鮮侔晨葩"。韻香已早入畫家傳矣，然見其筆迹者罕，以生不出里門，又無王伯穀諸人之提倡。《空山聽雨圖》亦不傳於世，數十年後當更難逢之矣。

《簪花圖》除今存卷上諸五十餘家外，見於諸人集中者不少。潘文恭詩集中有二絶，今卷中未有也。

王紫詮送來所著十餘種，中言洋務，自言雖不通其語言，然頗明各國之性情正僞，自非欺人語。前在香港，有《循環日報》館主筆，頗知大體。其報紙每禮拜日停印，改題曰《房虚星昴》，四日停送。即此一端，可知下筆之有分寸矣。

曾文正於庚午十二月日記有曰："記性日壞，過目之事頃刻即忘，因立記事册，於應記者逐日略記一二，從本日爲始。"標按：是時公已六十矣，余僅三十三，而記性之壞，過目過耳無有不忘者，將何以處之？記以自愧。

余自庚寅春一病之後，記性頓改，即西人所云已壞腦氣筋也，可不懼哉。

石芸齋所作《房山石經訪碑記》亦偉觀也。見曾文正庚午二月日記。石芸齋不知何人也。

竟日行，下午抵通州。即遣人至道署，與蓺芳觀察要轎役夫馬。晚，觀察送菜來，應明日轎車夫役皆已豫備。初六日。御者苐三馬來接。初六日。

晨起，楊觀察遣人來照料行李，並大轎三乘、轎夫二十四名（每日每名索制錢二百），以一日算共錢四千八百文。又轎夫短驢十二頭，每頭京制錢一百，共錢一千二百文。轎車四輛，每輛京制錢八百文。二把手小車七輛，每輛京制錢八百文，皆官價也。午後三點鐘抵家。是日天微雨，馬行石道，車行甚苦。初七日。

午後至南池，見郎亭師，暢譚。初八日。

兩日未爲一事。初九、初十日。

拜悫齋丈，見新得宋元集册七十餘頁，半皆精妙。又李竹朋宋元集册二，亦有佳者。十一日。

數日除酬應外，即因於酒食。十二日至十六日。

今日稍閑，寫楹帖。午後至悫丈處，見國朝六大家畫册，烟客祗一幀，餘皆兩幀。張雨生舊物，有翁叔平師一題。又戴文節臨古十二幀，絶似石谷，爲沈韻初物，今歸徐小雲。王石谷臨山樵《秋山蕭寺》長卷，即與其弟子顧文者，有王廉州、烟客二題，查梅壑一題。查題引首曰"黄鶴傳燈"。石谷此卷脱盡已筆，真與宋元人血戰矣。又麓臺墨筆長卷，臨大癡，有王巽公一跋。石谷卷舊在荻巷閔家，然有章紫伯一印，或轉歸閔氏也。麓臺一卷則舊爲顧子山先生物也。又見悫丈自臨任渭長册二十四幀，戴文節十二幀，皆精美，可稱能品也。十七日。

微言已絶大義逸，六經荒蕪諸子出。便辭巧説善逃難，碎文廣義嗟間詁。群書充棟卷束笋，寫抄繁瑣易刀筆。唐宋以還尚梨棗，鼎新綉梓盛閩越。朝成著述暮風行，莫怪讀書讀更拙。閣廬精誦事猶多，隨月移床興亦好。

萬樹瓊英壓草廬，月明如水夜窗虚。此中自有奇人在，不學寒齋冷箸書。

卅載開圖一惘然，少時意氣玉堂仙。畫史久亡詩客老，教人猶憶道光年。

新説驚人大義著，後來學派更何趨。先生合寫傳燈録，獨闢荆榛示坦途。

披閲别自感孤寒，亦有奇書午夜看。廿載機聲燈影裏，忍教史筆廢鉛丹。

過江名士題詩滿，濯足填詞如有圖。同是少年好風趣，襟懷畢竟勝公無。

是日侍若農師天寧寺之飲。十八日。

是日晚飲於廣和居，吴同齋之招也。十九日、二十日。

是日郎師招飲，同坐黄方伯（槐森）、若農師，楊蓉浦、啓承之兩前輩，王子裳太守。二十一日。

是日鞠師招飲於天寧寺。二十二日。

約勝之、印若來，作畫社竟日。余成四扇。二十三日。

三日未爲一事。二十四、五、六日。

畫社第二集,晚方散。二十七日。

晨起進城。午後至王廉生前輩家,見吴越錢氏寫《妙法蓮華經》七卷,金光耀目。孟蜀王鱣祥書《蓮花經》殘卷,唐人寫《七寶轉輪王經》卷,字體與余藏小字《蓮花經》殘卷同,有韓氏逢禧一跋,云夜曾放光。又唐人寫殘經,爲劉文清藏,字體古拙如刀刻,前尤勝。又蜀琴泉寺殘經册,字體疏散,遠不似《蓮花經》謹嚴矣。二十八日。

畢秋颿《寄家書》詩曰:"筆到下時言易盡,封當緘後事仍多。"真確語也。

光緒十八年七月

數日未爲一事。廿九、七月初一、初二日。

約勝之、印若、屺褱來,爲師鄦室畫社第三集。初三日。

午窸丈招飲於廣和居,同坐維勝之及吴慎生(鋆)。下午窸丈來譚。初四日。

窸丈云新得南田設色幅,爲石谷之父所作,精品也。又聞有文徵仲畫叢蘭長卷,在吴慎生家,擬歸窸丈矣,許贈三百金。

送窸丈行,在齊化門外彌勒院見文蘭長卷,丰致獨絶。石皆作飛白,末以别紙自寫一跋,又明人一跋;餘有兩跋,皆不甚著名也。同時並見藍田叔畫蘭長卷,係王廉生前輩物,今貽窸丈矣。窸丈云見廉生有王禄之畫水仙長卷,學趙子固。十五日。

下午至琉璃廠,見王禄之水仙卷一臨本,首題四字,似真迹,當即從廉生本出也。十六日。

得乾隆年仿澄心堂紙十五幅,皆蠟箋描金,畫有山水花草,皆精絶。紙角有一木記,隸書,曰"乾隆年仿澄心堂紙"。

見董香光設色仿大癡卷,紙本,高八寸八分,長七尺二寸,自題一詩曰:"密樹含春雨,荒山帶晚雲。仙家住源塢,城市一溪分。(玄宰)"("董其昌印",白文)許以三十金,未知肯脱手否。

晨起至屺褱處,爲畫社第五集。余臨惲、王合璧一册,計八葉,又畫四扇。屺褱夫人爲余畫扇頭,仿惲氏,設色極佳,又善畫蝶,極精。十七日。

上午未出門。下午拜客。十八日。

竟日未出門，檢書籍碑版。十九日。

竟日未出門。二十日。

午至木齋家飲。芸閣出石谷卷，墨筆山水樹石，雜寫各家，前後有石谷印記。有楊子崔一跋，即題畫身，云石谷未竟之本（石谷有一印，已八十二歲），爲之補墨並記云云。楊有印，亦已八十三歲矣。似真品也。二十一日。

晨起，送芍農師行。午後赴沈子培、子封兄弟之招。又至琉璃廠，代諸君購朱色貢扇十柄，皆乾隆年間物也。

雲成憒憧樹無根，學米何人一扣門。參透筆頭乾墨訣，畫禪以後與誰論。

界畫樓臺似李唐，遠山雲樹始蒼茫。世人一例塗濃墨，誰信孫家换骨方（退谷《銷夏録》論米畫極精）。

落茄點子化雲烟，此學婁東得正傳。二百年來無（滴）［嫡］乳，笑人空趁米家船。

妙絶王郎是我師，居然敢學虎器癡。房山已去香光老，此席今時究屬誰。

題王勝之同年《臨房山紈扇》。

王漁洋《香祖筆記》云："李厚菴先生言，黄石齋先生蔡夫人今年將九十而無恙，能詩，書法學石齋，造次不能辨。"（《退庵題跋》卷第十七《蔡夫人墨竹跋》）

今日爲師鄦室畫社第五集，到者勝之、印若、屺裦、蔚若。午後，日本高洲太助偕其友市村瓚次郎來，譚片時而去。市村爲學習院教授，新來中國，頗讀中土乙部書。問中國尚有如趙甌北、王西莊之人乎？又言若到蘇杭，必拜俞曲園先生。是亦篤守儒教者。二十三日。

午拜李玉舟太翁壽。答拜中村君，並候大鳥欽使，橋口、中島二贊使。二十四日。

見臨桂況夔生中書（周儀）於純伯坐中，與文小坡、張紫黼皆善，甚工填詞。二十五、二十六、二十七、二十八、二十九、三十日。

光緒十八年八月

午赴翰林院接見，見徐蔭軒師。午後赴江蘇館，爲同人雅集，坐有菊裳師，秦佩鶴、韶臣兩前輩，吴蔚若、鄒咏春兩前輩，王勝之、費屺裒、楊允之三同年，楊玉書教習，彭子嘉户部，翁印若内翰，共十二人。飲前各以書畫爲樂，黄昏始散。八月初一日。

況夔生貽所刻元人《蟻術詞》，爲元雲間邵亭貞撰，見《四庫未收書目》，今從知不足齋抄本重刊。

以黄蕘圃校《語林》《□□小稿》、元本《王右丞集》、明本《嘉祐集》、陳仲魚校《華陽國志》質於繆小山前輩，其值百金，利月一分六。記此存事，蓋預備還債者。

竟日未出門。初二日。

午後畫會第七次集。晚爲犖夫、純伯、幹臣餞行，同坐嚴雋雲(崇德)、夏虎臣兩同年，勝之、允之、印若三公。子初始散。初三日。

竟日未爲一事。晨起送幹臣南歸。薄暮，與印若坐騎出西便門二里許而歸。初四日。

晨起送純伯南歸，朝夕相見已數月，一旦遠離，殊惘惘也。午後夔生來，約同訪印若。至義勝居，又爲徐麗笙招飲，半夜始歸。初五日。

竟日天雨，未出門，作畫二幅。

黄仲弢前輩來，手貽孫仲容所撰《古籀拾遺》，末附《宋器考》，似多經人道語，其病在南方少見聞古吉金，故坐此病也。初六日。

今日畫社在木齋處，有熙吉甫，見湖南蕭漱篔孝廉榮爵，書法極佳。初七日。

木齋有奚鐵生臨淺絳長卷，有方蘭坻題"烟雲供養"四字，畫乃寫放翁詩意。

晨起進城，見汪郎師、鳳石前輩。晚赴況夔笙之招，見王幼霞(鵬運)中翰，老詞客也，於書籍碑版皆有門逕。初八日。

葉眉士(壽松)中翰處方環山《松陰待客圖卷》，題爲"小師道人仿黄鶴山樵爲竹樓居士作《松陰待客圖》"，題者甚多，有胡稚威、金棕亭諸人。又文五峰《春山曉靄圖卷》，題者亦多，舊藏式古堂，又入安麓邨家。又成邸臨《書譜》小册，合《書譜釋文》楷書一册，體在《十三行》《小麻姑仙壇記》之間。

寶珍齋見仇十洲《後赤壁圖卷》，極長，設色極工，無纖俗態。前有藏經紙孫文清書《後赤壁賦》，後有夢樓題三絶句，並綴一跋。索值百五十金。又於博古齋見楊子鶴畫册，是七十二歲所作，頗似石谷。

午招王漢輔、張伯納、仲浩、夏虎臣飲於廣和居。晚，葉眉士招飲，見劉樾仲中翰。初九日。

兩日奔走，毫無一事。初十、十一日。

晨起，至鞠常師處畫會。爲師畫《五百經幢館圖》，未成即歸。十二日。

節近錢空，窘態百出矣，可笑又可憐也。十三日。下午赴郎師之招，同坐景月汀世叔（星）、端午橋郎中（方）、許子原世叔。

晨起，債主紛集，噤不能揮，聽之而已。午後進城，赴郎師之招。晚赴午橋之招，同坐王蓮生、盛伯羲兩前輩，景月汀世叔、魯蔭庭同年（樾）。

見午橋藏宋拓《雲麾碑》，首頁“神道”“神”字，“並序”“序”字皆清如寫，後有程瑶田、江竹鄰（恂）、汪容夫、王夢樓各題，又崇雨舲僞題，首簽爲夢樓筆。云試硯齋藏，舊在馬氏小玲瓏館。又郭巨石室題字，爲黄小松手拓，漢魏以下至唐宋人題名多細如髮，小松皆一一拓出。今本則無一字可見矣。

日來奇窘萬分，欲謀諸人，靦然不能出諸口；即竟言矣，亦多以敷衍之語了之。世道人心之不可恃也如此。有往必有來，恩怨分明，鄙夫固非聾聵者也，然而其屈在己，又何必責人哉。

日前而論，鄙人固一窶人子也，未必畢生如此。但願他日人求於吾之時，不以今日之人情待人，則可矣。特記之以爲他日之戒。

“垂斃而不救，他日自將垂斃時，尚望人來救之乎？”古格言之可信如此。世間人不能徒以一時富貴意氣凌人。“牛衣對泣”一語，奇女子所以有此言，世間陋丈夫固不能有此語也。十四日。

晨起，質珠玉易錢而還節債。午後出門拜節。十五日。

竟日未出門，亦未爲一事。十六日。

竟日未出門，略檢理各事，備明日慈親壽辰慶賀事。

晚印若來譚，見余所藏《焦山得石圖卷》，云曾於焦山書藏，寺僧出此五石見示。此卷原在寺中，不知何時流轉至都。他日擬寄歸寺僧，以存公案。十七日。

晨起，祝母親壽。來慶者午中有十餘人，團坐兩席，至暮始散。十八日。

竟日未出門。午後印若來譚。明日將南歸矣。十九日。寄大哥三號信。

早起，送印若行。印若出示石谷册，紙本十幀，即《書畫鑒影》所記之王畫惲題册也。午至木齋處譚，見《皇朝仕學規範》，似宋刻，實翻本也。薄暮歸。二十日。

石谷印記存真：

朱。

朱。

朱。細邊。

朱。闊邊。

大。白文。“王”字上畫缺。

右直缺。“羽”兩畫并。

“私”字外直斷。

“印”字中粗，左角斷。

大。雙邊。半朱半白。右角缺，左下兩缺。

小。朱文。“王”字上中直斷。

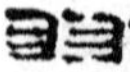“翬”字上“羽”右上下斷，左下角開。

大。朱文。上右邊皆内缺。左上角開。

此印上下邊粗，左右細。

大。白文。

如此。

如此。

小。朱。右下角開。

中粗，或不頓。

小。左上角。

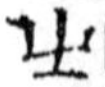開。“印”下開。

陰。“王”字上缺。“羽”兩缺。“私”字：“印”字：

笞如此。

白。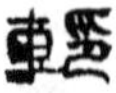

朱。

白。下缺。“之”字開角。

僞：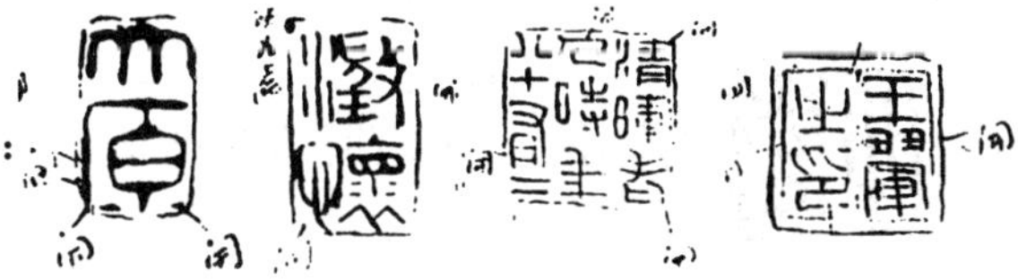

朱，如此。同下，八十二。

朱。缺邊同。

如此。

白朱。開如此。

無開如此。

朱。無開如此。

朱。白。

朱。

南田印記存真：

朱。白。小。上右直開,下右直開。

中。白。右上角缺如齒。“田”字開右直。

大。朱。左邊兩缺。

中。朱。微扁。左中直缺。

中。朱。所缺邊如此。此即石谷印。

白。右邊内開。上開如此。糸反亥。

中。朱。右邊開。

大中。白。“南”字上中丨穿𢆉,或丨不如丫。艸如此。

大。白。上右角開。“車”中畫不透。左“正”字如楷，微向右仰。左下角開。下中向裏凹。上有筆意，起有筆意，下皆尖。

白。左下角開如此。

朱文。如此。

如此。無開。

朱。開如此。

朱。

白。

白。右上角缺如齒。字缺如此。

朱。左邊兩缺。

朱。

朱。兩缺皆同。

缺内。

朱。

白。

白。“車”中畫半不開。左下角缺。

偽：

王石谷畫屏十二幀：

長約六尺，闊約一尺五六，紙本，水墨，不設色，首末兩幅狹原紙之半（略過之），蓋屏之兩頭側面也：

《湖莊春霽》，仿趙大年筆意。耕烟散人王翬。

“問渠那得清如許，爲有源頭活水來。”橅梅花庵主筆，耕烟老人王翬。

《桐軒夜月》，仿天游生筆意。石谷子王翬。

《湖邨春曉》，學燕文貴畫法。耕烟散人王翬。

《長歌棹破一湖烟》仿劉松年意。石谷子王翬。

“曾聞太華山，芙容在天半。大壑鳴流泉，陰崖集仙觀。”耕烟王翬。

《喬林雙鶴圖》，橅雲西老人本，耕烟散人王翬。

雲林書畫骨貌清奇，使人觀之得沾仙氣。耕烟老人臨於來青閣之南牖。

《大嶺晴雲圖》，摹癡翁筆意。石谷王翬。

“烟水烟山烟樹昏,人家深處米家邨。先生鎮日閒無事,不管陰晴只閉門。”學高房山筆,耕烟老人王翬。

《林亭遠岫》,仿思翁筆意,耕烟散人王翬。

《江堤曉行圖》,仿李晞古筆。康熙癸巳春,寓京江萬歲樓中,橅宋元諸名家畫法十二幀。虞山耕烟散人王翬。

此物舊藏常熟趙次侯家,次侯乞楊咏春先生題記於首幅之前,翁叔平師題記於末幅之後。後歸烏程顧容齋存古樓。今顧又售出矣。二十一日。

上午未爲一事。午後出門,至大街骨董鋪一遊。二十二日。

午赴夏虎臣之招,見浙江定海王□□編修、葉仲魯(佩瑲)太守。晚寄大哥第四號信,又余易齋、張炳華、汪晋嶠、劉鑒明、蘇稼秋、祝心淵各書。二十三日。

梁氏玉繩撰《吕子校補》云“物勒工名以考其誠”,注“後世製器鎸某造,蓋始於秦”;“爲石銘置之壟上”,注“據此則秦時已有碑表矣”。“有讀《史記》者”,注“《史記》之名始此”。案此三條皆可補《事物原始》。

嘉慶間,仁和宋咸熙嘗欲刻吕氏《古易音訓》、宋氏《國語補音》、孫氏《孟子音義》、殷氏《列子釋文》、蕭氏《漢書音義》、何氏《晋書音義》、釋玄應《一切經音義》、慧苑《華嚴經音義》等書彙爲一編,力有未暇,先刊《易音》。見《易音》自序。

嘗欲專撰《唐墓志例》,因舊爲金石例者半雜碑文,半雜集中之文,實皆不可盡據也。墓志盛於唐,現存可據者大約有七八百種,例各不同,大可撰述也(撰墓志例應據原石文,若梁清白之據韓柳文,則大謬矣)。

趙撝叔因《李術墓志》引瞿木夫云:“墓銘例失於唐。余爲墓銘之例,至唐而極變,唐以後則無有知者矣。”二十四日。

晨起,馬積生前輩來譚。竟日未出門,略檢書籍而已。廿五日。

午後至南池。廿六日。

出門拜客,見劉静皆,索其舊拓《雲麾碑》觀之,似尚不甚精;《孔宙》一拓劇佳,惜無陰。廿七日。

晨起出門,公祭祁文恪師。至廣惠寺弔吴仲韡。又至馬積生前輩家,見舊拓《九成宫銘》,尚佳。廿八日。

上午作畫兩幅。下午至琉璃廠。見王旭莊世叔,招飲廣和居,有盛伯羲、丁叔衡、黄仲弢、沈子培諸公。

在澄雲閣見一銅五銖錢範，一無缺損，可愛也。廿九日。

晨起至木齋家，見昨銅範在焉。又一範，大小均同而無損。見董文恪臨《百石卒史》，有王惕夫跋。朱青立山水册，臨董，入神品，舊爲紉秋物，不知幾時流轉至此。又陳眉公《遊白龍潭詩册》、涿拓《快雪堂帖》。又王夢樓《快雨堂臨帖》，專臨寫經，似非真品。皆欲求售者。又師麻孝父簠，尚佳，惜已殘。三十日。

光緒十八年九月

晨起至江蘇館，爲畫社第二集，共十一人，印若已南歸矣。九月初一日。

午後進城，未爲一事。初二日。

偕屺裒餞王子裳，並約王旭莊、黄仲弢、沈子培、子封飲於寓中，上燈始散。劉浩如未到。初三日。

顧南原《碑考》曰："漢碑陰皆無額，獨此'門生故吏名'五篆字題其上。"標按，《鄭季宣碑》碑陰即有"尉氏故吏處士人名"八篆字題額，顧亦録之，何以自相矛盾至此。

童年舊事開圖見，秋燈小影紅絲硯。慈母停針課玉兒，新詩一字千研鍊。十年圖畫猶舊稿，題圖人生嗟誰保。複壁居然返玉真，人生到此真天道。吾家曾祖圖采芝，廿年重返事誠奇。誰知此畫亦相等，兩家何幸同此時。獨有一事真堪傲，至今慈母猶課兒。嗟嗟我動屺岵悲（静句），晚燈淚濕圖中詩。

晚燈與静君聯句，即題王弢夫《秋燈課詩圖册》。

竟日未出門。初四日。

新得文待詔《前赤壁賦》小楷並圖卷，誠精絶也。

上午未出門。下午至琉璃廠一遊，無所見。初五日。

竟日未出門。薄暮進城，至大院胡同赴王子常之招。院中人皆南産，①又有北産名小玉者（隸天順），爲一時名重，僅脩短合度耳。子常爲余招之來，陪坐片時，與以二金四千文，北例也。子正到家。初六日。

譯書之難有□：文法不同，一也；地名、人名無確音，二也；西文尚反

---

① 眉批：南産者寓名玉香，三人名小寶、月香、□□。

覆而中文尚簡凈，删改之不符西書之義，不删則於中文嫌其雜沓，三也；西人言地理書者，圖、説兼詳，然西文之圖易繪，中文之圖則幅紙所不能容，四也。

下午出門拜客。初七日。

竟日未出門。薄暮候葵生，借其抄本《宋人詞》，皆汲古閣未刻者，擬續刻之，特少刻貲耳。初八日。

王幼霞貽其新刻元白朴《天籟集》，乃《元詞》之一也。幼霞先有《四印齋所刻詞》，此其續刻也。

中俄交涉與他國不同。咸同兩朝又與以前不同。開國以來至咸豐初年，紀載最録頗多刊布。下迄咸同兩朝及光緒七年定約以前，邊界多故，變遷靡定，按諸載籍，未得詳言。總署所印《中俄約章會要》亦僅爲檔册而已。己丑秋，過上海，見有英人雜記中俄交涉，刊一小册，於咸同兩朝事頗詳備。辛卯供職詞垣，視草多閑，時爲譯録，略加考證。壬辰之夏始得寫定。然譯西書，其難有四：文法不同，一也；地名、人名無確音，二也；西文尚反覆，中文尚簡凈，删改則不符西書之義，不删則於中文又嫌其雜沓，三也；西人言地理者，圖、説兼詳，然西文之圖尺綫可繪，中文之圖雖數■亦不能容，四也。纂録經年，笘觚屢易，卷■■魏默深、何秋濤兩公以■■益備。

自光緒七年伊犁索歸以後，則有曾惠敏年丈所定約章與俄諸臣問答節略及洪文卿世丈《中俄交界圖》、繆柚存户部之《俄遊彙編》在，不必再爲詳説矣。

標因中俄交涉之書魏、何諸家無所記，■■俄史之譯皆上起咸豐初年，曾惠敏年丈之《問答》、洪文卿世丈之《交界圖》、繆柚存户部之《俄遊彙編》則又在光緒七年伊犁索歸以後，咸同兩朝中國多故，西北紀載缺焉無書，而歐洲之人獨能詳記及之者。蓋因時當利罷其約，廢約以後，旁國震驚，偏輕持重，情見乎聲。意爲俄人勢大，必志西南，蠶食鯨吞，恐不止土耳其一戰也。

此記僅於魏、何兩家後略續記事稿而已，若經維政治、條畫形勢，則内有政府，外有使臣。標爲文學侍從之臣，僅司載記而已，餘非所敢言也。[1]

---

① 整理者按：此爲《咸同以來中俄交涉記序》草稿。

午後子嘉處小坐，欲登高，未果也。九日。

午後至張吉翁處。十日。

午後郎師來。十一日。

竟日未出門。十二日。

桂未谷摹禹慎齋畫《漁洋禪悦圖卷》，翁覃溪題詩三首並跋，畫扇十六頁，以小銅造象及漢印、元押、匋器向金吉石易得之。十三日。[①]

數日未爲一事，無可記。十四日至二十日。

鄭瀚生大令（■騤，廣東人，江蘇知縣），羅篤甫、星甫（肇煇、肇煃）昆季來。潘□□大令（志賡）未見。志伯愚、趙粟垣（侃）自上海來。

茫茫一片銅官水，儘有興亡説與誰。幸得畫圖留故事，後人猶可付題詩。

咸同勛業漸烟塵，僅有遺聞等寫真。萬馬祁門喑風雪，短刀鞾底又何人。

到此艱難始見心，大臣心比緑波深。獨憐直下長江水，漸見樓船問夕沈（文正立水師，嘗言無百世不變之道，今確守成法而日漸委靡，殊非文正本意也）。

右三絶題章□□（壽齡）《銅官感舊圖》，圖爲曾文正公靖港之敗自投於水，章君自舟尾躍下救之。今其子同持册屬題。

晨起，題三絶句。午後勝之來，同至鞠師家。見新出土唐寶曆元年《沈朝墓志》，《志》出浙中，有直行，無横格，字甚密，係磚質。大約拓久即毀矣。聞陳蓉曙前輩有之（遹聲），擬索一拓本也。二十一日。

晨起，與劉静皆公請志仲魯前輩、馮子莊年伯，同年文芸閣、李木齋、葉鞠師、段春巖。天晚始散。二十二日。

《沈朝墓志》字體、行款極似《王仲堪墓志》。

晨起，至楊味春處，賀其嫁侄女。又至王伯唐處，見其所藏石刻拓本，有《李仁德墓志》，極佳（唐開元時物）。《續訪碑録》已收，出陝西醴泉，然不經見也。燈下爲蔚若前輩刻一小印。得芍農師書。寄晋嶠、楚寶、花農、碩卿四書。二十三日。

上午未爲一事。購小唐墓志四十種。午後至琉璃廠。見張一琴（肇

---

① 眉批：《中俄約章會要》連續共五册。

鐮，寶坻縣，吴人)、勝之、咏春。在永寶[齋]見書畫，尚有佳者。二十四日。

晨起，至長椿寺，唁子嘉之叔喪。午後勝之來譚。永寶齋送來字畫各種，有周東邨畫《白潭圖》，題者十七八人，皆蘇州嘉靖間諸老；又唐六如《九老圖卷》，宣紙白描，無款，有祝枝山小楷《九老圖詩》，後附吴匏庵一題，似雙鈎本。二十五日。

晨起未爲一事。午至廣和居，爲屺褱之招，同坐諸遲菊(可寶)、裴伯謙(景福)，餘皆熟人。晚歸，寫扇頭。

伯謙雅好書畫，聽其議論，大致性情近沈摯一路。遲菊則隨意論人，皆近刻薄，其學問恐亦未必有勝人之處。二十六日。

晨起至屺褱處，見李新吾藏戴文節畫册十頁，用白羅紋紙畫，其用筆先以淡墨鈎匡，再以乾筆擦之，屢擦屢深厚，末以淡墨筆於山峰上下斜刷之，覺其峰巒濃厚。此文節不傳之祕也。又見文小楷卷，字之大小與余所藏《赤壁賦》近似。五種中有《後赤壁賦》，正與余卷爲絶對也。燈下寫小楷扇三，寄叔贊、幹臣、念椿三信。二十七日。

竟日未出門，僅寫數扇而已。二十八日。

竟日未出門。二十九日。

光緒十八年十月

晨起至江蘇會館，爲書畫第三集。晚歸。十月初一日。

竟日未出門。初二日。

午至勝之處，同往海王邨，見文待詔《雙檜圖》，題一詩，小楷，不甚工。有一題，不甚著名，然已索值至百十二金矣。

借屺褱惲王合璧册細觀之，覺圖章不甚佳，疑是僞品。初三日。

午，筱珊前輩招飲。竟日雨，殊悶人也。臨惲畫三幀。初四日。

石琢堂《劉蓉峰傳》："蓉峰著有《牡丹新譜》《茶花説》《石供説》，又仿《清河書畫舫》之例集法書名畫十卷，曰《掛漏編》。"(《獨學廬三稿》)

"天下歙家王百穀，山中驛遞趙凡夫。"明人語，見《獨學廬稿》二。

午後出門，候寶瑞臣同年(熙)，不值。見郎師譚。上燈歸。

借子嘉藏其乃祖文敬公舊裝漢碑四大包，皆乾隆時拓本，可寶也。初五日。

午後出門，即歸。晚赴菊師、楊允之之招，同坐有桂靈橋、蔡貞伯諸人。

見廉夫臨四王、惲、吴六大家畫幅，全從原本對臨，實有神似處。誠近來一畫家也。初六日。

晨起寫白摺一開。赴嚴雋雲省館之招，補畫社也。晚赴廣和居子嘉之招。初七日。

元倪瓚《雲林詞》

元張埜《古山樂府》

元薩都剌《雁門集》

元劉因《樵庵詞》

元程文海《雪樓先生樂府》

元趙孟頫《松雪齋詞》

宋楊民■■真詞

宋趙以夫《虚齋樂府》

宋許棐《梅屋詩餘》

宋吴儆《竹洲詞》

宋朱熹《晦庵詞》

宋朱雍《梅詞》

宋朱希真《樵歌詞拾遺》

宋朱淑真《斷腸詞》(四印齋刻)

宋李清照《漱玉詞》(四印齋刻)

宋林正夫《風雅遺音》(此當别刻)

宋王之道《相山居士詞》

宋黄裳《演山先生詞》

宋胡銓《澹庵長短句》

宋趙彦《得全居士詞》

宋姚勉《雪坡詞》

宋李綱《梁谿詞》

宋洪适《盤洲樂章》

白□□□□([以“忠]信之人可以學禮”爲韻)

伊禮言之可證，寔至理之所通；事雖■乎郛説，人可借以持躬。珪璧無瑕，早凛潔身之戒；青藍妙喻，尤深爲學之功。今兹玉尺■■，獨具鳳儀之■；他日丹心作輔，還標麟閣之忠。原夫白之爲色，皎若冰清,朗如玉潤;道悟室虚,心還月印。■■潔浄無滓,成緇轉程宜慎。心堪比日,直窮萬■之奇;身本持圭,自等不移之信。

皜乎莫尚,潔矣如斯,惟纖塵之不染,方五色之宜施。試看絢爛,文心終歸平淡;若此光明,錦地不雜纁緇。占《賁卦》之爻辭,一端始此;證考工之柒法,七入成之。

於是奇光照耀,異色紛綸,英華自發,洗濯惟頻。黑黄蒼赤莫不良,並程形而化質;黼黻文章昭其美,咸去故而從新。五緅三纁,陳事既精於慌氏;七陶八冶,素工尤重乎筐人。

其受之也,漸漬非虚,涵濡頗妥,■陶久而變化能神,氣質清而彰施必□。及時而化,在文質之無虧;歷久不渝,審■純之■惰。若性■之爲白,則聞道其庶幾,真鄭玄之□□,□□德而已可。

若夫其本不純,厥工可鄙,五色雜施,三榮匪美。未必致文相質,緑竟回黄;徒教踵事增華,朱還亂紫。或英光内斂,當問以如何;若素質未純,不必觀其所以。

從知物貴求精,性宜去濁;玷不可磨,梓堪喻斲。知白守黑,闇藏遵老子之經;織素流黄,雕繪盡太初之璞。■■知夫素絢,朗色相於冲懷;染人甚於丹青,□喻立於善學。

皇上丹宸恩深,□□□□,□奮在於磨濡,品潔同乎濯洗,色□外襲,朱墨銘心;美自中含,鉛華浄體。功在□化,懼貽墨子之譏;物可喻人,載繹戴家之禮。

天下[無易境,天]下無難境。

終身有樂處,終身有憂處。

取人爲善,與人爲善。

樂以終身,憂以終身。

天下斷無易處之境遇,人間那有空閑的光陰。

皆曾文正自撰句。

第十七册　光緒十八年壬辰(1892)十月

(書衣題)笘誃日記　第十七册　光緒十八年十月八日始

光緒十八年十月

晨起送肖石南歸。午張一琴來(肇鑣,吴人,署寶坻縣)。勝之來代肖石館,相約以後余與勝之各權五日而輪替也。晚寫扇兩,又篆屏四、聯一。初八日。

《本事詩》卷五《袁宏道中郎傷周生》題注云:"按吴人呼妓爲生。"標亦吴人也,今不聞有此語矣。維日本妓來中國,猶曰某某生也。

晨起未爲一事。琉璃廠賣碑估來,得《刁遵墓志》,□□拓極精。[1] 午後至菊師處。薄暮歸。

晚□□□發《本事詩》。[2] 寫扇頭一。初九日。

上午看阿聰讀書。下午赴安徽館余壽平、張巽之之招。晚約羅篤甫、星甫弟兄、蔡貞伯飲於廣和居。

近有拓一碑人,專用濃墨撲拓山東、直隷漢魏各碑,精采焕發,必傳之技也。又有拓碑者專拓宋遼金元幾朝石刻,爲世間罕見之本,且拓必全分,陰側、題額無一字缺失,皆近年來事也。又有一王姓者,專取房山諸邑大小刻石經幢等,載至都中,售於好古者。小至遼金刻經諸石殘種,一種僅二三金,亦自來所無之事也。初十日。

晨起未爲一事。午後偕子嘉、勝之至亨達利。晚至子嘉處談。

見子嘉手寫《金剛經》,字體仿唐寫經,秀整可愛。十一日。

勝之薦來拓碑人,有鼓山齋刻經全分,又行唐縣造象百餘種。刻經字體圓美,古趣盎然,始知《薦季直表》是齊梁人僞書,後代僞□□漢人

---

① "拓"字上二字缺損。

② "晚"字下三字缺損。

書也。[1]

犫芙□□□中歸。[2] 晚寄若溪、大哥、晋喬各信。[3] 十二日。

竟日未出門。晚偕勝之至菊師處,即在師處飯。師出示無逸本《皇甫碑》,較勝之新得本爲勝。又《三十六峰賦》,題建中年参寥書,字體似蘇書,或即蘇代書也。十三日。

竟日未出,課阿聰。木齋來,示戴文節小册八頁,似非僞品。余壽平來,屬寫倪母揚恭人墓志篆蓋。十四日。

竟日課兒。爲劉佛卿篆劉孝女碣題。孝女,佛卿妹也。

近兩日來學趙吴興書。十五日。

兩日來自課阿聰,兼自作楷。忽腰背痛,苦不能連習,奇甚奇甚。古有之曰:"天下爲一事將成,必有一魔來擾之。"今余書方擬改换,忽以此中止,不亦難哉。十六日、十七日。

晨起寫楷半頁。午後至郎師處,見何珊枝内母舅舊藏宋本《近思録》,已轉展歸師矣。憶此書珊公遺囑欲以貽余,喪中爲族人攫去。□□□傳述空感前情。[4] 今日見之,不覺神魂飛越矣。此書爲元印本,中有雙綫邊,乃後來補刻也。

犫芙貽《許學藂刻》四册,爲珊林子許子曼所刻也。

得王漢輔(崇烈)書,貽[大錢五丨]九枚。[5] 漢輔在濟南讀書,明歲方來也。

漢輔爲廉生前輩次子,年甚少,博雅好古,頗有文風,字亦工麗。

勝之來課。晚蔚若、子嘉、允之來譚,黄昏始去。况夔生來,即去。十九日。

午至蔚若前輩家,觀所藏書畫、法帖、石拓。有改七薌畫佛十葉册子,白描工細可愛。二十日。

勝之貽唐墓志十許種,頗有余未收者。二十日又記。寄大哥第六次並潘、菊各書。

---

① "僞"字下三字缺損。

② "中"字上三字缺損。

③ 眉批:第五號。

④ "傳"字上三字缺損。

⑤ [ ]爲原有。

戴文節吉祥止止室，此闕上直與河陽郭印泩如此。

竟日課讀，僅寫字一頁而已。夏虎臣來，極譚富國之策，慨乎其言之也。二十一日。

竟日未爲一事，僅臨趙書《赤壁賦》一通而已。偕勝之至鞠師家，晚飯歸。木齋來譚。接章碩卿信，言書籍盡歸書估矣。寶森堂書估盧姓在南通州收得宋刻宋印纂圖互注本《周禮》。木齋來，云聞書已至京，索價至二金一頁。近日舊書幾如奇寶矣。二十二日。

竟日未爲一事。薄暮，子嘉來，同勝之、允之、阿聰至廣和居，戌初歸。二十三日。

晨起未爲一事。午後出門拜客，見沈樂亭，晚歸。寫《九歌》畢。二十四日。

晨起，至報國寺（即慈仁寺）顧亭林先生祠，爲蘇府京官補行秋祭。祠僅存老屋三間，墻上嵌有《唐田雁門張夫人墓志》。祠門外有開成井，闌甚巨，井已無矣。雙松猶存，想見國初諸老遊坐之處。寺内有窑變觀音，坐有乾隆御題刻字。佛龕下有木板，刻姚姬傳書《金剛經》。午後赴志伯愚、文芸閣之招，在報子街。晚歸。至鳳石處賀得祭酒之喜，坐譚甚久。

《玄教宗傳碑》《裕公和尚碑》，李跋《道德經》，王横雲刻趙十札（無御題），皆趙書之至精者。

今日吴興製筆祇能寫趙甌波字。蓋趙本吴興人，其製猶未失傳。若臨歐、柳之筆，當於北方求之，湖款非其用也。二十五日。

晨起出門，候曾重伯季融、廣鍾弟兄。午赴屺裦廣和居之招。晚赴萬福居勝之之招。

至琉璃廠覓趙書帖，得《崇福寺記》，尚佳；《道德經》，未必甚精也。二十六日。

上午郎師來譚。午後赴木齋之招。

見琉璃書肆新收得《纂圖互注重言重意周禮》，半頁十二行，行二十一字。字體活軟秀挺，當南宋刻印本也。二十七日。

上午在家課聽。薄暮子嘉來，同至琉璃廠，見《清明上河圖》一臨本，劇佳，索五十金。晚至葉師家飯。二十八日。

晨起，至龍泉寺，拜潘文勤師二周忌。至芻芙處，貽我章氏《文史通

(議)[義]》,以舊刻姚氏《長吉集》報之。午後至馬積生前輩處,見袁文誠家藏古金二十餘種,無三四真者。手拓數種以歸。見潘文勤一家藏器拓本,多至七百餘種,爲自來收藏家所未有也。積生又出示舊拓三監本《皇甫君碑》,與余藏本字數無出入,惟渠拓濃而字細,不如余本也。見玻片影趙書《大洞經》,即袁文誠家物,波磔峭媚,絲毫不失神氣,令人觀之神往。然昨聞屺裒云,此本非真迹,何耶?二十九日、三十日。

光緒十八年十一月

晨起吴潤卿(大琳)來。徐仲虎(建寅)自南中解哈乞開士鎗三千枝至海軍衙門來。得大哥弟七次書。午後至江蘇館畫社。黄昏歸。十一月初一日。

兩怪一妖三女子,五龍九虎十先生,皆《四書》句。

仲虎在天津,見德催琳税務司云:大沽海口挖淤沙兩處,則輪船可以暢行無礙,其費可不用一款一錢,於輪船水脚每噸加銀一錢,五年可得五十萬金,則工費自足。因攔江沙有天險之説,則不深挖,惟專用一輪船,尾拖鐵篦,乘潮水刷沙。尋常可深五尺,若五日不刷,則平漲如舊,於防險亦無所礙。去年曾請於合肥,許之,而胡芸楣前輩力主不可,遂至中廢。德税務頗爲惜之。仲虎亦以開刷爲然,云海口通則畿輔之水災可無,是亦不可不有之議也。

午在廣和居請客,同坐有吴潤卿、劉鑒明、陸稺芰。晚,鑒明、玉書、勝之、子嘉來譚。初二日。爲冬至夜。

午至南池。晚答仲虎。兩日未作字。初三日。

午進城拜陸鳳石前輩太夫人常誕。初四日。

午賀劉佛卿嫁女喜。竟日課兒。初五日。

午賀李新吾世兄秉莾(國成)娶婦。薄暮至屺裒處,見趙書《福神觀記》墨迹卷,字大方寸,腴而有骨。舊爲許文恪物。又趙書《帝師膽巴碑》墨迹卷,字較《福神觀記》略大,用已退筆書,凝重厚拙而别具姿媚,始知世人作趙書用筆直拖皆野狐禪也。兩卷用墨皆不甚濃黑,光潤中有蒼老之氣,此趙書絶技也。兩卷皆有篆額,作玉箸書,故是能品。《膽巴》墨迹在英煦齋家,前數年歸費氏也。又趙書《妙法蓮華經》墨迹一册,即世所稱"火燒本"者,筆畫較石刻本稍粗,計廿七頁半,五千九百餘字,亦英煦齋物。後有成邸一題。今王廉生前輩以六百金質於屺裒,已付兩年利銀,尚未贖歸也。

在新吾處見四王直幅:烟客,設色本;廉州,仿倪,用筆側皴,幾如六如;石谷,係本來面目,中畫竹兩叢,極佳;麓台,設色仿大癡,自是能品。初六日。

竟日未出門。薄暮,鞠師、允之、勝之、子嘉來譚,夜半始歸。初七日。

借馬積生前輩影本《大洞經》細觀之,用直筆處皆非趙體。屺裒疑其僞品,所審不謬。

"曾聞顔母　　訓,合造汪家勞苦碑。"挽黄季度太夫人節孝年伯母。

竟日未出門,課聰讀。初八日。

竟日未出門,自課甚懶。初九日。

上午課兒。午屺裒來,仲弢前輩後至。得日本藤野真子女士手書,並貽其先德文集四册、真子小影一紙。真子能讀書,善古文詞。余曾乞其作《靈鶼閣藏書記》,甚古雅有法也。初十日。得湛伯、晋崎書。

午出門,祝鄒咏春前輩太夫人壽。下午,熙吉甫來,云新借得朱脩伯手批《簡明目録》,擬過臨一本也。十一日。

竟日未爲一事。十二日。

上午未爲一事。下午偕勝之至聚寶堂,爲同年銷寒第一集。暮至蔚若處,觀北宋拓《化度寺碑》,舊爲繆文子物,後歸成邸,值四百金,再後爲吴荷屋所得,前年爲吴觀瀾以六百元質得之。今觀瀾亡,又將易人矣。有覃溪七跋,極精,即《復初齋集》跋中所云五本之一也。十三日。

今日約徐仲虎、志伯愚(鋭)、文芸閣、曾重伯、季融、蒯厲卿、李木齋、王勝之消寒,日暮始散。十四日。

晨起進城,至郎師處,見警石先生《冷齋勘書圖》册,畫者甚多,首爲戴文節,册首爲姚伯昂、張叔未二題,皆隸書,李高陽師一題,篆書。十五日。

竟日未出門。十六日。

至木齋處,久譚。見宋十□行二十六七字本《周禮》,《春》《夏》二官下配十□行、二十□行本《纂圖互注》,亦宋刻也,有宋商邱及"葦蕭艸堂"印,字畫斬方,紙色綿潔可愛。索價六百金。舊爲章碩卿物,有楊新吾二跋,用嘉靖本條校,夾於書中。十七日。

竟日未爲一事。十八日。

兩日課兒讀。十九、二十日。

晨梁杭叔來,云藏有梅道人雙絹大幅。雙絹者,乃以絹兩幅縫合而畫之也,五代宋元皆有此等畫法。董源《江南》半幅即就縫合處分存其一,非裁去其半也。今夏陸純伯在琉璃廠得宋翟院昇山水大幅,亦用兩絹連合寫之。二十一日。

祝心淵隨芍農師歲試事畢,歸。

晨起課兒。午後謁若農師,出示余所譯《中俄交涉記》,手爲批注,字小如蠅頭。又云爲《元史釋地》,將寫定稿。出,赴段春岩同年之招,爲消寒弟二集。晚至子嘉處,公請鄒老伯。三鼓歸。二十二日。

竟日未出門。夜至廣和居,爲芍農師之招,同坐俞觀甫(□□,會稽孝廉)、蔣蘭史(子敏,東莞)、孫師鄭(同康,常熟人)、麥晴峰(樹榮,廣東人)、李孔曼(之碩)世兄、汪伯唐、祝心淵。[①] 二十三日。

竟日未出門。晚與純伯書、大哥書、第七次書。二十四日。

上午未出門。晚至勝之處飯。二十五日。

竟日未出門。二十六日。

上午未出門。下午至南池。晚歸。二十七日。

竟日未出門。寄二哥書。二十八日。

竟日未爲一事。二十九日。

晨起寫小楷。午後出門,拜劉鑒明,交渠二十金,託帶至上海,交張炳華。見鑒明居停主人胡叔摶(鵬年,江西人)。三十日。

光緒十八年十二月

竟日未爲一事。至熊經仲處弔其母喪。拜夢花前輩五十壽。初一日,十二月。

晨起,至蒯禮卿處,同坐熟人甚多,見檀斗生(璣)、周伯俊(錫恩)、陳潤甫(同禮)三前輩。又見湖南一謝姓孝廉,云讀書甚多也。初二日。

午赴張伯納之招。晚赴柯巽盦(逢時)前輩之招。初三日。

---

① 眉批:李駘選(之騏)、方穀(之庚)。

上午未爲一事。下午偕勝之至大栅欄一觀。初四日。

午，木齋、芸閣、仲弢、子陪、子封五人與余公請夢花，同坐蒯厲卿、王茀卿、志伯愚、徐仲虎，上燈始散。初五日。

趙畫東坡象並《赤壁賦》小楷書墨迹今質於費屺裒處。舊爲卓益州物也。

第六次畫集，主人爲彭子嘉、楊允之及余也。暢飲至子正始散。玉書竟成，玉山頹矣。酒之醉人如此。初六日。

心淵來課聽讀。午後出門拜客，見孫師鄭。

日來欲識西字，晚燈自課，頗有"能識之無"之趣。初七日。

午後赴陸篤齋(學源)刑部之招，云見張燕農藏有石谷、南田、麓台三卷，須七百金，直爲至精之品。晚於廣和居自作主人。初八日。

午後出門，拜陳崧山(田)、衡山(榘)昆季，譚書畫收藏頗暢，云有董畫《萬研山房圖》，有成邸二十六次題字。晚赴汪伯唐之招。初九日。

下午進城，見郎亭師。晚歸。初十日。

陳衡山來譚，云新得夢樓字册、伊墨卿詩册，劇佳。伊册余前在論古齋曾見及。午後赴張巽之招，爲消寒弟四集。晚歸。衡山貽《黔記》《黔史》兩册、石印《夢樓小帖》一本、普洱茶、伏苓、羊肚蕈，皆滇産也。十一日。

午與我山公請芍農師。薄暮始散。十二日。

陳衡山來，出示日本宋刻經卷，尚有元人題字。薄暮赴紫東招，子初始歸。十三日。

上午未爲一事。午後候梁杭雪，以寫經二種易渠舊藏王麓台畫《良常山館圖》。晚至廣和居，有勝之、允之、心淵在坐。十四日。

午公請芍農師，有樵野侍郎、伯愚詹事。十五日。燈下寫春聯。

午，進城見蔭軒師。又見郎亭師。二鼓始歸。十六日。

嘗見王夢樓《快雨堂臨帖》手跋，云學書四十年，及見《靈飛經》墨迹，始恍然於古人用筆之意，唐人書之可貴如此。趙文敏書《蓮花經》四五兩卷，余曾屢見之，其用筆全學唐人，然古拙處不如矣。今日在貴陽陳衡山處見唐貞觀間人書《大般若經》殘卷，字體斬方，有六朝意，與此卷用筆相近。昔人云經生多學褚河南，此僅見晚唐人書耳。跋日藏唐人書《蓮花經》卷。

刻板至佛經爲極古。五代槧木，佛經先於儒書，見於記載甚詳。貴陽陳衡山至好，自日本携得宋嘉泰時日本刻經來都門，出示屬題記，以余曾遊日本，且於此事亦酷耆也。余在日本，曾得宋紹興二年歸安圓覺藏刻《大般若經》九卷，然字體、墨色不如此卷之精。余又得唐寫經五十種，内附刻經兩行，古拙異常，好事者疑爲孟蜀初刻，比較之，似勝此卷。余又得殘宋藏本《廣宏明集》，字體近大歐陽，宋藏《妙法蓮花經》，字體近顔，精采奕奕，遠勝宋書塾、書棚所刻各本，然較此則神氣索然。蓋此卷即以唐經生寫本覆刻，中國自宋坊刻以後不知用此刀法矣。日本近來刻書尚用圓刀，收轉極自如。中國則用直刀，往往刻波折，書多窒礙，有棱角。近日余與衡山皆喜刻影宋書，故皆知之最深。並記於此，所以告後來之刻書者。跋陳衡山藏日本刻經。

候陳崧山前輩昆仲，見項東井爲吴孟舉畫《黄葉村莊圖》卷，墨筆工細異常，後有曹倦圃、高江邨、閻百詩諸家題詩，皆傑作也。又成邸二十九歲小像，自題曰"見我圖"，配以小册，爲二十七歲時書。又唐貞觀時日本人寫經，古勁似六朝。又王夢樓、伊墨卿自書詩册，合裝兩本，精妙絶倫。

晚赴麥殅峰之招。十七日。

得李子華電，贈百金。

眼前九萬里風雷，上使曾經海外回。鑿空君家成底事，班書空傳使邊才。

一夕銜齋笑語歡，良朋珍重畫圖攤。寰瀛志與乘槎記，只作尋常■説看。①

吾民生計困東南，天許荒洲渡海探。早歲已聞公建議，幸教圖畫此同參。②

大地須彌等一家，職方舊紀笑浮誇。鯫生亦負環遊志，瀛海曾浮八月槎(庚寅八月，曾請假遊歷日本諸郡國，擬東渡太平洋，以期促未果)。

---

① 眉批：雲臺寫像凌烟稿，他日還當一例看。

② 眉批，羈縻終笑漢家男(漢朝治西域，以羈縻不絶爲上策，此無可奈何之語也。方今頗重晁錯徙遠方以實廣虚之義，足以關孟堅之口)。

右題張樵野侍郎《運甓齋話別圖》，圖爲倪豹岑中丞送侍郎出使美利堅而作。庚寅。

十八、十九日未爲一事，醉飽而已。

竟日寫春聯。廿日。

午至木齋處，同遊羊市，得陸朗夫中丞畫册、張桂岩畫册、丁南羽白描蘭亭卷、趙仲穆《馬伎圖》卷。

得顧緝庭丈貽十二金。廿一日。

竟日未爲一事。借勝之照本畫幅，劇佳。郎師貽五十金。陳松山昆季來談。廿二日。

竟日未爲一事。午後至花市。晚勝之、允之來譚。廿三日。

仲虎貽四十金。芸閣、仲虎來譚。午後至郎師處，見初印《西清古鑒》，至佳。廿四日。

朱白。

白。

朱。白。此兩印尚略小。

闲白。

白。朱，粗邊細字。

朱。

白。朱。兩印大小同。

白。

朱。

白。

朱。

白。

白。

白。

白。康熙乙酉。

午潘文勤師釋服，拜於龍泉寺。下午在家。廿五日。

王時敏

竟日未爲一事。廿六日。

午赴曾重伯之招，在嵩雲草堂，有詩鐘之聚。同人廿餘，日哺猶未已也。廿七日。

楊玉書來，同往勝之處。晚祀神。招勝之、玉書來譚，夜半始散。廿八日。

開給節賬，終日籌算，未爲一事。廿九日。

出門拜節各師門。宿逋未清，囊槖已空。此等事非今年始也，可笑可憐。然自視坦然，但能了過目前，已爲幸事，豈望積嬴金哉。通宵未睡。三十日。

光緒十九年(1893)癸巳正月

癸巳

晨起，賀慈親新禧。出門拜各處。至郎師處午飯。薄暮歸。

占骨牌數，曰："蹀躞平原屢見顛，看人飛鞚著鞭先。而今學得交衢舞，突過尋常一輩賢。"癸巳正月朔日。

恩詔爲萬壽特開科。

芸閣、木齋來譚。下午賀年。至斜街各處。初二日。

午後爲子嘉、子東、康民公請春酒，在鄒寓。晚爲骨牌之戲，半夜始散。初三日。

下午至子嘉處聚戲，天明未已。復至鞠師處午飯，兼及竹戲，日哺始歸。初四、初五日。

上午寫謝恩摺(爲江蘇蠲緩漕糧)。下午招子嘉、勝之諸人在寓作投子之戲，三鼓始散。初六日。

是日遣阿聰出門拜年。

竟日未出門。暮赴端午橋之招。同坐皆熟人，惟涿州李公係初次見面，然聞收藏甚多，久想其人矣。午橋以千三百金購吴觀瀾所藏之《化度寺碑》。又見國朝諸家墓志墨迹，頗多佳品。三鼓歸。

刻《魚玄機集》成，分貽各人。初七日。

公請蘇府同鄉。晚爲投子之戲。半夜始歸。

得徐積餘書並所撰《南陵縣建置沿革表》。

數日來非困於酒食即迷於戲嬉，數日來未爲一事，荒惰無有如今年者。

遊火神廟。見王惕夫夫婦手寫文稿四大册,索值八十金,許以三十金,不售。於茹古齋見王椒畦爲阮文達畫《琅環仙館圖》卷,甚工,惜無他題。劉文清小楷各種卷,舊藏卓海帆家,首書《沉香山子賦》。又張南華畫《玉堂秋山圖》幅,自題兩詩,劇佳。

得釋湛福小楷書《梅花百絶》,磁青紙,金書,學二王體甚工。初八日至十三日。

逐日困於酒食,並日記亦未記也。①

見國朝名人墨迹,書札、詩翰,並裝十六大册,又明人四册,又閩人二册,多半爲梁芷林、姚伯昂所藏。

於木齋處見翁覃溪、劉石庵各於貝葉上書《心經》一卷,副頁翁附數詩。劉寫小楷《陰符經》,精妙之至。又汪文端小楷《耕織圖詩》小卷,丁觀鵬書《衍慶圖》小卷,裝潢一色。汪卷有養心殿鑒藏印,丁卷有重華宫鑒藏印,大内物也,不知何時賜出。又郭蘭石楷書《金剛經》册。

於鳳石前輩坐中見歙縣鮑松山,老將也,曾官吾蘇,後戍黑龍江,旋謫於愛琿城。今年已八十七矣,聲若宏鐘,强健如少年。余於前數年曾見長白李雲麟,其聲可與匹,皆異人也。十四日至十八日。

上午未出門。下午至琉璃廠。晚作函與晋嶠。十九日。

竟日未記日記。終日嬉戲,可愧。二十日至廿七日。寄子華、大哥書。

光緒十九年二月

一月不記日記,此有記以來未有之事也。因此册遍檢不得,因循至此,可愧可笑。二月廿六日。

寄楊玉書、聽珊叔祖、李佑三三函,又張炳華(託買銕床、鏡、肥皂)、劉鑒明。

今日約菊師、木齋、芸閣、静皆、屺裒公請同人,共二十餘人。爲王季樵(錫蕃)、繆筱珊(荃孫)、沈子培(曾植)、沈子封(曾桐)、王蓮生(懿榮)、陳蓉曙(遹聲)、丁叔衡(立鈞)、左笏卿(紹佐)、宋允滋(育仁)、王笏卿(頌蔚)、袁爽秋(昶)、吴子修(慶坻)、馮夢華(煦)、陸蔚庭(繼煇)、柯巽庵(逢時)、周伯俊(錫恩)、蒯荔卿(光典)、志伯愚(銳)。未到者繆柚存(祐孫)、

---

① 眉批:第八次大哥書。

黄仲弢（紹箕）、叔頌（紹第）、盛伯兮（昱）、端午橋（方）、柯鳳生（劭忞）。於江蘇會館。廿七日。

濕墨淋漓畫遠山，幾枝衰柳舞陽關。挑燈復把閑情寫，誰似飛鴻盡日閑。

決決流泉出澗新，蕭疏古樹略含春。幽人盡日難尋覓，寫上生綃却似真。（《題畫》）

至漢輔處，見北苑大幀，上有董思翁橫題“魏府藏董元山水天下第一”數字，下有洪瑩一跋。畫絹心墨筆，近作一小坡，畫葦草甚高，中畫叢樹，雜以樓屋、人物，皆極工。上段忽作平遠遥波，層叠無際，奇觀也。數十年來歸馮展雲，廉生前輩以五百金得之。廿八日。

往嘗讀阮文達公《送楊忠愍公墨迹歸焦山記》云：“兹送卷歸山，他日如入他人之手，人皆能説所從來而賤之。恐世間無此傖父也。”此數語也，常往來於心，以爲文達之語足以概後世之巧取豪奪者。又讀《焦山書藏記》云：“焦山詩僧借菴因靈隱書藏事，遂議於焦山亦立書藏。”此數語亦常往來於心。謂釋家好事無過於借菴者。冬歲抄■官編修，在京師菜市之東馮姓裱背家得一破卷，有圖有記，爲焦山歸石事，又有“借盦”之名，乃出囊泉易歸。方將付裝以庋几案間，適吴江翁印若中書（綬琪）過寓廬，見之，訝曰：“辛卯之秋遊焦山書藏，見五石俱在而不知其所自來，若將此卷仿文達歸楊卷事還諸焦山，則君不負傖父之名，寺僧或尚有借盦其人者。”標聞之，頗然其言。適聞番禺梁百澥前輩復興書藏，鎮江太守則爲我座主王可莊夫子，遂具函肅書以呈於我夫子，乞轉付藏中。因附記於卷後，重述文達送楊卷之語，曰：“世家祕閣之藏，不如名山僧寮之寄。兹送卷歸山事，元作記，存之拙集中，且當代賢卿名士亦多題咏，載之各集，使海内知爲焦山之物。”標專守此義，不敢贅私説，爲文達之語足以概之矣。後言人來藏中觀石，且展此卷者，願■毋忘文達之語可也。借盦名巨超，秋屏名覺燈，皆詩僧也，亦見文達記中。標聞近日焦山僧有名鶴洲者，善拓《瘞鶴銘》字，或亦秋屏、借盦之徒也。則此卷重歸，亦可忻其有屬矣（《送焦山歸石卷歸焦山書藏記》）。

至郎師處，上燈歸。廿九日。

光緒十九年三月

是日請陳松山、衡山、沈子封、黄仲弢、王勝之、丁叔衡、繆筱珊於寓中，各出書畫相賞。石谷卷、趙文度《溪山無盡卷》、石濤《僧詩雪福卷》，爲丁叔衡藏。《嵩洛訪碑圖》爲屺裒藏，筱珊帶來。陳南樓山水十開册、蔣南沙水墨花草小册、唐人寫經，爲陳氏昆季帶來。初一日。

是日己丑團拜。初二日。

至長椿寺，爲清蓮長老畫山水。屺裒、叔衡、勝之皆在坐。晚赴張鹿坪之招(蔭桐，杳山人，樵野弟)。初三日。

午至江蘇館勝之之招。飲畢，偕静皆、子封、勝之至家，木齋、芸閣、陳蓉曙(通聲)適來。余見北墻一黄蝶，諦視之，即太常仙蝶也。余亟取酒來，集余指而飲，伸鬚吮吸殊久。適勝之本亦見仙蝶者，諦之，即取紙筆對寫仙影，與余去年見於虎阜者無二。大翅中缺，四趺，翅正面黄質黑章，後面作枯灰色，而各有一白斑如新月，茸毛兩鬚有珠。詳諦絶不動，故審之確也。寫影畢，余承以指，送至庭間，始遠飛北去。見其過鄰家大樹之頂，望之已大如飛燕矣，豈非奇哉。余與仙結緣兩次，皆飲余酒。同人環觀，絶不驚動，誠奇事也。時是日之酉刻。初四日。

晚約陳衡山在廣和居一譚。初六日。

連日飲食，廢時失事。初七、初八、初九。

初七約余易齋(思詒)、何秋輦(彦昇)、胡叔摶(鵬年)、陳伯才(恩梓)、沈振之(鐸)、木齋、静皆小飲，爲余、何、胡、陳餞三萬里行。

上午唁秦佩鶴前輩斷弦。下午拜客。初十。

在鞠師處寫白摺竟日。十一日。

徐積餘(乃昌)來譚。下午至會元堂，赴志伯愚前輩之招，同坐沈子澄弟兄、韓立生户部(印□)、高次圃孝廉(善繼，江右人，戊子同年)。高善相，所言皆驗。言余今歲可得差，位至尚書，有子七八人，頗可稱富翁。斯言驗否，且俟異日。十二日。

竟日未爲一事。十三日。

晨得鳳石前輩書，屬至渠處代篆擬太后寶六十方，皆四言，係擬百分，圈出此六十分者。午刻始畢。下午約沈篴伊(桓)、徐積餘、陸竺齋諸君小飲。十四日。

腰疼，竟日未出門。十五日。

腰疼略減，興致索然，竟日未出門。十六日。

晨慎之師來，爲薦吴念椿至師處隨同辦賬，允可矣。竟日未出門。

何事平未見憶仙，南轅北轍兩留緣。一杯醴酒親斟奉，願與仙家共此年。

入手懽將老道呼，還教重與寫真圖。戲翻《鴻雪因緣記》，並擬仁和戴氏歌。

三年杯酒真情洽，一夕聽歌欲唱難。遠道星移金馬去，仙槎鳳引錦颿安。使君大事能知體，舊史編年已付刊。更喜庭階蘭玉盛，錦衣歸里言多懽。

吾祖當年海外遊，大脚頭本有書留。崎山重到收函■，宗國神交憶唱酬。北極未探還隱憾，星洲遠拓合周流。年來亦抱寰瀛志，期爾重來訂北遊。(《送日本大鳥圭介星使回國》)[①]

竟日爲余生日。竟日在寓。十七日。

是日出門至福壽堂，漢輔招飲。復至日本使館。十八日。

竟日未出門，因懶於冠帶。十九日。

日本人堤虎吉貽鹽漬櫻花一瓶，云可點茶水，入盌花即開如新，惟無色耳。

是日未出。郎亭師來。二十日。

竟日未能出門，懶甚。二十一日。

午赴張樵野侍郎之招，勉强飲，畢即歸寓。二十二日。

竟日未出門，亦無客來。二十三日。

午後伯納、漢輔來譚。二十四日。

張埜秋前輩云，近日懋勤殿檢點書畫，見董北苑《龍宿郊民圖》，御題甚多，香光題猶在上方也。

午前進城，見吴廣庵(承潞，江蘇候補道)於郎亭師家，知陸存齋世丈已到。至城外往見，手貽自纂《儀顧堂續題跋》四册十六卷，又《小石山房叢書》一部，云家藏書有□三閣，十分之八九欲統抄一分送國子監，若得

---

① 本頁浮簽：和詩看過否？便乞交下。唐詩目能抽暇寫之否？渠云如要裝訂(裱面須預借)，須早預備。恐開門後匆促不及也。襯訂紙用毛邊省些，若用官堆杭連，則一部兩部之價也。如有皮紙，可印封面及目之用。

有成，真大舉也。二十五日。

竟日未爲一事。木齋招飲，未往。二十六日。

竟日在家。晚純伯來。存丈貽二十金。二十七日。

竟日未出門。二十八日。

竟日未出門。二十九日。

下午答拜朱稚郇(同，吴縣人)。稚郇來京引見，出仕浙江，尚知碑版、書籍等，是學而仕者也。三十日。

光緒十九年四月

爲陸竺齋跋《百石卒史》《曹全》兩碑舊拓本。

徐積餘招飲於廣和居(乃昌)。積餘所刻《積學齋叢書》頗爲精善，年少而好學者。

寅刻至午門，迎送聖駕至太廟行禮。辰刻歸。午後積餘來，同遊廠肆。見汪文端篆書《御製盛京賦》小册，方不至四寸，篆大僅分餘，有"乾隆御覽之寶"，不知何時頒賜臣工。①

積餘貽漢"億年無疆"瓦當，或云莽妻陵瓦，恐未必也。然真漢物無疑。

於廠肆見古檀板一副，板三方，兩方面刻人物，上題兩絶句，極艷雅，當時必出豪貴家。或出湯臨川、洪昉思諸老之手。余素不知音律，然因物懷人，不讓玉魚錦襪也。擬得之以爲題咏。初一日。

竟日未出門。下午徐積餘、陸純伯、徐仲虎來譚。晚招朱稚郇、徐積餘諸君飲於廣和居。初二日。

康熙十六年丁巳，廉州先生卒，時年八十，此卷署乙卯，當爲七十八歲所作。清凉精舍乃先生晚年之居。梁退庵《題跋》收一卷，署"辛亥初夏畫於玉峰之清凉精舍"，是七十四歲所作。又見陸氏《所見書畫録》收仿董立軸，署"丙辰仲春於來雲館之水邊林下"，下有"太原遊之鑒藏"一印。丙辰後乙卯一年，爲七十九歲所作。標按：廉州與烟客雖子侄行，少烟客僅六歲，廉州先烟客卒三年。烟客向極推重廉州筆墨，"鑒藏"一印，當廉州卒後收其遺墨而加此印記也，故有印記者皆晚年之記。此卷余與

① 眉批：此册後余購得之，當時分寫四體，見《皇朝通考》金石門。

福山王漢輔茂才（崇烈）同游前門，得於山左書估，歡憙贊嘆而爲此跋。至於畫筆蒼老，題款雅潔，印記精湛，紙墨淳古，賞鑒家當一望而知，無待余贊美也。跋王廉州仿大米畫卷。

竟日未出門。初三日。

午漢輔來，携廉州卷，云非卅金不可，遂以赤牘（諸家與梅溪札）、王曹合璧文小楷《赤壁賦》、丁南羽《蘭亭圖》三卷託漢輔質之，以償廉州卷直。下午赴鹿培之招，同坐徐積餘、汪叔芾、徐秋畦、江金坡（□□）、勞次薌（肇光）、潘煇廷（斯燎）。徐以下皆粤人也。初四日。

易氏新圖久寂寥，空知舊譜也重描。真形已失胡盧押，此是蓬萊別樣綃。

一笑居然賜著緋，李唐故事頗依稀。世人莫責孫供奉，尚識朱家僞主非。

動而彌壽山中客，慧心稱郎丞相奴。吾亦庚申初降日，不妨猿叟自名呼。（題《畫猴圖》）

數日鹿鹿，未先暢譚，至歉，惟箸饌多福，起居曼吉爲祝。弟昨晚讀祜弟《四書》文課，自“欲速則不達”題至“不念舊惡”前後五題，題似別有所指。初思吾兄生性爽直，當非有意。及讀批尾，神味淵永，目光四射，弦外之音，幾令人莫解。不覺始而駭、繼而疑、終而啞然，曰：“先生誤矣。”念自半載以來，蒙就敝居，祜生弟諸承訓誨，弟亦時接■譯，欽佩之心，實非朝夕，斷不致喪心病狂而有所開罪。再四思維，大約因三月廿三日弟自課祜生弟文而起。然此誠大誤會事，今請爲剖別言之。弟之所以謬然命題者，以是日兄正出館，弟值小病，雨窗無事，欲以覘其學力之所向，驗其文筆之遲速，察祜弟之勤惰，非察吾兄之勤惰也。今有“欲速則不達”一題，若代祜弟以責我察課之非分者，其誤會一也。既出題文成矣，則不能不改。然觀其文筆，頗覺淺陋，故以改而易批，使其先知讀書之道及所以千里從師之意。當時但知有一祜弟而已，而不知其以爲欺吾夫子也，此誤會二也。學問之道無窮，博采通人，許君常語；“讀書先須識字”，昌黎有言。故弟批祜弟之文，有“讀書”數語，兄恐祜弟因此而失彼，故有“舍學從吾”之題，是誠愛吾祜弟至以盡矣。然誤會又一也。十日以來，每見課祜弟題，知必大有所誤會，真如骨鯁在喉，欲吐不得，一恐胡言之有所開罪，一恐兄誤會而更無已時。昨見“不念舊惡”一題，始知所以藏身者，尚非有所不恕也。然“惡”字何説殊不可解。證以詁訓則不合，例以經義則大非。斷章取義，何爲乎來？則兄又大誤會矣。以此誤會，竟成轇轕，筆墨往復，已於何時？即以祜弟觀之，必竊笑曰：“此朱夫子與世兄爲文字交如此也。”將來祜弟萬一亦效法於他人，而曰有所師承，豈非又一大誤會乎？然今日之主意，弟惟望祜弟之讀書有成，想兄之意中當亦欲祜弟之能如此也。若徒以意氣相尚，口舌爲工，則非但不敢測吾兄，亦自信生平無此妄念。舍本而求末，指桑而説槐，此世間無用人爲之，吾與兄當毋蹈此習也。辱承知愛，用敢直書。他日若以此紙持示他人，以爲大有辱於先生者，祈無信此誤會可也。

午，積餘招飲於西餐館。下午即回。初五日。

竟日未出門。初六日。

作書與朱幼薌，因察祐生之課，疑其責己也，故辯之。積餘來。楊藝芳來譚。初七日。

下午出門，見朱楚白(珩，廣州舉人)、徐仲虎，即歸。初八日。

楚白極究西北輿地，見余所譯《中俄交涉記》加注極詳，□□所撰《中俄交界釋地》亦頗該博，別以蒙古語蒙古地名以首一字分目，成書尚未也。

兩日足病，未出門。初十、十一日。

虎阜一見因緣在，何事重尋到草堂。想是舊圖真影失，故教畫史細評量(同年王勝之，畫史也，曾於丙戌年見仙於潞河，未有圖。余曾見於虎阜吉勇烈公祠，圖而不真。是日仙事舊圖適在案頭，勝之亦在坐，相與評證，乞仙暫駐。勝之伸紙執筆一再圖之，無毫髮異，仙始有去志。誠奇事也)。

月齋舊語頗詼諧，此是微詞有別懷。清酒一杯留供養，居然仙子降寒齋(張月齋《題羅浮蝶》卷有云：“爾來京師所稱太常仙蝶者，頗往來貴人家，干索酒餌，非復前日之高致矣。因題此卷，感慨係之。”此別有所指也)。

獨與文人大有緣，乾嘉諸老説蹤蹝。一堂小坐搜遺事，苦憶承平二百年(是日在坐見仙來去始末者，爲陳蓉曙〔適聲〕、沈子封〔曾桐〕兩前輩，劉静皆〔世安〕、李木齋〔盛鐸〕、王勝之〔同愈〕三同年，文芸閣〔廷式〕同館，皆各證舊説頗詳)。

竟日未出門。燈下題《太常仙蝶册》七絶三首。

余自甲申四月起至今日，日記已有十七册，内闕而未存者只庚寅七、八兩月，其餘皆逐日録記，自謂十年來未能專志讀書，於箸撰無有成帙，惟此十餘册尚有録存者，他年增益如何，終本此舊記例也。十三日。

宣武坊南迹已陳，戴圖潘記總前因。不才能繼諸賢後，再自題詩並寫真。（又一首）[1]

竟日未出門。晚燈即睡。十四日。

一鐘即起，二鐘出門。三鐘二刻至中左門。見來者甚少。四鐘天已大明，人漸多。五鐘二刻點名。自負考具，進中左門，至重與熙吉甫同坐西殿。須臾題出，首"澤梁無禁"，經"辭尚體要，不惟好異"，詩"密林生雨意"，得"林"字。十二鐘，頭篇正稿寫完，三鐘半，經、詩兩藝草稿完，即謄寫，至六鐘始畢。兩藝皆三頁，共六頁半，寫時頗費力也。方畢，忽聞葉師詩誤高一格寫，已十餘字，即代刮之，僅免紙穿，不能完美矣。又代沈子培刮四處，尚好。即偕吉甫出殿。先至南池，一坐即歸。同場中楷書之工、文字之佳不可枚舉。自顧一技不足以勝人，安能望所得哉。記此自愧，又自痛也。十五日。

晨起唁林梅貞。午請陸存齋、吴廣盦、陸鳳石、繆小山、菊師、苐卿、屺裒，下午始散。知咏春得第一名，爲洪文卿所閲。勝之得四名，爲郎師所閲。余卷則志、洪、汪三公遍檢不得，大約已入大海矣。燈下惘然。占牙牌數曰："名已落孫山。"大約已爲孫萊山年丈所棄矣。考而不得，分也。維日來景况日窘，萬不能敷衍時日矣。如再不得差，勢將窮餓。奈何。十六日。

明知禍福不關君，奈此陳陳衆説紛。各有因緣休別羡，過墻原不爲香聞。

人間■細本尋常，何必真留色相忙。不待羅浮仙客醒，落梅早寫壽陽粧。

晨赴鳳石前輩之招，云適奉命篆寶六十方，屬爲代筆。寶係大、小、方、長、圓五種，大至六寸，次四寸，次二寸，次一寸，長一寸五，次圓一寸五分。每寶篆陰陽二分，陽文原畫邊來，陰文則須雙鈎廓填。計算六十

---

[1] 眉批：戴文節公、潘玉泉先生私宅皆在宣武城南，屢見仙蹤，各有圖記。

方實須寫様九百分,可云鄭重矣。晚招純伯、幼薌諸君飲於廣和居。

王新之(叔銘,係蘇州常熟人)大令來,原在上海招商局文案處。十七日。

竟日寫寶文,未出門。十八日。

竟日寫寶文,未出門。十九日。

竟日未出門。晚至廣和居,招王新之飲。二十日。

夜半一鐘即起,出門,逕至東華門,步出西華門,至六項公所,尚未天明。久候,始在西苑門口排班,立有一時許,始進西苑門,直至勤政殿東緑門外,又立一時許,始進引見。余在頭排次七,共八人。口奏履歷曰:"臣○○,江蘇進士,年三十四歲。"背畢即出,已七點鐘矣。至南池小坐,知他人取者不少,而己獨無聞,索然興盡。歸寓,仍篆寶文,未睡。二十一日。

竟日未出門。晚知聽珊叔祖來京,先止藝郛家,即過去謁見,並約明日搬至吾家。二十二日。

是日,聽珊叔祖來止吾家。晚招藝郛來寓小飲。二十三日。

竟日未出門。廿四日。

陳松山前輩招飲於陶然亭。

見羅兩峰爲丁龍泓畫像,拄杖坐石,貌極奇古,頸長如鶴。此圖兩峰臨别畫象携去,下有丁送羅别詩　律。又羅贈椶鞋,報以一絶。上有袁隨園爲兩峰題五律一首。索值六十金,可云貴矣。廿五日。

竟日寫寶篆畢。晚至鳳石處交寫件畢。南齋公贈六十金,藉可少補過節之用。廿六日。

上午出門,祝翁師壽。至頌閣總憲家,見藏硯,佳者甚少。見石谷七十八歲臨雲林大幅,層巒叠嶂,純用側筆,澀嫩若不善畫者,上自一題,佳甚。廿七日。

張受之(臨吉,蘇人,浙江同知)自蘇來,爲王扞鄭内兄,饋土物甚厚,尚未見及也。

午後至南池。晚揖琴借余家飲聽珊叔祖,子初始散。廿八日。存丈貽二十金。

上午候印若,方自南來也。下午未出門,畫扇四柄。積餘來譚,以其年小於吾,以弟呼之矣,若論學則吾不如也。廿九日。

光緒十九年五月

兩日未爲一事。五月初一日、初二日。

晨起，至洪文卿世伯處，見石谷《虞山十二景》册，絹本，極工，有惲跋半開；董文敏《燕吴八景》册，團扇本，後有自跋兩開，中畫大米及張僧繇没骨，甚奇古，舊爲繆曰藻物；錢舜舉《胡獵圖》卷，有鮮于伯機一跋；大滌子花草册，有自書詩一開；宋拓《大觀太清樓帖》，存三、四、七、八、九、十六卷，字體圓美如初寫，屺裒云與祁文恪家藏一卷本同，余亦見聊城楊氏殘本，亦同。

下午至丁叔衡前輩家，見文、沈、唐、仇四幅，皆精，石谷三幅，廉州一幅，皆無上妙品。又明宣德帝仿宋徽宗《林禽鸜鵒圖》，極工，有覃谿等題，原爲張瘦銅物。初三日。

竟日在家，以董文敏佘山詩畫兩卷、石谷仿貫道一卷、董仿大癡一卷質於陸存齋，得佰金，逐月子金一分。初四日。

至南池。午後偕廣盦觀察至茹古齋，見董東山、金琮、張南華諸幀尚在。後至博古，見瑶華道人金畫貢扇四柄，尚佳。初五日。

以趙仲穆畫馬卷售於存翁，即將石谷及設色董卷贖歸。初六日。

招張受之、翁印若諸君飲於寓齋。

汪蘭楣借余寓齋請客，竟日始散。初七日。

午至錢子密年丈處祝七十壽，即歸。初八日。

竟日未出門。楊蔭北（[壽樞]）來譚。蔭北爲藝芳先生子，知收藏。初九日。

百年人事花三日（建），白駒過隙留無術。一紙琳琅字萬行（静），長生獨讓生花筆。開緘珍重芙蓉面（建），何年仙子紅塵見。舊事蘇臺玉鏡緣（静），新聞畫史冰壺傳。滄桑幾劫人何地（建），錦軸玉軸等閑棄。荒市憐將粉本看（静），仙塘訛認麻姑記。誰知此是崔徽卷（建），乾嘉諸老題詩遍。更愛鷗波舫子新（静），仙家伉儷簪花擅。幾時得入平原第（建），枏檀香護重裝麗。拂席珍教玉■新（静），徽詞欲繼芳蘭製。儂家夫婦耽翰墨（建），啓函心醉仙槎例。更憶當年嬌娥簫（静），居然筆底留春色。題詞聊學天真閣（建），晚燈聯句檐花落。亦有靈鶼閣子圖（静），新詩還向寰瀛索（建）。（題陸竺齋藏《冰壺夫人桃源春泛圖》卷）

夫子大人函丈，謹啓者。不事師門，已經三載，祇以朽材■種，陋拙依然。桃李門墻，虚其栽植，因慚成畏，意鈍無辭。惟處遠望鈞，時聞德政，歡心動■。標自去夏迎慈親入都，全家北上，仍住城南。原憲之貧，朝無夕粟；管寧之居，客迹家人。每欲苦燈疾寫，破篋聚寶，又復爲食而廢學，因窮而見拙，足牢如拘羈，心轉似轆轤矣。今年四月十五一試，臆决唱聲，自知匪敵之，神勞心苦，不夢九天，固其宜矣。《焦山歸石圖》卷舊得於菜市東肆，遠送歸山，欲存陳迹。名心猶在，夫子哂之。舊朱宫扇一柄，取以伴函。伏乞笑納。謹肅，上請崇聽。伏惟雅鑒，無任依馳。

上王可莊夫子書，並以《焦山歸石圖》卷送歸焦山書藏，作記於後。

數日來人事紛雜，意趣索然。晚燈欲思記事，實無一可對人對己之語，因慚成畏，竟致擱筆。十一日至二十二日。

楊玉書來訂蘭契。十五日。

數日又如夢過，懶甚，可嘆。十六至二十二日。

純伯來住吾家。

竟日未出門。二十二日。

午赴小山之招，同坐張玉山先生(鳴珂)，湖上老詞仙也，今隨德中丞來京，出《海天琴話圖》卷册，屬各題篆首。

見小山藏《倉山月話圖》卷，題詞五六十家，多著名者。二十三日。

午全廣和居，招同鄉諸人飲，有姚亦曾(景沂)、陶子青(霈)，陶未到。二十四日。

今日刻兩印，尚佳，爲錢子密年丈作也。

"人不可以無師，物常聚於所好。"新安程荔江(從龍)聯語，見《退庵題跋》卷二，廿一頁。

與徐積餘訂蘭譜，予長積餘者年耳，其學則遜之也。

四日來懶於出門，且天氣酷暑，寒暑針升至八十八度，静坐猶揮汗不止。

楊彝卿(文駿)來京，已升觀察，候補至粤東矣。二十五日至二十八日。

至屺裒處，祝其年伯壽。天雨初過，道途泥水深尺外，跋涉異常。見文待詔畫鍾進士，上題小楷一詩，精甚。又董山水一幅，上題"荒邨建子月，獨樹老夫家"，款"思翁"二字。又丁雲鶴羅漢一幅。又卞浮白一幅，用乾筆焦墨，趣甚。又石濤一幅，設色，畫於一舊紙上，水滲猶如濕也。屺裒出文待詔小楷董氏忏表屬題簽，係新屬吴中裱背名手張秋塘手裝者。

謁翁師，不值。以紈、摺兩扇、《魚玄機集》兩册爲呈。二十九日。

光緒十九年六月

至南池，拜郎師生日，並呈一畫扇。六月一日。

竟日未出門。二日。

午答拜沈篴伊中書（桓，湖州人）。謁翁叔平師，出示廉州仿《鵲華秋色》《水邨圖》合卷，濃設色，絹本。山皆以石青緑染成，用石緑直筆點，再加以濃赭點畫。鵲華作正峰，荷葉皴。自記十餘行，前後有梁茝林鑒藏兩印。梁跋見《退弃題跋》者，此則無之，係當日跋而未寫上也。余前年讀畫於舅氏篴秋老人之荔雨軒，見廉州一矮卷，仿《鵲華秋色》《浮蘭遠岫》合景，用高麗箋，濃設色，後有王巽公一跋、瞿木夫一跋，與此可云合璧矣。舅氏卷，廉州六十歲作，翁師卷則後五年作也。三日。

午祝再韓太翁壽。赴沈子培、子封、丁叔衡、吴子修、王旭莊、王公之招，在畿輔先哲祠。祝心淵隨芍農師歸，仍止余家。四日。

竟日在家。晚，慎伯約至景芬家，覺腹痛，即歸。竟夜瀉而身熱。五日。

竟日未能復原，未出門。旭莊世叔貽漳州印色二匣、《唐魏法師碑》拓本一種。六日。

畫戟清香正退朝，錦囊詩句寫雲韶。天然富貴無雕琢，興在心腸熱處消（讀書所見，乃錢壽格平孝廉諸詩）。

奪席能將險句攻，韓潮蘇海學兼通。廣筵肆坐聯吟罷，更向中閨鬥韻工（謂幼華公夫人）。

清祕多閑筆硯隨，秋山寫上扇頭詩。焦桐竟入中郎賞，此是平生意外師（公命畫扇，題小詩呈政，遂■示讀全詩）。

一函鴻寶擬前賢，招隱淮南别有篇。徼倖人間窺一過，已教凡骨幾成仙。

題那幼農上公（蘇圖）《光鑒堂詩存》。

兩日大雨，未出門一步。初七、初八日。

是日晨,芸閣來,爲冬壽内侄女結婚於仲虎四公子事。仲虎四子名西保,即於是日送定。女宅帖余書,男宅帖則皆芸閣書也。午刻至徐寓中,未初即約仲虎、芸閣在余家飲,有楊彝卿、楊蔭北(壽樞),餘皆熟人,日晚始散。是日下午仍大雨。初九日。

竟日雨,未能出門。初十日。

竟日大雨,畫扇消遣,未出門,亦無客來。十一日。

竟日大雨更甚,墻坍屋漏,不一而作。差將放完,又一無所得,悶甚。爲那公題其詩稿。十二日。

萬里歸舟亦壯哉,近時博望却多才。試思誰是探源手,莫道曾從絶域回。

徐侯少小相知久,不必開圖始識君。尹佚田俅今已矣,墨家尚待補奇文。

宣武城南夜雨時,銀荷燈小獨題詩。傷心别下西州淚,墓草春來緑過祠。

題徐仲虎《歸舟圖》,爲篴秋舅氏畫,送其往德國參贊欽使。

竟日雖無大雨,尚覺墨雲壓廬頂。聞各友家倒坍墻壁不少,且有傷人者,敝廬雖漏,尚不致此。晚復大雨,恐有奇災。杞人之憂,正無已時也。與叔贊書。十三日。

竟日静坐。下午至勝之處一看,見所住房後壁皆倒。王年伯母床爲亂磚所壓,危險極矣。仲虎來辭行,貽二十金。得黎璧侯前輩書,貽十六金。十四日。

竟日未出門。略看書。十五日、十六日。

竟日未出門。宜昌王錫丞(賡夔)來譚。十年不見,前忽動念,函詢周少璞同年,云適在京,豈佛家爲之緣也?遂即函約相見。今日先來候我。憶相見時年僅二十,今已三十矣。此次解浙餉入都引見,即分浙省爲大令矣。蘭楣、印若、勝之諸君在寓爲骨牌戲。十七日。

竟日未出門,蘭楣諸君仍在寓中。十八日。

天氣稍晴,仍懶出門。十九日。

竟日未出門。見改七薌書《玄機詩意圖》,題云:"秋室老人有此本,在百宋一椽。""椽"不作"廛",當誤寫。邊綾有張詩舲集魚玄機詩句二首。二十日。

下午至郎師處，薄暮歸。二十一日。

下午賀芸閣得江南主試之喜，不值。至木齋處，又不值。至鳳石前輩處，坐久，歸。二十二日。

竟日未出門。郎亭師、潘伴瑜（偉琛）來譚。二十三日。

出門拜客，至蔭北處坐，見毛文達家惲王五大家扇册十二頁，精劣各半。烟客一扇不真。又麓台卷一，用舊宣紙，是其本來面目。又王日初立幅一，設色，仿大癡，頗精。二十四日。

光緒十九年七月

數日無所事，亦不肯讀書，無所記，可愧。

彝卿貽二十金。二十五至七月初一日。

晨起至純伯寓中，更偕純伯至利德飯店。又至高洲處小坐，歸。

曾重伯弟敬詒（廣銓）員外（兵部），曾至英法十年，能各國語言文字。初二日。

公請李仲約師，薄暮歸。又值大雨。

祜生病已數十日矣，(退)[腿]腫兼及頭目，醫治不效，或不服水土，欲託吴念椿送之歸也。初三日。

午至南横街觀純伯諸君新房。余惟畫扇一柄而已。初四日。

王幼霞招飲，未往。赴重伯之招，見袁榆生、俞恪士（[明震]）。寄若溪、鋏生、季友、晋嶠各信。初五日。

午至安徽館，赴菊師、苐卿、佛卿之招。初六日。

竟日客來，絡繹不絶。王錫丞訂蘭譜，以補十年舊好重見之緣。初七日。

王□□（樹善）、柳□生（維泰）叔侄自南來。午後答錫丞。至翁師處謝步。見汪蘭楣，暢譚而歸。晚勝之、印若來譚。

祜生病後發腫，自足腿漸至頭面，擬送回南，託吴念椿同歸，贈以盤費卅金。

今日爲放差末次，未能得一省，可愧可窘。日來幾有斷炊之象，全在一差，今一無所得，奈何。債臺高築，行將爲諸王攻破矣。清夜思之，汗流浹背。初八日。

午後至日本使館，答拜美術學校岡倉覺藏。渠云欲遊歷中州，至西安,至成都,至武昌,至滬回國。於中國古畫古刻皆極究心。初九日。

晨起,屬肖石寫一函與受之,又爲寫一函與陳衡山,一函與黎蒓齋,皆託照料岡倉。又爲代購武梁祠畫象一分,又以後秦造象一尊贈行,屬心淵刻數字於象側。寄燕秋書,託其招一通中西文字學生,許以十元一月,來時給盤川八元。初十日。

至木齋家暢譚半日。何秋輦寄貽其尊人《悔餘庵全集》。

郎師來譚。木齋及静皆均來。十一日。

江蘇同鄉如有靈柩回南,請至天津城外紫竹林鐵路公司旁江蘇楊公館,報明姓名、籍貫、住址,由天津招商局送上海招商局,每柩壹具貼水脚費捌兩。送到後,該局出有提單,該柩親屬憑單領柩。

江蘇經理人直隸候補道楊鴻典號鵠山(公館在紫竹林鐵路公司)

浙江經理人直隸候補知州胡恩溥號仲山(公館在城内劉家胡同)

靈柩在天津上輪船時,必須先行報關,否則洋人不答應。

此紙可向江浙印結局告知式刻一張告白,在江浙全省各處會館遍貼,周知各同鄉。①

爲廉生前輩寫楹帖四十餘副,扇十柄。十二日。

下午至静皆處談。十三日。

上午料理各事。送祜弟南歸。下午至東便門外三閘,送念椿、祜生上船。船至通州,值京錢二十五千。至琉璃廠,得小輪船一,係進呈舊式。寄若溪各書。十四日。

得王叔明《深柳書堂圖》幅,雖僞而有古氣。

日來事不多而亂,不能静坐讀一卷書,豈米鹽瑣屑之累乎?抑心日放乎?十四日未(寄)[記]一事,可愧。十五日至廿八日。

正是開元全盛時,可汗猶子語堪思。陰陽氣隔異君長,此是皇家得體辭。(《闕特勤碑》)

剥落殘碑認短銘,舍人書體出天廷。吾從字畫徵旁刻,大泰山銘小《孝經》。(《苾伽可汗碑》)

---

① 以上爲浮紙一頁。

大字先題登里囉，可汗名字曰毗伽。半從佛法治天下，莫怪年來景教多。(《九姓回鶻可汗碑》)

幣施十六萬五千，造此興元閣子年。題字猶書臣學士，至元鈔楮已雲烟。(《許有壬敕建興元閣記》)

梵書大刻是何時？碑是劉公記去思。曾拓中州《伊闕》石，一般唐突古時碑(碑爲半刻梵書，皆掩原文上)。(《和林兵馬劉公去思碑》)

和林耆老各題名，四世同居好弟兄。至正四年春二月，大書合擬古田荆。(《四世同居立石》)

誰書總管收糧記，字字分明市糴篇。碑末附書新造字，順宗皇帝妥懽年。(《嶺北省右丞郎中收糧記》)

脱脱已罷巙巙卒，誰是平章至正秋。一記不傳名姓在，朔方剩有斷碑留。(《大司農保釐朔方殘石記》)

和事睦民書姓氏，判官鑾子列頭銜。和林倉與和林路，大小同官百字鑱。(《和林倉碑》)

和劑良方世尚知，三皇祖廟已無遺。世間誰信陰陽學，亦入醫家共一支。(《三皇廟殘碑二》)

禱雨而雨祈晴晴，廟記三靈語尚明。立石撰書人彷彿，和寧路字各題名。(《三靈侯廟記》)

青冢年年塞草青，漢家遺碣尚亭亭。紙灰吹起西風急，來讀徐郎百字銘。(《漢冢石》)

不花札木各題字，嶺北和寧省路碑。欲檢史書徵姓氏，文經三寫校誰知。(《嶺北省和寧路題名二碑》)

安陽五刻殘張壽，漢石零星世尚珍。不意元朝存碎礫，亦從百字認殘鱗。(《淵潛勝概殘碑》)

和李若農師《和林金石詩》十四首。

午赴博古齋主人劉少泉之招(學江)。晚琴之招飲，未往。廿九日。

光緒十九年八月

竟日未出門。熙吉甫來談，云《盛京省圖》已成，欲招振夫往刻銅版。八月初一日。

晨沈振之(鐸)、孫逖先(亮祖)來。逖先，余識字業師念愷先生子也。

猶憶十二三時喜刻印，不知篆法，遜先爲余言須宗《説文》字，於是始知有小學。聞念慳師明年七十正壽，欲撰文以賀也。午答熙吉甫，不值。至郎師處談。

見吴子苾《攈古録鐘鼎彝器款識》八巨册，已有釋文，多附丁小山(艮善)説。文爲子苾先生孫(重憙)所摹，工緻極矣。然筆致圓美處太多，半有與原拓不甚似者。將來刻成，大約與《筠清館》無甚出入。其例以一字至多字排比，不分朝代，不分器具，與他書異。初二日。

晨起至純伯處，同至便宜坊，同坐有唐純峰(榮鑾)。下午至廣和居，招錢念劬(恂)、曾敬詒、劉紀鶴(仁蔚，吴人，諸生)。初三日。

竟日未出門。下午徐叔鴻來譚。叔鴻於金石之學極深，曾得有子敬《鴨頭丸帖》，名其齋曰"寶鴨"。初四日。

竟日未出門。有人携廉州畫幅來售，仿黄鶴山樵《溪山仙館》，紙本，極精。初五日。

今日爲簡房考之期，仍無所得。自慚又窮窘至甚也。午後偕心淵之廠肆。初六日。

晨起課阿聰讀，自點章氏《文史通義》。章氏於書通《春秋》，於詩通□□，《言公》下篇用駢語，如《抱朴子外篇》也。蘭楣來止吾家。初七日。

晨起至舉廠送考。薄暮歸。初八日。

上午未出門。下午至順德師處。屺褭、小山來譚。初九日。

至舉廠接考，即歸。初十日。

竟日出門。晚燈檢書夜讀。十一日。

上午作字。下午至郎亭師處，陪景月汀飲，同坐鐵保仁、端午橋、許子原。夜十二鐘始歸。十二日。

竟日出門。十三日。

竟日在家料理節事。十四日。

上午出門拜節。至郎亭師處午飯。下午開節賬。十五日。

至舉廠接場。薄暮歸。十六日。

徐松如(錫麟)内表兄、吴友石(鶚)内表侄同來譚。

王子獻同年、劉幼舟前輩公請中島雄，同坐洪右臣、吴華甫(光耀)，湖北諸生，著有《尚書正辭》卅二卷，大致附和毛西河之學，又《五代史纂誤補正》，皆已刻。吴年尚輕也。十七日。

數日未記。十八日至廿四日。

魏蕃室來譚(允恭),爲椠仲先生子,頗知書也。

洪文卿世丈薨於位,往弔。午後至蒯荔卿處觀收藏書畫。有石田賀吴匏庵得進士小立幅,至佳。廉州仿山樵立幅,亦精。祝枝山小楷書二種,金箋,至妙。又文徵仲篆、三橋隸、王雅宜楷、白陽草四體《千文》,後有文文肅跋,曾入御書房,有嘉慶御璽,不知何時流落人間。其餘佳品亦多。廿五日。

午至聚寶堂,赴子嘉之招。下午木齋來譚。

見吴漁山《高郵小景》立幅,紙色如玉,曾收《吴越所見書畫録》。石谷仿山樵《修竹遠山》立幅,亦佳。董書《陸士衡演連珠》楷書册,年已八十,有覃溪、蘭泉、墨卿諸老題,舊爲潘文恭公物。又鐵梅菴楷書《秦娘子》《虞美人》兩傳,係寄如亭夫人者,六十六歲時所書。王夢樓自書詩册,僅三頁,係曹慕堂屬書者。又明人字畫、扇面,多吴中人筆墨,皆一舊家出售者。廿六日。

季友來止吾家。廿七日。

進城至南池,小坐即歸。廿八日。

竟日未出門。友竹解餉來京。廿九日。

出門候友竹,晚同至廣和居,同坐祝擷珊(□□)、沈藻卿(□□)。卅日。

光緒十九年九月

上午至木齋處,見山樵卷,有乾隆御題後跋。石田不真。九月初一日。

兩枝新柳倍纏綿,欲折長條似可憐。寄語樓頭須護惜,莫教摇落任年年。

白門剛過又西湖,佔盡靈芬絶世無。奈此曉風殘月裏,有人篷底寫新圖。

從今誓不過陽關,鑱盡愁根恨亦删。一握柔荑春夢醒,不堪烟雨憶湖山。

三日無事,未記。初二、初三、初四日。

請客竟日,同坐曾慕陶伯爵、錢銘伯、麥晴峰、張鹿培、沈鳳樓、王漢輔諸公。初五日。

上午客來。薄暮至鞠師處,貽《安陽金石志》一部。又至純伯處譚。初六日。

上午未爲一事。午後出門,至洪宅。又至郎師處,即歸。初七日。

上午赴羅篤甫之招。又至嵩雲草堂,赴段春巖之約,即歸。晚至挺三叔祖處,不值。至印若處,見玉行,觀其首場三蓺,决其必中。惟二場太空泛,恐得副車。初八日。觀鳴伯文,亦决其必得(寄十三次、大哥書,又炳華、子均、叔贊三函)。

午赴郎亭師之招。薄暮出城。同坐彭栽之,自山左來。晚偕同人薄遊。丑刻始歸。初九日。

竟日未爲一事。初十日。

竟日聽紅録,知允之中三十名,大喜。孫師鄭中南元。余所决二人皆不中,可見文無定評也。十一日。

至勝之處,知唐純峰中副榜第七。十二日。

晨至禮部儀注司,磨勘鄉試卷,人得五本。例,有可議處,以竹紙條依誤處帖出,卷面寫“翰林院編修○○磨勘訖”,旁注“幾籤”“免議”及“應議”字樣,無籤則寫“無籤”。巳刻已畢,歸。知庖人馬貴(名永春)以疾亡,不覺爲之淚下。馬已隨余十餘年,人樸誠而好酒,常熟人,家無妻子。爲斂以棺,停靈於永樂寺,日内擬送之歸也。以木板書其生卒年月、姓名以志之。十三日。

竟日未爲一事。十四日。

竟日未出門。十五日。

上午未出門。下午偕友竹至琉璃廠一遊。晚赴子嘉之招。十六日。

是日未爲一事。十七日。

赴志伯愚之招。十八日。

至大草廠,洪文丈開弔,撰挽聯曰:“百葉校新圖遺恨真霾古葱嶺,九重昭定論餘悲誰傳漢張騫。”十九日。

竟日未出門。二十日。

至隆安寺送文丈停靈。至南池小坐,歸。二十一日。

晨聞叔鵬中南榜,大喜,作書賀之。又與碩卿、純峰書。二十二日。

下午出門,祝潘師母壽。至勝之處送行。向勝老借書箱六隻。二十三日。

數日未記,亦無可記也。二十四至二十七日。

得純峰、傑卿書並匯紙。廿八日。

至贊臣處,見景維行(賢,雅利買辦)。廿九日。

光緒十九年十月

竟日未出門。十月初一日。

午後至亨達利。見頌閣丈。晚赴維行之招,在西城。初二日。

晨,景維行來,出示福利帶來各種綢緞料子,有三百餘種之多,可見西人講求蠶織之精日益加甚,大致出法蘭西、意大利兩國。初三日。

午後出門即歸。訪劉幼丹前輩、吴同齋、姚翼堂(詒慶),皆不值也。初四日。

午赴景維行之招。燈下臨柳書三紙。初五日。

午進城至南池,飯後歸。初六日。

午後至木齋處譚,薄暮歸。初七日。

竟日未出門。初八日。

午後至維行處,見示《織綢公司章程》,擬爲改易。晚子嘉、允之、印若來譚。初九日。

得王惕夫寫自詩册十開,值三十金。

午後出門,爲若農師招飲。初十日。

午至署中接見,蔭軒師云少年所讀之書易記憶者,往往多説部之書,此誠讀書者之通病也。十一日。得大哥十五次、曼伯書。

竟日未出門。晚至子嘉處譚。得聽叔祖電,即函復,並與吴曼伯書。十二日。

晨鳳石前輩書來,云太常仙蝶來小懷鷗舫,屬携畫具往圖。即偕勝之、印若諸人往。見仙破翅,茸毛、四目俱合,惟色作黑質黄章,與前見大異。翅背黑多而黄少,翅裏則五色具備,不可逼視,如瑇瑁,如晚霞,如虹,如花石,如金,如銀;四足如銀灰,尤奇觀也。勝之、印若各爲圖之。余以掌承之,指沾以酒,即就余指吸飲良久。薄暮欲送仙去,余至庭中,仙集余指,徘徊不去,重複請入室。鳳丈仍以花果供留之。同人遂出門別。至萬松老人塔前訪艷,作夜飲。三鼓出城歸。十三日。

大雪竟日,不出門,寫楹帖六十餘副,送駐中國參贊官橋口直右衛門領事美洲,贈以照相並紅緑縐紗。十四日。

竟日未出門。子嘉、稺霖、印若、允之來夜譚。作書畫數件。十五日。

午赴允之約。又候景維行小譚,歸。十六日。

送心淵、肖石隨芍農師督學直隸。十七日。

竟日未出門。子嘉、稺霖、印若來譚,晚始去。十八日。

至江蘇館,印若補行書畫會,有鳳石前輩在坐,餘皆舊侶,竟日方散。十九日。

静皆借余家請客,即爲勝之餞行,並結蘭契,余與勝之兩人。竟日始散。二十日。

是日爲曾敬詒(廣銓)、王杉菉(樹善)、王振夫、勝之、袁渭漁(寶璜)、李少薇,皆出使東西洋者,餘則静皆、熙吉甫二人。二十一日。

午爲李少薇、袁渭漁、陳桂林、王勝之公餞於長吴館。薄暮歸。二十二日。

竟日未出門。陳仁甫(同禮)、鄒經甫(洪緯)來譚。余壽屏來譚。寄若溪、九如書並大哥、二哥兩書。二十三日。

午赴壽平等五同年之招,爲陪勝之。下午,勝之詒肴饌話别,到者十一人。二丨四日。

接署中知會,爲乾清門以内、頤和園萬壽殿等處對聯,特派撰文五十人,余得列名焉。即進城謁麟掌院。出城公餞勝之於子嘉處。二十五日。

晨起,送勝之南行,託帶致大哥件。熙吉甫贈《好太王碑》拓本全分。午後,景維行招飲於大利飯店。謁徐掌院。二十六日。

今日循去年舊例,爲同年消寒第一集,在松筠菴。同人中去我山而入静皆,餘具同去年也。爲少璞、木齋刻三印。廿七日。

寄大哥、二哥、純峰、申報館四書。

年年寫盡相思咏,誰是相思種?小園昨夜又東風,無奈朝來。

春痕院書相思字,春風寫得相思謚。春意總勘憐,叢芳無此妍。誰家新得種,化出相思夢。淞水老□流,暮消人影愁。(題改七薌《雙紅豆圖》卷)

竟日未爲一事。廿八日。

晨起，赴熙吉甫之招，同坐劉静皆、錫遠齋(恒)、熙敬甫、達甫兄弟。同至隆福寺，得《懷米山房吉金圖》二册。見張金粟《石鼓文釋文》，未購，爲達甫所得。廿九日。

晨起，至禮部，磨勘山東、山西、河南、陝西四省卷。歸，至龍泉寺，爲潘文勤師三周忌。三十日。

光緒十九年十一月

竟日未出門，心甚亂，不能坐定看書，爲近日一大病。十一月初一日。

昨宵夢中見蔣漱芸，歡喜如平時，若忘其已故，但覺久不相見耳。漱芸故已九年矣，何以忽來夢中？豈以故人得至今日，渠在九泉亦甚忻慰耶？欲記一詩，心亂不能下筆，甚愧。今日爲消寒第二集。

木齋南中藏書皆付一炬，爲之浩嘆。渠貽新得《如肱墓志》，爲天統時物。又唐先天元年馬元卿造象，極精。

今日爲壽平、静皆刻五石印。初二日。消寒第二集。

飲於匯豐銀行，爲景維行主人，同坐徐頌老、鳳石諸公。

得聽珊叔祖函，即寄回信。初三日。

進城拜客，候錫遠齋郎中，不值，即歸。初四日。

竟日未出門。燈下略檢書讀。初五日。

午赴錢銘伯之招，見湘中吴雨川(永)，爲曾惠敏婿，久聞名而未見者，今已出山爲直隸令矣。初六日。

天寒甚，竟日未出門。漢輔、伯唐二君來譚。初七日。

今日招錫遠齋、劉静皆、沈振之、熙敬甫、吉甫、□甫[①]、達甫四昆季飲，即於熙氏齋中。飲酣，以畫爲樂，間以習射，致足歡也。上燈歸。得二哥書。初八日。

約徐頌老、陸鳳石、費屺褱、劉静皆飲於吴幼舲處。幼舲，匯豐銀行司賬也。薄暮至屺懷家夜譚，出示新得劉泖生舊藏秦漢以來各拓本，唐墓志尤精。又石谷、南田附□□合作《漁隱圖册》，爲怡園物。

熙達甫藏錢梅溪手臨各帖四大册，精美之至，可知名下無虚士也。

---

① 據下文，空格當爲“俊”字。

聞尚有四册，未見。原有二十册，已不完矣。用各種舊紙臨寫，有潘三松題字，潘文恭公跋語。

熙氏兄弟各好目録之學，貴家子弟能如此，殊不易得也。[初九日]

竟日未出門。初十日。

今日爲消寒第三集。十一日。

下午赴子嘉之招。晚印若、允之約作冶遊，二鼓歸。十二日。

吴穎芝探花出示舊藏黄蕘圃《問梅詩社課詩》第一册，題者甚多。又蕘公《讀未見書齋雅集詩畫册》，亦有題者，舊歸葉茗生先生，後爲穎芝之伯吴蓮夫世伯重熹所得。

晨起，王當甫(昆)來見，勝之所授意也。進城至南池，久譚。候吴雨川，不值，歸。十三日。

爲蒯荔卿前輩縮摹《天發神讖碑》文於所藏舊拓裝大卷本之前，半宵而成，因知秦漢篆刻能知用筆起迄者，莫如此碑。然此碑不精拓不能知其妙處也。漢印中頗有此等字體，用筆非偏鋒，正如懸錐，此雖篆字，然已開正書用筆之法，學書者不可不臨此碑數通。

午後出門，餞吴雨川，並貽畫扇。晚至聚寶堂公祝翁印若。十四日。

晨起，琉璃廠古玩鋪人來，皆無精物。午後至鞠師處，因新遷居也。晚檢書籍。十五日。

午後印若、中島來譚。中島携藤野貞子女士來函並照相一紙。重洋遠寄，殊可感也。即作覆書，並寄薛濤箋、《魚玄機集》。玉書來，云有喪明之痛。涕泣漣然，爲之心苦。十六日。

午，静皆招飲於錫遠齋家。遠齋貽文三橋刻青田石印“肺府無寒温”五字，堅卓之至，今無此刻手矣。有邊款。十七日。

風大，寒甚，不出門。下午，印若、子嘉來譚。上燈後，余出黄蕘圃先生《問梅詩社圖册》，爰仿其事，屬印若畫《來蝶仙堂詩畫社圖册》，余賦七絶四首，印若賦兩首，子嘉成七律一首。《問梅詩社圖》者，黄蕘圃與尤春樊(興詩)、彭葦間(希鄭)三先生首倡於道光癸未正月，以後三十年來賓主遞嬗，至咸豐壬子而漸散。自來詩社未有如此之盛且久也，故特仿之，且爲我郡遺事，先輩風流猶可想見也。十八日。

午後赴菊師之招。爲巽之刻一印。晚允之、印若、玉書約飲於廣和居。十九日。

兩日未爲一事。二十、二十一日。

午後出門,偕印若至東城。暮作山水二幅。二十二日。

天明至禮部,磨勘江南、福建、湖南、湖北、廣西、甘肅六省卷。午初至徐頌老處賀嫁女公子喜。下午至鳳石前輩家。薄暮,子嘉招飲於萬松老人塔西。二鼓歸。二十三日。

上午未出門。下午木齋來譚。二十四日。

赴錫遠齋消寒之招,爲刻二印,爲熙俊甫刻一印。見介文夫人指畫安鶉菊花大横幅,下筆蒼老。英煦齋相國題一古詩,字學趙承旨,豐澤可愛。[①] 遠齋所藏也。晚招子嘉、印若爲詩畫社第二集。子嘉畫一佛像,臨兩峰本,爲題三絶句。余又臨兩峰一小蟲,又題二絶句。嘉、印各一和詩。二十五日。

至松筠菴消寒,自作主人。上燈方散。二十六日。

招遠齋、吉甫飲於寓齋。晚間彭畏嵒、子嘉來譚。即作畫課第三集。題《年大將軍畫竹垞太湖衆船竹枝詞詩意卷》。三鼓方散。二十七日。

午赴子嘉招,至安徽館午飯,陪郎師。晚孫師鄭、子嘉、印若、允之來寓齋作畫,詩會第四集。二十八日。

是日晚間,子嘉、允之、印若來,補昨四集詩畫,且約翌日至允之家爲第五集。廿九日。

見惲南田十萬圖畫册,山水秀絶,索值至八百金,可云貴矣。晚至允之處,爲畫社第五集。卅日。

光緒十九年十二月

晨出門。午赴中島之招。晚歸即睡。十二月初一日。

晨赴敬甫、吉甫、俊甫、達甫昆仲之招,同坐沈振之太守世伯先水部(善)、尚會臣太守(其亨)、增壽臣郎中(崇)、增仲修郎中(統)、耆少權比部(齡)、耆子鶴太學(康)、廣少岩員外(潤)、恩悦川員外(繕)、恩禹之令史(績)、錫遠齋、劉静皆及楊幼鴻(錫宸),二鼓始散。初二日。

下午出門拜客。晚作魯堂、大哥書。初三日。

午赴少璞消寒第六集於松筠菴。晚至子嘉處。初四日。

---

① 眉批:相國題曰:"久安國蓋北人,'菊''久'同音假借字。"

午,揖琴、印若來譚。午後弔許星叔師之喪。晚至萬松飯。初五日。

今日爲慈親爲外祖母釋服之期,唪經一日於法源寺,僧七人,並祭菜一席,佛前五供三處並香蠟各事,共銀十二金。竟日方歸。初六日。

柯巽庵前輩來譚,言楊新吾在鄂中徵刻宋本各書,甚精善。

竟日在家。晚子嘉、允之、印若來,爲畫社第六集。初七日。

黎蒓齋貽廿四金,盛杏孫貽十二金,彭伯衡貽八金。時黎官川東道,盛官津海關道,彭官濟寧州也。

竟日在家。初八日。

上午寫同鄉京官謝蠲緩漕糧恩摺。下午赴杉葇、韻春之招。晚子嘉、玉書、允之、印若來,作詩社第七集。成柏梁體《三江全韻詩》。初九日。

午賀錢鴻伯嫁女。候徐聟芙,方自蜀使歸也。初十日。得大哥、積餘書。

南部烟花夢已闌,柔枝嫩葉付春寒。皕年收拾香橱蠹,喜有簪花妙格看。

想見衫舒釧重時,玉窗香繭界烏絲。獨愁一事梅邨誤,不譽解書只譽詩。

舉舉師師姓氏迷,飛瓊仙迹近無稽。蠶眠小款珊瑚押,莫誤楊家妹子題(靳介人注梅邨詩,以《畫蘭曲》及《無題》四律皆指卞賽妹敏,然無確證。今見此聯,知即爲玉京道人咏,並非指蔣家三妹也)。

愛讀琴河感舊詩,楓林霜信嘆來遲。秋風紅豆相思種,定爲蕭郎寫折枝。

小叠瓊箋墨未乾,■波比目畫誰看。青驄容易盧家别,莫抱■瑶一筆難。

題玉京畫並贈小寶。

春草蘼蕪山上山,高樓飛絮■還還。柔毫拓得秋風影,大墻當頭愼莫攀。

嫩葉嬌芽著意橅,女郎名字稱心呼。分明一片相憐影,莫當唐宫素女圖。

六甲靈飛署小名,繭函香冷麝煤輕。問卿懺盡因緣未,似水年華海樣情。

白袷烏巾憶勝朝,江南子弟陋金貂。一家眷屬空輕附,轉問秦淮舊板橋。

學士風流出内家，睦親舊宅冷霜華。荒攤拾得瑶清籙，珍重蕭齋玉畫叉。

寫得群芳稿一叢，羅浮仙影亦匆匆。白門依舊秋風老，持贈誰家袖底中。

金粉南朝半寂寥，春燈燕子夢寒宵。歌闌舞歇閑商坐，不共新枝斗楚腰。

午後至木齋處，晚赴藝郛之招。十一日。

晨起赴熙俊甫之招，半夜方歸。十二日。

午後至南池小坐。晚燈成題畫詩十二絶。十三日。

午後至萬松，約錫遠齋、孫文卿、陳哲甫、子嘉、印若諸君，半夜方歸。十四日。

竟日在家，未爲一事。十五日。

子嘉萬松之招。晨先至莒正義學查課，以《南部烟花》畫件貽小卞。十六日。

晨至廣和居請吕子明、汪伯唐諸君。下午赴劉衡甫（□□）、王鏡泉（鑒）之招，爲豫豐泰銀號友也。見謝佩孜（庭芝），四年不見矣。十七日。

午赴漢輔之招，同坐中島雄、堤虎吉、高洲贊臣，皆日本人也。張君立（權）後至。中島題壁於同興樓。十八日。得王子常、袁爽秋二書。

午赴楊蔭北之招，見其藏石谷長卷、惲扇面十二葉、各家扇面二十葉、陳曼生寫生册，皆極精妙。晚赴張巽之消寒第八集。十九日。

午後出門，候錫遠齋，招熙敬甫兄弟來，同至九和興小飲，半夜歸。顧緝庭貽十金。二十日。

午赴梁舲院同年之招，薄暮歸。廿一日。

竟日未爲一事。廿二日。

晨赴國史館，爲新派協修，到館書“某、字某、某處人、現官某、於某日到館，志傳兼修”一紙。與茶房四千文，即歸。請哲夫、徐叔鴻、劉幼丹、繆小山、陳潤甫、蒯荔卿、王子獻、徐掔芙飲，晚燈始散。廿三日。

至德興堂，赴沈振之之約。同坐有字樂亭者，爲喀拉親王世子。廿四日。

至靈清宫弔許恭慎師。午後至葆處飲，半夜始歸。廿五日。

至萬松飲,半夜歸。廿七日。

赴鳳石前輩之招,晚歸。廿八日。

赴張君立之招,同坐中島諸君,薄暮始散。廿九日。

下午出門拜年。晚歸。

汪芝房貽十二金。吴蔚若貽十二金。

大阪府川口本田町三十番地清商震記陳春波。

桑葉煎湯,候冷,加鹽少許,入瓮内,浸柿没其頸,隔二宿取食,鮮磊異常,可不澀(見《陶庵夢憶》卷七《鹿苑寺方柿》)。

(以下雜記地址、賬目二頁,未録。)

第十八册　光緒二十年甲午(1894)正月

(書衣題)笘誃日記　甲午正月朔日　光緒二十年 第十八册

光緒二十年正月

卯正三刻二分,内子舉一男,擬小名曰"正",擬大名曰"正□",①擬字曰"卯君"(正字避家諱,丙申元旦改名曰新)。

午至葉師、郎師處拜年。晚歸。甲午正月一日。

早出門,拜西南城各家年,午歸。薄暮至上斜街各家賀年。子嘉來訂蘭譜。二日。

午約印若、再韓、允之、子嘉、畏若、仲午,公請九縣同鄉,薄暮歸。同人來作投子之戲,半夜始散。三日。寄聽珊、大哥、俊峰、友竹四函。

午後出門拜年。晚至子嘉處作投子戲,通宵未睡,直至午後。至琉璃廠一遊始歸。四、五日。得若溪書。

午至江蘇館,爲同鄉公晏。午後至西城拜年。晚至藝老處作投子戲,半夜歸。得勝之書。六日。

在允之處作竟日叙,半夜歸。七日。

至哲夫處譚,見其書畫各種。下午至東城拜客。八日。

郎師招飲,竟日始歸。九日。

出門拜年。十日。

鞠師、穎芝招飲於安徽館。薄暮至火神廟,得方大猷通景屏六幅。十一日。

哲甫至余家借坐,飲君立、壽平諸君。十二日。

同鄉公請,飲於江蘇館。十三日。

玉書、畏容招飲於福興居,晚歸。十四日。

午偕壽平、哲甫至君立處,同進順治門,途遇吴鏡峰(四),至西苑門

---

① "正"字下一字塗去。

外一家，主人孔潤亭(六)，即同至海屋小坐，又有主人李潤泉(七)來陪，甚殷，出膳留飲。畢，出門至劇室後，目迷五色。見一上坐者、一進食者而已。電光如晝。又見萬樹銀花湧出，水晶世界，奇觀哉。初於劇室返後，途遇雙燈來，急退避墻角，燈去始出，知爲某主也。三鼓歸。十五日。

得王夔丞、沈藻卿、錢琴齋諸書。

竟日未出門，亦未能爲一事。十六日。

午赴汪範卿之招，陪郎亭師。晚至印若處，爲允之畫兩幅，題詞一首。

見翁澤之(之潤，爲弢夫前輩子)《歲寒雜咏》十絶，清麗可誦，年僅十六七，美材也。十七日。

朝晤葉茂如。午赴余壽平之招。下午赴張鹿陪之約。薄暮歸。十八日。

午赴孫問清之招。晚壽平招訪温如，娟静自好，如見松雪行書也。十九日。

於問清處見成邸大楷書卷、劉文清行書卷、錢梅溪寫《詒晋齋詩》一册、尺牘一册。又以宋藏經紙背界朱絲臨《黄庭經》全卷，小楷，尤精絶，與前所見熙達夫處四册相同，首有二松老人題字。劉文清卷後有王惕夫題字。又陳曼生寫郭頻伽詩册，行書，絶精潔。又乾隆各家書册，有梁山舟小楷一頁，斬截秀雅，與晚年書大異。

午後赴漢輔之招，晚歸，早睡。二十日。

晨起進城，至郎師處。薄暮歸。廿一日。

午後偕阿聰至廠肆一遊，同至福興居。晚允之、子嘉同遊於女閭。廿二日。

晋古齋送來麓台册一本，進呈物也，絹心八頁，仿各家，以金籤標題帖於邊綾，絹色雪白如新。又梁詩正恭楷録《御製題畫詩》一小册，絶精。①

頭疼，竟日未敢出門，亦未能爲一事也。廿三日。

招哲夫、杉菉、少薇諸人飲。晚至印若處爲投子戲，大負而反。寄純峰書。廿四日。

---

① 眉批：詩册已收得。麓台册爲李新吾所得。新吾舊有四頁，真珠還合浦矣。

新柳詩成正此時，海王村市夢思之。寄情更寫游絲篆，當附漁洋校刻詩（葉雲谷曾與先生同刻漁洋五七言詩，事亦在乙丑年。雲谷，花谿子也）。[①]

富春大嶺祝耆年，同寄秋函嶺嶠邊。試讀復初齋一集，尚堪考事説蟬嫣。[②]

漢石唐碑公獨擅，嶧山小篆未同稱。如何絶似孫洪派，對此難猜老輩能。

題翁覃谿《乙丑秋日爲葉花谿書篆聯》。

下午至吴晴舫處，一坐即歸。送王杉菉行，不值。廿五日。

竟日未出門，課阿聰讀。自圈讀《芙蓉山館詩》一卷。寄友竹、若溪書。廿六日。

午偕子嘉至同和樓，見瑞鶴莊、延煦堂諸人。薄暮歸。廿七日。

爲喀拉沁王世子貢桑諾爾布（樂亭）畫並頭牡丹小幅，以記其家瑞也。

今日爲伯愚前輩招觀劇於安徽館，竟日而歸。

賣畫者呼姓送來覃溪手鈎僞絳前本《蘭亭》一册，附雜跋數紙。又《道因碑》一册，舊爲陳伯恭藏本，印記累累，附一跋，云是宋拓本，未敢信也。廿八日。

曾重伯招飲於聚寶堂，同坐劉毅吉糧儲（鼐）、龔懷西孝廉（心釗）。上燈後飲於萬松，主人爲王惠堂（之杰）户部。半夜歸。廿九日。見陳梅生。

光緒二十年二月

癸酉科團拜於湖廣館，鳳考招往管理賬務，半夜歸。二月初一日。

午後偕子嘉之萬松。薄暮歸，飲於廣和居。初二日。

竟日在家。勝之門生張彦儁（字朝一，棗强人）來。楊蔭北、徐瑩甫（仁鏡）來譚。晚赴曾慕陶之招，在萬松，見王幼遐、查蔭階。初三日。

初一日夜夢有人持示一書，名《羚羊角》，書中專述書畫賞鑒收藏等事，頗有記憶，誠一奇事也。

---

① 眉批：葉花谿《新柳詩册》覃溪有題句，曾見真迹於廠肆，亦同作於乙丑也。

② 眉批：是年先生又爲雲谷題大癡《富春大嶺圖》，寄祝花谿壽。

今日爲正兒翦鬌，内外備菜二席，竟日未出門也。得晋嶠書。初四日。

歐亞本連邦，所隔本無幾。萬里一驅輕，等是磨盤螘。昨夜使星明，行裝發華煒。送君出城堙，臨風一長唏。男兒志四方，區域歷美瑋。高矚古唐虞，盛事今實偉。流沙輕户樞，昆崙小脊尾。直過五印度，四瀆走亹亹。彼邦茁聰竅，致富敢芴菲。聽聲不察色，妒惡習予娓。友倫重遠道，保身當後扆。言拙貌益龍，似春到百卉。郵驛函投輕，飈輪速電娓。勝是夢顔色，情動月到朏。依依袂判胸，惘惘叢成葦。敢告使君前，陋辭意當韙。

送季友隨使英法。

竟日未爲一事。初五日。

己丑團拜，聽劇竟日。初六日。見吴雨川並其弟。

晨起送季友行。至子嘉處午飯，即歸。初七日。寄純峰書。

至遠齋處午飯，同坐英菊垂侍郎(年)，餘皆熟人。初八日。

晨赴梁巨川之招，同坐那幼農公爵(圖蘇)、陸午莊同年(嘉晋)及幼農郎竹湘。下午叔鵬及陸守默(清翰)自南來，叔鵬來赴禮部試，守默則爲阿聰師也。初九日。

竟日未出門，未爲一事。得葉步瀛(之新，用永安縣)同年、羅督甫兩書，徐仲孺書。初十日。

吴倉石(俊卿)自江蘇來，出示自畫各件，有八大山人筆趣。自刻《缶廬詩》一册，清逸可誦。午後同遊琉璃廠。晚歸。十一日。

午後至徐積餘處，同訪萬松，夜半始歸。同坐王半塘、查蔭階諸老。十二日。

曾慕陶招飲，同坐雨川兄弟、蔣樹人，皆楚産也。

竟日未爲一事。十三日。

午赴萬松，爲子嘉之招。十四日。

午後進城謁那幼農，不值。見梁巨川、景月汀。晚至允之處，畫一幀。十五日。

晨起進城，至郎師處，晚歸。十六日。

竟日未爲一事。十七日。

赴陳潤甫前輩之招，在安徽館。十八日。

竟日未爲一事。十九日。

晨章□□□□來，爲碩卿侄。午啗篤齋。下午拜客，至屺裒處久坐。薄暮歸。三十日。晚赴劉毅吉之招，在韻秀。同坐張子飴（端本），餘皆熟人，左子翼。

晨未出門。下午至南池。晚歸。二十日。

午大哥自南來，早遣車至于家匯迎得。二十二日。赴徐孯芙之招。

竟日未出門。晚至廣和居飲。二十三日。

《禮器碑》側“左叔虞”下有“河洛”二小字，字畫極細。見翁覃溪《復初齋詩集》卷五十八。

金萱樹茂北堂深，王母瓊筵啓襄琳。袍爛綉行諸子貴，訓傳班誡一家箴。斷機舊德徵前史，挾纊慈恩感衆心。曾憶登堂親拜母，丹鷁敢■德留音。

江左清門舊令儀，扶風母系毓蘭支。鬘天福語平安鏡，鳳嶺家書弟子規。綽楔恩衷珠綍重，板輿■■錦墻遲。遥從北斗窺南婺，敬獻金樽呈壽詩。

右二詩祝朱母馬太夫人七秩壽。

竟日未爲一事。廿四日。

晨至午門坐班，歸。倉石來譚。午後中島來譚，去。即赴繆小山之招。晚赴張子儀之招。遊廠肆，得《漢學師承記》一部，爲鄭小谷手批本。廿五日。[1]

午赴潘仲午世叔之招，即歸。廿六日。

晨至湖南館，爲戊子團拜（分一兩八錢）。午至聚寶堂，爲徐積餘之招。又至安徽館，爲陳哲夫招。晚至炭兒胡同，爲沈研傳孝廉（瑞琳）之招。戌正歸。廿七日。

江蘇全省團拜。薄暮即歸。廿八日。

午赴張吉人先生之招。晚燈未爲一事。廿九日。

午赴張君立招，在畿輔先哲祠，觀《楊忠愍公自書年譜》手卷，首頁中

---

① 眉批：此書已贈王幼遐矣，因其同鄉也。

畫一，上書“嘉靖某年月日立”，下書“付兒子應箕收”，語甚長，大致與刻本同，末云“此紙在梱床上書”，字小而甚寬博，忠節之氣凛然。語長，不及遍讀一過爲憾。

借潘仲午世叔覃溪響拓本《常醜奴墓志》，與余所見響拓《蘭亭》同，皆用油紙雙鈎填實，用墨如漆，後有馮魚山一跋，首有“東卿過眼”“葉志詵”兩印記。

考證乾嘉老輩多，此槃得失究如何。微聞半夜荒園裏，新拓濃煤上指螺。

筆經舊本留方印，鈐認猩紅骨董家。知否翻沙留别器，清儀閣子細摩挲。

一紙珍輸十萬泉，錦贉玉軸鎮纏綿。寒齋亦有新收本，破費重摹十様箋。

右題《散氏槃》。

笑煞嘐城錢叔子，居然放膽手重鎸。吾家曾得模糊本，混沌猶存未鑿天。

靈巖山館付秋蓬，枉費英靈集子工。此鼎居然成大隱，還將遺事話青銅。

三十日。

光緒二十年三月

日來公車絡繹，酬應紛集，兼以囊空粟乏，殊無好懷。累日悶惱，懶於操管，已十餘日矣，可愧。

孫仲容（詒讓）來譚，向未見及者也，於古金文審釋極確。聞有《周禮正義》，已成書矣。三月一日至三月十一日。

半塘贈新刊景宋鄂州本《花間集》，極工。

午約孟樸諸君飲於廣和居，薄暮散。十二日。

竟日雨，未出門，亦未爲一事也。十三日。

天陰，懶未出門，亦未爲一事。十四日。

午約吴倉碩、張吉人、高洲太助、王孝禹(瓘)、吴彦復(葆初)、江潤生(雲龍)、梅韻生(振瀛)飲。約郭君月,不至。十五日。得振夫書。

至舉廠接場即歸。十六日。

竟日未出門。十七日。

竟日未出門。下午忽知有大考事。晚見上諭,已定廿六日。鍾西雲侍御有言,翰林擁擠,欲變更章程故也。十八日。

自十八日聞有大考信,幾至寢食不安。日課一賦,夜寫摺子,竟日不見客,不出門,至廿五日。

廿五日兩點鐘由家中起身,至中左門,天尚未明。略於上駟院蔚若寓中小坐。天明即開點,五鐘二刻即題下,爲"水火金木土穀賦",以"大功之德皆可歌也"爲韻;《書〈貞觀政要〉於屏風論》;賦得"楊柳共春旂一色",得"林"字,七言八韻。賦完已十二鐘,即寫上,三鍾始畢。做詩完即直書,論至六鍾半方全完。同坐秦佩鶴、韻臣、沈子封、繆小山四前輩及葉鞠常師,皆代挖誤字。出門歸家,已上燈後矣。廿六。

是日薄暮,王幹臣探得等第,云在三等前列。廿七日。派讀卷十二人。

(是)[自]此日起仍寫二十格白摺,以備考差,不敢多出門。

有人來言,常熟師覆勘試卷,見余卷,欲拔置前列,爲南皮所止,可見自有命在也。

光緒二十年四月

至乾清門候引見。辰刻至乾清宫階下,口奏履歷曰:"臣〇〇,江蘇進士,年三十五歲。"是日爲四月初七日也。

招會試者飲,以病胸不能陪。初八、初九日。

赴保和殿考試差。題"論篤是與君子者乎",經題"南山有臺北山有萊",詩"槐陰清潤麥風凉",得"清"字,五言八韻。未刻即完,未正四刻出場。十五日。

十一日至城内聽紅録,不得。飲於西番館,大哥及沈蘭台、孫燕秋三人也。薄暮歸。戌正得燕秋中信,亥正得大哥中信,一家兩得,大喜,闔宅歡幸,惜叔鵬一人向隅耳。

十二日至師門各處扣頭,爲大哥座主例亦稱師也。十二日。

至中左門接大哥覆試出場後歸。十六日。

至南池見郎師，云有喜信。十七日。

數日碌碌，未爲一事。十八日至廿一日。

天明至乾清宫引見，即歸。顧康民來，云薛叔耘年伯專摺保奏使才，余居其次，首曾重伯，三則勝之也。附摺一爲曾蓋臣世叔、黎尊齋丈二公，云即由總署代遞，託康民抄摺底一看。自念講求外務已十有餘年，近來泛濫人海，反於此道相隔，今忽膺薦牘，頗深慚感。慚其於此道究竟未能通達，而感叔耘年伯不藉一語之求，竟許其重任。將來即未必奉使，而有此一薦，亦足以慰我生平素願矣。廿二日。

寄勝之書。廿三日。

鼻血不止，形神俱憊，在家静養而已。廿四日。在乾清門聽宣，知大哥列二甲。

竟日未出門。下午鳳石前輩來開一方而去。廿五日。

午赴芸閣之招，在嵩雲草堂，同坐多熟人。廿六日。

至允之處賀喜。至翁師處拜壽。餘未爲一事。廿七日。

至葉師處，賀君宜新娶，竟日。薄暮至東華門接考，涂遇大哥、燕秋，同至大利飯莊。至天黑出城。廿八日。

竟日頭脹，未出門，大約肝陽所致。午後以細故人怒，自不可遏。事後思之，尚屬過分。古人“懲忿”二字，不易也。薄暮知大哥朝考一等第四十六，燕秋二等，大哥大約可得庶常矣。廿九日。

午後重伯招飲，同坐康長素（祖詒）、黄小麓（傳義，爲傳祁、仲蘇兄，江西知縣，通《易》學）、丁莜生（□□）、俞恪士（明震）、夏穗卿（曾佑）諸君，皆一時學者。薄暮歸。得芾卿書，云薛年伯摺今日上遞。得友竹書。卅日。

光緒二十年五月

竟日未出門。晚飯後至重伯處譚。見薛年伯薦舉摺底節略。又與重伯譚交涉事，云不能過泥交涉故書。見重伯詩詞稿，才大可駭，携歸讀之，自慚形穢矣。五月初一日。振夫電匯百金。

竟日出門拜客。至熙敬甫處小坐，見康長素《廣藝舟雙楫》，言鐘鼎彝器皆出劉歆僞造，殊屬可笑。人之好僻，一至於此。初二日。

日來"忿"字所犯愈深,肝火大旺,動輒以氣争,而頭疼殊甚,頗自愧也。竟日未出門。下午重伯來譚,亦毫無心得處。初三日。

得振夫書。又從歸凌喬處劃付百金,良友惠我,至矣盡矣。如不能得此兩數,其何以過節邪。初四日。

上午出門拜節。下午未出門。寄振夫、黎璧侯書。初五日。

數日未爲一事。初六日、初七日。

晨至慈仁寺公祭顧亭林先生。歸,謁李芍農師。答碩卿、倉石書。初八日。

竟日未爲一事。初九日。

午後知大哥點用庶吉士,燕秋點用知縣。此次中書點用至五十三人之多,罕有之事也。初十日。

午後至志伯愚師及昆師母處拜壽,冒雨歸。十一日。

上午至蔚若處,見其新收董仿李晞古卷,紙白如雪,與余所藏《東佘山圖》卷同。馬湘蘭花卉册八頁,有王伯穀、張敉、馮夢桂諸家題詩,國朝則有王夢樓、潘三松諸題,精品也。白玉蟾書募聰及詩卷,有馮涿州題。湯雨生山水小册,錢籜石墨筆花卉册,瞿琴峰《江南春》卷,有自題詩曲及同人題詩。徐俟齋、邵文莊書札卷二,皆佳品。又從吴穎芸處借得黄蕘公《玄機詩思圖》册,有自畫鏡中影小象,題詩極多,可補《年譜》也。徐積餘贈金青儕自書詩小册,係贈法詩龕者,金爲吾郡人,故積餘購贈也。晚赴汪穰卿之招,同坐楊叔喬諸君。十二日。

孝禹招飲於陶然亭,同坐有王念庭、王□□(振聲),餘皆熟人也。晚赴王半塘、况夔笙之招。

見蓮生前輩,言近直南齋,命檢閲書畫,皆景陽宫御書房所貯藏者。十二日。

十日未記,以境遇窘迫,室無儲糧,見人得差絡繹而去,不恨運之不利,而愁囊之久空也。十四日至廿三日。

陳哲夫(明遠,海鹽人,諸生,■至觀察)來訂蘭契。

竟日未出門,以昨夜雨如傾盆,不能出門也。廿四日。

午後至哲夫處,見其舊擬條陳,欲向日本索還琉球,以劉永福爲總統,全權琉事,亦創論也。

日本之取琉球,動云因中國不爲保護,恐爲他國所得,有礙全局,故取之，如中國肯爲整理，儘可歸還也。實則日本取琉球以示天下强，以懾高麗，以警中國耳。其土地無所産，必藉日廷爲之接濟餉費，渠意所不料也。今雖悔之已無及，故有仍還中國之計。

聞日來高麗東黨禍起，日本借保護爲名，約中國共往兵輪。現黨已散，日兵不撤，云須爲高麗經營國事，否則恐有覆卵之危，是仍取琉球之故智也。不知中國當軸何以覆之。廿五日。

因雨未出門。撰擬慶典聯文，初次二十二副成，録稿送署。廿六日。

消夏第二集，主人静皆，薄暮始散。廿七日。

午後孫師鄭招飲於江蘇館。廿八日。

書窓齋丈壽屏畢，篆書十二條，爲郎師撰文。

午後至屺裒處祝年伯壽。出，答潘經士(盛年)、劉蔭枬、洪肇東。與盛杏蓀書，極言津通宜造鐵路，爲荒政第一要著。又與晋嶠、聽珊叔祖書。

見鳳石前輩近奉敕檢理大内書籍字畫草目，有《墨莊漫録》一書，抄本，唐六如手校，陸師道跋。聞有一宋本書，釘綫於書口，此大奇事。廿九日。

屠敬山云，在上海見《渭南文集》，即蕘圃藏宋本，係蝴蝶裝，極精，索值百金，惜不能得之也。云字畫斬方有丰棱。

光緒二十年六月

晨起至南池，祝郎師壽。以丁南羽白描《蘭亭圖》、陳刻《翰林學士集》爲祝。午後大雨，出城赴柯巽庵前輩之招，在松筠庵。六月初一日。

景陽宫有乾隆時翰林抄《文選》，大小兩種，皆有純廟御容，現已另呈御藏矣。陸鳳石前輩云。標謹案，此事詳見《恩福堂筆記》。

竟日未出門。初二日。

下午至葆良同年處一談。

沈子培貽譯署新印英教士蘭士德《中亞洲俄屬遊記》，係南海楊星垣(樞)所譯，中地名、人名須以粤音求之。所言一切可與余所譯《中俄交涉記》參看。

日來高麗事頗有蠢動。檢各書閲之，知俄人西比利亞鐵道將成，故日本有所畏懼，借東黨之亂以動兵，知會中國以同作保護之計。或有疑日本心懷叵測者，似是而實非也。初三日。

聞合肥相國於高麗事一無舉動，實則真無可舉動也。

午赴仲午之招，候李橘農，暢譚而反。初四日。

竟日雨，未出門。初五。

嘉慶甲午重編《天禄琳琅》，今年南齋諸公奉敕三編，亦值甲午，誠奇事也。

康熙葫蘆器，云製成極難，見《西清筆記》。

竟日未出門。致晋嶠、玉書、振夫、少芙四書。初六日。

竟日未爲一事。初七日。

上午至江蘇館，爲新科公請同鄉。下午至郎師處譚。初八日。

晨訪沈友卿（同芳）小坐。候徐積餘，至嵩雲草堂赴徐研芙、吴同齋之招。初九日。

晚擬《日高策》，大致宜和不宜戰云。

晨候李木齋，同至志伯愚師處（以兄之師），議日、高事，頗以不戰爲非計。實則即戰勝，果足以保高乎？殊無以解此説也，且看後來。初十日。

數日未爲一事。略擬《治高策》，恐徒爲杞人之憂也。十一至十五日。

湖南章觀瀛（固）、曼仙（華）同請午餐，同坐吴鏡齋（緯炳），係戊子同年，十年不見矣。

竟日未出門。大雨不止。十六日。

晨至郎師處，午後歸。作與馬眉叔、陳哲甫處書，章碩卿書。十七日。

天雨竟日，未出門。補《論高麗策》，似有肯中者在也。十八日。

録一稿，交郎師轉呈高陽師。十九日。

得郎師書，云高陽師極言鄙説之善。又改寫一分呈翁師。二十日。

得木齋書，亦言高陽師甚贊條陳，往謁，未見。二十一日。中島來。

晨謁高陽師，云已將條陳存軍機處，並屬再擬一妥辦之法。午後候中島，此人至正經事語語脱卸，其滑可知。廿二日。晚擬一條陳，僅兩端而已，一以陸路進兵，一速遣專使。

晨起寫作稿。午後知薛叔耘先生薨於上海旅次，爲之愴然。廿三日。

午後進城,見郎亭師,云兩次條陳皆爲高陽師送軍機處。廿四日。

午後芸閣、木齋來,云高王已至東京,則大有變動矣。廿五日。

午後至中島處,知海上已見戰事,則已决裂矣。且看後來如何結局。廿六日。

竟日未爲一事。畫扇四柄。晚爲王孝禹題舊拓各漢碑。廿七日。

蔡鶴廎(元培)來譚。

邀錫遠齋、熙氏昆仲、木齋、静皆飲於家,以書畫爲樂,爲消暑第五集。廿八日。

進城至郎師處。午後赴錢鳴伯之招,同坐許石生觀察(湖南人,久居揚州)。廿九日。

光緒二十年七月

竟日未出門。天甚熱。暮赴巽之招,擬興鈔幣條陳。余爲鈔幣須與鼓鑄並行,不用機器鑄銀餅,則無分兩爲準,將來鈔紙必受其害,必不能通行矣。議以先購機器鑄銀餅,將來俟各省解餉到京之銀,即付鼓鑄局,發出之款即用銀餅。七月初一日。

竟日大雨,不能赴熙隽甫之招。初二日。

上午偶因小故,夫婦以口舌大争。事後思之,覺甚無聊。

洪景蓤(禧,蘇人,浙江知縣)詒廿金爲别。初三日。

爲《治日議》一篇,生四條,呈於高陽師。初四日。

天甚熱,竟日未出門。心甚亂,不能做事。振夫屬許升歸,帶來朝鮮輿圖,係日本刻本,甚精也。初五日。

至國史館,分得《忠義門·王瑞傳》,咸豐朝廣西初辦髮逆時事也。午後貝達夫表叔(藴章,浙江知縣)來京。初六日。

數日來心緒紛如,又聞人言交謫,讒口隨起,不滿於鄙人,大致爲洞悉日本情事,與日人來往,即借此爲題,實忌我得名於朝耳。自問行事正直,不懼人言,公道之明,久而自出。翻然思之,又覺啞然矣。初七至十二日。

昨送許鶴巢先生出殯於長椿寺,同鄉老輩又弱一個矣。

竟日與木齋譚,頗有識見。自問少渠一歲而遠出渠下,朽木無能,可愧可恨。

得勝之兩次書,甚詳,即覆渠一函。

卜骨牌數,得"范丹灰裏卜行藏,相對牛衣泣未央。秋圃黄花看晚節,太公八十遇文王"四語。

竟日未出門。略檢書讀之,殊覺心亂。人之廢學可畏如此。十三日。

與大哥同作主人,約章曼仙、吴同齋諸人。竟日未爲一事。十四日、十五日。

晨送燕秋南歸。十六日。

晨坐騎至東便門外,送大哥回南。稺鴨長蘆,微波小艇,神往江南矣。别緒縈然,不怡竟日。十七日。

晨至許鶴巢丈家,檢其遺書、磁件等,爲評價值,竟日而歸。因念人之一生玩好收藏,實皆身外之物。己之所好,子孫未必好之,况無子孫乎? 散翰零落,墨迹未乾,愴然無已。

鶴丈手校《文選》《四史》精勤無比。十八日。

竟日天雨,未出門,亦未爲一事,悶甚。十九日。

天大晴。竟日未出門。下午郎師來譚。

潘希鄭(任),常熟諸生,子昭先生孫,來赴京兆試者,貽其自箸書,名《希鄭堂叢書》,或有譏之者,然終是讀書有志之士。

心無把握,便有失檢處,事過,悔之無及矣。或不悔而尚怦怦於心者,尚得爲人乎? 書以自戒。二十日。

上午至上斜街檢鶴丈遺書十餘種歸。下午未出門。廿一日。

晨起,王振夫自奉天回,即止余家。竟日大雨。晚二更,見路燈上有蝶影,視之,仙也。舊緣重訪,豈有慰故人乎? 留以入室,合家瞻觀,飲酒自若。念日來讒諑交詬,人方引避之不遑,而仙忽來慰我之寂寞,喜極記之,爲生平見仙第五次。(裝)[莊]嚴妙相,各各不同,然四趺破翅一成不易,爲奇事耳。

明日擬對仙寫影。廿二日。

晨起爲仙寫影,甚似。午後至郎師處,略坐即歸。廿三日。

竟日未出門。午後木齋、芸閣來譚。廿四日。

出門拜客。見龍伯鸞(鳳鑣,廣州人)。午後至王孝禹家,貽金器拓本二册。廿五日。

竟日未出門。燈下占骨牌數,似時運未必大通,恐僅得房差,然則窘甚矣。廿六日。

數日來如坐愁城,一籌莫展。心境之劣,莫過於此數日矣。廿七、八、九、卅日。

光緒二十年八月

晨起,杳不得差信,意爲成畫餅矣。即作一函與郎師,聲淚俱下。至九鐘後,忽報來,奉旨爲湖南學政,意外飛來,頗覺非分。然不能不有此一舉也。天無絶人之路,信然。八月初一日。

自初二日起,遍謁各師門,並來賀者絡繹不絶,然絶無可記之事。夜闌人倦,懶於動筆已九日矣。初二日至初十日。

昨晚宿郎師家中。二鐘二刻起身,坐騎至西苑門。三鐘到奏事處朝房坐。龐絅堂前輩已到。候至天明,知召見三起,首錢子密年伯,次絅堂前輩,次即余。即隨奏事官逕至勤政殿東小屋坐候,見麟、徐二掌院、徐小雲侍郎。至六鐘,候引見諸官畢,即傳錢年伯進,有一刻之久。復傳絅堂前輩進,有五分餘,即傳余進。至勤政殿東窗門,進東次間外,内監揭簾進見。皇上南坐,前安一御案,用黄圍。進門稍退幾步,即跪下,去帽,口奏"臣〇〇叩謝〇〇天恩",即叩頭四五,起,戴冠立,進數步,跪御案右角,近天顔僅咫尺矣。

上問:"在翰林院當差?"

"是。"

"多少年紀?"

"三十五歲。"

"你是江蘇人?"

"江蘇蘇州府人。"

"在衙門當差幾年?"

"四年二個月。"

"曾經大考?"

"三等十七名。"

"曾經得過差没有?"

"兩次考差皆未得。"

“此次學差是初次?”

“是。”

“江蘇年歲如何?”

“較去年相同,惟夏天旱而熱。”

“京中雨水太多。”

“較去年稍好。”

“湖南文風還好?”

“近年極盛,考數亦多,武事亦多講究。”

“閒來常看看書?”

“考據、詞章兼治,並於國朝掌故亦略討論。”

“汝於板本曉得否?”

“略知宋元板並舊校、舊抄各書,近日頗不易得。”

“近來興洋板書。”

“現在盛興石印各書,因近年物力不如以前,刻工皆貴,有此等新法,遂致風行。初興於上海,近來廣東、天津皆有。初僅墨印,近有印五采者。”

“其價聞甚便宜。”

“大約照刻本廉十分之九。”

“翰林院向有藏書。”

“聞多不全。大約年久未經編排之故。”

“《圖書集成》石印尚未印成。”

“此書本多。惜《永樂大典》翰林院中已多缺失。”

“此書已無全帙。”

“聞尚有全分抄本。”

“曾經查過,並無全書。〇〇〇乙千〇〇(此句聽不清)。日來海面上不甚平静,外間謡言若何?”

“初尚有所聞,自屢降諭旨,人心漸定,近已寂然。”

“日本太無理。”

“其國甚小,兵力亦甚弱,似尚易制。”

“海軍太無用。”

“中國海軍本來創始僅十餘年,陸軍則較各國爲勝,因其能耐勞苦。”

“進兵太緩。海軍提督太難。”

“大約膽小無識見。臣前曾坐過定遠兵輪至臺灣，以大風轉至澎湖。可見毫無把握。實則日本兵輪僅三十隻，其大者僅同經遠、來遠大，不如定遠、致遠之堅實。”

“朝鮮近亦依附日本，其情可惡。”

“彼國分兩黨，一從日本，一遵中國教化。朝鮮貧弱，國王又無識見，不能振作。現在諸軍皆在平壤，實則釜山口與對馬島甚近，與長崎亦近，所有軍火糧餉皆從此處調濟，能設法截斷並速了結此事方好。”

“中國辦理各事遲緩，不肯用心。”

“即如海軍一事，西洋各國及日本刊刻輿圖極精，中國海軍並未講求此事。”

“中國各事皆敝玩，你當常看他們的書。”

“曾經考究，大約中國書重考古，西國書重考今，截然不同。”

“大約總在九月起程？”

“擬比前任起程日期略早。自帶家人數名，馳驛前往。家眷由海道走長江至漢口前往。”

皇上略點頭，遂退出，已刻許矣。先見錫遠齋，略坐，即至六項公所錢午伯處，小談即歸。給蘇拉大衆二十千，汪蘇拉四千，司蘇拉九千，又九卿朝房蘇拉二千。此次召對，同人皆云未有如此久者，誠異數也。十一日。

竟日奔走。至昆師處、太師母處奠敬二十兩。餘拜客。至日暮歸。

見吴漁川(永)篆刻，酷耆吴菖石，頗有神味。十二日。

竟日在家，略檢各物。來客不斷，與蔭北譚甚久。十三日。①

上午未出門。戈鏡涵同年(炳琦)來譚。下午至各師門拜節。

不能求異於世，但求無愧我心。

赴王茀卿之招於江蘇館。十五日。

晨起出門拜客。赴徐古香(迪新，松江人)之招於江蘇館。竟日始

---

① 眉批：汪借《中俄遊記》。楊借《三續疑年》。費借抄本、書畫。蒯借宋刻經。子嘉借《皇甫》《猫卷》。郎師，《公羊》《龔定盦詩》。梅鋆，畫册。問夔笙要仙蝶册子。又夾條：卑職鄭昌運，號熙階，現年四十一歲，係江西南昌府武寧縣人，由縣學廪生應光緒丙子科舉人，庚辰科貢士，癸未科補行，殿試三甲，朝考三等。

歸。十六日。

竟日未出門。略檢理各物。十七日。

晨起祝母親壽。來客不絶。午兩席,晚一席。十八日。

(是)[自]十九日起出門拜客,回家檢行李。歸來倦極,且思竟日無一毫有益事,因循自愧,已十餘日矣。

光緒二十年九月

初一日檢行李,命孟升至通雇船,因兵差未得。初二日復託劉衡甫往雇得之。計行李二,把手車十二輛,至通值廿五金。通至津四艙船二,三艙船一,皆艕子,共值三十六金。至通單套車三,值六金。至東便門大車一(十六千)、小車四(錢六千)。倒閘要倉場船票二,四轎三,每乘五兩,賞每乘酒錢一元。至通僅三時。初四日。

送通州人馬歸,知一切安穩。晚即睡。因明日請訓也。初五日。

二點半鐘起,三鐘出門。四鐘五分到西苑門,知有召見之命,少停,即進至内小屋候。天微明,即叫起,爲首起,進内跪。

皇上問:“幾時起程?”

“十一、二日。”

“到省走幾天?”

“約四十餘天。由信陽州至武昌,由武昌坐江船,用小輪船拖帶,五天可抵長沙。”

“弊端多否?”

“雖爲七省通衢,人數較多,然弊尚不多。”

“文風如何?”

“頗多講學問之事。”

“近日猶有講理學人否?”

“湘省向多講理學者,如大臣羅澤南、曾國藩,皆從理學入手,後遂能肩大事。近日聞湘鄉人尚知守舊法,别府亦有。”

“湘軍較淮軍如何?”

“湘軍氣盛而守法,有一好統領,不拘何省人,皆可帶。淮軍非本地人帶不可。”

“有一好統領能帶,可見湘軍之好。近來外事甚緊,李鴻章後路太空。”

“事起倉卒,亦想不到此地步。既在南洋亦吃緊,臺灣將來恐有口舌,欲重提甲申之事,將來尚須堅持。”

“若提臺灣,此萬不能答應他的,必與力争。”

“若設法布告駐各國使臣或新加坡領事,命南洋各島華人自辦助防,直搗倭國,未必無法。越之戰,劉永福其人,大可牽制其勢力。”

“能分其兼顧之力,牽制其勢,此事甚好。學政有保舉人才之責。”

“向例三年後必保舉本省教官、士子,須擇有用之才方敢保舉,不負皇上求才之意。”

“往往保一虚銜等事,毫無實際。須擇可用者,在摺子上詳細寫明,可以送部引見,須自己見其人,察看一切方好,否則亦不知其人可用不可用。”

“臣到省後當詳細察看,擇國家有用之才,方敢保送。謹遵諭旨,送部引見,以備皇上采擇。若能説不能做事、做事而不切實者,不敢保。”

“湖南人數多,防弊要緊。”

“文場既多,武場更多。聞弊端武場恐不免,臣當隨時留心。好在前任學政規模已具,臣當事事悉本章程,不敢懶惰。文場人數太多,此次幕友多請幾人,必擇品行端方之士。”

“須先留心看其人品,近來想在揀選。”

“臣未達時曾爲幕友,故深知此中甘苦及一切利弊。今蒙皇上派往,雖曰初次,尚知一切情形。”

“汝亦曾做過幕友?”

“曾經七年。臣此次出京,行李、家眷、幕友已航海而去。驛路所帶家人、幕友不多,以免騷(繞)[擾]。”

“路上人少,省地方供應,甚好。跪安。”

即起立,下數步,跪奏:“臣〇〇跪請聖安。”即出,已刻許矣。

至南池少坐,即至後門,候陳少秋(鴻綬),爲兵步夫馬事,云例有五馬,今添三馬二車,何日要,何日知照可也。初六日。

數日來爲檢理行李,酬應飲食,日不暇給。晚來倦極,尚爲人書畫,又爲房屋事已有售主,欲盡遷出,安置木器一切,大費躊躇。適住房主爲彭向青前輩,本係熟人,遂商借屋三間,爲安置各物。十二日始定。直至今日上轎時尚内外檢理各件，失東忘西，其形可掬。自恃鎮定，至今日亦不能有動於中矣。轎一乘四十兩，夫八名，送至涿州，價九兩。又燈一兩，包杆旗子一兩，原單未開有紗窗，又加一兩餘。午正上轎，申正到長新店，尖，小食(自給值)。申正四刻行，酉正四刻至良鄉，夜飯歸，官送以一席，分兩半歸幕友，家人自有兩中席也。

轎中閲郭靈芬《江行日記》，句句雕琢，喜運典，此湖山消氣人方得成此。十五日。

晨起大雨方止，候馬不來，又以家人行李衆多(自有衣箱兩隻，家人行李多至四五十件)，飭許順雇驢(昨晚已與説定自雇，付過銀二十兩)，久候不來，方知仍飭辦差豫備。昨命今日六鐘起身，七鐘上馬，候至午初，驛馬不來，驢亦未至，不覺大怒，罰作隨僕自將行李鋪蓋各件雇驢即行。至竇店未尖，逕至涿州，已九鐘二刻矣。寄勝之函。輿人還京，賞銀二兩。

過琉璃河，石橋長亘，倚有巨鐵若鑷，云即王彦章鐵篙，附會可笑。將至良鄉，又過一石橋，少短於前，當即拒馬河也。涿州住處係一公館，甚高净。十六日。

黎明即起。午至高碑店，自尖。見壁間有二絶句，劇佳，命阿聰及徐世兄默記之，候至定興縣宿，録出之。句曰："華嚴樓閣起微塵，布地金多不患貧。一例昆明隨劫火，格天多寶是何人。""請劍無成殿檻脩，虞廷何日放驩吺。安昌未死朱游老，京洛相逢亦自羞。"題西山靈光寺天遊閣二首。無題款，不知何人也。十七日。

五更即起行。午至安肅縣尖。縣令胡恪三(賓周，癸未即用)來見，與談甚暢。飯畢出門，忽輿人鞭晋估車夫，致車翻，夫哭訴於輿前，慰之。至城外，胡令送，即出輿，唤邢頭來，託令傳板笞之，令代緩頰。遂招西估來，自作揖請罪始罷。小人之難養如此。晚過漕河，步慈航寺，即方恪敏微時流寓處也。守旁有恪敏祠。又有周太傅祠，不知何人。寺僧求楹聯。與一聯，係代筆，自題數語歸之。寺僧名海泉。寺中方丈甚脩潔。戌正至保定城外北關宿。寄滬及京電。十八日。

四鐘即起，六鐘行。午至方順橋。有題壁詩曰："千里修程命駕來，高秋南望汴雲開。幸從末路逢知己，敢詡狂生是雋才。""目送年華憐鐵研，手携詞賦上金臺。桂天新試神仙斧，約得吴剛作伴回。"款題"甲午八月下浣憶梁園詩，蕭遇春倩王次楚書”。午後行三十里至望都宿，住東關客店。託縣令寄王爵棠、郎師兩書並大哥書。十九日。

四鐘一刻出門，七鐘至清風店，十一鐘至定州，午餐。行六十里。一鐘起身，行五十里至新樂宿，時五鐘也。定州有行台。新樂住一店，極窄，離城五里。先過一廟，有明人題“羲皇聖里”四大隸書碑，在道旁。自定州至此驛路平坦，兩旁種樹頗佳，惟一路住店皆以黄土爲墻，間多新築，大約今年爲雨所苦，其流離可想矣。輿中閲唐維卿前輩《請纓日記》四卷，見其《攻宣光記》死命諸將事，不覺淚下。忠義之氣感人如此。維卿一書生耳，能激勵將士效死用命，當時年僅四十四歲。鄙人已三十五矣，然奉命馳驛，路途供張具備，與維卿艱苦不可以道里計。所携家人止十三名，與維卿統率各兵亦不可以道里計。然在途約束諸僕，左支右絀，已覺計無可施。日來稍稍安静，亦如新練各軍，略知紀律耳，視維卿竊自愧也。二十日。

天明行四十五里至伏城驛，尖。未到之時先過一河，不知何名。午後馬行四十里至正定宿。府縣差接。府陳鶴雲（慶滋）、縣嚴紫垣（暄），皆湖北江夏人也。府城修潔，有二方塔，又有天主堂一，雙峙夷樓，不知何時所築。此間當多傳教者。在城外七八里即望見塔及樓矣。對門書帖鋪送來各物，無一佳者。有《通鑒綱目》一部，云已三年無人問信。又有北監本《元史》，有修板，塵土掩書衣，可見彼處文風之陋。得小説數種，爲輿中消遣之物。二十一日。

天明行二十里，輿僕尖食，余坐騎行四十里至欒城宿，正未正也。途中向有引馬一人，以此引道，即驛夫坐一騎前行也。午後坐騎行，引馬未來，前僕失途，及唤渠回，匆遽欲上高坡，即翻下，泥污滿身，笑其愎而不用引馬，致受此厄也。特記之，可見凡事無經歷而欲自主張者，未有不敗也。二十二日。

四更即起，辰刻至趙州南五里大石橋尖。趙州有吴道子畫壁大小二水，今有描本，上蓋趙州印，云可辟火。又石橋云極古，上有仙迹，乃三驢蹄，一車轍痕，一足迹痕，附會張果老、魯班事，不知何據。要亦千年以前所造也。午後行五十里至柏鄉宿。趙州守孫傳栻（壽州，壬午舉人）、柏鄉令江南金（聘三，江西人，甲戌進士）差接。二十三日。

四更起，行卅里。天明坐騎行二十里，至内邱縣尖。縣令大中（□□）差接。午後輿行三十里，至順德府宿一客店，甚大。府恩立、縣令張桂芬(□□)、同知金厚生差接。日來午後熱甚,輿中寒暑表升至八十五六度。二十四日。涉一河。

五更出門,行七十里至臨洺關尖。關屬永年縣,當日之雄鎮也。輿西山巒重叠,知與中州分界。古人分界,不以山即以水,數年來,今日方知之確也。渡沙河,可涉。午後行五十里,熱甚。至邯鄲縣宿。縣令吴燾,字子明,乙亥舉人,丙子進士,子威前輩之兄也,差接,云上省答一啓。過黄粱鎮,余夢未醒,不知盧生面目也。阿聰遊盧生廟,云偶像巨目廣顙,如世畫天師像。有四池,有一亭,云新築,可憩也。二十五日。

於壁間見二絶句,款題"江左鄒枚",不知何人。詩極清雅,特録之,以俟訪其人。

清溪夾道水潺潺,隔岸人家竹樹間。車裏朦朧新睡覺,馬頭看煞夕陽山。(《過淇縣口占》)

凉意新侵白苧衣,客窗無賴又斜暉。簾前一陣西風過,滿院槐花黄亂飛。(《甲午七月阻雨邯鄲題壁》)

三鼓即行,七十里至磁州尖。飯後行二十五里過漳河。先過一河,坐騎可涉。再沙行里許,又過一河,須用船渡矣。夏間水大,當一片汪洋。過五里至豐樂鎮小坐,即坐騎行,三十五里至彰德府宿。行臺甚大。廳上横額曰"蔣經"。是日適姚績臣檢討視學雲南,與之途遇,即同宿一處。幕友、家人皆係同鄉,至熟,頗不寂寞也。廿六日。

府陳桂芬、縣董慶恩來見。託董令寄一函與吴次瀟並銀四兩,寄電報至滬費也。

天明出門,答府、縣,未見。行五十里至湯陰,令爲王柴翔前輩,同鄉舊識,迎於城外。至行館,即來見。答拜,至署中少坐。與績臣同遊岳武穆祠。像前有硃漆函一,上刻武穆墨寶。詢以守祠,欲開讀。守祠者枝梧以對,不願檢示也。祠中石刻極多,有光緒七八年間越南諸人題詩石刻,豈有爲而言歟?午後行二十五里,至宜溝驛宿,屬湯陰。廿七日。

天明行五十五里,至淇縣尖。離縣二十餘里。先過淇水,水流汩汩,卵石滿河底,水淺而清澈可數。馬涉車渡,不上船也。在旅店壁間見東昌女妓金聲題壁詩,先後兩題,初題僅存殘字,再題甚可讀也。爲和兩絶句。玆將原唱録後。

□□結局問蒼天,□□□□本自來。都向風□,誰垂青眼到塵埃。

儂本良家女，幼曾問字□□，方期結姻□家，□□倡和之樂，不意烽烟突起，爲賊□□拐賣，陷入烟花，從此沉淪，難期超脱。道經此地，用賦二絶於壁，或有憐才過此，見詩訪儂，未始非此生之幸也。東昌妓女金聲題壁(此初題，已殘失)。

茅店題詞已有年，往來誰不爲儂憐。紅顔薄命從來有，缺陷人間只問天。

窮途敢自負清才，偶作悲歌寄後來。俗子無知亂興吠，更增慚愧在塵埃。

儂昔遊此，自傷淪落，偶留俚語於壁。復至此，見諸君子賜和甚夥，有光風塵多矣。内有一二作稍遜，南陽某氏之作尤爲不合，座中太原公子謂其作踐名花，有傷雅道，立促再步前韻二首。儂本不敢作侮人之語，又恐違長者之命。後之見者諒能原儂之意，恕儂之狂也。金聲再題(此再題，字尚完好)。

江湖載酒已頻年，薄命如卿我亦憐。好向蓮台求懺悔，三生合住有情天。

藏嬌無屋枉憐才，空問章台走馬來。寄語東風須著意，名花莫使墮塵埃。

漢壽易虹舫倚壁和。

兩首題詞不記年，春花秋月問誰憐。世間缺陷尋常事，誰補媧皇煉石天。

紅妝不信有奇才，難證當年手墨來。總是生成幽怨種，男兒一樣走風埃。

此二首余和句也。

午後行五十里，高下泥濘，驛路已無，走於田隴間，天黑始到汲縣。令劉體恒(辛酉拔貢，渠子今年新中)出郭接。到行館，即來稟見，略譚始去。天黑，不能答拜，遣人投啓。衛輝府曾老前輩(培祺)差人請安，即答一啓。

日來奴子經理各事，皆無經緯，左支右絀，終日怒駡。自問不能約束，可愧可愧。日來於“懲忿”二字殊相背謬，奈何。廿八日。

店壁尚有素珍女史一絶，劇佳，有人和句，云都門青樓也，不知何日過此。詩曰:“妾心似絲柔，郎情似酒熟。酒熱有寒時，絲柔終不絶。”有人題《金縷曲》一闋，絶妙，匆匆惜未録出也。

天明行四十里。午至新鄉縣尖。午後至元邦驛宿，屬獲嘉縣，縣令差接。和壁間桂儂女郎詩二絶。廿九日。

四更即行，辰刻至黄河邊，即渡河。水闊三四里，四刻時即到彼岸，甚平穩也。行二十里至草屯鋪午飯。滎澤縣令連魁來見。午後騎行四十里至鄭州宿。州牧邵□□來見，云浙人，與小村爲兄弟行。天黑，不能答拜矣。三十日。按圖，自滎澤至鄭州須過二河，今日騎行未渡，不知何故。三十日。

光緒二十年十月

四更行，六十里至郭店尖。午後行四十里至新鄭宿。新鄭令魁捷甫（聯）出郭迓，至行館來見，即答拜久談。此令向稱不善酬應奉使過此者，在都時龐絅堂前輩來談，極言此道辦差家人之敝劣，故自出都後即兢兢此處。今日過此，覺一切酬應無一不周密，飲饌亦以此爲最精，不知何以貽人口實至此。天下之但恃耳學者不可不知也。初一日。十月。

四更出門，行五里許，邑令候於道傍相送。自出京以後未有如此恭敬者，人言之不可恃如此。行六十里至丈地店尖，許州所屬。辦差家人未來，即屬鋪中備午餐。蒸餅、蔬菜大佳。食畢，馬行二十三里，近城，先至一玉皇廟少遊，候轎來，即上轎至宿處，一客店也。州牧吕憲瑞差接。自鄭州起，來接者多備儀從，衛輝府以上未有也。初二日。

許昌疾甚，筆硯遂荒。行次溱洧，月光如水，觸手生寒。摩挲壁上，讀蓮卿女史之作，感其流離之苦，動我幽憤之懷，時事雖殊，悲痛則一，勉步原韻，卒成六章。行程至此，胸臆日非，自幸不久於世，夜眠難穩，用録於此，如與蓮相對也。嗟嗟！蓮倡我和，我作誰讀？解意伊誰？天乎天乎！拯我者其在青林黄泉間乎？

紅羊劫後又紅沙，错認桃枝竹外斜。自笑飛蓬搔首慣，惟餘清淚洗菱花。

劇憐嬌小冒風沙，悶對疏欞月已斜。回首鄉園無限恨，有人夜夜卜燈花。

多年破壁摸塵沙，字迹模糊淡墨斜。拂拭分明成誦後，惜他遭際此楊花。

薰蕕比似水搏沙，樹正何妨日影斜。一事與君同不恨，只今猶是女兒花。

一陣罡風送黑沙，芳心却羡玉鈎斜。北邙山下無人處，省識何時葬落花。

拼將病體輾成沙，不作隨風燕子斜。博得冰霜清透骨，任人薄命説桃花。

玉女峰侍兒桂儂録前作於南壁後，嗽血盈塵，喜解脱之在今。幸白圭之無染，再依韻成二絶，慰蓮卿，即以自慰，不敢書姓，恐貽戚黨之羞也。不詳其事，恐以有投鼠之忌也。

萬斛清愁萬斛沙，終朝伏枕鬢雲斜。從今解脱青春夢，護盡風塵閬苑花。

冰雪聰明净不沙，芳蹤望遠斗横斜。人間天上如相遇，開作璇宫姊妹花。

玉女峰侍兒桂儂再題。

紅妝何事航塵沙，尚愛題詩淡墨斜。可惜蓮卿原唱失，教人想煞鏡中花。

此是恒河怨女沙，今宵夢斷月西斜。人間有此真才女，願解金鈴護落花。

此二絶余和句也。途中自過彰德府後題壁詩絶少，佳者更少。然兩日來初過淇縣，繼過元邦驛(屬獲嘉縣)，得見三女郎詩，皆絶佳，且審其字迹、墨痕，先後不同，若爲好事者假託，何壁上無他詩可誦，而獨假託者特佳？若曰真有其人，何獨萃於此處？殊覺動我三日之思。

金聲、素珍、蓮卿固妓也，桂儂何人乎？謂倡妓則不似，謂姬侍則不合，云閨秀則更非。天上愁娥，人間怨女，此《西青散記》中第二雙卿也。

晨起，行六十五里，至臨潁縣宿。縣令魯宗禮(秉堂，宣城附生)迎於郭外。少頃來譚，知與汪叔芾、星署諸君習，且知好馬，即以黄馬贈之，以其老而不能行。此行逢伯樂也。送於寫件，隨筆揮答。十數日來筆研荒矣。初三日。

四更即行，縣令仍送於郭外。天黑，列炬相送，至天明始去。至郾城縣尖，縣令涂景廉(荃穎，長沙人，乙亥年伯)出郭接送，出扇一柄屬畫，塗畢上輿。午後行六十里至西平縣。縣令程鐘(□□，江西人，亦乙亥年丈)出郭迎。住書院，自臨潁起皆住書院也。塗土雨過，泥乾不平，且有渡水處。今日出西平十里渡溵水，有船，如江湖蓬帆矣。十餘里未見村落，皆養牛馬騾驢，小孩十餘歲尚雙辮，女子皆裹足。入河南境後，幼孺皆眉目清晰，直隸境醜陋可笑。初四日。

昨過許州，得兩絹畫，皆無款，尚舊也。

輿夫有佳有不佳，途中不如坐騎之適。昨爲室中香薰，今日晨起感風，鼻塞頭脹。香能傷人，信然。

天明行，縣令送於郭外。卅里茶尖，略坐。行卅里，遂平縣知縣鄭昌運(熙階，武寧人，丙子舉人，庚辰進士，癸未補殿)迎於郭外。進城，即住署中西花廳，陳設皆備。自昨日起頭重鼻塞，苦甚。晚與熙階譚，云有同邑至好劉觀察在湖南，屬爲致聲。初五日。

天明行四十五里至駐馬店尖。午後行四十五里至確山縣，宿一城隍廟中。縣令達信(萃五，荆州駐防)云有堂兄文焕由内閣侍讀簡放衡州府，屬爲致聲。郭外迎送皆差。初六日。

三更即起，已至同官店尖。午後至明港驛，宿一客店，頗陋而黑。初七日。

韓助愷言，武强有賣解女子，爲直隸著名，能於馬上作種種戲法；能以兩足轉一大車輪，輪上舞四小女童；能以刀扎一梯，高四五丈，屈曲而上；能以一繩兩女子推車相值，可對面過，且其人皆艷妝，固更以色招人者。竊聞練氣運力以貞固爲上，兹則不然，豈非奇事歟？武强離深州僅五十里，他日當一訪之。云每一戲可五日，值二百金。

三更即起，天明至長台關尖。一藥店主人怡齋出紙屬書扇。小坐即行，午至信陽州。州牧盛元均(伯勛，秀水人，丙子優貢)迎於郭外。至北關外住一客店。州牧來譚，小停，往答之。過道署，未往拜，以渠未先施，不便驚擾之也。觀察爲沈絜齋。

過長德關，渡淮河，用船出州城。過獅河，可涉。夏日必水瀰滿，須船渡矣。初八日。

天明起身，行三十里彭家灣茶尖。略坐，再行三十里至李家寨宿。初九日。

數日來住宿之屋漸脱北氣，然黑而不潔。

〇〇年伯大人鈞座：謹啓者，仲秋曾肅寸函，亮塵記室。嗣於九月初五恭請宸訓，隨即束裝，於十五日起程，沿途平適，於十月三日止宿臨潁。聞長者有十八啓節之説，計侄到鄂時，尚得一接鈞儀，恭承清誨如禱，歡忭無量。日來倭奴猖獗，萬里勞師。或云盟敵之難摧，實在要領之未得。若再因循，恐難持久。[①]（昔遊倭國，略曉彼情。器利氣盛，此其長技；奇師苦力，則彼不如我。）自出都以後，幾如已入桃源，寂無聞見矣。現計程十四日可抵武昌。家兄衡奉家慈由上海溯江，先在鄂渚相候，擬同坐江船，借鄂省中小輪徑送長沙。現在湖水未消，當可如願。家兄係今科庶常，到時當先以後輩禮進謁，一切或先詳達矣。途中率布，尚乞鑒察，伏望雅愛。

晨行三十五里至東王店尖。行三十里至廣水驛宿，屬應山縣。縣令離此尚遠也。初十日。

晨行三十里至郭家店尖。又行三十里至小河溪宿。小河一大鎮，屬孝感分縣。縣丞楊漢舟(詩，長沙人)來見。

途中逢愷字礮隊各兵，沿路要人夫、車輛爲運軍火。中途夫役脱逃，軍火遺棄者不絶。

輿行逢兩夫肩火藥箱，輿夫叱止之。前肩夫曰："我肩者亦不小。此大人之大人也。"聞之不覺啞然。雋語數字，抵得一篇絶妙奇文。十一日。

天未明即起，行三十里至劉店尖。房屋陋劣。午後與聰坐騎行不十里，途遇鐵字營兵，馬夫與彼兵口角，幾致大禍。余約束己僕，始平安無事。行十餘里，見後營主章蔭庭(名文彬)，告其詳，要其一差弁送吾行(弁，凌南榮)。此事若予先行，必有奇禍。人之不可徒尚氣者如此。宿楊店。十二日。

鐵字營者，熊溪珊(鐵生)所部也。向著戰名，何以軍律不嚴至此？所行終日，未見一隊整齊者。溪珊自坐玻璃大轎，余騎馬過，已覺文武之倒置矣。

〇〇軍門大人閣下：久仰龍威，實深蟻慕。昨午中途相遇，君輿吾馬，未得一譚，回首風前，尚深企想。敬惟勛功夙著，紀律精嚴，十載相思，欣兹一遇。方今海波東沸，萬馬南來，足使小醜驚逃，巨酋喪膽。金戈所指，自當直擣倭巢。在都屢與芍棠方伯談，極盼吾公早日北上，以慰

① 眉批：天下仰望長者如雲霓，當必有以措施也。

宸廑,而拯萬民於水火。今果相值,快慰無■。然昨日以弟處馭者誤撞尊車,致觸貴部健兒之怒,刀槍並舉,竹木兼施,僕輩受傷,自有應得之咎。小兒年十三,方在馬背學騎,亦致面受刀痕,衣成破絮。弟方申飭己僕之不善語言,而忽欲勒令弟下騎,嗣以貴部中亦有知禮者,屬爲速行。適遇章君蔭庭,告之以詳。弟實不敢前行,恐再逢貴部。不得已,設法懇章君留凌弁同行,得以自壯。今日已至滋口,到鄂僅數十里,當可無妨。特屬凌弁速歸消差。兩日來承渠照料,穩慎安詳,極深感激,尚祈推愛擢用爲幸。中途匆布,不盡所言。敬請勛安。伏惟垂察。若謂欲公治若輩之罪者,非鄙人意也,使吾公知凌弁不得不留隨兩日也。

晨起行五十里,至雙廟尖。行四十里至滋口宿。房屋極小。至此知漢口僅四十里,不通陸路,因水未消,即換船。船有蓬,不大,兩頭通風。十三日。

天明上船,即開。河甚淺,可下篙。至午正到漢口,小坐一會館,即過江,至望山門外,即進城。至大公館,復至斗箕營連元棧,見母親及大哥、心淵、應榴、鄒翰飛,知已到三日矣。十四日。

晨首府來見,李方豫(荆南,揚州人)、王之騫(漢槎,湖南人)、高長洪(善化人,漢鎮都司),候補縣龔瑞清(差安,城外保田局差),江夏縣徐士彦伯平(常州人)來見。午後拜客,見學政孔少霑前輩、臬司瞿賡甫(廷韶)、藩司陳右民年伯(寶箴)、撫台譚繼洵(敬甫),至酉初始歸。十五日。

晨起臬、藩、學、撫來答,均見及。又候補同知楊秀觀(海帆,湖南乾州人)、趙子領(宏),均見并拜。若汀表兄及許奎垣(兆魁,黄陂附生)、汪穰卿,均見於自强學堂。候鄒沅帆,不值;蔡毅若,不值。十六日。

同鄉彭如泉(溥孫,候補縣,住水陸街)來見。汪隸圃來答,未見(承第,鎮洋人)。梁衍吾(鼎蕃,候補縣丞,住水陸街)來譚,星澥前輩弟也。知《還石圖卷》已到焦山書藏矣。聞張君立藏有洪北江書還石山房額,亦擬送焦山也。十七日。

見朱鹽道少桐(其煊,浙江人)。糧道岑馥莊(春萱)來謝步,未見及。兩湖山長鄧葆之(繹)來答,未見及。楊海帆子西伯(再奇)來見,其學問未必有勝人處。湯西侯(熊,補用縣丞,住紅墻角)、管帶湘帆輪船廣東補用守備吴兆祥(芳發,安徽人)來見。十八日。保甲局候補縣龔(瑞清,湖南人)差安。

至撫台處辭行,薄暮即來答拜。湖北候補府唐酌吾(準經,湖南人,住蘭陵正街)來見,云欲乞乃故父祠堂扁聯。同鄉潘平朔(誦捷,督西首)來,未見及。馬蘭台來,未見及。周伯晋來,未見。是日過江,偕鄒翰飛至大英醫院陳露裳□□處,屬其爲轉運事也。十九日。

孔少霑年伯(祥霖)來見。兩湖山長楊惇甫裕芬(廣東人,戊子同年)來譚。是日遊兩湖書院,規模頗大。書庫用西洋屋式,書箱用玻璃門,作四面式,劇佳,可仿製也。二十日。

瞿賡甫、陳右民年伯來送行,江夏縣徐伯平來送行(士彦,常州人),李知府(方豫)差帖送行。汪穰卿携楊新吾宋元本各書來售,擇其至順本《廣韻》及《禮部韻略》二書,許以百番,恐未售也。有新抄《新撰字鏡》及《萬象名義》二書,抄劣且所引書不注出處,雖古無用也。

午後至望山門外馬頭下船。船四隻,甚大,用湘帆、長慶、楚寶三船拖帶。湘、長二船屬湖南,楚寶則屬湖北也。是日未開行,泊鮎魚套。

天明即開,巳初過金口,有山,山麓石岸頗修整,新築也,離省六十里,又行百里至排洲泊。

借新吾《留真譜》補《宋元本行格表》。此書神往數年,今始得見矣。

日前見鄒沅帆(代鈞,湖南人),精輿地學,譚論亦通達,聞撰《各國沿革表》,方成英吉利一國也。廿二日。

舟中作與若溪及木齋書,與沅帆、若汀。

天明開行,二鼓泊新堤。徐仲笵來接。渠在此間爲督銷總辦已四年矣。廿三日。

午初答拜仲笵,即留午飯,極豐盛。薄暮歸舟,因已晚,不能開行矣。廿四日。

天明,知風甚巨,江無船行,停泊一日。問仲笵借書畫清暇,送來七八件,佳者絶少,留錢籜石、鄭岱及蔣墨林集嘉道諸名家畫册三種,爲寫《焚香讀畫圖》並題二絶,以仲笵所屬也。廿五日。

天明即開行,申初泊岳州城外。先過岳陽樓,以遠鏡窺之,額係隸書,樓左一閣,樓右一亭,樓下用硃砌,極高,若城門然。對樓江中有一山,不高。餘則一望瀰漫矣。廿六日。

府鍾英、縣陳濬書(紱生,江西人)來見。

看盡狂花萬樹紅，自知無福祝東風。誰家尚有相思種，奈此湘波隔萬重。

阿誰署款幽貞館，此是人間怨女樓。欲整牙籤三萬軸，願卿同上木蘭舟。

絮果蘭因事偶然，何人參透鬢絲禪。寒山自有靈均侶，深得香脩亦是緣。

桃葉桃根打槳詞，秋風團扇耐人思。修詞聊託微波寄，正是洞庭木下時。

不因帳底喚真真，欲乞崔徽寫辭新。輸與出關圖一紙，休教錯愛鏡中身。

瑟瑟秋風過板橋，一枝弱柳亦魂消。大堤還願人先折，飛絮成窠更寂寥。

天明開行過湖，風平浪静。戌初至湘陰泊。適曹再翰、汪蘭楣廣西主試回，過船暢譚始别。廿七日。

天明開行，晚泊，知離城卅里，因風小，不能到也。兩日皆以船路上供應。廿八日。

九鐘聞已到省城。到碼頭小停，教官始到。來見者府學教諭姚際虞（西園，衡陽人），訓導吴定邦（斗樞，平江人），年不甚老，能譚；長沙縣教諭洪燊（映青，道州人），訓導伍仲美（鏡川，新田人）；善化教諭石昌榮（耀堂，永綏人），訓導陳爲鈉（守如，郴州人，能談）；善化縣黎墉（築雲，四川人），長同知裕林（杏農），長通判黄昆（玆孫）；候補道况桂馨（顔山，江西人），係丙子前輩；監道莊賡良（心安，常州人），係紉秋之叔祖，稱太世叔。均來船見。即上岸，至行台。善化張祖良（號少堂）來見。翁小珊方伯（曾桂）、李仲心臬司（經羲）、張子虞前輩（預）均來譚。薄暮至撫台王介挺前輩處投帖，行前後輩禮。未見長沙府，因請假未來。糧道■差人送喜。廿九日。見李澤如巡檢（深厚，四川人），與廖季平友。

光緒二十年十一月

晨起出門拜客。薄暮，護院王介挺前輩來，譚甚久。十一月初一日。見益吾師，譚久。

此數日間酬應甚煩，毫無心得能入記事，不覺已十日矣。莊心安招飲。翁小山、李仲仙同招飲。見客甚多。

見淑彝(其懿),係寶山同鄉,候補府,曾任沅州,沅水校經堂即起所創,議論滔滔,覺有不出中心之語,然已不易得見矣。見沈星海(瑩慶,戊子年誼),候補府,爲文肅公子,肅穆不苟言笑,聞堅卓自立,政而有威者也。

擬謝恩摺並觀風各題。十一日。

天明即起。七鐘,前任用鼓樂送印來,打頭點,打二點,换朝衣畢。三點至大堂,前行者二,捧敕印。朝北行三跪九叩謝恩。又至中座,行三跪九叩拜印。畢,即進内换花衣補掛。至公案,三學教官行三揖禮,離坐答之,即升坐。吏房請印鑰開印箱,印“上任大吉”“開印大吉”二紙,又印到任公牘,即由稿房請用硃筆判■畫行,畢。教官再三揖,答之。即進内,至穿堂,書吏拜賀。開印事畢,見長沙縣學教官伍仲美([鏡川],永州新田人),詢以校經書院各事,以其爲監院也。午後即至書院一看。監院候,同爲察看各處。齋房甚精,而無人管理灑掃,即爲定灑掃及看屋、看木器各執事而反。十二日。

竟日未出門。子虞來譚。甲午同年、江蘇知縣周石夔(樹謙)來談。爲瑣事震怒不安者半日,甚矣“懲惡”二字之不可忘也。戒之! 十三日。

至各學,先問起服,每學有人若干。

晨起出門拜客。午赴王介挺前輩招。下午赴但少湘糧道招,竟日始歸。黄昏看咨本房包題本。楚卿送來代寫摺子,已代包矣。

晨起出門,不見轎頭,而抬轎者又惡劣不堪,歸來怒革轎頭章福差,意爲必有人爲之乞罪,竟無一人來,只得革之。然此缺甚肥,以小過不能爲之轉圜,甚自愧也。十四日。

天明即起,拜題本,復拜摺,行九叩首禮,並自捧匣交承差,即出門謁二廟。先至殿前,對楹行九叩禮。再至明倫堂,對上諭行九叩禮。禮生奉上諭宣講畢,入座。諸生講書畢,即出至廳事,招諸教官語,始出門,至韓公祠拈香。韓公者,漢長沙太守韓玄也。墓即在祠後,頗著靈異。歸署放告,不必出坐,亦無一人來告者。午後未出門。十五日。

晨,伍教官來談校經書院事,云敝病百出,須整頓。余允之。午後撫飲兩司,至首縣公請於賈太傅祠,並餞前學使。與糧道但少湘譚,云昔曾佐胡文忠幕於爹山，[1]遇賊，但、胡各坐一騎，但見前兵潰，賊來，胡短視，未見。但與胡云："賊來，若何？"胡拂但馬首云："汝退，尚不合死。"但亦拂胡馬云："汝非守城邑者，亦尚不合死。"遂相偕返騎。賊槍及胡馬臂，馬躍而脱。因言曾文正於用兵時嘗得其封翁書云："汝帶兵合殉節，然不合殉節於湖南。"真大丈夫語也。又言見曾、胡來往手札，上下無稱謂姓名，曾自稱"文節"，胡自稱"文忠"。曾與胡書則曰"文忠閣下"，胡與曾書則曰"文節閣下"。兩人相約，有一先殉節者，後者爲具奏並爲撰傳記云。十六日。

竟日未出門。來客尋常，不記矣。

翰飛成四律，似黄仲則《都門秋思》，佳作也。十七日。

兩日未爲一事。十八、十九日。

晨起，至撫署赴鷹揚宴。先至署内廳，中丞候於中門，小坐茶罷，易朝服。須臾，報齊。即同至大堂，行三跪九叩禮。余與中丞並二墊，下排則司、道諸員。行禮畢，立堂中。諸生行三叩禮，即揖答之。諸生又謝宴，更答三揖，即入坐。坐二桌，余與中丞分東西。少坐，樂作，旋撤坐，群閧搶宴桌，盌皆飛。此故事也。至署廳少坐，即至城外官廳送子虞前輩行。知尚未下船，官廳中只陳幼梅觀察一人。少坐，劉定夫觀察來。旋知子虞改四鐘下船，即歸署午飯。午後知已下船，即重至船上送行。畢，至本署一看，已空空矣。即屬略爲修理，即遷入。二十日。

竟日未爲一事。擬手諭校經書院諸生示。二十一日、二十二日。

上午未爲一事。午後至書院一看。與住院諸生梁賡陶、郭彬、胡元倓、陳棠談書樓收藏書籍事。梁生於書籍收藏門徑頗通。二十三日。

益吾師來譚。

竟日未出門。得大哥書。二十四日。

葉焕彬來譚。

兩日未爲一事。略檢各物，豫備入署。二十五日、二十六日。

午進署，用全分執事接母親入署。同署中略爲裱糊，用洋花紙，價已不小矣。木器一切粗劣可笑。二十七日。

晨起，任昂千（之駒）、莊心安、施稃桐（啓宇）、張海樓（超南）來譚。

---

[1] 眉批：爹山屬湖北。

李洛才(智儔)來譚。洛才在龍山政聲卓著,邑人爲造生祠,可謂得民心矣。刻《顔氏學記》以貽邑中讀書者,亦救當代之文人亟弊也。午後黄福生(振鵬)招飲。同坐陳程初(海鵬)、曾蔭南。二十八日。

竟日未出門。略檢行李,到此始解裝矣。二十九日。

上午未爲一事。午後拜客,見王護撫、王□□前輩(概)。薄暮歸。三十日。

來此得宣爐十三,頗有佳者。

光緒二十年十二月

晨起謁廟。歸,拜客。見陶履謙(覲儀,中書,文毅公孫)。初一日,十二月。

晨焕彬、履謙、周郢生同年(聲洋,優貢同年)均來譚,云胡子威之弟係戊子優貢同年,今在省中,即託郢生寫戊子同年各人住址來。焕彬來,云黄本甫在省中,已中式矣。聞之狂喜。初二日。

晨,周笠仙年伯(樂)來譚,云發案不可太速,速則易爲人責其潦草。此語真金石也。

日來得勝之書,知蒙讒諑,不怡者數日矣。又思無事不可對人,何必因蜉蝣之憾便足動容。嗟嗟!世事尚可問乎?初三日。

竟日未出門。李洛才來譚,云新刻《顔氏學記》,欲借印以貽諸生。初四日。

晨,黄本甫來譚(厚成),言再同前輩所著各書皆未刻,擬借以刻入《叢書》,藉以報知遇之感。

日來心亂如麻,總以識見不定,無堅忍之心,便致外魔易擾。行年三十五矣,立定脚跟做事,正在此時,不可錯過。初五日。

竟日未出門,亦未爲一事。略檢書,因想集本朝爲學政者嘉言懿行以自勖,恐力有未專也。初六日。[1]

葉焕彬、李幼梅招飲於李氏芋園。水木清華,大是佳景。幼梅爲李文恭公孫。十一日。

衆口悠悠姑聽之,交情足憶廿年時。惟當謹守書城鑰,莫漫狂

---

① 此下空六行。

吟杜牧詩。

寄園小鍵本尋常，驛路傳言萬目張。第一寄聲《荊楚記》，休將新語説文場。

酒肆藏名事本難，我身清白任人看。須知影事能關情，冤煞唐家幕府寒。

此三書與瘦鶴者。

晨莊心安來，堅欲訂蘭譜，以稱之曰太世叔，必欲刦此慊偁也。胡子瑞同年（元玉，戊子優貢）來，携其所著書曰《鏡珠齋雜箸》，又《援經簃課集》《辟沼集》，皆課士作也，於經學門徑甚正。朱士黼大令來，亦名下士，可談。午後拜客，皆未見。十三日。

午後出門拜客，見葵園師（益梧師園名），餘皆未及見也。十四日。

上午，同鄉沈世墉（壬午舉人，寄籍善化）來譚。午後，招胡梅壽（知賢）、蕭景霞（立炎）、熊秉三（希齡）、譚彦柏（紹裘，皆甲午庶常）、胡子瑞（元玉，戊子優貢）、黄本甫（厚成，再同前輩子，甲午舉人）、葉焕彬飲，戌初始散。焕彬來，以余庚寅年終所售去各書内之元刻《列子》歸於余，並題四絶句。十五日。

數日未記，亦未爲一有益事，終覺才具太短，諸事竭蹶，無從容雅静之致，殊可愧耳。十六至十九日。

竟日未出門，亦無所事，癡坐而已。二十日。

午請益梧師飲，陪者朱齱卿、葉焕彬、熊秉三，晚始散。二十一日。

余自京師帶來一騎，到湘無所用，伏櫪而已。欲贈熊秉三，聞之喜甚。先填一詞以報，調寄《疏影》，詞曰：

天寒歲暮，正家書切切，逼人歸去。落日西南，一段鄉愁，飛入亂山深處。臨源忽見桃花色，却贈與冷吟開府。也應憐，遊子行程催送，一鞭烟雨。　　回首東方鼓角，又烽烟萬里，和戰都誤。草澤孤臣，有意勤王，慷慨折衝樽俎。如何了却封侯志，借突騎立功千古。到年時，血戰歸來，記取故侯相遇。

時秉三欲從戎，自練數營，征倭人也。即和以一詞，書於扇頭，並騎贈之，詞曰：

亂山雲暮，有碧騣款款，送君歸去。難得追風，都愛權奇，共我六年相處。世無伯樂將誰寄，空冷煞蘁鹽銜府。願自今，千里相從，踏遍沅溪烟雨。　　正是海波東沸，遥天空，竊嘆前事多誤。如此中原，未必無人，鐵騎化爲尊俎。忍教萬馬喑風雪，漫勒轡遼陽弔古。暫休提，汗血酬功，總是家駒知遇。

歲莫，淩九弟、孫伯南(宗弼)自家鄉來。伯南爲洨民丈子，能承家學，人亦篤實可敬。抱洨丈遺稿，零落不完，爲選十餘篇，擬代刻之也。

今年歲暮無債臺之苦，然人頗忽忽不樂，若有所警懼。處安思危，不忘古語可也。

身勞則下筆勤，身逸則懶。近日不能日日寫日記，此明效大驗也。危哉危哉！二十二日至三十日。

中土西遊紀事　和西撰(北音)

遊亞美山佛法至盛之地紀事　(傳教)吟脱撰

高麗稗史　桎侈撰

日英字典(華字)　掰並一司撰

華英通語(廣音)

食鴉片果報備記

學高麗語初步

高麗語字典

德人記中國諸事

開口以來上海歷史

記亞西亞東部諸族

中英日用雜字

文明論

記臺灣傳教事

英文莊子

英譯官話指南

嶺南紀事

記儒釋道三大教(書名曰龍)

記禁鴉片亂事

中國文物與泰西關係論

中國歷史

發賣書目

海軍年報

題目各出各卷

書院四季加課　分六門

勸息訟

第十九册　光緒二十一年乙未(1895)正月

(書衣題)笘誃日記　第十九册

光緒二十一年正月

四鼓至萬壽宫拜牌。畢,至聖廟行香。至韓公祠行香。畢,歸署。初天明也。少停,即出門拜客。午歸。是日爲正兒周歲,同幕公送戲一日。戲班名清華,頗佳也。子正始散坐。正月初一日。

出門拜客,皆未見。王壬秋先生來(闓運)譚。聞名二十年來,一旦相見,頗契合。學本同源,則不在交之深淺也。初二日。

忌辰,竟日未出門,亦無客來。初三日。

晨起客來,至午後不斷。稍停,午飯畢,即出門拜客,天黑始歸。

今日見嚴秬薌教官(家鬯),篤行好學,藹然儒者,可敬也。初四日。

晨起見客,皆無可談者。午後出門拜客,候瞿子久前輩,不值。初五日。

見莊心龕,言有人極詆余於某觀察之前,觀察信之,轉告於人。實則其人無他,讎忮吾耳。夫人不義必自斃,請看將來。

泥金粉蠟傳宫樣,純廟詩箋舊著名。偶向石渠搜逸事,朱紅小印尚分明(此即阮文達《石渠隨筆》所記"梅花玉版箋"也。上有"乾隆年仿澄心堂造"八字印)。

故府飄零到楮箱,海王邨市亦滄桑。長安詞客稱宫體,小比西京貴洛陽(紙出故定王府,共百餘幅,爲人分購,數日即罄)。

翦燭低吟一惘然,開函别自感雲烟。琉球已失高麗遠,難向天家例貢箋。

題乾隆年内造蠟箋。

出門拜客即歸。初六日。

竟日未出門,亦未爲一事。初七日。

晨起,赴益梧師之召,觀劇竟日。此間觀劇,於開場時賞加官泉硒,於宴上燒烤時賞泉四緡或六緡。初八日。

晨起已午初矣。天雨陰寒，數年在京師，無此時也。午後約王壬秋、莊心盦、葉焕彬飲於署中。壬老譚吐略有邨氣，殊不可解。初九日。

天雪，殊冷，不能早起。正如惻惻輕寒到被窩也。午後赴闔省官公請，在曾忠襄祠中。有劇，爲清華、順和兩班合演。晚間燈戲頗新鮮。

坐中思東事未了，天下不能皆安樂。此間僻遠神京，無從得確信。又念勝之、印若諸君效力戎行，鐵騎鋼炮，較此境如何？頗覺不樂。恐未能常樂也。初十日。

朝起甚晚。午後，本甫來辭行，欲屬於鹽務中覓一館，姑爲謀之。王壬老以《尚書大傳補注》清稿見付，欲刻入《叢書》也。又貽所注《莊子·内篇》。十一日。

竟日不見客，略檢書籍。十二日。

日來欲刻《叢書》，檢各種雜書刻之。十三日。

忌辰，竟日在署。十四日。

竟日未出門，未爲一事。十五日。

是日招清華班，公請合城當道，自撫道至首縣首府，病同通未來。至三鼓始散。十六日。

竟日未出門，未爲一事。王仲蘭（仁照）自江西來，數年不見矣。爲謀李洛才大令處館地竟成，可喜也。十七日。

午後赴何棠孫、胡梅壽、周郢生之招，在李氏懷廬。十八日。

晨起開印。午以清華班請益梧師。晚間莊觀察送新泰益燈戲，至二鼓始散。十九日。

午後出門拜客即歸。未爲一事。到任摺歸，奉硃批："知道了。"二十日。

謝幼梅太姑丈自衡山卸事回，見太姑母並沈秉之。有長沙附生鍾祖綬，已瞽十年矣，來具禀，言素熟許氏書，欲仿何晏《集解》例，成《説文集注》，求爲籌款助之。招渠來譚，頗通達。楚材真未可量也。廿一日。

晨起，爲臨行預備一切，直至日黑始了，即請謝太姑丈飲。廿二日。

日來覺諸事竭蹶，無從容之度，大約才力不及之故，殊自愧也。

竟日在家檢理各書。晚赴李幼梅之招。見益梧師，言武場重在刀，刀只須手花、面花、背花三項無弱，容得之矣。廿三日。

出門辭行,見中丞,譚甚久,餘亦略坐。廿四日。

晨起諸事未了,直至午後始出門。行五六里,至蔣幼懷墓廬小坐,送者李洛才、沈吕生、謝幼眉太姑丈、强理問。暮至大頭鋪(一名大託鋪),宿一人家,房室尚潔净。

幕中友人有在前任者,云自來出棚考,寶慶弟一日未有不雨者,今日居然晴暖,可喜之至。廿五日。

天明行大道(不過河)三十里,至于園鋪茶尖,再行四十里至湘潭,宿行台中。縣令彭渭川(熊飛)來見,供應頗周備。晚見架中有《曾惠敏集》,即用集中題畫詩畫一箑與渭川易之。廿六日。

晨起行十里,易馬行二十餘里,至江車茶尖。午後行十餘里,知已到雲湖橋。先訪王壬秋,居在山塢中。土橋白屋,頗精雅。即晚餐。出《遊仙詩》四律見示,爲其女公子手録。又見其女公子十一歲時所寫小篆《檀弓》,無一訛字,可重也。日記一册,所寫甚詳。麓山寺詩僧《雲圃詩集》稿本,清薄而已。晚宿一祝融廟,甚小,即在雲湖橋下也。廿七日。

晨起即行,午到湘鄉。邑令趙璟玕來迎,至行台宿,陳設供應皆極周至。有來投狀者,爲生員童恕者包攬詞訟事。即請兩學官來,屬其傳令到案詳詢,即覆。二鼓後查點轎數,忽多四乘,親自點驗,知有一馬牌子私帶兩人,即將竹轎撤去布圍,留明日交縣。廿八日。

晨起請縣令來,以二轎三人交彼押送回省,屬其另派一人送至寶慶。凡事皆須目睹,始無逃遁。若徒託人爲耳目,真虚言也。第五倫曰:"以身教者從,以言教者訟。"至哉言乎!

日來攔輿者紛紛,立意不收,以多妄言,且此風一開,徒增擾累,於國家無濟,於彼無濟,於己更無濟,只得硬起肝腸聽之而已。特不許隨從人等呵斥,惟與語曰"本官向不收攔輿之狀",彼自退去也。然體察情形,亦有蓄心積慮以求此一收者,亦可憐矣。廿九日。

光緒二十一年二月

初五日,子刻起,丑刻點名,試生經、古,分經學、史學、掌故、輿地、算學、詞章六門,新例也。舊分經義、治事、詞章三門,各人所報子目煩多,徒敝使者精神而已,於學業無關也。兹每門六題,任自擇。終日在堂上,試者肅然。先牌示不准續燭,至天黑尚有數十人,迫交卷始出,頗嘖嘖稱不情，亦有所不顧矣。初五日。

丑刻點名，試童經、古，仍分六門。試者八百餘人，至天黑亦浄場矣。初六日。補歲考。初七日。

丑刻點名，試正場。場六屬，府學、邵陽、新化、武岡、新寧、城步，人數以邵陽爲最多，城步爲最少。場中竟日安静，無一喧嘩語，可云規矩極矣。初八日。

覆生、童經、古，得好手甚多。生中尹湘琳、唐叔成、樊錐，童中石陶鈞，皆翹楚也。初九日。

試武岡、新寧、城步童正場。竟日在堂，二千餘人，絶無一嘩語者。初十日。

覆生員。十一日。

試邵陽童三千餘人，點名未及，二鼓即出，挨次而進，安静之至。十二日。

提覆武、新、城三縣童。排列長桌於堂下，自查各弊，即發案。十三日。

試新化童。十四日。

提覆邵陽童。十五日。

考教謄紅。十六日。

提覆新化童。十七日。

合覆。大覆。十八日。

武生内外場，並補武生考，内場僅一箭，補考加一箭，以次遞加，誠具文也。十九日。

試邵陽武童。二十日。

又。廿一日。

又。邵陽重名應試者甚多。查出枷號一人。廿二日。

試武岡武童。廿三日。

試新化武童。廿四日。

又。廿五日。

又。廿六日。

試新寧武童。廿七日。

試城步武童。廿八日。

光緒二十一年三月

試外場馬箭。三月一日。

試内場技勇。初二日。

又。初三日。

又。初四日。

覆武童。初五日。

覆一等前三名文生。初六日。

獎賞文武生童。初七日。飲於府署。

午後遊雙清亭,風景絶佳。雙清名者,以資水、邵水合流處也。小船篋蓬排如蟻。亭在山角,四面可眺望。府學教授吴德襄稱三贈雙清亭石拓本。

吴稱三藏有嘉道諸名賢與徐星伯先生札,爲題五絶句。

試間日爲人題詩、作畫、寫字,日日不間。留楹聯於試院曰:"齊之以禮,敏則有功。"内廳題曰"戒有暇日齋",取《荀子》語也。

緘札收藏頗自誇,錢陳專牘富諸家。誰知絶妙名賢迹,别載資江稿一車(乾嘉諸老與錢梅溪札,道咸諸老與陳碩夫札,皆數十百通,具在敝篋。與此兩册多同姓名,頗有闕合也)。

曾渡陰凌印尚紅,新疆一賦夙稱工。邊陲六十年來事,考訂還須仗此公(先生《新疆賦》初刻本,自印"曾渡陰復"一記,係送當日諸同好者,後印本皆無之矣)。

絶學當時各負名,一函相問劇多情。中原朝士今誰屬,蠹盡松皮紙一籯。

公有奇才吾可知,公耽奇癖吾非之。尋常一樣刊書賣,一負宏名一罪私(公使湘中,以所刻書勒命諸生買讀,被議去官。而祁文端使吴亦刻書命諸生買讀,而至今人頌之,何耶?)。

昨朝來踏魏公鄉,已見奇才出異常。定有古微堂上客,自慚青眼尚茫茫。

石笋山房富録藏,一圖聊與寫蒼茫。相期三百餘年後,亦共此書弟子行(時爲學博■《石笋山房圖》)。

姑妄言之姑聽之,漁洋妙語吾曾知。晚燈笑聽三蕉語,勝讀秦嘉《本事詩》。

國子先生五柳孫，能將先集當寒温。揖青詩好尋常事，愛絶驚人古格言。

看朱成碧吾豈敢，以有爲無事實難。差善近來增見識，五更清夢到氊寒。

試邵陽武童，重名沓至，爰枷號一三次重來者數日。復有新寧教官陶笙陔（鼎銘）以其先世笙樓先生所箸《三蕉餘話》及《揖青山人詩抄》見贈，中有"報督學"一事，與今日事略同也，即吟三絶，書一扇答之。

空谷幽香種幾年，嫩芽新茁尚含烟。何妨移作天家貢，絶品當居百卉先。

不向叢榛披辣手，何從真處識奇葩。樵夫未必知名種，持向人間足自夸。

何以居之竹石間，搴芳紉佩兩無關。自然幽静天然好，尚矚藏真少出山。

湘波蕩盡騷心未，總是靈根締宿緣。生不當門真自愛，陋他梅柳佔春先。

校射餘閒寫像來，戲將紈扇作詩媒。只能圖入生綃裏，不敢公然詡手栽。

石生陶鈞，余乙未春按試寶慶所得士也，童年如成人，以趙恭毅公期之。校射畢，燈下寫扇頭，爲幽蘭一叢，並題五絶句。石生願一和之否？是不讓阮文達《定香亭筆談》中佳事也。

爲學貴成家，何論漢與宋。讀書先立品，不在科名重。我生識字初，人笑非書種。跳蕩好嬉戲，閉户倦弦誦。弱冠忽知文，自愛群儒從。漸熟《通俗編》，解撰《河清頌》。方信讀書難，絶學有承統。今年已卅六，一事不異衆。謬衡南國才，來選皇家貢。天生愛好心，卓犖時目送。惟兹三湘儁，固是人中鳳。論文極□微，習射善磬控。他日皆奇英，定不等閑用。因兹愧駑材，清夜返自訟。卓卓雙江堂，獨坐懍虚空。願約諸生徒，負才莫狂縱。

寶慶試院示諸生，即用祁文端公原韻。

三唐功令集麟角，制義成篇始履輕。誰識梅川藍伯子，能將格律勝西京。

絶妙崔何應制詩，後人摹擬失沉思。河間已去聖徵老，空讀《瀛奎律髓》詞。

餘興能成墨戲來，萬花齊向筆頭開。楚材畢竟異常質，陋煞人間别體裁。

題古上梅藍榮山(冔)《香巖賦詩抄》。

文字具從辛苦出，行囊寫遍遠遊詩。晚燈讀罷生餘感，憶我童年繭足時。

議論不阿扶正直，世風因此感遷移。中原朝士能知否，糜盡天家養士貲。

阮公老去筆譚存，小子還思例一援。肯録盤山詩句否，不須無佛自稱尊。

題《歐陽倩詩文集》(新化增生吴輔之)。

晨起出城，適大雨，送者不絶，諸生童有二百餘人，遠至七八十里。猺生、武生、童、貢生皆遠道相送，自愧無益於諸生，尚得諸生見愛，頗自喜也。

行四十五里至西嶺飯，又行卅里至利家坪宿。一路山色絶佳，頗似畫圖也。初八日。

行七十里至文明鋪，宿一書院中。縣令金□□□□來見。竟日行(徒)[陡]壑高嶺，初似人癡，繼似倪、迂諸本也。初九日。

晨起，行十里至新鋪子，十里至黄家鋪，十里至丁家嶺，茶尖，屋小甚。又行十里至石礄鋪，十里至祁陽，宿皇華館。學官及巡捕等迎於郭外。竟日大雨，田隴間山石起伏，如蹲獸，如伏龜，奇形怪狀，不可盡述。離城五里即峿溪，歸來舟行，可登訪也。初十日。

聞金縣令談光緝甫太守女公子孝烈事，成二絶。

是否今生誤讀書，不知天道竟何如。居然孝烈成公謚，慚愧鬚眉飽五車。

臨去從容百不回，忍將遺稿付寒灰。此行永遂承歡願，不是傷心赴夜臺。

晨出驛馬門，過河，縣令送於道傍。行十里長流鋪，茶尖，未歇。十里富里鋪，十里畫錦鋪，五里搭橋鋪，十里孟公山宿。過孟公嶺，絶高，不險。零陵縣遣人來迎，有轎、縴夫八名。湘中轎用縴於此始。嶺頂有一亭，方石柱一，極古，有字，或唐宋間物。惜匆匆未一看也。十一日。

晨起，十里至凍井鋪，十里至糧米鋪，十里至畫眉鋪。縣令姜昆山(□□)來接。十里至烟燉鋪，七里至永州。考棚方新造，高大軒爽，大堂曰“大公堂”。十二日。府未來接，未見。

午初謁廟。閱墻放告，無一人來者。攔輿紛紛，皆不收。繼而思之，殊非中庸之道。以後擬逢告必收，但諭以不合式者不批，願則投之，不願則收回可也。如是則無扞格之患。十三日。

寅初點名。考生經、古。天黑始净場。試者雖不如寶慶之安静，然終日在堂，彼亦無所犯規也。十四日。

丑初點名。童經、古。日暮净場。亦頗安静。十五日。

是日補歲考，定生古卷。無輿地一門，餘亦無愜心者。十六日。

子初點名。爲九屬生正場。提調託發案不來，縣令亦杳不知其所至，遣巡捕請之，點名畢始來一揖，略詰數語，彼即大聲力辯其無誤。小人也，不能以真肺腸待之矣。十七日。

寅正，覆生、童經、古百二十六人於堂(生八十一，童四十五)。十八日。

亥正，試寧遠、永開、新田三縣童二千三百餘人。十九日。

晨六鐘，覆生員乙百三十三人，有道州何氏昆季三人，皆列一等，其季僅十三歲，文字頗清通也。① 二十日。

祁陽童生石瑞霖於試日呈其《吟仙館詩稿》，詩筆清麗，略嫌薄耳。録其《咏鏡》兩首：

一片冰心不染塵，往來窗下與誰親。憐君幾遇傾城色，似隔銀河未到身。

笑對桃花幾樹開，那知窗下即天台。劉郎受盡神仙訣，别後仙姬帶不來。

又《咏竹夫人》云：

新粉初調節節工，桃花微襯一枝紅。淇泉自羨兒夫好，九十詩人衛武公。

試東安、道州、江華、寧遠(三)[四]邑文童。在堂坐竟日。廿一日。

提寧、永、新三邑文童覆試，即日出案。廿二日。

---

① 眉批：兄何國□、何國璽。

試祁陽童生。廿三日。

提東、道、寧、江文童覆試，即出案。廿四日。

試零陵文童。廿五日。

提祁陽童生，得幼童數人。廿六日。

考貢謄紅。廿七日。

提零陵童，得幼童一，劇佳。廿八日。

合覆各縣童生。廿九日。

武生歲考，並補考。三十日。

光緒二十一年四月

試永明武童。四月初一日。

試江華、新田武童。初二日。

試東安武童竟日。初三日。

日來忙而懶，各事皆高擱，未免近惰字，不自振作，徒消磨日月，可愧可愧。

晨起，試道州文童，薄暮停止。閱五百人。燈下閱板橋《寄弟書》，覺句句皆至理名言，人所不可不知、不能不知者。憶早年得《板橋集》重刻本，時在篋笥，閱之頗覺長識見許多。今已十餘年矣。得初印本，偶一翻閱，覺反不如早年讀時之趣，此係中年來利欲深，故覺真性汩耳。“有田不歸如江水”，東坡詩千古至言，惜東坡亦未能如願也。

日來頗覺諸事不適意，心神不固，便有此等魔道纏繞。凡事由天，但須正大無私，天亦不教人無路走也。奚必多慮？

嘗與若溪書云，吾生做事，今日不想明日，若溪適與吾相背，故覺處處窒礙。今日思之，終覺短閱歷，故出口即自夸也。以後戒之。初四日。

數日考試武童。竟日不能做他事。晚倦極，即睡。直一蠢人矣。初五日至十一日。

昨日忽僕從於屋後掘得一泉，涓涓不息，試烹之，洌而不甘，然較尋常供應之水已勝百倍矣。按此處志書，在萬石山之西，《志》中有曰：“綠井爲唐時舊迹，久廢。明萬曆中開濬，後即湮。”今日之泉正出此處。豈綠井之源邪？擬作詩告守土者護之，惜守令皆俗吏耳。

泉出石縫中，流甚急，頃刻可盈一瓮，似有古人鑿石痕，非新湧者。

石中生石燕，可剔而出之。

祥瑞呈圖空自詡，無源甘醴亦成愚。一泓自有廉泉酌，却勝坡公調水符。

平生居水鄉，夙耆斗茶癖。屐履過溪亭，不酌意不懌。謌來試永昌，重門嚴晨夕。打鼓進魚蔬，清泉先肉食。令嚴調水符，擔石抵瓊液。每憶白沙泉，涎流對幕客。晨起忽聞諠，奇事等天闢。云來屋後泉，涓涓流石隙。群奴剔泥沙，諸友掃蘚積。須臾盈石窊，源流尚汩汩。龍團手自煎，清洌湛甌白。試飲沁齒根，清風生兩腋。甘醴豈無源，靈泉定有脉。吾聞萬石山，緑井記古刻。有唐暨元明，舊迹久湮塞。艾圃僅留碑，空憶痕浮碧。安知此水生，不自前源滴？衙齋晚燈閒，微吟四壁寂。活火蟹眼青，細沫乳花白。何意此境奇，竟自勞人濟。明當告太守，下及弟子籍。願勿等閑視，護此地盈尺。還宜證舊聞，此是土人責。使者去復來，一勺不求益。惟患緑泉名，螭扁署齋額。①

竟日校祁陽武場，重名、頂替，百弊叢生，無以止絶，可恨可慚。

得朱守函，云和議漸成，彼國要約太甚。據公法竟成一大辱。國何以一至於此，令人可嘆。十二日。

緑泉山館

光緒乙未初夏，按試來此，於屋後掘得一泉，出石罅中。試之清洌可烹。證以《圖志》，當即唐時緑井泉也。湮塞久矣。爰題此額以張之。湘中督學使者元和江標題記。

永州試畢，思無補於諸生也，清夜挑燈，深自慚悚。率吟六絶以告諸生，並自誌也。

語因近拙人難信，學本多疏教導■。絶代輶軒空自負，晚燈夢愧受恩初。②

文藝非居器識前，讀書休負絶韋編。能將至理歸忠孝，坐破寒

---

① 眉批：方今海波揚，蟻蛇動窟宅。徵取竭民膏，泉府窘無策。等兹一綫流，空自迸沙礫。既異在山清，又乏穿雲力。世間憾事多，對此三嘆息。長句吟未終，銚果沸（下缺）。

② 眉批：轉移無術詞因拙，啓導難成學本疏。絶代輶軒空自警，愧教負此受恩初。

氊亦任天。

畫鼓沈沈晝閉門,朝來堂上卷雲翻。亦知雪■盈衫客,尚對寒燈淚有痕。

少年贏得路人譽(用祁文端拔試過耒陽詩句),敢引前賢證後車。學海無波空自沸,宵來寫寄弇山書(近因補籌校經書院經費,致書吴愙齋世丈,比之以弇山堂尚書也)。

東海波翻炮火紅,區區文字已無功。自慚畫閣連朝坐,看盡重開兩石弓。

語無奇詭方成品,學到精深大是難。豈有遺珠沈碧海,何妨寫與使人看(擬求才深器厚、不求聞達之士,願諸生以告使者也)。

今日覆一等前三名。竟日未爲一事。諸生和詩佳者頗少。

東安廩生周晋墀書兼歐、柳,以吕庭丈《鶴緣詞》及余《紅蕉詞》屬渠寫之,頗工也。廿日。

今日發落文武生童,人貽《先正讀書訣》一本、《四庫全書提要類序》一本。有幼童七人,各給扇一柄,各贈一詩。二十一日。

晨起略檢各物,即上船。太守諉病不來送,非禮也。二十二日。

天明開船,午初過冷水灘,有卡,卡員吴同登來見。灘石突兀,風景劇佳。晚泊一江灣。舟子云上岸有岩洞,秉炬入,可行二三里。惜天雨,未往也。二十三日。

天明開船,辰初抵浯溪。縣令鄧□□來接,即同至浯溪一遊。山石重叠,十步異形,如假山。石上唐宋題名重沓,近人無刻字地,磨前字刻之,古迹之易毁者如此。《中興頌》在崖下,右爲山谷詩,已重摹矣。《峿臺銘》在崖之後,磨崖石平刻之。上石突出如屋檐,覆銘之半,故後半甚完好也。銘後有大中、開成、大和時人題名,字如新刻,因無人拓故也。《頌》前隔十餘丈,崖石上刻《浯溪》《㾉亭》二銘。中有石方尺餘,刻《浯廎》一銘,僅存數字矣。遂屬寺僧拓之。隨護健兒以桶水洗墨,積以佳紙,精拓一紙,較尋常者有天淵之别。《浯廎》一銘又人所未見,金石家皆不著録,拓工亦以字迹不清,不肯氊墨。今日用佳紙工拓,始得十餘字。《㾉亭》《浯溪》兩銘雖清晰可誦,細審點畫,定經後人重開矣。惟《峿臺》則完好如新也。其餘唐宋人題名不可施氊椎者尚不少也。溪邊爲楊息柯太守墓(翰),有宅一區,云即元漫郎故宅,太守築室其上,不及二十年,今已傾敗。太守第四子居於中，亦不甚知書矣。以番錢一得太守舊藏漢魏六朝拓本數十種，有極精者。日暮始歸船。二十四日。

三吾解

三吾者，浯溪、峿臺、痦廎也。廎本高字。有清光緒二十一年歲次乙未四月督學湘省過此，流連半日，辨別次山，僅有溪、臺、廎三吾。拓其銘而去。

點畫■誤，後世不察，轉寫爲亭，有宋以來，賢者不免。獨段與錢，能知其訛，乾嘉小學，卓絶千古。玆■舊形，循讀遺文，臺、廎並峙，未有亭字。千載之疑，亟當辯正。刻石記之，以告後來。

凌雲刻
閏六月九日
年歲次戊申
有唐大曆三
篆□此銘
忘悼廎旁石上
愜心自適於世
五十時有痦廎
不耽水石年將
木土林野之客
□銘之□□得
也銘曰
曰痦廎旌獨又(有)
也冐猷愛也名
風嗚呼冐不冐
日方暑冐者朝
□霜朝冐者寒
不冐者水聲松
□遠山淖水耳
□廎上目不冐(厭之省)

元都此可信若
竹周□瀛州記(周字下少一字)
上異木夾庥疏
溪㢈廎當㕓石
臨大淵南枕浯
東望峿臺北面
步山面□江中
尺周圍四十餘
石焉高夫(六)十餘
浯溪之口又(有)異

晨起開行。午後忽見仙蝶在船艙外,呼老道以手迎之,繞余手者再。急呼酒來,伸舌吮吸。集手掌上,細視之,黄質黑章,毛背四趺。簇有雙珠,與前見無異,特兩眼緑色不同耳。此爲生平所見第六次。數千里之隔,於烟波縹緲之中,忽來相訪,豈非奇事。遂爲寫圖藏之。是日留舟中不去。廿五日。

午後仙蝶始去,倏已不見。真神物也。廿六日。

竟日風雨,船行甚遲。明日始可抵衡陽矣。廿七日。

蝶來有喜,日來正大哥散館,想已得編修矣。

《潛研堂續跋》云"㢈亭乃㢈廎之誤",是矣。云"[illegible]字不當从曰,宜从甘",余手拓此銘,細審之,皆作[illegible],確甘字也。大約潛揅所見之拓本不精耳。或銘已重洗,經後人改正,亦未可定。

午初至衡州。自道以下來見,府因扃試未來。大雨竟日。

得大哥書,云定作老虎矣。老虎者,俗稱庶常散館爲縣令也。且云讒余者多,大致謂不自儉約。此本性也。方今天下多事,不餓固好,餓亦命耳,何必想後來?且讒我者,妒我耳。妒一時不能妒萬世也。湘省中諸友書來,則譽者多,謂考試寬嚴得中,去取公平,此亦但聞譽者,未聞毁者耳。廿八日。

晨起開行,晚泊。行六十里。廿九。

燈下讀《虞初新志》,見小宛、曼殊諸傳,若有所感。余生三十六年矣,無姬妾之好,不知何以觸於中。豈情至即足動人耶?

顧我翻然繞檻來，舊緣重與倒新醅。四千里外從頭數，得見飛仙第六回。

金睛忽改胡兒碧，却喜黄衫尚儼然。試問儂心依舊否？敢將陳約負前緣。

拓得朝來粉本成，遲回似訂後來盟。茜紗窗薄西風急，冷透珠衣自不驚。

蜂蠹蠅飛事太奇，此心自許告天知。湘波皺緑衡峰碧，尚有卿來慰吾時。

時事紛紛一嘆嗟，故園回首惜無家。朝來無語盟江水，看盡沿堤野菜花。

燕燕鶯鶯想别巢，漫提絮夢逐鞭梢。人間得證憐香約，故事還當教手鈔。

題蝶仙第六圖。

江氏塾課册[①]

如有不合意者或欲填補請即示知

沐浴　每禮拜洗浴一次，换著内衣服一套，以免身上不潔，而生疾病，致有告假等事也。

起身　每日清晨七下鐘，務須起身，梳洗畢，即將所教之書誦讀一番，至九下鐘必定到館。

時候　每日自九下鐘起，至一下鐘止，逢禮拜歇一天，每一下暫歇五分，此外不許出館。

工課　九下至十下英文，十下至十一下文法，十一下至十二下算學或地圖，循環教習，十二下至一下作論言語或拼法習字，亦循環教之，其餘格致、天文等類相時而教。

考試　每半年小考二次，大考一次，以弋禮拜爲一期。

分數　大小考以分數辦上中下三等，小考二十五分爲足數，大考五十分爲足數，三次分數成一百分，七十分下爲上等，五十分下爲中等，三十分上爲下等。

---

① 此爲夾頁。

歇夏　於大考後天氣大熱,或書考上等,則宜歇夏而帶教閑事、閑書。如考下等,則於歇夏時將所讀書集重複温理。

告假　如有要事或生病,預須親自當面請假,否則毋許不到。

玩耍　設下午波此有暇,習學泰西各種玩耍,以養腦免生悶。

光緒二十一年五月

行六十里,至小江口泊。兩岸土作紫色,無高山,今日下午始略見遠山。聞離耒陽尚百六十里。五月初一日。

"《禮經漢讀考》一卷,其他十六卷未成,後之人當有能踵爲之者。嘉慶甲戌十二月茂堂識。"(《儀禮漢讀考後》)

書院經費不足,准在於存公銀内支用,奉天之瀋陽書院於每學學田租銀内酌量撥給。金台書院則每年動撥直隸藩庫存公銀四百兩,後因不敷,府尹又會同直隸總督詳議,請於豐壩營田雜糧變價餘銀内,每年撥解銀二百兩,由布政司詳請直隸總督報銷。皆見《學政全書》。

竟日大風雨,略行數十里泊。初二日。

行竟日,尚未至耒陽也。初三日。

上午至耒陽。縣令於桐軒學琴來見,云杜陵書院係紳士借名斂錢,余未之信,自往看之。

書院以杜陵名者,以耒陽城北有杜工部墓,舊有祠宇,塑像其中。祠後即墓,圍以石,有景泰時題墓石。墓後五楹,有樓,即新建者。祠門内西有小屋,即谷朗碑,碑石完善,前後額皆有暈,後無刻字。向聞《集古録》云尚有朗子甯侯碑同在祠中,聞之司祠者,皆云早失。内有一生云,有一碑額,上暈與此碑同,已斷,無字。余亟看之。在東墻角,僅存額,古暈宛然。量其寬,與前碑不差累乘。命健兒洗之,無字。爰屬該生並下段訪出之,如能得之,則出數百年隱而復見之物,且足爲湘中金石添一掌故也。初四日。

上午因水發丈餘,未能行,泊竟日。初五日。

竟日行六十里,泊淝江書院前。初六日。

晚燈泊船,忽幕友許奎垣來,云船中來一仙蝶,屢飲至醉,小停不去。出掌相示,集指頭栩栩,未醒也。適采得百合花,即移止花上,爲寫一圖。此次所見,色淡黄,有淡墨斑,翅從内闕,與昨見異。兩眼則作金色,四足茸毛，雙鬟則無異也。仙乎仙乎！何屢來親余？豈有佳兆乎？

豈爲前緣竟再來，真教沈醉此香醅。春明舊夢猶酣否，遥戀觚棱首屢回。

淡黄衫子微痕黑，風度前朝更自然。豈是寫真猶未肖，故教重認再來緣。

竟日舟行，逆水而可上。初七日。

水淺而狹，兩岸山更秀。薄暮泊觀音岩，即古所云八尺洪也（三字不知何義）。有石洞，高岩頂，土人建傑閣於前。水中有石如伏獅，正對洞門。岩下石洞内有立象，獅之尾，象之鼻，雖雕琢亦不能如是之工也。縣令、教官、巡捕均來接見。初八日。

天明欲遊岩洞，約同人至岸登閣，則一無所見。遠不如遥望之靈秀也。憑欄見對岸一山頂有石，如僧面江而坐，形容酷似。一岩中見像形者三，此物理之不可解者。

讀《澄懷園語》，處處爲宦者説法，未入仕途者不能知其藴也，真仕官中閲歷之言。初九日。

晨遊後即開船，午後至城外對岸泊。所云城者，有名而已，云古已坍入水中矣。天熱甚。初九日。

天明坐輿陸行，道尚平。薄暮至郴州，宿書院中。初十日。

天明行，午後至桂陽，離城二十里。過桂嶺，亦不甚高。坐騎墮泥田中，僅露一首也。十一日。

晨起謁廟。竟日無所事。十二日。

試古學。竟日在堂上。十三日。

試補歲。竟日未爲一事，定卷而已。十四日。

試桂、臨、藍、嘉四屬生員。十五日。

覆經古，有嘉禾童生李先疇成《小遊仙詞》，極佳，爲闔州冠。十六日。

臨武、藍山、嘉禾文童正場，竟日在堂。十七日。

覆生員，有桂陽何嶽立，讀書頗有門逕，惜有耆好，力勸戒之。十八日。

桂陽童正場，有二千名。十九日。

提頭場童生。二十日。

考教謄紅。二十一日。

提二場童。得省中書，云台灣已公舉唐維卿前輩爲臺灣民主總統，以中國已允割地，台民不願，故有此舉。即余前日國會之説也。二十二日。

晨起有人於墻外投一匿名揭帖，言嘉禾李先疇文非己出。今日適覆試，即提於堂，親詢之，似人言之不確。午後以《太常仙蝶圖》示之，命作詩，立成四絶，頗佳，益不信人言矣。蓋李係巨室而才又美絶，人不能無疑也。二十三日。

李先疇仙蝶詩

文莊往事説從頭，記否當年院裏遊。海眼何勞分大小，嘉名自此播千秋。

錦匣莊呈純廟前，盤旋拜舞作奇緣。未容和相開函視，老道由來别有天。

粉翅翩翩獨去來，仙心戀我幾多回。瀟湘别浦重回首，佳釀相期醉一杯。

太息莊周夢未醒，偏教奇事付幽冥。地壇絶少欺人語，愛讀姚家竹葉亭。

四詩用典雅切而句自跌宕。

光緒二十一年閏五月

今日卯刻獎賞畢。午赴劉彦臣之招，有劇飲。遊署中後園，有胡公祠，云東漢時人，有隧道可入，有朱棺懸於中。必有刻石，惜未能親入一探也。閏月初一日。

天明即行，辰刻飯尖，午後到郴。天熱無風，輿中甚苦。初二日。

謁廟，放告。竟日無他事。初三日。

生、童經、古，四百餘人，黎明封門。初四日。

補歲考。竟日無所事。得都中書，知沈雲□(同芳)、章曼仙(華)皆得庶常。沈係新以内人第五妹字之者。章昔亦有此約而未成，今皆雙雙入詞垣矣。頗自負夙賞之不謬。初五日。

天下事固有一定，此理之不可强者。方去夏之有此議也，余初聞郎亭師言，爰訪之於宣武門内大街南通州會館中，一見即心賞之。爰託劉葆良同年爲之媒，而沈固却以家貧，非所偶，且云即欲出京，須禀命於堂上，允到家即電復。事隔數月，迄無信，以爲成畫餅矣。適湘南章曼仙孝廉寓松筠庵，年少才富，乃兄覲瀛候選同寓，皆與大哥習，一見即甚心契。八月，曼仙出京，覲瀛得山西吉州知州，余亦奉使來湘。適同年王伯唐餞飲於松筠庵，云曼郎新斷絃，昨方電報至也。余忽心動，告諸郎師。師允，屬余作冰人，訪覲瀛於松筠庵，告之故，欣然允可，云無須告曼郎，吾可做主。是日爲九月十四日。翌日余出京，即以事託王勝之同年，以爲事必偕矣。閲數月，勝之書來，云章處已有回書，事不成。頗訝前後之不符。適見胡眉壽同年，告以轉詢曼郎。三日中得復，辭以齊大非偶。而郎師書適至，云已定沈進士矣。方知事有一定，不可强者。然初議之時，沈已進士，章僅孝廉，余尤心屬章，以爲必不久困。未幾，章亦得進士，今皆同入詞垣矣。自喜所識之不謬，而又知五姨之命定爲翰林妻。章貌勝於沈而才可勁敵；章係續婚，沈係元配，則沈勝於章矣。

　　窓齋世伯大人鈞座：謹啓者，閏月九日郴州試院奉到五月廿八日賜書，教誨周詳，莫名感佩。士風丕振，絶學當興，邊境臚歡，屬史知省，政威所布，實越尋常。昔以乾嘉畢、阮開府諸省，關中、學海，首植士類，以今方古，或有過之。沅水校經書院，事雖創始，成效已睹，若遽中廢，豈僅可惜。前接諸生所禀，方懼力小任微，不足表率，今得長者啓導，湘士之福，亦學臣之幸。九守處已遵示札飭，具咨鈞禀，伏希鑒察。〇歷按數郡，見湘人建置書院，皆踊躍可敬。然往往爲官吏所非，不爲扶植，或竟阻撓。推其故，亦皆由紳士借端提用公存款項，又或攤派款目，經人投控，該吏即以此爲口實。前月過耒陽，士紳中先有具稿，言杜陵書院近已頽廢，兹合之五鄉，倡捐重建，自去年奉賜札之後，已集有成數云云。〇過耒陽，問諸縣令，即對言此舉亦無意願中廢。爰親履其地（谷朗碑即在院中，是日曾於東墻下搜得朗子永甯侯柏碑額，自趙明誠以來從未再見著録者也），紳董出迎，並呈捐數，已得萬二千緡，畚□方興，大開廣厦，似尚不致有名無實。〇遂諭以籌款不易，力崇節省，多買書籍以備諷誦。且宜將所捐之款先存公所，後事經營則量入爲出，方不竭蹶，士紳諸諾，似皆首肯。然推縣令之説，亦有自來。蓋十年前該邑北鄉有以二萬餘金造一書院，取名淝水。院方落成，經費已缺，迄今數年，未開一課，未住一士。該令有鑒乎此，恐蹈前車，故曰不如中輟也。然因噎廢食，古人所戒,事無不■,全在得人。故僅飭以"惜浮費、戒勒派、嚴章程、多書籍"十二字而已。兹因沅水事,故特詳告,想聞之當亦爲然也。再,〇又以湘士好訟,按臨所至,沿途投控,冠服泥塗,鄉人環觀,毫不知恥。及以呈詞閲之,半多影射,亦涉瑣屑,於"切己"二字皆不體會。渠等只求收詞,不問結案,已屬可恨。又有村愚鄉曲、老婦稚兒,以錢財口角裝點重情,牽涉衿士,紛紛投告,語不由衷,則皆由好弄刀筆者竄掇而成,一紙詞准,慾壑已飽。狹路攔輿,竟有一手持錢一手投呈。該邑所派來之民壯輿夫,故意遲頓,據爲利藪。此風以祁陽、零陵爲最,新化次之,言之實堪痛恨。故惟有以"攔輿不收"四字以斷其利源,以絶其訟根。蓋此等呈詞實情頗少,即有二三確鑿之案,亦多反覆强辨,不涉陷害,即求脱卸;如有真情實據,早經地方官紳公斷公評,萬無覆冤不伸之理,而不必候學使一批也。故每逢下學講書之日,即親戒諸生息訟,嚴飭教官查訪訟棍,將來此風或可少息。遇事勇爲,惟苦才短,兹得長者隨時啓導,欣幸曷極,當與三湘學者同聲感頌也。前聞請假卅日,暫别塵坌,避此暑熱,祈頤養岀抱,安閑静舍,録成《銷夏》,圖寫《山居》,初秋歸來,當許飽讀。

讀《禮記・玉藻》"孔子佩象環五寸"句,疑"孔子"二字有誤。蓋象環之飾既無旁證,而文句亦雜而不倫。繼讀"公子曰臣孽"句,始知"孔"字乃"公"字之誤。且"孔子"句當在"士佩孺玫"句上,則與下文大夫、庶子、公子、士文例相同。公子者,公之幼子也。何以知幼子?《公羊傳》"臣僕庶孽",何休解詁曰:"庶孽,中賤子,猶樹之百孽生。"《漢書・韓王信傳》集注引張晏"孺子爲孽",《經》曰"臣孽"者,乃"臣孺"也,故知庶子爲長,公子爲幼。何以佩象環?即"童子佩觿"從角例也。世子與公子有長幼之分,而等則同,故同曰綦組綬也。否則孔子何以與世子之綦組綬同制?以經證經,即以一篇中經例證經,不得云武斷也。

生員正場,竟日在案。初六日。

覆生古學。得郴州陳爲鎰之掌故,於各國事皆極留心,有志之士也。初七日。

宜、陽、東三縣文童正場。初八日。

天明掛牌,卯正提覆,午正發案。初九日。

永、寧二縣童正場。初十日。

半夜掛牌,黎明提覆,午後發案。十一日。

郴州童正場。十二日。

卯初掛牌,辰正提覆,午後發案。十三日。

考教謄紅,合大覆。十四日。

武生内外場。寄窓齋丈書。十五日。

郴州廪生歐陽鼎善詞章,謄紅日云有江右之行,請不候獎賞日即去,允之。遂畫一箑並題兩絶句送之。

郴江贛水迢遥路,送爾征帆去幾程。入蜀文章《鸚鵡賦》,過江名士究何情?

《七痛》篇成冠衆曹(余因近日中倭議和事,曾以"七痛"命題,生作洋洋千言,爲通場冠),飛書羽檄想枚皋。文章從此成知己,莫負秋江八月濤。

澤存堂張氏重刻宋本《佩觿》,後附《郭忠恕傳》,與今《宋史》本傳有異同。《宋史》最誤者,"弱冠,漢湘陰公召之,忠恕拂衣遽辭去",兩語證之《譚苑》及《集古録跋尾》等書皆不合,令人不解。兹讀《佩觿》後《傳》,始知其中有脱文也。《佩·傳》曰:"弱冠之年,漢湘陰公辟爲從事,公在徐州,同府記室董裔與忠恕情意不叶,因争事,忠恕拂衣辭去。"《宋史》脱去董裔事,則上下文不屬矣。又《佩·傳》曰:"逢人無貴賤輒曰猫。"按,此楚人語也,至今湘人猶呼"無"曰"猫"。方以智《通雅》:"江、楚、廣東呼'無'曰'毛'。"《後漢書·馮衍傳》:"饑者毛食。"章懷注曰:"衍集'毛'字作无,今俗语犹然者,或古亦通乎?""毛""猫"本同聲。忠恕弱冠在湘陰,故習爲此語,後不可改也。今《宋史》改作"苗",則音又不合矣。一《傳》之中,一脱一訛,讀史之難如是。

骰子今稱曰"色子"。案字當作"塞"。《後漢書·梁冀傳》"六博"注引鮑宏《博經》曰:"用十二棋,六棋白,六棋黑,所擲頭謂之瓊,瓊有五采,刻爲一畫者謂之塞,刻爲兩畫者謂之白,刻爲三畫者謂之黑,一邊不刻者五塞之間謂之五塞。"即今日骰子之濫觴,是"色"古當作"塞"也。

武童場。十六日。

武童場。十七日。

武童場。是日竟日在堂,閲至千三百人。十八日。

武童場。十九日。

武童外場並技勇。二十日。

武大覆。廿一日。

文武獎賞。廿二日。

天明起馬,至永興上船。廿三日。

舟行。廿四日。

舟行,水淺,船如岸上行。廿五日。

舟行。廿六。

舟行。廿七日。

舟行。廿八日。

舟行。廿九日。是日下午寒熱,至天明始退,苦甚。

光緒二十一年六月

午後到衡州,即上岸。六月一日。

謁廟,放告。二日。

試生古學,四百餘人。三日。

試童古,一千三百餘人。四日。

補歲考。五日。

生正場。六日。

覆生、童古學。七日。

試衡山、安仁、酃縣童生。八日。

覆一等生貢。

有府學附生劉焕辰,年僅十二,試詞章及時文皆楚楚可觀,覆試日出扇乞書,爲書五絶句與之。

意氣雄奇欺世易,文章淵雅少年難。胸中不飽五千卷,空負秋燈照影寒。

四録叢殘孰證源,試尋家法得專門。靈扃無鑰空翻篋,老盡寒窗雪上痕。

經濟先從考證求,爛翻掌故歷朝搜。不知一物儒生恥,欲記寰瀛畫地球。

北朱南阮各分門,絶學乾嘉二老尊。大義先通新説立,實求仍守漢人言。

曠代奇逢舉博通,煌煌天語飭臣工。諸生共抱擎天柱,都在回環萬卷中。

《别下齋叢書》刻《蘇齋題跋》:"漢武梁祠畫象初造王業,案'王業'字是'工',非'王',不待考辨而後知也。即石鼓'邀車既王'之'工'字,亦是如此。"標案:此正蘇齋失於考辨處。石鼓"王"字明畫作"工","王"乃石泐痕也。近日精拓本一望而知,豈蘇齋當日反不見佳拓乎?同時金石家如張金粟,其雙鉤《天發》宋拓石鼓文刻入《隨軒金石》者,亦誤作"王",皆不須審拓本,或氊蠟反不如近日之精耳。

《蘇齋跋》中又云(卷上):"'參天兩地而倚數','參天',句也,'兩地',股也,句股正歷,舍矩不能從事矣。"此語似蘇齋門外證。若如蘇齋語,則成句三股二一鋭角矣。擬質諸通算者。

安化陶文毅撫蘇一疏,請旌常州武、陽兩縣貞孝節烈婦女三千十八人,建總坊,朝廷僅費六十金,當時皆以爲法。蘇州刻有《曠典(闡)[闢]幽録》一書,今湖南擬照此辦法,須向陶少雲先生處乞《闡幽録》刻本。少雲即文毅公子也。

耒、常文童正場,約四千二百餘人。初十。

提頭場,分兩排。十一日。

清泉文童正場,三千餘人。十二日。

提二場。十三日。

衡陽文童正場,三千餘人。十四日。

提三場。十五日。

提四場,考教謄紅。十六日。

全大覆。十七日。

武生内外場並補考。十八日。

武童衡陽試,四百餘人。十九日。

衡童四百餘人畢。二十日。

清泉一千一百餘人,一日畢。廿一日。

衡山九百餘人,一日畢。廿二日。

常寧七百餘人,一日畢。廿三日。

耒陽七百餘人,一日畢。廿四日。

安、酃共八百餘人,一日畢。廿五日。是日花衣起。

外場馬箭,共二百六十餘人。廿六日。是日恭值萬壽,先於五更在大堂朝服叩賀。

試技勇,竟日畢。廿七日。

合覆。廿八日。

獎賞。下午合屬公請於彭公祠。有劇。廿九日。

光緒二十一年七月

晨觀書畫於朱純卿前輩署中,時爲衡陽令也。唐宋元明四朝大家畢具,國朝諸家反不多。漁洋山人《蠶尾山圖》卷、二蘇合幅(一詞、一札)爲至精。七月初一日。

晨開行,竟日舟行,甚熱。初二日。

午到衡山上岸,至孳經書院一看即歸。以貧生彭焄薦邑令處。初三日。

舟行。初四日。

舟行,甚熱。初五日。

瘦盡東風倦曉寒,永無霜信上紅蘭。湘慊一桁人何處,手挈銀瓶出畫欄。

日斜風暖白娉婷,不鬥濃香上畫屏。淡到無言人似否,自紉芳佩寄湘靈。

一角紅欄證碧城,靈珠女伴侍瓊英。儘教寫上烏絲記,未慣瑶階叩小名。

渺渺洞庭小小愁,雁書輕不過紅樓。謝孃團扇空成影,又見瀟湘水國秋。

題《幽貞館圖》。

天明大風,泊。薄莫雨起風息,開行。晚泊湘潭,縣令彭來見。初六日。

天明開船。午後風大,泊。僅行卅里。晚二鼓風息,開行。初七日。

天明已近長沙,巳刻到,泊。善化令及學官來見,餘僅撫院投一接帖而已。到署後陸續來見,竟日未暇也。初八日。

晨,心盦觀察來譚。蔣幼懷來譚。稍息塵勞,至樂。

署後隙地略蓋廊廡,栽植花木,取名"萱圃",爲慈親小遊之地,頗可散步。初九日。

右文衡山先生小楷《赤壁賦》並補圖，時嘉靖四年九月，先生已六十六歲。越年五月，又自跋兩行，更小於蠅頭，腕力精健異常。余嘗按其行款，知先生乃臨趙松雪本。此卷共廿九行，行二十字，與趙本同。趙本墨迹今尚在京師卓□□公家，裝一直幅。去年曾■錢一■。石刻則在焦山寺中，舊爲文文水所刻，在嘉靖壬戌時，後先生臨寫已二十七年矣。按先生晚年日書小楷《千文》一本自課，分貽親友無少吝。此亦一時興到所作，以贈石民望者。民望亦五郡一知名之士，嘗與唐、祝諸君相往來。余得滕逸湖手録《所見書畫録》，中見祝京兆書《石民望齋叙》，即索武進費屺褱同年以小楷録於後。屺褱嘗得文氏小楷卷六段，中有《後赤壁賦》，而無《前赤壁》，字更小於此，欲易以爲合璧，彼此皆有此意，而皆未能割愛也，耆好之累人如此。《賦》中“槳”誤“漿”，“藉”誤“籍”，此未足爲先生病。若以此疑之者，非也。

批瀏陽生員羅棠等擬改書院章程

據稟，瀏陽城鄉五書院舊皆專課時文，近擬將南台書院永遠改爲算學館，與四書院文課相輔而行。業有專長，學求實用，振今往古，事創功先，循覽稟詞，實深嘉尚。當即札飭瀏陽縣知縣立案，准將南台書院改爲算學館，並會同公正明白紳耆董理經費，細定章程，慎選師儒，嚴精考覈，妥爲辦理。本院事事核實，樂觀厥成。如若有名無實，徒事更張，既失育才養士之心，必成立異矜奇之誚。不避艱難，力求振作。法不善則屢改，學不精則易惰，後效無窮。本院尚有厚望焉。

竟日略檢理書籍。初十日。

行香放告。午後窓丈來談。十一日。

生員經、古，千餘人，竟日在堂。十二日。

補歲考。十三日。

府、長、善、陰、瀏、潭生員正場。十四日。

考教。十五日。

茶、攸、益、鄉、寧、醴、安生員正場。十六日。

是日因生古不及覆，改空一日。十七日。

覆生古。十八日。

童生經、古。十九日。

覆生員。二十日。

茶、寧、安文童正場。廿一日。

考貢。廿二日。

攸、鄉文童正場。廿三日。

覆童古。廿四日。

提頭場。廿五日。

潭、醴文童。廿六日。

提二場。廿七日。

陰、益文童。廿八日。

提三場。二十九日。

善、瀏文童。三十日。

光緒二十一年八月

提四場。八月初一日。

長沙文童正場。初二日。

提五場。初三日。

提六場。初四日。

謄紅，合覆。初五日。

武生内外場。初六日。

步箭。初七日。

步箭。初八日。

步箭。初九日。

步箭。初十日。

步箭。十一日。

步箭。十二日。

步箭。十三日。

步箭。十四日。

步箭。十五日。

步箭。十六日。

馬箭。十七日。

是日母親壽辰，停一日。十八日。

技勇。十九日。

技勇。二十日。

合大覆。二十一日。

獎賞。廿二日。

出門拜客。廿三日。

光緒二十一年九月

一月以來,見客、拜客,忙碌殊甚,反不如考時之閑。欲思日日記日記,亦因循至此。可愧可愧。九月廿三日。

以二百三十二金屬長沙廪生任元德至上海購書,爲校經書院添設各種西學圖籍,並與南泉、静涵、振夫、哲夫函。

晨起得郢生書,送來書畫十八件,皆何貞老物,有至佳者。午赴幼梅之招,時約胡琴菴畫照。余到後,方坐定,忽見窗上一蝶,審之,老道也,急酌之以酒,忽又一蝶,比前稍小,亦仙影。主人出《鴻雪因緣圖》證之,知本有一大一小,亦奇緣也。爲之寫圖,將題咏焉。廿四日。

晨出門,弔龍氏喪。午後左臺孫念康來,爲之作石鼓四幅。廿五日。

數日未爲一事。酬應之客無一可記者。廿六、廿七、廿八、廿九、三十。

光緒二十一年十月

上午出門。下午檢書。十月初一日。

以五百金押得書百箱,共七八百種,可云大觀矣。限以廿三年八月十五日爲滿期,繳還本利六百兩回贖,過期及短少等情斷絶。初二日。

竟日未爲一事。至俞逸仙處,見其所藏板橋、南阜、八大、朱綸瀚各家册,皆真而佳。趙書《飛英塔詩》,絹心高四尺許,字如掌,押章已模糊,下有翁覃溪小隸書跋及曹慕堂後人一跋,裝池極草草,然真迹也。初三日。

竟日無事。至校經堂相度地址,爲建書樓事。初四日。

得胡致堂《讀史管見》,宋刻宋印,可與宋本《通鑒》同裝一篋。蓋致堂即讀《通鑒》而成此書也。初五日。

得宋本《古文集成》,此書各家藏書目皆不載,邵批《簡明目》據云袁漱六藏有宋本,余即所得袁氏本也。

數日未爲一事。初六、初七、初八、初九、初十日。

晨出門,迎新中丞陳佑民年伯(寶箴)。答拜熊秉三同年,不值。十一日。

上午出門。下午,陳佑丈來譚,極言吏治之宜整飭、礦務之當興辦、電報之須通接、書院之要整頓,賢者固自不凡。十二日。

兩日未爲一事。十三、十四日。

晨起謁廟。午後,曾慶榜(長沙新生)來,所議保護民教議語極通達,有用才也。魏詩銓(清泉附生)年少而於時事極留心,屬其擬一表,以各國各事分繫,將來必有可觀。十五日。

午前煥彬來。午後至幼梅家談。見明殿本《明倫大典記》,即張璁、桂萼議嘉靖大禮事也。又言賀藕庚先生孫年已四十餘,久不考矣,今年忽來應童子試而得佾生,即幼梅妹婿也。幼梅之婿又爲藕庚先生之曾孫,已入泮矣。又一王姓老人,年六十餘,亦爲余取佾生,其門下得科名者已累累矣。出,至佑丈處談,言到省即夢見曾文正,如平日,豈誠信之相感歟。十六日。

竟日無所事。來譚者皆無愜心語。十七日。

課校經諸生於萱圃,共四十五人。通經致用論、喜雨詩。十八日。

佑丈來譚。何堂孫以舊書畫、金石一篋來,有一銅虎符,似六朝或隋時物。一漢鏡,亦精。十九日。

題李文恭公《滄浪小坐圖》遺像:

滄浪七老圖猶在,文毅風流等散雲。獨展斯圖徵逸事,好憑小坐補遺聞。

虞山畫格推胡史,筆底傳神定是真。想見因緣記鴻雪,評量畫稿亦斯人。

開卷何時證宿緣,可園風景尚依然。定當遺愛文孫續,合計新詞再記年。

余百日而孤,爲子之道皆得自母訓。弱冠以前不知世間有酒肉徵逐事,遠行亦不過數十里。年二十三,應汪郎亭師之學幕之訂,始渡海至山左。過芝罘時,蓬萊令鄭君出貽兩册,即此《課子隨筆抄》也,愛而讀之,迄今已十二年矣,未嘗肯一月離。以此自警自戒,如對吾先待詔公也。今年乙未,余年已卅六矣,奉天子命視學湘中,方爲臣子,懼隕越,適幼梅觀察出示重刻本，屬爲叙之。余反覆思，願天下之爲子者皆奉此一册以爲師，即爲父母者亦以此册訓其子，天下治家室安胥在乎此，幼梅之功豈淺鮮哉(《課子隨筆抄序》)。

數日送行者絡繹，自出酬應、辭行，甚忙，記事特略，可愧。二十日至廿四日。

午後上船，送至船上者首府以下。晚未能開。廿五日。

午未開，因知壬秋來也。晚泊金子灣，離城三十五里。桂陽廪生蕭象坤來送行。蕭知礦學，家有礦洞，近擬講求西法，欲大專其利。因水口不通，有旱道十里，余勸其造活鐵路。

下船後清坐，無雜擾之苦。臨趙書三紙，爲到湘一載中第一次也。

以《文選》題作賦題，劇佳。廿六日。

昨夜夢見一青衣，絶艷，似内子，欲作蹇修而仍未成，欲賦一小詞記之，訖未妥也。

今日泊靖港，行三十里，風逆，不得上，頗苦悶也。

閲校經卷三十本。廿七日。

晨知慈航、長慶兩小輪來，即屬拖帶。午後已至湘陰，計水程七十五里，其利溥哉。縣令張賜侯(貴良)來見，一老書生也，相談甚契。停泊兩時，即開行，行十里泊。廿八日。

得穰卿書，言赫德力勸中國改新政，不聽，出而慟曰："不出五年，爲各國瓜分矣。"聞之悚然。

穰卿寄張□□《纖言》，皆記鼎革時事、弘光事極詳。主昏臣惡，不成世界矣。楊、左諸公豈見不到此耶！篋中適有黄忠端於甲申、乙酉間過淮上見内裹建醮陣亡將士有感成七律二十首，迷離悲恨，與《纖言》事相印合，讀之有無窮感慨矣。《纖言》一抄本，無刻傳者。

又寄張叔未爲翁宜泉看定古泉筆記，尚是真迹，有副本，無篆文，擬刻之，篆文非吾不能書也。

又抄日本殘本《晝一元龜》，樂、射御、旌節、兵制、將帥五門皆引古經史。一大字本，題"類編群書晝一元龜丁部卷之○"，一小字本，題"類編祕府圖書晝一元龜乙部卷之○"，當有兩本也。

又膠州柯培元(字復子，號易堂)撰《噶瑪蘭志略》十四卷，皆記臺灣中一隅之地。成書於道光十七年。首有武進吴尚璁(孝銘)一序，時吴爲閩學使也。柯因署篆其地,故有是作,今淪爲異域矣。書僅存稿本,不知將來能傳布否。

又抄本《净土三部經音義》,如玄應書,爲日本嘉禎年物,當中國宋端平時也。引書極多,惟謄寫極草率,爲楊新吾物。

又《歷代職源》五十卷(見《書録解題》),僅一大册,蓋删本也,亦抄自日本。

又抄本唐張鷟《遊仙窟》一册,等於元微之《會真記》,中國無此本矣。

又抄本《碣石調幽蘭》下卷,《古逸叢書》只刻上卷,此猶抄本也,惜傳寫草率耳。

泊鹿伯,有巡檢。冬水消,湖僅一帶,四望皆沙灘矣。此處離岳州四十五里。

致王芍棠、劉毅吉、譚致甫書,皆爲校經建書樓事。廿九日。

光緒二十一年十一月

午初到岳州,即進城。午後見《申報》,知郎師於十月十七日已有旨歸田。時事可危,天威不測如此。憂懼之心,不覺毛髮俱竦。即電慰。十一月初一日。

晨謁廟。午後寫白摺半開。到湘一載,此初次也。頗有歸去之思,特囊無俸錢,家無斗粟耳。初二日。

臨湘童生顧胥考試日呈其《古香齋詩草》,中有句云:"(《道入昌江》)參天古樹葉微脱,滿地山茶花自開。""(《和無題》)燭奴烟重柳眉濃。""(《送弟至瓊州》)庾嶺秋高燕不過。""(《贈熊鶴峰》)楚塞塵沙淹璞玉,雋州言語惜遺珠。"皆近宋人詩,風趣可誦。

是日生、童經、古,共八百餘人。初三日。

是日補考。得報,知順德李師之薨,愴痛無已。三日中生平知己之師一薨一罷,思之痛心,恐此間一席亦未能久居也。初四日。

生員正場,共六百餘人。初五日。

覆經、古,童生在堂,生員在西號之下。初六日。

得焕彬書,正言規勸,痛快淋漓,令人毛髮盡悚,肝腑可傾。謂吾除考試美善外,餘事皆不足爲訓。"好大喜功,輕諾寡信",以此八字相戒,亦正切平日之病。扶持友道至此,尚何言哉。

佳石幽泉足勝遊，新詩袖底自綢繆。誰知老境荒蕪日，青鬢還應讓白頭。

不作窮愁老態詞，此中心迹勝人時。《雍門吟》共《荆庭咏》，苦憶先生至性詩（先生尚有《哭女孫幼芬雍門吟》及《哭先樵叟荆庭咏》之刻）。

一鄉群彦盛文章，使者觀風到此奇。始信淵源無别派，師承終傍趣園離。

題臨湘李卓泉（熒）《趣園詩抄》。詩已刻，極佳，並書“趣園詩趣”四字贈之。

考武日，有臨湘廩生黎安呈詩六絶，即用余前日題《趣園詩》韻：

馬齒徒加愧壯遊，新書古籍互綢繆。豈知塗抹阿婆苦，鏡裏簪花不上頭（生因默寫聖諭不合格，未入一等）。

西學東參制藝詞，吾師孔子聖之時。逢人歌舞同人盛，不注吴山立馬詩。

掄才最重通儒選，時彦收書力購奇。風教主持精格致，益知道德是藩籬。

回首膠庠卅載遊，聚徒終日苦相繆。及門幸遇孫陽顧，聯袂翩翩放出頭（生有許、廖兩徒，皆以經學進第二、三名）。

供奉清平大有詞，鐫詩聞在少年時。遥傳春色隨人句，萬口喧騰節使詩。

一回作育斯文蔚，得示鉛黄遇亦奇。天際望鴻飛縹緲，傳書應有景横籬（生欲爲其先人求撰墓誌）。

第五首“春色隨人”句殊不可解，或外間誤傳余有此詩句耳。生年六十矣。

臨湘廩生楊興濂以其父警吾先生（忠鐸）《證心堂詩稿》來，有《尋隱者不遇》一絶，極愛誦之，曰：

曲徑上山仄復斜，岩扉静閉幽人家。數蜂壓屋挺青石，一樹當門開白花。

又《宿雨》一絶：

眠初雨未來，雨來眠已穩。醒時寂無聲，落花香到枕。

翰墨因緣信有之，天涯休恨識君遲。一函漫認冰斯體，愧説唐家本事詩。

偶從金馬入承明，■節還思白屋情。十駕空勞文字約，自搔青鬢悔浮名。

誌銘唐代例叢殘，此學真成販古丹。願誦清芬陳祖德，須知我本史書官(生求爲乃父誌文)。

洞庭西下波千尺，詩句臨湘意更清。合借輶軒徵近録，擬搜小集刻書棚。

四絶句答臨湘廩生黎安。

布衣終老緣何事，大地榛荆手自删。獨有勞人多草草，深慚空入寶山還。

風風雨雨劇關心，矮屋低檐自苦吟。吾學陳思搜小集，江湖新稿不須尋。

題平江樵人陳玉泉《風雨樓詩稿》。玉泉家貧苦學，且樵且吟。聞吾知詩，特自呈稿，但求一弁言而已，不似世俗借端因求聞達者，故題二絶贈之。

一函詩捧奚奴進，兩字驚奇識姓名。猶道當年老名士，微聞嗟惜落花聲。

同出淵源同受知，文勤宏獎想當時。六年分作天涯别，誰意同賡近事詩。

一物不知深自愧，三年使節更徬徨。但期同作天家事，君傳名臣我儒林。

平江、臨湘童正場。初七日。

覆生場。初八日。

巴、華童正場。初九日。

平、臨提覆，在二堂内。初十日。

巴、華提覆。十一日。

童生大覆。十二日(老童鍾延年，幼童易少齡、吴瑞皆與言，詢一切。經學童林昂霄有詩才)。

武生正場。十三日。

巴陵、臨湘童場(臨湘未畢)。十四。

臨湘、平江武童場。十五日。

華容武童正場。十六日。

武童外場技勇。十七日。

武童合覆。十八日。

獎賞。下午特掛牌見試者。十九日。

午赴府、縣公請，在奎光閣，閣在岳陽書院之傍。二十日。

晨開行，行三十里即泊。廿一日。

船中與吴童子談。童名瑞，爲題字曰"應圖"。書《説文部首》與之。童子年僅十二，而於處事接物、修己爲學之道無一不通。聞乃父名昺，得此子已五十矣，性好行善，因岳州有溺女風，特創民育嬰堂，始議於癸未，開堂於去年之四月，今有百八十孩，皆僅二三月，無周歲者。而童子適於癸未生，迄今十二年，天之報應之速如是。

竟日行三十里，至鹿角，送童子上岸。童住同栟湖，離此僅七八里也。廿二日。

兩日來皆用輪船拖帶，而船大風逆，不得上。

天明開行，晚泊琴棋港。廿三日。

行七十里，泊□□□。廿四日。

行五十里，泊白馬司。廿五日。是日寒暑針升至七十度。

天明忽大風甚巨，天亦驟寒。寒暑針降至四十五度。稍行十里，扯篷兩葉，險甚，即止停泊。廿六日。

天明開行。午後到百歲坊即淺，再過，淺甚，泊。廿七日。

晨起，以水淺舟膠，易一小船。幕友即易科房船。另覓麻陽船載他人、物。收拾方畢，行不半里，忽擱淺，且上下商船銜尾而來，邪許聲相應答，獨吾船不能進，半係船户懶惰，半亦爲吃水太深，相呼竟日，叱撲兼施，至子初始過一灘。又值大雨，亦苦甚矣。行道之難如此。

舟中忽想，讀書如飲食，如有人性好饕餮，見物不擇美惡，必至撐腸鼓腹，輕則爲人所笑，大則疾病隨之，猶如人性好讀書而不擇門逕，不知美惡，毫無經緯，輕則爲一身之累，大則且足以病天下，而不能云不當飲食也，亦不能云不當讀書也。① 然其害如是。廿八日。

---

① 兩"不能"下各衍一"不"字。

竟日行六十里,戌正至沅州泊。縣令郭、教官許來見。廿九日。

行六十里,泊羊角腦,已至大湖口矣。今日途中行湖角,見水野鶩成陣,大而肥,魚亦絶美。三十日。

光緒二十一年十二月

劃玻璃瓶　將油傾入器内,高至欲劃之處,將鐵桿加熱至紅,緩緩插入油内,則玻璃齊油處必斷。

舊磋變快　將鈍磋浸於淡硫强水,候水浸入爲度。

鐵不生銹　將熟胡麻油拭一層,久不生銹。

假金　純紅銅百分,錫或鋅十七分,鎂養六分,淡輕四緑三分六釐,生石灰一分八釐,鉀養果酸九分。配合之法:先鎔銅,後加鎂養與淡輕四緑與鈣養與鉀養果酸,掉和約半小時後,再以錫或鋅漸添在面上而掉入其内,俟全鎔化,將錫蓋密,停三十五分,取盡面上之浮渣,傾入模内成形。此質點極細,能打薄,可磨光,不易生銹。如生銹則稍加酸水,仍能光亮。如用錫不用鋅,更光亮。

日耳曼銀　銅五十鎊,鋅二十五鎊,鎳二十五鎊。

假銀　錫三磅,銅四磅。

玻璃鏡之料　錫六兩,鉛十兩,鉍二十一兩,汞少許。

馬口鐵銲料　鉛一分,錫一分。

余昨夢在場中考試,枯窘不能完卷,又恐爲人所笑,一時匆迫求情情形,驚醒,不覺自笑。今日檢《曾文正公日記》,亦云夢中事,與此相同。文正自謂讀書科第官躋極品,而於學術一無所成,亦不能完卷之象也。愧嘆無已。余日來頗有歸田之思,而文章事業皆不足存於世間,故有此夢,能不痛自焠勵哉。

讀《嶺南三大家詩》,屈翁山古詩多哀慘之詞,適當遜國,目睹耳聞,故發之於聲耳。

余有屈翁山《崇禎宫詞》筆迹,又有顧云美《三吴舊語》手稿,自命爲雙璧,而不知翁山與云美本至交也。今日見《嶺南三大家詩》,屈集七古開卷《御書歌》,即爲云美賦。因云美得明烈皇御書"松風"二字也。又《壽云美六十》,有"遺民今日少,珍重鬢如絲"句。余於勝國遺民得此雙璧,亦非偶然,或者兩先生英靈至今尚欲同一室也。他日當作一匧貯之。

明鏡隱雙龍，朝朝伴𧊊蟵。何時飛入雲，灑作人間雨。錦帶雙死央，文采自成緒。可惜交頸難，結恨一絲縷。美人既解相思語，何必傷心託鱗羽。空房相對自葳蕤，獨抱瑶琴緊珠柱。博山香裊嫌成雲，枕函針銹將還杵。玉郎不歸秋草黄，偷寫新詞祭牛女。

何意束纖腰，顧郎回身抱。何意著新鞋，願郎銜杯小。妾身猶是未分明，空對春花又秋草。歐羅巴酒櫻桃紅，不敵臙肢曼殊好。海蘭烟凈寫真奇，不比張萱畫草橋。勸郎莫愛新死央，死央飛去春蠶蟺。

郎似船頭帆，風起不得落。妾似山頭雲，風過隨所託。妾身尚可移，郎心不可摸。臨江愁煞人，教郎莫情薄。

新月纖纖，蛾眉嬛嬛。新月圓圓，我心婘婘。相思綿綿，道路懸懸。聞郎海上多風烟，聞郎海畔多嬋娟。願郎嬋娟常伴眠，不願風烟到枕邊。妾守空房郎勿憐。

雨作愁痕風作怨，紗窗膽小驚無伴。爐烟燒斷不成眠，獨下金鈎掩空幔。隔墻小語冷如絲，風裏飛來風裏散。牙牌譜碎定心煩，帳角流蘇理還亂。方携明鏡脱銀簪，樓頭忽自聞孤雁。

昨夢郎已歸，示我嬋娟影。嬋娟比妾顏，心手分暖冷。何意鄰雞啼，好夢忽然憬。朝起得郎書，寫作不齊整。上言苦思家，下言好風景。莫非郎枕邊，真有娥眉靚。

蛛絲當户垂，喜鵲噪檐角。何意郎真歸，荑苗尚羞握。先問郎行程，後看郎心貌。誰知三載别，語語仍真確。夢魂聲■皆無憑，可憐骨瘦空棱棱。今宵鏡裏成雙影，猶思淚結紅綿冰。

孤篷聽雨，愁思□然，忽寫新聲，聊託古意，非妮妮兒女語，乃人間至性文也。

泊處不知何所。十二月朔日。

竟日行六十里，泊一沙灘，聞尚去安鄉九十里也。

燈下作《朱伯勛遺稿序》一小駢文，不甚愜意。初二日。

讀譚復生《興算學議》，令人不能有委靡之氣，亦雄傑文字。

竟日行甚緩，所泊亦不知何所也。聞離安鄉尚有二十餘里。初三日。

百花香霧團成雲，牙床春夢方思君。侍婢金盆■瀉紅，玉錦嬌息微聲聞。西洋警鐘忽機動，倦揉錫眼還生寵。鬌絲初掠不成鬟，頭上流蘇手猶攏。輕寒小挹金珂緊，玉釵低壓烏雲鬒。脱鞋懶自束春綃，暖護蝤蠐嗔宿粉。小步朱窗數落花，斜憑曲檻嗽春霞。飛龍明鏡開簽凈，玳瑁新篦出内家。額黄微褪留春褥，黛羸貢硯含秋緑。愁涴新紅上口脂，却嗔鸚䳇催裝束。静倚熏籠熨手温，金絲小管自含麐。天邊那得長圓月，獨對蛾眉淚有痕。(《曉妝曲》)

春風吹柳柳罥綿，柳綿入水生愁烟。胡姬十五勸客酒，雙鬟小值黄金千。朝朝看盡柳枝緑，不惜飛綿作香褥。儘歌金縷自傷春，莫説相思大堤曲。誰家年少黄金鞍，入門翻酒銀瓶乹。醉拂胡床解腰束，烏雲結辮低頭看。雙緌忽落闌紅袜，袖底珍珠製條脱。何事男兒學女妝，那知同坐雌死活。方今海上多烽烟，玉郎空乞侯門憐。烏紗牙笏不稱意，銅符那敵雙珠鈿。春風入領暖雲鬢，同向團欒鏡裏認。再束纖腰宛轉歌，還當合寫臨邛信。(《少年行》)

晨泊安鄉。縣令徐濤、教官譚資來見，巡捕來迎。午後即開，泊一沙渚，已天黑矣。初四日。

晨起已午初。薄暮泊，離津市十五里。初五日。

午泊津市。州牧鄭立誠來見，爲南洲事，頗因辦差一切與廳倅不合，甚矣利之害人也。初六日。

天明起，□坐輴陸行(土道)十里，有茶尖，再十里到城外。岳澧道桂及協鎮春、副將某、州牧鄭皆候於道左。午到試院。屋甚軒爽。考棚在東邊，與岳州同。三堂有程春海先生書“濯纓”篆額猶存。考棚大堂有陳南園先生書《用嚴銘》木屏，大書深刻，拓痕重疊，氣節之動人如此，對之凛然。二堂有“仙迹求藥方術休咎甚效”扁額重疊，亦奇事也。初七日。桂觀察履真譚，馮夢花已簡放鳳陽府。

晨起謁廟。歸禱於仙。問大兄選缺事，籤語靈異之至。初八日。

三鼓開點，頗遲滯，是卷袋不寫姓名、不依牌收之故。試者生二百餘，童四百餘。初九日。

七屬生正場。丑正出題，申正凈場。共八百餘人。南洲應試僅四人也。初十日。

覆童古，共四十六人，佳卷殊少。十一日。

安鄉、慈利、南洲童正場。共乙千五百餘人。南洲五百人。不到者二百餘人。子正四刻出題，卯初出二題，尚未天明也。十二日。

接省信，知大哥選得陝西城固縣知縣，屬漢中府，臨漢水。

提頭場童，復生、古，竟日未爲他事，亦未睡。十三日。

二堂仙座前製一楹一帖，語曰："願施多士聰明藥，乞寫仙人福德方。"

子初二刻開點，丑正三刻畢，共二千人，可爲快矣。

造糊壁之花紙廠，每器十四馬力，造成紙，日可得一萬丈。見《小方壺》第十一帙《歐遊隨筆》三十一，四百二十頁。

膠廠同，僅用食肆中牛羊豬骨及各獸骨。十五日。

造樓三大楹，上庋書籍，下儲器皿及製造槍炮各件。器皿分電學、礦學、化學、聲學、光學、水學、重學各器，每隔七日試驗一類。如有人學習考究此事者，先二日函告管理之人，領一憑紙。屆時持單入堂，挨次坐定，聽試驗之人申説其用處，目驗其變化。如有人能會通其理，推廣用法，即歸而■説録寫成篇，送管理處，候會中人公同考究是否可行。槍炮則向軍裝局先借，每件一物，每月考察兩次，如何裝藥，如何測角度，如何打靶，如何裝卸，惟不發機，使人人皆知何炮何名、何槍何名，式樣之不同、輕重之各異，或宜於陸，或宜於水。近日戰事尤重於炮，而炮之用非付一愚魯鄙民便可取勝。第一須知角度之高低、裝藥之巧妙。若平日無人學習，一有事起，有炮與無炮不等。去年用兵，半坐此病，言之痛心。近日各學■因皆譯有成書，故不能不先考究讀書。兹已向上海各處購得諸書，一一完備。擬每日下午自一點鐘起、四點鐘止，即屬在院諸生之專門者將書演説，任人觀聽，以各類分日。假如第一日電學，第二日化學，以次輪推，周而復始，則人不苦其煩。惟化學一門其用甚大，其費甚巨，擬請分此學於求賢館中。校經則略具小器皿，以便初學試驗。再近日譯書中尚有公法、交涉、律例等學，亦擬屬在院諸生各人分任一門，專心講究，解釋書義。如有讀書人願習此學者，准其自向管理處報名。屆時聽講抄録，每次如干紙，不准中輟。

敬再啓者，校經書院舊有藏經閣，略庋書籍。制極卑小，實因創始之時經費不足，小具規模，以俟擴充。侄自去年出京，見前學使張燮鈞前輩，竭力屬以此事爲重。到湘以後接見士子，皆以有志讀書而不得圖籍爲憾。今年歲試畢後，到書院相度基址，見有西北雜房空地，大可改建書樓三大楹，藉得廣購圖籍，便士誦讀。初次■工建造，約錢千串内外。兹擇於十一月廿五日破土開工，而經費分文無著。不得已，於前日設法函告湘省現任諸紳士，勸各樂助，以成大舉。現在各處雖尚未得覆，而諸紳中必能顧念桑梓培植人才，决不以此爲多事。惟開工後一切費用不得不先行填給。兹將侄明年正月至六月養廉擬暫先借支。[①]

諭岳府諸生知悉：本院於發落事畢，爾等或欲面呈遺書、自陳學業者，許各具名單至内號房掛號，聽候挨次接見。略取古人"幽贊韋紘，王業並接"之義。本院不受贄敬，不收門包，如有人從中阻撓爲難，不肯代爲引進及借端需索者，許爾等指名稟白，確查，懲治不貸。[②]

以付公款。如明年夏間回省後款尚未齊，侄即以此爲捐助之例。能否轉告李仲仙觀察，暫先提用養廉，支給添造校經書樓？並祈速爲籌付。此事因支取養廉，不合成例，故不得不上瀆鈞聽，伏候轉飭，至深感荷。其建樓後所有一切藏書、看書章程另立細例，隨後録呈鑒定。

一　勸募書籍及書院經費。[③]

一　曉諭生童戒除弊習事。本院來湘已及一載，按臨已過七屬，極重諸士子文章華實，心地樸厚，爲他省所不及。然有好事希榮、不守本分、意圖徼幸之輩，若或有勝於他省者。本院既有教督之責，即視之如子弟，有所見聞，必警必戒，亦師友切磋之道。願爾等聽之。

一　戒干預公事。湘省士人往往借公事爲名，遍傳揭帖，或稱書■，或寫同人，轉相號召，一呼千至。初尚正直之士，力主公平，繼則刁劣之徒，從中煽惑，縉紳退避，守令倉皇。偶或得行，轉相夸耀，殊不知事不切己，已屬非分，主謀國事，尤屬妄爲。既非泰西議院之時，足啓前代朋黨之漸。本院聞之驚心，言之□□。小流不塞，大患將成。□□□□噬臍何及。

一　戒藉詞干謁。讀書人出入大小衙門，本干例禁，而湘省士子安分者固多，而犯此者亦不少。即如本院衙門關防嚴密，尤當禁絶往來。

---

① 眉批：程另立細例，隨後録呈鑒定。

② 本段原稿即次於此。

③ 眉批：一戒代作訟詞，一戒藉詞干謁，一戒干預公事，一戒幼童考試，一戒空生議論。

然亦有藉呈詩文借詞請見者,不一而足。此等伎倆皆早爲本院看破,非但視若無睹,實開輕視之心。或有求見不得,而往來於號房書役之所,尤屬可恥。未犯者勿來,已過者自戒。本院實有厚望焉。①

一　戒代作訟詞。今日之所謂訟棍者,並非熟諳例律□□□□□之徒,特不過文理稍通,依照舊狀描頭畫角,哄騙愚民,藉博現錢,不顧後事,而受其愚者已深累矣。本院訪聞,城鄉書院往往借作包訟之所,實深駭異。夫書院所以培植人才,非借以斵喪人才也。此等風氣一開,人心習俗關係匪淺。無怪湘士動輒爲官長詳革,視功名爲兒戲。如不痛自戒改,將來必有奇禍。

《水經注》趙本《河水》篇末校語:

河之入海,舊在碣石,今川流所導,非禹瀆也。周定王五年,河徙故瀆,故班固曰"商竭周移"也。又以漢武帝元光二年,河又徙東郡,更注渤海。是以漢司空掾王璜(横)言曰:"往者天嘗連雨,東北風,海水溢,西南出,寖數百里。"故張君云"碣石在海中",蓋淪於海水也。昔燕齊遼曠,分置營州,今城届海濱,海水北侵,城垂淪者半。王璜(横)之言,信而有徵(据),碣石入海,非無證矣(理也)。

聚珍版《禹貢説斷》引此,無"所導"二字,戴本有之;引作"三年","河"下有"又"字,"璜"從木,戴本作"二",亦有"又"字,"璜"從玉。

"寖"作"浸",無"故"字,"君"作"沂亦","海水"下無"也"字。其下後世云"録於下",與此本下文不同,今本疑有奪文。自"昔燕"至"者半",疑傅寅所節去。

後世儒者,知求九河於平地,而不知求碣石有無,以爲之證。王横之言,信而有據,碣石入海,非無理也。

勤謂"後世"至"之證"二十三字當補在"昔燕"上,蓋宋本有之,而後人傳寫奪之也。光緒甲申海寧許克勤勉甫校補。②

讀史不宜輕下論斷説

---

① 本段爲眉批。

② 此篇校語書於一葉方格稿紙上,夾於此處。

《張石洲與陳頌南書書後》(見《續經世文編》卷三)

《李次青答友人論異教書書後》(見《續經世文編》卷一)

讀古史當以今事相證説

論國朝補歷代史表、志之善

鄒衍談天論

湘中建設學堂書院籌畫經費當以何法爲善

洞庭湖創設淺水商輪利弊論

論訟棍之弊

論鐵路之益

論釐局之弊

論開礦之益

鄭君箋《詩》引漢禮考(《稽古編》卷十五,六十二頁)

申《左傳》杜注"皋比"爲"虎皮"義(《經義雜記》卷二十五,十五頁)

《説文》舍字从今聲説

兹查得清泉童生正場名册同姓名者甚多,仰該學官速即督同書斗詳檢點名册子,將同姓名者另造一册,傳集本■■認派兩保,當堂畫押,以杜重名之漸。於十一日午後將册送進,以備本院查驗,毋得疏漏遲誤,致干咎戾。特諭。

唐顔祕書注《漢書》賦(以曲覈古本歸其真正)

通禮

説雅

禰正平於黄射席間賦鸚鵡賦(願先生爲之賦)

風鬟 霧鬢(七律兩首)

祭洞庭君文(仿顔延年《祭屈原文》體)

君山斑竹歌(七古)

洞庭橘枝詞(七絶)

書《經義述聞》後

書《水經注》後

開河用機器議

行船知測繪説

跋《山海經》後

彝倫解

三苗考

問僞孔傳爲何人所作

《儀禮》節目稱名較《周禮》更繁密考(《儀禮釋例》之言)

(一) 叢書賦(古體)

(二)《國朝漢學師承記》後叙(駢體)

(經)唐本《説文》考(唐本《説文》僅木部殘卷,其餘能據各書述輯其分部標題、説解、蒙體諸例)

(輿地)《漢書·地理志》山名考

(三) 擬輯國朝詞人傳(仿阮文達《疇人傳》例,專述其深於詞學、著有成書者〔如徐[redacted]、萬[redacted]友、戈順卿諸家〕,如僅工賦物,泛填綺思,無議論考證者不入此傳)

(史) 漢匡衡阻封陳湯、唐宋璟不賞郝靈荃合論

擬自造各種機器遏洋人利權

(掌) 擬遊歷條例

(輿) 圖們江考 帕米爾考

懷挾爲功令所至嚴,搜檢乃成例所不廢。然入場之時,按名搜索,必致久延時刻。衡府童場人數既多,恐因此有誤題之時。

《儀禮》諸記分繫諸篇之末説

點名擁擠,流弊滋多。本院按試以來,久經曉諭在先。而昨試童生古學擁擠喧嘩,毫無次序,且有不候唱名、不候諸保、紛紛取卷者。本院按試四屬以來,未有見及此種情形。正場在即,如仍不挨次序、不候唱名、不候諸保而進,喧嘩無禮者,定將試卷扣除,驅逐出門。且將該認保降附示懲。言出法隨,毋貽後悔!

各學廩生知悉:考試武童,向例認派兩保隨同入場,終日在大堂站立。於武童上堂時諸保稽查,雁行鵠立,寒暑無異。本院爲體恤起見,設法變通,不辭勞苦,仍如文場例,親自於頭門點名。每教師帶領所保本童

按次魚貫聽點，認派兩保，即於入場時諸保稽查。一有可疑，立即由衆廩保驅逐出外，不准入場。點名畢後，即可各歸寓所，以免終日站堂之苦。爾等皆讀書明理之人，當能知本院體恤之情，認真查察。如入場時未經廩保舉發，本院查出槍替等情者，該廩生保有專責，不能諉曰不知。本院照例嚴辦，決不稍存姑息之情。事到此時，毋貽後悔。切切！

桓公用管仲，設輕重以富國(號爲冠帶衣履天下，《漢書・地理志》)

觸、蠻(國於蝸之左右角者)

説鈴(好説而不見諸仲尼)

海内大儒爲師友(《後漢・樊儵傳》)

續皇清經解後序(用駢體)

湖南六朝以前石刻諸贊(加駢體序)

湘蓮詞(七絶，不拘首數)

老將 老儒 老工 老商(七律四首)

馬貴與撰《文獻通考》賦(以"因杜佑《通典》而廣之"爲韻)

雪山 冰海 葱嶺 戈壁

紅豆賦(仿六朝體，不限韻)

國朝駢體諸家贊(加駢體序)

陳其年 吴錫麒 孔廣森 孫星衍 洪亮吉 胡稚威 袁枚 王曇

買書行(七古)

《十七史商榷》《廿二史考異》優劣論

問

乾嘉諸儒謂國史宜立《經學傳》，而阮文達在史館仍修《儒林傳》，不改經學之名，何故？

治掌故之學其難有幾？試條列以對。

書魏默深《聖武紀》後

治輿地之學其益有幾？試臚舉以對。

書汪梅邨《水經注圖》後

治經考訂字義與引申大義孰爲難易？

書《尚書大傳》後

龍鬚席(八尺龍鬚方錦褥)

擬鮑明遠《登大雷岸與妹書》

小遊仙詞(七律,不拘首數,或效宋人長短句亦可)

諭古學教官知悉:凡各學有應貢及曾經注劣、斥革、開復、降附之生員,速將姓名年歲另行造册詳報,不得遺漏一人。限於明日午後一律送進,毋得後延貽誤,致干記過。特諭。

唐牛僧孺議棄淮州論

問以銅柱分界自漢以來有幾

左太冲自以所見不博求爲秘書郎賦(勤學兼善陰陽之術)

懷素書芭蕉賦(種蕉萬餘以供揮灑)

《周禮》今古書不同説

《儀禮》今古文互異説

有明以來臺灣用兵考

《周禮》制軍考

能窮六經之旨必自《爾雅》始説

《史》《漢》《尚書》今古文同引證

《尚書大傳》存佚考(南宋猶存,唐非足本,《續讀書脞録》)

奉席如橋横橋字釋義

《春秋》上本天道中用王法下理人情論(《公羊通義序》)

春秋時楚地不到湖南辨

撤幕待經生

漢武帝詔令州郡吏民有茂才異等可爲將相及使絶國者

謝靈運少好學博覽群書賦(文章之美江左莫逮)

胡安定立經義治事齋以敦實學賦

一　此院宜仿廣東學海堂例,有齋長而無院長。

一　齋長即由該書院諸生中拔取,須三次課在一二名内者方准充作齋長。

一　齋長須住院,管理書籍事。

一　齋長另籌膏火一分,不得謂之束脩。

一　齋長無管束在院諸生之權，而有管束在院諸生看書之權。如看書不循章程，不聽齋長約束者，即由齋長將實在不遵約束之故詳告監院，由監院轉禀本院察覈，罰去膏火，充公買書。如齋長不公，經諸生告發者，查實即扣去膏火充公。

一　在院諸生如有自己控人或被人控者，一經列名，不論事之曲直，立即出院，永遠不准復補。

禀具悉。事屬美舉，亟當舉行。惟拘於一鄉，曷若行諸通邑。補前法之未行，期良規之必立。除飭江華縣招集紳矜速議安全之法，即以東鄉爲嚆矢。要知師道之宜尊，想該邑官紳當不以此自畫也。切切。禀存。

據詳，該學附生劉能紀願任訂補《海國圖志》，深思好學，直繼古微。輿圖一門，尤非尋常撰輯可比。該生果能成書，豈可限以月日。尚望力肩鉅製，步武鄉賢，先睹爲快。本院實有厚望焉。由該學傳諭劉生知之，若能先成《釋例》送院，得以商榷諸要端，尤深殷盼也。

諭承科知悉：如有衆家人等向該房支用銀錢，將來如有虧空拖欠等情，賬房概不代爲經理了結，特此諭知。四月十四日。

諭船户知悉：本院此次所經水路，除已經嚴飭書役、家人不准挾帶私貨等情外，特諭各船户知悉，本院下船後，不論何時，親自到各船查察。如該船户膽敢私帶貨物、搭趁□人，一經查出，將該船户送交地方官重辦，貨物抛入水中，□人嚴行枷責，鎖繫船頭，沿途示衆。本院令出惟行，勿謂言之不早也。

諭祁陽教師及武童知悉：向聞湘省武事以祁陽爲最，科第蟬聯，蔚如國器。又聞湘省武試諸弊以祁陽爲最，重名槍替，毫不知羞。本院心竊訝之，以爲既有科名，人必敦品，豈有甘爲此無恥之事。及來永州試武生日，有李攀元等公禀，爲近聞海氛不靖，求請爲武生設立學堂，講求有用之學。其事雖一時難行允准，然足見祁邑諸生忠義之氣，冠絶湘省。豈有如此而甘爲此不端事者？湘省向例待武生極嚴，考試禁弊至有剃髮染手等事，查出重名濫保則有斥革、注劣等事。夫志切觀光，文武一體，豈可先以盜賊之心待人？重名濫保，尚不致如包攬詞訟、武斷鄉曲，豈能遽加以革劣之字？是上不能以公道待人，故下必致横行無忌。本院事事事躬親，文武等視，片長必録，一介無私。該生童等若能體諒本院之心，嚴自約束，一切弊端悉行斷絶。在本院則倖得待士之名，在該生等則自受敦品之譽。且見重名頂替等人即能徼倖入場，仍屬毫無把握，偶經指出，則親友指摘，鄉里恥笑，尤所難堪。本院待爾等如子弟，故不忍不教而誅，特此曉諭。諸生童等，如仍視所具文，甘蹈惡習者，一經痛懲，莫怪不公。曉諭在先，毋貽後悔。

查道州舊詳文，新生秦廷鏡屢抗月課，恃刁逞蠻，著先以劣行註册，仰學勒傳云云。現在事隔經年，該生是否果能悔過自新，仰學速覆。事非重大，輒以一劣了其終身，殊失國家待士之道。本院風聞各學往往藉端私讎，以抗課詳請注劣爲挾制諸生地步者，不知凡幾，實屬荒謬糊塗。以後如有所聞，定將該教官參處不貸。

諭廩保知悉：武場稽查槍替重射，是爾等專責。向例站立案旁，逐名查驗，雁行鵠立，寒暑無異。雖曰功令，實爲酷政。本院在寶慶日，特設桌坐於堂東，許廩保開點應名後即退坐於此，候諸童門外點進，重複稽查。如有重名槍替等弊，即由爾等驅逐出外，不准進試。如該童及教師等不服稽查，有心混鬧者，准即指名，按例重辦，决不姑容。如爾等以爲有此退息之地，藉圖惰懶者，殊失本院體恤爾等之心。湘士多才，極守功令，諒諸生等當亦不待本院多言，早能辦理盡善矣。

此是賢太守重興，須知廣厦萬間，使者觀風，必有大名臣代出，正對重湖千里。

諭○○府屬各學教官知悉：照得各學詳補廩生，例應奉批後方准出保。即各學已經詳請，或驛遞貽誤，或本院尚未批發者，亦可於按臨日面稟，立即批出。本院訪聞湖南各屬多有未奉批示，擅行出保，殊屬有違功令。此事皆由已貢廩生霸恃不出，應補之生無缺可補，該學官意在回護舊廩，又恐應補之生不願，設此違法之事。若另有求免賄保等情者，非本院所能知，亦非本院所忍言。想此等不肖教官，湘省未必有之，爲此特行牌示，仰各該學逐細查明。其有未詳者起速詳報，未批者立即回禀。如敢混行出保、朦混造册,一經查出,即將該生注作劣附生,教官記大過一次,决不從寬。切切!特示。

武生不安本分,教官有約來之權。武童考試,教習例不准上堂。如敢違法,借送考爲名逕上大堂者,除將該教習立即枷號外,教官記過,爲約束無能者戒。

如有閑雜人等敢進此門者,不論有無功名,立即枷號示衆。

此門除武童過箭經此放出外,如有閑雜人等及教師敢進此門一步者,立即枷號示衆。

量力請弓,不准更换。如敢故違,立即除名。

諭各屬教習知悉:武童槍替,責任爾等稽查。如敢挾同朦混,教習褫革究處,决不寬貸。

童生考試,例由縣送府,由府賫院。如未經府州縣正考者,不准臨場補考。如各學敢將武童藉詞妄請補考插卷入場,即將該學教官記過。如該府兵房膽敢私行補名造册者,立即提拿重辦,决不姑寬。

武生正場,仰各學教官督同門斗,先行在儀門外點名查驗。如有頂名過射等事,經本院查出者,即將該學教官記大過一次。武生縣府考試認定廪保,如敢於本院考試臨場更换者,即將該童扣考,該認保革、廪降附,不准開復。

文武生員已經斥革報部者,不准遽請開復。如該學官妄與申請者,立即批飭記過。

武生已經斥革,如敢仍充教師領童入場者,即將該學教官記過。

武生此次未經歲考,遽敢充當教師者,除將該生斥革外,即將學官記過。

佾生衹准憑文挑取及學官子弟隨任者方准詳充,如各學有憑空詳請者,除批斥外,即將教師記過。

新化武童陳應奎、曾幹松雇人槍替入場,經本院查出,除立將該兩童查拿到案,嚴加懲辦外,先將教習劉丙寅、蕭漸泉革去衣頂。認保袁華衮兩次狡飾,情罪尤重,革廪降附,發學戒飭。認保鍾士驥革廪降附。派保戴樹人、顔燮勛□降附,發學戒飭。以上各人皆經本院從寬發落，皆養爾等之廉恥，仍欲期以自新，所以體聖天子作育人材之至意。若誤以爲故意寬縱，毫無畏懼，仍敢效法者，實失本院待士之心。本院才淺德薄，不能以教化勸人，以致愚蒙仍復，錮玆積習，撫心自愧，咎亦難辭。尚望嗣後諸生童皆當體本院苦心，袪此小□，勉成大器，父兄師友互相勸戒，實亦本院所厚望者也。

本院挑取邵陽武童步箭一秉至公，毫無遺漏。而教師□□□竟敢代其徒遞稟，將不能開二號弓力之李□□竟云曾開頭號弓力，未得挑取，意圖欺朦，實屬目無法紀。姑念年老，未即枷號，勒令交出其徒李□□重辨。如再有欺朦求挑遞稟之人，不論生童，概行枷號。即將該犯隨棚，俟歲試畢後再行釋放，以爲紊亂考政者戒。

同看箭：

寶慶協副　黄高忠

永州府遊擊　趙玉田

衡州協副　馬鴻圖

郴州參將　唐淦

桂陽參將　榮年

臣僕庶孽

孔子佩象環五寸

童子佩觿

第二十册　光緒二十一年乙未(1895)十二月

(書衣題)笘誃日記　第二十册

光緒二十一年十二月

覆生員並提二場。李洛才昨晚自常德來譚,言奉撫札查澧州、石門教案事。余謂教案要結得快、結得净,偶有模糊拖延,必致貽人口實,宜仿義、德各國自行保護之法(其法初看之,似與中國事不涉,實則可照辦),或與約只准設立教堂,不准買作教堂産業。此事雖背舊約,然舊約之害人即在"買作教堂公産"六字也。義、德事略見薛《使四國日記》。十五日(乙未十二月)。

考各國都城名,知非洲、奥洲、美洲及土爾其之北小國甚多。

子初點名,千六百餘人,丑正畢。天不甚冷,不見冰雪,或此間地氣本如此也。

乙未年日記祗一册,讀書不多,下筆又懶,竊自愧。今而後未知能稍振作否。十六日。

晨起,發題覆案七十六人。午提覆,忽查得一槍手,嚴詰之,不認,重撲以戒尺,傳廩保來,一詢而服,爰枷號於頭門。是石門童而試澧州者。又有一孀婦江陳氏者控,夫死無嗣,舊嗣其侄,已經夫在時因其悖逆退繼,該侄應考入學册亦僅書親父名,今因婦夫死,即入其室奪其産,而自命爲嗣子。婦控於縣,縣官袒其子,斷不准退嗣,僅准給錢。而婦因子大於母,且種種忤逆,不願繼;子又控於縣,以誣衊之事告其母。余察其情,衡其輕重,宜袒婦而斥子,否則恐有不測之變,遂毅然批准,許婦重行擇嗣,且飭州於三日内結案。因思此兩事也,一名累之也,一利言之也,爲此二字而毫無顧忌,一至於此。奪嗣一節情形尤可惡。十七日。①

---

① 眉批:此事據人言,其母大非善類,蓋婦人年輕而爲人惑耳。事之不可料如此。

晨起，武陵楊教官来，言辰州至沅州例走驛路，若行水道，非二十日不可，亦使者所當知者。將前任考試日期計算，至丁未年二月初旬可一律考畢，在省有四月閒也。

合覆大覆，竟日無事。十八日。

晨，武生歲試。午後，安鄉、南洲兩屬童試。十九日。

石門、安福、永定童試，共八百餘人，申初即完。二十日。

澧州、慈利武童試，共七百餘人，酉初畢。廿一日。

天明赴校場馬射，午試技勇，酉初畢。廿二日。

上午大覆。午奬賞。下午赴岳常澧道桂履真觀督之招（中行），同坐鄭子惠司馬（立誠）、參將春筱山（瑞，旗人）。廿三日。

天明起程，自桂觀督以下皆送於城外。行十里過黄沙河（渡船甚小），十里過新渡河，皆澧水。十里至東山鋪茶尖，十里至玉泉鋪，十里至菱角橋，十里至清化驛，驛官楊迎於道左。宿行臺，甚凈。廿四日。

自黄帝八年大撓初作甲子，至本年爲四千五百九十二年。

中國約計有四萬二千萬人。

普魯太斯特文即表理文也。專言本國受他國之挾制，外雖允而心不然，以此普告各國之文。

在岳州時有人謂我於考事寬中有嚴，在澧州則有人謂我嚴中有寬，究不知寬嚴之用孰爲然也。自思近日作事有過嚴之處，頗覺傷和氣，且動輒盛怒，亦大傷肝也。又有令人有難受之處，以後當痛自戒之。

二十五里至巖子岡，十里至朱氏祠，十里至鰲山鋪，十里至十子鋪，十里至馬鞍鋪，十里至火龍驛，共計七十五里。宿行臺，亦凈，屬武陵辦差。廿五日。

五更即上轎，行四十里，縣令王紹鈞候於道左。再行五里，常德府文守杰及協鎮以下均在一關帝祠相候。進城僅辰刻也。試院大堂内即住屋五楹，頗寬大。後屋五楹，即幕友所居。廿六日。

晨謁廟，放告。畢，查墻内舊竇累累，屬泥匠塞之，可見本來考政之不密矣。廿七日。

試生員經、古，子正即出題，試者百九十人。廿八日。

試童生經、古，試者四百餘人，子正出題。廿九日，爲大除夕。

得中丞四百里排遞，屬送各屬知名士於求賢書院。

子正即在大堂行三跪九叩禮朝賀。竟日不啓門,賀年僅屬巡捕送帖而已。

光緒二十二年(1896)丙申正月

占牙牌數,得“打開圍場,射鹿得麞,顧盼自喜,中必叠雙”四語。丙申年元旦。

試生正場,共千三百卷,到者僅七百人。子正出題,申刻完場。初二日。

覆童古。有沅江童生李鈞鼒,年僅十六,於時事一切了然於胸,筆亦淵雅,美材也。生員中吴友炎亦佳。經學生易豫鼎,通才也,爲笏山方伯子。初三日。

寄沅帆書並《奉天圖》,振天所箸書。

布穀

曉袴

脱却布袴

脱却破袴

脱了潑袴

割麥插禾

郭嫂打婆

一百八箇

阿公阿婆

搏黍

獲穀

撥穀

家家撒穀　以上皆鳩言

駕犁

架架格格 鴉鳴

姑惡

伯勞

苦苦　鵙言

子規

子歸
姊歸
催歸
不如歸去　杜鵑言
喚起　反舌，一作鵶鳴
提壺
提壺盧
犁鶘
犁塗
塗餅焦　山鳥
泥滑滑　竹雞
鳳凰不如我　鶡，惡聲
得過且過　鶡，冬聲
怎麼得過　鶡鳴
歸嬉
提扶
善哉
賀世　並鳳皇言
都獲　孔雀言
行不得哥哥
行不得也哥哥
鈎輈格磔　皆鷓鴣言
郭公
佛現
啄木
拔笋
賣瓦
壓油
狴兒
溼溼
哌哌

告天子
莫惱翁
蘄州鬼
亞婆詞
車載板
月蹉跎
路不古
黄鶯兒
溼古姑
咄咄怪
僕姑姑
鵓鴣鴣
勃哥哥
姑姑苦
哌哌哌
水鵓哥
春去了
春起也
春去也　三名乃逸春鳥
情急了　即秦吉了
見面來
莫摘花果
鈎割
鈎鈎割
甘
清明酒醉
著新脱故
打麥做飯
割麥過荒
麥熟鍜磨
短募把鋤

食梅知酸
交交桑扈
冬冬作工
快快種禾
家家看火
摘桑看火
淮上好過
八風八火
麥姑麥姑
發稞發稞
發科發科
苦阿苦阿
蠶絲一百留
雨墮窠窠不得乾
呷呷 《禽經》云鴨自呼名
朱朱
喌喌
祝祝
谷古孤 並鷄聲
嚶嚶 《禽經》云鶯名
哎喲
莫損花
勃果果
脱布衫
上火看火 蠶上山結繭便有此聲
教護從事 六名並見《花鏡》
喈喈嘖嘖 雀語,《論語疏》(公冶長能辨此)
兹緇縡 雀聲
如意如意 畫眉語
誰似此 燕語
壓油壓油 海鳥語

以上見燕山孫樗《餘墨偶譚續集》卷六，皆禽言也。

桃、沅文童正場，二千人，實僅千七百人。初四日。

覆童古。初五。

武龍文童正場，二千九百餘人。初六日。

覆生員，提頭場。初七日。

補考提二場。初八日。

謄紅，合大覆。初九日。

武生内場，沅江童武場。初十日。

桃源武童，八百人。十一日。

武陵武童，六百人。十二日。

龍陽武童，三百人。十三日。

技勇，百五十人。十四日。

常德武場著名難考，且多槍替、重名等弊。號稱一縣有一萬八千人，此次經自己點名，祇存數百人，可見凡事只須實心做去，無有不見效者，特人不肯爲耳。

天明至校場，在小西門外。午初即畢，出案。申正合覆。十五日。

晨起獎賞，諸生中有人來見。楊性農大前輩來，年已九十矣，尚能以左臂作書。重游泮水之李鼎春年亦八十餘。戴惠卿(展誠)來，是乙未庶常。性農先生孫繼之教授來，呈其所著文，似國初侯朝宗諸家。陳伯陶(鋭)來，言易笏山先生精神尚健。今晨由甫來(順豫一等第一)，以一家所著書送讀，知由甫實經生。十六日。晚赴鄧協鎮、王大令之招，有劇，在禹王宫湖北會館也。十六日。

辰初行，十里至吕家鋪，文武皆送於途。行十里南湖鋪，十里高吾鋪，十里陬市鋪。尖於關帝廟，庭樹軒廠，花木錯雜，文魚皆佳種，異鳥鳴樹間，令人忘行路，頗憶故鄉也。飯畢，行十里至吕鎮，十里至黄土鋪，十里至古市鋪，五里至桃源縣。無城郭，宿一試院中。縣令李夢蓮、余良棟先後來見。桃源出文石，甚精好，惜不易購得。

輿中讀易實甫《遊梁詩賸》，與少作不同。《詩賸①》皆絶句，多學龔

---

① “賸”下衍一“賸”字。

定盦。①

晚間僕人來云，明日如遊桃花源，僅迂道三里餘，遂約幕友同遊。時爲縣令余良棟重修，且刻有志書。十七日。

晨行二十里過一江，即沅水也，名白馬渡，復行十里至其處。道傍有“桃源佳致”一石，護以亭。轉右進門，題曰“左桃花源”。有堂，題曰“延致館”。步至西，有八角亭，亭内外皆碑記，多唐人詩，皆後人補刻也。過八角亭即秦人古洞，有石砌一洞。再上有石泉涓涓流略，有洞門，題“漁人從入處”，此意造也。惟不作小斧劈，與宋元以來畫桃源圖本皆合，其來古矣。憩一方亭，余已喘不能立，目眩心跳，少停方起。循小徑至靖節祠，門外一孤松，清絶可撫，坐蒲團，品山泉，不易得。坐炊許，下山至白雲山館茶食。出門見道旁巨竹，皆刻人題名，余亦以小刀刻三處，以證他日重來。出門坐輿，行四十里至鄭家驛宿。有巡檢周來見，一老髯，詢以事，耳已聾，對非所問矣。

今日方上山，勇往直上，至半山，氣喘而目眩，幾暈絶。腰脚之不健，亦由安養之太隆也。復思年未强仕而已如此，將來安能閱歷勞苦？人生日處放佚而不自知，今日自證，頗深内愧。十八。

阮文達曰(《定香亭筆談》卷四)：“元潘昂霄《金石例》惟拘守昌黎一家之學，明王行《墓銘舉例》雖兼取韓愈、李翱以下十五家，亦不過中唐以後體制，其於兩漢、南北朝制體修詞之道，概未之聞也。余收獲兩漢六朝碑版甚多，思成一書，以復古式。”標嘗謂墓銘之例，漢、魏、六朝皆大輅椎輪，略具規模而已，其例莫備於唐，唐以後則無例矣。然唐之例不能取各家文集爲定例，須蒐集天下墓銘拓本而編輯之。余嘗有志於此，得墓銘拓本六百餘種，可云多矣。然按諸舊人藏目，遺佚者亦不少。欲求一同志者而共爲之，數年中無人也。瞿木夫曰：“墓志之例亂於唐。”是尚誤信潘、王諸人書者。乾嘉以來爲金石例者多矣，獨於墓銘例皆未畫一。他日有暇，當輯此一書。

艷説芙蓉尺五城，似閲芍藥結雙旌。桃花等是唐仙迹，何必紛紛考證明。

兩三村落比朱陳，■■靈芝大似囷。正是上元真甲子，合書金

---

① 眉批：姚、皇甫、丁、李皆新進生(桃源)。

誥進瓊宸。

近聞仙尉操幽新，白馬迎濤遠渡津。翻憶故鄉銅井路，魂消香雪海天春。

陶家自有菊松盟，笑絶勞人柳驛程。新竹留痕茶夢短，得逢仙境品題名。(《和賡笙原韻》)

宦隱神皋漫較量，百年陳迹已茫茫。模糊事記迷西晋，確鑿仙居笑李唐。山色緑圍千樹密，溪流紅想一痕長。何妨借此歌桃葉，願築盧家玳瑁梁。(《和雨時原均》)

杜樊川《長安送友人遊湖南》詩“愚衷深褊狷”，擬以此五字刻一印自警。

今人生前預製棺曰“壽器”，其名古矣。《後漢書·匽皇后紀》“斂以東園畫梓壽器”，杜牧詩“纔是孤魂壽器成”，亦本此。

魚鳥笑人頑，仙居隱約間。乍辭陶令宅，看盡馬頭山。雁齒泥新渡，龍媒認故關。勞人終草草，羨煞野鷗閒。(《和勉夫》)

紅絲繫定冰人足，緑篷■轉前溪曲。雙纏邪許互謳吟，一板傴僂如縛束。人生到此始知難，平地風波脚下看。儘笑一身同傀儡，幾疑小節亦縈蟠。龍媒千尺唐朝驛，一溪下瀉涵紺碧。兩壁摩天峭入雲，孤關插地低磨額。行人到此如蟻旋，何年巧設輿加牽。却恨風颿■不足，真成行脚功無邊。吁嗟乎海上飈輪日千里，歐洲鐵道同電駛。一樣人間智慧生，眼前笑煞黔驢技。(《輿縴行》)

今日晨起即用輿縴，乃以二繩縛輿底，八人負之，如船上水。午後山逾陡，近辰龍關，兩山壁立，中開一綫，僅容一輿馬。道傍古大樹五齊立，土人云吴三桂繫馬樁。關即古龍媒驛也，當再詳考之。以形勢論，臨洺、武勝諸關皆不如此處之險。此關兩旁石直削，不著寸土莖草，尤爲奇險。宿一行臺，即在界嶺分司署之東。分司鄧姓，安徽桐城人，寄籍大興，一子年四齡，頗清秀可愛，與餅餌食之。十九日。

姹紫嫣紅奈老何，春風無那影婆娑。蘼蕪逕裏繁華曲，唱出唐家本事多。(《紫藤、牡丹》)

晚風簾幕曉闌干，消得柔香耐得歡。愛是無言恩是怨，一生未解有新寒。(《荷》)

寥落關河瘦夕陽，消黄墮粉覆鴛鴦。板橋西去長干路，不是蕭

郎亦斷腸。(《殘柳、芙蓉》)

還他清凈女兒身,不爲凌波賦洛神。多恐相思容易惹,誤看紅豆奈何春。(《南天竹、水仙》)

題行館壁間周如保畫幀。如保字雪舲,長沙歌童也,今已脱籍,以(買)[賣]畫養母。

晨起至楠木塘,尖一客店中。午後至馬底驛,宿行館。今日山路崎嶇,輿夫縴負而上,頗勞苦也。縣令丁道良來見。二十日。

丁伯川爲文誠公子,好收藏。

午尖於□□。午後到城。一路山逾陡,上下頗不易,幸路尚寬耳。廿一日。即日謁廟。

補考。廿二日。

生、童經、古,共四百餘人。子刻點名,午後已紛紛交卷,申初凈場矣。廿三日。

生員正場,五百人。廿四日。

覆生、童古學。廿五日。

溆浦、瀘溪、辰溪童正場,共千五百人。廿六日。

沅陵、乾州童正場。廿七日。千四百名。

提五屬覆,分兩次。廿八日。

合覆,謄紅。廿九日。

竊謂書院之設,所以培養人才;學臣之職,所以録取人才。書院一月一課,學臣三年兩試。若無書院以輔學校之不及,則培植少而録取難,人才亦因兹而日短。

奏爲推廣書院課額膏火,援例請旨遵行,仰祈聖鑒事。竊查湖南舊有校經書院,仿古人成法,分經義、政事、言語,專課通曉經史、熟悉掌故之士。創始於前撫臣吴榮光,繼經前學臣朱逌然、張亨嘉先後擴充,規模大具,而人才亦因此蔚起。惟常年經費僅取給於湘岸淮商及紳士捐款發商鳌息,每年入不敷出。近年嚮學人多,往往限於課額,致擯門外。寒士咨嗟,學臣惋惜。續捐既難,集腋籌款更無章程。臣到任一年以來,先自推廣每季加課,捐廉給獎。兹復集款建造藏書樓,廣購書籍、輿圖、儀器,俾多士誦習。惟常年經費支絀,寒士雖有志讀書,而不能久居,相率觀望。聞有經臣拔取之士,詢知家貧,略給膏火,俾於書院誦讀者,殊未可爲永久之計。臣伏查《學政全書》,奉天沈陽書院於每學學田租銀内酌量撥給,作爲師生膏火;又順天金臺書院每年動撥直隸藩庫存公銀四百兩,旋因肄業諸生日漸加增,不敷分給,又於豐霸營田雜糧變價餘銀内每年撥解銀二百兩。等因,在案。仰見國家嘉惠士林,無微不至。臣伏查各省學租原爲給散各學廪生貧生之用,給散之餘,由學臣遵例扣交藩庫充公,並將餘存仍交藩庫造册報銷。湘中每年除給散用款外,銀餘五六百兩一年不等。現在校經書院係課通省實學之士,而經費支絀,課額膏火不足,可否援照奉天瀋陽、順天金臺兩書院例,於每學學田租銀内除給發廪生賑恤貧生之外,所餘藩庫存公銀兩酌撥每年銀五百兩作爲推廣額課膏火之費,由臣署每年發交校經書院提調支用,再將餘銀兩扣交藩庫,一併造册報銷。如蒙俞允,則該書院全省肄業之士皆得共沾實惠,款不外求。事經久遠,於藩庫中一年短此數百金,固不覺其盈,而實於書院中一年足可培植數十寒士。臣愚昧之見,是否有當,伏乞皇上訓示施行。謹奏。

爲勸荒歉各邑被災諸生安分守己手書告戒事。天災流行,致成亢旱,被災各屬顆粒無收,此數十年以來湘省未有之事,而尤爲我士人生平未遇之苦。本院不德,奉職無能,坐視諸生流離困頓,既不能一拯於倒懸,而又任犯法罔上、設奸行詐、窮而走險、毫不存問者,尚能忝爲諸生師乎?使者查自去年夏旱以來,衡山、醴陵等屬尤甚,衡州府學文生衡山許潤玉、許漸逵因災旱招集男婦出境求食,經該縣申請詳革衣頂,所以戒挾衆爲首,藉端生事者。其得咎也固宜。然使者衡情執法,未肯遽使□□,故僅予注劣。其餘各屬因饑寒無路未能恪守卧碑,借端生事者,不一而足。使者皆耳有所聞,筆有所記,揆諸法律,當早斥革。雖理有所當然,而情有所不忍。天災所及,人實無能。現在各災區雖獲甘霖,耕犁可動,惟當青黄不接之時,仍恐有各處災民推學中文武生員爲首,造言生事,借公便私。或該生員引動愚民,阻難行詐,或竟無食可謀,代人包訟營私,欺孤害寡,出入衙門,結交蠹吏,種種作惡,爲害地方者,使者一經聞見,定當律以應得之罪。惟不告而罪,古人所戒;有過則改,事非所難。須知荒旱乃偶然之困苦,功名爲難得之遭逢。若争一日之安樂,必致終身而廢棄。况現在中丞已設法籌款,發粟散糜,平糴分振,無微不及。爾等自當悉心耐守,茹苦安貧,以迓天庥而回災象。士乃四民之首,尤爲一邑所觀望。若能爲鄉里之式，安民息事，助振救災，富者散財，貧者出力，使無一夫失所、一女無歸，則今日之儒生即爲他日之名臣。使者固不僅願諸士等閉户窮守，委身溝瀆，以爲善士者也。如有才具優長之士，又能奉公守法，助理振務，絲毫不苟，足爲士表者，使者聞知，亦當優獎。特此手告，願各聞知。

光緒二十二年二月

考生、童古，八百餘人。初一日。

生正場，七百人。初二日。提歲考前五名於堂。

生、童覆古，生共四十二名，童共廿五名。並補歲考。初三日。

瀘、辰、溆童正場，千四百餘人。初四日。

沅、乾童正場，千四百人。初五日。

提覆，覆一等生。初六日。

提沅、乾童諸生謄紅。初七日。

頭場拔，寅正點名。共四十七人，一人不到。四書題二，經解題一。初八日。

阮文達跋宋拓《醴泉銘》，謂六朝唐人書碑别有一種筆，今世筆工便於松雪書耳，所論極是。然標猶有説：六朝人書，其工在刀非筆，書能如此，故有鋒棱。唐人書，其工在書丹，故有含蓄。唐以後書務在便易，不肯書丹於石，僅以佳紙良筆作書，任工人雙鈎上石，故與唐人書不同。六朝人書■不用筆，如《始平公造象》《皇甫驎墓志》等，一望而知。唐人書皆親筆於碑，積朱厚，刻工佳，故自存神味。推而上之，漢晋各碑皆書丹者，故《王基碑》出土猶有朱字未刻者。漢人作隸，用絶軟毫筆書，觀《孔宙》等碑額即知。特不知秦篆用何種筆書耳。

試以刀仿六朝人書，易於用筆；朱臨唐碑，易於用墨；雙鈎上石之字勝於筆書。無論作何等字皆如此也。

試辰府拔貢策題

問：古人於天地萬物皆有以名之，故《説文》曰："名，自命也。"何以从口从夕？古人命名之義，任口耳者多，任目者少，能言其理歟？《易》六十四卦，《詩》三百篇，《書》百篇，苟非有名，何以記誦？能推廣其説否？名著而數生，試證夫算；數交而文見，試原夫銘。《釋名》："銘，名也。"何以許書無"銘"字？鐘鼎多銘辭，語句多協韻，能舉其文否？六朝至唐志銘之例極變，能略舉之歟？"名"字爲古今天下公共之字，爲士者亦當顧名思義矣。

人之得名皆在無意中，若有意求之，去名逾遠矣。今日擬此策題，故牽連書之。

思將成裕堂老屋買作外祖母節孝祠，並附祀舅父母。當歸里後爲之。

屺裒得一玉畫碟，底刻"阮謝雪"三字，當時以爲一女史名，今檢《揅經室集》，文達公妾謝氏即公子福之生母，此碟必阮氏物也。當與屺裒言之。

丁令爲文誠公子，多收藏。校閱之暇，問其借閱多種，記其目於後，以誌一時墨緣。

馬湘蘭《盆蘭供石》軸　蘭作雙鈎，花畫並頭，盆以墨筆隨意鈎出，石亦枯秀。看殊草草，而雅韻獨絶。右方自題小楷一絶："芳谷風翻香更幽，静含春色上融樓。昨朝石友携來伴，愛我花開總並頭。乙酉花朝日飲梅花樓下，適黄墨莊先生至，喜甚，作此以贈。湘蘭馬守貞。""湘蘭"(白文)

董文恪《叠嶂迴溪》軸　高不三尺，寬尺四五寸，墨筆，紙本。作兩巒，中開一溪，畫遠沙，無一樹，山頭僅作小墨點而已。幽秀絶倫："《叠嶂迴溪》戊寅嘉平月橅范中立小景，東山董邦達。""董邦達"(白文)、"東山"(朱文)

項墨林《設色山水》軸　高五尺許，闊尺七八寸。右方小篆題一詩並行書跋。絹本。"先生志上芸香閣，閣老新峨豸角冠。留取幽人卧空谷，一川風月要人看。庚子夏五月山中宿雨初霽，雲東侍御過余草堂鑒賞古畫，時静名齋壁上適懸董源《夏山圖》，雲東取以爲冠，焚香鼓琴其下，不忍即去。因仿其意贈之。昨先生有内臺新命，即以此誌别，並當異日招隱之賦云。墨林山人項元汴識。""子京"①(朱文)

金俊明《梅花》小幅　以墨作梅一枝，枝幹用焦墨點苔，枝輭亦不類梅。下有沈承樹補竹數枝。右方自題一詩。紙本。"屈子《騷經》遺不

① 摹葫蘆形印。

録，石湖《芳譜》漫具收。試憑西掖攀花手，提向百花花上頭。壬子小春月寫並録馮海粟句。吴郡耿庵金俊明。”“索笑樓”(朱文)、“俊明之章”(朱文)、“不寐道人”(白文)

文衡山設色小幅　高二尺許，闊尺許。紙本。山石全赭，樹多各色。上方題三絶句，皆小行楷書。“原樹蕭疏帶夕曛，塵蹤渺□一溪分。幽人早晚看花去，應負山中一段雲。正德戊辰七月文璧製並題。”“桑柘閑閑竹嶼深，春花靄月樹成陰。黄鸝紫燕鳴相和，此是雲山韶濩音。王寵。”“王履吉氏”(白文)“尺楮相看二十年，子今騰踏我頽然。白頭點筆閑情在，莫道聰明不及前。戊子十月三日徵明重題。”“徵明父印”(白文)、“文仲子”(白文)。左下角。

奚鐵生設色山水立幅　紙本。淡赭色，惜紙已敝。橅大癡道人《溪居静遠圖》，“乾隆癸卯臘月鐵生奚岡”。“奚岡之印”(白文)

王烟客設色山水立幅　高三尺，闊尺四五。紙本。淡绛。用筆若不經意，畫沙濃墨作屈曲，遠山用淡青，尖插一峰，後更以淡墨作一遠山，畫中罕見。題左方：“丙辰清和偶憩西田，仿一峰老人筆。王時敏。”“王時敏印”(白文)

鄭板橋畫巨石立幅　高三尺，寬尺七八寸。左方題詩一首。石不點苔而蒼老有棱，妙筆也。“片石崚嶒峭可捫，不須五岳自稱尊。世間縱有秦皇帝，未敢鞭他下海門。板橋鄭燮畫並題。”“樗散”(朱文)、“老畫師”(白文)。

錢籜石畫蘭幅　絹本，已黑。作墨蘭兩叢，撇葉秀挺，花臺重疊，如聞幽香。“東侯同年大兄清賞。乾隆甲申四月廿六日，年弟秀山錢載。”“錢、載”(朱文)、“壺尊”(白文)。左下角。

三場拔，僅三十餘人。初九日。

辰刻發拔貢榜。午後無事，少歇。初十日。

武生歲考，僅步箭一枝。午後，瀘、辰、乾三縣武童正場，僅二百人。十一日。

沅、溆武童正場，共四百餘人。十二日。

晨，外廠馬箭，百三十人。午後技勇。十三日。

覆武童，有幼童六人，皆有大力。十四日。

獎賞。十五日。午後至丁伯川處一譚。同坐余廷笏(克諳)，係丁處賬房,與大哥習。

見紹川《烟江叠嶂圖》長卷,宋人畫,石谷全從此卷脱胎。其餘掛幅,尋常之品而已。

贈吾馬湘蘭、項墨林、秋香、廖織雲畫四幅,劇佳。馬、項即前記之幅也。又鼻烟二,似舊物。十五日。

至隆慶寺一遊。大殿廊下金字大額"眼前佛國"四字,旁題"崇禎□年禮部尚書董其昌書",曾載入志書者。案香光老人卒於天啓五年,年八十二歲,豈有崇禎年間尚寫此額,令人可笑,則所傳"慈聖袈裟"者,亦隱約詞耳。登藏經閣觀藏經,殘破已甚,爲明正統五年一陳姓爲亡内官妙吉祥所施造,經後有年月記事。翻一卷,尾夾一紙,題"崇禎十二年僧了憘閱過"等字,墨迹如新,大約二百餘年以來未經人覆檢者,取而歸。丁令復檢百餘册,備舟中誦諷。十六日。是日上船即開。

新進生員章纘緒來送,云非吾不能得售。蓋舊家子,而於八股實門外也。

舟過小西山,欲一探古藏書處,適午睡未醒,泊舟問訊,已早過矣。欲回棹往,又以日莫天雨,固知山水因緣亦有一定也。賦一詩解嘲:

溪山窈窕烟綿緑,春風吹冷前灘曲。奇境真同古畫看,異聞更證遺書足。吾昨軺車到五溪,先尋二酉插天齊。風廊萬卷恣衡校,古洞千函待品題。今朝解纜城西路,牙籤似簇千崖樹。誰道真成夢想奇,孤篷一枕黄粱雨。薄暮停舟醒乍知,榜人已道起身遲。回頭更望烟巒遠,大錯休論一字癡。晚燈自笑因緣淺,半生空詡知墳典。祇解桂函剔蠹魚,那能福地訶龍犬。却憶斛頭寫本奇,寰瀛小志進天墀。人生休信遺文古,漢武秦皇總不時。

有人以劉襄勤臨懷素《聖教序》石刻乞題,爲賦一詩:

金鈎鐵畫論書史,硬黄淺裝分官紙。唐庫雙鈎笑已無,玉臺響拓嗟誰似。自古文人習氣深,洞函先重臨池技。晋寫官奴繭本珍,宋裝令史麻牋美。誰知書派等傳經,却出通侯上將庭。一紙緑天尋祖本,百行白鹿認蘇銘。唐宗御序開禪教,七佛碑頭證列星。昭代臨摹張□□,勝朝結構董華亭。將軍有意開生面,朝朝自洗端谿硯。大字曾經勒燕然,餘情復見書鵝絹。絶塞身歸解綬輕,三湘夢穩揮毫便。十年湖上學騎驢,一任凌烟重畫圖。自種芭蕉留妙迹,漫收柿葉當操觚。蕭齋拓本裝異錦,陜估新函抵匣珠。前年忽報牙山信,船頭不肯奇書進。已看高麗失漢城,忍聞平壤虚雄鎮。八方紛調羽書煩,宿將凋零等市駿。將軍此日卧隆中,忽奉天書下九重。聞説廉頗能健飯,不教魏絳再和戎。玉音前後連三至,將軍本有沙場志。重展征袍色尚紅,笑焚鐵硯痕飛翠。舊部方收常勝軍,忠忱過激傷心淚。出師未捷武鄉亡,一柱南天已隕地。忍教重見白旗降,更説書進鴨緑江。船塢早焚歸櫬晚,電函空寄出關忙。償金借地思南宋,税船租馬輸邦貢。依樣胡盧一紙書,漢唐翻本臨摹痛。朝來對此一函開,仿佛英靈入坐來。自笑史官空有職,忍看上將未登臺。怒猊渴驥空描寫,鐵馬金戈認轉回。今日五溪銅柱下,漫題詩句惜雄才。

《佛説大方廣十輪經》卷四曰:"十輪罪等一婬舍,十婬罪等一酒家,十酒罪等一屠兒,十屠兒等一王。"十輪者,譬如壓油之輪,一麻中皆生諸蟲,以輪押取之,一日一夜壓油千斛,如是乃至滿於千年,是壓油人得無量無邊罪。以十輪譬之,罪尚在一婬舍上。

《正法念處經》曰:"閻魔羅取彼婦女,以利鐵刷刷其皮肉,肉盡骨在而復更生,生則軟嫩,而復更刷,刷已復生,生已復刷,極受苦惱。"此所以戒淫女也。余憶《至正直記》言,元時兵亂,取人以沸水澆其身,以鐵刷刷其皮,而烹食之。世間真有此事,可知種種地獄苦惱皆在眼前,報施之道絲毫不爽也。

清布衣黎君墓誌銘

奉政大夫五品銜翰林院編修提督湖南學政元和江〇撰

君諱〇,字虞臣,岳州臨湘人也。原夫絶地天通,官因姓著,式微寓衛,侯記詩傳,其來尚矣。自九真望族,經術與蘇氏同稱;羌谷函真,《風俗》志流沙之義。譜牒綿遠,可略言矣。祖〇〇,黌序蜚英,早著清衿之譽;世家舊式,一依白鹿之規。父〇〇,鼓篋横經,學通六藝。教胄國子,文備三長。君克劭菑堂,載揚弓冶。潛修儒業,淑郁家風。耿直性成,慕汲長孺之行;蕭澹自好,得陶泉明之真。叢桂一山,園題就植;校書千卷,屋積成巢。童蒙詁訓,四言著義;中庸脉絡,一貫須知。守弟子之職,灑掃必恭;讀治家之言,孝弟可信。豈知天不慭遺,殲良遽及。嘉謨方盛,璪馬難留。薤露一歌,遺型千古。以〇〇〇年〇月〇日撤瑟於私寢,春秋七十有六。有簀在牀，猶抽翰牘；撰聯自挽，尚戀詩書。豈非來生有因，清明在抱者乎。孺夫[人]巴陵孫氏，閨門有訓，斷織流慈。婦道禮儀，無虧晨夕。以○○○年○月○日卒，春秋七十有○，蓋先公二年也。以○○○年○月○日合葬於梳齒壠之陽，禮也。有子七人，曰安，曰含英，皆名列膠序，學有淵源。一經分遺，確承庭訓。孫枝繁衍，重英挺生。安詩學通家，禮門請業，既安德兆，未墜芳儀。乞銘志幽，述德不廢。爰礲貞石，有待斯文。銘曰：

洞庭之前，君山之麓。岡原陰陰，吉宅是卜。青松千粒，黄壤萬春。古人已矣，長此留真。啓後光前，不欺是戒。川盛筠貞，休文匪暇。陵谷有變，石記是旌。久存今德，永頌英聲。①

今日午後船過一灘，略險。十八日。

天明開船。午初近鳳灘泊，即上岸，坐轎至伏波廟行香，行至半途，徑仄，險甚。下轎步行，山石犖确。過一溪一坡，皆奇險。至廟門下視，見白浪噴雪，聲如萬馬，奇觀也。鳳灘者，爲永、辰中道極險之灘，相傳有三大楠木横水底，嘉慶時經潘姓善人鑿去之，今猶險，爲道中冠。廟中有祁文端二絶句軸墨迹，張子虞前輩和以二詩，即用文端韻。有程春海先生一聯，皆前爲學政者。聞尚有茨灘，離此十五里，明早可過之也。辰州以上婦女皆赤足有力，背負一竹簍，能負重至二百餘斤，行走如飛。今日途中見一婦負一竹籃，中卧一小兒，至絶巘，置籃於山頂，自携鋤至石壁墾枯樹根，行步從容，亦見所未見也。近鳳灘時見一岩壁立，岩頂有屋，一徑直上如綫。聞上有廟，爲比丘尼，中有仙尼，已縮小不及尺，亦不知其年歲，不言不食，尚能運動五官，豈雞窠老人歟？一僕上視，未得見，即下。不能履，蜎縮而滚下，亦云險矣。十九日。

今日所過之山皆作小斧劈，或作礬頭，絶似范畫小林瓦屋，時有碧桃、雪梨花滿樹，令人有偕隱之心，忘此危灘之險也。

作詩詞之用僻典欺人，猶作楷寫古字，同一村夫子伎倆，學者當戒絶。

周艸窗、周美成詞清婉而麗，如大家美人，不雜一分妖艷，自是正宗。後來填詞者非銅琵鐵板，即如婬舍蕩女，動人伎倆，全無一絲真意。否則

① 此銘爲夾葉。

如優童上場，演閨情風月，僅足爲俗夫妓女賞耳。詞學之難如此。

晨起，知已至茨灘，浪湧過於鳳灘，惟只有數十丈耳。各小舟皆行對岸，余舟大，不能過，遂坐一茨灘救生小划過河，命家人往前要一竹椅轎來，坐而過。初行亂石間，皆具五色，繼過一處，地下之石如滿地白蓮花含苞初吐，真奇觀矣。復行十許步，上一巡捕船。再行三小灘，如過鐵門限，方至大船。見一木排，下水迅逾電車，險矣快極。二十日。

脩橋補路，令人無危險之心，故功德莫大。

此間真到楚頭頭，況有危灘萬疊流。總是忠忱能化俗，不因銅柱得王侯。

午到銅柱坪上岸。半里許，見銅柱，出土僅六尺許，八楞，色褐而光潤，字甚清，無頂，中空。舊傳中實以錢，令水勇挖之，僅土石而已。上覆一亭，亭中一碑，光緒十五年程頌萬爲張曾敭立，紀建亭事也。土人云舊有錢，已偷挖凈盡，深至八尺時，不能得，以竹竿上粘錫出之，亦可云巧偷矣。柱略斜，云亦二三年來事，爲雷雨所動。亭外一石頂，土人不能安蓋，蓋一夕即下，亦奇事也。柱頂離文三四寸許，一面有"天地"二字，一面有一"白"字，一面有一"曲"字，皆舊鑿者，不可考。竹汀謂此柱非唐五代物。按天禧去天福亦僅七十餘年耳，初刻及後鑿字大異，决非一時所刻也。廿一日。寒食。

行灘逾險，水逾流，所恃者一竹纜耳。此纜一斷，下退頃刻可十餘里。是日午前抵王村，即上岸，住行臺。自溪岸至平地有石級千百，頗陡而險也。

王村出一種小石，似土漿結成，或云岩中石乳，玲瓏可玩，置水盆中，水能上行，可活小草，亦蕭齋清供也。擬製鳳溪緑石盆庋之。廿二日。清明。

天明起，早行二十許里，尚平易。忽一山陡絶先上，下至極深處一溪澗水，緑色，上一小舟渡過。即石級層上，兩旁柏樹皆百年物，交蔭其上，暑月過此，不見日色，亦佳境也。過此至虎子坪宿。虎子坪後易名撫字坪，原永順土司屬也。今日共行五十餘里。廿三日。

天明行。上一陡坡，高下十餘里，餘略平。再行十餘里遠，見一城，如在釜底，共行五十餘里。進南門即到，試院在南門也。號舍不多，屋尚軒廠，然敝甚矣。廿四日。

途中投呈者紛紛，諭以明日放告呈遞，始散。

見試者一硯，上有金星成片，耀目如金剛鑽，奇之，詢以何來，云出乾州，名水衝石。

董文敏曾見司馬温公畫，大類李營丘。語見《畫禪室隨筆》卷三。

文敏曰："日臨樹一二株，石山土坡，隨意皴染。五十後大成，猶未能作人物、舟車、屋宇，以爲一恨。喜有元鎮在前爲我護短，否者百喙莫解矣。"標謂山水、人物、花鳥各佔一間者，北宋以後人之學也。古人作畫皆兼工各藝。近在丁百川大令齋中見宋人《烟江叠嶂圖》一卷，中各具畫法。北宋人絶技，大至樓屋精舍，小至禽鳥供設，無一不精妙。余見唐宋人畫幅多矣，皆如此者。南宋後分南北兩宗，於是畫者多矣，而古法亦湮廢。畫學豈易事哉。

文敏又云："仇實父作畫時，耳不聞鼓吹闐駢之聲，如隔壁釵釧。行年五十方知此一派畫殊不可習。譬之禪定，積劫方成菩薩，非如董、巨、米三家可一超直入如來地也。"標謂畫之分南北兩宗，即喻禪理之有苦行、頓悟二派。北宋苦行，南宗頓悟，足以擬之。實則天下凡事無一不分兩派，此陰陽相偶之理耳。

晨謁廟。午放告，告者僅十餘起，餘則不知何往矣。向例學政放告，由巡捕收呈，往往爲勒索遞款，皆摒不與進。此次則人無用費而情皆得達。初欲行此而人皆阻之，以爲必擁擠不堪，殊不知行此亦清訟之一法也，非過來人不知矣。廿五日。

生員經、古，二百餘人。廿六日。

童生經、古，五百餘人。拿獲傳遞之人並稿八篇，可云膽大矣。廿七日。

生員正場，四百餘人。廿八日。

覆生、童古。廿九日。生六十四人，童四十餘人。

龍山、永綏童正場。三十日。

永順府學教官黄宗杰自呈《儒吏芻言》一篇，言購洋械之無用，自是確論，惟於防禦之策尚多隔膜而兼迂説，中有"洋人來，言路開；和議畢，言路塞"四語，頗有古諺之意。

簡而肅，繁則慢，辦天下事皆如此。

林文忠欽差粤中，龔定盦作序以送之，列三種决定義、三種旁義、三種答難義、一種歸墟義。文忠復手書答之,極爲信服。後文忠之在粵主持交涉,一切皆與龔説合。文見《定盦文集補編》。

光緒二十二年三月

保、桑文童正場。三月初一日。

提覆,覆一等。初二日。

永順童正場,千乙百人,自來所未有,舊僅八百人耳。初三日。

得吴生壖熙書,言新造書院之樓宜添設平臺及各種儀器,供人考究。渠擬自製各器置院中。

得任生元德書,真血性人也,習新學而根底在三《通》、三《禮》,故無惰慢氣。

龍山童生李澤澐年僅十二,爲余所取泮元,下筆爲文蒼老無穉氣。今日招之來,與譚諸事,皆極有識見,措辭雅馴。試日曾以“讀書不在求名利”七字命渠對,即握管書“應試原思報國家”,其胸襟可想矣。余與之言:“汝經濟家也,非詞章家。”渠亦微笑云:“願學經濟。”

阮文達曾屬吾郡周采巖作《修書圖》,周本宋子京故事,極風鬟霧鬢之麗。文達云:“非吾本意。”著其説於《定香亭筆談》中,曰:“修書與著書不同。余在京師,奉敕修《石渠寶笈》,校太學石經,又常纂修《國史》及《萬壽聖典》諸書。自持節山左、浙江以來,復自纂《山左金石志》《浙西金石志》《經籍籑詁》《淮海英靈集》《兩浙輶軒録》《疇人傳》《康熙己未詞科摭録》《竹垞小志》《山左詩課》《浙江詩課》諸書,皆修也,非著也。學臣校士頗多清暇,余無狗馬絲竹之好,又不能飲,惟日與書史相近,手披筆抹,雖似繁劇,終不似著書之沉思殫精。”標少日讀文達此記,輒有忻羡之意,然不敢冀先哲也。比入詞館,協修《國史》之暇,往往憙輯録之學,先成《聲類考逸》四卷,繼輯《黄蕘圃先生年譜》二卷、《咸同兩朝中俄交涉記》一卷。前年持節來湘中,適中東戰事方熾,旋成和議,痛上下不知新學之理,致受欺於附國,遂專以新學啓導湘士。自定條例,擬集諸士之好學者,仿馬氏《文獻》例撰《西學通考》一書,又集録諸先輩及同時人手稿付梓,輯《靈鶼閣叢書》若干卷。又得南宋書棚陳思刻《唐人小集》四十九家,影寫付刻,不失毫釐,爲《元和江氏影南宋本唐人詩集》。又精寫各藏書家宋元校抄本書目,彙而刻之,爲《師鄦室目録叢刻》若干家。適吾郡吴窓齋世丈開府在湘，遂乞丈作圖，亦名之曰“修書”，本文達意也。於使院坐室顔曰“修書宧”，欲不廢此意也。圖而記之，恐後來之不知，猶周采巖之爲文達圖失此本意也。

提覆永順童。初四日。

合大覆。初五日。

生、童經、古。初六日。

生正場，提前三名於堂。初七日。

覆生、童古。初八日。

龍、永文童正場。初九日。

保、桑文童正場。初十日。

提四縣覆，覆一等。十一日。

永順童正場。十二日。

提永順童。十三日。

頭場拔貢五十六人。十四日。

湘痕瀉盡春波緑，柔枝拜倒瑶臺玉。瑟瑟清風駐采毫，剡藤溪絹工裝束。前代柯文已失傳，百年鄭李空驚俗。何意開函忽昭明，風枝雨葉劇多情。硯池墨湧金絲飽，紙角青苗碧幹横。却似文章芒角露，還疑風月館池清。吾家茂苑長洲路，芰荷十里薰風度。静護湘蘭鎮日看，難題修竹《淩雲賦》。念我初生墮地時，已教鄉里號孤兒。母年清節慈閨苦，竹柏新圖舊有詩。周生少小承母教，能將意氣通文竅。十丈琅軒寫秀異，三升螺黛恣奇妙。衙齋夜對有清風，不在毫端在袖中。一樣幽懷歸筆底，與君同化葛陂龍。

題永順周雅林茂才(正南)《竹譜》。

二場拔貢，較頭場少一人。十五日。

出拔貢榜，合大覆。十六日。

武生正場。下午武童正場。十七日。

童正場。十八日。

上午技勇。下午騎射。校場即在試院東墻外。十九日。

合大覆。二十日。

獎賞，發落。廿一日。

起馬先出南門，遊玉屏山。出城三里，道旁一泉，自石龍口中噴出，下砌以石盆，水甚潔。上題“洗心池”。以勺飲之，頗甘。自此處步行里許，見峭壁插天，中開一綫，即玉屏山之“不二門”（此近人題）。步入，僅容一騎，如衖。涼風襲人，山花亂紅，落瓣如雨。壁刻前人題字，無古者。有陳春海先生書四大篆並跋，時爲提學（時）［使］也。有果勇侯楊芳大字、潘碩庭題名。再行里許即觀音岩，有寺。新拔貢諸生迎於門。入寺小憩。生等出紙筆求書節孝額，余更取紙書“玉屏”二篆並同遊者題名，屬生等刻於石。出寺門訪温泉。屬寺僧導行，二里許，山路崎嶇，登陟頗苦。至則見泉自地中湧出，與溪水相連。土人以石子圍之，浴者甚多。僧驅閑人出，余與許奎垣二人脱履坐石上濯足，甚適。復洗上身。見下水舟，一一過訪前學使題詩，皆不可得（嘉慶年時事）。歸途見隔溪一石洞，導者云名“仙人洞”，昔嘗有人借洞中皿碗用之，書一紙置洞口，即有物在，用畢，甚反之，後有人不及反其器，再乞無有矣。此妄言也，姑妄聽之。回寺小坐，即下山，仍進南門。出東門，送者候於道。行五十里，宿虎子坪。土人諱“虎”字，稱“猫子坪”。廿二日。

晨起行五十里，宿王村。舟中買小石乳，可供瓶盎間。廿三日。石爲小奴所斷，悵惘竟日。

天明開船，頃刻即至會溪。訪銅柱，適有一拓工在，即教渠上紙用墨之法，字精湛，無一模糊者。聞此處拓工有某氏三女郎最精，招之不肯來。憶子虞前輩詩有“溪女數錢能打碑”句，是指浯溪者，殆不知此處亦如此也。再過，至鳳灘宿。購硯三。廿四日。

天明解纜，午至小西山一探藏書處。上山之徑仄而險，至洞口，氣喘不能語。再用一衣帶縛樹上，足踏一巨石，猱升而上。進洞門，廣可容百許人。洞頂可捫。再進須携炬，蛇行而入。同遊者入内亦無所見。土人傳説有盃碟在石上者，視之，石渦如盃碟形耳。伯南携拓具，拓其形而出。洞口有張燮鈞前輩書“古藏書處”巨石四。午後泊辰州。丁令病，貽畫扇一，屬其署中友余克諳來（廷勞）。克諳湘人，在上海甚久，能作吴語。廿五日。

起早行九十里宿。廿六日。

行百餘里，宿辰溪。廿七日。

行九十里宿。廿八日。

行六十里宿。廿九日。

行六十里至沅州，州守連雲孫前輩、縣令朱虎卿（士黻）皆迎於道左。三十日。

光緒二十二年四月

晨謁廟。午放告。四月初一日。

試生、童經、古，四百餘人。終日在堂。初二日。

讀陳子莊先生《庸閒齋筆記》，語多勸戒，而令人樂其記事，忘爲善書也。先生孫與余爲鄉榜同年，善人有後，信然。

昔嘗勸人苦學，莫如自點書讀，以爲心得也，今知此本古人法耳。李濟翁《師資録》云："諺曰：'學識何如觀點書。'點書之難，不惟句讀、義理，兼須知字之正音、借音。"真先得吾心矣。

試闔屬文，六百餘人。初三日。

覆經、古，生、童四十餘人。初四日。

黔陽、麻陽、鳳凰廳三屬文童正場。初五日。

芷江、晃州兩屬文童正場。初六日。

蘇稼秋之侄穎杰（名本銚）通方言，知算學，已入學。

敘沅陵章仁溥《道古堂遺稿》

昔阮文達視粤、山左、兩浙，皆有詩課，故得詩人極多，具見《小滄浪》《定香亭》兩筆談中。試嘉興日，諸生中有獻其父詩者，即吴澹川《南野堂集》也，文達録其詩而記之，使者采風職也，亦雅事也。標奉節來湘，自慚孤陋，惟事事以文達爲師，試辭賦日，必鄭重而校别之。三楚騷人，淵源可溯，故得士亦甚多。二月試辰州，沅陵章生（纘緒）年已四十矣，應童生試，見其文皆脱俗，録取後來見，呈其大父章汝霖《道古堂遺稿》，詩境冲澹，卓然名家。携至辰溪，舟中讀之。章生求爲記數語，余曰："此何異吴先生《南野集》乎？惜我學不如文達。或他日成《蘆圃筆譚》，當徵記數詩爲輶軒之采，亦使者之職也。"

讀《鄧完白傳》，見其稱重於張皋文、包慎伯、曹文敏、劉文清、陸耳山諸公，而痛詆於翁覃溪、錢伯坰、錢獻之，此當日門户之見。百年之後試論之，覃溪之隸分、伯坰之行楷、十蘭之小篆，固足出完白上否？覃溪、十蘭或多讀幾卷書，如伯坰者，直小人耳。

問：忠義之氣出自天性，然博觀史書，往往有平居若無能，而遇事則敢爲者，亦有素日以此自勵，而遇危急之際忽有改其初操者，豈根柢未深歟？抑未可預定耶？試摭舉史事而論斷之，以覘平日讀書之益。

問：用兵之道，餉足則惰，餉絀則潰，自來忠臣烈士，往往誤於餉者十之七八，故用兵籌餉爲第一義。試舉其平日儲備之策及臨時挽救之法。此實事求是之學，非空言所可條對者。

胡文忠曰："兵之囂者無不罷，將之貪者無不怯。觀其將，知其兵；觀其兵，亦知其將。"此數語不僅用兵，凡一切治家用人，無不可從此語者。

讀《國朝先正事略·湯文端傳》，因憶公逸事記之。前年謁掌院徐蔭軒師，師即公門下士也，言公晚年，門生往謁者直入寢舍，公杖而揖，然終年冠帶。見室中樸素類農家，菜蔬瓶盎之屬皆陳於几，卧榻幕上燕巢已數年矣，春秋來往不避人，燕污積床下，公不去之，曰："任他自去自來。"想見公當日從容鎮静之度爲不可及矣。

題溆浦舒生(兆熊)《説文證是》：

段桂嚴王各自尊，汝南流派久分門。若從大義勤搜討，先撥三倉造字根。

舒生許學曉異同，四證分明有折衷。吾有一言休自苦，不須詩句擅雕蟲(生通許學而拙於詩)。

讀《先正事略·馮文毅傳》，憶前十年在山東學幕，至青州文毅舊第，有園，巨石奇秀，分植大石盆。佳山堂額尚存。有石室一，云當日藏書處。園中空地皆植桑矣。公後人出文毅小象卷，爲禹鴻臚繪，郎亭師題觀款及余姓名。又憶有一亭，欄檻階磚皆瑪瑙石。堂中几椅雖敝敗，而皆紫檀，鏤銀絲，工緻絶倫，想係百年前舊物也。

讀《宋牧仲傳》，憶少時聞兩佚事。舅氏篴秋老人云："宋商邱辨别書畫，能於暗中摸絹紙便知真僞，辨古銅器，以手撫而嗅之，百不失一。"吕庭芝先生云："袁文誠於兵亂時至商邱宋氏舊第，登一樓，即牧仲舊時憩息之處，所藏書畫分列榻上，文誠皆收之而歸。"

早晨夢見畫梅一幅，有一押章曰"艸廬静坐哭梅鄂"。十一日早。

覆一等，提五屬覆。初七日。

大覆，合覆。初八日。

生、童經、古。初九日。

生正場。初十日。

覆生、童古。十一日。

黔、麻、鳳童正場。十二日。

芷、晃童正場。十三日。

覆一等，提頭二場。十四日。

合大覆，謄紅。十五日。

頭場拔。十六日。

二場跋。十七日。

出拔案，武生正場。武童正場。十八日。

武童正場。十九日。

武童正場，技勇。二十日。

馬箭。廿一日。

武合大覆。試校經書院肄業生。廿二日。

獎賞。至校經書院一看，規模粗具。廿三日。

起馬，陸行九十里，至黔陽宿。道中多小嶺，亦崎嶇。廿四日。

行四十五里宿。廿五日。

行六十五里，宿會同縣。廿六日。

行九十里至靖州。試院尚廠，號舍矮而少，院墻亦短。廿七日。

謁廟。閱墻，見西墻一夾道，東墻則民房，院屋偏東向。廿八日。

生、童經、古，祇二百人。廿九日。

光緒二十二年五月

生正場。五月初一日。

靖、會童正場。初二日。

擬將歷代改元月日成一表，以便檢閱。

《魏韓顯宗墓志》於光緒十六年出土於河南，今石存府學惜餘齋。余曾得一紙，未考也。兹從幕友劉輯唐處見一拓本，偶以《魏書》證之，賜爵一尊與志頗有關合。《傳》云："景明初，追赭陽勳，賜爵章武男。"按《墓志》云"卒於太和之廿三年四月一日"，與史合，而《志》即云："有赭陽之功，追贈五等男，加以繒帛之賻。"案《文帝紀》："帝崩於四月丙子朔，武帝即於丁巳即位。"賜賻已武帝事，故曰"景明初"也。又《律志》，高閭於太和十八年表舉顯宗曰："又著作郎韓顯宗博聞强識，頗有史才，粗解音律，亦求令,時往參知。願不以言廢人。"詔許之。《志》中不書,略也。

覆生、童古。初三日。

綏寧、通道童正場,祇五百餘人。初四日。

覆一等,提覆。初五日。

合覆。初六日。

生、童經、古,一百九十餘人。初七日。

生正場。初八日。

童正場。初九日。

覆古。初十日。

童正場。十一日。

覆一等。童提覆。十二日。

拔頭場。十三日。

拔二場。十四日。

合大覆。十五日。

出貢案,考武。十六日。

考武。十七日。

考武。十八日。

合大覆。十九日。

獎賞。二十日。

起馬。二十一日。

鯉魚風信不尋常,愁絶夭挑一夜霜。曾記緑衣歌宛轉,忍教金約爽殉央。汀簾月冷方知恨,甲第門高空自傷。絶妙才華年十五,此生應悔嫁王昌。

窄袖弓靴細馬裝,内家新様出椒房。天生絶代宜南北,世有多情漫較量。銀燭當筵歡有影,並刀如水恨難償。人間亦有黄衫客,奈此重逢李十郎。

桃夢桃根枉自憐,此生未必果成仙。多情桑下空三宿,薄倖詩成已十年。湖上緑陰飛乳燕,春來紅雨老啼鵑。年年事事消磨慣,識透凄凉晝榻禪。

明知塵世笑啼難,難得此身當寄看。生性豈能甘齟齬,託身也算遇團圞。人間怨女悲金屋,門外春明葬玉棺。不敢相期還入夢,忍提湖管寫紈瀾。

湘西夢惡，燕北書來，忽得葦間草堂函，言楊姬筱寶有紫玉之殞。姬生本南朝，來從北地，稍頭荳蔻，早解新詞，馬上琵琶，亦工胡語。爲漢明妃之贖，方脱牢籠；遇沙吒利而歸，竟成怨耦。曇花不壽，嬌影春傷。恨誄誰題，真愁永志。粤以丙申之春適某王孫，悒鬱而死。僕生曾相識，死便纏綿，一紙書來，三生夢遠。雖池泛春水，事不干卿；而緣寂人間，吾偏多事。聊以懺他生未了之因，悟往日多情之過矣。漫賦四章，世有再續《本事詩》者，或不遺之也。

上不在天下不地，飛身直上巖腰住。此是人間幾代仙，眼前指點歸真路。一舟溪洞小於瓜，軋軋雙機已落車。雁齒重排方篋穩，龍鱗老皴一松斜。此中布置何人解，千年空許神驚駭。究竟身難寸土離，終教人笑非常駭。遺聞空説武鄉侯，繆語相傳達者羞。總是人間難託足，無端奇想結蜃樓。吾來正值江波湧，銀濤直壓船頭重。遠鏡深窺辨莫明，晚燈細想神猶悚。朝來寫上小齊紈，圖畫分明著意看。到此方知人境仄，莫嫌天地本來寬。(過機岩，對寫一紈扇並題長句。)

補　記

天明起馬，申刻至會同行臺三江書院中。天氣大熱，不能夜睡。縣令饒□□來見，言有門生丁若軒(壽彝)，益陽人，是吾所進之生，現擬回省應試，書畫皆妙，即屬來一見。年僅弱冠，即約同行。廿一日。

半夜即起，天明至腰站。午後至洪江。舊例此處須走兩日，余僅行一日也。即上船。廿二。

舟行百餘里，泊□□□。廿三日。

舟行百餘里，泊辰谿。縣令黄(國瓊)來見。廿四日。

行□□□□□泊□□。途中過機岩，見石壁千仞。初見一洞，甚深，在岩腰有一小舟，尾擱洞口。又一岩穴，有木樓閣，已殘破，云舊有機在，今不可見。又一岩，凹處以木横支，上安一櫃，木色紅，不殘破。側視之，似有一門，疑人居之。木屋，非櫃也。又岩一，縫中横木如梯，更不知施人工，真不可解。廿五日。

早至沅陵，來見客有十餘起。余克譜以黄帖來。丁令貽字畫五，極佳。辛巳、戊戌、丁卯、戊子884。是日未開行。廿六日。

開行後遇大風，僅行三十餘里。廿七日。

余常見古人書畫後人題記，往往曰“傳諸子孫”，又曰“貽某兒某孫以爲永寶”，余竊爲不然。書畫、金石、碑帖，一切玩好人各不同，故同一收藏家而各有所好，雖父兄子侄不相合，即偶耆好相同，不過得一祕本珍藏，或視爲手澤而已，決不能心心相印也。故好古者曰癖，癖豈能同哉？彼之重付子孫，以爲吾之所好，子孫無有不同好者，直夢語耳。雖通人如乾嘉諸老皆不能免，亦可慨矣。

薄暮泊龍陽。縣令彭□□同年（獻壽）來見，少譚即開行。三十日。

光緒二十二年六月

竟日北風，帆飽船駛，薄暮即至沅江。縣令郭來見。即開。六月初一日。

漢儒説經，一曰故，一曰微，一曰通（見王謨《白虎通跋》）。

太史公言史學，一曰深思，一曰深考（見萬氏《史表序》）。

風不大順，竟日僅行五十里。初二日。

候輪船不來，舟過百歲坊，水稍深。憶去冬過此膠淺，猶如在目前也。初三日。

光緒二十二年七月

初四日至省。初七日開考。七月初六日考畢。十三日出棚。一月中皆未記一事，覺亦無可記也。七月十三日。

晨啓輪，發輪至湖口泊，適大風至，若不停，至湖心，危矣。十四日。

天明啓輪，上午抵岳州，即進考院。十五日。

行香。無他事。十六日。

考生、童古，八百餘人。寄克諳書（三百里排遞）。十七日。

生正場，五百餘人。十八日。

覆生古。十九日。

平、臨童正場，二千二百人。天暑未退，略有風。初，頭面生熱瘤，密如散珠，甚苦，至此漸痊可。二十日。寄中丞書（四百里排遞）。

覆一等。大雨，仍不涼爽。廿一日。

臨湘余長城以詩稿相示,並贈三絶句,以上官昭容相比擬,戲答二絶:

妙語連珠奬太過,頻年空笑黛磨螺。長門不鬥雙眉靚,却恨尹邢避面多。

解贈明珠出漢臯,此情脉脉抵投桃。蕭郎已去潘郎過,又得河陽金錯刀。

巴、華童正場。華容爲南洲跨考事臨場阻考,勢甚洶洶,然至轅門則寂然無聲,尚守法而膽小者。實則提調所斷不甚平允而致此耳。廿二日。

提覆四屬。廿三日。

考頭場選拔。廿四日。竟日在堂。

考二場選拔。廿五日。

生不當門也被鋤,問君何處託安居。空山寂寞塵寰俗,奈此《離騷》一卷書(爲沈呂生畫蘭扇,時沈方被議也)。

一花一萼却尋常,難得樵夫識此香。甌白官窯新位置,莫教空伴美人妝(題畫蘭扇)。

清影瀟湘莫太寒,奇芬多半託巖巒。嫩芽細葉還珍護,莫作尋常野草看。

樵夫采得出山來,愛此亭亭著露開。他日金甌工位置,莫忘野客手親栽(爲李童生定煌畫蘭扇。李定眉孫,新入泮,拔貢定勳弟)。

昔年吾效平江李,今日居然識後人。天岳山峰多峻突,拿雲一樹更輪囷。

一花一葉却尋常,難得湘英異衆香。寫上齊紈還自視,撥根休負老樵忙(畫蘭扇貽李生積璜,生爲次青先生第四子)。

發選拔案,合大覆。廿六日。

晨奬賞。午後上船,吴鳳蓀同年來一譚(獬),布韈青衣,居然一郵間父老,令人動歸田之思。廿七日。

天明開船出湖,風大,至萬壽湖泊。廿八日。

天明風息,開行,布帆微飽,舟穩如山。薄暮已過湖,至林子口泊。廿九日。

光緒二十二年八月

晨開船，午過十姊廟。去年僅一衣帶水，今則汪洋無際矣。晚泊小河口。八月初一日。

見人之勝我者，即以談爲師；見人之不勝我者，即以書爲師。如是則終日無廢學之時矣。

學趙吴興行草書而不先習二王書者，是泛河不知有火敦腦兒也。習二王不見《大觀》真本者，是見倚市門者皆與夷光、王嬙等也。無怪華亭六十歲後始知吴興之妙（董語，見《三希堂・趙帖跋》）。

致陳右丈書

叩别以來，已越兩旬，岳州試院曾上一椷，懇飭輪船帶送至安鄉。侯因二十七日獎賞竣，即日上船，二十八日北風正勁，兩日已安渡洞庭，初二日已至沅江矣。一路水漲至二三丈不等，若用輪駛，皆可暢行，可知夏秋之交若興商輪，則其利必重矣。在岳州時，有人控告瀏陽礦務案，已控臬控府，故即發長沙府，提訊確鑿，以便斥革辦理。舟中無事，因思今日天下之貧，若不以礦務爲利源，則不可救藥，若任上官辦理而下民阻塞，亦不可救藥。推源其故，皆因不知開礦之法，徒知冶礦之利，上之興也爲民，而民之謀也爲己，不顧大局，不知利害，皆在於不知礦學。然今欲速化之一法，非興學堂、購機器而民能信之也。西人欲興一利，必開一報館而專論之，以筆代口，知者易而改者速，此百不一失者。侄昔年遊日本，見上至國政，下至厨婢，無一不有專門日報，故改變之速如此。無他，一有啓導之功，一無偏私之見，人皆信之，而事實由此興矣。兹擬請長者在礦局專設一《礦學報》，首論開礦之益及礦質之用，並引圖書；次取近日各省開礦雜事及五洲開礦之近事，可集録各報語；繼采湖南通省礦産，及已開、未開及開而得利及開而何以不得利之説而條列之，任人考究，如有所見，准其投函報局，采而登之，再任人研究；繼則舉阻撓礦務諸案及現在辦法而直録之，則奸人不能行其私，胥吏不能握其權，州縣不敢陽奉而陰違，紳商不得利私而害公。此報或每月出六紙，或十二紙，或用一小石印機，或購一活字機，隨其款項爲之，大約所費不多而所益甚大。不僅銷湘省，而兼可銷天下。然電報、小輪尤當並力行之，則相佐益得矣。侄明年回省，亦擬興《湘學報》於校經書院，將來印字機可並用之。一切章程用再録呈鑒定。侄此次專爲礦務起見，設此一法，以救目前無窮之利害，以爲後來有益之憑證。如蒙采而行之,則湘民幸甚,天下幸甚。現在湘中之士民,仿佛一美國百年前之景象,新學之興正在可信不可信之間,若不堅其識力,一見偶有挫頓處,必群起而非笑之,其事敗矣。侄遍察通省,於諸士交接時觀其文字,證其語氣,故知之甚確,用敢附陳,非私度也。故礦報之興,其益匪淺,正所以關讀書者之口而使其受實在之益也。

占牙牌三課,第一占澧州事,毛髮悚然;第二占漢口事,主有大利;第三占浦市事,覺其妙尚有不盡,則不甚可解矣。(句有云:"此身莫向溝中殞,尚有良緣在目前。")

申刻過沅江,縣令郭來見。晚泊白莎蕩。初二。

日耳曼改德意志,在同治十年。

法國亂時,忽有名通用黨者,欲奪朝政,實皆窮而無賴之小民也,即近日歐洲之鴨捺雞撕得黨,似同於中國之哥弟會。

乾隆五十四年,法國公會人逐其王,遂改民政,至五十九年始定,其中殺戮無算,後即拿破崙出。

拿破崙之死於希利納島,在道光元年。

古人刻印之難,此爲不知篆書作如何寫,故偶刻一印,必先躊躇其章法,配合匀净矣,而仍有呆滯之病,以其不能用刀如使筆也。自完白以工篆刻印,遂覺奏刀非難事。近日刻印之佳者無不工篆,刻印一事直駸駸乎駕兩漢矣。或猶有守徽派、浙派、文派之説者,皆當唾棄之。

世間人機械變詐,吾不能窮其蘊也。然世間人機械變詐,我能察其先也。生平深惡機械變詐而能深知之,故有以此來嘗試者,頗覺其心可恥。

看盡湘波皺,問天涯,一春飛絮,化萍還又。幾樹垂楊青過岸,到底霜痕黄透。儘嘶破、寒蟬聲瘦。小市殘陽斜明處。定紅樓,一角偎羅袖。誰相伴,銀燈後。　　懷人滋味聽更漏,况孤身,湘雲低裊,篆烟輕覆。夢裏分明醒還未,葉底夗央私守,羞遠寄、成雙紅豆。但祝花朝芳訊近,著春江,打槳相迎候。鎮無奈,莫僝僽。秋痕刻水,凉飔吹袷。袖底相思,新愁入握。倚舷細度,託此微波。調寄《金縷曲》。初四夜。

午睡,夢與一姬同榻,窗外笑聲吃吃,皆諸姬所步窺也。天明姬有别意,坐榻上送之,見其貌頗陋,而膚作嫩緑色,瑩如翡翠。夢中覺甚可愛,醒而思之,尚得似人哉。不禁駭且笑也(此紀事與上首詞意不相涉)。初四午。

上午泊羊角腦。北風勁,不能渡湖。初三日。

西北風大起,仍不能解纜。午後作一函與中丞,乞其飭小輪船來拖送。初四日。

天明開行。午後泊,不知何處也。初五日。

天明風略小,行里不知若干。午後泊,云離安鄉尚有六十里。初六日。

方密之《通雅·釋詁》即爲吴山夫《别雅》之祖。

南部烟花,六朝金粉,何因重感深宵。十里秦淮,天教生此窈嬈。寶弓細馬黄金彈,任癡兒、看盡柔腰。又朝朝,九畹臨風,著意輕描。　當年風月今何處,剩畫中愛寵,卷裏藏嬌。一樣湘蘭,教人兩樣魂銷。板橋總是傷心史,到如今、夢也無聊。更難摇,燕子春燈,暮雨瀟瀟。

夜燈憶薛五事,刻燭成此,蓋有感於南渡當年也。《高陽臺》。

昨夜西風水國凉,朝來無語倚船窗,劇憐嬌影落銀塘。　到處有情隨緑水,此生無福伴紅妝,儘教花應老死鴦。(《浣溪沙·蓼》)

元兒已老潤娘歸,勝國風流事已非。却記生綃雙影在,一花一葉尚依稀。

絶代名姝弔影單,素心雖小耐春寒。儂家拓得秦淮本,莫當烟花帳簿看。

爲賡生臨馬四娘扇頭,題此兩絶。

上午行二十里即泊,聞離安鄉有四十里,對渡江面二十里,風大不得行。初七日。

南風方轉,午後已抵安鄉。縣令汪炳文來見。此日泊安鄉,未開。江水大漲,垸堤皆破,鄉人露宿者甚多。水皆及瓦檐,頗有蕩析之苦,聞數十年來未有也,幸穀已登場矣。初八日。

十年長隱芝蘭友,重湖夢冷金閶酒。舊事無聊託畫圖,新愁悵觸緣蒲柳。回憶江鄉爾汝交,布衣家衖儘詼謿。銀燈春月瓊枝夜,香椀新茶苣蒬梢。何當轉眼成離别,此心脉脉將誰説。風月消磨記已非,文章意氣情猶結。玉樓何事要修文,瑟版無端撤錦紋。不信芝英空萎落,還疑蘭性自煎焚。迢迢長碧葑溪水,船窗意想神猶似。

脱手留真不算奇，相思入骨何如紙。朝來隨意託柔翰，持贈君家阿弟看。一樣交情新舊異，漫題詩句當追歡。

賡生爲其亡兄曉生與余有夙好，屬寫《芝蘭長隱圖》並題此詩。

天荒地老情何已，人間留得相思紙。嬌影濃春似有香，柔痕瘦緑扶難起。誰寫風枝露柔姿，連珠小印■瑶姬。分明南部烟花册，合賦唐家本事詩。紅妝季布今何在，一函千刻留縑海。妙本傳來尚似新，名心到此真難悔。勝朝遺墨世間多，奈此纖纖弱影何。漫説板橋新記好，似聞遺説葬祇陀。[①] 宵燈閲卷從頭認，昆山徐氏留藏印（卷首有"昆山徐氏鑒藏"朱文印）。兩字湘蘭押角鮮，月嬌小記紅泥潤。疏花瘦石自生憐，滿地靈芝大是仙。三尺新篁迎碧月，一叢野棘出寒烟。溟陽誰是真知契，紀年尚是神皇帝。絶妙瑶姬是小名，諸家掌録豈無繫（款書"辛巳中秋寫似，溟陽契兄湘蘭馬月嬌"，小印"瑶姬"二字，爲自來著録家所未見）。[②] 對此無端百感生，名臣自古總多情。健庵細認珊瑚押，煊赫猶存傳世名。琅軒更刻蘭坡字，英公早拜天儲使。南北流傳等弈棋，秦淮掌故真堪記。海王村市未荒凉，秘迹驚看出寶箱。勝得名姝隨宛轉，未■多事話興亡。靈鶼閣子常珍護，此生艷福誰堪數。儘好相温墨妙时，玉鈎細寫同心句。

題自藏馬湘蘭畫蘭竹卷。

行七十里，泊一村落，未詢其名也。初九日。

竟日行二十餘里，離津市十里，即泊。初十日。

凡能知一物之精惡，必當考其源流。源流何在？非證諸書籍不可。若憑己私而定美惡者，不失諸偏，即失於濫。此猶集議院諸人而公論之，再當自行決斷，安得有不是哉。

伯子先生金石緣，每逢佳刻輒流連。浯溪舊約隨氊蠟，銅柱新題釋錦箋。潛揅文字勤箸述，岱南家世守遺編。相期同出天山使，一訪雄銘拓燕然。

贈孫伯南。

---

① 眉批：湘蘭墓在江寧南城外瑞柏院。

② 眉批：款題辛巳爲萬曆九年。

竟日行三十餘里泊，離澧州十許里。以今日國忌，不能上岸。十一日。

晨泊澧州南門外。州牧鄭，提調官也，不來見，非禮也。輿進試院門，不聲炮，亦非禮也。不能不申飭兩巡捕。午刻謁廟。十二日。

試生經、古，三百餘人。點名畢，要童古册，不來。爲永寧學官來以病辭，提學書來，痛責之以示儆。十三日。

聞雲栖死矣，爲之愴然。雲栖姓王，名壽卿，爲文勤公幼子，吕庭芷丈之婿。幼年得遺蔭，以主事分户部。貧不能食，遂出而爲廣東通判，到未一年而卒。無子女，一妻年僅三十餘。雲栖生平愛詩，耆余詩尤酷，亦幼年一知己也。惜無以傳之，欲索其詩稿於其家，恐亦不易矣。

唐韓文公《將到韶州先寄張端公使君借圖經》詩："曲江山水聞來久，恐不知名訪每難。願借圖經將入界，亦逢佳處便開看。"可知韓公是真讀書人，處處無不從考據入手也。

《御刻三希法帖》收《衛淑媛墓志》一種，此僞迹也。中云"至元十五年戊寅"，按至元祇有六年，此一訛也；又云"當至正二十年"，按至正二十三年已至元末，去松雪之亡已四十二年矣，豈能書此墓志，此二訛也；文前有"蕉林居士"印記，豈梁蕉林不考至此？字體劇佳，何以作僞者自不一考？殊不可解已。

松雪夫人仲姬當是繼妻。按三希堂刻松雪與中峰和尚第四札云："孟頫得旨南還，何圖病妻道卒。"松雪南還在延祐□年，年六十六，故札中又云"年過耳順，罹此荼毒"。第五札云"平生得老妻之助整卅年"，第六札云"今世遂成三十年夫婦"，第七札云"卅年陳迹宛若夢幻"，是松雪娶仲姬時年已三十六，雖值亂離之時，恐是續娶。惜行篋無書，未能一考也。

藥品中"五倍子"原名"五構子"，此必宋人避"構"字諱改寫，猶宋刻醫書"丸藥"之"丸"皆改寫作"圓"也。

試童古，七百餘人。十四日。

試生員，五百餘人。十五日。

覆古學生、童，百二十餘人。十六日。

晨起，彈一雀而斃，事後頗覺不忍。

欲知真《定武》本之妙，細看松雪六十歲後行書，便可十得七八矣。

道光辛卯時，每洋銀一餅易大錢九百三十文，見《清儀閣·大棽鐘題跋》。

澧州石門教授傅基虞，字惕齋，以所定《天門書院學約》送閲，大約知宋學而不迂者。然吾猶恐其以頭巾氣教諸生也。畫一扇並題四絶句贈之：

約言微旨參恒性，不使旁途走誤車。此是儒家真學業，教人兩字祗無邪。

獨將經濟勸儒生，不重虚聲重至誠。脚底問誰能實地，人間空嘆議縱横。

文字榛蕪大雅難，孤邨荒塾苦酸寒。還期一秉司文鐸，贈與囊中飽學丹。

蝴蝶飛階大是閒，衙齋多半日長關。豈知此地非閑職，我憶西京校舍還。

澧州學正李瀚昌石貞，與傅同講學，大略亦見《天門學約》，並書一扇與之：

漢宋分門太苦專，乾嘉諸老似成偏。誰知茶粥蘭江夜，細辨枯燈兩不眠。

程朱迂絶陸王空，更有粗疏許鄭同。界限分明皆自誤，始知真學在真通。

天門小約發聾愚，抵得文章照乘珠。澧水自清蘭自秀，十年吾許出真儒。

澧州、永定、南洲童正場，二千餘人。十七日。

覆一等生。十八日。

今日爲慈親壽誕。早起至仙醫殿，謝去年求方藥，慈親宿痾癒，誠神方也。仙一女郎，不知何時來此試院中。

安鄉、慈利、石門、安福四縣童正場，二千二百餘人。十九。

擬請復荀子從祀，當先查復康熙鄭君疏如何措辭。蓋荀之出祀亦嘉靖九年從張璁議也。杭秦亭有《擬復盧植疏》，大致亦同。

董文敏爲楚中學使，在萬曆三十三年間，年已六十二矣。

去年李又梅觀察愛余所藏陳曼生聯(句曰“每思先輩尋常語，願讀人間未見書”)，遂輟以贈之。觀察以宋比玉刻竹臂擱爲報。欲賦一詩答之，至今未成。

翁覃溪題桂未谷《思誤書圖》詩注云："同年盧抱經學士精於考索，予輩小集談藝，抱經仰而沈思，以手頻摩其面，同人戲語：'此省皂脂錢耳。'"語頗新穎，可入《今世説》，亦可見老輩風流也。

《金石萃編》録《麓山寺碑》，誤記碑在長沙衡山縣嶽麓書院。按王蘭泉屢至湘中，親摹碑拓，豈有此誤？是代爲編録者誤記，蘭泉亦未檢及也。

提一二場童覆。二十日。

考選拔弟一場。廿一日。

考選拔第二場。廿二日。

澧州周、晏二生功力悉敵，而拔取祇能一人，去晏而取周，心中殊慊然也。

唐宋人題名，以年月證史誤，以結銜補史佚，以遊過校史事，雖皆寥寥數十字，而有益如此。

《聖賢群輔》泉明録，此是先生祖本夫。珠繫繩穿歸一貫，不教人笑作書府。

題序淵源百載風，竹堂詩老静山公。文章一脉何曾斷，又見孫枝長緑叢(首册有吾郡石琢堂先生贈詩及族祖静山公題序，今歲梅叟雲孫鍾英爲選拔取入學)。

稗販誠爲實學譏，須知《皇覽》古無遺。詞林袞袞誇新學，敢説操觚別有師。

題石門梅自馨《奇耦典彙》，此書體例與《小學紺珠》同。

出選拔案，合覆。以《修書圖》屬南州新進生王宗潮題詩，成二律，極佳。王年僅十八，以新刻《叢書》貽之。廿三日。

獎賞。屬慈利新進生朱芳型來見。朱年已四十三歲，自上《時務條陳》，尚不陋。覆試日"湘中興利除弊策"試之，力主開礦，亦不爲無見也。廿四日。

晨起，馬行二十里，遇岳常澧道陳六笙觀察(璚)於尖站。陳年已七十，作書尚能小楷，且極工。貽余楹帖，余以畫扇報之。宿清化驛。行六十里，半日即到矣。廿五日。

午刻至大壠，即宿。廿六日。

天未明行，卯刻至尖站，即坐船，行二十餘里，至七里橋上岸，進城，僅三里許，已午正矣。廿七日。

辰刻行香。竟日無事。廿八日。

澧州臨行，叩仙女前，謝醫腰疼癒。初在澧棚，腰大疼，坐久不能起立，傴僂半刻許始能步，大苦。禱於仙，得方，用大黄、芒硝、玉桂、當歸，兩劑而病若失。於此益信仙之靈。臨行默禱，此去不知何時再來，求占後路如何，得二十二籤，兹將原籤附後，歸省博慈親一笑。

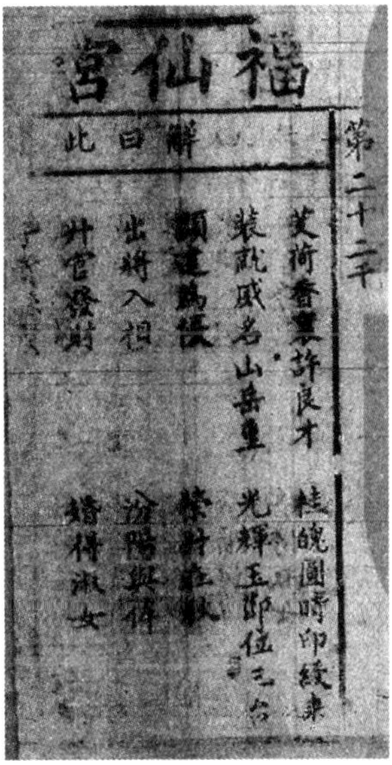

沈友卿自粤寄其乞假歸娶同人賀詩刻一册，曰《鸞簫集》。余與友卿爲僚婿，讀之不禁妒且羨矣。索題語，擬一叙寄之。

武進沈吉士裒其行昏禮時同人投贈之作，曰《鸞簫集》，分前後編，墨者雕，語者新，自粤數千里而寄其友婿元和江○序其恉。○授而讀之，始也睢睢然憙，繼而慊慊然思，終也徊徊惶惶，慠惘而迷惑，蓋有不能已於言者矣。古者男子三十而娶，女子二十而嫁，典禮文辭，男婦皆所服習，故本其門，素不相奪倫。燕婉良時，翕然而幼妙。迨至後世，男未及冠，女乍加笄，蹇修之禮紛紜於高門，華質凋喪，中道妬嫮，恥矣。惟吉士舉孝廉，成進士，入翰林院，始議昏禮，應構之士以其事之多而禮之合於古也，於是奮其藻咏，粲然於青廬，卷軸連卷，斯文密爾。於今○○皇上二十一年乙未八月成嘉禮於京師。越一載，標誦諸君贈詞，慢然而起曰：有是哉，吾聖清二百餘年，以翰林歸娶者掌録可數，溧陽史文靖、吴縣潘文恭爲著，其次則錢唐袁□□《擬乞假歸娶》一表著於《隨園集》者，猶喔咿於文塾也。吉士步諸先生後，逴躒而自憙，宜矣。然此皆諸同人之公言也。標與吉士爲近戚，敢以其私言中申之，所以寵吉士者，亦所以爲鄙人勖也。①

〇少孤，鞠於母氏，顛嬰蹶姗而至於獨立，偞偞然足有躩，容有肅，怫悦而邁特，此與吉士所同者，始也。弱好弄，凡天下之一名一物，必筌緒而志之，憙别録，愛光誦，掎摭利病，為環輿痛而發之於長言，此與吉士所同者，二也。二十成秀才，三十入翰林，清祕■翔，家室叩歓，玄覽中區，而髮未絲，齯未脱，無墮窳之容，有旁魄之志，此與吉士所同者，三也。吉士之昏於汪也，爲郎亭夫子之女弟。夫子與標爲父執，而又列弟子籍，加以昏媾之好。吾娶其前，而吉士其後也，掎裳連襼，袚飾而躡蹀，此與吉士所同者，四也。標有丈夫子〇，女子子四，其孟也能别四部，通方言，説當世事，讀吉士萬物炊累室之文，頗能抉宗旨，動悱惻矣。兩女亦頗好弄筆籌，能作旁行書，識歐洲文，次亦識《急就》《滂憙》之字，通李斯之書矣。吉士結褵甫一年，已舉一男，與余得長子等，此與吉士所同者，五也。《詩》傳之文曰：兩婿相謂曰亞。亞者，竝也。吾與君遇相亞，齒相亞，昏亦相亞，異時共履綦，同簪笏，步弗敢邁越而爲天下先，亦足以謂亞矣。獨此《鸞簫》一集不能與吉士亞者，遲吉士六年耳。故我三復之，不能不怦然動，俙然感也，故初也睢睢然憙，繼而慊慊然思，終也徊徊惶惶懺惘而迷惑，有不能已於言者矣。

生、童經、古，千一百人。廿九日。

生正場，五百餘人。三十日。

光緒二十二年九月

覆生、童經、古。初一日。九月。

童生第一正場，武、沅兩縣。初二日。

覆一等。初三日。

---

① 以下文稿潦草特甚，不録。

童生第二正場，桃源、龍陽兩屬，三千餘人。初四日。

提一場覆。初五日。

提二場覆。初六日。

拔貢第一場。初七日。

見《萬國公報》“三湘喜報”一則，云余命題課士古今並治，廣學會書購者絡繹，有通權達變之譽。自愧不足啓導，以此見勖，益覺惶悚。惟願湘人以後不以俗學相扞格，不以鄙陋之心待人，公求新學，爲國家雪無窮之恥，則余之願也。

又云擬在湘陰之榮田通商埠。

問：宋元明三朝書院規程及院長教法之最著者，試博綜以對。

縱横家出於行人之官論。

讀孫淵如《澄清堂稿》，古詩喜學長吉，《别長安詩》十七絶句當是生平最得意之作。

實甫易君，聞名已十年而未得相見者。比來武陵，乃弟由甫（順豫）爲余識拔士，詢實甫蹤迹，則故在家也。以新刻《唐詩》及《叢書》三集寄之，並屬題《東鄰》册子。三日得復函，備極推許，亦云神契已久，屬試畢過龍陽，至易園湘真館一坐，並以張夢晋畫卷及柳河東、馬四孃扇頭索題，文字之緣非偶然也，故詳記之。

張夢晋畫歲寒三友卷舊藏伯兮前輩處，以實甫是夢晋後身，舉以贈之。實甫屬題。

莫問前身並後身，多情自古屬裔人。試看異代同心侣，即是三生未了因。並世有誰知國士，再來猶許識仙真。山塘七里春如海，憶否蓮花唱破巾。

紅柏山莊已夕陽，昭明閣子亦荒凉。人間夫婦歸瑶島，身後因緣落碧湘。漫説吴兒成楚客，再從畫史想瑩娘。我當結取鄉園屐，約爾重探雪梅香（實甫又得乩語云前生是王仲瞿[1]）。

金臺舊事怕重提，開卷還疑認舊題。總是癡兒■怨女，誤他嫩葉與柔荑。

① 眉批：仲碩又得仙語云，■可■首，此必仲瞿無疑也。仲瞿是鄉人，吾能説生前後皆與仲碩合。

春草蘼蕪山上山，高樓飛絮捲還回。誰家俗衲参情偈，瘦盡柔條是此媒。

幽花弱葉爲誰春，袞袞名流馬足塵。只有侍兒能解得，四娘眼底早無人。

黄金脱手買雙鈿，定是平生得意緣。觸我情懷三日惡，人間偏有永離年（余亦藏有月嬌畫蘭、河東畫柳，裝一小横卷，自題數詩，頗珍重。癸巳冬，爲燕姬索去。今夏聞姬殞去，此物當亦化雲烟矣。今靈鶼閣中僅月嬌蘭竹長卷、同心蘭直幅各一）。

爲王雨時題其亡室陳孺人鏤牙扇柄遺拓。扇爲孺人之姑手賜，因姑眼疾，百藥不效，孺人以舌舐五日而愈。純孝感天，非可意度也。孺人亡，雨時檢篋得扇柄，復記語於上，自成四絶索和：

紅牙扇柄緑蒲葵，一樣風來事可思。五日心誠新婦孝，十年手授老姑慈。

華池自有長生藥，苦口真成折肱醫。奈此遺匳開獨看，數行清淚忍鐫詞。

北堂萱萎白頰傷，想是年來幾斷腸。儘許真情留骨子，只教詩句寫心藏。

奇聞定入瓊瑶録，孝行還宜綽楔光。獨坐題詩自悱惻，動人至性此文章。

拔貢第二場。初八日。

合大覆。適有以槍替告者，扣除二名，再覆佾生充之。初九日。

重挑佾生，覆發案。初十日。

獎賞。諸生來見，有蔡鍾濬、何來保、劉祖誼（知算）、于盤、沈○○，多陪拔士。又黔陽楊春棟弟兄，皆我所取士也。十一日。

晨起，馬行八十里，至龍陽縣城東門龍池書院宿。易實甫來見，招飲渠家。即往謁笏山先生，並見實甫兄弟。笏丈精神充滿，尚能健譚，言我鄉事拳拳。先生本六如後身也，所居在園林中，極儵閑之趣。此次適由甫得拔，實甫於報到日得一子，實甫之侄新進正值婚期，一門喜氣，樂可知矣。十二日。

蔡鍾濬爲余題三册子，詩詞皆佳。約渠明年來住省署。

余克譜住浦市唐家巷鼎新典鋪對門，余彦湘是渠大世兄。

晨起大雨,行十餘里過一河,再行二十里至小塘鋪,復過一大河。小塘市鎮頗熱鬧,觀者夾道。十三。

十里郵亭小市寒,絲絲細雨濕紅闌。教人相見太無端。　幾樹花開溪上冷,一痕春鬥鏡中歡,鴉青麋緑寫誰看。(《浣溪沙·小塘鋪書所見》)

天明行,申初至益陽城内。行臺即在縣署。縣令趙潤生爲甲午即用,有年誼。其子乙未翰林,名炳麟,亦在署,暢譚。駐益陽統領賀長發(字西江)帶隊迎於道左送菜,並趙庶常亦送菜來。招幕友飲署中,房屋極大,有花圃、荷池,省中撫、學兩署皆不如也。十四日。

竟日行。午後至甯鄉。十五日。

半夜即行,午刻至省。十六日。

是日在家,未出門。十七日。

出門拜客。至葵園師處,譚極久。十八日。

客來甚多。李慕萊招飲於葵園,有絲竹之盛。十九日。

未出門。客來多。二十日。

未出門。客來多。二十一日。

午至校經堂觀書樓,樓下以白漆通之,間頗暢。二十二日。弔周嘯仙,挽聯云"故園真見存喬木,舊事無從問校經"十四字。二十二日。

辰刻出省,酉初到湘潭宿。二十三日。

輿中讀《東洲草堂集》,中有紀四川視學被議後七律數十首,皆有自注,頗述川民愛敬之誠、試士規制之善。此老亦不免有頭巾氣。實則萬事皆過眼雲烟,何必孳孳以求名於後世哉。集爲何子貞先生撰。

宿魚塘,僅行五十里。二十四日。

半夜行,天明至湘鄉。縣令王桐軒見,談傅黄氏案。余即命於日中結之,略述其案於左。二十五日。

傅黄氏者,湘鄉世家孀婦也。七月中,於岳州時,婦之胞叔具狀告其夫兄傅真棠屢調之不允,强之不可,投穢書以誘之。婦故識字,見書,歸,哭示其母。其叔聞之,欲控其夫兄於官。兩族人出解息,命真棠抱其弟主誓於祖靈前。以是真棠恨入骨,日虐其弟婦。婦無以自明,將殉矣。其叔知事不可掩,控於學官,學官以空言覆之。繼聞真棠已捐貢出學,大愠,控於余署,並抄穢書爲證。余審黄家控學及傅生出貢皆在一時,恐學官有袒護事，檄縣追貢照，飭學斥革。傅真棠知之，捏詞來告，云穢書係婦之父屬造辱傅者，詞大强，斥之，嚴追貢照。至九月始將照繳出。余欲按法懲之，兩家求保全體面，且願養孀婦無缺。即屬邑令斷結。傅氏願將家産平分於黄氏，限八日清理。時聞黄氏已不食數日，云我心已白，可死矣。余亟屬其族慰之，手書"苦貞奇節"四字額及"貞心已共湘波潔，勁節還期易代賢"聯表之，此案遂無反覆。此事也，余不解兩學官尚有人心否？以一淫凶無賴之生犯其胞弟孀媳，至强至逼，而尚有心爲之出學脱罪，其所懼者傅真棠之父，一現任候補道耳；傅真棠，一有財力之秀才耳。黄氏僅一讀書之家，又無聲勢以壓之，並其貞烈不問矣。律當參劾，然恐其所報於其身者尚不止此耳。

行六十里，宿魚塘。二十六日。

行六十里，宿永豐。二十七日。

行六十里，宿界嶺。二十八日。

行七十里，宿洪橋。二十九日。

光緒二十二年十月

半夜即行，天明至寶慶城外。自府縣以下皆迎於道左。即日行香。十月初一日。

試生經、古，六百餘人。初二日。

試童經、古，千六百餘人。初三日。

試生正場，千人。初四日。

覆生、童古，百七十人。初五日。

試武岡、新化、新寧、城步童正場，四千三百餘人，號舍無隙地。初六日。

試生員，覆一等。初七日。

試邵陽童生正場，三千餘人。初八日。

提覆。初九日。

提覆。初十日。

數日來無片刻閒，百事俱廢，專心試事，夜眠亦不得安枕。

得新化老童唐鑅，年已六十二，所呈寄答詩稿，極清適之致，文亦雅潔，字學香光，無一筆懈，特拔入學。

日前夜夢一人，出地圖一幅，屬修熊魚山墓，言墓田甚廣，今皆雜民居。有寺，守香火者亦廢。出圖見示後，復約同往勘之。憶初入一小巷，極穢蕪，民居錯雜。進一寺門，極小。從厨下過，見隙地，云即魚山墓。又進一大殿，入方丈，極精潔。憶有大屏八扇，皆嵌摺扇式玻璃，内即以古摺扇未去骨者安之，極雅玩，多畫蘭扇。一僧出迎，步至方丈右室，見粥一盂，香撲鼻。再進，忽見一垂髫女坐調絲，目不視人。進右室，有女僕數人侍，云此間住一女佛，心中思必宦家女修道於此者，然疑其偕僧居，不倫。復出，登一殿，有雲板架，用玉刻紋，極精，有字，不能記。步一石梯，屈曲上，有樓三楹，皆襲地錦，精緻華美，亦無人居。望楹外，甚了了。以後不能記，亦旋醒矣。惟憶夢中人云魚山墓當時極大，左道四百餘步，所有民居大寺皆墓産，屬收回云云，亦不知何以見託也。按魚山本熊姓，名開元，以直諫周延儒，予杖不死，後入道，隱蘇州之靈岩以終。爲僧，名正志，字蘗庵。吴梅邨有《過三峰蘗公話舊》及《題華山蘗庵和尚壁像》詩。又梅邨《復社紀事》"熊魚山流離南國，削髮祝融峰下，携楖栗來吴中，傳禪靈隱寺"，則似與湘中有舊緣。豈蘗公墓在此間邪？又魏叔子《敬亭山房記》謂魚山以持兩端得罪，蓋疏周延儒事不列款，多調人語也。余近爲試事，不肯苛求，往往調事多寬緩，豈以此爲警耶？

夢中所見原圖如此：

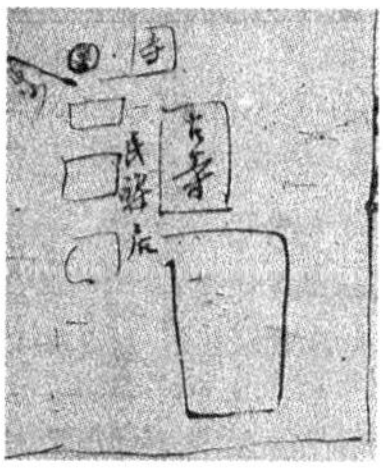

夢中事歷歷在目，記之以證後來。

考頭場，拔生七十人，皆在堂上。十一日。

江蘇	丁漕鹽稅釐	一千萬兩以外
浙江	丁漕鹽稅釐	六百萬
湖北	丁漕鹽釐	四百餘萬
	新設洋關稅不在内	
江西	丁漕釐	四百餘萬
	加潯關稅	

四川	丁加津貼　加捐輸	四百餘萬
	鹽税釐　丁文誠改鹽歲入加百萬	
湖南	地丁漕折釐金	二百五六十萬
福建	地丁課釐金茶税	三百餘萬(關税由户部提撥船政撥此)
	三百四十萬　加閩關税	
廣東	丁鹽税釐	六百萬(沙田烟膏闈姓不在内)
直隸	地丁旗租鹽課税釐	三百五六十萬
陜西安徽廣西		一百六七十萬至一百二三十萬
廣西	無承撥京餉以前,藩庫積存數十萬金	
山東河南山西	地丁爲大宗,地項稍輔之	各三百萬
山西	全力供京餉	
雲南		六十餘萬
甘肅		三十餘萬
貴州		二十餘萬
舊臺灣	分閩關洋税三分之一百萬 丁鹽釐	二百萬

各省歲入大數見薛氏《海外文編》卷四(不足七千萬)。

大凡經世百務,機之已至,我一措注,推挽者四出而助之,非必恃權位之重也。機之未至,我極經營,齮齕者四出而撓之不盡,由權位之輕也(薛叙《拙尊園集》)。

考二場拔。十二日。

出拔榜,合覆。十三日。

獎賞。飲於府署。十四日。

晨起起程。晚至□□宿。十五日。

晨輿行,宿文明書院。縣令林前輩(鑒中)來見。十六日。

輿中閲鮑氏《金石屑》,刻極工。《趙松雪集》,新刻本。

宿祁陽。十七日。

行四十里,宿□□□□。十八日。

夜半即行,天明至永州。見客五起,已中午矣。十九日。

行香。奏請撥款充書院膏火摺拜發。二十日。

試闔屬生古,六百餘人,童古千七百人。

天熱,僅禦夾衣。午後大風雨,稍凉。此間時候似粤中矣。二十一日。

明齋棐几天然雅,清舞還傳舊日圖。絶代風流此前輩,一花一葉未模糊。

待詔丹墀舊著名,周郎知己冠平生。玉蘭堂上朝朝坐,解得同心腕底情。

題周公瑕畫蘭卷。

生正場。二十二日。

覆生古,九十餘人。二十三日。

東、道、寧、江童正場。二十四日。

覆童古。二十五日。

祁陽童正場,三千四百餘人。二十六日。

覆生正場。二十七日。

零陵正場。二十八日。

提二場覆。廿九日。

提三場覆。三十日。

光緒二十二年十一月

拔貢頭場。十一月初一日。

拔貢二場。初二日。

春間曾肅一函,具述湘中振興新學及近來改變情形,由驛遞發,想蒙鈞鑒。前日任廪生元德携小兒聰遊歷,過鄂進謁,極承破格待士,宏獎新學,湘人聞之,無不奮起。湘中本來專守舊學,界限頗嚴,及見各省振興,尚復委迤非笑。自長者創設兩湖書院,而湘士方知學問之廣;設立自强學堂,而湘士方知新學之精。然猶以重湖阻隔而知之者希。故標到湘以來,亟亟於校經堂加設季課,添造書樓,特欲小闢新規,漸移舊習。兩載以來,湘中人士頗不以此事爲非。然天下之大,時事之亟,區區動作,無足重輕,長者聞之,能勿莞爾。湘中丞陳年丈於振啓新學極意佐助,獲益非常,標所深感。日來長沙科試已畢,出試岳、澧、常、衡、永、寶、郴、桂八屬,約於歲暮年初,歲科兩試皆可告竣。擬專意振興新學,爲湘士率,一切宗旨,具述前函,兹不贅陳楚功。輪船往返,極承雅意,感謝不盡。專肅,恭請鈞安。

傳硯　選硯　斲硯　藏硯

簾鈎(七律)

藏書:裝書　校書　刻書　聚書　訪書　跋書　借書　抄書

校經書院新建書樓上樑文

《弟子職》

《漢志・儒家》載荀卿書三十三篇(諸子之中最爲近正)

理財之道不在節流而在開源論

掌　壬癸之際箸議(不限篇數。仁和龔定盦有《乙丙之際箸議》,皆述近事,而文則學周秦諸子,其氣味最近匡、劉,今則當學)

論興學會是否有益[①]

湘民宜自開埠以制外人之利權議

機器製銀錢宜自三庫始平議

輿　說西南洋之民

說俄之茶

說印度之鵶片

說歐美之大書院(四題僅襲舊說而無新義者,皆不取)

史　續龔定盦《古史鈎沈》論　廣萬氏《史表釋例》

三代以上無文章之士而有群史之官說

紀綱不立賞罰無章不激不揚人才安出

共■公惠咸遵法度

可與樂成難與慮始　狃於沿舊憚於謀新

鄭君作答義據通深

獻王耽書實事求是

秦始皇遣齊人徐市發童男女求海中三神山賦(以"有三神山仙人居

① 眉批:論公私。論情法。尊新。尊專。

之”爲韻)

歲暮祭書文(駢體)

一梅影　二梅魂　三梅醬　四梅羹

四梅花譜詞,或詩或詞,不拘首數,不限均,不得襲陳作

舟中五君子吟(五君子者,因不相同而適濟於公者也,故稱之曰君子。篙,櫓,縴,柁,帆。不拘體、均)

落花

補《三十五舉》

《論語》“鄉人飲酒”解

麻陽滕樹春,晃州楊士輝,均十二歲新進生,調沅水校經堂。

《覲禮·大行人》

《既濟》《未濟》二卦皆定曳真論

經　一　鄭注師氏、保氏證義

二　《爾雅》“冬爲上天”廣證

三　古書有一字誤爲二字者,除近人俞氏所舉外,尚有能舉而補之否

掌　一　中國以銀錢購槍炮船隻與興鐵路、礦務、學校、耕農之事孰爲有益論

二　釋《易》以乾坤坎離爲四正,即近日西人水火氣土四類之證析義

三　興算學以廣實用説

輿　一　禹會諸侯執玉帛者萬國,至春秋則存數十,至列國則存七國論

二　五洲各國都名及君主、民主、君民共主之國國名考

三　美國商務之富足在先興鐵路論

史①　一　議諫官

二　滅秦者秦非六國誅莽者莽非漢兵論

三　顧亭林言考前代史書中國不如外國義

① “史”以下三則爲眉批。

《國家圖書館藏未刊稿叢書》總目

日記編

黄陶樓先生日記(全二册)　(清)黄彭年 著　樊長遠等 整理

張叔未日記(外六種)

　　張叔未日記　(清)張廷濟 著　陳紅彦　樊長遠 整理

　　舊山樓日記　(清)趙宗建 著　肖　剛 整理

　　非昔居士日記　(清)趙宗建 著　肖　剛 整理

　　庚子非昔日記　(清)趙宗建 著　肖　剛 整理

　　壺中日記　(清)葉　鈞 著　肖　剛 整理

　　東洲草堂日記　(清)何紹基 著　曹菁菁 整理

　　顔脩來日記　(清)顔懋价 著　杜　萌 整理

笘誃日記　(清)江　標 著　樊長遠 整理

書札編

張蔭桓致劉毓森書札　龔易圖致劉毓森書札　(清)張蔭桓、龔易圖 著　董馥榮 整理

袁昶友朋書札(全六册)　(清)袁　昶 輯　謝冬榮等 整理

王懿榮往還書札(外三種)

　　王懿榮往還書札　(清)王懿榮等 著　蘇揚劍 整理

　　藝風堂同人尺牘　(清)惲祖翼等 著　謝冬榮 整理

　　黄子壽先生遺札　(清)黄彭年 著　杜　萌 整理

　　趙宗建友朋書札　(清)趙宗建等 著　彭文芳 整理

葉德輝致松崎鶴雄書札　葉德輝 著　孫　俊 整理

國家圖書館藏清代名家尺牘法書選刊(全十六册)　白謙慎　薛龍春 主編

金石題跋編

國家圖書館未刊石刻題跋輯録　盧芳玉 整理

小蓬萊閣金石目　(清)黄　易 著　盧芳玉 整理

題贊手卷編

明渤海孫氏積善堂題贊手卷　田曉春 整理

中法漢學研究所編

燕京傳薪録

——中法漢學研究所未刊稿研究　孫　俊　程天舒　林世田等編著

著作編

周易注疏校勘記(全二册)　(清)阮　元 總纂

讀相臺五經隨筆(全二册)　(清)周廣業 著

經義述聞(全九册)　(清)王引之 著

經義考異　(清)方　邁 著

國語解訂譌(外三種)

　　國語解訂譌　(清)孔繼涵、孔廣栻 輯校

　　白虎通義校稿　(清)吴　騫 輯

　　古小學書鈎沈　(清)陳　鱣 輯

　　聲系　(清)陳　鱣 著

説文解字考異(全五册)　(清)姚文田 輯

四庫全書表注(全二册)　(清)李文田 著

登樓雜記(全三册)　(清)錢　泳 著

蛾術編(全十册)　(清)王鳴盛 著

籀鄦簃雜著(全三册)　(清)王仁俊 著